AF611951

MTM-VERLAG
PAPIER
FRESSERCHEN
DIE BÜCHER MIT DEM DRACHEN

Impressum:

Personen und Handlungen sind frei erfunden.
Ähnlichkeiten mit lebenden oder verstorbenen Personen sind zufällig und nicht beabsichtigt.

Besuchen Sie uns im Internet:
www.papierfresserchen.de

Oberer Schrannenplatz 2, D- 88131 Lindau
Telefon: 08382/7159086
info@papierfresserchen.de

Erstauflage 2018

Lektorat: Melanie Wittmann
Herstellung: Redaktions- und Literaturbüro MTM
www.literaturredaktion.de
Titelbild: unter Verwendung von Bildern von © JeremyWhat und © tunedin – lizensiert AdobeStock
Gedruckt in der EU

ISBN: 978-3-86196-738-5

Cold Poison

Was tust du, wenn du alles weißt?

Celina Weithaas

01.07.2006, Mikun?

„Kätzchen, ich darf dich doch Kätzchen nennen, oder?", sagt Grotian und sieht mich kalt an.
Ich verneige mich kurz. Er nickt erhaben eisig, so wie er es am besten kann.
„Ich will, dass du heute Nachmittag mit mir tust, was nötig ist", fährt er fort.
Ich spüre, dass es mir nicht gefallen wird. Mir wird schlecht. Privilegien hin oder her, seine Forderung wird mir wehtun. Nichtsdestotrotz neige ich noch einmal den Kopf.
„Du wirst meine rechte Hand sein, Kätzchen. Es ist dir erlaubt, auf jeden, der mir den Gehorsam verweigert, zu schießen."
Mir wird speiübel. Trotzdem beuge ich mich vor und küsse seine Hand. „Ich danke Ihnen für diese Ehre", erwidere ich mit fester Stimme, dränge die Tränen zurück und mache mich für all das Blut bereit. Das der Menschen, die mir etwas bedeuteten, habe ich ohnehin schon vergossen.

Kapitel 1

Ganz ehrlich, das Leben ist grausam. Da verliebt man sich aus Versehen in einen Jungen und wie endet es? Man sitzt mit dem Mädchen, das man jahrelang erfolgreich gehasst hat, zusammen im Schatten und hofft darauf, dass die Informationen, die man aus mehr oder minder zuverlässigen Quellen erhalten hat, richtig sind und man sich nicht umsonst zu Tode langweilt. Denn das besagte Mädchen neben mir, Luca, und ich haben uns ungefähr gar nichts zu sagen. Vor allem, nachdem sich das Miststück in meinen Fall eingemischt hat. Plötzlich stand sie einfach in der Tür und wollte mitmachen. Als hätte sie nichts Besseres zu tun!

Okay, vielleicht habe ich sie ein klitzekleines bisschen darum gebeten. Dass es aber so weit geht, dass wir jetzt gemeinsam an der Mauer eines gepflegten Eckhauses lehnen und Seite an Seite warten? Das entspricht nicht meinen Vorstellungen. Überhaupt nicht.

„Hast du das gesehen?“, wispert Luca und entsichert ihre Pistole.

Ich spähe auf die schwach beleuchtete Straße. Ein Schatten huscht vorbei, die Hände in den Jackentaschen vergraben und den Kopf gesenkt, auf der Suche nach etwas Wärme in der Kälte. Ein Schemen wie jeder andere auch. Luca sieht mich erwartungsvoll an. Dann liegt es jetzt wohl an mir zu überprüfen, ob er der sein könnte, den wir suchen.

Mit einem theatralischen Seufzen werfe ich meine Haare über die Schulter, lehne mich gegen die Mauer und schließe die Augen. Meine Fähigkeiten springen unruhig hinter dem Wall herum. Ihre Freude, als ich ihre Leine etwas länger lasse, beunruhigt mich. Ich lasse mich nicht von Nichtigkeiten wie meinen Emotionen ablenken. Im Geiste stehe ich neben dem Schatten und trete einmal um ihn herum, bis ich die kleinen grünlichen Augen erkennen kann. Sauber geschnittene braune Haare. Automatisch vergleiche ich das durchschnittliche Gesicht mit dem aus meinen Recherchen. Ja, könnte passen. Um mir absolut sicher sein zu können, taste ich noch nach etwas aus seiner Vergangenheit und arbeite sein ganzes Leben im Schnelldurchlauf auf, ehe ich nicke. Rücksichtslos stopfe ich meine Fähigkeiten zurück hinter die Mauer und strecke ihnen mental die Zunge raus. Heute nicht.

„Das ist er“, murmle ich.

Lucas knallrote Lippen umspielt ein teuflisches Grinsen. „Na, dann wollen wir mal anfangen zu spielen“, kichert sie und öffnet eine Flasche Wodka. Gefühlt die Hälfte kippt sie sich über das weiße Shirt, schließt die Jacke, sodass man ihre ... Argumente sehr gut erkennen kann, und taumelt auf die Straße. Bedauernd sehe ich auf die fast leere Flasche neben mir. Was für eine unsagbare Verschwendung. Ich setze sie an meine Lippen und nehme einen Schluck. Das bekannte Brennen in meinem Rachen, das sich langsam einen Weg in meinen Magen bahnt, lässt mich wohlig seufzen.

„Hey, du“, lallt Luca erstaunlich überzeugend, nur um im nächsten Moment beinahe über ihre eigenen Füße zu stolpern.

Binnen einer Sekunde hat sie die volle Aufmerksamkeit des Fremden. So oft wird man mitten in der Nacht nicht von einem hübschen, scheinbar stockbesoffenen Mädchen angesprochen. Vor allem nicht in seinem Alter. Am liebsten würde ich mir eine Handvoll Popcorn in den Mund stopfen. Nur ist das momentan leider aus. Ich bediene mich am Wodka.

Der Schatten sieht sich einmal um, bevor er die Straßenseite wechselt und auf Luca zugeht. „Mädchen wie du sollten so spät in der Nacht nicht mehr auf der Straße sein“, schimpft er und wedelt dabei seltsam mit seinem Zeigefinger herum.

Ich unterdrücke ein Lachen. Stattdessen wird die Waffe entsichert und die Flasche für den Moment abgestellt. Es gibt nichts Besseres als eisgekühlten Wodka.

„Ich ...“, setzt Luca an, unterbricht sich dann aber kurz, um ihre Haare nach hinten zu werfen. Der Geruch des Alkohols weht bis in meine düstere Ecke herüber. „Mein Freund hat mich stehen lassen. Meinte, ich sei hässlich und dumm“, jammert sie. Als sie sich über die Augen wischt, verschwimmt ihre reichlich aufgetragene Wimperntusche.

Der Mann sieht sie noch immer streng an. Hut ab dafür. Viele hätten die Gunst der Stunde schon genutzt.

„Trotzdem solltest du jetzt heimgehen. Ich habe auch eine Tochter in deinem Alter“, sagt er und schüttelt dabei den Kopf wie ein trauriger Wackeldackel.

Ich ziele währenddessen weiter auf ihn. Beziehungsweise auf seinen rechten Arm. Wir wollen ja nicht, dass er uns nachher Probleme bereitet. Und Mr Flanell, mein Chef, will ihn leider, leider lebendig haben. Deswegen dürfen wir ihn nur ein wenig außer Gefecht setzen.

Wobei ein wenig zum Glück Interpretationsspielraum lässt.

Luca zuckt derweil mit den Schultern und beginnt, filmreif zu heulen. „Aber es ist der zweite Advent. Wir wollten zusammen feiern", schluchzt sie und lehnt sich Hilfe suchend an den Mann. Der tätschelt ihr unbeholfen den Rücken. Luca aber – als die hinterhältige Agentin, die sie nun einmal ist – nutzt diese Nähe aus, um ihn genauestens auf Waffen zu scannen. Außer einer Schusswaffe im Gürtelhalfter ist er unbewaffnet. Gefährlich für jemanden wie ihn. Andererseits sind wir in einer gepflegten Eigenheimsiedlung. Um uns herum reihen sich die ordentlich gestrichenen weißen Häuser aneinander, um die sich perfekte kleine Gärten ziehen. Vor jedem steht mindestens eine Laterne, die mir die Schwierigkeiten nimmt, das Geschehen zu verfolgen. Oder angeschossen zu werden. Ein schöner Ort zum Sterben. Wie auch immer.

„Aber dein Freund ist nicht da, also solltest du nach Hause gehen", erklärt der Mann.

Luca schüttelt noch einmal den Kopf, ehe sie ihn unter den langen Wimpern hervor ansieht. Nachdenklich beginnt sie, an seinem Jackenärmel zu zupfen.

„Was machen Sie eigentlich noch hier?", gurrt sie.

Stirnrunzelnd sieht der Mann sie an. „Ich gehe spazieren."

„Oder suchen Sie ein wenig Spaß?" Sie kichert kokett und zwirbelt eine ihrer braunen Strähnen.

Dem Mann entgleisen alle Gesichtszüge. Er entfernt die Hand zu weit von seiner Waffe. Lucas Chance. Sie greift seinen Arm, zieht ihn in einer fließenden Bewegung über ihre Schulter, drückt den Rücken durch und schleudert den Mann vor sich auf das Pflaster. Ein durchdringendes Knacken hallt durch die gepflegte Eigenheimsiedlung.

Ich nehme einen weiteren kleinen Schluck. Genüsslich verdrehe ich die Augen.

Der Mann krümmt sich reflexartig zusammen. Ehe er schreien kann, hat Luca ihm den Unterarm auf den Kiefer gepresst, zieht weißen Verbandsmull hervor und stopft ihn in seinen Mund. Eine viel zu nette Variante für einen wie ihn.

Ich habe die Freude, die freundlichen Gesten in die Luft zu sprengen. Seelenruhig betätige ich den Abzug. Erst durchdringt die Kugel seinen rechten Oberarm, dann den linken. Im Schein der Straßenlaternen schimmert das Blut dunkel. Er brüllt gegen den Verbandsmull an, ist aber viel zu leise, als dass jemand ihn hören könnte. Vor allem um diese Uhrzeit. Gegen drei in der Nacht bevorzugen Menschen es, tief und fest zu schlafen. Ich leere die Flasche und trete aus den alles verschlingenden Schatten hervor, die mir Deckung gegeben haben.

„Charles Georgia, hiermit sind Sie festgenommen“, sage ich lieblich.

Kurze Zeit geschieht nichts. Die Nachricht muss sich erst durch Schmerz und Fassungslosigkeit hindurchkämpfen. Dann quellen seine Augen hervor und er beginnt, sich zu bewegen. Im nächsten Moment schreit er unterdrückt auf. Tja, tut weh, mit gleich zwei Schusswunden aufstehen zu wollen. Zufrieden grinse ich Luca an. Unsere erste gemeinsame Festnahme sollte gefeiert werden.

„Und du bist dir absolut sicher, dass unsere Leute ihn vor irgendwelchen Passanten finden werden?“, fragt Luca zum zehntausendsten Mal. Und ich verdrehe zum zehntausendsten Mal die Augen.

„Ja, ich habe es gesehen, verstehst du? Gesehen. Es wird genauso passieren“, murre ich und stoße die Tür zu einem rauchigen Pub auf. Der Gestank nach Tabak schlägt uns entgegen. Reflexartig halte ich die Luft an. Es ist so widerlich! Allein der Gedanke an die betäubende Wirkung des Alkohols, den ich hier bekommen werde, hält mich davon ab, umzudrehen und einfach zu gehen. Ein kleiner Bonus der Qualmwolken? Von außen wird uns niemand erkennen können.

„Dir ist schon klar, dass du langsam ein echtes Alkoholproblem entwickelst, oder?“, fragt Luca pikiert, als ich mir einen doppelten Whiskey bestelle.

Ich zucke die Schultern und sehe mich einmal aufmerksam um. Die Tische sind nur an der Wand angeordnet, kreisförmig um den Tresen in der Mitte. Vier Eingänge, etwas, das mir ganz sicher nicht gefällt. Man könnte uns aus allen Ecken heraus überfallen.

Zufluchtsorte? Komplette Pleite. Aber sind wir mal ehrlich, wie groß ist die Wahrscheinlichkeit, dass man uns in einem verqualmten Pub im schlechteren Teil der Stadt sucht? Genau, nicht vorhanden. Beziehungsweise so gering, dass sich keine von uns wirklich Gedanken darüber macht.

Der Barkeeper schiebt den Whiskey zu mir. Ich trinke ihn auf ex, während Luca an ihrem Cocktail nippt. Sofort wärmt sich mein Körper auf. Feuer ersetzt die Kälte in meinem Blut und lässt mich genüsslich aufseufzen. Das hier ist besser als alles, was ich außerhalb dieses Raumes bekommen könnte. Eine wohlige Umarmung von innen heraus. Genau das, was ich brauche.

„Hast du keine Sorge, dass du die Kontrolle verlierst?“

Ich bestelle noch einen Drink bei dem Typen, ehe ich Lucas Frage beantworte. „Eher nicht. Hab es erst heute früh laufen lassen. Und genau deswegen werde ich mich jetzt besaufen“, sage ich und schütte in Erinnerung an die erbarmungslosen Bilder den nächsten doppelten Whiskey runter. Ich habe in meinem Leben schon so viele verstümmelte Körper gesehen, der Anblick des letzten, den mir meine Fähigkeiten boten, hat trotzdem den Vogel abgeschossen.

Luca beobachtet mich aus zusammengekniffenen Augen, verkneift sich aber jeden Kommentar. Stattdessen rührt sie in ihrem Cocktail und nimmt hin und wieder einen kleinen Schluck der klebrig süßen Flüssigkeit. Ein Geruch nach Aprikosen und Birnen geht davon aus. Widerwärtig.

„Wie läuft es eigentlich mit deinen naturwissenschaftlichen Erkenntnissen?“

Sie weiß, dass ich mich für Naturwissenschaften interessiere?

„Echt gut. Ist ja nicht so schwer. Die Mathelehrerin vergöttert mich und der Biolehrer hält mich für das Genie, das ich auch bin. Also nichts Neues“, erwidere ich achselzuckend und nehme meinen letzten Whiskey für heute entgegen. Das Brennen der Flüssigkeit spüre ich kaum noch, weder im Hals noch im Magen.

„Das Internat hat dich ziemlich verändert. Du verhältst dich viel nüchterner als früher, quatschst weniger und säufst. Keine Ahnung, ob mir das gefällt.“

Skeptisch sehe ich sie an. Keine Ahnung, ob sie mit mir spricht oder doch mit sich selbst. Ich rutsche ein wenig auf meinem Barhocker herum, damit es bequemer wird. Erfolglos.

„Ich habe seit zwei Wochen Liebeskummer, Sherlock. Außer meinem Fall hilft das nichts und niemandem“, erwidere ich bissiger als beabsichtigt und ertränke den Anflug eines schlechten Gewissens mit dem letzten Schluck Whiskey.

Luca zuckt schon wieder die Schultern und schlägt die dünnen Beine übereinander. „Deswegen habe ich keine festen Beziehungen, Schätzchen. Die Jungs sollen etwas für mich tun, nicht andersherum. Mit festen Partnerschaften zieht man immer, wirklich immer, den Kürzeren“, erklärt sie.

Ich kichere leise. Und das weiß sie, weil sie schon so viele feste Beziehungen hatte. Ach nein, ich vergaß. Eigentlich bricht sie den Typen nur das Herz und klaut ihnen die Geldbörse.

„Denkst du, dass wir irgendeine Entlohnung dafür bekommen, dass wir einen der größten Waffenlobbyisten der Welt der Zentrale auf dem

Silbertablett serviert haben?“, fragt sie nach einigen Sekunden. Ich werfe ihr einen abschätzigen Blick zu. Genau deswegen arbeiten wir nie zusammen. Sie missbraucht mich als wandelnde Hellseherin. Warten? Gibt es nur, wenn ich nicht in der Nähe bin.

Seufzend blättere ich durch die Zukunft. In zuckenden Bildern huscht sie an mir vorbei. Tausend Eindrücke, Millionen Gefühle. Ein Wirbelsturm aus Bildern, der jeden erdrückt, der auch nur eine Sekunde in seiner Entschlossenheit wankt. Ein Tornado, der brutaler und kompromissloser nicht sein könnte. Und ich liefere mich ihm aus wegen einer bescheuerten Entlohnung. Ich klammere mich an dem Wort fest und suche angespannt nach diesem einen Szenario in meiner einzigen Zukunft. Entlohnung, Entlohnung, Entlohnung. Der Sturm wirbelt schneller, die Bilder preschen gegen mich, verschwimmen zur Unkenntlichkeit und warten darauf, dass ich nur eine Sekunde zaudere. Ich kneife die Augen zusammen. Entlohnung. Komm schon. Irgendwo muss sie sich doch ... Ha, gefunden!

„Zwanzig für jeden von uns“, beantworte ich ihre Frage matt und stütze meine Ellbogen auf der Theke ab. Mein Kopf beginnt bereits zu brummen. Der Nachteil daran, wenn jemand wie ich zu oft zu viel Alkohol konsumiert: Die Wirkung beschleunigt sich rapide, in jeder Hinsicht. Sodass ich ungefähr zwei Minuten angenehm besoffen bin und dann die Nachwirkungen einsetzen.

Was für eine bescheuerte Agentin ich doch bin. Verknalle mich in einen nutzlosen blonden Footballer und kann meine Sorgen dann nicht einmal angemessen ertränken. Erstaunlich, dass man mich nicht längst auf die Straße gesetzt hat.

„Zwanzig? Das ist lächerlich!“, beschwert sich Luca und schlägt mit der flachen Hand auf den Tresen.

Ich sehe sie warnend an. Auch wenn wir hier sicher sind, muss nicht mehr Aufmerksamkeit als unbedingt notwendig auf uns ruhen. Sollte sich hier irgendwer aufhalten, der meine Bauchschmerzen wert ist, will ich nicht, dass er uns entdeckt, weil Luca die Wände hochgeht.

„Lächerlich, definitiv. Aber du bist wenigstens über achtzehn. Du wirst für das, was du tust, bezahlt“, beschwere ich mich und fahre mit dem Zeigefinger den noch feuchten Rand des Glases nach. „Bei mir dauert das noch gut eine Woche.“

Luca schnaubt. „Tja, du bist unbezahltes Zeug zum Verheizen. Wenn du stirbst, blöd. Wenn nicht, auch gut. Müsstest du als Russin doch kennen.“

Ja, müsste ich als Russin kennen. Man gewöhnt sich trotzdem verdammt schlecht an so was.

„Und was machst du jetzt? Dein Part des Falls ist abgeschlossen“, sage ich und sehe Luca in die Augen.

Sie fährt sich einmal durch die leicht verfilzten Haare. Selbst nach dieser Aktion verstehe ich, warum die Typen auf sie abfahren. Die Puppenaugen strahlen auch bei dämmrigen Lichtverhältnissen, der Busen wird durch eine geöffnete Jacke nicht kleiner und die vollen Lippen, egal wie rissig, lassen den einen oder anderen Kerl garantiert in Tagträumereien versinken.

„Wahrscheinlich bekomme ich den nächsten Auftrag. Ich bin gefragt, kompetent. Du weißt schon, so ungefähr das Gegenteil von dir.“

Ich rolle mit den Augen und beuge mich weiter über den Tresen. Noch vor zwei Monaten wäre ich wahrscheinlich die Wände hochgegangen, aber nachdem ich Natasha und ihre Barbies kennenlernen musste, gibt es definitiv Schlimmeres als Lucas dämliche Sprüche.

Die Kellnerin stromert irgendwo zwischen den Tischen herum. Sie soll sich hierher bewegen und noch mehr von dem Zeug rausrücken, durch das ich mich wenigstens etwas besser fühle. Für zwei, drei Minuten. Wenn ich es auf ex trinke. Zwei-, dreimal hintereinander. Und es hochprozentig ist.

„Man munkelt, die blonde Prinzessin hätte etwas gegen dich in der Hand“, bemerkt Luca nach einigen weiteren Schlucken von ihrer Zuckerbrühe.

Lustig, dass das sogar schon zu ihr durchgedrungen ist. Ich lehne mich etwas nach hinten, lege den Kopf in den Nacken und fächle mir etwas Luft zu. Rauchig. Schwer. Es ist genauso angenehm, wie in der Turnhalle tief durchzuatmen, wenn die Footballer ihre Sprints absolvieren.

„Ja, um Natasha kümmere ich mich, sobald ich wieder in der Schule bin.“ Hier kann und will ich nichts gegen Barbies teuflische Stiefschwester unternehmen. Jetzt gilt es erst einmal, die schlechte Luft zu genießen und den Alkohol runterzukippen, bis ich das Gefühl habe, dass meine Speiseröhre verätzt.

Luca schüttelt leise lachend den Kopf. „Dummes Kind gegen Prinzessin? Es fällt mir schwer, das zu sagen, Schätzchen, aber ich setze auf dich. Deine Fäuste sind Angst einflößender als jeder Absatz.“ Luca hat sie oft genug zu spüren bekommen.

„Wie kommst du bloß darauf?“, spotte ich und entscheide mich für ein weiteres Glas Wodka. Egal, ob mein Kopf sich danach anfühlen wird, als würde er zerspringen. Die paar tauben Minuten sind es wert.

Luca feixt: „Cathlen, Schätzchen, ich kenne dich seit einer Weile. Ich weiß, wie du an Antworten kommst."

Oh ja. Ich erinnere mich an eine sehr entspannte Episode in einem dunklen Kellerraum. Wo hat Luca mein verdammtes Anatomiebuch hingelegt? Keine Antwort? Ein Schlag. Noch immer nicht? Ein Tritt. Fingernägel, die über ihr Gesicht gezogen werden. Sie konnte zwei Tage lang nichts mehr riechen und die Ärztin hatte ihre liebe Mühe, Lucas linkes Auge zu retten.

„Hörst dich nicht wirklich mitleidig an", bemerke ich und bedanke mich für den nächsten Wodka mit einem knappen Nicken.

Luca seufzt leise auf. „Natasha ist nicht so mein Fall. Reiche, verwöhnte Bonzentochter. Hätte sie was für den Reichtum getan, in Ordnung. Aber so?"

Ihr abwertendes Achselzucken lässt mich einen tiefen Schluck nehmen. Der Wodka brennt in meiner Kehle, schmeckt wie Essig. Eine seltsame Situation, wenn Luca und ich einer Meinung sind.

„Fährst du heute schon zurück in die Zentrale?"

Luca zuckt die Schultern und zieht noch einmal vorsichtig an ihrem Strohhalm. Die dunklen Haare fallen ihr in das makellose Puppengesicht. „Vermutlich nicht. Es ist fast zwölf. Wird sich wahrscheinlich auf den frühen Morgen verschieben, so gegen eins."

Aus irgendeinem Grund muss ich den Drang unterdrücken, ihr das Feixen aus dem Gesicht zu dreschen. Alkohol zertrümmert die Selbstkontrolle? Oh ja.

„Freut mich", grummle ich und sehe mich noch einmal um. In der rauchgeschwängerten Luft kann ich kein bekanntes Gesicht erkennen. Meine weit aufgerissenen Augen scheinen dafür in Flammen aufzugehen. Etwas, das auch an der Erschöpfung liegen könnte, die bleiern durch meine Glieder zu kriechen beginnt. Man soll schließlich nicht alle Schuld dem schweren Qualm von Zigaretten zuschieben.

Seit meiner Trennung von Timothy habe ich nicht eine Nacht geschlafen. Zu groß ist die Angst vor den Albträumen, die ganz sicher kommen werden, wenn er nicht bei mir ist. Oder Silent. Aber da ich mit dem auch gerade auf Kriegsfuß stehe, habe ich wohl einfach Pech gehabt. Kein Schlaf für die arme, kleine Cathrin. Ich werde es überleben.

„Und dein Lover? Willst du es noch einmal mit ihm probieren?", fragt Luca über ihr Glas hinweg. Ich beiße mir auf die Innenseite meiner Wange und versuche, nicht zu intensiv an Timothy zu denken. Seine blonden, leicht gewellten Haare. Die warmen braunen Augen. Seinen wunderbaren Duft nach Minze. Seine Unbeschwertheit und seine Leidenschaft.

„Keine Ahnung", antworte ich wahrheitsgemäß und beginne, einen unregelmäßigen Rhythmus auf die raue Oberfläche des Tresens zu klopfen. „Ich vermisse ihn, aber ganz ehrlich, denkst du, dass ich dem jemals wieder werde vertrauen können?" Oder, die viel bessere Frage, er eine Beziehung mit mir überlebt? Ich habe die Drohung des Mafiosos nicht vergessen. Ich bin keine Idiotin. Wenn ich ihm zu blöd komme, macht er mir das Leben zur Hölle. Indem er mir das nimmt, was ich nie haben wollte. Kleine Mädchen sollten die Finger von Männern mit Kaninchen lassen und hellseherische Agentinnen sollten ihr Singleleben genießen und ein paar Herzen brechen.

Luca legt sinnend den Kopf schief, schlürft noch einmal an ihrem Zuckerwasser. „Versuch's einfach. Was Flanell nicht weiß, macht ihn nicht heiß, sag ich mir immer. Also entspann dich und sprich mal mit Loverboy. Das renkt sich schon wieder ein."

Sie hat leicht reden. Wenn sie irgendwann irgendwen haben sollte, würde es keinen jucken. Jeder wäre fest davon überzeugt, dass es die nächste Nummer für zwei, drei Anstandsveranstaltungen ist. Aber bei mir?

Ich schließe kurz die Augen. Timothy und ich zum Zweiten? Kann das was werden? Ich wünsche es mir mehr, als ich mir eingestehen möchte. Vielleicht ist Silent eine Art Seelenverwandter von mir, aber von Timothy getrennt zu sein, fühlt sich an, als hätte man mir einen Teil meines Herzens gestohlen. Einen wichtigen. Den Teil, der mir die Unbeschwertheit gebracht hat, die schönen Tage, die verrückten Feste. Der, den ich an mir neu entdeckt und geliebt habe. Der begraben wird, sobald der Mafioso Timothy abknallt und mir seinen abgesäbelten Kopf aufs Kissen legt.

„Ja, vielleicht renkt sich das wieder ein", murmle ich und starre auf den Boden meines leeren Glases, ohne wirklich zu glauben, was ich gesagt habe.

Luca drückt mich einmal kurz. Ich versteife mich augenblicklich. „Wenn du Hilfe brauchst, ruf an, okay, dummes Mädchen? Ich habe Erfahrung im Umgang mit pubertierenden Jungs." Sie zwinkert mir zu, ehe sie aufsteht und sich streckt wie eine Katze. Dabei entblößt sie gut ihren halben Bauch, was der Barkeeper höchst interessant zu finden scheint. Sie schleudert das Haar über ihre Schulter und wirft ihm einen tiefen Blick unter ihren langen Wimpern zu.

Ich verdrehe die Augen und springe behände auf die Füße. Das ist wohl mein Zeichen zum Aufbruch. Der Flirt, der zwischen den beiden gleich ziemlich sicher entbrennen wird, so in achtunddreißig von einundvierzig Zukünften, muss ich mir nicht auch noch im echten Leben antun. Also hebe ich die Hand. Soll sie ihren Spaß haben. Mit Georgia in der Tasche hat sie es sich verdient.

„Wir sehen uns, Luca“, sage ich und verschwinde aus dem verqualmten Pub, bevor ich etwas höre oder sehe, das mein Bild von ihr noch katastrophaler färbt, als es ohnehin schon ist.

Mit dürren, spitzen Fingern greift die Eiseskälte nach mir. Unwillkürlich schlinge ich die Arme um mich. Die letzten Wolken haben sich verzogen und entblößen den funkelnden Sternenhimmel. Tausend Diamanten, eingebettet in schwarzen Samt. Ich atme einmal tief durch. Frische Luft! Und mal nicht vom Geruch des Schnees geschwängert. Eine schöne Abwechslung.

Die Straßen sind genauso leer wie bei Lucas und meiner Ankunft. Ich sehe mich um, kann aber nichts entdecken außer einer streunenden Katze, die als Schatten zur gegenüberliegenden Straßenseite huscht. Keine Gefahr. Meine Rückenmuskulatur lockert sich etwas.

Ich mache mich auf den Weg, den Kopf gesenkt, die Kapuze tief ins Gesicht gezogen, die Hände in den Taschen verstaut. Der Fußweg zum Internat, in das man mich verfrachtet hat, um den Fall zu lösen, ist nicht weit entfernt. In der Ferne quietschen die Reifen eines Autos. Augenblicklich konzentriere ich mich darauf. Nur ein Polizist, der zu spät zur Frühschicht kommt. Ich entspanne mich wieder. Gut, alles in Ordnung. Keine Verfolgung.

Noch etwas, das seit der Trennung von Timothy passiert ist. Ich habe eine regelrechte Paranoia entwickelt. Gut, vielleicht hängt das nicht unmittelbar mit ihm zusammen, sondern vielmehr mit einer direkten Morddrohung gegen die, die ich eigentlich recht gerne habe. Es gibt nur noch einen Ort, an dem mich nicht tausend Augen zu jagen scheinen. Das Dach des Internats, von dem ich das gesamte Tal überblicken und über die zerklüfteten Berge hinwegsehen kann. Zu jeder anderen Zeit, an jedem anderen Platz sind da diese nagenden Bauchschmerzen, diese kalte Ahnung, was geschehen wird. Wie viel Blut am Ende des Tages geflossen sein und an meinen Händen kleben wird.

Das klitzekleine Problem dabei? Die Opfer werden von dem gefordert werden, den ich nicht sehen kann. Dem Mafioso. Einem skrupellosen Mörder und Henker. Nichts Neues für mich. Nur dass ich dieses Mal wirklich etwas zu verlieren habe und blind bin. Er versteckt sich vor meinen Fähigkeiten, vor dem Bilderstrudel und den Wirbelstürmen aus Empfindungen. Duckt sich einfach fort. Indem er seine Entscheidung erst in letzter Sekunde trifft? Greifbar und deutlich werden die Zukünfte erst mit dem endgültigen Entschluss. Kein Entschluss, keine Zukunft.

Eine Methode, die auch meinen hübschen Hintern gerettet hat, als er mich zu meinem eigenen Tod bestellt hat – und der Mafioso jemanden an seiner Seite wusste, der die gleichen Fähigkeiten besitzt wie ich. Einen Typen, der in die Zukunft sehen kann. Bingo.

Ein nicht allzu denkwürdiger Tag. Der Begleiter des Mafiosos hat mich gejagt wie einen Hasen und aufgeschlitzt wie ein Schwein. Er hat mir den letzten Rest des Gefühls genommen, irgendwem überlegen zu sein.

Das ist der einzige Grund dafür, dass ich wie gehetztes Wild durch die Straßen renne, sage ich mir. Nicht, dass der Handlanger des großen Bösen überall hier warten könnte – und ich nicht fähig wäre, ihn abzuknallen.

Es hat sich herausgestellt, dass ich nicht mehr das einzige hellseherische Genie im Internat bin. Der unheimliche Schatten, der sich gerne in die hinterste Ecke der Cafeteria verzieht, hat die gleichen Asse im Ärmel. Natürlich, ich setze darauf, dass der, der mir ein Messer in den Magen gerammt hat, der Dritte im Bunde mit krassen Fähigkeiten ist und nicht der Typ aus dem Internat. Nur für den Fall, dass ich mir das Offensichtliche schönrede, kann ich mir schon mal einen Platz auf dem Friedhof aussuchen, der Timothy gefallen könnte.

Ich schüttle den Kopf. Eigentlich ist Timothy sicher. Denn eigentlich ist es nicht möglich, dass irgendwer sonst meine Fähigkeiten besitzt.

Und eigentlich sollte das gottverdammte Fenster zu meinem Zimmer offen stehen. Fassungslos sehe ich an der ausdruckslosen weißen Wand des Internats nach oben. Zu! Irgendein Vollidiot hat mein Fenster verriegelt. Ach, verdammt! Würde es Sinn machen, trotzdem hochzuklettern und es aufzudrücken?

Die Antwort kommt zusammen mit einigen Bildern. Mein blinder Fleck hat sich um die Raumtemperatur gesorgt und meinen unautorisierten Eingang schon vor vielen Minuten geschlossen. Panik sickert durch mein Blut. Für wenige Sekunden. Dann rufe ich mich zur Ordnung. Der Mafioso ist nicht der Einzige, der meinen Fähigkeiten durch die Lappen geht. Der Schatten des Internats, mein gottverdammter blinder Fleck Numero zwei, informell Silent genannt, macht sich auch liebend gern einen Spaß daraus, dort aufzutauchen, wo ich ihn am wenigsten gebrauchen kann. Mein Bauchgefühl setzt auf Silent. Nicht nur, weil er wach ist, sondern auch, weil er zu lesen scheint. Ich würde mein Leben darauf verwetten, dass es eines meiner Bücher ist. Vielleicht bin ich ja Russin, aber Silent hat die Idee des Kommunismus definitiv mehr verinnerlicht als ich an meinen besten Tagen.

Wütend stapfe ich zur Eingangstür des stockhässlichen Internats und drücke sie auf. Niemand weit und breit. Lautlos husche ich durch die menschenleeren Gänge. Kein Lehrer zu sehen, gut so. Das Einzige, was mir meinen Weg durch die sterilen weißen Gänge erleuchtet, ist das fahle, milchige Mondlicht und das Grün der Notausgangsschilder. Es ist mehr als genug, damit ich sehen kann, dass meine Tür einen Spaltbreit offen steht. Wie gnädig, dass er die wenigstens nicht geschlossen hat.

Stocksauer stapfe ich in mein Zimmer, knalle die Tür zu und schalte das Licht an. „Was machst du in meinem Zimmer?", zische ich fuchsteufelswild und funkle Silent an, der es sich auf meinem Bett bequem gemacht hat. Ein Bild der Entspannung. Er hat die muskulösen Arme unter dem Kopf verschränkt, die Beine übereinandergeschlagen.

„Lesen?", schlägt er vor und wedelt mit einer Hand in Richtung meines Geologiebuches.

Ich schüttle den Kopf und setze mich neben ihn. „Sobald ich deine Gesellschaft brauche, gebe ich Bescheid", sage ich und klinge beinahe so erschöpft, wie ich mich fühle.

Silent setzt sich auf und sieht mich stirnrunzelnd an. Die blauen Sprenkel in seinen grauen Iriden scheinen zu strahlen. Wie Katzenaugen.

„Du brauchst meine Gesellschaft." Silent spricht es aus wie einen unumstößlichen Fakt.

Ich rümpfe die Nase. Da liegt eines meiner elementarsten Probleme. Silent ist mein Seelenverwandter. Er könnte mein bester Freund sein. Nur ist es ein offenes Geheimnis, dass er in mich verliebt ist. Und ich in Timothy. Weswegen wir eher wenig miteinander zu tun haben, seitdem die Katze aus dem Sack ist. Würde es nach mir gehen, sähen wir uns lediglich im Rahmen des Unterrichts.

Aber leider kann ich in diesen tristen Mauern selten meinen Dickkopf durchsetzen. „Ich brauche deine Gesellschaft nicht“, stelle ich klar und verknote die Beine so, dass ich neben ihm im Schneidersitz sitze.

Sein Blick verdüstert sich. Gewitterwolken scheinen aufzuziehen und die eisblauen Sterne in seinen Augen zu verbergen. „Doch, du brauchst Schlaf. Und allein kannst du genauso wenig schlafen wie ich“, flüstert Silent.

Das ist mir neu. Also, dass er ohne mich nicht schlafen kann. Dass ich ohne ihn oder Timothy kein Auge zubekomme, weiß ich schon seit einer Weile. Auch wenn ich es gerne auf „ohne Timothy“ reduziere. Dann komme ich weniger in Versuchung, an Silents Tür zu klopfen. Hoffnungen schüren auf etwas, das nie passieren wird? Eher Lucas Metier.

„Ich kann sehr wohl gut schlafen“, lüge ich.

Silent stößt ein freudloses Lachen aus. „Du hast seit eurem Streit kein Auge zugetan. Du bist jede Nacht irgendwo, machst irgendwas und kommst noch erschöpfter zurück, als du gegangen bist.“

Verdammter Stalker. Ich beiße die Zähne zusammen und zucke die Schultern. „Muss dich nicht kümmern“, stelle ich klar und lasse mich auf den Rücken plumpsen. Meine Augen wollen sich schon beinahe krampfhaft schließen. Ich lasse es nicht zu. Zwei Tage länger überstehe ich schon noch. Oder drei. Vielleicht auch eine Woche. Mein Rekord waren eineinhalb Monate ...

„Es muss mich kümmern“, schießt Silent heftig zurück. „Was würde wohl passieren, wenn du stirbst? Wäre dann ein Teil von mir ebenfalls tot? Ganz ehrlich, Cathrin, ich will es nicht ausprobieren.“

Ganz ehrlich, ich auch nicht. Doch das geht Silent am wenigsten an.

„Du musst schlafen“, sagt er noch einmal eindringlich.

Ich schnaube. „Du willst doch nur neben mir schlafen“, spotte ich, obwohl der Gedanke bei jeder Erwähnung verlockender wird.

„Stimmt.“ Nicht einmal den Anstand, betreten zu klingen, hat er.

Ich überlege, wie ich auch nur eine Sekunde in Betracht ziehen konnte, dass er mich in dieser Hinsicht belügen würde. Solange Silent bekommt, was er will, ist er erschreckend wahrheitsliebend. Leider nur dabei.

„Geh in dein Zimmer“, murre ich, während meine Augen die Decke nach irgendeiner Unebenheit absuchen. Nach irgendetwas, das mich wach hält und von der molligen Wärme ablenkt, die langsam durch meinen Körper sickert. Die Matratze ist so schön weich und warm.

Wenigstens für so was ist Silent gut. Solange er immer, kurz bevor ich komme, geht, darf er gerne in meinem Bett liegen und die Matratze vorwärmen.

„Machen wir einen Deal. Ich bleibe nur so lange hier, bis du eingeschlafen bist“, schlägt er vor.

Ich erschaudere leicht. Der Gedanke zu schlafen, und sei es nur für ein paar jämmerliche Stunden ... Morgen ist Sonntag, das heißt, niemand wird mich wecken. Niemand außer den Albträumen, die feixend in den Schatten sitzen und nur darauf warten, dass ich alle Gegenwehr fahren lasse.

„Du würdest doch so oder so hier schlafen“, murmle ich, spüre aber schon, wie meine Lider schwer werden. Ich weiß, dass Silent die Schultern zuckt.

„Vermutlich. Aber vielleicht auch nicht“, sagt er.

Ich wäge die schlimmsten Möglichkeiten gegeneinander ab. Silent könnte ... Er könnte ... Ja. Ist ja auch egal.

Stöhnend kneife ich die brennenden Augen zusammen und atme tief durch. Ich bin sogar zu müde, um irgendwas Schlechtes zu finden. Das muss wohl ein göttlicher Fingerzeig sein. Soll er doch hierbleiben. Solange er mir die Albträume vom Hals hält, ist mir fast alles recht.

„Gehst du und machst das Licht aus? Ich glaube, ich schaffe es heute nicht mehr aufzustehen“, flüstere ich und lege meinen Arm über die Augen.

Neben mir lacht Silent leise. Die Matratze hebt sich und ich warte zuerst auf das leise Klicken und dann darauf, dass sich die Matratze wieder senkt. Ohne irgendein Wort schlingt er den Arm um mich.

„Freu dich bloß nicht zu sehr“, murre ich, während ich mein Kopfkissen auf seinem Bauch platziere.

Kurz bebt mein Bett von seinem Lachen. Gegen meinen Willen entspanne ich mich und schmiege mich dichter an ihn. Sein bekannter Geruch umgibt mich. Die Wärme seines Körpers dringt durch meine unterkühlten Knochen. Silent zieht die Decke über uns und vergräbt das Gesicht in meinem Haar. Mir fehlt die Kraft, ihn wegzustoßen.

„Täte ich nie“, erwidert Silent gedämpft.

„Lügner“, bringe ich noch über die Lippen, ehe die Erschöpfung mich einholt. Ich kann die Albträume fast lachen hören, als ich wegdämmere. Schreckliche Biester. Schlimmer als jede Zecke. Und das Schlimmste? Es hat noch niemand geschafft, sie mir länger als sieben, acht Stunden vom Leib zu halten.

Kapitel 2

Es ist nicht das erste Mal, dass ich neben Silent die Augen aufschlage, aber das erste Mal, dass ich ihn nicht reflexartig wecke. Ich frage mich oft, warum er nicht aufwacht, wenn ich aufwache. Müsste der zweite Teil meiner Seele nicht von dem ersten mit aus den Träumen gezogen werden?

Seufzend stütze ich mich auf die Unterarme und sehe auf ihn hinab. Silents Lider zucken leicht. Bilder huschen dahinter vorbei. Grausame? Schöne? Ich will es gar nicht wissen und drücke jedes Tasten, jede Ahnung von mir fort. Es ist besser, wenn sich unsere Seelenverwandtschaft nicht bis in jeden Winkel erstreckt.

Lautlos husche ich aus meinem Bett. Schon seltsam, wie schnell man sich als Gast im eigenen Zimmer fühlt, wenn Silent sich in die eigene Decke gewickelt hat und mit leicht geöffnetem Mund schläft. Die Schublade quietscht leise, als ich meine Kleidung herausziehe. Der Geruch nach Waschmitteln wabert durch den Raum. Es wird Zeit, den Whiskey und Wodka von heute Nacht abzuwaschen. Sonst machen die es sich wieder zu bequem und ich bekomme sie gar nicht mehr von der Haut.

Als ich knapp zwanzig Minuten später mein Zimmer wieder betrete, schläft Silent noch immer wie ein Murmeltier. Mein Blick fliegt zu der Uhr an der Wand. Ein Uhr Mittag. Bis um halb drei gibt es Essen. Ich kann Silent also ruhig noch ein bisschen schlafen lassen. Ist schließlich nicht mein Problem, wenn er die Speisezeiten verpasst.

Leise lasse ich mich im Schneidersitz auf dem orangen Teppich nieder und betrachte Silent mit schief gelegtem Kopf. Es ist interessant zu sehen, wie seine Lider zucken, während er träumt, wie die etwas zu langen schwarzen Haare ihm in die Stirn fallen, wie er sich jetzt auf die Seite dreht und das Kissen umklammert, die Fäuste ballt ... Ein unbestimmtes, vages Gefühl von Panik kommt in mir auf. Albtraum.

Kurz spiele ich mit dem Gedanken, ihn zappeln zu lassen. Der nächste Schub gleicht einem zerstörerischen Orkan. Schmerzen, so intensiv und zuckend, dass ich glaube, dass sie mir das Bewusstsein rauben.

Fluchend springe ich auf die Füße und schüttle Silent, so fest ich kann. Keine Reaktion. Der nächste Stoß. Gleißend wie ein glühendes Messer, das mir unter die Rippen gerammt wird. Ich schnappe nach Luft und bohre die Fingernägel in seine Schultern. Er soll mit dem Unsinn aufhören, verdammt! Ein weiteres Schütteln, immer noch nichts.

Fluchend setze ich mich rittlings auf ihn und verpasse Silent eine Ohrfeige, knallend wie ein Schuss. Augenblicklich fährt er auf. Und ich falle mit einem dumpfen Geräusch auf den Boden.

„Autsch“, stöhne ich und setze mich auf. Das war mein Steißbein.

Silent sieht sich hektisch um, viel zu genau für meinen Geschmack, bis er endlich zu mir nach unten blickt und immerhin den Anstand besitzt, betroffen auszusehen.

„Himmel, Cathrin! Was machst du denn auf dem Boden?“ Was für eine blöde Frage.

„Yogaübungen?“, schlage ich bissig vor und komme schwankend auf die Beine. Meine Knochen! Hätte ich ihn doch bloß ein wenig zappeln und schreien lassen.

„Du ... du machst Yoga?“, fragt er zweifelnd.

Silent nach dem Aufstehen? Dümmer als die Polizei erlaubt.

Ich rolle leidgeprüft mit den Augen. „Ich habe dich geweckt, mein Lieber – und du hast mich dafür aus meinem Bett geschmissen.“ Ich spreche wie mit einem kleinen Kind. Nur für den Fall, dass Silent nicht mehr als drei Worte in zehn Sekunden erfassen kann.

Er wischt sich mit dem Handrücken über die Stirn und kneift die Augen zusammen. „Du hast mich geohrfeigt?“ Sehr schwer von Begriff so früh am Morgen. Außerdem hört sich „geohrfeigt“ irgendwie undankbar an.

„Nein, Silent. Das war der liebe Gott, der sein Jahrtausendschläfchen extra für dich unterbrochen hat“, spotte ich und setze mich wieder auf mein Bett. Die weiche Matratze tut gut. Ich glaube, seinetwegen habe ich mir das Steißbein geprellt. Toll. Jetzt darf ich ein paar Minuten stillsitzen, bis ich nicht mehr das Gefühl habe, von tausend Nadeln durchbohrt zu werden. Minuten, in denen ich zum Mittagessen hätte gehen können.

„Du kannst ziemlich hart zuschlagen“, stellt Silent nüchtern fest.

Ich zupfe an meinem Kissen herum. Es stinkt nach Alkohol. Widerlich. Wenn jemand hier reinkommt, wird er mich fragen, wo ich die Spirituosen versteckt habe. Und warum sie nicht getrunken, sondern verschüttet wurden.

„Ja, du hast gestern gestunken wie eine Schnapsleiche, wenn es dich interessiert."

Mein Blick könnte töten. Silent zuckt nur die Achseln und streckt sich katzenhaft auf der Schnapsleichenbahre. Wie kommt es nur, dass so viele seiner Antworten auf meine Gedanken passen? Ich hasse ihn dafür. Gedanken lesen. Noch ein Seelenverwandtschaftstrick? Hoffentlich nicht.

„Hast du inzwischen eigentlich mit Natasha geredet?", weiche ich meinem kleinen Alkoholproblem aus.

„Hätte ich es nicht getan, würde sie sich dann von dir fernhalten?", erwidert er. Nachdenklich nage ich an meiner Unterlippe. Vermutlich hat Silent in diesem Punkt ausnahmsweise recht. Er sieht die stumme Zustimmung in meinen Augen. Zufrieden setzt er sich neben mich und lehnt sich gegen die Wand. Sein eng anliegendes T-Shirt spannt über seinen Muskeln. Faszinierend.

„Und wie sieht dein Plan für heute aus?", fragt er mich mit nach oben gezogener Augenbraue.

Mein Bauch zieht sich bei dem Gedanken daran zusammen, was ich mir heute vorgenommen habe. Mit wem ich heute werde reden müssen.

„Ich versuche, das mit Timothy wieder geradezurücken", murmle ich und vertiefe mich in die Betrachtung meiner Haarspitzen. Missbilligung schießt durch mich hindurch wie ein glühender Pfeil.

„Du willst das mit deinem Exlover wieder geraderücken?" Ich muss Silent nicht ansehen, um den absolut herablassenden Blick, mit dem er mich gerade betrachtet, wahrzunehmen.

Ich verschränke die Arme vor der Brust. Kann ihm doch egal sein, was ich tue oder lasse, solange es mich nicht umbringt.

„Ja, ich will das wieder in Ordnung bringen. Du weißt schon, wegen meines kleinen Alkoholproblems, das genau zu dem Zeitpunkt angefangen hat, als wir getrennte Wege gegangen sind, und damit ich mich in nächster Zeit nicht aus Versehen selbst abmurkse." Ja, es macht höllischen Spaß, Silents eigene Argumente gegen ihn zu verwenden.

Er schnaubt nur, sagt aber nichts weiter. Stoisch hat er den Blick an die Decke gerichtet. Dabei findet man da nicht einmal einen Riss. Sie ist langweiliger als die ewige Ödnis der Sahara.

„Klar. Nur deswegen", murrt er mehr zu sich selbst als zu mir.

Ich nicke und stehe auf. „Ja. Und das sollte ich schnellstmöglich hinter mich bringen", setze ich ihn in Kenntnis. „Ich bin nicht gut im

Reden.“ Meine indirekte Aufforderung an ihn, jetzt zu gehen. Aber Silent wäre nicht Silent, würde er auf die Anspielungen, die er sehr wohl versteht, eingehen.

„Dann lass es doch einfach. Es wird sowieso wieder so enden wie vorher.“

Ich beiße die Zähne zusammen. War das jetzt eine Zukunft oder einfach nur die blöde Bemerkung eines bescheuerten Jungen, um mich von der katastrophalsten Idee seit Tagen abzuhalten? Und wenn er für diese Aussage seine Fähigkeiten genutzt hat, in wie vielen Zukünften endet es so? Ich schüttle den Kopf. Zukünfte hin oder her. Timothy ist es wert, dass ich für jede einzelne Stunde mit ihm kämpfe. Silents Wort wiegt nicht schwer genug, um es über meine eigenen Interessen zu stellen. Egal, ob wir nun seelenverwandt sind oder nicht.

„Das kannst du nicht mit Sicherheit wissen“, erwidere ich.

Mit einer Seelenruhe steht er von meinem Bett auf und betrachtet mich. So wie ein Lehrer auf den Schüler guckt, der die Tafelkreide geklaut hat. Er hat kein Recht, mich so anzusehen.

„Und wenn doch?“, wispert er.

Ich weiche seinem herzerweichenden Blick aus. Was, wenn doch?

„Ich frage mich immer wieder, ob du in jener Nacht nicht doch vielmehr von dir als von mir gesprochen hast. Denn wüsstest du wirklich, was es bedeutet zu lieben, dann würdest du alles tun, nur um noch ein wenig länger im Licht der Person stehen zu dürfen, die du liebst, bis du dich verbrennst“, flüstere ich und sehe ihn mit einer Ernsthaftigkeit an, die ich mir selbst nie im Leben zugetraut hätte.

Silent schluckt und wieder einmal tritt ein undefinierbarer Ausdruck in seine Augen, ehe er sich mir verschließt. Sich zurückzieht in seine undurchdringliche Festung, die ihn gefährlicher macht als jede Diplomatentochter der Welt.

„Ich projiziere meine Verhaltensweisen nicht auf andere“, spuckt er mir entgegen.

Kapitulierend hebe ich die Hände und springe auf die Füße. Rückwärts weiche ich vor ihm zurück. Silent ist niemand, dem man den Rücken zuwendet.

„Tiefenpsychologische Analysen solltest du vielleicht anderen überlassen, mein Lieber“, necke ich ihn, obwohl weder mir noch ihm nach Spaß ist.

Sein Blick verdüstert sich noch weiter und er zieht langsam einen Mundwinkel nach oben. Es ähnelt dem Zähnefletschen eines Panthers, kurz bevor er losspringt, um seine Beute in Stücke zu reißen. Er: Panther. Ich: Beute. Es wird Zeit, sich beim Mittagessen den Bauch vollzuschlagen.

„Da du ja so viel vom menschlichen Wesen verstehst, Cathrin, musst du wohl recht haben“, zischt er, die Stimme vor Sarkasmus triefend.

Es macht mir erstaunlich viel aus, dass Silent schon wieder durchdreht und unter die Gürtellinie zielt. Genug, um ohne ein weiteres Wort den Raum zu verlassen und die Tür so laut zuzuknallen, dass sich die paar Schüler auf dem Flur irritiert nach mir umdrehen. Nicht, dass es mich kümmern würde.

Ein großer Vorteil an meinen verfluchten Fähigkeiten: Ich muss Timothy nicht ewig suchen, sondern kann einfach draufloslaufen und ihn finden. Könnte. In der Realität bringt mich mein Hunger beinahe um. Ich entscheide mich dafür, mein Mittagessen vor das Gespräch mit ihm zu legen. Gut, vielleicht schiebe ich meinen Hunger auch nur vor, um mich weiterhin verrücktmachen zu können und seine Abfuhr erst ertragen zu müssen, wenn ich ihm vor die Füße kotzen kann. Oder aber um endlich die richtigen Worte zu finden. Etwas, damit hat Silent recht, wobei ich mich katastrophal anstelle. Vor allem, wenn ich der festen Überzeugung bin, dass Anbrüllen die gerechtfertigtere Variante wäre als ein nettes Gespräch. Und eigentlich müsste sich Timothy auch bei mir entschuldigen. Schließlich hat er seinem besten Freund von meinen Fähigkeiten erzählt und dadurch vollkommen bewusst unsere Beziehung zerstört.

Ich schüttle über mich selbst den Kopf. Silent hat recht. Wie soll das mit mir und Timothy je etwas auf Dauer werden, wenn er nicht mal den Mut hat, sich seinen Fehler einzugestehen? Ich war schließlich nicht die Einzige, die das versiebt hat. Eine katastrophale Situation. Mindestens so katastrophal wie das Menü des heutigen Tages. Kürbiscremesuppe. Nur eine Sache hält mich davon ab, direkt zur Geschirrrückgabe zu gehen und das Essen fein säuberlich zu entsorgen: das hoffnungsfrohe Lächeln der Küchenfrauen.

Ach, verdammt.

Allein bahne ich mir meinen Weg zu dem Tisch im Schatten und zwinge mich dazu, wenigstens einige wenige Löffel von der Suppe zu nehmen. Zu süß. Zu sehr Kürbis. Zu sehr bäh.

Resigniert schiebe ich die Schüssel von mir und starre auf die leeren Stühle um mich herum. Normalerweise muss ich mein Mittagessen nicht allein in der hintersten Ecke zu mir nehmen. Für gewöhnlich sind wir mindestens zu dritt. Nur haben sowohl Tanni als auch Ella – die Mädchen, die wohl am ehesten meine Freundinnen sein könnten – ihre Zeit im Speisesaal bereits gefristet und pflichtbewusst ihr Essen hinuntergeschlungen.

Und auf Silent habe ich keine Lust. Es gab sogar eine Zeit, da saß ich mit dem Footballteam an einem Tisch und habe mir gezwungenermaßen Diskussionen über Natashas Hintern mit anhören müssen. Der einzige Grund, warum ich mir das angetan habe, war Timothy. Der nicht hier ist. Es ist viel einfacher, über verschiedene Körbchengrößen zu diskutieren, als sich mit seiner Freundin gutzustellen. Warum ziehe ich es überhaupt in Betracht, dass das zwischen uns wieder werden könnte? Wir sind beide ohne den anderen besser dran. Silent hat schon recht. Was soll ich mit jemandem wie Timothy anfangen? Und vor allem, was soll er mit mir? Ich bin kein nettes Mädchen von nebenan, keine passende Begleitung für niedliche Veranstaltungen. Irgendwann wird ihm aufgehen, dass ich nicht das bin, was er sucht.

„Cathrin?“

Ich fahre zusammen und schleudere meinen kürbissuppengetränkten Löffel in die Richtung, aus der das Geräusch kam. Im nächsten Moment hätte ich ihn am liebsten mithilfe telekinetischer Fähigkeiten zurückgeholt. Oder die Zeit zurückgedreht.

„Ups“, sage ich tonlos und beobachte, wie der blonde Junge vor mir einen Spritzer des orangen Zeugs von seiner Collegejacke tupft. Er zieht in dem Versuch, unbekümmert zu wirken, eine Augenbraue nach oben.

„Darf ich mich zu dir setzen oder folgt dann die restliche Schüssel?“

Ausdruckslos sehe ich ihn an. Hätte ich auch nur einen Funken Verstand, würde ich ihm den Rest über den Kopf kippen. Nur leider setzt der aus, sobald ich in diese schokoladenbraunen Augen sehe. Ich schiebe die Schüssel demonstrativ von mir, hauptsächlich, um nicht in Versuchung zu geraten, und nicke Timothy zu. Er vergräbt die Hände in den Hosentaschen und lässt sich auf den Stuhl neben mir fallen.

„Dass ich die ganze Sache Adam erzählt habe, tut mir furchtbar leid“, murmelt Timothy, kaum dass er neben mir sitzt.

Rückt sofort mit den brisanten Themen heraus. Was soll ich dazu sagen? Keine Ahnung. Also nicke ich einfach nur und betrachte sein Gesicht eingehend. Die Frage, ob ihm das Ganze wirklich leidtut, stellt sich nicht. Die Ringe unter Timothys Augen sind pechschwarz, die

Lippen aufgesprungen. Um seine Iriden ziehen sich gerötete Adern. Schlafentzug? Zweifelsohne. Nicht einmal seine blonden, leicht gewellten Haare sind so ordentlich wie sonst gestylt.

Mein Herz krampft sich zusammen. Wie dringend ich ihn einfach in die Arme nehmen will. Aber wollen und sollen, das geht in meinem Leben eher selten Hand in Hand. Ganz abgesehen von dem Mafioso und von der Zentrale. Werde ich ihm jemals wieder meine Geheimnisse anvertrauen können?

Die Antwort ist ernüchternd. Eher nicht.

Ein Blick in Timothys Augen reicht, um zu wissen, dass ihn die gleichen Geister wie mich gequält haben. Er war nicht der Einzige, der Vertrauen missbraucht hat. Es wäre nur fair, würde ich über meinen eigenen Schatten springen und einschlagen. Wenigstens versuchen, alles wieder so werden zu lassen wie vorher.

„Ich wollte dich nach dem Mittagessen suchen gehen", sage ich und bin selbst überrascht darüber, wie emotionslos das klingt. So als hätte die Zeit mit ihm mich aller Gefühle beraubt, als hätte ich eine Überdosis genommen und jetzt eine Toleranz dagegen entwickelt.

Sein Blick verdüstert sich, wenn möglich, noch mehr. „Um mir zu sagen, dass ich mich aus deinem Leben raushalten soll?", fragt er leise.

Wäre das mein Vorschlag gewesen? Kann gut sein. Aber jetzt da er hier ist ... Ich kann und will ihn nicht vor den Kopf stoßen.

„Nein, eher um ... um eine Art, keine Ahnung, Gnadenfrist zu bitten? Ich ... also mir ist klar, dass ..." Ich stammle herum wie ein besoffener Pinguin. Genervt stoße ich die Luft aus. „Mir ist bewusst, dass das, was du angestellt hast, nichts an dem ändert, was ich für dich empfinde." Empfinden will. Wie auch immer. „Also ..."

„Du tust so, als wäre das alles meine Schuld", wirft Timothy sanft ein.

Ich beiße mir auf die Unterlippe. Das tue ich wohl. Weil ich es nie besser gelernt habe. Außerdem, so ganz nebenbei, ist es auch seine Schuld.

„Irgendwie ... vielleicht", nuschle ich und presse meine Handflächen fest auf die Tischplatte. Dieses Gespräch ist genauso unangenehm, wie ich es mir vorgestellt habe.

Zögerlich rutscht er zu mir heran. „Cathrin, das ... das, was wir hatten, denkst du, es ist das Ganze wert?"

Mein Magen verkrampft sich und ich suche seinen verständnisvollen Blick. Was will mir Timothy damit sagen? Glaubt er es nicht? Wenn

Timothy irgendwelche Zweifel hat, sollte er mich wegschicken. Die Natter von seinem Knöchel schütteln. Schon wieder schießen mir diese dämlichen Tränen in die Augen. Ich hasse ihn dafür, dass ich in seiner Nähe immer so emotional bin.

„Ja, das denke ich. Sonst wäre ich nicht mehr hier", bringe ich mit belegter Stimme hervor und sehe ihm direkt in die warmen, jetzt so grüblerischen braunen Augen. Sie geben mir Halt. Irgendwie. Versprechen mir, dass alles gut werden kann in einer Dimension, in der das „Gutsein" nur auf Zeit existiert. Bevor der mörderische Knall folgt.

Timothy wendet den Blick ab und lässt ihn über die kalte weiße Wand des Speisesaals schweifen. „Ich auch. Ich weiß nur nicht ... du hast mich belogen. Du hast ... Himmel, du hast Silent geküsst!"

„Silent hat mich geküsst", rutscht es mir heraus.

Timothy verdreht die Augen. „Wie auch immer. Aber dir sollte klar sein, dass ich mich niemals darauf eingelassen hätte, so viel mit Adam zu trinken, wenn das nicht geschehen wäre."

Ich spitze konzentriert die Lippen. „Heißt das, ich bin schuld?", frage ich ruhig. Wenn er dieser Auffassung ist, können wir das Gespräch auch getrost sofort beenden. Denn dann werden wir nie zu einem vernünftigen Ergebnis kommen.

Zu meiner grenzenlosen Erleichterung schüttelt Timothy rasch den Kopf. „Nein, Cathrin. Aber können wir uns nicht darauf einigen, dass wir beide unseren Anteil haben?", fragt er leise. Sein Blick sucht meinen. Das intensive Flehen darin lässt mich einknicken, ohne dass ich je versucht hätte, mich davor zu schützen. Timothy ist mörderischer als jeder Bildersturm, der von meinen Fähigkeiten entfesselt wird.

Hilflos nicke ich. „Vermutlich. Das wäre das Vernünftigste." Ich sehe auf meine Finger. Es wäre das Vernünftigste. Was für eine dumme Lügnerin ich doch bin. „Ich brauche trotzdem Zeit. Und dir geht es vermutlich genauso."

Zögerlich schiebt Timothy seine Hand über meine. Die Wärme sickert durch meinen Handrücken meine Arme hinauf bis direkt in mein Herz. Diese Wirkung, die er auf mich hat ... sie ist gefährlich. So unglaublich mörderisch. Tödlich. Für ihn. Trotzdem drehe ich meine Hand so, dass wir unsere Finger miteinander verschränken können. Ich spüre, wie er sich ein winziges bisschen entspannt.

„Ja." Sanft streicht er mir über die Knöchel.

Meine Lider werden schwer und ich inhaliere dieses winzige bisschen Zuneigung. Das Gefühl, etwas wert zu sein.

„Ich komme einfach nicht darüber hinweg, dass du tatsächlich Silent geküsst hast", flüstert Timothy.

Ich stoße ein bitteres Lachen aus. Verdreht er die Tatsachen so, um den Abschied leichter zu gestalten? „Silent hat mich an die Wand gedrückt, nicht andersherum. Aber ich bezweifle, dass Adam dich dazu genötigt hat, so viel zu trinken." Ich umklammere seine Hand noch fester. Mein Kopf weiß, dass Timothy gehen sollte. Alles andere? Alles andere kapituliert.

Nachdenklich zieht er die Luft durch die Zähne ein. „Nein, das war meine Entscheidung", gesteht Timothy leise. Ich nicke.

Und so sitzen wir beide einfach nur schweigend da, hängen unseren eigenen Gedanken nach, während wir die Hand des anderen halten.

05.09.2007, Mikun?

Ich habe diesen Ablauf jetzt bereits einunddreißig Mal durch. Einunddreißig Mal habe ich Seite an Seite mit Grotian den Ballettsaal, ausgelegt mit Scherben, umfasst von Spiegeln, betreten. Ich bin seine rechte Hand.

Wir beide sind bewaffnet, und wann immer jemand aufschreit, schieße ich. Jedes Mal durchstößt die Kugel perfekt den Augapfel. Kein Dreck, nur ein sauberer, perfekt positionierter Schuss, der seinen Zweck erfüllt.

Ich habe achtzig Kinder auf dem Gewissen. Achtzig. Und Katjuscha.

Trotzdem hebe ich auch jetzt die Pistole und schieße, ohne zu zögern, als der kleine Junge aufschreit, weil eine Scherbe sich in seinen Ballen bohrt.

Ich weiß, dass mir keine Wahl bleibt. Er oder ich. Das nächste Mädchen oder ich. Es ist keine schwere Entscheidung.

„Du arbeitest hervorragend, Kätzchen", lobt Grotian mich nach der nächsten Stunde des Grauens.

Dreiundachtzig. Und Katjuscha.

„Ich danke Ihnen", sage ich mit fester, ausdrucksloser Stimme, ebenso wie es von mir erwartet wird.

Grotian nickt. „Ein Lob hast du verdient. Und einen Ausritt? Ich will mehr Zeit mit dir verbringen, Kind, ehe wir dich in den Rat aufnehmen."

In den Rat? Er besteht nur aus Grotian und Madame. Und einer dritten Person. Jemand wird sterben müssen, damit ich diesen Platz einnehmen kann. Aber es ist mir egal. Derjenige ist gesegnet, egal, welches Schicksal ihn jetzt ereilt.

Kapitel 3

Es scheint, als würde die Nacht für mich zum Tag werden. Oder ich beginne damit, mich so zu verhalten, wie es eine brave, kleine Agentin tun sollte. Gestern Charles Georgia zusammen mit Luca abgeliefert, heute hinter der nächsten Person her. Natürlich alles im Rahmen meines gottverdammten Auftrags.

Zugegeben, das heute wurde weder langfristig geplant, noch wurde mir explizit gesagt, dass ich meinen Hintern auf die Straße bewegen soll. Ursprünglich wollte ich endlich mein Buch über Astrophysik durchgehen. Doch dann überkam mich das dringende Gefühl, dass ich mich möglichst schnell auf die Straße bewegen sollte. Bewaffnet, fähig, mich zu verteidigen, und hellwach. Ob sich diese vage Ahnung bis jetzt ausgezahlt hat? Keine Ahnung.

Ich wandle durch eine Gegend, die mir völlig unbekannt ist, und werde in Richtung eines düsteren Hauses am Ende der Straße gezogen. Links und rechts von mir nichts als gepflegte Vorgärten. Alter Efeu, der sich trocken an die Hauswände klammert. Gartenzwerge, die in Schneemassen ertrinken. Katzenspuren, federleicht über die makellos weiße Oberfläche verteilt.

Jeder Meter schärft meine Sinne. Spätestens seit meinem prickelnden Erlebnis in Costa Rica habe ich einen abgrundtiefen Hass gegenüber düsteren Häusern am Ende einer Straße entwickelt. Und trotzdem gehe ich beinahe wie an Schnüren gezogen darauf zu, weil meine verfluchten Fähigkeiten mich in diese Richtung zerren. Sobald ich in dieser stillen Gegend mutterseelenallein vor der halben Ruine stehe, nimmt das Unwohlsein zu. Mein Magen krampft sich zusammen, die Muskeln werden eiskalt und zucken. Die Nackenhärchen stellen sich auf. Gefahr? Aber so was von. Sie liegt genauso deutlich in der Luft wie der Schnee. Wie der bittere Gestank von Abgasen, den keine Nacht der Welt vergessen machen kann.

Weit und breit ist niemand zu sehen. Nichts zu hören. Kein streunendes Tier, kein Mensch. Nicht einmal Bäume. Das Skelett eines einzelnen vertrockneten Rosenbuschs rekelt sich auf den brüchigen Stufen des Hauses. Das halbe Dach ist eingestürzt. Balken stehen nackt in der

Nacht, mühsam halten sich letzte Ziegel an ihnen. Schneemassen versuchen, die Verlassenheit des Ortes zu überpinseln. Erfolglos.

Ich schlucke hart und drücke das verfallene Holztor auf. Das Quietschen hallt gespenstisch laut wider. Hektisch sehe ich mich noch einmal um und lasse meine Hand in die Tasche meines Kapuzenpullovers wandern, hin zu meiner Waffe. Eine Pistole, die Luca freundlicherweise aus der Zentrale hat mitgehen lassen. Allein das Gefühl des Griffes, das Gewicht der Schusswaffe geben mir eine ungeheure Sicherheit. Zögernd entsichere ich sie. Niemand biegt um die Ecke, niemand ist zu hören. Nur eine unerklärliche Brise weht zu mir herüber. Eine ohne Ursprung.

Beinahe lautlos husche ich vollkommen ungeschützt durch den Vorgarten. Hier und da kann man ein Beet erahnen. Kleine Mäuerchen versuchen, den Schnee abzuschütteln. Alte Grenzen. Unkraut wuchert überall, sogar über den zersprungenen Steinplatten zur Treppe hin. Es ist hartnäckig genug, um selbst über die unnachgiebige Todesdecke zu wachsen. Vorsichtig schiebe ich mit der Fußspitze ein Pflanzengeflecht zur Seite und hocke mich hin. Unter der Kälte findet sich weißer Marmor, ebenso wie vor dem Haus in Costa Rica. Egal, wie abwegig es scheint, mein Bauchgefühl bringt beides in einen unmittelbaren Zusammenhang.

Ein durchdringendes Quietschen hallt durch den Garten. Sofort bin ich auf den Füßen, habe meine Pistole gezogen und ziele in die Richtung, aus der das Geräusch kam. Die Nacht umschlingt jeden, der eine Kugel platzieren will. Nichts. Nichts als die Regenrinne, die gefährlich bebt. Als hätte sich dort vor Kurzem jemand hochgezogen.

Ich beobachte, wie die Vibration sich langsam legt, bis sie schließlich gänzlich verschwunden ist und nichts als die Ahnung eines blechernen Klirrens bleibt. Die unschöne Gewissheit, die sich daraus ergibt: Ich werde beobachtet. Und mal wieder kann ich die Person mit meinen Fähigkeiten nicht sehen. Am liebsten würde ich meine sogenannte Gabe verfluchen. Wozu habe ich den Mist überhaupt, wenn er mir doch weniger als nichts bringt? In diesem Fall ist sie eher ein Handicap als ein Segen. Wenn ich es überhaupt nicht gebrauchen kann, schaltet sie sich ein und hält mich vom Lesen ab, aber sobald ich darauf angewiesen bin, nichts! Dann darf ich mich wie jedes Freiwild in den Schatten eines Hauses ducken und beten.

Immerhin, ich weiß, dass hier im Verborgenen, vermutlich auf dem zersprungenen Dach, jemand sitzt, der unmittelbar etwas mit dem

Mafiaboss zu tun haben könnte. Der gerade jetzt auf mich zielen und abdrücken könnte, während ich vollkommen ungeschützt hier stehe und mit der geladenen Waffe irgendwohin in die Finsternis ziele. Dieser Gedanke lässt mich meine Schritte auf den letzten Metern beschleunigen, ohne die Waffe auch nur einen Zentimeter zu senken. Unter meinen Füßen lösen sich kleine Marmorbrocken, während ich die poröse Treppe erklimme. Das Geländer sieht so wacklig aus, dass ich nicht einmal wage, es zu berühren, aus Angst, dass das von Rost überzogene Eisen sich dann schlichtweg auflöst.

Ironischerweise ist die Tür verschlossen. Noch ein letztes Mal sehe ich mich hektisch um, dann ramme ich ein Messer in den Schlitz zwischen Schloss und Rahmen. Mit einem lauten Knirschen gibt es nach. Ich mache mir nicht die Mühe, mich noch einmal umzusehen. Dass sich noch jemand abgesehen von mir hier aufhält, ist mir mehr als bewusst. Und demjenigen auch, spätestens seitdem ich die Waffe nicht wieder weggesteckt habe.

In den Flur des Hauses fällt dumpfes Mondlicht. Ich richte meinen Blick auf das Gewölbe. Knapp die Hälfte des Daches ist noch erhalten, aber es wäre wohl kaum jemand wahnsinnig genug, diesen Flecken zu betreten. Von hier kann ich schemenhaft erkennen, wie einige Ziegel nach innen stechen und andere nur noch von Efeuranken an Ort und Stelle gehalten werden. Zu meiner Linken führt eine morsche Treppe nach oben, wohl auf den Dachboden. Oder besser gesagt: auf das, was davon noch übrig ist.

Ich versuche, von hier aus irgendwas zu erkennen, doch da sind nur Schatten, so tief und undurchsichtig, dass nicht einmal eine Taschenlampe sie für mich lichten könnte. Für einen Augenblick bilde ich mir ein, dass sie sich bewegen, auf einen Befehl warten. Dann hängen sie nur wieder schwer unter den Resten des Daches. Ein undefinierbares Schaudern durchfährt meine Knochen und ich weiche zögerlich einen Schritt zurück.

Eine leichte Lichtreflexion.

Ich unterdrücke einen Aufschrei und wirble in diese Richtung herum, den Finger fest auf den Abzug gepresst, allzeit bereit zu schießen. Nichts. Zu meiner Rechten öffnet sich lediglich ein Raum, der ebenso düster und unheilvoll wirkt wie der Rest des verfallenen Gebäudes. Alles in mir schreit danach, umzudrehen und zu rennen. Ich täte es mit Sicherheit, wären da nicht meine Fähigkeiten. Und die sagen mir, dass es sich lohnen wird zu bleiben.

Letzten Endes gewinnt wie immer die Neugierde. Ich ziehe mein Smartphone aus der Hosentasche und aktiviere die Taschenlampe. Ein greller Strahl zerreißt die erstickende Finsternis vor mir. Schemenhaft ist ein eingebrochener Tisch zu erahnen, Scherben, fein säuberlich auf dem Boden verteilt. Schief in den Angeln hängende Schränke.

Meine Gabe zeigt mir das Zimmer, bevor es verlassen wurde. Ein dünnes Transparent legt sich flackernd über das Hier und Jetzt und der Raum erwacht zu neuem Leben. Ich sehe die Vase, die auf dem zentralen Tisch stand, die Schränke mit den Glastüren, hinter denen das feine Porzellangeschirr aufbewahrt wurde. Die Spüle gegenüber dem Fenster, das jetzt nichts weiter ist als ein mit scharfen Zähnen gespickter Schlund. Der kalte weiße Marmor auf dem Boden, im krassen Gegensatz dazu die warme burgunderrote Tapete, mit dünnen Goldfäden durchsetzt.

Ich lausche noch einmal in das restliche Haus hinein. Tödliche Stille.

Ich wage den ersten Schritt in die ehemalige Küche. Scherben knirschen unter meinen Füßen, während ich das Szenario vor mir ausleuchte. Einige der Teller, die ich gerade noch heil und glänzend vor mir habe stehen sehen, liegen dumpf herum, ein eigener Friedhof für den verlorenen Glanz des Hauses. Ein weiterer Windstoß kühlt mein Gesicht, während der hereingewehte Schnee einen zarten Teppich über die Bruchstücke vergangener Zeiten legt. Wollte man ein deprimierendes Stillleben malen, das wäre das passende Motiv.

Sowohl mein Selbsterhaltungstrieb als auch meine Fähigkeiten scheuchen mich nach wenigen Sekunden wieder aus dem Raum. Hier werde ich nichts Wichtiges finden. Nicht einmal mehr einen heilen Teller. Ich schleiche also zurück in den Flur, die Pistole erhoben und den Blick umherfliegen lassend. Ich richte den Taschenlampenstrahl nach oben. Wie erwartet kann er nicht einen Fetzen der Finsternis vertreiben. Beunruhigend. Ich bilde mir ein, meinen Beobachter atmen zu hören, zu wissen, dass er ein Niesen unterdrücken muss.

Ich beiße die Zähne zusammen und betrete das nächste Zimmer. In diesem haben die Fensterscheiben gehalten, trotzdem sieht das Bett aus, als wäre ein Tiger mit seinen Krallen darübergefahren. Spätestens jetzt ist es offensichtlich: Hier war bereits vor mir jemand. Und er hat etwas gesucht.

Ich lasse meine Hand über die zerfetzte Matratze gleiten, kicke die stinkende Decke beiseite. Dabei stoße ich mit dem Fuß gegen etwas Festes. Schon bevor ich die Decke wegziehe, weiß ich, was es ist, wie es aussehen wird. Ich wappne mich gegen den Anblick im realen Leben, ehe ich die Totenruhe störe und emotionslos die beinahe fleischlose Leiche einer Frau betrachte. Meine Taschenlampe entblößt, was von ihr übrig ist. Beweist, dass die Augen ausgetrocknet sind und einige Teile ihres Körpers von Aasfressern herausgerissen wurden. Zeigt, dass sie früher wohl blondes Haar hatte, das sich nun glanzlos und kalt wie ein verfallener Heiligenschein um ihren Schädel legt. Ihr rechter Ringfinger fehlt.

Ich gehe an ihr vorbei und nehme das restliche Zimmer in Augenschein. Die herausgerissenen Schubladen, das vergilbte Papier, das bei jedem meiner Schritte raschelt. Auch hier eine zerbrochene Vase.

Es dauert einige Momente, bis ich mir zutraue, die Vergangenheit des Raumes zu beleuchten, ohne die Kontrolle zu verlieren. Blütenweiße Gardinen beginnen, vor dem angekippten Fenster zu wehen, eine cremefarbene Tagesdecke liegt sauber ausgebreitet über dem Bett. Ich beobachte, wie die Frau summend die einzelne Rose in der Vase austauscht. Weiß gegen Rot.

Ein Knarzen reißt mich aus dem Damals. Augenblicklich richtet sich die Mündung meiner Waffe auf die Tür, während ich bereit bin, eine zweite Leiche hier zurückzulassen. Das Haus scheint mich zu verhöhnen. Keine Regung. Mein Beobachter, mein Jäger ist gut. Verdammt gut. Die Schatten lieben ihn, schützen ihn vor meinen Augen. Lassen es aussehen, als hätte nur die Feuchtigkeit sich zwischen die Dielen geschlichen. Es kommt mir immer weniger so vor, als verlange der andere meinen Kopf. Vielmehr wirkt es, als wolle er mich vertreiben. Wie ein eingerostetes Schlossgespenst.

Bei dem Gedanken muss ich ein Grinsen unterdrücken. Damit wird er wohl keinen Erfolg haben. Ich straffe die Schultern und mache mich auf in den letzten Raum dieses Stockwerks. Ebenso wenig, wie sich mein Beobachter bemüht, sich zu verstecken, tue ich es nun. Meine Schritte hallen ungeniert durch das tote Gebäude. Ich versuche, den Strahl meiner Taschenlampe nicht länger zu verbergen. Gleißend und grell strahlt er durch den Korridor, wird von den düsteren Wänden zurückgeworfen.

Ich stoße die letzte Tür auf und runzle im nächsten Moment die Stirn. Der Raum ist unversehrt. Was auch immer derjenige suchte, entweder fand er es in ihrem Schlafzimmer oder ihm lief die Zeit davon.

Auf der Kommode stehen Fotos. Unmengen davon. Ein prüfender Blick über die Schulter, dann überquere ich die Schwelle. Ich fahre mit der freien Hand vorsichtig über die verstaubten Rahmen. Bilder von der Frau, deren Leiche ich in dem anderen Raum gefunden habe. Mit einem Mann. Ich betrachte das Paar fasziniert. Sie so sanft, so schön. Er augenscheinlich eiskalt. Sie ähnelt mir auf eine unheimliche Weise. Nicht wie eine Mutter ihrem Kind, vielmehr wie ein unbekannter Zwilling. Davon abgesehen, dass an ihrem Lächeln auf keinem der Fotos etwas Einstudiertes ist. Weder als sie einen dicken Strauß aus Wildblumen hält, noch als sie im Brautkleid den Mann mit den kalten Augen anlächelt. Und er dieses Lächeln erwidert.

Sie neben zwei kleinen Jungen im gleichen Alter. Zwillinge?

Es tut mir beinahe ein wenig leid, dass ich die Bilder aus den Rahmen nehme, falte und in meiner Gesäßtasche verschwinden lasse. Aber ich habe das dringende Gefühl, dass ich deswegen hergekommen bin. Was mir immerhin den Besuch des wenig vertrauenerweckenden Dachbodens erspart. Ganz abgesehen davon, dass ich dort meinem Beobachter gegenübertreten müsste.

Ich lege den letzten geleerten Rahmen zurück auf die Kommode. In diesem Moment höre ich das leise Klicken, wie wenn man eine Waffe entsichert. Ich weiß, dass auf mich gezielt wird.

„Hast du dich doch dazu entschieden, mich gleich hier und jetzt zu töten?“, spotte ich, sichere meine Pistole und lasse sie wieder in meinem Kapuzenpullover verschwinden. Jetzt die Waffe gegen eine unbekannte Gestalt zu erheben, die nur noch abdrücken muss, wäre nicht die beste Idee.

Keine Antwort. Nur das leise Knarzen der Dielen. Mit einem kühlen Lächeln im Gesicht schalte ich die Taschenlampe aus und verstaue das Smartphone neben den Bildern in meiner Gesäßtasche. Dann drehe ich mich endlich um.

In den ersten Momenten kann ich meinen Angreifer nicht erkennen, sehe nur, dass er etwas in den Händen hält. Wieder dieses Klicken, dieses Mal schärfer, als wäre er zuvor nur abgerutscht. Das Zimmer wird in gleißendes Licht getaucht. Eine Taschenlampe. Ich blinzle gegen das Licht an.

„Cathrin?“, höre ich eine fassungslose Stimme.

Mir klappt der Mund auf. Das gibt es doch nicht! Deswegen wusste ich so genau, dass mein Angreifer sicher da war, wusste, wann er atmete, selbst dass er ein gottverdammtes Niesen unterdrückte.

„Silent!“, zische ich empört und gehe auf ihn zu. „Was verdammt machst du hier?“

„Das gleiche könnte ich dich auch fragen", erwidert er.

Ich schnaube abfällig und schalte meine eigene Taschenlampe an. Jetzt blenden wir uns gegenseitig.

„Ich habe etwas zu erledigen", sage ich abweisend.

Ich spüre, dass Silent eine Augenbraue nach oben zieht. „Hast du? Solltest du eine Hausdurchsuchung machen oder was?" Blöde Frage.

„Und du? Hast du den Befehl bekommen, mich zu verfolgen?", feuere ich zurück.

Ein abfälliges Lachen ist Silents einzige Antwort. „In diesem Haus bin ich aufgewachsen, Cathrin. Du kannst es mir also kaum verübeln, wenn ich mich hin und wieder hierher verirre."

Das ist das Letzte, was ich erwartet habe. Vor allem, da es sich anfühlt wie die Wahrheit. In diesem Haus? Dieser verwaisten, zerstörten Ruine? Es fällt mir schwer, ihm zu glauben, dass er ebenso zufällig wie ich hierhergekommen ist. Vor allem, da das nicht gerade das gemütliche Plätzchen ist, an dem man seine Nächte freiwillig verbringt.

„Silent, ich brauche keinen Babysitter! Also, wenn du denkst, dass du auf mich aufpassen musst, dann irrst du dich", schieße ich heftig zurück.

Er zuckt nur die Schultern und richtet den Taschenlampenstrahl endlich auf den Boden. „Du nimmst dich ziemlich wichtig, wenn du denkst, dass ich hinter dir hergelaufen bin, um auf dich aufzupassen."

Sein abfälliger Tonfall treibt mir die Schamesröte auf die Wangen. Aus zusammengekniffenen Augen mustere ich seinen Gesichtsausdruck, beobachte jede noch so kleine Bewegung. Wie er den einen Fuß hinter den anderen setzt, ohne die Absicht zu haben rückwärtszugehen. Wie er den Kopf leicht schief legt, sodass dicke schwarze Strähnen in seine Augen fallen.

„Wenn du so oft hier bist, dann weißt du sicherlich, dass hier eine Tote liegt", wechsle ich das Thema.

Kurz huscht Überraschung und, wenn ich mich nicht irre, Schmerz über Silents Gesicht. Dann strafft er die Schultern. „Ich weiß vieles", sagt er vage und fährt sich einmal durch die Haare, bis sie zu Berge stehen. Stirnrunzelnd betrachte ich ihn. Wieder keine Lüge. Andererseits, wie will er bei den drei Worten unehrlich sein?

„Ja, vielleicht stimmt das. Aber hey, du hast immer noch nicht gelernt, die Klappe zu halten, wenn gerade der perfekte Moment dafür wäre. Vielleicht kommst du des Öfteren hierher, aber du hast absichtlich darauf geachtet, dass ich dich nicht sehe, oder willst du das bestreiten?", frage ich ihn mit einer Ruhe, die ich mir selbst nicht zugetraut hätte, während beißende Sorge und Misstrauen mich aufzufressen drohen.

Wortlos kommt er näher zu mir, streckt die Hand aus und streicht mir diese dumme Strähne aus der Stirn. Der Weg, den seine Fingerspitzen genommen haben, brennt auf meiner Haut wie Feuer.

„Wie ist dein Gespräch mit Timothy verlaufen?“, murmelt er und sieht mir dabei tief in die Augen.

Er ist mir wieder zu nah. Ich schlage seine Hand weg und mache zwei Schritte an ihm vorbei in Richtung Ausgang. Hier ist er kein Freund. Hier ist er im besten Fall unberechenbar.

„Gut. Sehr gut sogar, wenn du es genau wissen möchtest“, antworte ich. „Und die restliche Nacht würde ich tatsächlich lieber meine Zeit allein genießen.“

Ich kann sehen, wie sich sein Gesicht verdüstert. „Dann tu das. Und lass dich nicht umbringen.“ Er kann seine Stimme nur mit Mühe unter Kontrolle halten. Der Zorn lässt sie beben. „Obwohl, so wie du dich anstellst, wirst du abgeknallt, sobald der Erste, der dich wirklich tot sehen will, dich ins Visier nimmt.“

Mit überrascht aufgerissenen Augen starre ich ihn an. Silent ist momentan so wankelmütig, noch launischer als sonst. Als, keine Ahnung, stände er unter großem Druck. Das einzige Ventil für diese ungezügelte Wut? Brüllen. Kontrollverlust. „Ich bin hart im Nehmen“, wische ich das Thema vom Tisch und trete in den Flur hinaus.

Die Schneeflocken stieben auf, als Silent neben mich tritt. Er läuft unbedacht, jeder Versuch, sich zu verbergen, ist gestorben. Zugegeben, es wäre, jetzt wo wir nebeneinanderstehen, auch verschwendete Liebesmüh.

Ich bin fast aus der Tür, da ruft Silent mir hinterher: „Ich würde dir nie etwas tun, das weißt du doch, oder?“

Irritiert drehe ich mich zu ihm um. „Was?“

Er zieht konzentriert die Augenbrauen zusammen. „Du dachtest vorhin, dass ich dich töten wollte. Das würde ich nie tun“, erklärt er leise und kommt auf mich zu.

Ich muss schlucken. „Das ... das habe ich nicht zu dir gesagt. Ich dachte, du wärst jemand anderes“, murmele ich leise.

Noch ein Schritt. Ich will die Hand heben und ihn berühren, ihm durch das dichte schwarze Haar fahren. Der Impuls verwirrt mich. Sorgsam balle ich die Hand zur Faust.

„Jemand, der dich jagt?“ Ich zucke die Schultern. Sein Gesicht verdüstert sich noch weiter. „Cathrin", flüstert er eindringlich. „Bist du in Gefahr?"

Eine schwierige Frage.

„Gerade nicht wirklich. Aber sagen wir einfach, dass ich mir nicht so viele Freunde gemacht habe in letzter Zeit", gebe ich zu.

Nachdenklich fährt Silent sich über das blasse, vom Mondlicht beschienene Gesicht. „Aber meine Hilfe willst du nicht?"

Ich nicke. Seine Hilfe will ich nicht, das hat er ganz richtig erfasst.

Ein leidgeprüfter Seufzer, den Silent sich definitiv von mir abgeguckt hat. „Mit dieser Luca, das ging doch, oder? Mit ihr als Rückendeckung kamst du klar."

Mein erster Impuls ist es, auf seinen dämlichen Vorschlag hin zu lachen. Dann geht mir auf, dass er gar nicht so unrecht hat. Luca und ich in einem Team, das hat schon irgendwie funktioniert.

„Vermutlich", grummle ich, nicht hundertprozentig sicher, worauf er hinauswill. Eine unschöne Situation.

Silent nickt noch einmal. „Gut. Dann wünsche ich dir viel Spaß allein. Und hoffe, dass du deine Pistole auch bedienen kannst", lacht er leise.

Ich verdrehe die Augen. Es juckt mich in den Fingern, ihm zu zeigen, wie gut ich ihm damit ein Loch ins Knie feuern kann. Stattdessen bemerke ich: „Ich habe gelernt, damit umzugehen." Das hat jetzt schnippischer geklungen als beabsichtigt.

„Ja, das hast du wohl", murmelt er und hört sich schon wieder alles andere als zufrieden oder glücklich an.

Was meint er damit jetzt wieder? Von meiner Zeit bei Madame kann er nur wissen, wenn er ein offenes Ohr für den Mafioso hat. Der ihn nur am Leben lassen würde, wenn Silent ihm nahestände und nützlich wäre. Ich schiebe die Angst weg von mir. Wäre Silent ein braves Schoßhündchen des Mafiosos, würde ich das spüren.

Ratlos betrachte ich das, was ich von Silent problemlos erkennen kann, dann schalte ich meine Taschenlampe aus und lasse uns in relativer Dunkelheit zurück, nur erhellt von dem kleinen Kreis, den Silents Taschenlampe auf dem Boden vor seinen Füßen bildet.

„Wir sehen uns dann morgen", verabschiede ich mich.

Er nickt und wendet das Gesicht von mir ab. Ich überlege, ob ich ihm noch einen Kuss auf die Wange geben soll, entscheide mich dann aber dagegen. Die Gefahr, dass Silent das falsch auffasst, ist einfach zu groß.

Lautlos verschwinde ich durch die Tür mit dem jetzt aufgebrochenen Schloss. Der tote Rosenstrauch greift nach mir mit langen, knochigen Fingern. Ich reiße den einen Zweig von meinem Pullover, akzeptiere, dass Fäden in den Dornen zurückbleiben, und renne los. Nicht, weil ich verfolgt werde. Einfach so. Einfach, weil es guttut, weil es Spaß macht. Weil ich es liebe, wie der Wind mir um die Ohren pfeift und an meiner Nase knabbert. Weil es nichts Schöneres gibt als das Gefühl, wie die Gedanken von mir fortgezogen werden.

Ich bleibe schließlich leicht außer Atem vor einem kleinen Bistro stehen. Ein kleines Schild hängt in der Tür. Geöffnet. Ich linse hinein. Warmes Licht scheint durch die kleinen Fenster nach draußen. Niemand sitzt an den Tischen. Perfekt. Leise öffne ich die Tür und genieße den warmen Luftstrom, der auf mein eisiges Gesicht trifft. Überrascht hebt eine junge Frau den Kopf, als ich die Tür hinter mir schließe und mich an einen Tisch setze. Den einzigen, den man vom Fenster aus nicht sehen kann. Sofort klopft die Frau sich die Hände an der dunkelroten Schürze ab und kommt zu mir.

„Kann ich Ihnen etwas bringen?", fragt sie in gedämpftem Tonfall, obwohl wir vollkommen allein sind.

„Ein Wasser bitte und einen Salat ohne Beilage", antworte ich und stütze meinen Kopf in die Hände.

Sie nickt. „Kommt sofort."

Darauf will ich hoffen.

Sie ist tatsächlich schnell zurück, in der einen Hand mein Glas Wasser, in der anderen den Salat. Ich bezahle sofort, dann kann ich verschwinden, wann ich will. Sobald sie sich wieder hinter der Theke verschanzt hat, ziehe ich die Fotos aus der Hosentasche und nehme mir die Zeit, sie eingehender zu betrachten. Auf zweien ist die tote Frau allein abgebildet. Ich komme nicht umhin, ihre Eleganz zu bewundern, die sie selbst auf den Bildern ausstrahlt. Frage mich, wie man ein so warmes, herzliches Lächeln besitzen kann. Mir bleibt nichts anderes übrig, als sie zu mögen und ihr mein Vertrauen zu schenken, ohne ihr jemals begegnet zu sein.

Beinahe abwesend lasse ich vor meinen Augen ihre Vergangenheit ablaufen. Beobachte voll Faszination ihre Herzlichkeit, mit der sie ihre beiden Kinder, tatsächlich Zwillinge, behandelt. Wie liebevoll. Wie mütterlich. Die kleinen Berührungen, die sie den beiden schenkt. Liebe in winzigen Dosen. Und die Kinder saugen sie auf wie Luft. Einige Zeit verliere ich mich in dem Anblick.

„Es ist gleich fünf. Wir schließen“, reißt mich die Stimme der Kellnerin aus meinen Gedanken.

Erschrocken hebe ich den Kopf und sehe sie an. Die Frau steht direkt neben mir, hat einen perfekten Blick auf die Fotos. Als wolle sie das beweisen, nickt sie in Richtung des einen.

„Ihre Mutter?“

Nein. Ich nicke.

„Sie ist unglaublich schön“, wispert die Kellnerin ehrfurchtsvoll.

Ich falte die Bilder wieder zusammen und stecke sie zurück in meine Gesäßtasche. „War wunderschön. Jetzt ist sie es nicht mehr“, sage ich in einem neckenden Tonfall, obwohl überhaupt nichts Lustiges an der Tatsache ist, dass ebendiese Frau tot und beinahe fleischlos in ihrem eigenen Schlafzimmer für immer ruht, bis die Krähen kommen.

Die Kellnerin lacht. „Ja, das Alter nimmt allen das Beste“, erwidert sie. Früher oder später immer.

Ich nicke knapp und schenke ihr noch ein pflichtbewusstes Lächeln, ehe ich mich wieder hinaus in die Kälte wage. Die Temperaturen sind gefallen. Es sind mindestens zehn Grad weniger als noch vor einigen Stunden. Wenn nicht noch mehr. Glitzernde Flocken stieben wie feiner Staub vom Himmel. Stiche in die Haut. Meine momentane grobe Einschätzung, welcher gefühlten Kälte ich nur in einem dünnen Shirt und darüber einem Kapuzenpullover ausgesetzt bin? Ungefähr minus fünfzehn Grad. Das ist selbst für mich verdammt kalt. Noch ein Grund zu rennen, abgesehen von der Tatsache, dass in drei Stunden der Unterricht anfängt.

An meinen Augen huschen die festlichen Beleuchtungen der Geschäfte vorbei. Der zweite Advent ist seit gestern Nacht Geschichte. Bald ist Weihnachten. Nur dass ich das kaum miterleben werde, wenn ich noch viel länger in diesem Aufzug in den Straßen herumirre.

Meine Glieder werden bereits unangenehm steif und das Einatmen schmerzhaft. Würde sich nicht vor meinen Augen das Internatsgebäude auftun, verschwände ich wohl einfach in das nächstbeste Haus – egal, ob das nun Hausfriedensbruch ist oder nicht. So flitze ich die letzten Meter so schnell wie möglich, stoße die Tür viel zu laut auf und eile bis in mein Zimmer. Achtlos ziehe ich mich aus und steige unter die warme Dusche.

Das Wasser bringt meinen Kreislauf wieder in Schwung. Mit einem leisen Stöhnen lasse ich mich an den Fliesen hinabgleiten. Das war knapp. Zu knapp. Anmerkung an mich: Winterjacke nicht nur besitzen, sondern auch anziehen. Man kann nicht darauf setzen, dass der Adrenalinpegel einen bis zurück ins Bett beflügelt.

Erst als das Wasser langsam kalt wird, drehe ich es ab und mache mich bereit für einen Montagmorgen. Ein Blick in den Spiegel bestätigt mir, dass ich bereit bin für den Tag. Kaum Augenringe, leicht gerötete Wangen, glänzende, wache Augen. Zufrieden flechte ich mir meinen obligatorischen Zopf und stopfe die Sachen für Englisch, Physik, Mathematik, Fotografie und Französisch in meine Tasche. Heute bin ich vorbildlich und habe tatsächlich alle Materialien dabei. Die ergaunerten Fotos lege ich unter meine Unterwäsche – wer auch immer darin rumwühlt, ist tot, egal ob wegen der Bilder oder einfach, weil er oder sie krank ist.

Zuletzt hänge ich mein Smartphone noch an das Stromkabel. Die Uhr sagt mir, dass es erst halb sieben ist. Noch eine Viertelstunde bis zum Frühstück. Gedankenverloren wandere ich hinüber zum Fenster und öffne es. Die weißen Gardinen flattern mir entgegen und erinnern mich an die Bilder der Vergangenheit einer mir fremden Frau. Zarte Schmetterlingsflügel, verloren im Wind. Silent sagte, dass er sich oft in diesem Haus aufhielte. Angenommen, Silent hätte sich nicht hinter vagen Antworten versteckt, warum liegt die Frau dann nicht längst unter der Erde? Warum hat er sie so verwundbar in ihrem eigenen Schlafzimmer zurückgelassen? Warum wird ihr die verdiente Ruhe nicht zugestanden?

Ein leises Klopfen reißt mich aus meinen Gedanken. Ich weiß, wer vor der Tür steht. Seufzend schließe ich das Fenster und durchquere mein Zimmer.

„Was willst du?", begrüße ich Silent unfreundlich.

Er schenkt mir ein schiefes Lächeln, das ich noch nie in seinem Mimikrepertoire gesehen habe. „Sehen, wie es dir geht."

Ich verdrehe die Augen. „Als wüsstest du das nicht bereits."

Nachdenklich legt er den Kopf schief. „Du wärst heute früh beinahe erfroren", merkt er nahezu beiläufig an, während er sich an mir vorbeidrückt, hinein in mein Zimmer.

Ich verdrehe die Augen. So klar, dass er das erwähnen muss. „Ja, ich habe nicht mit dem Temperatursturz gerechnet", antworte ich ehrlich, schnappe mir meine Tasche, schließe die Tür hinter mir und setze mich in Bewegung in der dummen Hoffnung, dass er in meinem Zimmer bleibt. Was er nicht tut.

„Was genau wolltest du gestern Nacht in meinem Haus?", fragt er schließlich, als wir schon eine Weile Seite an Seite den Korridor entlanggelaufen sind und meine Gebete, er möge einfach verschwinden, nicht erhört wurden. Ich kenne Silent inzwischen gut genug, um zu wissen, dass diese Frage der eigentliche Grund für sein Kommen ist. Erfroren wäre ich schon oft um ein Haar. Oder verblutet.

„Keine Ahnung. Ich wurde dahin geführt und das war's", erwidere ich schulterzuckend. Keine Lüge. Das merkt auch Silent. Ob es ihm passt, ist allerdings eine ganz andere Frage.

„Von wem?"

Ich lache kurz auf. „Von wem wohl, mein Lieber? Wurdest du von deinen Fähigkeiten noch nie irgendwohin geschleift?", spotte ich, werfe mir den Riemen der Tasche über die Schulter und beschleunige meine Schritte. Silent folgt mir selbstverständlich.

„Doch. Meistens widerstehe ich dem aber. Hätte mich schon öfter als einmal beinahe den Kopf gekostet", sagt er schulterzuckend.

Ich presse die Lippen aufeinander. Daran sollte ich mir vielleicht ein Beispiel nehmen. Wäre vermutlich gesünder. Andererseits würde ich nicht einen Millimeter weiterkommen mit meinem Fall.

„Dann weißt du trotzdem, warum ich da war", erwidere ich. Er versteht, warum ich mich auf das Silbertablett gewagt habe, mit der Knarre im Rücken. Aus dem Augenwinkel kann ich erkennen, wie Silent nickt.

„Was hast du gesucht, Cathrin?", fragt er viel eindringlicher, als er sollte. Eindringlich genug, dass ich antworten will. Es aber nicht tue.

„Das Haus", sage ich knapp. Plötzlich finde ich mich mit dem Rücken gegen die raue Wand gepresst wieder, meine Tasche liegt auf dem Boden.

„Cathrin", zischt Silent. Er ist mir zu nahe. Die eisblauen Partikel in seinen Iriden strahlen bedrohlich. Eiskalt. „Du musst mir vertrauen, okay? Ich weiß, dass Probleme auf dich zukommen, große Probleme. Und wir können nur dafür sorgen, dass es glimpflich ausgeht, wenn wir zusammenarbeiten, hörst du? Wir können das nur gemeinsam schaffen."

Wie viel würde ich dafür geben, um zu verstehen, wovon er spricht? Wie viel, um zu wissen, dass er nicht lügt, mich nicht manipuliert? Vermutlich ein paar meiner hübschen Beißerchen.

„Du redest so, als hättest du mich sterben sehen." Das ist keine Frage, sondern eine Feststellung.

Silent atmet aus. Für einen Moment schließt er die Augen, seine langen schwarzen Wimpern werfen dunkle Schatten auf die hohen Wangenknochen. Eine tiefe Falte gräbt sich in seine Stirn. Das steht ihm nicht.

„Ich habe dich leiden sehen“, wispert er hastig. Gehetzt genug, damit ich mich unwillkürlich umsehe. Wir sind allein. Niemand, der uns belauschen könnte. „Ich habe ... ich habe deinen Schmerz gespürt, Cathrin. Ich habe gesehen, was es nach sich ziehen wird. Du musst mir vertrauen, dass ich der Einzige bin, der dir jetzt helfen kann. Bitte.“ Die Hilflosigkeit in seiner Stimme erschreckt mich, während ich mich frage, wie ernst er das meint.

Silent ist mein Seelenverwandter. Er ist quasi mein Spiegelbild. Ich bin eine grandiose Lügnerin. Ich kann meine Emotionen verbergen wie sonst nur er.

„Ich kann dir nicht vertrauen“, antworte ich nach einigen ratlosen Sekunden, in denen uns die wenigen Mitschüler, die um die Ecke biegen, schiefe Blicke zuwerfen. Silent und ich wirken wie ein Liebespaar, doch meine angespannte Haltung und seine Sorge widerlegen dieses Bild. So wie wir dastehen, genießt kein Paar seine gemeinsame Zeit. Außer einer von beiden ist fremdgegangen.

Silent lässt unvermittelt seinen Kopf auf meine Schulter sinken. Erschrocken ziehe ich die Luft durch die Zähne ein und will ihn wegstoßen. Aber ehe ich diese Bewegung ausführen kann, hat er meine Handgelenke umfasst und presst sie an die Wand hinter mir. Soll ich ihn treten? Ich nehme mir vor, das erst zu machen, wenn er versucht, mich irgendwie unsittlich zu berühren. Oder zu küssen. Ach, Himmel, das ist doch beides das Gleiche!

„Lass mich dein Vertrauen verdienen“, bittet Silent und die Verzweiflung in seiner Stimme lässt mich schaudern. Zu gern würde ich ihm jetzt in die Augen sehen, aber er zieht es ja vor, sein Gesicht an meinem Hals zu verbergen.

„Ich denke noch einmal drüber nach, wenn du deine Hände bei dir behältst und mich zum Frühstück gehen lässt“, murre ich.

Seine Finger lösen sich zögerlich von meinen Handgelenken, sein Kopf aber bleibt, wo er ist. Ich seufze einmal auf und versuche, einen Schritt seitwärts zu machen. Sofort umfasst er meine Taille. Frustriert lege ich den Kopf in den Nacken und starre an die Decke.

„Silent, lass mich los“, bitte ich sanfter, als ich es von mir selbst erwartet hätte. Vermutlich, weil ich sein Unbehagen spüre. Und diese beißende, endlose, kalte Sorge. Wie ein kleines Kind schüttelt er den

Kopf. Gut, nicht die Geduld verlieren. „Bitte", versuche ich es noch einmal.

Wieder ein Kopfschütteln. Ich lege fest, jetzt und für alle Ewigkeit, mir war die Zeit, als wir uns ständig gegenseitig die Kehle rausreißen wollten, lieber. Da musste ich immerhin nicht als überdimensionaler Teddybär herhalten. Silent seufzt tief an meinem Hals, dann lässt er mich tatsächlich los. Mit einer nervösen Bewegung fährt er sich einmal durch die Haare. Sie sind ungekämmt. Das erinnert mich ein wenig an den Tag, als ich ihn das erste Mal ohne Kapuze gesehen habe. Wenige Stunden später tauchten die Männer auf, die keine Ahnung was hier wollten. Ich habe sie getötet.

„Sagst du mir, was genau passieren wird?", frage ich und lasse seinen Blick nicht für einen Moment los.

Für den Bruchteil einer Sekunde blitzt nackte Panik in seinen Augen auf, dann ... nichts.

„Man wird dich vor die Wahl stellen. Du wirst die falsche treffen, für dich die falsche. Die Konsequenz wird ein eisiges Gift in deinen Adern sein. Es wird das zerstören, wofür du jetzt alles geben würdest", prophezeit er. Seine Augenbrauen sind zusammengezogen, die Fäuste geballt. Ich spüre eine leichte Übelkeit, die nicht von mir herrührt. Silent wird kein weiteres Wort zu mir sagen. Nicht eines. Vielleicht ist das gut so. Ich will nicht hören, wie seine Stimme bricht.

„Danke. Auch wenn mir das nicht wirklich weiterhilft", murmle ich, schnappe mir meine Tasche und ergreife die Flucht.

Ich bleibe wie angewurzelt stehen, als ich erkenne, wer da mit Timothy am Tisch sitzt und leise lacht. Ich starre fassungslos auf ihre durchtrainierte, äußerst vorteilhafte Gestalt. Dann setze ich mich irgendwie wieder in Bewegung und geselle mich zu den beiden.

„Ich dachte, du wirst in der Zentrale gebraucht, Luca", sage ich und setze mich neben Timothy.

Sie zuckt sorglos die Schultern und beißt von ihrem Weißbrot ab. Allein bei dem Anblick kommt mir die Galle hoch. Nicht, weil ich Luca jetzt gerade in diesem Moment extrem verabscheue. Sondern eher, weil ich Weißbrot mehr hasse als alles andere.

„Dein lieber Silent hat mich quasi auf Knien angefleht, herzukommen und auf dich aufzupassen", nuschelt sie. Ungläubig sehe ich Luca an. Herausfordernd hebt sie eine Augenbraue und nimmt noch einen Bissen.

Ich bringe ihn um.

„Er ist nicht mein Silent.“ Übellaunig wende ich den Apfel zwischen meinen Händen.

Luca verdreht die Augen. „Ja, klar.“

Ich lache kühl auf und gebe Timothy einen langen, für jeden ersichtlichen Kuss. Nicht mein dämlicher Silent, mein Timothy.

Ein abfälliges Schnauben. „Danke für die Demonstration“, kichert Luca und schiebt sich noch mehr von ihrem Brot in den Mund.

Timothy lacht ebenfalls, jedoch leiser und in mein Ohr.

„Also, seid ihr jetzt wieder zusammen?“

Lucas Frage lässt mich ratlos Timothys Blick suchen. Sind wir wieder zusammen? Wir haben beide um Zeit gebeten, wissen beide, dass wir dem anderen die Welt bedeuten. Aber das heißt nicht automatisch, dass das mit uns wieder funktionieren kann, oder?

Hilfe suchend warte ich auf ein stilles Zeichen von Timothy. Sind wir wieder zusammen? Er gibt es mir nicht. Ich zucke die Schultern.

„Ja, erste Krise überstanden“, erwidere ich mit einem breiten Lächeln. Neben mir atmet Timothy leise auf. Erleichtert?

„Genau“, sagt er und legt seinen Arm, wie schon so oft zuvor, um meine Schulter. Es ist wie ein körpereigener Reflex, sich an ihn zu lehnen und einmal tief einzuatmen.

„Gott, seid ihr eklig süß zusammen“, schnaubt Luca und schiebt ihren Teller von sich. „Übrigens, ich schlafe bei dir im Zimmer, Cathrin. Also bitte keine nächtlichen Besuche, Loverboy.“

Loverboy? Echt jetzt?

„Wenn überhaupt, gehe ich sowieso zu ihm“, murmle ich in mein Frühstück.

Luca kichert schon wieder. Dass ihr das nicht irgendwann zu blöd wird? Jetzt wo Silent sie mir angeschleppt hat, wird mir wieder sehr bewusst, warum ich sie nie wirklich gemocht habe. Zu anstrengend.

„Oh, die Zeit, in der die Männer die Gefahr auf sich nahmen, um ihre Angebetete aufzusuchen, wird wohl überbewertet?“, stichelt sie.

Neben mir lacht Timothy leise auf. Hat er den Seitenhieb nicht verstanden? Oder ist ihm das Giftspritzen einer ekligen Spinne einfach egal?

„Vielleicht liegt es auch daran, dass ich es bevorzuge, meine Nächte durchzuschlafen“, sagt er.

Ich zucke zusammen. Nicht wegen seiner Worte, sondern weil meinen Arm soeben ein brennender Schmerz durchfahren hat. Als hätte sich eine unsichtbare Hand um meinen Knochen gekrampft und ihn in tausend Splitter zertrümmert. Automatisch sehe ich auf meinen Arm. Keine verletzte Haut. Nichts. Und trotzdem schießen die stechenden Schmerzen durch mich hindurch, als hätte ich mir den Unterarm zertrümmert.

„Cathrin?“, wispert Timothy neben mir.

Reflexartig hebe ich den Kopf. „Was? Hast du was gesagt?“, frage ich und klinge panischer, als ich sollte. Ich bin unversehrt. Ich weiß es. Das Stechen will dennoch nicht nachlassen.

Seine Augen verengen sich leicht. „Alles in Ordnung?“

Eine lächerliche Frage, das weiß er auch. Es ist schließlich offensichtlich, dass nicht alles gut ist.

„Ja, klar“, sage ich mit einem tapferen Lächeln und dränge diesen schrecklichen Schmerz, der nicht zu mir gehört, zurück. Für jetzt.

Langsam nickt Timothy und nimmt den Arm von meiner Schulter. Das Angebot, dass ich gehen darf. Ich schenke ihm ein dankbares Lächeln und drücke ihm einen Kuss auf die Lippen, den ich ernster nicht meinen könnte. Timothy schenkt mir ein winziges Lächeln. Es wärmt mein Herz und gibt mir einen Adrenalinschub, den ich brauchen werde.

Es gibt nur eine Person, deren Schmerzen ich spüren kann. Silent. Silent, der ein verdammtes Problem zu haben scheint.

Luca lächle ich kurz zu. Ich will meinen Teller gerade greifen und mitnehmen, da schüttelt Timothy leicht den Kopf.

„Alles gut. Das mach ich“, wispert er, und während ich gehe, frage ich mich unwillkürlich, warum er mir hilft. Ohne dass ich ihm etwas davon gesagt habe. Nur weil ich auf meinen Arm starrte.

Hat Silent noch tiefer in den Sack gegriffen? Ihm nicht nur erzählt, dass ich in die Zukunft sehen kann, sondern auch, dass uns ein seltsames Seelenband aneinanderkettet? Das würde erklären, warum Timothy schlagartig genauso besorgt war wie ich. Wenn ich Schmerzen empfinde, ohne verletzt zu sein, ist der einfache Rückschluss, dass ich das mitbekomme, was Silent sich eingehandelt hat.

Ich will gerade rätseln, wie ich ihn am besten finde, ob es sinnvoll wäre, meine Fähigkeiten zu beanspruchen, da höre ich einen gedämpften Aufschrei. Ein scheußliches Stechen kreischt durch meine Rippenbögen. Keuchend biege ich um die nächste Ecke, auf das Geräusch zu. Und traue meinen Augen nicht.

Silent liegt am Boden. Blut läuft ihm aus den Mundwinkeln. Über ihm steht Adam und tritt wieder und wieder auf ihn ein. Ich unterdrücke ein entsetztes Wimmern und laufe auf das skurrile Bild zu. Auf Silent und Adam. Silent als Opfer, obwohl ich ihn bis jetzt immer und ausschließlich als Henker betrachtet habe.

„Du wirst sie mir nicht wegnehmen, passt das in dein Spatzenhirn?", brüllt Adam ihn an.

Ich ramme dem dummen Jungen meinen Ellbogen in die Rippen. In diesem Tonfall rede nur ich mit Silent. Basta.

Rasend wirbelt er herum, holt unkontrolliert aus, schlägt zu. Ich ducke mich weg und platziere einen sehr gezielten rechten Haken auf seinem Unterkiefer. Adams Kopf fliegt nach hinten. Ich könnte ihn außer Gefecht setzen, aber dieses Spiel habe ich mit ihm binnen der letzten zwei Wochen schon zu oft gespielt. Also verabschiede ich mich vom Fairplay und trete ihm in den Unterleib. Mit einer gewissen Genugtuung beobachte ich, wie Adams Augäpfel hervorquellen und er keuchend und mit Tränen in den Augen neben Silent zu Boden geht. Tja, verspielt.

Seine Flüche ignorierend, biete ich Silent eine Hand an. Der betrachtet mich, als hätte ich den Verstand verloren.

„Das war nicht fair", stößt er schließlich hervor und greift mit seinem gesunden Arm nach mir.

„Auf am Boden Liegende einzutreten, ist auch nicht gerade die feine englische Art", schnaube ich.

Ein bitteres Lächeln tritt auf Silents Lippen, als ich ihn nach oben ziehe. Dabei tropft ein wenig Blut von seinem Kinn auf unsere verschränkten Hände. Rote Blüten auf meiner Haut. Trocknet es, wird es wie rostige Farbe aussehen und schuppig von meinen Fingern abstehen. Unwillkürlich zucke ich zurück.

„Was genau tust du hier?", fragt Silent mich.

Ich zucke mit den Schultern. „Ich habe gerade mein Frühstück mit meinem Freund und Luca genossen – danke übrigens, dass du mir dieses Mädchen wieder auf den Hals gehetzt hast –, da dachte ich plötzlich, jemand zertrümmert mir die Knochen. Lustig, nicht wahr?", sage ich, schiebe vorsichtig den Ärmel über seinem verletzten Arm nach oben und betaste fachmännisch seinen Unterarm. Der Knochen wirkt im Großen und Ganzen heil.

Trotzdem zieht Silent scharf die Luft zwischen den Zähnen ein, als ich vorsichtig über seine Haut fahre und nach irgendetwas suche, das ein Anzeichen für einen Bruch sein könnte. Unversehrte Haut.

„Also, ich glaube, du hast wirklich noch einmal Glück gehabt. Nur eine Prellung“, urteile ich schließlich und lasse seinen Arm wieder los.

Gedankenverloren betrachtet Silent mich. „Da habe ich wohl Glück gehabt. Mit einer gebrochenen Rippe komme ich klar“, sagt er und streicht sich mit der freien Hand die Haare aus der Stirn.

Ich zucke die Schultern und schiebe zögerlich meine Hände unter seinen Kapuzenpullover, um mich seinem Oberkörper zu widmen. Ich spüre, wie er automatisch die Muskeln unter meinen Händen anspannt. Sekunden vergehen, in denen ich darauf warte, dass Silent mich wegstößt. Er tut es nicht. Die Hitze seiner Haut sickert durch meinen Körper, während ich behutsam die Muskulatur abtaste. Eine Kante drückt gegen meine Fingerspitzen. Diese Rippe ist einwandfrei gebrochen und für meinen Geschmack zu nah am linken Lungenflügel. So ein verdammter Mist.

Seufzend löse ich meine Finger wieder von Silents Oberkörper, ignoriere seinen intensiven Blick und taste nach meinem Döschen mit den Regenerationstabletten. „Hier.“

Er betrachtet skeptisch die kleine weiße Pille, die ich ihm anbiete. „Was soll ich damit?“, fragt Silent schließlich.

Ich verdrehe die Augen. „Schlucken, was sonst?“

Mit einem Schnauben nimmt er sie mir aus der ausgestreckten Hand und stopft sie sich in den Mund. Er verzieht kurz das Gesicht, als er auf das Ding beißt, und ich beschließe, dass er nicht wissen muss, dass er da quasi mein Knochenmark zu sich nimmt. Ich gebe ihm noch ein paar Schonsekunden, ehe ich mich gegen die Wand lehne und ihn mit nach oben gezogenen Augenbrauen ansehe.

„So, jetzt wo du wieder unter den Lebenden bist, Silent, hast du Timothy von unserer Seelenverwandtschaft erzählt?“

Er hebt den Kopf. Kurz huschen Gefühle über sein Gesicht, zu schnell, als dass ich sie greifen könnte. Wachsam beobachtet Silent mich, ehe er bedächtig nickt.

Ich lege den Kopf in den Nacken und atme einmal tief durch. Nein, ich breche ihm nicht die Rippe auf der rechten Seite. Ich ramme ihm auch nicht die Nase in sein nicht vorhandenes Hirn ... Verdammt!

„Ja, ich wollte, dass er das versteht“, sagt Silent. Er klingt gänzlich beherrscht. Jeder Muskel ist gespannt. Er wartet nur darauf, dass ich mich auf ihn stürze. „Und dass, na ja, ihr euch vielleicht wieder vertragt oder so.“

Ich lasse meine Hand sinken. Fassungslos sehe ich Silent an, der zögerlich zu mir hinabblickt. Ich muss zugeben, das hat mich gerade von den Socken gehauen. Das war schon beinahe umsichtig von ihm. Oder nicht selbstsüchtig. Unglaublich.

„Wow, du hast tatsächlich so etwas wie ein Gewissen", flüstere ich nach einer Weile. Sofort verdüstern sich seine Züge wieder, doch ehe er etwas sagen kann, schlinge ich die Arme um ihn.

Irgendwie ist es seltsam, verdammt seltsam. Aber irgendwann entspannt Silent sich und legt seinen Kopf auf meinem ab. Und von da an ist es absolut gruslig. Trotzdem halte ich ihn noch ein wenig und er mich.

Es ist Silent, der zuerst seinen Griff um mich lockert und mir ein schiefes Lächeln schenkt. „In ein paar Sekunden kommt dein Freund um die Ecke. Ich dachte, dass es für eure Beziehung besser wäre, ständen wir nicht so da", sagt er grinsend.

Ich lache leise auf und gebe ihm einen kleinen Kuss auf die Wange, ehe ich beschließe, Timothy entgegenzugehen und seine Nähe noch ein wenig zu genießen.

Kapitel 4

„Ist wirklich nett, dass ich mein eigenes Bett bekommen habe", sagt Luca und hüpft auf der Matratze auf und ab wie ein kleines Kind.

Ich gebe einen zustimmenden Laut von mir und bemühe mich krampfhaft, meine Schlafsachen zu finden. Was wirklich schwer ist, wenn die Zimmergenossin neun Zehntel des Schrankes eingenommen hat, ohne vorher um Erlaubnis zu bitten.

„Was genau machst du da?", will sie schließlich wissen, als ich ihre Unterwäsche gerade umplatziere in der Hoffnung, dass sie darunter meinen armen Pyjama begraben hat. Nur fürs Protokoll, hat sie nicht. Dafür habe ich jetzt einen Einblick in das bekommen, was ich niemals tragen werde. Ist das noch ein BH oder schon verloren gegangene Spitze mit einem Verschluss?

„Mein Schlafzeug suchen", murre ich, für die nächsten Minuten traumatisiert, und lege alles wieder ordentlich zurück. Auch den Spitzenfetzen mit Verschluss.

Ich höre, wie sie von ihrem Bett aufsteht und auf mich zukommt. „Ich habe deine Sachen in das Fach hier getan." Sie deutet auf das winzige Abteil ganz unten. Ich ziehe eine Augenbraue nach oben. Das habe ich schon aus Prinzip ignoriert. „Mehr Platz nehmen sie eh nicht ein."

Wo sie recht hat, hat sie recht. Meine wenigen Habseligkeiten passen in eine winzige Schublade. Was nicht bedeutet, dass sie mein Zeug in dieser Form diskriminieren darf.

Zufrieden ziehe ich meinen Schlafanzug hervor und presse ihn mir an die Brust. „Das Bad ist jetzt besetzt", setze ich sie in Kenntnis. „Falls du das Bedürfnis haben solltest, schmerzhaft zu sterben, komm rein." Ich schenke ihr ein strahlendes Lächeln, ehe ich die Tür schwungvoll hinter mir zuziehe. Der Knall hallt von den tristen weißen Fliesen wider. Von draußen höre ich ein undeutliches Murmeln. Ich würde meine Fähigkeiten darauf verwetten, dass Luca mich gerade nachäfft.

Als ich das Zimmer wieder betrete, dreht Luca sich gerade in schwarzer Spitzenunterwäsche vor dem Spiegel. Offenbar zufrieden mit dem Anblick, der sich ihr bietet, wirft sie die kastanienbraunen Haare über die Schulter und stolziert auf ihr Bett zu.

Meine Augenbrauen schießen in die Höhe. Okay. Dazu sage ich jetzt mal nichts. Ich bezweifle, dass ich diese Aktion verstehen würde, wenn sie mir eine Erklärung dazu liefert. „Das Bad ist jetzt frei", sage ich tonlos.

Luca sieht desinteressiert zu mir und zuckt die Achseln. „Und das sagst du mir jetzt, weil ..." Irgendwie gelingt es ihr, eine Braue nach oben zu ziehen, ohne dass sich dabei ein anderer Muskel in ihrem Gesicht bewegt. Einer der Gründe, warum ich sie nicht wirklich mag: Diese Geste beherrsche ich nicht ansatzweise so perfekt.

„Weil du dich bettfertig machen solltest?", schlage ich vor und schnappe mir eines meiner Bücher, um nicht auf ihren leicht bekleideten Körper starren zu müssen. Denn irgendwie ist es verdammt schwer, bei diesem ungewöhnlichen Anblick die Augen von ihr zu lassen. Wann immer ich zu ihr sehe, bin ich mir sicher, dass sie sich endlich etwas übergezogen hat, und sei es nur ein billiger Pullover oder die Bluse der Schuluniform. Was nicht geschieht. Ich halte das Buch genau so, dass nur noch ihr Gesicht in meinem Blickfeld ist, wenn ich über den Rand hinweglinse.

Luca schüttelt leicht den Kopf. „Cathlen, ich weiß, du bist ein absoluter Profi im Perfektsein, das sieht man deinem weißen Lächeln stets an, aber lass mich meinen Tagesplan bitte einfach handhaben wie immer, ja?"

Also das Zähneputzen ausfallen lassen? Eklig. Sie wird Löcher in ihren hübschen Beißerchen bekommen, morgen wird niemand sie mehr riechen können. Und das raue Gefühl auf der Oberfläche ... eine Zumutung! Weise, wie Luca mich gemacht hat, halte ich einfach den Mund, zucke unbeteiligt die Schultern und lasse mich in mein Kissen sinken. In solchen Momenten wünsche ich mir die Fähigkeit, meine Hände zum Glühen bringen zu können. Dann müsste ich mich jetzt nicht schwerfällig herumwälzen, um den Lichtschalter zu betätigen, damit ich auch nur ein Wort lesen kann. Aber man wollte mich natürlich mit etwas wirklich Nützlichem strafen. Das Einzige, was ich kann? Voraussehen, dass ich mich auf die Seite drehen werde, um das Licht anzumachen.

„Warum ziehst du denn jetzt schon wieder so ein finsteres Gesicht?" Lucas Stimme ist einfach zu schrill! Als Gutenachtmusik? Keine gute Wahl.

Ich lache trocken auf. „Willst du das wirklich wissen?" Sie zuckt die Schultern und ich verdrehe die Augen. „Ich ärgere mich gerade darüber, dass meine Hände nicht leuchten können und ich stattdessen in die Zukunft sehen muss“, sage ich und schlage mein Buch auf. Zytologie. Ich liebe diesen Teilbereich. Vor allem, wenn man beginnt, ihn aus der chemischen Perspektive zu betrachten und in dieses Forschungsgebiet zu übertragen. In die Möglichkeit, Zellen zu drucken und daraus komplexe Organe zu bauen. Ein Aufgabenbereich, der mir mit Sicherheit mehr Freude bereiten würde, als meine Augen zwanghaft auf den Buchseiten zu halten, während sich Micky Maus in Dessous auf ihrem Bett herumwälzt.

Von der anderen Seite des Zimmers aus lacht Luca ungläubig auf. „Nein, jetzt im Ernst“, sagt sie schließlich.

Jetzt im Ernst? „Das ist mein voller Ernst.“ Gelangweilt überblättere ich das Kapitel, in dem mir zum gefühlt tausendsten Mal der Aufbau der Zelle erklärt wird. Immerhin mit hübschen Abbildungen.

Luca schnappt nach Luft. „Cathlen, ich weiß nicht, was bei dir schiefläuft, aber du hast eine unglaubliche Gabe! Du kannst sie dir doch nicht durch leuchtende Hände ersetzt wünschen!“

Kann ich nicht? Diese Meinung würde sie im Nu ändern, müsste sie nur zwei Stunden mit diesem unbändigen, zähnefletschenden Sturm aus Bildern Seite an Seite leben.

Ich verkneife es mir zu widersprechen, zucke noch einmal die Schultern, schalte das Licht jetzt ein, ebenso wie ich es zuvor schon gesehen habe, und beginne konzentriert zu lesen. Als ich auf der siebzigsten Seite angekommen bin, höre ich, wie Luca aufsteht und die Badtür sich schließt. Kurz darauf prasselt Wasser in der Duschkabine zu Boden. Gedankenverloren lasse ich das Buch sinken, drehe mich auf den Bauch und blättere auf die nächste Seite.

„Kätzchen – du hast doch nichts dagegen, wenn ich dich so nenne, oder?“, fragt Grotian mich.

Ich sehe ihn missbilligend an. „Natürlich nicht“, wispere ich und neige leicht den Kopf.

Zufrieden nickt er. „Hervorragend, Kätzchen. Dann lass uns beginnen.“ Mit einer langsamen, nahezu genüsslichen Bewegung zieht er ein Messer aus seinem Gürtel, knapp über seiner rechten Gesäßtasche.

Ich bemühe mich, meine Furcht zu verbergen. Sie wäre es, die mich ins Verderben stürzt. Sie würde mir den Dolch zwischen die Schulterblätter stoßen. Vollkommen entspannt kommt er auf mich zu, schlendert.

„Hände auf den Tisch, Kätzchen. Deine Krallen müssen gestutzt werden“, säuselt er. „Ungezogene Katzen sollte man wehrlos zurücklassen.“

Ich unterdrücke ein hysterisches Schluchzen und befolge den Befehl. Die Tischplatte ist kühl unter meinen Fingern, mir gegenüber kratzen die Beine eines Stuhls über den glatten, kalten Boden, als Grotian sich setzt. Nicht weinen. Nicht schreien.

„Nun sag mal, Kätzchen. Weswegen hast du mich angreifen wollen?“

Ich recke das Kinn in die Höhe und bemühe mich redlich, nicht verängstigt zu wirken. Es funktioniert augenscheinlich. Grotian und ich sehen den jeweils anderen mit einem perfekten Pokerface an. Zwei Meister in ihrem Fach.

„Wann, Sir?“, bringe ich schließlich über die Lippen.

Nahezu nachdenklich fährt er mit der Messerspitze über meinen Handrücken. Ein wenig Blut sickert über meine Finger, als die Haut reißt. Heiß perlt es hinab. Eine einzelne rote Träne auf dem blutdurstigen Metall unter mir.

„Am Tag des Footballspiels. Ich wollte doch nur nach dem Rechten sehen, meiner Mutter Bericht erstatten, damit sie die Informationen an meinen Vater weitergeben kann.“

Grotian Schostakowitsch hat einen Vater? Ich habe ihn nie gesehen. Die Erkenntnis durchzuckt mich wie ein Blitz. Dieses Gespräch hier hat nie stattgefunden. Keine Erinnerung. Keine wirkliche. Ich schweige zu lange.

Meinen Lippen entweicht nicht ein Laut, als er mir die erste Fingerkuppe abschneidet und gelangweilt vom Tisch schnipst. An die Szene hingegen erinnere ich mich recht gut. Ebenso an die unbeschreiblichen Schmerzen, als sie des Nachts wieder nachgewachsen ist.

„Ich wollte dich töten“, sage ich mit fester Stimme.

Lachend lehnt Grotian sich zurück. Die braunen Augen sind kalt und austauschbar wie Kiesel. Ich beobachte angewidert, wie sich die Muskeln in seinem Hals spannen. Wie sich sein Bizeps leicht wölbt, als er die Arme hebt.

„Kätzchen, Kätzchen. Tue doch nicht so, als wärst du dazu fähig. Du liebst mich so sehr. Bist mir vollkommen verfallen.“

Ich bin mir ziemlich sicher, dass er auch das nie gesagt hat. Es ist als … als träumte ich. Es kann mir nur zum Verhängnis werden, trotzdem stehe ich auf, schnappe mir sein Messer und ramme es ihm ohne Umschweife in die Brust.

Keuchend fahre ich aus dem Bett auf. Mit einem dumpfen Geräusch fällt die Decke zu Boden und bildet einen kleinen, schattenschweren Hügel. Mit dem Blick auf das Fenster, durch das ein wenig Mondlicht fällt, beruhige ich meinen Puls. Tief ein- und ausatmen. Entspannen. Das war nicht real. Ich war in den letzten Stunden nicht dort. Seit Jahren schon nicht mehr. Grotian kann mich in keinen Raum geschleift haben, der seine Energie aus panischen Schreien bezieht. Ich war nicht da.

Zur Bestätigung sehe ich auf meine Finger. Unversehrt. Nur ein Traum. Einer, in dem Grotian seinem blutigen Handwerk nachgeht. Wie so oft, seitdem ich ihn vor knapp drei Wochen wiedergesehen habe. Nachdem ich ertragen musste, dass er mich küsst, während nichts als Mordlust durch meine Adern schoss.

Ihn tatsächlich kaltmachen? Dazu komme ich nur in meinen Träumen. Ernüchternd, aber wahr.

Mit einem leidgeprüften Seufzen stehe ich beinahe lautlos auf und verschwinde ins Bad, um mir ein wenig kaltes Wasser ins Gesicht zu spritzen. Wie ich in den letzten Tagen herausgefunden habe, ist das erstaunlich nützlich, um die Dämonen der Vergangenheit zu vertreiben. Als könnte ich nicht nur den Angstschweiß, sondern auch das längst verlorene Blut von meiner Haut waschen. Die Bilder von Grotians entspanntem Lächeln, während er einem Kind die Finger absäbelt und ich dabeistehe. Ebenso hilflos wie das bettelnde, flehende Kind, das zwischen Schmerzen und Verzweiflung hin und her geschleudert wird wie ein Papierboot auf hoher See.

Der Gestank von Blut haftet noch immer in meiner Nase. Dass das nichts mit dem Traum zu tun hat, fällt mir erst auf, als der erste große Tropfen ins Waschbecken fällt. Mit dem Unterarm wische ich mir über die Nase. Nichts. Stirnrunzelnd starre ich auf meinen Arm. Unversehrt. Der nächste Tropfen.

Langsam hebe ich den Blick gen Decke. Mein Herz setzt nicht einmal einen Schlag aus. Was wurde mir in diesen Gemäuern nicht schon alles geboten? Krähen, ein verstümmelter Hase, ein getötetes Kitz. Tja, das alles kann man hervorragend durch ein an die Decke genageltes Eichhörnchen ergänzen.

Ich unterdrücke einen Würgereiz, während der nächste Tropfen ins Becken taumelt und das Weiß rot färbt. Blutiger Regen. Nicht schon wieder. Ich zwinge mich, ruhig zu bleiben. Sollte der Jäger noch hier sein, würde ihm das mehr Genugtuung verschaffen, als er verdient hat.

Gerade als ich meinen Blick wieder abwenden will, fällt er auf etwas, das am Darm des Tieres befestigt ist. Ein kleines Röllchen. Noch ein Drohbrief?

Mein Gefühl verneint das und hat doch höchstes Interesse an dem Ding. Ein Wimmern unterdrückend, steige ich auf den Schrank und löse mit bebenden Fingern das Papierstück von dem toten Tier. Blut und Tod hinter mir lassen, indem ich aus Madames Tür flüchte? Das war der Plan. Ich hätte wissen müssen, dass er nicht aufgeht.

Ich weiß, wie schleimig sich Gedärme anfühlen, trotzdem ist es jedes Mal aufs Neue eine Qual. Das Papier in der einen Hand, greife ich mit der anderen nach dem kleinen Tier und ziehe den großen Nagel aus dem Bauch, lasse ihn achtlos in das Waschbecken fallen, ignoriere dabei die feinen Blutspritzer, die sich auf den hellen Fliesen verteilen, und schleppe das tote Eichhörnchen zum Fenster, um es hinauszuwerfen.

Wüsste ich nicht, dass der Hausmeister im höchsten Grade von Magic Mushrooms abhängig ist, würde ich mir wirklich Sorgen machen, was er wohl denkt, wenn er aufsteht und ein totes Tier wieder und wieder unter dem gleichen Fenster findet. So bin ich mir ziemlich sicher, dass er es beseitigt und sich kopfschüttelnd seine nächste Dosis holt.

„Was machst du da?“, wispert jemand aus der Dunkelheit heraus.

Ich wirble herum, mache mich bereit zum Kampf. Bis mir Luca wieder einfällt. „Ein wenig frische Luft schnappen“, sage ich leise und schließe das Fenster.

Meine Zimmergenossin gibt ein undeutliches Grummeln von sich und vergräbt den Kopf in ihrem Kissen. Mit einem Seufzen sehe ich auf mein Smartphone. Viertel nach zwölf. Zu früh, um aufzustehen. Vielleicht sollte ich einfach zu Timothy gehen und mir bei ihm noch ein wenig Schlaf holen.

Ich entscheide mich für das übliche Prozedere, säubere das Waschbecken, lege den Nagel fein säuberlich auf den Rand. Dann entfalte ich im grellen Licht des Bades den Zettel. Das ausgedruckte Bild eines kleinen Jungen. Vielleicht fünf Jahre alt. Kein Druckmittel. Ein Hinweis.

Fassungslos starre ich auf den Namen, der salopp daruntergeschrieben wurde. Mit der Hand. Jack Follador. Eine Falle. Mein Bauchgefühl kreischt auf und drängt sich schmerzhaft in den hintersten Winkel meines Wesens. Die Scheibe, die meine Fähigkeiten von mir trennt, beginnt, gefährlich zu beben. Das Monster reißt den Schlund auf, nach Freiheit lechzend. Ich treibe es zurück.

Wer auch immer mir das zugestellt hat, macht sich bereit, die Schlinge zuzuziehen. Kein Friedensangebot, sondern die Tore zur Hölle. Trotzdem kann ich diesen Hinweis kaum ignorieren.

Der Ausdruck wandert zu den Fotos unter meiner Unterwäsche, ehe ich leise meine Tür öffne und den Flur zusammen mit einem nach Blut stinkenden Luftzug betrete.

Seine Tür ist offen. Lautlos husche ich hindurch und schließe sie hinter mir. Ich kann kaum etwas erkennen. Die Gardinen sind zugezogen, nicht ein Mondstrahl fällt in das Zimmer. Nahezu blind taste ich mich vorwärts bis zu seinem Bett.

„Timothy?“, wispere ich und lege zögerlich meinen Arm dorthin, wo ich seine Schulter vermute.

Ein undeutliches Grummeln ist zu hören, dann wälzt er sich zu mir herum. „Cathrin?“, murmelt er.

Ich nicke, obwohl ich weiß, dass er es nicht sehen kann. Seine Decke raschelt, dann umfassen seine Finger sanft mein Handgelenk. Vorsichtig krabble ich zu ihm in das warme Bett und vergrabe das Gesicht an seinem Hals. Verschlafen legt Timothy einen Arm um mich und zieht seine Decke über uns beide. Es ist ganz normal, so als wäre unser Streit vollkommen vergessen. Wenigstens um eins in der Früh.

Ich lausche, wie seine Atemzüge kommen und gehen, genieße seine unbewussten Berührungen im Schlaf. Selbst bekomme ich kein Auge zu. Nicht einmal in seiner Nähe, mit seinem gleichmäßigen Herzschlag im Ohr. Es liegt nicht an dem toten Eichhörnchen oder dem blutigen Traum. Vielmehr zehrt etwas anderes an meinen Nerven. Die Erwähnung von Grotians Vater in dieser unwirklichen, ersponnenen Szene heute Nacht. Ich weiß, dass dieser Mann nie erwähnt wurde, dass ich ihn nie sah, dass ich ihn nie fühlte. Und auch so kann ich ihn nicht sehen.

Keine Ahnung, was ich mir gedacht habe, wie Grotian zustande gekommen ist. Da waren immer nur er und seine psychotische Mutter. Der Gedanke an einen Mann an Madames Seite war stets mehr als abwegig. Doch nun ist es beinahe logisch. Und es fühlt sich so unglaublich richtig an. Obwohl ich ihn nicht sehen kann. Das nie konnte.

Ich lasse die Fingerspitzen über Timothys nackte Schulter wandern. Ich bin versucht, die einfachsten Schlüsse zu ziehen. Die, die bedeuten, dass Grotians Vater der Mafioso wäre, der Mann, den ich suche. Das würde erklären, warum Grotian an dem Tag im Footballstadion war. Weil er mich tatsächlich im Auge behalten wollte – oder sollte. Weil irgendwer die Drecksarbeit erledigen muss und Grotian noch nie etwas dagegen hatte, vorausgesetzt, am Ende des Tages fließt Blut und die Luft wird von Schreien getränkt.

Neben mir dreht sich Timothy leicht auf die Seite und zieht mich enger an sich. Zögerlich drehe ich mich zu ihm, selbst überrascht von der Zuneigung, die mich überkommt, als ich sein in Schatten gehülltes Gesicht betrachte. Sein Mund ist entspannt, die Stirn glatt, einige wirre blonde Strähnen hängen ihm ins Gesicht. Die eine Hand ruht neben seiner Wange, die andere beschützend auf meiner Taille.

Vorsichtig strecke ich die Hand aus und streiche ihm über das friedliche Gesicht, genieße die Hitze seiner Haut und wie er unwillkürlich seinen Kopf an meine Handfläche schmiegt. Lächelnd beobachte ich ihn noch ein wenig, dränge die Gedanken an Grotian erfolgreich zurück. Und an alles andere. An das Blut, das ich heute schon wieder wegwischen durfte, das Bild, meinen Traum.

Ich weiß, dass es keinen Sinn mehr hat, jetzt einzuschlafen, trotzdem schmiege ich mich enger an ihn und frage mich, wie es möglich ist, dass jemand mir solch eine Sicherheit bietet.

„Cathrin?“

Ich weiß nicht, wie viel Zeit vergangen ist, seitdem ich mich an ihn gekuschelt habe. Irgendwann verschwammen die Sekunden und wurden nicht mehr greifbar. Träge hebe ich den Kopf und sehe ihm in das schemenhafte Gesicht.

„Mmh?“ Mehr bringe ich nicht über die Lippen. Bin zu berauscht von seinem Duft und dieser unglaublichen Wärme, die er beinahe immer an sich hat. Beides wickelt mich in eine Decke aus Zuneigung, die meine Emotionen erblühen lässt.

„Wir müssen aufstehen“, murmelt er. Seine Stimme ist tief und rau am Morgen. An den Klang werde ich mich nie gewöhnen.

Murrend vergrabe ich mein Gesicht an seinem Hals, atme zweimal tief durch und setze mich auf. Neben mir bewegt sich die Matratze leicht und Timothy streicht mir die Haare über die Schulter.

„Jetzt wird es kurz hell, meine Schöne“, flüstert er und tastet nach seinem Nachtlicht. Eine Sekunde später durchtränkt das warme Leuchten der Glühbirne die Dunkelheit. Vertraut legt er seine Arme um meine Taille und es kümmert keinen von uns beiden, dass er meine nackte Haut an der Hüfte dabei berührt.

Mich nicht, ihn nicht. Silent schon.

Ich höre ein Aufkeuchen und fahre in die Richtung herum, aus der das Geräusch gekommen ist. Silent starrt uns befremdet an, aus seinem Bett heraus. Das schwarze Haar ist ebenso zerzaust wie unser blondes, die grauen Augen noch leicht vom Schlaf verschleiert. Trotzdem ist eindeutig, dass er die Situation erfasst hat. Und sie ihm kaum mehr missfallen könnte.

„Timothy, ich dachte, wir wären uns einig, dass, wenn ich schon einmal hier schlafe, niemand von uns Besuch hat", sagt Silent gefährlich ruhig. Seine Gefühle kann ich ebenso wenig entschlüsseln wie seinen Gesichtsausdruck. Silent hat sich in seine Festung zurückgezogen und die Tore verriegelt.

Timothys Arm fällt von meiner Taille. „Es ... ich habe gar nicht gemerkt, dass du gekommen bist", sagt Timothy und sieht seinen Zimmergenossen aufmerksam an.

Der zuckt die Schultern und durchbohrt uns beide mit Blicken. „Normalerweise ist auch kein weiblicher Besuch hier. Also habe ich mir eher weniger Gedanken gemacht", erwidert Silent seelenruhig und steht auf. So ruhig, dass ich auf die unvermeidbare Explosion warte. Sie bleibt aus.

Zugegeben, ich bin überrascht von seinem Aufzug. Irgendwie hätte ich erwartet, dass er in Jeans und Pullover schläft. Stattdessen steht er in einem Pyjama vor uns, der ebenso dunkel ist wie meiner, nur mit einem kleinen Loch im Ärmel. Obwohl ich es wirklich will, kann ich meinen Blick nicht von Silent lösen, als er zum Fenster geht und die Gardinen aufzieht. Sofort wird sein Körper in mattes violettes Licht getaucht.

Bevor es seltsam wird, fällt mir Timothy wieder ein und ich senke meinen Kopf auf seine Schulter. „Ich muss in mein Zimmer. Wir sehen uns ... sehen wir uns zum Frühstück?"

Er lächelt mich an und gibt mir einen sanften, nahezu vorsichtigen Kuss. Silent dreht uns weiterhin demonstrativ den Rücken zu. Gut so.

„Natürlich. Ich nehme an, an deinem Tisch?"

Wie er da wohl draufkommt? Natashas Arsch am Morgen ist einfach nicht gut für meine Laune. Meine Antwort ist ein Grinsen, ein weiterer kurzer Kuss und ich mache mich auf in den kommenden Tag.

„Ich kann mich wirklich nicht entscheiden, wer hübscher von euch beiden ist", sagt Luca und zwirbelt eine kastanienbraune Strähne, während sie Silent und Timothy auf der Unterlippe kauend angelegentlich betrachtet.

Ich verdrehe nur die Augen und lehne mich an Timothy. „Für dich Silent. Denn der hier ist mein Freund“, erkläre ich feixend.

Neben uns schnaubt Silent nur abfällig. Fragend ziehe ich eine Augenbraue nach oben. Er schüttelt den Kopf. Achselzuckend lege ich meinen Kopf auf Timothys Schulter ab. Wenn Silent nicht reden will, dann eben nicht. Irgendwann wird er mir schon sagen, was ihm jetzt gerade durch den Kopf gegangen ist. Wahrscheinlich, wenn es unpassender gar nicht ginge.

„Damit hast du definitiv recht. Hey, Silent. Wie wäre es mit uns?“, säuselt Luca und zwirbelt kokett ihre Strähne.

Beinahe raubtierhaft beugt sich Silent über den Tisch zu ihr. Jeder Muskel in seinem Körper ist angespannt. Lucas Lächeln wird breiter. „Wie wäre es mit: nur über meinen Gehirntod?“, sagt er im gleichen Tonfall wie zuvor Luca.

Ein Grinsen schleicht sich auf meine Lippen. Guter Spruch. Hätte auch von mir kommen können.

„Das war nicht nett“, schnaubt ein anderes Mädchen und knallt ihren Teller neben Silents. Wirklich, ich habe mit jedem gerechnet. Mit Ella, Tanni, Susi, Katrina. Wirklich jedem. Außer Natasha. Habe ich nicht vorhin noch gedacht, Natashas Arsch sei nicht gut für meine Laune am Morgen? Ist er wirklich nicht, noch weniger außerhalb einer hirnlosen Konversation.

Ich will mich übergeben, vor allem, als sie Silent einen sehr langen und nennen wir es intensiven Kuss auf die Lippen drückt. Und er den ebenso leidenschaftlich erwidert.

„Oh, auch der ist schon vergeben. Ich glaube, ich bin einfach etwas zu spät gekommen“, seufzt Luca tief und widmet sich endlich, endlich ihrem Frühstück.

Und ich wünschte, das täte Natasha auch. Das wäre auf jeden Fall erträglicher als dieses intensive Rumgeknutsche. Wenn Silent nicht aufpasst, trägt er mehr Lippenstift als Natasha.

Als Silent und sie sich voneinander lösen, bin ich kurz davor, einfach zu gehen. Hätte Timothy seinen Arm nicht locker um meine Schulter gelegt, wäre ich schon längst verschwunden. So sehe ich mir diese Vorstellung bis zum Schluss an und frage mich, warum Timothy und ich immer so ungeheuer rücksichtsvoll sind und den Speichelaustausch in der Öffentlichkeit auf ein Minimum reduzieren.

„Irgendwie hatte ich das ja für etwas Einmaliges gehalten“, bricht Timothy schließlich die unbehagliche Stille am Tisch, die Augen auf das Buffet auf der anderen Seite des Saales gerichtet. Natasha schnaubt abfällig.

Ich folge seinem Blick. Alles ist angenehmer, als Silent dabei zu beobachten, wie er sich Natashas Lippenstift vom Mund wischt.

„Denkst du tatsächlich, ich lasse mich auf dem Ball mit jemandem sehen, von dem ich nichts will?"

Ungläubig schnaube ich. Ähm, wie bringt man ihr das am besten bei? Eigentlich ... tja, ja. Ich denke schon, dass sie so ziemlich alles für den perfekten Auftritt geben würde. Und wenn sie dafür mit einem Geisteskranken gehen muss, dann ist das halt so. Silent schießt mir einen Blick zu, der töten könnte. Scheint, als hätte er zu meinen Gedanken mal wieder einen besseren Draht als ich zu seinen. Das werde ich definitiv noch ändern müssen. Aber nicht jetzt. In dem Moment genügt es mir völlig, wenn er mir dabei zuhört, wie ich ihn zu dem degradiere, was er nun einmal ist: einem Psychopathen an der Seite von Barbies teuflischer Stiefschwester.

„Ja, das denke ich", beantwortet Timothy vollkommen ungerührt ihre Frage.

Während Natasha vor Wut rot anläuft, grinst Luca in ihren Kaffee hinein.

„Und ich denke, dass ich dich leider töten muss, wenn du noch einmal deine Freundin dazu einlädst, in unserem Zimmer zu übernachten", sagt Silent nüchtern. Und verteidigt damit Natasha.

Ich verziehe den Mund. Au.

Ihre Laune scheint sich nach Silents Kommentar wieder so weit zu bessern, dass sie ihre langen Haare über die Schulter werfen kann. Wie sie wohl ohne aussähe?

„Ich dachte, du willst nichts von ihr", denke ich angestrengt in Silents Richtung.

Gelangweilt lehnt der sich nach hinten und spielt mit seinem Apfel. Die rote Schale schimmert leicht in dem warmen Licht der Cafeteria. Wie an Weihnachten. Ich verdränge den Gedanken, stütze meinen Kopf auf die Hand und sehe ihn abwartend unter meinen blonden Wimpern hervor an. Darauf will ich eine Antwort haben, egal, wie lange es dauert.

„Vielleicht habe ich meine Meinung ja geändert", erwidert er leise, und zwar nicht via Gedankenkontakt.

Hält er mich wirklich für zu blöd, um seine Gedanken zu lesen? Pikiert spitze ich die Lippen und schlage die Beine übereinander. Gut, eventuell hat er damit ein winziges bisschen recht, aber trotzdem. Lieber erhalte ich keine Antwort, als dass er es mir so einfach macht. Und für jeden vernehmbar.

„In welcher Hinsicht hast du deine Meinung geändert?“, fragt Luca und beweist damit mal wieder, dass sie ein Naturtalent im Lauschen ist. Vor allem, wenn es gerade überhaupt nicht passt.

Ich spüre Silents Überraschung, als er eine Augenbraue nach oben zieht. Doch ansonsten wirkt er eigentlich ziemlich ungerührt. Als hätte er mit dieser Art der Komplikation schon irgendwie gerechnet. Oder sie gar provoziert.

„In der, weiterhin hier am Tisch zu sitzen. Vermutlich wäre es besser, gingen wir zu deinen Freundinnen“, wendet sich Silent an Natasha.

Ihre Augen blitzen erfreut auf. Zufrieden und unmittelbar erhebt sie sich und sieht auffordernd auf Silent hinab. Grinsend beobachte ich, wie er ebenfalls aufsteht und sich neben Natasha stellt. Dass jemand ihn mal so im Griff hat ... und das nur, weil er mir etwas beweisen will. Zum Beispiel, dass er kopflos in den blonden Teufel verknallt ist?

„Du hast gerade dein Todesurteil unterschrieben, das weißt du, oder?“, flöte ich und klimpere mit meinen Wimpern.

Silent verengt kaum merklich die Augen, ehe er geschlagen seufzt. Mit zusammengezogenen Brauen stützt er sich auf der Lehne seines Stuhls ab und sieht mir direkt in die Augen.

„Ja. Aber du und dein Lover seid zusammen unerträglich“, höre ich Silents Stimme in meinem Kopf und fahre zusammen, als hätte man mir einen Stromschlag verpasst.

Nicht nur Timothy wirft mir einen fragenden Blick zu. Ich winke einfach ab und lache leise auf, als wäre ich tatsächlich amüsiert.

Natasha betrachtet mich noch einmal mit ihrem besten herablassenden Lächeln. „Wir sehen uns dann später, Darling“, zwitschert sie in meine Richtung, nur um Silent in die Schlangengrube zu zerren.

Ich erwische mich dabei, wie ich ihn ehrlich bemitleide. Andererseits, das hat er sich selbst eingebrockt. Dann ist es ihm auch erlaubt, die Suppe selbst auszulöffeln.

„Warum habe ich nur das Gefühl, dass sie noch etwas spezieller ist als du, Cathrin?“, fragt Luca und nimmt einen Schluck Kaffee aus ihrer weißen, leicht angestoßenen Tasse.

Nachdenklich betrachte ich den Riss in dem sonst makellosen Lack. Erstaunlich, dass die hier kaputtes Geschirr überhaupt anbieten dürfen. Müsste darauf nicht irgendeine Strafe stehen?

„Sie ist nicht spezieller als ich. Nur noch weniger feinfühlig." Ich stibitze mir ein Stück Gurke von Timothys Teller.

„Hey!", ruft er entrüstet und versucht, es zurückzuerobern. Ich bin jedoch schneller. Mit vollem Mund grinse ich ihn genüsslich an. Timothy verdreht nur die Augen und nimmt sich ein Stück Apfel von mir. Das darf er ruhig haben. Der hat einen bitteren Nachgeschmack.

„Also ist Natasha ein Stein?" Luca hat die Stirn krausgezogen und stochert mit dem Messer auf ihrem fast leeren Teller herum.

Ich zucke die Schultern und versuche krampfhaft, nichts auf diese Beleidigung zu erwidern. Ich bin also empathisch wie ein Kiesel. Nett. Diese Beschreibung hätte ich eigentlich eher Silent zugetraut. Andererseits passt sie ziemlich perfekt auf Natasha. Sie ist ein hübscher Stein mit einem mächtigen Daddy, der etwas gegen mich in der Hand hat. Und ich etwas gegen sie. Kommt sie ins Rollen, bricht mein Kartenhaus ein. Lege ich es darauf an, zerspringt ihr Glaspalast in tausend Scherben. Eine Hand wäscht die andere, Babe.

„Nein, eigentlich hat man ihr nur von klein auf beigebracht, dass sie das Beste ist, was der Welt geschehen konnte", sagt Timothy und beginnt gedankenverloren, die eine Strähne aus meinem Zopf zu zwirbeln, die nie dort ist, wo sie sein soll.

„Aha. Also ist sie eines dieser armen, an Hybris leidenden Kinder", erwidert Luca fröhlich. „Es überrascht mich immer mehr, dass ihr beide nicht beste Freunde seid."

Am liebsten würde ich schallend auflachen. Nur habe ich keine Ahnung, ob sie das nun ernst meint oder nicht. Timothy scheint es ähnlich zu gehen. Also schweigen wir beide.

Ich sehe unsere Rettung herbeieilen, bevor sie überhaupt den Raum betreten hat. Eine Sekunde später schlägt die Tür auf und Ella hastet zusammen mit Tanni herein. Die Lehrer werfen ihnen böse Blicke zu, aber die Mädchen ignorieren das gekonnt. In Rekordgeschwindigkeit beladen sich die beiden die Teller, ehe sie zu unserem Tisch laufen. Ist der Wecker ausgefallen? Hat Katrina ihn absolut und endgültig gekillt, als sie ihn gestern gegen die Wand gepfeffert hat?

Ich sehe eine andere Vergangenheit. Eine, die mich viel mehr beunruhigt als ein toter Wecker. Eine, in der eines meiner alten Tagebücher aufgeschlagen auf Ellas Nachttischplatte liegt. Meine Hände beginnen zu zittern, der Puls rast mir in den Ohren. Das gibt es nicht. Das geht nicht. Meine Fähigkeit rollt sich neben der Trennscheibe zusammen und scheint zu schnurren. Vor hämischer Freude. Sie wartet darauf, dass meine Angst und die Fassungslosigkeit alle Wände einreißen. Ich greife nach Timothys Hand und verschränke unsere Finger miteinander.

Ella und Tanni sind nicht zu spät. Sie wollen mit mir reden. Weil sie etwas gesehen haben, das nicht einmal mehr für meine Augen bestimmt ist.

„Cathrin!“, ruft Tanni aufgebracht und drängt sich zu uns durch.

Ich beiße die Zähne zusammen. Einfach durch. Ich habe schon Schlimmeres überlebt.

Timothy erwidert den Händedruck und wirft mir einen irritierten Blick zu. Luca stellt geräuschvoll ihre Tasse ab. Ich atme mühsam ein. Das schaffe ich.

„Was ist denn los?“, frage ich und tue so, als würde das Adrenalin nicht durch meine Adern pumpen, als gäbe es kein Morgen mehr.

Sie hält das Buch nach oben. Mein Tagebuch. Das zweite. Nichts weiter als ein leicht zerfleddertes Heft. Dreht man es um, wird man die Preisangabe vorfinden, schlägt man es auf, eine detaillierte Beschreibung von Madames Methoden. Eine perfekte Zeichnung des damals fast neunjährigen Grotian.

Und sie haben einfach alles gesehen.

„Was ist das zur Hölle?! Warum steht dein Name da drin?“, schreit sie fast und knallt das Ding auf den Tisch.

Das ist das Problem mit meinem Decknamen für diesen Fall. Als kleines Mädchen, nachdem man mir die Flucht ermöglichte, war ich nicht so einfallsreich. Da wurde aus Cathrin Cathlen. Und wenn später aus Cathlen wieder Cathrin wird und meine Tagebücher für alle erkennbar auf dem Tisch liegen, dann ist das gelinde gesagt ungünstig. Sehr ungünstig.

„Was genau ist das denn?“ Ich rechne es mir hoch an, dass ich restlos entspannt klinge. Meine Fähigkeiten zerren an den Fesseln. Ich lasse sie Blut lecken, die Person suchen, die Ella und Tanni das Heft auf dem Silbertablett serviert hat.

Ich kann den Täter nicht sehen. Natürlich nicht. Weil ich in diesen Zeiten nie sehe, was notwendig ist.

„Das ist eine exakte Schilderung von Foltermöglichkeiten“, mischt sich Ella ein und funkelt mich in Grund und Boden.

Mein Herz schlägt mir bis zum Halse, aber ich runzle nur leicht irritiert die Stirn. „Oh! Und was hat das jetzt mit mir zu tun?“, frage ich scheinheilig, presse mich näher an Timothy und atme einmal tief durch. Meine verdammten Tagebücher. Ich bringe die Person um, die das angerichtet hat. Ich bringe sie langsam um und genieße es aus ganzem Herzen.

Tannis Augen werden groß. „Was ... da steht dein Name drin, Cathrin! Dein eigener Name!“

„Der ist nicht allzu selten“, erwidere ich nüchtern und schiebe mir eine Tomate in den Mund. Nicht die Nerven verlieren!

„Aber ... ich meine ... warum sonst sollte das Heft ...“

„Cathrin, hör auf zu lügen“, schnaubt Ella.

Was zieht es nach sich, wenn ich mir das Ding jetzt einfach schnappe, weglaufe und es zusammen mit allen anderen verbrenne? Als Beweismittel gegen Madame werde ich sie nie verwenden dürfen oder können. Es werden mehr Fragen aufkommen. Die wahrscheinlichste Zukunft lässt meine Muskeln unkontrolliert zucken. Ella will hier und jetzt daraus vorlesen, mit meinen Worten schildern, wie wir auf Scherben tanzten und die weinenden Kinder starben. Etwas, das ich nicht noch einmal hören will. Nicht hören kann. Nicht hier, nicht jetzt.

Die beste Möglichkeit liegt auf der Hand. Ich schnappe mir das Heft und gehe.

„Cathrin, gib das wieder her!“, ruft Ella.

Gemessenen Schritts verlasse ich den Raum. Dann beginne ich zu rennen, in mein Zimmer. Wird heute wohl wieder ein Schultag entfallen. Fast schon traurig. Ich haste an den zahlreichen Fenstern vorbei, ignoriere das eng umschlungene Paar in der dunklen Nische, schlittere über den parkettbelegten Boden und knalle die weiße Tür hinter mir zu. Keuchend krabble ich unter mein Bett und zerre die Tasche hervor. Meine Finger tasten über den doppelten Boden. Die Naht wurde aufgetrennt, das Polster ist verschwunden. Ich bin kurz davor, zu hyperventilieren. Sie sind weg! Alle!

Die Bücher und Hefte sind weg!

„Nein, nein, nein!“ Ich höre selbst die Panik in meiner Stimme, während ich nach Dingen taste, von denen ich weiß, dass sie nicht mehr da sind. Gestohlen wurden. Das größtmögliche Druckmittel gegen mich.

Heute Nacht, nach dem Eichhörnchendesaster ... Was, wenn derjenige noch nicht verschwunden war? Was, wenn er gewartet hat, bis ich zu Timothy ging? Wenn er oder sie das alles an den Mafioso weitergereicht hat?

Mir wird übel. Nur mit Mühe kämpfe ich die Galle zurück, umklammere das Heft und beginne ohne Rücksicht auf Verluste, die Zukunft und Vergangenheit zu durchsuchen. Meine Fähigkeiten treffen mich mit einer markerschütternden Wucht. Bilder ziehen an meinen Augen vorbei in einem wirren Strudel. Ich spüre das vertraute Knacken in meinem Kopf und taste mich blind ins Bad, während das Blut zu laufen beginnt. Ich kann den Dieb nicht sehen, und wenn ich meine Unterlagen auch nicht finde, dann weiß ich wenigstens mit Gewissheit, dass der Mafioso sie hat. Meine Tagebücher. Meine verdammten Tagebücher über die Hölle!

Warm läuft mir Blut über das Kinn, über die Brust, teilweise über den Bauch. Zu viel, viel zu viel. Meine Regeneration schaltet sich ein. Und die Bilder rasen. Die Tagebücher bleiben im Schatten. Warum finde ich die Scheißhefte nicht?

Meine Hände krampfen sich um das eine Büchlein, das mir geblieben ist. Es zerreißt mit einem satten Geräusch. Ich höre am Rande mein Blut darauf tropfen, während mir mehr und mehr bewusst wird, dass ich den Strudel nicht mehr aufhalten, nicht mehr kontrollieren kann. Er ist da, mächtig, zerstörerisch. Ohne dass ich sehe, wann oder von wem die Hefte entwendet wurden. Ich versuche es aus allen Blickwinkeln, sogar dem des Bettes, des Bodens. Nichts. Als wäre ein Geist hier gewesen. Ein verdammter Geist!

Mein Kopf knallt auf den Boden. Ich atme reflexartig durch die Nase ein und muss husten. Keine Luft, Blut. Zu viel davon, zu warm in meiner Kehle.

Wieder ein Schlag gegen meinen Kopf. Ich pruste und keuche. Die Bilder wirbeln weiter, helfen mir nicht, zerstören nur. Wo sind die Hefte?

„Scheiße, sieh mich an!“, brüllt jemand direkt in mein Ohr.

Panik durchbohrt mein Herz mit einem stumpfen Messer, Sorge überschwemmt mich und zieht einen Teil der Bilder mit sich fort. Die Wogen glätten sich gurgelnd. Erleichterung legt sich wie ein warmes, weiches Tuch über meinen geschundenen, zappelnden Geist und nimmt meine Gabe mit sich.

11.11.2007, Mikun?

Wir sitzen beim Essen. Die Kinder schweigend an den langen Tischen, starren auf ihre Teller. Schwere Schritte hallen durch die kalte Halle, verharren. Drei Personen.
„Wir werden ein neues Ratsmitglied wählen", verkündet Madame ohne Umschweife. Ich weiß, dass ich ihre Wahl sein werde.
Niemand hebt den Kopf, es ist uns strengstens untersagt, solange unser Name nicht genannt wird.
„Kätzchen, wärst du so gut, nach vorne zu kommen?" Grotian.
Noch immer mit gesenktem Kopf erhebe ich mich. Einige Kinder sehen mich verstohlen an, während ich mir schweigend meinen Weg nach vorne bahne. Sobald ich vor ihnen angekommen bin, versinke ich in einem tiefen Knicks. Madame streckt mir ihre Hand entgegen. Ich küsse sie, ehe ich sie ergreife.
„Hoffentlich bist du eine geringere Enttäuschung als er."
Ich verstoße strengstens gegen die Regeln und erhasche unter meinen Wimpern hervor einen kurzen Blick auf die Person, die ich ersetzen werde. Die noch heute sterben wird. Ein Junge, ein, zwei Jahre älter als ich. Schwarze, etwas zu lange Haare fallen ihm in die Stirn. Er hat die Hände manierlich hinter dem Rücken gefaltet. Er spürt mein Starren. Für den Bruchteil einer Sekunde erwidert er mit kalten blauen Augen meinen Blick, dann sieht er wieder zu Boden, zeitgleich mit mir.
„Diese Ehre gebührt dem, der sie verdient", sagt Madame emotionslos. „Sieh mich an, Kind."
Und ich hebe den Blick, sehe in ihr erbarmungsloses Gesicht.
„Du bist meine neue Hoffnung." Ihre Lippen berühren kurz meinen Handrücken.
Grotian zieht währenddessen eine Pistole, stellt sich hinter den Jungen. Er rührt sich nicht eine Sekunde. Nicht einmal, als ihm eine Kugel durch den Rücken gejagt wird.
Jeder ignoriert den Schuss, den zusammensackenden Jungen. Ich spüre seinen Schmerz, seine Wut. Auf mich, auf Madame, auf Grotian. Ich starre ihn an, habe das Gefühl, dass meine Energie flieht, während wir uns in die Augen sehen, ehe seine trüb werden und sein Kopf zur Seite kippt, die Lider mit letzter Kraft geschlossen, den Kopf gebettet auf ein Kissen aus purpurrotem Blut.

Kapitel 5

Mir wird sanft über den Kopf gestrichen, immer und immer wieder. Stöhnend möchte ich die Augen öffnen, aber meine Lider sind so unglaublich schwer. Ich spüre den Blutverlust in jeder Faser. Das ist die Hölle.

Wieder der Versuch, die Augen zu öffnen, weiterhin dieses Streicheln.

„Alles gut", murmelt mir jemand ins Ohr. Die Stimme klingt seltsam verzerrt.

Ich versuche noch einmal, den Kampf gegen meinen erschöpften, blutleeren Körper zu gewinnen, scheitere kläglich. Erschlagen blinzle ich in Richtung meiner Fähigkeit. Knurrend pirscht sie hinter der Scheibe auf und ab. Gefangen genommen. Von wem?

Als ich das nächste Mal zu Bewusstsein komme, geht die Sonne unter. Blutrote Striemen werden an die Wände gemalt und tropfen orange zu Boden. Ächzend setze ich mich auf. Dabei fällt mein Blick auf meine Arme. Heilende Schrammen, als hätte ich mir die Haut mit den Fingernägeln aufgerissen. Oh, scheiße, war ich weg!

„Na, Dornröschen, wieder aufgewacht?"

Ich spüre seine leichte Unruhe, als wäre es meine eigene. Ich reibe mir über die Augen. „Weiß Timothy, dass ich so ausgerastet bin?", wispere ich und starre an die Decke.

Silent berührt vorsichtig meine Hand, flicht seine Finger zwischen meine und legt sie sich an die Wange. Seine Haut ist weich, erste Bartstoppeln kratzen an meinen Knöcheln. Ich widerstehe dem Drang, meine Hand wegzuziehen. Konzentriere mich stattdessen auf das ruhige, warme Gefühl in seinem Inneren.

„Nein. Ich nehme an, er hat sich ein wenig gewundert, aber ich habe ihm gesagt, dass dir übel ist."

Das ist wohl das Beste.

Vorsichtig streicht er mit seinen Lippen über meine Knöchel und ich versuche, das Gefühl, Timothy gerade zu betrügen, zurückzudrängen.

„Wann? Als du mir zur Rettung geeilt bist?", spotte ich und ziehe meine Hand weg von seinem Mund.

Silent seufzt leise auf und löst seine Finger von meinen. „Da war so viel Blut", flüstert er. Und wieder überschwemmt mich seine Sorge. Mit Selbstvorwürfen?

Zögerlich lege ich meine Hand auf Silents Herz, noch immer ohne ihn anzusehen. Vielleicht, um mich davon überzeugen zu können, dass er dem Jungen auf dem Bild nicht wirklich so ähnlich sieht, wie es mir im ersten Moment durch den Kopf schoss.

Dann wäre er Jack Follador. Der wäre nicht nur Timothys angeblich toter Bruder, er wäre auch der Sohn des Mafiosos. Der, der gar nicht mehr existiert. Es würde bedeuten, dass er vor dem Ball nicht gefehlt hat, um den Kopf freizubekommen. Sondern um Blut zu vergießen.

„Ja. Nasenbluten", erwidere ich leise.

Zögerlich legt Silent mir einen Arm um die Taille und drückt mich wieder in eine liegende Position. Vermutlich sollte ich mich wehren, stattdessen bette ich meinen Kopf auf seiner Brust, lausche seinem Herzschlag und wie seine Atemzüge kommen und gehen. So wie ich es heute Nacht bei Timothy getan habe.

„Hast du irgendwann einmal darüber nachgedacht, dass wir den anderen so sehr spüren, weil er quasi zu uns gehört? Wie ein verlorener Teil unseres Selbst ist?", bricht Silent nach einer Weile das Schweigen.

Augenblicklich verspanne ich mich. Die Richtung, die er mit diesem Gespräch einschlagen will, ist nicht nur nicht gut. Sie ist eine ausgewachsene Katastrophe.

„Was meinst du damit?"

Ich spüre, wie er aufseufzt, das leichte Heben und stärkere Senken seiner muskulösen Brust. Er legt beide Arme um mich, beinahe, als wolle er mich beschützen. Oder am Gehen hindern.

„Ich meine damit, dass ich Natasha eigentlich fast mag, glaube ich", sagt Silent leise. „Aber du bist wie der Teil meines Selbst, den ich all die Jahre gesucht, aber nie gefunden habe." Ich spüre die unglaubliche Überwindung, die es ihn kostet, diese Worte auszusprechen. Seine Angst vor meiner Reaktion.

Tatsächlich ist die der einzige Grund dafür, dass ich versuche, rational und ruhig zu handeln und ihn nicht hysterisch auszulachen. Der Teil, den er ewig gesucht und nie gefunden hat? Das ist doch bescheuert. Und unglaublich naheliegend.

„Bei mir ist es ähnlich mit dir und Timothy", antworte ich zögerlich und wappne mich schon einmal dafür, ihm wehzutun. „Dich mag ich fast gern, aber Timothy ist alles, was ich je gesucht habe."

Seine Arme verspannen sich um mich, dann lässt er los, als hätte er sich verbrannt. „Warum? Ich meine, was hat er, das ich nicht habe?“, fragt er mit einer Stimme so kalt wie Eis.

Ein Kloß bildet sich in meinem Hals. Jetzt drehe ich mich doch auf den Bauch, einfach um ihm in die Augen sehen zu können. Dass mein Haar offen ist, fällt mir erst auf, als es sich wie ein Kranz um sein Gesicht legt, mir wie gesponnenes Gold über die Schultern fließt.

„Er ist ... er ist einfach er“, stammle ich.

Etwas Düsteres, erschreckend Besitzergreifendes huscht über Silents Gesicht. Dann verzieht er den Mund auf die Art, die ich so sehr hasse. Seine Augen werden so eisig und grausam wie Grotians. Seine Lippen weiß. Die leichten Fältchen um seine Mundwinkel verwandeln sich in Narben. Alles, was auch nur ansatzweise an ihm sanft sein könnte, verschwindet in Sekundenschnelle.

„Und ich bin einfach ich. Der dumme, nervige Junge, dem du keinen Platz in deinem Herzen gewähren willst“, zischt er.

Ich kneife die Augen zusammen, während meine Fähigkeiten sich schon wieder nach oben kämpfen. Weil ich diesen Tonfall kenne. Zu gut. Von mir.

„Du weißt, dass das Schwachsinn ist“, sage ich und sehe ihm fest in die Augen.

Silent schüttelt kalt den Kopf. „Nein, ist es nicht. Sonst hättest du dich nicht so sehr dagegen gesträubt, mich zu küssen.“

Meine Augenbrauen schießen in die Höhe. Wow, das ist mal wieder eine typisch männliche Denkweise. Einer der wichtigsten Faktoren wird wirklich immer außen vor gelassen.

„Hier geht es nicht um dich oder mich. Sondern um Timothy. Stell dir vor, du bist nicht jedermanns Nabel der Welt“, rufe ich aufgebrachter, als ich wollte.

Seine Augen verengen sich noch mehr und ich spüre eine undefinierbare Wut in mir aufbrodeln. In ihm.

„Ich bin niemandes Nabel der Welt, Cathrin. Da liegt das Problem!“ Silent schiebt mich von sich.

Fassungslos beobachte ich ihn dabei, wie er aufsteht und einfach gehen will. Wie immer, wenn es ein Problem gibt.

„Du willst wirklich jetzt verschwinden?“, frage ich und höre selbst die Verblüffung in meiner Stimme.

Seine Augenbrauen ziehen sich zusammen, der Zug um seinen Mund bleibt. „Ja, es ist alles gesagt.“

„Und wo gehst du hin? Zu Natasha?“

Silent würdigt mich keines Blickes. „Ja, sie kümmert es wenigstens, ob ich bei ihr bin.“

Mir klappt die Kinnlade nach unten. Das hat er gerade nicht gesagt. „Mich kümmert es auch!“, rufe ich und stürme auf ihn zu. Keine Ahnung, was ich tun wollte. Wollte ich ihn schütteln, schlagen? Ich werde es wohl nie erfahren. Tatsache ist, dass ich letzten Endes nur vor Zorn bebend vor ihm stehe, die Fäuste so fest geballt, dass es tatsächlich wehtut. „Denkst du wirklich, dass du Natasha wichtiger bist als mir?“, frage ich mit vor Anspannung gepresster Stimme.

Silent zuckt ratlos die Schultern. „Keine Ahnung. Sie ist wenigstens für mich da“, erwidert er tonlos.

Ich öffne ratlos den Mund, nur um ihn wieder zu schließen. Mir ist bewusst, dass ich etwas sagen müsste. Ich weiß nur nicht, was. Dass Natasha ihn fallen lässt, sobald sie genug von dieser Affäre hat? Das weiß Silent selbst und ich spüre, dass sie ihm eigentlich auch ziemlich egal ist. Sie ist nur da. Für ihn.

„Timothy auch!“, erwidere ich schließlich.

„Klar. Er macht mit dir rum oder wirft mit einem blöden Ball um sich. Wann hat der schon Zeit für seinen durchgeknallten Zimmergenossen.“ Silent kneift die Augen zusammen, als könnte er Timothy mit seinen Blicken töten, wäre er hier.

Mein Mund klappt auf. Wie kann er es wagen, Timothy so abzustempeln? Er ist so viel mehr als seine dummen Footballkollegen, das will Silent nur nicht erkennen. Oder kann es vielleicht auch nicht.

„Natasha ist auch mehr als ihre Freundinnen“, erwidert Silent auf meine Gedanken hin.

Ist sie nicht. Ich presse die Lippen fest zusammen, um mir selbst den Mund zu verbieten. Das ist nicht der Zeitpunkt, um ihn auf die Palme zu bringen. Dort ist Silent eh schon. Wäre er doch gegangen. Dann hätte ich mir diesen absolut schwachsinnigen Vergleich erspart.

„Du solltest gehen“, sage ich fest und verschränke die Arme vor der Brust.

Nahezu reflexartig macht Silent einen Schritt zurück, als hätte ich ihn geschlagen. Dann strafft er die Schultern und reißt die Tür auf, nur um beinahe in Timothy hineinzurennen. Dieser öffnet vor Überraschung den Mund, Silent ignoriert ihn und stolziert davon, so wie nur er und ich es können.

Einige Sekunden lang starrt Timothy noch fassungslos auf die Stelle, wo Silent gerade noch stand, dann sieht er mich an. „War er die ganze Zeit bei dir?“, fragt er und schließt die Tür hinter sich.

Lüge, Wahrheit?

„Ja, war er wohl. Ich bin gerade erst aufgewacht“, erkläre ich ruhig und deute mit einem Nicken in die Richtung, in die Silent verschwunden ist. „Wie war der Schultag?“

Timothy verdreht die schönen Augen, schlendert zu mir herüber und legt beide Arme um mich. Automatisch lehne ich mich gegen ihn und atme einmal tief durch. Genau das, was ich jetzt brauche. Seine Wärme, Ruhe, Nähe. Noch ein Grund, warum er mir so viel mehr bedeutet als Silent: Er ist nicht annähernd so sprunghaft. Ich kann mich auf ihn verlassen. Und es würde ihm nie einfallen, mit Natasha rumzumachen, nur weil gerade nicht alles läuft, wie er es sich wünscht.

„Lang?“, schlägt er mit einem schiefen Grinsen vor und sieht mir tief in die Augen.

Ich lache leise auf und schlage ihm spielerisch gegen die Schulter. „Das habe ich mir schon gedacht. Ist das dein Codewort für langweilig?“, necke ich ihn und presse gedankenverloren meine Lippen auf seine Schulter. Der Stoff seiner obligatorischen Jacke ist rau und doch so vertraut und tröstlich. Warum muss Silents Verhalten mich nur immer wieder aus dem Konzept bringen? Das ist wirklich ... wirklich unerhört!

Timothy schüttelt den Kopf, wobei mich seine Haare leicht an der Wange streifen, als ich ihn wieder ansehe. „Eigentlich nicht. Das Training war klasse. Adam hat sich zwar ewig darüber aufgeregt, dass Natasha etwas mit Silent angefangen hat, aber ansonsten war es echt cool.“ Er strahlt wie ein kleiner Junge.

Aus irgendeinem Grund schießen mir bei seinem unbesorgten Lächeln Silents Worte durch den Kopf. Klar. Er macht mit mir rum oder wirft mit einem blöden Ball um sich. Was ist schon so schlimm an Timothys Sport und Umgang? Ein wenig klischeehaft und oberflächlich, von mir aus. Aber ansonsten macht ihn das ja wohl kaum aus. Auf jeden Fall nicht richtig.

„Das freut mich“, sage ich mit einem Lächeln, das um einiges echter wirken könnte. Leider kennt mich Timothy trotz unserer zweiwöchigen Trennung gut genug, um das zu erkennen.

„Was ist los? Habt du und Silent euch schon wieder gestritten?“ Sanft fährt er mir mit der Hand über das Gesicht.

Für einen Moment verliere ich mich in seiner behutsamen Berührung, seinen besorgten braunen Augen. Verdränge das leise Stechen, das von meinem Streit mit dem anderen Jungen noch übrig geblieben ist. Da ist nur Timothy. Und ich. Zusammen.

„War das eine ernst gemeinte Frage?"

Ein zartes Lächeln umspielt Timothys Lippen. Auch bei ihm tauchen narbenartige, feine Falten um die Mundwinkel auf, aber sie wirken herzlich und schön, nicht hässlich und abstoßend.

„Wohl nicht. Was kann ich auch sonst erwarten?", seufzt er und vergräbt kurz das Gesicht in meinem Haar.

Erschöpft lege ich das Kinn auf seiner Schulter ab und starre aus dem Fenster. Auf den Bäumen haben sich die Krähen gesammelt, beschienen von den letzten Strahlen, die sich über den Horizont stehlen. Einige flattern hin und wieder auf. Andere sehen sich mit den viel zu intelligenten Augen um. Eine zupft an ihrem rechten Flügel. Skeptisch kneife ich die Augen zusammen. Ein dünner, federfreier Streifen zieht sich über ihre Schwinge. Als wäre sie angeschossen worden.

Eine Kugel, perfekt getimt. Zur gleichen Zeit ein Windstoß, zu kalt, unangenehm für das Tier. Es läuft ein wenig seitwärts auf dem Ast. Die Kugel streift das Gefieder. Kreischend flattert die Krähe auf, wagt es, sich noch einmal umzuwenden, als sie weit genug entfernt ist. Ein Schatten steht in der Nähe des Teiches und lässt die Pistole sinken.

„Darf ich fragen, was du heute Nacht geträumt hast, dass du zu mir gekommen bist?", durchbricht Timothy schließlich das Schweigen. Seine Stimme klingt gedämpft durch mein Haar. Um ehrlich zu sein, bin ich überraschst, dass er überhaupt verständlich spricht. Ich könnte das nicht mit dem Mund voll Haare.

„Kein Traum. Jemand hat ein Eichhörnchen an die Decke genagelt und ..." Soll ich ihm von dem Bild erzählen? Es ihm ... zeigen? Aber was habe ich schon zu verlieren? Trotz seines Ausrutschers will und muss ich Timothy vertrauen. Das habe ich gestern doch beschlossen. „Man hat ein Bild daran befestigt. Warte, ich zeig es dir", sage ich und will mich von ihm lösen.

Aber Timothy lässt mich nicht los, starrt mich nur aus weit aufgerissenen Augen an. „Ein totes Eichhörnchen an der Decke?", keucht er.

Oh ja, das kennt er noch nicht. Solche Methoden. Ich zucke viel unbeteiligter, als ich sein sollte, die Schultern.

„Du weißt doch, ich habe einen kranken Verehrer, der mir statt Rosen Blut schickt", witzle ich. Timothy wird noch blasser. Ich verdrehe die Augen. „Nein, im Ernst. Sobald es gefährlich wird, gebe ich dir Bescheid. Versprochen.“ Kann er den Schwur in meinen Augen erkennen?

Timothy presst die Lippen zu einem weißen Strich zusammen, nickt dann aber. „Von mir aus. Aber warum hast du das Bild behalten?“

Ja, warum, warum?

„Ich hatte das Gefühl, es sei wichtig“, erwidere ich und löse vorsichtig seine Arme von mir. Er lässt es zu.

„Du hattest das Gefühl? Oder haben deine ... Fähigkeiten dir das verraten?“, fragt er leise. Ich versuche zu ignorieren, wie unglaublich angespannt er ist. Dass seine Muskeln zittern wie ein überspanntes Seil. Doch anders als bei Silent kann ich nicht sagen, ob aus Sorge. Oder unterdrückter Wut.

Ich schüttle den Kopf und gehe zu meiner Unterwäscheschublade. „Nein, was die wichtigen Sachen angeht, lassen die mich ziemlich alleine“, erkläre ich und schiebe meine Hand unter die weiße Wäsche. Das Blatt ist ein wenig verklebt, noch immer etwas feucht und hat einen hässlichen Fleck auf einem meiner BHs hinterlassen. Immerhin auf keinem, den ich mag.

„Wozu ist deine Gabe denn dann gut?“, fragt Timothy.

Der Junge ist clevererweise genau dort stehen geblieben, wo ich ihn zurückgelassen habe. Ansonsten wäre ich jetzt wohl rot angelaufen wie eine Tomate. Einblicke in meine Dessousauswahl sind wohl doch noch etwas zu früh.

„Weißt du, das ist wirklich die Preisfrage“, seufze ich, schließe die Schublade und stelle mich mit dem Bild in der Hand neben ihn. „Hier“, sage ich.

Timothy betrachtet das Bild des fünfjährigen, schwarzhaarigen Jungen. Mich erinnert er erschreckend an die Fotos aus dem Haus, in dem Silent und ich uns über den Weg gelaufen sind. In dem die tote Frau lag.

Da Timothy mich in diese verfallene Ruine nicht begleitet hat, kann das nicht der Grund dafür sein, dass seine Augen sich beim Anblick des Ausdrucks weiten. Ich suche einen augenscheinlichen Grund. Das Blut? Darauf war er, glaube ich, gefasst. Dass das Kind aussieht wie ein dunkelhaariger Engel von Michelangelo? Vielleicht um einiges schlanker, aber genauso zart, schön und ... unschuldig.

„Cathrin“, wispert er schließlich und nimmt mir vorsichtig das Bild aus der Hand. „Das hast du heute Nacht gefunden? An einem toten Tier?“

Ich nicke und beobachte ihn ganz genau. Dieser kühle, distanzierte Ausdruck schleicht sich auf Timothys hübsche Gesichtszüge. Der, der ihn von mir entfernt und mir Herzschmerzen beschert. Dann gibt er mir das Bild zurück.

„Das zeigt meinen Bruder Jack. Unsere Großmutter hatte das Original“, sagt er mit wackeliger Stimme, sieht mich unverwandt an.

Sein Bruder? Jack Follador, der ganz sicher der Sohn des Mafiosos ist? Wüsste ich nicht wirklich mit hundertprozentiger Sicherheit, dass Timothy mit seinem Vater nichts mehr zu tun hat, dann müsste ich ihn jetzt ausliefern. Aber so ... so stehe ich einfach nur baff da und denke an das Haus der alten Frau zurück, die mir einen Tee spendiert hat, als ich vollkommen verfroren nur im Nachtzeug an ihrem Haus vorbeigelaufen bin. Ich erinnere mich an die Bilder im Inneren. Und an die dämliche Katze.

Die Dame lebt in North Carolina. Sie hatte das Original dieses Bildes. Das heißt, sie ist seine Großmutter. Joclyn ist die letzte lebende Verwandte von Timothy und vermisst ihn schmerzlicher, als er es sich vorstellen kann.

„Wenn du noch eine Großmutter hast, warum hast du dann in einem Kinderheim gelebt?“, frage ich ihn leise, falte das Bild zusammen und lasse es in meiner Gesäßtasche verschwinden. Apropos Gesäßtasche. Ich bin angezogen. Trage saubere, unblutige Klamotten. Hat Silent mich etwa umgezogen? Müsste ich mich gerade nicht auf wichtigere Dinge fokussieren, würde ich wahrscheinlich genau jetzt die Wände hochgehen. Wie kann er es wagen, mich ohne mein Einverständnis auszuziehen und das nicht einmal zu erwähnen?

„Sie ist verschollen, kurz nach dem Tod meiner Eltern“, murmelt Timothy und sieht mich mit einem undefinierbaren Ausdruck in den Augen an.

„Und jetzt fragst du dich natürlich, woher diese Kopie stammt.“ Ich gehe auf Timothy zu und drücke mich an ihn, einfach um ihn schon einmal zu beruhigen, ehe ich die Katze aus dem Sack lasse. Ich sehe, wie Timothy die Augen schließt und mich noch näher an sich zieht. Sein Herz rast.

„Warum habe ich nur das Gefühl, dass der Knaller erst noch kommt?“, wispert er, vergräbt das Gesicht zögerlich an meinem Hals.

„Weil du mich inzwischen kennst“, antworte ich sanft und beginne, ihm durch das weiche, leicht lockige Haar zu fahren. Er gibt einen zustimmenden Laut von sich und ich wappne mich zusammen mit meinen Fähigkeiten vor seiner Reaktion. „Bei meinem Abstecher nach North Carolina, als ich mir das Auto von unserem Fotografielehrer geliehen hatte, da bin ich einer alten Dame über den Weg gelaufen."

Er versteift sich merklich in meinen Armen. Ich höre nicht auf, ihm durch die Haare zu streicheln, während sein Puls nach oben schnellt. Seine Locken wickeln sich um meine Finger.

„In ihrem Haus standen Bilder über Bilder. Sie hat von ihrer lieben Tochter erzählt, Rebecca Silencieux, und ihren beiden geliebten Enkeln. Und dass man sie irgendwann darüber informierte, dass sie alle eines unglückseligen Todes starben", beende ich leise meine kurze Zusammenfassung.

Wie ich vorhergesehen habe, sagt er anfänglich gar nichts. Schweigt nur, atmet gegen meinen Hals. Dann hebt Timothy langsam seinen Kopf. Die Pupillen sind stark geweitet, ähneln mehr schwarzen Teichen. Sein restliches Gesicht ist kreidebleich.

„Willst du andeuten, du hast meine Großmutter gesehen?", fragt er leise.

Zögernd lege ich den Kopf schief. „Könnte man so sagen. Und ihre dämliche Katze Strolch oder so. Ein wirklich schreckliches Vieh", erwidere ich so unbeschwert wie möglich.

Einige Sekunden lang sieht er mich noch fassungslos an, dann ergreift Timothy meine Arme und schüttelt mich so heftig, dass meine Zähne aufeinanderschlagen. Ich kämpfe den Reflex nieder, ihn von mir zu stoßen.

„Wo ist sie? Du musst mir sagen, wo genau sie ist!", ruft er völlig aus dem Häuschen und mit glänzenden Augen.

Diesmal muss ich seine Freude nicht dämpfen. Diese Frau ist am Leben. Noch. Und das sollten wir so gut wie möglich nutzen.

„Ich werde es dir nicht sagen", erwidere ich bestimmt. Timothy will bereits protestieren, da lege ich ihm die Hand auf die Lippen. „Ich werde dir nichts sagen, weil wir beide, du und ich, zusammen nach North Carolina fahren werden, um mit deiner Großmutter über dich und Jack zu sprechen." Wenn sie mir gegenüber schon so offen war, sollte die Anwesenheit ihres Enkels ihre Zunge lockern wie ein guter Scotch.

Kapitel 6

„Also, ihr verschwindet heute Nacht einfach mal so für zwei Tage mit dem Zug und ich soll das entschuldigen?“, fragt Luca noch einmal nach. Zum gefühlt hundertsten Mal. Als wäre das so schwierig.

Timothy und ich nicken unisono. Sie seufzt theatralisch auf. „Ihr wisst schon, dass es seltsam rüberkommt, wenn ein Junge und ein Mädchen zusammen für einige Tage verschwinden?“ Die ganze Situation lässt sie offensichtlich nicht kalt. Lucas Augen funkeln undefinierbar und sie klopft zu häufig mit den Fingern gegen die Tischkante. Sie versucht, es damit zu überspielen, dass sie nahezu desinteressiert an ihren dunklen Haaren zupft.

Ich verdrehe leidgeprüft die Augen. „Ich bin optimistisch, dass du einen Weg finden wirst, das zu vertuschen.“ Das ist schließlich Lucas Spezialgebiet. Küsse den Richtigen und alles ist vergessen. Sicherheitshalber stopfe ich auch noch die anderen Bilder in meinen Rucksack. Falls sie auf die Idee kommen sollte, meine Unterwäsche durchzusehen. Im besten Fall könnten die Fotos nützlich werden. Im schlechtesten verliere ich sie. Dieses Spektrum ist leider selbst für mich sehr breit und undurchsichtig.

„Cathrin, im Ernst. Wenn Mr Flanell davon erfährt, bist du tot“, sagt sie und ich spüre ihren viel zu ernsten Blick in meinem Rücken.

Ich zucke die Schultern, lege eine Ersatzjeans und eine saubere, dünne Jacke auf die Bilder, dann zerre ich den Reißverschluss zu. „Er will was von mir, nicht andersherum. Dann soll er lernen, mit meinen Methoden zu leben.“ Als ich mich umdrehe, sehe ich gerade noch, wie Luca skeptisch Timothy betrachtet, als müsse sie überlegen, wie viel er hören darf und ab welchem Punkt sie lieber den Mund halten sollte.

Luca presst die Lippen zusammen. Entscheidung gefallen. „Du weißt genau, dass er das Problem ist. Keine Beziehungen, du erinnerst dich?“, flüstert sie in Zimmerlautstärke. „Und das zwischen euch ist wirklich ernster, als ich angenommen hatte.“

Ich blicke zu Timothy hinüber, der uns beide ratlos betrachtet, die Haare etwas zerzaust, mit leichten Augenringen, etwas zu blass in dem hellen Licht der Deckenlampe. Es ist immer wieder erschütternd, wie allein sein Anblick mich zu unterstützen, zu bestärken vermag. Wie abhängig ich von seiner Nähe bin.

„Ich denke, ich bin gut genug, um mir das zu erlauben", antworte ich mit fester Stimme, wende den Blick von ihm ab und sehe Luca fest an. Ich werde nicht zulassen, dass man mich mit ihm unter Druck setzt. Sollte am Ende dieses Falls Blut fließen, wird es nicht seines sein.

Luca nickt nachdenklich. „Gut. Ich bin dafür, dass, was Mr Flanell betrifft, du und ich zusammen unterwegs sind. Dafür bin ich schließlich hier. Für die Schulleitung habt ihr beide eine ernst zu nehmende Erkältung. Falls ihr sterben solltet, ist das zwar keine Entschuldigung, aber ..."

„Unser baldiger Tod ist sowieso unwahrscheinlich", unterbreche ich sie.

Lucas Blick verdüstert sich und wie immer, wenn sie aufgebracht ist, schiebt sie einen Ärmel ihrer durchscheinenden roten Bluse nach oben. „Unwahrscheinlich? Cathrin, ist das dein verdammter Ernst?", blafft sie.

Ich zucke die Schultern. Was soll ich auch sonst tun? Ihr sagen, dass die Wahrscheinlichkeit für meinen Tod bei elf Prozent und der für Timothys bei sieben liegt? Ich bezweifle, dass sie das groß beruhigen würde. So von wegen ein Zehntel sei nicht nichts, und wenn wir abkratzten, wäre sie voll am Arsch und so.

„Luca, bei allem Respekt, aber ich denke, es ist unsere Entscheidung, in welche Gefahren wir uns begeben", mischt sich Timothy ein.

Meine Zimmergenossin auf Zeit zieht frustriert die Augenbrauen zusammen. „Freundchen, das wäre es nur, wenn ich euch nicht entschuldigen müsste!", faucht sie und tritt einmal etwas zu stark gegen mein Nachttischchen.

Entspannt schlendere ich darauf zu und halte die Hand genau zum richtigen Zeitpunkt auf. Mein Handy fällt hinein. Wo ich jetzt sowieso schon hier bin, kann ich es mir auch bequem machen. Ich fläze mich auf mein Bett, drehe mich auf die Seite und sehe sie milde tadelnd an.

„Pass auf, wogegen du trittst", sage ich ruhig und halte mein Handy nach oben.

Luca schnaubt nur abfällig. „Das ist das Schreckliche an dir, Cathrin. Es gibt immer eine Sache, an der du besonders hängst, und ich hätte bis heute alles darauf verwettet, dass es nie ein Mensch werden könnte. Aber jetzt ... Ich mag dich nicht besonders, okay? Aber ich habe dich von Anfang an gekannt und jetzt bist du mir einfach sympathischer."

Ich glaube Luca sogar irgendwie, dass sie besorgt ist. Die Sorge nehmen kann ich ihr hier und jetzt trotzdem nicht. Vielleicht will ich es auch gar nicht, keine Ahnung.

„Wir müssen los“, unterbreche ich schließlich das bedrückte Schweigen im Raum.

Timothy entspannt sich sichtlich. Ich habe keinen blassen Schimmer, warum, aber er mag Luca augenscheinlich nicht. Ihre bloße Anwesenheit lässt seine Rückenmuskulatur verkrampfen. Was ich ihm nicht verübeln kann. Irgendetwas wirklich Furcht Einflößendes hat Luca bis jetzt zwar noch nicht raushängen lassen, aber was nicht ist, kann ja noch werden. Obwohl, die Kürze ihrer Röcke, die ist durchaus beängstigend.

Luca schüttelt missbilligend den Kopf, hält mich und Timothy aber nicht davon ab, unsere Rucksäcke zu greifen und zu verschwinden.

„Du kannst schlafen, wir fahren eine Weile“, sagt Timothy leise.

Ich nicke, den Kopf auf seiner Schulter gebettet, und versuche, das Ruckeln des Zuges als etwas Beruhigendes zu empfinden. Aber das flackernde, knackende Licht der durchgehenden Neonröhren ist für mich einfach nicht die beste Nachtbeleuchtung. Das Geräusch erinnert mich an das Hintergrundschnarren gequälter Schreie, das weiße Strahlen daran, wie es war, in seinem Angesicht einen Finger zu verlieren. Oder sich eine Kugel einzufangen.

„Du auch“, erwidere ich also nur und betrachte misstrauisch die anderen Reisenden. Uns gegenüber sitzt ein Mann, der Whiskey hinunterkippt wie ein gestrandeter Seemann. Etwas weiter ein Mädchen mit fettigen Haaren, dunklen Ringen unter den Augen und abgetragener Kleidung. Die Fingernägel sind bis auf das Fleisch abgekaut. Abgesehen von diesen beiden sind wir allein.

Trotzdem fühle ich mich beobachtet. Als versteckte sich irgendwer in dem anderen Waggon und beobachtete uns durch das verspiegelte Glas. Als würden die Schatten selbst uns belauern. Wie bei Madame.

Der Mann ist zu beschäftigt mit seiner Flasche, das Mädchen damit, die Sticker von den tristen grauen Wänden zu pulen, um der Ursprung für meine Nervosität zu sein.

Timothy lächelt mich leicht an, die Arme um meinen Körper geschlungen. Aber sein Blick würde niemals dieses Gefühl der Beklemmung in mir auslösen. Ein derart unwohles Empfinden, das kribbelnd durch meine Adern fährt. Als entgehe mir etwas Entscheidendes. Wie zu oft in letzter Zeit. Ich schüttle den Kopf. Niemand wird uns hier und jetzt umbringen. Das würde ich spüren.

„Erst wenn du die Augen zumachst", legt Timothy kategorisch fest und klemmt seinen Rucksack mit dem Bein fester an den Sitz.

Ich schnaube abfällig. Er tut so, als müsse er auf mich aufpassen. Irgendwie süß, andererseits erniedrigend. Er hat Silent am Abend des Balls zwar ziemlich beeindruckend eine runtergehauen, aber ich wette darauf, dass ich ihn trotzdem nach allen Regeln der Kunst vermöbeln könnte. Auch wenn ich das nie unter Beweis stellen werde. Schließlich ist er mein Freund. Und den schlage ich nur, wenn er mir einen triftigen Grund dafür gibt.

„Ich bin es gewohnt, lange wach zu bleiben", erwidere ich und gebe Timothy damit sehr deutlich zu verstehen, was ich von seinem Vorschlag halte. Nämlich gar nichts. Mit der Beschützernummer muss er mir gar nicht erst kommen. Das ist etwas, das Silent von Anfang an verstanden hat. Ich könnte ihn töten, ehe er die Chance hat, um Hilfe zu rufen. So jemand ist nicht auf einen starken Bodyguard angewiesen. Andererseits hat Timothy keine Ahnung, wie es in mir aussieht. Er kennt meine Stimmungslagen nicht, weiß nicht, wie schnell ich auf jeden noch so kleinen, fremden Eindruck reagieren kann.

Gedankenverloren legt Timothy das Kinn auf meinem Kopf ab, vergräbt seine Hände in den Taschen meines Kapuzenpullis. „Was nicht heißt, dass es gut ist. Gerade du Naturwissenschaftsass solltest das doch wissen", sagt er leise und drückt mir einen sanften Kuss auf den Scheitel.

Ich verdrehe die Augen, selbst wenn er es nicht sehen kann. Natürlich bin ich mir dessen bewusst. Und ich weiß auch um meine körpereigene Regeneration. Ich bin optimistisch, dass die allen gefährlichen Infektionen und Erschöpfungserscheinungen vorbeugt.

„Weiß ich. Und es ist mir egal. Ich werde sowieso nicht lange genug leben, damit irgendeine tödliche Krankheit die Chance hat, mich dahinzuraffen", erwidere ich kühl und bereue es im gleichen Moment.

Timothy ist zusammengezuckt, als hätte ich ihm einen Stromschlag verpasst. Oh, oh. Das ist kein Gespräch für uns. Er wird es nicht verstehen. Dieser Satz macht nur Sinn für Menschen, die mit dem Tod Seite an Seite aufgewachsen sind. Timothy hat keine Ahnung, was es bedeutet, von Schreien aus dem Schlaf gerissen zu werden, die um das Ende betteln.

Zögerlich hebe ich den Kopf, um ihm ins Gesicht sehen zu können.

Seine Mimik ist unmöglich zu deuten. Das perfekte Pokerface. Und wann immer er das aufsetzt, ist er im höchsten Maße resigniert.

„Timothy, das ... Ich meine, das ist ein offenes Geheimnis. Luca weiß es, ich weiß es ... für mich war nie ein langes Leben geplant", versuche ich mich zu erklären und flechte zögerlich meine Finger in seine, um seine Hand zu drücken. Er reagiert nicht darauf, sieht mich nur weiterhin schweigend an.

„Kannst du mir vielleicht ein konkretes Datum nennen, damit ich mich seelisch und moralisch auf deine Beerdigung einstellen kann?", fragt er schließlich kalt. Jetzt ist es an mir zusammenzuzucken. Nicht gut, gar nicht gut.

„Na ja, nein. Ich habe nur das Gefühl und ..." Kopfschüttelnd sehe ich ihm in die Augen. „Ich will auch gar nicht alt werden, Timothy. Ich will meinem Körper nicht dabei zusehen, wie er schwach wird", flüstere ich. Etwas, das er nicht verstehen kann. Schon bevor er antwortet, weiß ich, dass ich in dieser Hinsicht gegen eine Wand reden werde. Dafür sind wir zu verschieden. Ich habe so lange von Stunde zu Stunde gelebt, Nacht zu Nacht. Timothy nicht. Man hat ihn gelehrt zu hoffen, zu lieben. Nicht, zu schießen.

„Ich weiß nicht, was das zwischen uns für dich ist, aber ich könnte es nicht ertragen, dich zu verlieren", sagt er leise und hält meinen Blick mit seinem fest. Seine Augen sind wieder weicher, durchsichtiger. Seine Worte schwierig. Übelkeiterregend. Wenn ich nur an die sieben Prozent denke ... es ist unbeschreiblich, wie schlecht mir dann wird. Mein Herz zieht sich zusammen, das Atmen wird schwer.

„Ich will dich auch nicht verlieren", flüstere ich und starre aus dem Fenster rechts neben uns. Die Lichter rasen in der Finsternis vorbei, verschwimmen zu Blitzen. Ungreifbar, unaufhaltsam. Wie Schicksale, die dem Ende entgegenlaufen. Das, was wir vorhaben, kann unglaublich gefährlich werden. Kann. Muss nicht. Wird nicht.

„Dann weißt du ja, wie es mir geht", wispert er und erwidert endlich meinen Händedruck.

„Cathrin, wach auf", haucht er mir ins Ohr.

Ich zucke leicht zusammen, öffne dann aber die Augen. Es ist so hell. Grummelnd runzle ich die Stirn und drücke mein Gesicht an seine Brust. Ich spüre sein leises Lachen.

„Wirklich, wir müssen hier raus."

Sofort bin ich hellwach. Der Fall. „Du kannst ja mal sagen, dass wir da sind", sage ich vorwurfsvoll und setze mich auf.

Lächelnd sieht er mich an. Glücklich. Und deswegen bin ich es auch. Weil er alles ist, was ich mir wünschen könnte. Und niemals gewagt habe zu wollen. In dem kalten Licht der Wintersonne wirken seine blonden Haare noch strahlender, das Gesicht noch schöner, feiner. Auch wenn wir gleich aussteigen müssen, komme ich nicht umhin, ihm einen vorsichtigen Kuss auf den Mund zu drücken, das Gefühl seiner warmen Lippen an meinen zu genießen.

Unsere Station wird aufgerufen. Seufzend stehe ich auf und greife nach seiner dargebotenen Hand. Gemeinsam verlassen wir den Zug und den Bahnhof, wandern Hand in Hand durch die Straßen. Timothy fragt nicht groß nach, woher ich den Weg kenne.

Wahrscheinlich hat er eins und eins zusammengezählt, verstanden, dass meine Fähigkeiten gerade arbeiten. Wenn auch nur in einem geringen Maße.

Nach einigen Minuten kann ich sie ohne weitere Bedenken abschalten. Diese graue Häuserzeile erkenne ich selbst wieder. Trotz der dünnen Puderschicht aus Schnee über den Wegen, die die Simse säumt und den Schmutz der großen Stadt versteckt.

„Hier soll meine Großmutter also wohnen?“, fragt Timothy leise und sieht sich um, als ich vor der Tür stehen bleibe. Als wollte er jedes noch so kleine Detail in sich aufnehmen. Jeden Winkel, hinter dem sich sein letzter lebender Verwandter versteckt, der nicht mit einer Knarre in eine Menschenmasse zielt.

Der Reisigbesen steht ordentlich neben der Tür, einige wenige Flocken haben sich hineingestohlen. Etwas Staub liegt vor dem Eingang. Rost? Mich beschleicht ein mulmiges Gefühl.

„Theoretisch schon“, erwidere ich zögerlich und klopfe an.

Kein Geräusch von innen. Keine Bewegung irgendwo. Alles hier wirkt wie ausgestorben. Auf eine schlechte, kalte Art. Wie die Ruhe vor dem Sturm.

„Was ist los?“, will Timothy nach einigen Minuten, in denen wir bewegungslos in der Kälte standen, wissen.

Ich zucke die Schultern, versuche, eine Sorglosigkeit vorzugaukeln, die ich im Moment definitiv nicht empfinde. Stattdessen kommt die Übelkeit mit neuer Kraft zurück. Mein Bauch rebelliert. Rost auf Stein? Eher unwahrscheinlich.

„Ich glaube, wir sollten uns selbst einlassen“, sage ich nur und sehe auf das kleine Fenster unweit der Tür. Ist das ein Blutspritzer an der unteren Gardinenspitze? Auch Stoff verrostet nicht. Ich presse die Lippen fest aufeinander. Heute besuchen wir nicht Timothys Großmutter. Wir stören die Totenruhe.

„Können wir nicht", legt er kategorisch fest.

Ich verdrehe die Augen. Und wie wir das können. Um genau zu sein, bleibt uns keine Wahl. Ohne weiter auf seinen Protest einzugehen, ziehe ich mein Portemonnaie aus der Tasche, zücke meine ungenutzte Kreditkarte und drücke sie kraftvoll zwischen Rahmen und Schloss. Der Riegel schnappt mit einem scharfen Knacken zurück. In dieser Stille ein Geräusch wie der Schuss aus einer Pistole.

Hektisch sehe ich mich um, jederzeit bereit, mich zu verteidigen. Denn gerade bewegen wir uns gefährlich auf die elf und sieben Prozent zu. Sollte sich wirklich jemand dort hinter den Sträuchern verbergen. Und wäre diese Person bereit, den Abzug zu betätigen.

Niemand kommt die Straße herab, nichts rührt sich. Selbst die Bäume scheinen die Luft anzuhalten. Ich drücke vorsichtig die Tür auf.

„Cathrin ...", setzt Timothy an, dann riechen wir es beide. Es ist wie eine Welle. Der Gestank von frischem Blut, vermischt mit dem Geruch nach Rosenöl und Lavendel, bildet ein schwindelerregendes Aroma.

Timothy reißt die Augen auf und drängt sich an mir vorbei ins Innere.

„Nein", zische ich, aber er reagiert gar nicht, geht nur wie paralysiert durch den Flur. Fluchend folge ich ihm, schließe leise die Tür hinter mir.

Die cremefarbenen Wände sind mit Blut bepinselt. Rote Spritzer, die sich nach oben hangeln, bis unter die Decke. Hier hat jemand definitiv sehr unsaubere Arbeit geleistet. Das war kein Mord, sondern ein Massaker. Den Job hätte ich weitaus besser erledigen können. Die Kunst beim Töten? Wenig Blut vergießen und trotzdem schnell sein.

An der dünnen Gardine haften tatsächlich zwei winzige Blutstropfen. Jedoch kaum bemerkenswert in Anbetracht des Anblicks, der sich uns im Wohnzimmer bietet. Die alte Dame liegt mit von sich gestreckten Armen auf dem Boden, Stichwunden zieren ihren dünnen Körper. Sie trägt ihr Nachthemd. Ihr Schlafzimmer müsste das neben der Tür sein. Was die neue, noch feuchte Farbe der Flurwände erklärt.

Kreidebleich sinkt Timothy neben ihr auf die Knie, nimmt ihre Hand in seine. In seinen braunen Augen glitzern Tränen. So hat er sich seinen Besuch bei ihr bestimmt nicht vorgestellt. Ich hatte es in Betracht gezogen. Zwei Stunden zu spät. Nur zwei Stunden zu spät.

Verdammt!

„Ich … ich versteh das nicht, Cathrin“, wispert er schließlich mit tränenerstickter Stimme und sieht zu mir auf.

Ich versuche, die roten Flecken auf seinen Wangen zu ignorieren, mich auf irgendetwas an ihm zu konzentrieren, das seine abgrundtiefe Trauer und Enttäuschung nicht zeigt. Ich werde nicht fündig. Stumm knie ich neben ihm nieder und drücke seine Hand. Ich habe keine Worte für ihn.

„Sie … warum hast du das nicht gesehen? Warum hast du ihren Tod nicht gesehen?“, fragt er anklagend.

„Das habe ich“, erwidere ich mit fester Stimme und sehe ihm in die Augen. „Es gab eine Chance von geschätzten sechzig Prozent, dass wir sie lebendig antreffen.“

Timothy schüttelt heftig den blonden Schopf und wischt sich mit dem schwarzen Ärmel seiner Winterjacke einmal über die Nase. „Wie kann es eine Chance von sechzig Prozent gewesen sein, wenn sie jetzt tot ist?“, fragt er aufgebracht und steht auf.

„Die Zukunft ist nicht in Stein gemeißelt“, antworte ich und suche nach irgendetwas, das ihn beruhigen könnte. Einem Satz, einem Wort, irgendetwas. Mein Kopf ist wie leer gefegt. Ich habe keine Emotionen für diesen Augenblick.

„Muss sie aber doch sein!“, ruft er und tritt frustriert gegen den Sessel der alten Dame, in dem ich das letzte Mal saß. „Die Dinge geschehen schließlich!“

„Aber Handlungen beeinflussen sie“, sage ich ruhig und hebe einen Fotorahmen auf. Das Glas ist zerbrochen, der Staub aufgestoben. Das Bild der beiden Jungen. Jack ist zweifellos an seinem Strahlelächeln und dem wirren schwarzen Schopf zu erkennen. Timothy an den Ähnlichkeiten mit dem weinenden Jungen neben mir.

Wortlos reiche ich ihm den Rahmen mit dem Bild, an dem noch immer vereinzelte Scherben wie Zähne haften. Wütend ergreift er ihn und schneidet sich die Handfläche an einer der Scherben auf. Timothy flucht und lässt das Foto los, als hätte er sich verbrannt.

„Scheiße!“, brüllt er und presst die verwundete Hand an seine Brust. Augenscheinlich außer sich tritt er gegen den Tisch, stößt die Vase hinab, sodass das Wasser sich auf dem weichen Teppich verteilt, die Blumen hinaussegeln und die Scherben klirrend durch den Raum fliegen. Wirft den Sessel um, der krachend auf dem Boden auftrifft. Der kleine Glaskronleuchter wackelt besorgniserregend an der Decke, klimpert leise. Ich kann vorhersehen, wie er sich aus der Halterung löst und kreischend herabfällt. Einer der Splitter würde Timothys linkes Auge irreparabel schädigen. Im besten Fall.

„Timothy, hör auf", bitte ich ihn leise. So außer sich habe ich ihn noch nie erlebt.

Er ignoriert mich und tritt noch einmal gegen den Sessel. Wirbelt herum, reißt die Kissen vom Sofa und wirft sie gegen die getüpfelten Wände. Trifft eine Glasvitrine, die scheppernd zu Boden fällt. Der Kronleuchter klimpert drohend.

„Timothy, hör auf", sage ich lauter, mit festerer Stimme.

Noch immer ignoriert er mich. Wütet weiter. Ich kann quasi spüren, wie der Kronleuchter heruntersegelt, um noch mehr Blut zu vergießen.

„Timothy, stopp!" Ich umfasse seine Handgelenke. Was genug ist, ist genug.

Er wirbelt zu mir herum. Das Gesicht zu einer furchterregenden Grimasse verzogen. Tränen schimmern auf seinen Wangen, die Lippen sind wie Lefzen zurückgezogen. In seinen Augen liegt ein unbändiger Hass. Außer sich stößt er mich weg.

Keuchend taumle ich rückwärts, stolpere über die Lehne des Sessels und falle der Länge nach neben das Sofa.

Zwei grüne Augen starren mich an. Kreischend springe ich auf, eine der Scherben in der Hand, bereit, sie zu werfen. Ein Fauchen.

„Cathrin? Oh Gott. Das tut mir leid. Ich hab dich nicht ..." Timothy unterbricht sich selbst.

Ich fahre zu ihm herum. Betrachte ihn wachsam. Er sieht wieder zurechnungsfähig aus. Aber für einen winzigen, schrecklichen Moment ... da wirkte er genauso wie Grotian. Ebenso hasserfüllt, grausam und unendlich wütend.

„Alles gut", bringe ich viel sanfter und verständnisvoller über die Lippen, als ich von mir selbst erwartet hätte. Was für ihn alles nur noch schlimmer zu machen scheint.

Zögernd, mit erhobenen Händen kommt er auf mich zu. „Lass es mich erklären", fleht er leise. Das schlechte Gewissen ist deutlich in seinem Gesicht zu erkennen. In seinen schönen braunen Augen.

„Es ist wirklich alles gut", bekräftige ich und nähere mich ihm, lege eine Hand auf seine Wange. Als könne Timothy es nicht verhindern, schließt er die Augen und presst den Kopf gegen meine eisigen Finger.

„Es ist nur ... ich habe das alles schon einmal durch. In unserem alten Haus, kurz bevor ich ins Kinderheim musste, sah es auch mal so aus. Mein Vater war verschwunden. Meine Mutter lag in ihrem eigenen

Blut neben ihrem Bett. Im Schlaf erstochen. Und ich weiß einfach nicht, was sie von ihr wollten", wispert er hilflos.

Das Bild des verfallenen Hauses schießt mir durch den Kopf. Das Skelett neben dem Bett. Die zersprungene Vase. Das Chaos. Silent, der dort aufgetaucht ist. Seine Worte. „In diesem Haus bin ich aufgewachsen, Cathrin. Du kannst es mir also kaum übel nehmen, wenn ich mich hin und wieder hierher verirre."

Ich fordere es heraus, suche nach dem Moment, den Timothy gerade umrissen hat. Und finde ihn. Mir wird speiübel.

„Denkst du, dass Jack noch etwas mit eurem Vater zu tun hat?", frage ich leise. „Ihm noch immer zur Seite steht, fähig wäre, mir ein Messer in den Magen zu rammen?", ergänze ich im Stillen. Der Junge auf dem Bild sieht Silent so ähnlich. Könnte es sein, würde Silent ebenso herzlich lächeln. Aber Silent lächelt nicht. Er hat es verlernt. Genauso wie ich.

Timothy schüttelt träge den Kopf. „Sie sind tot, Cathrin. Ansonsten ... sonst hätten sie mich doch nicht allein gelassen all die Zeit", flüstert er.

Ja, welcher normale Mensch täte das schon? Welcher Mensch würde seine Mutter töten, seine Frau in ihrem Bett ermorden lassen und einen seiner Söhne in einem Kinderheim zurücklassen, während er die Familiengruft errichtet? Nur ist der Mafioso nicht normal. „Was, wenn nicht?", frage ich langsam.

Timothy löst sich von mir und sieht mich aus zu Schlitzen zusammengekniffenen Augen an. „Wie meinst du das?", fragt er langsam.

Wie ich es meine? Ich weiß leider noch nicht, wie ich ihm das am besten beibringen kann. Also gehe ich zurück zur Couch und hocke mich dorthin, wo ich gefallen bin. Wieder ein Fauchen. Diesmal hört Timothy es auch. Ich sehe, wie er stirnrunzelnd auf mich zukommt, während ich die Katze im Blick behalte. Sie sieht unverletzt aus. Timothy wird sie behalten wollen.

„Was ist da?", verlangt er zu wissen, tritt neben mich.

Ich hebe die Hand, bedeute ihm zu warten, dann begebe ich mich in die Höhle des metaphorischen Löwen. Er faucht mich an, knurrt. Als ich das Katzenvieh umfasse, kreischt es noch mehr, kratzt um sich, erwischt mein Handgelenk.

„Hey, Strolch. Klappe", zische ich und reiche die Katze an Timothy weiter. Sein Spielzeug. Ich bleibe bei der Kuscheltierversion. Ist weniger schmerzhaft.

Fassungslos starrt er das Fellknäuel an. „Ist das meine Antwort?“, fragt er irritiert, drückt das Ding aber an sich und beginnt, ihm über den Pelz zu streicheln.

Mir klappt tatsächlich die Kinnlade nach unten, als ich sehe, wie es sich an Timothy kuschelt und zu schnurren beginnt. Dummes Vieh! Ohne mich wäre es dahinten verreckt. Das soll der Dank sein? „Nein.“ Ich hab nur noch immer keine Idee, wie ich ihm das schonend beibringe. Dass seine Familie nur halb so tot ist, wie er glaubt. Und die Überlebenden ihren Tribut fordern.

Andererseits hat er jetzt ein Kuscheltier zum Festhalten. „Es ist schon erstaunlich, wie ähnlich Silent dem Jungen auf dem Bild sieht“, sage ich schließlich. „Dass er die gleiche Nase hat wie du und ihr euch eine Augenpartie teilt. Dass ihr ... dass ihr das gleiche Lächeln habt und Silents Eltern ebenso wie deine auf mysteriöse Art umgebracht wurden. Was, wenn es die gleichen sind?“, gebe ich leise zu bedenken.

Lange starren wir einander nur an, Timothy die Hände im Fell der Katze vergraben, ich meine in meinen Taschen verstaut. Dann lacht er trocken auf.

„Silent ist nicht Jack“, sagt er.

„Was, wenn doch? Jack Follador ist in unserer Schule eingeschrieben, Silent hat nicht einmal einen Nachnamen“, rufe ich und werfe dabei die Hände nach oben.

Timothy sieht aus, als wolle er etwas erwidern, schweigt dann aber. Öffnet den Mund, schließt ihn. „Das ... das ist Unsinn“, murmelt er schließlich. Seine Lippen sind fest zusammengepresst. Ich weiß mit Sicherheit, dass er diese Möglichkeit jetzt in Betracht zieht. „Ich meine, das hätte er mir doch gesagt, oder?“

„Vielleicht ist Silent nicht klar, wer du bist“, schlage ich vor.

Timothy kneift die Augen zusammen, als würden all diese Gedanken, diese Neuigkeiten so verschwinden. Mit einem Seufzen vergräbt er das Gesicht im Fell der Katze. Tja, das kommt davon, wenn ich mich in solchen Momenten zu weit von ihm entferne. Er ersetzt mich eiskalt durch ein fauchendes Katzenvieh.

„Aber ... das ist Unsinn. Das hieße, mein Vater lebt und ...“

„Und ist wirklich der, den ich suche. Und Silent möglicherweise meine Bezugsperson“, vervollständige ich seinen Gedanken leise.

Timothy sieht mich an, als wäre ich sein größter Albtraum. Dann drückt er mir kopfschüttelnd die Katze in die Arme und lässt sich auf das geblümte Sofa fallen, stützt das Gesicht in die Hände. Das Blut scheint ihm egal zu sein. Das aufgerissene Polster. „Das glaube ich nicht", höre ich ihn undeutlich murmeln.

Seufzend setze ich mich neben Timothy und lehne meinen Kopf gegen seine Schulter. Für mich fühlt es sich genauso unwirklich an wie für ihn. Ich werde Silent ausliefern müssen. Allein wenn ich mir vorstelle, wie Mr Flanell versucht, etwas aus ihm herauszubekommen ... das wird eine Katastrophe werden. Ich muss mir dringend die Erlaubnis einholen, die Verdachtsperson selbst zu befragen. Oder noch besser, ich tue es einfach. Mit mir wird Silent reden. Weil ... weil ich das bestmögliche Argument gegen ihn in der Hand habe: Er liebt mich. Und ich bin absolut einverstanden damit, das gegen ihn zu verwenden.

Vor allem, da ich meine Ehre darauf verwetten würde, dass er sehr wohl in Kontakt mit seinem Vater steht. Möglicherweise enger, als mir lieb ist.

12.11.2007, Mikun?

Ich muss nur zuschlagen, nur zuschlagen. Das Kind hängt zitternd und gefesselt an der Wand, mit dem Rücken zu mir. Es muss bestraft werden, war ungehorsam. Es ist das Beste. Madame und Grotian sitzen mir im Nacken.

Als wäre da kein Zaudern in mir, hebe ich die Hand und schlage zu. Das scharfe Geräusch der Peitsche hallt durch den Raum, kalt, schmerzhaft. Das Kind gibt keinen Laut von sich. Das habe ich damals auch nicht getan, als man mich das erste Mal bestraft hat. Es geht darum, sturer zu sein als der Henker. Wer zuerst zuckt, hat verloren.

Also kann ich meine Bestrafung still verrichten, während das Kind nur auf die Wand starrt, während die Haut aufplatzt und Blut zu Boden rinnt. Ich habe das Gefühl, dass es noch eine Weile durchhalten wird. Noch ein Schlag, dann hat es die zehn überstanden, hat nicht geschrien, nicht den Verstand verloren, nicht das Bewusstsein.

Madames rechte Hand zu sein, hat viele Vorteile, Henker zu sein, gehört nicht dazu. Ab jetzt wird es nur schlimmer und schlimmer. Aber weder mir bleibt eine Wahl noch dem Kind vor mir. Also schnalzt die Peitsche ein letztes Mal, die Bauchmuskeln spannen sich ein letztes Mal an. Dann trete ich vor, löse die Fesseln und lasse das Kind zurück. Fünf Minuten, dann muss es verschwunden sein. Andererseits wird Grotian es endgültig befreien.

Kapitel 7

„Du bist wieder da“, stellt er fest, vollkommen emotionslos.

Ich ignoriere Silents Kälte und umarme ihn einfach. Ich will Antworten? Dann machen wir es auf die Schlampenart.

„Ja, bin ich. Wie geht es dir?“, frage ich leise und linse durch meine Wimpern zu ihm auf. Sehe in diese grauen Augen, die auf den Kinderfotos nur gelacht haben. Ausnahmslos. Und jetzt oft stumpf oder wütend wirken. Ich habe keinen Zweifel daran, dass das an seinem Vater liegt. Dem Mafioso, der nicht einmal auf den Hochzeitsfotos glücklich wirkte. Er ist wie eine Zecke und zieht jede Freude aus den Menschen um sich herum. Wer steht ihm schon näher als sein Sohn Jack Follador?

Silent zuckt die Schultern. „Klasse. Bei mir und Natasha läuft es wirklich gut.“

Es war so klar, dass er damit kommt. Dass mir diese Information ziemlich egal ist, lässt seine Laune rapide sinken. Er schiebt mich von sich und lässt sich auf sein verstaubtes Sofa fallen. Ich bleibe stoisch an meinem Lieblingsplatz neben dem Skelett stehen.

„Das freut mich“, sage ich warm und beobachte ihn so unauffällig wie möglich. Die schwarzen Haare sind noch immer wirr. Ich weiß nicht, ob es an den Wirbeln liegt, die gefühlt zu Tausenden auftreten, oder einfach daran, dass er sie sich nie kämmt. Das Lächeln ist verschwunden. Manchmal schenkt er es mir, viel zu selten.

„Worüber grübelst du?“, fragt er mich. Weicht meinem Blick konsequent aus. „Oder nein, das ist eigentlich egal. Was soll diese Katze in Timothys und meinem Zimmer?“ Silent starrt an die gelbliche Wand ihm gegenüber, betrachtet mit mäßigem Interesse die alte Landkarte Amerikas, die er schon in- und auswendig kennt.

Ich löse mich von meinem Kumpel-Skelett und setze mich neben ihn, lehne mich an seinen Rücken und lege die Füße auf der Armlehne ab. Suche ganz bewusst Körperkontakt. Weil ich weiß, dass ihn jede noch so kleine, sanfte Berührung von mir in die Knie zwingen kann.

„Über dich“, wispere ich. Kurz streifen sich unsere Blicke, dann betrachtet er wieder eingehend die vergilbte amerikanische Landkarte. Seine Muskeln sind zum Zerreißen gespannt. Silent hat eine Ahnung von dem, was ich vorhabe. Und kann sich trotzdem nicht dagegen wehren. „Ich grüble immer nur deinetwegen." Was lässt seine Festung bröckeln? Mein hilfloses Flüstern oder dass ich seine Hand in meine nehme? Beinahe automatisch umfasst er sie. Seine Finger sind eiskalt. Mich durchläuft ein unangenehmer Schauder. Er will meine Zuneigung so dringend glauben. Nie habe ich mich grausamer gefühlt.

„Und die Katze?", verlangt Silent zu wissen, lässt mir nie eine Möglichkeit, mich aus der Affäre zu ziehen.

„Wir haben sie auf unserem Ausflug gefunden", erwidere ich wahrheitsgemäß und starre auf die Tür, während Silent mit dem Daumen über meine Hand fährt. Ich genieße den sanften Druck mehr, als ich sollte. Diese behutsame Berührung, die für jemanden, der keine Liebkosungen gewohnt ist, die Welt bedeutet.

„Und was macht der Flohsack jetzt in meinem Zimmer?", fragt er kühl.

Ich verdrehe die Augen. „Timothy mag ihn. Und ich hasse Tiere genauso wie du. Selbst wenn ich sie deswegen nicht gleich tot auf die Kissen ungeliebter Mitschüler lege." Ich spüre, wie sich seine Rückenmuskeln anspannen. Sein Daumen kreist nicht länger über meinen Handrücken. Die Mauern werden wieder hochgezogen.

„Ich habe das nicht nur getan, weil ich dich hasse", sagt er leise. Unvermittelt zucke ich zusammen, als hätte er mich geschlagen. Hasse. Präsens. Gegenwart.

„Ach, sind wir jetzt wieder an dem Punkt?", frage ich unterkühlt und unternehme den aussichtslosen Versuch zu verbergen, wie sehr mich seine Worte getroffen haben. Ich spüre, wie Silent sich bewegt, seine Hand aber noch immer nicht aus meiner löst.

„Cathrin, das habe ich so nicht gemeint und das weißt du." Sein Tonfall widerspricht den Worten. Silents Stimme könnte Glas verätzen.

Ich rolle die Augen. Genau. Silent meint ja nie etwas, wie er es sagt.

Stur starre ich auf die Tür und erwidere nichts. Vielleicht habe ich es mir nicht gewünscht, dass er mich liebt. Aber seine Freundschaft habe ich zu jeder Zeit gerne angenommen. Weil sie mir mehr bedeutet hat, als er sich ausmalen kann. Es ist, wie er sagt. Als hätte man einen verlorenen Teil seiner Seele gefunden und könnte ihn nicht mehr gehen lassen.

„Cathrin, komm. Tu doch nicht so, als hätte ich dich tödlich beleidigt."

„Ja, alles gut", fauche ich und rutsche weg von Silent. Stehe von der

Couch auf und beginne, ruhelos im Zimmer umherzulaufen. Wie soll ich auch nur eine Antwort aus ihm rausbekommen, wenn wir uns jedes verdammte Mal bereits nach Sekunden zu streiten beginnen? Er reagiert auf nichts, wirklich gar nichts, so wie er sollte. Geschweige denn wie die Charaktere aus meiner Lieblingsserie. Ich sollte die Produzenten verklagen.

„Was verdammt hast du?", ruft Silent aus und steht ebenfalls auf.

Ich muss ihn nicht ansehen, um zu wissen, wie er auf mich zukommt. Wie seine Augen vor unterdrückter Wut funkeln, seine Hände zu Fäusten geballt sind, sodass die Knöchel weiß hervortreten. Ich weiß, dass wieder dieser grausame Zug seine Lippen umspielt. Ob er den Natasha auch zeigt? Bestimmt nicht.

Dann müsste er sich nämlich ein neues, möglichst schönes Püppchen zum Rumknutschen suchen.

„Nichts! Sag ich doch. Alles gut", wiederhole ich gereizt und stelle mich vor das Skelett, um es in Grund und Boden zu starren. Irgendwie ist einer von uns jedes Mal absolut sauer auf den anderen. Immer! Und das, obwohl wir den anderen quasi fühlen, als wäre er man selbst.

„Verdammt, Cathrin. Was ist los?", presst er zwischen zusammengebissenen Zähnen hervor.

Was los ist? Will er das wirklich wissen? Soll er doch seinen verdammten Willen bekommen! Ich wirble zu ihm herum, stoße mit dem Zeigefinger fuchsteufelswild in seine Richtung.

„Du sagst, du hasst mich. Dabei habe ich jeden Grund, dich zu verabscheuen, nicht du mich! Du belügst uns alle der Reihe nach. Ella denkt, dass du ein armes Kind ohne irgendwen seist. Aber eigentlich hast du ständig etwas mit deinem Daddy zu tun. Bei ihm warst du auch in Costa Rica, oder? Die sieben Stunden, verdammt!" Silent öffnet den Mund, als wolle er mich unterbrechen, aber ich presse einfach meine Hand darauf. Jetzt bin ich dran. „Du knutschst mit Natasha rum und machst mir einen Vorwurf, dass ich ehrlich in Timothy verliebt bin. Weil er dein Bruder ist? Dein Bruder, über den du liebend gern schimpfst?" Ich bin kurz davor, Silent zu ohrfeigen.

Ein überhebliches Grinsen hat sich auf seine Lippen geschlichen. Ich spüre es an meiner Haut kitzeln. Wie viel würde ich dafür geben, dass es verschwindet? In diesem Moment alles.

„Weißt du, Timothy und ich waren bei deiner Großmutter", sage ich gefährlich leise. „Die Katze ist von ihr. Sie wurde, kurz bevor wir kamen, umgebracht! Und ich wette, du wusstest davon, und nicht nur, weil du es gesehen hast." Schwer atmend sehe ich Silent in das ungläubige Gesicht. Und er mir. Das widerwärtige Grinsen ist verschwunden. Kraftlos nehme ich meine Hand von seinen Lippen und verschränke die Arme vor der Brust.

„Herzlichen Glückwunsch", sagt Silent schließlich leise. Macht sich nicht einmal die Mühe, irgendetwas zu bestreiten. „Fall gelöst! Du hast das Kind des Mafiosos gefunden." Spottend hält er die Arme vor sich. „Komm, verhafte mich. Liefere mich aus. Mach schon."

Ich funkle ihn in Grund und Boden. Das gibt mir ein paar wenige Sekunden Zeit. Meine letzten Hoffnungen wurden in den Staub getreten. Silent hat gestanden. Er ist die Person, die ich am Ende des Tages in die Zentrale bringen werde. Damit er bekommt, was er verdient. Was auch immer das ist. Ich kämpfe den ungläubigen Schmerz in meinem Herzen zurück. So viele Gefühle hat Jack Follador nicht verdient.

„Damit du mit meinem Chef spielen kannst?"

„Deinem lieben Mr Flanell?", zischt er. „Deinem sogenannten Onkel, der dir den Flug nach Costa Rica gesponsert hat?"

Ich sollte nicht überrascht sein, dass auch Silent seine Schlüsse gezogen hat. Bin es trotzdem. In dem Versuch, das zu überspielen, nicke ich kalt. Ein widerwärtiges Grinsen schleicht sich auf Silents Gesicht, das seine Züge verzerrt und die kleinen blauen Splitter in seinen Augen in unnachgiebiges Eis wandelt. Das, was ich originalgetreu so von Grotian kenne. So lächelte er, wenn er einem Kind die Augen ausstach. Finger abhackte, Messerstiche verteilte. Genau so. Die Mundwinkel waren auf die gleiche Art nach oben gezogen, ebenso kalkuliert und falsch. Die Fältchen unter den Augen traten hervor. Jeder seiner Atemzüge verströmte Kälte.

Ein Schalter legt sich um. Ich schlage Silent mitten ins Gesicht. Sein Kopf zuckt zur Seite, ehe er mich wieder anstarrt, noch wütender, kälter, während sich langsam ein Bluterguss auf seiner Wange ausbreitet.

„Darf ich so nicht über deinen Ersatzdaddy reden, nachdem deine Mutter dich verkauft hat?", zischt Silent.

Alle Luft weicht mir aus den Lungen. Mit einem seligen, berechnenden Feixen im Gesicht kommt er auf mich zu, drängt mich in Richtung der Wand zurück. „Ja, Cathrin, Natasha hat mir davon erzählt. Ihr Vater hat viel über dich herausgefunden. Sicher nicht alles, aber viel." Silent streicht mir eine Strähne aus dem Gesicht. Behutsam. Verhöhnend.

Wütend funkle ich ihn an, weiß nicht, was zu sagen ist. Von jetzt auf gleich macht Silent einen Schritt zurück. Die Wut ist aus seinem Gesicht verschwunden, als wäre sie dort nie gewesen. Erschöpft lässt er sich auf die Couch fallen und den Hinterkopf unsanft gegen die Lehne schlagen.

„Was wirst du jetzt mit den Informationen tun, Cathrin?“, fragt er mich dumpf.

Ich sehe ihn befremdet an. Diese Stimmungsschwankungen sind selbst für ihn extrem. Als hätte ich es mit zwei verschiedenen Personen zu tun. Mit Silent und Jack Follador zugleich. Dr. Jekyll und Mr Hyde.

„Ich weiß es nicht“, wispere ich. Und das ist die Wahrheit. Nichts sollte leichter sein, als einen Mörder auszuliefern. Etwas, das ich nicht begreife, bindet mir dennoch die Hände.

Still warte ich auf Silents Reaktion. Wird er gleich wieder ausflippen? Augenscheinlich nicht. Ein träges Lächeln schleicht sich auf sein Gesicht.

„Weißt du, was mir die letzten Tage den Schlaf geraubt hat?“, fragt Silent leise.

Ich schüttle den Kopf. Natürlich habe ich keine Ahnung. Ich kann seine Gedanken nur lesen, wenn er es zulässt.

Ein bitteres Lachen entflieht Silents Lippen. „Was wäre gewesen, hätte mein Vater Timothy mitgenommen? Wäre ich dann jetzt wie er? Wäre ich der Idiot, der mit dem Ball um sich wirft und dieses anbetungswürdige Lächeln zur Schau trägt? Wäre ich der, von dem du jede Nacht träumst und zu dem du gehst, wenn du nicht schlafen kannst?“ Er schüttelt über sich selbst den Kopf.

Seine Fragen und die Bitterkeit, die aus seiner Bewegung spricht, verschlagen mir den Atem. Ich kann nicht anders, als seinen Gedankengang nachzuverfolgen. Wäre es dann so? Ist das einer der Gründe, warum ich Timothy mehr mag als ihn? Ihn tatsächlich liebe. Weil er so viel einfacher ist, keine Probleme mit sich bringt und durch und durch gut ist? Ganz anders als jeder andere Mensch, mit dem ich in meinem Leben bisher zu tun hatte.

„Keine Ahnung“, erwidere ich. Wieder ehrlich.

Silent schließt gequält die Augen. Zögernd gehe ich zu ihm, setze mich neben ihn. Er rührt sich keinen Millimeter. Die Distanz zwischen uns ist gewachsen, unüberbrückbar geworden. Weil endlich alle Karten auf dem Tisch liegen?

„Cathrin, denkst du, du könntest jemals für mich so empfinden wie für ihn?", wispert Silent. Er spricht leise, seine Worte scheinen von meinem Herzschlag übertönt zu werden.

„Könntest du es denn bei Natasha wie bei mir?", frage ich leise. Nach einer Weile schüttelt er den Kopf. „Genau", wispere ich. „Er ist es für mich, Silent. Ich würde für ihn durch die Hölle gehen."

Silent öffnet die Augen, sieht mich ausdruckslos an. „Klar. Alles gut", murmelt er und starrt wieder auf die alte Karte von Amerika.

Korrektur. Wir streiten uns nicht nur immer. Zum Schluss ist auch mindestens einer von uns beiden verletzt. Bei dieser Bilanz ist es tatsächlich erstaunlich, dass wir doch immer wieder zu dem anderen zurückkehren. Als wären wir mit einem Gummiband aneinandergebunden, das in regelmäßigen Abständen zurückschnappt. Ich versuche, Silents Schmerz genauso zu ignorieren wie er meinen. Ich scheitere kläglich.

„Können wir nicht das Thema wechseln? Es ist mir lieber, mit dir zu streiten, als dich so zu sehen", sage ich sanft und lehne meinen Kopf an seine Schulter, wie ich es immer bei Timothy tue.

Silent versteift sich, stößt mich aber nicht weg. Weil er es nicht kann. Weil er diese wenige Zuneigung braucht wie die Luft zum Atmen. Das beginne ich jetzt zu verstehen. Zögernd lege ich einen Arm um Silent, als würde ich ihn halten wollen. Er lässt es zu. Gemächlich sickert seine Körperwärme zu mir durch. Sein Atem streift meine Wange, als er den Kopf leicht dreht, als wolle er die Nase in meinem Haar vergraben. In letzter Sekunde entscheidet er sich anders.

„Worüber willst du denn reden?", fragt Silent so leise, dass sich seine Stimme bereits nach wenigen Sekunden in dem staubigen Raum verliert.

Ja, worüber will ich denn eigentlich sprechen? Smalltalk über das Wetter kommt mir doch ein wenig billig vor. Also schweige ich und schmiege mich nur noch etwas enger an ihn. Als könne er es nicht verhindern, schlingt Silent beide Arme um mich. Er klammert sich an mich, als wäre ich sein Fels in der Brandung. Ich folge seinem Blick auf die alte, verblichene Landkarte. Sie hängt leicht schräg und eine Spinne hat ihr Netz an der unteren Ecke gebaut. Gelangweilt wartet sie zwischen den Fäden auf eine Fliege, die nie kommen wird.

„Soll ich jetzt auch noch das Thema liefern?", will Silent schließlich mit einem Anflug von Leichtigkeit in der Stimme wissen. Ich spüre, wie er den Kopf dreht und mich ansieht. Ich erwidere den Blickkontakt nicht. Der Ausdruck in seinen Augen würde mir das Herz brechen.

„Wäre gut", nuschle ich stattdessen und lasse zu, dass er mich noch etwas näher an sich zieht. Ich kann sein Herz schlagen fühlen. Zittrig atme ich ein. Warum fühlt sich dieser Moment nicht schrecklich falsch an?

„Was machst du zu Weihnachten?“, fragt Silent mich schließlich leise.

Überrascht ziehe ich die Augenbrauen zusammen. Mein Weihnachtsprogramm? Dieser grottenschlechte Themenumschwung ist wirklich kaum zu fassen. Andererseits sollte ich nicht wählerisch sein. Die Alternativen sind doch eher trist.

„Das Übliche. Lesen, die Zeit genießen ...“, zähle ich gleichgültig auf und traue mich endlich, ihm in die Augen zu sehen. Fehler. Sie sind auf diese faszinierende Art und Weise grüblerisch, dunkelgrau wie aufziehende Gewitterwolken. Sanft und doch bedrohlich.

„Was ...“ Silent stockt kurz, als müsse er seine Worte noch einmal überdenken, dann setzt er von Neuem an. „Was würdest du davon halten, mit mir und Ella zu feiern? Natasha hat sich zwar auch eingeladen, aber ... es wäre schön“, sagt er leise.

Ich kann mir beim besten Willen nicht vorstellen, wie ich gerade aussehe. Wahrscheinlich sind meine Augen riesengroß und der Mund sperrangelweit offen. Gott, ich muss wirklich lächerlich aussehen, denn sogar Silent entlockt mein Anblick ein kleines Lachen. Ein ehrliches Lachen. Trotz der Situation.

„Du hast mich gefragt, ob ich bei dir zusammen mit Ella und deiner Fast-Freundin Weihnachten feiere?“, vergewissere ich mich noch einmal.

Zurückhaltend zuckt er die Schultern, wirkt schon wieder beinahe abweisend. Wie konnte dieses Lachen nur so schnell verschwinden?

„Ja, das war die Frage. Im Großen und Ganzen“, murmelt er und sieht mich fest an.

Ich streiche ihm eine pechschwarze Strähne aus dem Gesicht. Silent blinzelt. Ich ziehe die Hand sofort zurück. „Klar, warum nicht?“

Wie soll ich das Timothy beibringen? Vielleicht reagiert er, jetzt da er weiß, dass Silent sein Bruder ist, ein wenig entspannter. Oder vielleicht sollte ich einfach schon einmal nachsehen, wie er reagieren wird.

„Du machst dir Sorgen, dass dein Lover wütend wird“, sagt Silent trocken. Sein Blick bleibt weich. Weder wütend noch tadelnd.

Ich zucke die Schultern. „Ja, irgendwie schon“, gestehe ich.

Zögernd löst er seinen Arm von mir und steht auf. Auf eine gewisse Weise bewundere ich seine Art sich zu bewegen. Ähnlich der eines Tänzers. Ich habe viele in meinem Leben gesehen. Habe sie dabei beobachtet, wie sie den Tanz leiten, ihm verfallen. Es selbst gespürt. Nie konnte jemand sich so formvollendet bewegen wie er.

„Wäre ich Timothy, würde ich jetzt erst einmal so viel wie möglich herausfinden wollen. Über mich, meine Familie. Und das allein", sagt Silent fest. Ich spüre, dass es die Wahrheit ist. Das ist viel zu verarbeiten. Da kann er meine Gesellschaft kaum gebrauchen.

Ich entspanne mich leicht und stelle mich neben Silent. „Gut, dann ist es abgemacht. Du, Ella, ich und das Miststück der Schule bei Ella zu Weihnachten. Hört sich nach Spaß an."

Er lacht leise auf. „Du bist eine schreckliche Lügnerin, Cathrin", erwidert er trocken.

Ich verdrehe nur die Augen und lehne mich weiter zu ihm. „Ich bin eine brillante Lügnerin und das solltest du wissen", säusle ich und sehe ihm fest in die Augen.

Nahezu zögernd kräuseln sich Silents Lippen. Er schluckt schwer. Mein Mund ist nur noch Zentimeter von seinem entfernt. Sein heißer Atem streicht mir über die Wange.

„Und trotzdem habe ich bis jetzt jede deiner Lügen durchschaut", wispert er und kommt mir noch näher.

Ich lache ihm ins Gesicht. Mein Magen beginnt zu brennen. Auf eine ... gute Art. „Klar. Und das natürlich nur dank deiner hervorragenden Menschenkenntnis."

Jetzt lächelt Silent ehrlich. Endlich.

„Selbstverständlich. Ausschließlich", sagt er und seine Augen blitzen amüsiert. Warm. Ich liebe diesen Ausdruck an ihm. Wenn er mich so ansieht, bin ich mir sicher, dass er nicht Jack Follador sein kann. Trotz seines Geständnisses.

Ich lache mit ihm. Es dauert eine Ewigkeit, bis mir klar wird, wie seltsam diese Situation ist. Silent und ich, zusammen in einer Abstellkammer. So weit, so gewöhnlich. Aber wir streiten uns nicht, sondern ... er hat mich zu Weihnachten eingeladen. In seine Familie. Quasi. Ja, das Ereignis wird nicht unter dem besten Stern stehen. Silent muss ich früher oder später ausliefern und er weiß es. Natasha schmälert das Ganze etwas, aber an sich werde ich mit einem guten Freund Weihnachten feiern.

Und Ella. Ich habe zwar weniger mit ihr zu tun und wegen des Tagebuchs wird sie noch Stress ohne Ende machen, aber ich mag die kleine Kratzbürste trotzdem. Selbst wenn sie mir das Fest zur Hölle macht. Mein erstes echtes Weihnachten seit nunmehr fünfzehn Jahren.

Silent, Jack Follador, schenkt es mir. Eine Falle? In diesem Moment in seinen Armen kann und will ich es nicht glauben.

„Silent", setze ich vorsichtig an.

Er spürt meine Sorge. Beinahe als wäre es selbstverständlich, nimmt er meine Hand in seine und malt mit dem Daumen kleine Kreise auf meinen Handrücken.

„Ja?", flüstert er und zieht mich noch etwas näher an sich. So nah, dass ich die winzigen Splitter in seinen Augen scharf erkennen kann. Die Maserung seiner Iriden. Ich sollte auf Abstand gehen. Das Band, das Silent und mich aneinanderknüpft, ist für diesen Moment stärker als ich.

„Ich habe dich vermisst", platzt es aus mir heraus, ehe ich auch nur eine Sekunde darüber nachdenken oder das, was mich tatsächlich bewegt, zur Sprache bringen kann. Nämlich, dass ich weder den Dieb meiner Tagebücher sehen konnte, noch denjenigen, der mir ein Messer in den Magen rammte. Noch ihn. Ich wollte wissen, ob ich ihm trotz allem vertrauen kann. Und jetzt sage ich so was. Ich könnte mich selbst schlagen.

Silent hat mein Geständnis für einige Sekunden die Sprache verschlagen. „Du hast mich vermisst?", wispert er schließlich und sieht mich mit einem undefinierbaren Ausdruck an.

Ich zucke halb die Schultern. „Scheint so", erwidere ich tonlos und starre auf unsere Füße. Wir tragen beide schwarze Schuhe. Meine sind dreckig, seine auch. Wir haben beide akkurate Schleifen mit Doppelknoten genutzt, um sie zuzubinden. Verlagern jetzt beide zeitgleich leicht das Gewicht auf den linken Fuß. Wie eine Person.

Silent atmet einmal tief ein. „Danke. Das hört sich jetzt vielleicht seltsam an, aber danke. Wirklich."

Ich zucke nur noch einmal die Schultern. Wie soll ich auch jetzt zu dem Ich-kann-dir-nicht-trauen-Punkt kommen? Der für uns beide offensichtlich ist.

Er räuspert sich. „Ich hoffe, dass du und Natasha miteinander auskommt", sagt er schließlich fest, weicht jedoch keinen Millimeter zurück. Ich auch nicht. Ich lehne mich sogar noch etwas mehr in seine Richtung. Noch wenige Millimeter, dann berühren meine Lippen seine. Kurz huscht Silents Blick zu meinem Mund. Er schluckt noch einmal, dann bringt er wieder Abstand zwischen uns.

Ich lasse mich einlullen von seiner Wärme und dem scharfen Duft nach Pfefferminze. Ich dachte immer, er und Timothy riechen genau gleich. Aber jetzt fällt mir auf, dass Silent noch ein wenig nach Wald duftet. Nach gefrorener Erde.

Nach Freiheit.

„Hoffe ich auch“, nuschle ich und sehe zögerlich zu ihm auf. Er hat den Blick abgewandt, starrt auf das Skelett, beinahe philosophierend. Das Licht wirft sanfte Schatten auf sein blasses, markantes Gesicht. Vielleicht ... vielleicht wäre es doch irgendwann möglich, dass er mir auf ähnliche Weise wie Timothy etwas bedeutet. Jetzt gerade ist der Wunsch, ihn zu küssen, beinahe übermächtig, auch wenn mir bewusst ist, wie furchtbar falsch das wäre. Dass es alles zwischen uns nur verkomplizieren würde. Dass wieder etwas zwischen Timothy und mir stände. Was bin ich nur für ein Mensch, dass ich daran denke, den Bruder meines Freundes zu küssen? Ich widere mich selbst an.

Stirnrunzelnd wendet Silent mir wieder das Gesicht zu. Er hat meinen Stimmungsumschwung gespürt. „Was ist?“, fragt er wachsam.

„Ich will dich küssen. Ich hasse dich dafür. Und weil ich dir nicht vertrauen kann. Ich will dir vertrauen, aber zu viel spricht dafür, dass du einen Weg gefunden hast, mich zu belügen. Schlimmeres tust, als ich dir jetzt zutrauen würde. Du es wahrscheinlich sogar warst, der mir das Messer in die Seite gerammt hat.“ Ich wage es nicht, auch nur eine Sache davon laut auszusprechen.

Ich weiß, dass er nachbohren wird. Also schaufle ich mein eigenes Grab. Ich lasse den winzigen Sicherheitsabstand zwischen uns schmelzen und küsse ihn. Silent verspannt sich kurz, ehe er mich an sich zieht. Auf diese Art habe ich Timothy oft geküsst und es hat sich auf eine andere Art genauso gut angefühlt. Eine ruhigere, sanftere. Rationalere. Aber jede von Silents Berührungen lässt einen weiteren Teil meines Verstandes verschwinden. Ich glaube, frei zu sein, einen Weg zu kennen, jede Fessel zu lösen. Einfach nur, indem ich mich ewig von ihm küssen lasse. Ihm vertraue, glaube. Bedingungslos hinter ihm stehe.

Katastrophe! Ich löse mich von ihm, als hätte ich mich verbrannt, im gleichen Augenblick, als auch er zurückfährt. Da ist keine Glückseligkeit in seinen Augen. Und ganz ehrlich, das habe ich auch nicht erwartet. Stattdessen ist da dieses erdrückende Misstrauen, mit dem ich gerechnet habe.

Und ein winziger Hoffnungsschimmer, der mir mehr wehtut, als es der Messerstich damals tat. Vielleicht ... vielleicht wäre es nur fair, wenn Silent mich in der Nacht am See verletzt hat. Ich tue Schlimmeres mit ihm.

„Was … ich meine …“, setzt Silent an, aber ich schüttle einfach nur den Kopf.

„Das gerade eben, das war ein Ausrutscher, okay? Das wird nie wieder geschehen“, sage ich hastig und verschwinde, ehe ich seine unterdrückte Wut nicht nur spüre, sondern auch sehe. Und dieses Erlöschen des winzigen, zarten Hoffnungsschimmers, der wie die flackernde Flamme einer Kerze im Sturm kurz in seinen grauen Augen stand. Ihn verletzlich gemacht hat.

Ich würde mich am liebsten selbst ohrfeigen. Was hält mich eigentlich davon ab? Der Knall meiner eigenen Ohrfeige hallt durch den Gang. Au. Aber die habe ich mir definitiv verdient.

Kapitel 8

„Cathlen!“, begrüßt mich Luca viel zu freundlich. Wachsam sehe ich sie an und versuche, die Tatsache, dass sie keine Hose trägt, zu ignorieren, während ich die Tür hinter mir ins Schloss fallen lasse. Das pastellgrüne T-Shirt ist ihr nach oben gerutscht, sodass man unschwer ihren Bauchnabel und die pinke Unterwäsche erkennen kann. Nicht einmal das abgegriffene Englischbuch in ihren Händen kann den billigen Eindruck mildern.

„Hast du was getrunken?“, frage ich nur halb im Scherz und werfe mich auf mein Bett. Vorhin war sie nicht da. Warum konnte das nicht noch eine Weile so bleiben? Wahrscheinlich, weil sie mich dann nicht mit blöden Fragen durchlöchern könnte.

„Nein, natürlich nicht!“, ruft Luca empört aus und blättert um, ohne ein Wort gelesen zu haben. Das ist natürlich auch eine Möglichkeit, die Hausaufgaben zu erledigen ...

„Dann hast du auch keine Entschuldigung, nichts zu tragen.“ Blindlings greife ich nach einem Buch. Zufallsprinzip. Jedoch kaum für die Schule.

Sie schnaubt abfällig. „Ich habe ein T-Shirt an und Unterwäsche. Es ist wirklich unerträglich, wie prüde du bist.“ Ihr Kichern schmerzt mir in den Ohren.

Wie prüde ich bin? Es hat doch nichts mit Prüderie zu tun, wenn man seine Mitbewohnerin nicht halb nackt sehen will. Eher etwas mit normalem Menschsein.

„Zieh dir einfach was an“, sage ich kühl und blättere zu den euryöken Lebensformen vor. In diesem Aufzug zählt Luca bei Weitem nicht zu ihnen.

„Erst wenn du mir sagst, warum du mit diesem Heft weggerannt bist. Und warum ich es jetzt nicht mehr finde.“ Luca sollte ihre Forderungen bedachter wählen. Ich wusste, sie würde darauf zurückkommen. Besser macht es das nicht. Es geht sie nämlich rein gar nichts an. Lockerlassen wird sie trotzdem nicht. Sie ist wie eine Zecke. Wenn sie sich in etwas verbissen hat, lässt sie das erst wieder los, wenn sie hat, was sie sich wünscht.

Mit einem leisen Stöhnen klappe ich mein Buch zu, knalle es auf den Nachttisch und rolle mich zu Luca herum. Sie sieht mich unter ihren schwarz getuschten, langen Wimpern an und zwirbelt dabei eine kastanienbraune, gelockte Strähne. Ich verabscheue dieses Mädchen. Warum noch mal habe ich Silent gesagt, dass sie in Ordnung sei? Ich kann mich beim besten Willen nicht mehr daran erinnern.

„Es wurde mir gestohlen und war nicht für eure Augen bestimmt." Mein Lächeln wirkt zu perfekt. Jetzt gerade ist mir das herzlich egal.

Luca verdreht die Augen. „Waren die Flitterwochen mit Timothy so schrecklich?", fragt sie leicht desinteressiert.

Die ... bitte was?

„Nein, unser Ausflug hätte zwar besser verlaufen können, aber letzten Endes habe ich meine Antworten bekommen", zische ich. Mein Liebesleben geht sie gar nichts an! Noch weniger die Teile meines Falls, die ich mit ihr nicht teilen will.

„Du hast deine Antworten? Und er?", fragt sie mit nach oben gezogener Augenbraue.

Skeptisch sehe ich sie an. „Ist doch egal, oder? Mein Fall ist so gut wie gelöst. Ich weiß jetzt, wie ich an den Mafioso rankomme. Dann liefere ich ihn aus und alles ist gut", sage ich.

Lucas Gesicht verfinstert sich. Was habe ich denn jetzt schon wieder angestellt?

„Du ... Cathlen, du bist wirklich unglaublich!", ruft sie aufgebracht aus und springt auf die Beine. Leider hört sich das gar nicht positiv an.

„Was denn? Es stimmt doch. Der Fall ist alles, was zählt." Ich setze mich ganz auf.

Sie schüttelt heftig den Kopf und stützt die Hände in die Hüften. „Was ist mit Timothy? Kümmert es dich gar nicht, wie er sich fühlt?", faucht sie.

Sein Befinden? Es gibt kaum etwas, das wichtiger ist. Ich will, dass er glücklich ist, dass es ihm gut geht. Am besten, dass ich der Grund dafür bin. Aber der Fall bleibt zu jeder Zeit erste Priorität. Ich kann es mir nicht leisten, ihn noch einmal zu versieben.

Luca sieht die Antwort in meinen Augen. „Cathlen, müsstest du dich entscheiden zwischen eurer Beziehung und dem Fall, was würdest du wählen?", fragt sie mit durchdringendem Blick.

Was? Das ist doch ... die Frage ist dumm.

„Das wird nicht passieren, solange du mich nicht verpetzt", lege ich fest und sehe sie aus zusammengekniffenen Augen an. Es gibt mehr als eine Zukunft, in der sie tatsächlich Mr Flanell informiert. Und in allen handle ich gleich. Für Timothy, gegen den Fall. Wenn auch unter Herzschmerz und Selbstvorwürfen. Wie ich bereits zu Silent sagte, er ist es für mich. Und wenn ich dafür den Fall sausen lassen muss ...

„Angenommen, ich würde Mr Flanell über eure Beziehung in Kenntnis setzen ..."

„Würde ich mich für Timothy entscheiden", unterbreche ich sie. Was sie immer für Probleme hat. Ich würde ihr die Hölle heißmachen, wenn sie auch nur einen Piep sagt. Dann kann kein Securitymann der Welt sie mehr retten. Dann darf die Zentrale ihren Körper irgendwann aus dem Meer fischen.

„Aber weil du ihn liebst oder weil du ihn brauchst?", fragt sie leise.

Ich verdrehe die Augen. „Weil ich ihn liebe natürlich. Ich würde keinen Tag ohne ihn ertragen." Ich klinge genauso zornig und klirrend kalt wie Silent vorhin und starre Luca in Grund und Boden. Warum mich diese Frage rasend macht? Vielleicht weil ich langsam selbst daran zu zweifeln beginne. Mir ist wichtig, wie er sich fühlt, aber ich könnte nicht alles dafür tun, dass Timothy glücklich ist. Trotzdem würde ich alles für ihn aufgeben, einfach weil ich nicht ohne ihn sein kann. Aber dieses beinahe übelkeiterregende Kribbeln, das ich bei Silents und meinem Kuss verspürt habe? Schwärmen davon nicht alle? Davon ist bei Timothy nichts zu spüren.

Es ist besser so. Dann kann ich rationaler entscheiden. Irgendwie.

„Luca, lass uns jetzt einfach schlafen, ja? Es ist spät", sage ich hastig, ehe sie weiter nachbohren kann. Ich gehe hinüber zum Schrank, zerre frisches Nachtzeug hervor und husche ins Bad. Das Wasser ist eiskalt und das ist gut so. Meine Haut hat eine leicht bläuliche Färbung angenommen, als ich mich abtrockne und in meine Schlafsachen schlüpfe.

Im Zimmer ist es gespenstisch still. Luca hat sich umgezogen und unter ihrer zartgelben Decke verkrochen. Das braune Haar hat sie zu einem festen Knoten geschlungen. So sieht sie beinahe unschuldig aus. Schlafend, nicht halb nackt. Annähernd sympathisch.

Seufzend gehe ich zu ihr hinüber und schalte das Nachtlicht aus. Von jetzt auf gleich ist es stockfinster. Ich nutze meine Fähigkeiten für das Dümmstmögliche: suche im Dunkeln den Weg zu meinem Bett.

Lucas gleichmäßiges Atmen ist auf eine seltsame Art beruhigend. Die Gedanken wollen trotzdem nicht zu kreisen aufhören, sie sind wie ein aufgescheuchter Schwarm Vögel: einfach nicht zur Ruhe zu bringen. Egal, ob es um meine Gefühle für Timothy geht oder Silents überraschende Einladung zum Weihnachtsfest. Nachdem er mir gestanden hat, dass er genau die Person ist, deretwegen ich hierhergeschickt wurde. Silents und mein Kuss lässt mir keine Ruhe. Noch weniger meine Verwirrung danach und das, was ich empfunden habe, während wir einander so nah waren. Wie allein seine Berührungen mich alles haben vergessen lassen, warum seine Nähe mich so seltsam bewegt hat. Nichts davon kann ich mir erklären.

Ich wälze mich hin und her, von einer Seite auf die andere. Der Schlaf lässt auf sich warten. Soll ich zu Timothy gehen? Was, wenn wir aufwachen und Silent wieder in seinem Bett liegt? Ich will ihn nicht mit so etwas verletzen, nicht mit seinem eigenen Bruder. Das ist grausam. Selbst für meine Verhältnisse.

Nach zwei weiteren verschwendeten Stunden klettere ich aus dem Bett, ziehe mich wieder an und beginne, ziellos in den Gängen umherzustreifen. Die Notlichter knistern leise und werfen ihr unheimliches Licht auf den weißen Marmorboden. Schwarze Äderchen durchziehen den Stein. Vergiftetes Blut. So sieht es aus unter der Haut eines unschuldigen Kindes. In den Schatten der Nacht scheine ich über einen leblosen Giganten zu wandern, begleitet von Ängsten, die ich nicht begreife.

Mein Weg führt mich in die Kirche der Schule. Der gläserne Jesus hängt an seinem Kreuz, das lange weiße Tuch fließt bis auf den Boden. Die dunklen, verzierten Bänke sind leer. Der Geruch von Weihrauch schwebt durch die Luft. Beinahe lautlos setze ich mich mittig in die Reihen und falte die Hände. Nicht, um zu beten, sondern um mich zu spüren. Ich lausche meinem Puls, spüre hin und wieder einen leichten Luftzug, versinke in Stille, bis mein Kopf schwer wird und gegen die Lehne sinkt.

„Es ist wirklich schön, dass du mitkommst“, sagt Ella und schenkt mir ein beinahe ehrliches Lächeln. Natasha schnaubt nur.

Ich ignoriere beides und denke an mein Gespräch mit Timothy zurück. Es war erschreckend kurz. Ich habe ihm gesagt, dass ich Weihnachten mit Ella und Silent verbringe. Er meinte, dass das gut sei, er müsse recherchieren, genau wie Silent prophezeit hat. Unser Kuss schmeckte mehr nach Abschied, als er dürfte.

„Niemand will sie dabeihaben“, zischt Natasha und betrachtet ihr makelloses Gesicht in ihrem Handspiegel.

Ich sehe sie skeptisch an. Wie kann Silent die auch nur ansatzweise mögen, mit all ihrem stinkenden Parfum und den Schichten an Makeup? Sie freiwillig berühren? Wann immer er sie küsst, trägt er danach mehr Lippenstift als sie selbst. Ich warte darauf, dass Silent anfängt, Abschminktücher in den Hosentaschen mitzuführen.

„Doch, ich“, mischt sich Silent von vorne ruhig ein. Wohlweislich hat er unauffällig dafür gesorgt, dass wir Mädchen auf der Rückbank zusammengepfercht werden und er aus der Schussbahn ist. Cleverer Junge. Etwas anderes habe ich von ihm nicht erwartet. Immer sich selbst aus der Reichweite dieser gefeilten Fingernägel bringen. Würde ich genauso machen, hätte er mir die Möglichkeit dazu gegeben.

„Das wird so toll! Cathrin, wir haben auch ein Cello daheim, dann kannst du mir endlich vorspielen“, ruft Ella aufgeregt.

Cello spielen? Himmel, nur weil ich das einmal wie durch ein Wunder hinbekommen habe, ist das noch lange keine Garantie.

Von vorne wirft mir Silent einen bedeutungsschwangeren Blick zu. Ich ignoriere das und nicke Ella zu. „Klar, warum nicht?“, murre ich und starre aus dem Fenster. Die Standstreifen rasen an uns vorbei, die Schneeflocken peitschen gegen die Scheiben. Weiße Weihnachten. Hatte ich seit fünfzehn Jahren nicht mehr. Auf jeden Fall nicht als Weihnachten. Als Familienfest.

„Solltest du nicht mit deinen proletarischen Eltern feiern?“, fragt Natasha süßlich.

Ich verdrehe die Augen. Mr und Mrs Duty habe ich noch nie zu Gesicht bekommen. Sie sind für meinen Fall nur relevant, wenn ich Unsinn mache. Dank meiner Fähigkeiten weiß ich jedoch, dass beide beinahe in den Sechzigern angekommen sind. Und man es ihnen ansieht. Für ein Telefongespräch mögen sie noch nützlich sein. Aber für ein Elterngespräch? Das Auftauchen bei irgendwelchen schulischen Aktivitäten? Eher nicht.

„Sie meinten, es sei schön, dass ich etwas mit Freunden unternehme“, erwidere ich glatt und schenke Natasha ein nachsichtiges Lächeln. Sie schnaubt nur, verschränkt die Arme vor der Brust und starrt ihrerseits aus dem Fenster. Bloß gut, dass Ella als Puffer zwischen uns sitzt. Sonst würden wir uns früher oder später die Kehle rausreißen. Das ist eine belegbare Tatsache, nicht nur eine dumme Theorie. Und ich würde darauf wetten, dass Silent das genauso klar gesehen hat wie ich.

„Wo werden wir eigentlich schlafen?“, will Natasha wissen und klimpert mit ihren Wimpern Silent an.

Der sieht stur nach vorne. „Du im Gästezimmer. Und ich hoffe, für dich ist es in Ordnung, wenn du bei Ella schläfst, Cathrin", sagt er. Durch die Reflexion der Frontscheibe wirft er mir einen fragenden Blick zu.

Silent ist, seitdem ich ihn vor einer Woche geküsst habe, seltsam distanziert. Er hat sich vollständig hinter seine Türen zurückgezogen und sie verriegelt. Selbst das vage Erahnen seiner Emotionen ist verschwunden. Silent hat unsere Seelenverbindung so gut durchtrennt, wie es ihm möglich ist. Nicht, dass ich es ihm übel nehmen könnte. Ich würde auch auf Abstand gehen, wenn er das mit mir gemacht hätte. Nachdem ich ihm die Nase gebrochen habe.

„Kein Problem", sage ich fröhlich und werfe Ella aus dem Augenwinkel einen Blick zu. Sie wirkt äußerst zufrieden. Ich kann die Fragen schon hören.

„Warum darf ich nicht bei dir schlafen?", jammert Natasha.

Ich muss mich beherrschen, um nicht mit den Zähnen zu knirschen. Womit nimmt sie sich überhaupt das Recht für diese Frage heraus? Was ist sie schon? Nur ein reiches Blondchen, das mit jedem gut aussehenden Typen der Schule rumgemacht hat. Ich bin mir ziemlich sicher, dass Silent gerade etwas Ähnliches denkt. Anders kann ich mir seine plötzliche Resignation nicht erklären, die selbst durch seine Festung sickert.

„Weil mein Bett nicht groß genug ist und ich kein zweites in mein Zimmer bringen lassen werde", antwortet Silent kühl. Er löst seinen Blick nicht eine Sekunde von der rasenden Landschaft.

Innerlich applaudiere ich. Gute Antwort. Genauso gut hätte er ihr auch sagen können, dass er sie einfach nicht bei sich haben will.

„Warum lädst du mich ein, wenn du mich gar nicht in deiner Nähe willst?", faucht Natasha und funkelt ihn an.

Ella grinst leise in sich hinein. Und ich unterstütze sie dabei mit Freuden.

„Ich habe sie nicht eingeladen", höre ich Silent in meinem Kopf knurren.

Vor Überraschung hopse ich auf meinem Sitz etwas nach oben. Himmel! Natasha wirft mir einen gönnerhaften Blick zu. „Du brauchst gar nicht so überrumpelt zu sein, Schätzchen. Denkst du, ich habe es nötig, um eine Einladung zu bitten?", fragt sie spitz. Natasha kneift wütend die Augen zusammen.

Meine Mundwinkel zucken. So kann man mein Erschrecken natürlich auch interpretieren.

„Selbstverständlich nicht, Darling“, äffe ich sie nach und zaubere ein wirklich umwerfendes Lächeln auf meine Lippen, das ich beizeiten stundenlang vor dem Spiegel geübt habe. „Für viel wahrscheinlicher halte ich, dass du deine eigenen Wünsche übermäßig auf fremde Reaktionen überträgst.“ Man kann ihre Oberflächlichkeit ja mal freundlich zum Ausdruck bringen.

„Wie bitte?“, ruft Natasha zwei Oktaven zu hoch. Mindestens. „Silent, die hat mich dumm geschimpft!“

Wann? Ich habe nie gesagt, dass sie … ach, egal. Das ist keine Diskussion, auf die ich mich einlassen werde. Und auch in Silent spüre ich nichts als eine gewisse Müdigkeit und Resignation. Dieses Mädchen ist eine gnadenlose Zumutung.

„Hat sie nicht“, ist alles, was er sagt. Immerhin verteidigt er mich noch vor seiner speziellen Freundin.

Ella seufzt leise auf und hält mir einen Kopfhörer hin. Ein Friedensangebot? Wohl kaum. Eher die Aufforderung, die Klappe zu halten.

Ohne ein Zögern nehme ich ihn entgegen und lausche Ellas ätzender Musik, während ich vorgebe, Natashas und Silents langweiliges Gespräch nicht zu verfolgen. Ich frage mich wirklich, wie er sich bei diesem sinnlosen Gefasel über Kosmetikprodukte und Labels entspannen kann. Aber ich will mich nicht beschweren. Dadurch wechselt Barbies teuflische Stiefschwester kein Wort mehr mit mir.

Ein viel zu großes weißes Herrenhaus erstreckt sich vor uns. Statuen von spärlich bekleideten, wassertragenden Frauen säumen den Weg aus weiß bepuderten Kieseln. Wasserspeier hangeln sich die Simse hinab und auf dem höchsten Punkt des Daches prangt ein goldener Adler mit gespannten Flügeln. Für einen Moment bilde ich mir ein, dass die grazilen Federn sich im Wind bewegen. Mit Augen aus Onyx starrt er auf den Vorhof – und damit auch auf uns, die wir gerade aus dem Wagen steigen.

Natasha scheint nicht im Geringsten beeindruckt zu sein. Kein Wunder. Vor einigen Wochen habe ich spaßeshalber ein wenig „recherchiert“, wie sie lebt. Zwei Bäder für sie allein. Ohne Worte.

Ich erwarte beinahe, dass uns ein Butler die Tür öffnet, stattdessen drückt eine schlanke, brünette Frau sie auf und strahlt Ella an. Bei ihrem Anblick beginnt Ella zu rennen. Auf den eisigen Kieseln verliert sie kurz das Gleichgewicht, verlangsamt aber nicht für eine Sekunde ihre Schritte.

„Mama!“, ruft sie. Wie ein kleines Kind.

Missbilligend beobachte ich ihre unkoordinierten Bewegungen. Wenn Madame sie so sehen könnte ...

„Mein Mädchen! Du bist schon wieder so groß geworden!“, ruft die Frau und nimmt Ella in die Arme. Sie ist zweifelsohne ihre Mutter. Die gleichen dicken Haare, dieselben hohen Wangenknochen und tiefbraunen Augen.

Dieses Verhalten. Es versetzt mir einen Stich. Meine Mutter hat mich einmal so gehalten, und zwar, als sie wollte, dass ich meinen eigenen Untergang unterschreibe. Frohe Weihnachten für mich. Ein Heft als Bezahlung, in dem ich die Gräuel niederschrieb. Hefte, die mir gestohlen wurden. Die davon erzählen, wie eine einzige Frau und ihr Sohn aus mir das gemacht haben, was ich jetzt bin.

„Silent!“ Sie zieht ihn an sich wie einen eigenen Sohn. Ich spüre Silents leichtes Unbehagen und sanfte Zufriedenheit, lasse mich davon einlullen. Alles ist besser als diese Erinnerung.

„Wer ist denn diese reizende Begleitung?“, wendet sich die Frau höflich und mit einem herzlichen Lächeln an Natasha und mich.

Meine Muskeln beginnen zu zucken. Adrenalin rast durch meine Adern. Ich will rennen. Sie ist anders als Timothys Hausmutter. Sie ist disziplinierter. Wäre sie blond und hätte blassgrüne Augen, dann könnte sie meine eigene Mutter sein. Hätte sie mich jemals sanft betrachtet. So als wäre ich wertvoll oder würde etwas bedeuten.

Natasha kennt meine Sorgen nicht. Sie wirft sich das blonde Haar in den Nacken und stolziert wie eine verdammte Prinzessin an Silents Seite. Der unheimliche König und die teuflische Königin des Internats. „Natasha Blaid. Ich freue mich unglaublich, Ihre Bekanntschaft zu machen“, zwitschert sie.

Ich bleibe wie vom Blitz getroffen stehen und starre die Frau einfach nur an. Ellas Mutter. Sie ist so anders, als meine es war. So anders, als Silents und Timothys es war. Sie ist das, was eine Mutter sein sollte. Behutsam. Da. Lächelnd. Wenn auch beherrscht. Sie ist wunderschön.

Mein süßester Albtraum.

„Und du?“, wendet sich die Frau direkt an mich.

Ich zwinge ein Lächeln auf meine Lippen und gehe gemessenen Schrittes auf sie zu. Sie betrachtet mich dabei freundlich. Ich sie befremdet.

„Cathrin Duty. Schön, Sie kennenzulernen“, antworte ich lahm und strecke ihr gezwungenermaßen die Hand entgegen. Ellas Mutter erfasst sie herzlich. Ihre Handflächen sind weich und ohne jegliche Schwielen. Sie hat niemals schwere Arbeit verrichten müssen. Die Fingernägel wurden perfekt gepflegt. Der Ehering ist aus einem Saphir gefertigt mit eingebetteten Diamanten. Sobald die Höflichkeit es zulässt, lasse ich ihre Finger los, als hätte ich mich verbrannt.

„Mein Name ist Calanthe." Ihre Stimme ist weich. Wie das Säuseln einer Sirene. Ich will verschwinden. Hier und jetzt. Jemand wie sie kann nur ein Trugbild am Eingang der Hölle sein. „Es könnte mich kaum mehr freuen, euch willkommen zu heißen", sagt sie mit einem Strahlen auf den Lippen.

Die häufig positive Ausstrahlung hat Ella von ihr. Dieses Fest wird mich in die Knie zwingen. Ich zermartere mir bereits das Hirn wegen einer guten Entschuldigung, um jetzt sofort zu verschwinden. Mir wird nicht die Möglichkeit gegeben, den Mund aufzumachen. Silent greift nach meiner Hand und zieht mich ins Innere des Hauses, lässt Natasha einfach stehen. Gegen meinen Willen macht mich das glücklich. Und gibt mir damit eine felsenfeste Sicherheit.

„Ist sie deine Freundin?", fragt Calanthe Silent mit einem Seitenblick auf mich. Ich spüre Silents Zaudern, schließlich schüttelt er den Kopf, zieht mich gleichzeitig kaum merklich näher zu sich. Wenn Taten sich widersprechen, greift man nach der Wahrheit.

„Oh, du hast endlich jemanden für dich gefunden!", ruft sie erfreut und strahlt mich wieder an. Sie ist mir unheimlich.

Ich trete noch etwas näher an Silent heran. Der nickt und legt beschützend einen Arm um meine Schultern. Er weiß, wie erschlagend diese weite, mit Mosaiken geschmückte Eingangshalle auf mich wirkt, wie erdrückend. Wie viel es mir abverlangt, in dieser Frau nicht meine eigene Mutter zu sehen. Wie sehr ich sie fürchte und Ella beneide.

„Ich bin seine Freundin", mischt sich Barbies böse Stiefschwester mit einem überfreundlichen Lächeln ein.

Jetzt fallen Calanthe beinahe die Augen aus dem Kopf. Sie betrachtet Natashas makellose Erscheinung von oben bis unten. Ich bin vergessen. Endlich. Ich hätte nie gedacht, Natasha einmal für ihr Bedürfnis, immer im Mittpunkt zu stehen, dankbar zu sein. Calanthe schließt Natasha in eine herzliche Umarmung, wobei sich ihr gelbes Abendkleid leicht bauscht. Warum sie das jetzt schon trägt, verstehe ich beim besten Willen nicht.

„Du kannst dir nicht vorstellen, was für eine Freude du uns machst, Natasha!", ruft Calanthe aus.

Ich spüre Silents Wut durch mich hindurchrasen. Ich unterdrücke ein Grinsen. Da findet jemand Natashas Aussage wohl sehr unpassend. Jetzt ist es an mir, beruhigend seine Hand zu drücken. Irgendwie werden wir das schon zusammen durchstehen. Und wahrscheinlich hat er mich genau deswegen darum gebeten, mitzukommen. Für Kinder wie uns ist so viel Harmonie einfach schwer zu ertragen. Es ist, als würde man bei einer Laktoseintoleranz Milch trinken. Einfach unerträglich. Was man sein ganzes Leben nicht kannte, kann man auch für ein paar Tage nicht gebrauchen.

Trotzdem folgen wir den dreien in das gigantische Wohnzimmer. Ich versuche, die tausend Sicherheitsmängel zu ignorieren. Zu große Fenster, von denen ich bezweifle, dass sie aus Panzerglas sind. Zu viele Möglichkeiten, aus dem Nichts aufzutauchen. Keine Chance, sich hier drinnen zu verstecken. Die helle Couch, viel zu groß, wie ich finde, steht vollkommen mittig. Eine Kugel könnte die Lehne problemlos durchstoßen.

„Wundervoll“, ruft Natasha viel zu begeistert aus und dreht sich einmal gekünstelt verzückt im Kreis, als wolle sie alles in Augenschein nehmen. Allen im Raum ist bewusst, dass sie dieses Zimmer mit dem bei sich zu Hause vergleicht. Eine Tatsache, die mir gleichgültiger nicht sein könnte. Lediglich Silent wird immer gereizter.

„Immer noch der Meinung, dass sie Timothy in weiblich ist?“, frage ich spitz und sehe ihn aus dem Augenwinkel an, während ich Barbies teuflische Stiefschwester im Blick behalte.

Nach einigen Sekunden schüttelt er widerstrebend den Kopf und seine Finger krampfen sich noch fester um meine. Schmerzhaft intensiv.

„Ja, nicht wahr?“, geht Calanthe sofort auf das Spiel ein. „Ich würde dich gerne ein wenig herumführen.“

Ich rümpfe die Nase. Vielleicht ist sie auch auf Natashas Gehabe hereingefallen.

„Ich komme mit!“, ruft Ella völlig euphorisch und hüpft mehr neben ihrer Mutter her, als dass sie geht. Wie eine gut gelaunte Klette. Irgendwie ist es schon niedlich und liebenswürdig.

„Tja, Cathrin, das ist meine Familie“, sagt Silent schließlich leise, sobald die drei sich angeregt unterhaltend den Raum verlassen haben. Seine Familie. Nicht den Mafioso nennt er so, sondern diese Menschen hier. Dieser Gedanke ist beruhigend.

Ich lehne meinen Kopf gegen seine Schulter und lasse den weitläufigen Raum noch einmal auf mich wirken. Er ist schön, das stimmt schon. Schön und eine einzige Sicherheitslücke. Jeder Scharfschütze könnte uns erschießen, ohne gesehen zu werden. Ein perfekter Glaskäfig.

„Calanthe ist nett“, bringe ich schließlich über die Lippen. Mein Blick huscht von Baum zu Baum. Niemand da. Die Nervosität bleibt. Nicht zuletzt, weil unsere momentane Zweisamkeit mich vollkommen aus der Bahn wirft.

Silent gibt einen zustimmenden Laut von sich und zieht mich sanft in Richtung der Couch. Misstrauisch akzeptiere ich es. Als ich mich hinsetze, lässt Silent sich schwungvoll nach hinten fallen und stellt die Füße auf die Polster. Grinsend und nahezu herausfordernd sieht er mich an.

„Willst du so sitzen bleiben?“, neckt Silent mich und deutet mit einem Kopfnicken auf meine Haltung. Die gespannten Muskeln, die leicht auf den Ballen ruhenden Füße. Wenn etwas geschieht, dann sehe ich es. Und wenn schon nicht ich, dann er. Damit versuche ich mich zu beruhigen. Mit mäßigem Erfolg. Kurz schließe ich die Augen. Behutsam zieht Silent mich neben sich. Eine undefinierbare Ruhe wickelt sich um mich wie eine warme Decke. Minuten vergehen. Meine Muskulatur beginnt sich zu lockern und ich muss den irrationalen Impuls bekämpfen, mich wohlzufühlen.

„Hat deine Familie gar keinen Weihnachtsbaum?“, frage ich schließlich und sehe ihm in das entspannte Gesicht. Es ist, als wäre eine halbe Lawine von ihm abgefallen, als wir die Haustür durchschritten haben. Dieser Silent gefällt mir. Er lächelt schief, die Augen funkeln neckisch. Er lässt mein Herz sirren und meinen Kopf leer werden. Dieser Silent zaubert ein dümmliches Grinsen auf meine Lippen.

„Doch“, erwidert er gedehnt und schiebt einen Arm unter meinen Nacken. Ich hindere ihn nicht daran. „Aber der steht im Kaminzimmer. Das ist etwas sicherer als dieses.“ Dann stört es ihn also auch, wie auf dem Präsentierteller zu liegen. Wartet er genauso auf den Scharfschützen wie ich?

„Oh“, sage ich geistlos und starre Silent in die blitzenden grauen Augen. Verzaubernd. Irgendwas stellt er neuerdings mit mir an. Und ich habe das Gefühl, dass es seit unserem zweiten Kuss noch schlimmer geworden ist als nach dem ersten. Als wäre er ein Virus, das mir mit dem zweiten Kuss den Rest gegeben hat.

„Ja, oh“, murmelt er grinsend und beginnt, mit einer losen Locke an meinem Ohr zu spielen.

Es gäbe tausend Gründe, ihn daran zu hindern. Sie alle sind mir entfallen. Hier mit ihm zu sein, fühlt sich heimisch an. So richtig. Natürlich, als wäre es uns vorherbestimmt. Ob ich an Schicksal glaube? Eher weniger. Trotzdem ist das zwischen uns besonders, auf eine andere Art und Weise als zwischen mir und Timothy.

„Wo werde ich eigentlich schlafen? Also, wo ist Ellas Zimmer?", frage ich, um irgendwie von dieser überwältigenden Empfindung fortzukommen.

Nachdenklich betrachtet er mich aus halb geschlossenen Augen. Seine Finger zupfen weiter sanft an meinen Haaren. Ich erschaudere.

„Neben meinem. Deswegen ist Natasha auch im Gästezimmer untergebracht. Das ist in einem anderen Stockwerk", sagt Silent und gähnt einmal herzhaft.

Ich muss grinsen. „Du bist müde?" Er nickt nur, rührt sich aber keinen Millimeter. Hätte ich an seiner Stelle auch nicht getan. „Darf ich dich ein wenig über deinen Vater ausfragen?", zerstöre ich schließlich die friedliche Stimmung zwischen uns.

Sofort spannt er sich an. Seine Finger verkrampfen sich in meinem Haar. „Da gibt es nichts zu erzählen." Die Ablehnung in seiner Stimme versetzt mir einen Stich mitten ins Herz. Trotzdem sehe ich ihn abwartend an. Und Silent mich. Wer gibt zuerst auf? Schließlich seufzt Silent schwer. „Kompromissvorschlag. Du schläfst heute Nacht bei mir und morgen beantworte ich dir ein paar Fragen", sagt Silent.

Ich runzle die Stirn. Bei ihm schlafen? Warum zur Hölle? Er weiß, dass ich einen Freund habe, auch wenn ich mich zugegebenermaßen gerade nicht so benehme. Und besagter Freund ist sein Bruder. In Anbetracht dieser Tatsache stellt man solche Fragen nicht. Aber wann hat Silent sich schon um Moral geschert?

„Warum sollte ich das tun?", frage ich ruhig.

Seine Brauen rücken kaum merklich zusammen. „Aus dem gleichen Grund, weshalb du zu Timothy gehst. Albträume."

Bei seinem ruhigen Tonfall verkrampft sich mein Herz. Ich sollte nicht so entsetzt sein. Das ändert jedoch nichts an der Tatsache, dass ich es bin. Warum habe ich das nie in Betracht gezogen? Wir sind im Geiste verbunden. Ich kann die Augen dank meiner Fähigkeiten kaum fünf Minuten schließen. Warum sollte es ihm dann mit der gleichen „Gabe" anders gehen?

„Okay", erwidere ich schlicht.

Und überrasche Silent damit merklich. Er stützt sich ein wenig von den cremefarbenen Polstern ab. „Wirklich? Ohne Wenn und Aber?“ Ich nicke lediglich und richte den Blick gen Decke. Wenn das im Endeffekt keine Katastrophe wird ... Ich spüre, wie Silent sich ebenfalls auf den Rücken wälzt und an die Decke starrt. Haben normale Menschen Lampen, ist hier alles von einem warm fluoreszierenden Stoff überzogen. Das ist auf eine ganz eigene Art schön. Auf eine bizarre Weise erinnert es mich an Silent. Ungewöhnlich, schwer zu akzeptieren. Aber wenn man sich darauf einlässt, unverzichtbar.

„Ich brauche die Antworten, das solltest du nicht vergessen“, sage ich sanft. Ich spüre den leichten Stich, den diese Worte Silent verpassen, aber das könnte mir gerade in diesem Moment kaum gleichgültiger sein. Er hat Albträume, ebenso wie ich. Muss sich durch jede Nacht schlagen mit dem Mut eines unermüdlichen Jägers, der Gespenster verfolgt. Wie ist es möglich, dass ich das nie bemerkt habe?

01.12.2007, Mikun?

Ich stehe mit den anderen Kindern gemeinsam auf der weiten Wiese, vor uns die Schusswaffen ausgebreitet. Neue Lektion. Weder Grotian noch Madame machen sich die Mühe, uns das beizubringen, stattdessen welche, die schon länger in dieser Hölle existieren. Sie blaffen Befehle. Wir sollen diese befolgen. Und das tun wir. Die Alternative wäre eine Kugel im Kopf. Neben mir steht ein Mädchen, ebenso blond wie ich. Sie kann ihre Locken kaum in der obligatorischen Frisur bändigen. Ich habe sie noch nie hier gesehen. Dunkle Augenringe nehmen ihrem Gesicht jegliche Kindlichkeit. Sie arbeitet schnell und sauber, als wir schießen sollen, trifft sie jedes Mal die Scheibe, manchmal sogar ins Schwarze. Diese Übung ist für mich ein Kinderspiel. Mein Vater hat mir in jungen Jahren das Schießen beigebracht und ich habe jedes verdammte Mal getroffen. So auch heute. Nach fünfzig Schüssen befindet sich eine faustgroße Stelle in der Mitte, silbrig glänzend. Die letzten vier Schüsse hat das Mädchen in die Mitte gesetzt.
„Sehr gut", lobe ich sie schließlich, als wir die Waffen wieder ablegen. Sie zuckt kaum merklich zusammen, antwortet nicht. Natürlich, sie rechnet mit einer Falle.
„Ich heiße Cathrin", fahre ich fort.
Gehetzt blickt sie sich um. „Vielleicht bist du neu, aber wir dürfen nicht sprechen", zischt sie, ohne die Lippen zu bewegen, den Blick starr auf den Boden gerichtet.
„Nicht neu. Nur Madames rechte Hand", erwidere ich.
Ein bitteres Lächeln umspielt ihre Lippen. „Und wirst du mich ausliefern?"
„Nein. Nur weil sie mich mag, beruht das nicht auf Gegenseitigkeit."
Beinahe bewundernd sieht sie mich an, ehe sie den Blick wieder gen Boden richtet. „Der Letzte war auch so. Ihre letzte rechte Hand, die du jetzt ersetzt. Sie scheint ein wirklich schlechtes Händchen bei solchen Entscheidungen zu haben."
„Oder sie hält sich die, die sie braucht, ihr aber gefährlich werden könnten, so nah wie möglich", gebe ich zu bedenken, wische mir die Hände an dem schwarzen Stoff meiner Bluse ab. Madames rechte Hand zu sein, bedeutet eine neue Kleiderordnung. Ich mag sie. Das einzig Gute an diesem Ort. „Vielleicht", gibt das Mädchen zu.
„Und du bist?", hake ich noch einmal nach.
„Merida. Seit fünf Jahren erfolgreich am Leben."

Kapitel 9

„Also, Cathrin“, beginnt Ella viel zu sacht. Misstrauisch sehe ich sie an. Nicht jetzt, bitte. „Dieses Heft ... warum genau hast du so was geschrieben?“

Ich hasse sie.

„Also, Ella“, äffe ich sie nach und verschanze mich hinter einem dicken Buch über endoplasmatische Vorgänge. „Ich wüsste nicht, was dich das angeht. Deine beste Freundin ist Satanistin. Also sollte dich so was doch eigentlich nicht überraschen.“ Wahrscheinlich runzelt sie jetzt gerade die Stirn.

„Selbst Tanni war schockiert“, sagt sie trocken.

Das ist ... nicht überraschend. Tanni kann sich so einen Mist nicht einmal vorstellen. Ich hingegen habe ihn gespürt, erlebt. Vergessen wollen, indem ich das alles auf die Seiten bannte, raus aus meinem Kopf.

„Freut mich für Tanni. Sie sollte mal etwas mehr ihr Satanistentum pflegen“, erwidere ich spitz. Von wegen arme Jungfrauen opfern. Dann wüsste sie auch, was es bedeutet, wenn ein Mensch durch ihre Hand stirbt. Obwohl das nicht einmal in diesem Abschnitt geschildert war. In diesem Heft. Katjuscha kam später. Das Blut, der Eiter, die aus ihren Wunden flossen. Der elendige Gestank in diesem Raum ... Die beiden können nur von blutigen Scherben gelesen haben. Brüllenden Schüssen. Kreischenden Albträumen.

Jetzt habe ich wenigstens die jagenden Bilder wieder vor Augen. Ich sollte Ella einen Präsentkorb zukommen lassen.

„Cathrin, das ist nicht lustig!“, ruft sie empört aus.

Ich nicke todernst hinter meinem Buch. Die Fakten kenne ich bereits alle. „Da sind wir voll und ganz einer Meinung.“ Ich gehe zur nächsten Seite. Langweilig.

„Warum kannst du dann nicht ernst bleiben?“

„Ich bin ernst. Ich lache nicht, ich nutze keinen Sarkasmus ... Und es ist nichts als die Wahrheit, dass Tanni, wäre sie eine wahre Satanistin, nicht einmal ansatzweise schockiert gewesen wäre“, erkläre ich ruhig und blättere weiter. Noch mehr Wissen, das ich mir schon vor Jahren angeeignet habe. Die Schulbibliothek hat wirklich nur Mist. Frustriert schlage ich den dicken Wälzer zu und schleudere ihn ans Bettende, von wo aus er mit einem dumpfen Knall auf den Boden fällt.

Ella und ich sehen beide auf die Stelle, an der gerade das Buch noch lag. Schon faszinierend, wie schnell so ein Ding verschwinden kann. Binnen eines verklingenden Herzschlags.

„Aber das ist sie nicht. Sie ist in Ordnung, nett." Ella schüttelt den Kopf. „Ich habe oft an dir gezweifelt, Cathrin. Aber nie für so gefühlskalt gehalten wie zu dem Zeitpunkt, als ich das gelesen habe", sagt sie leise, starrt noch immer an das Fußende meines Bettes.

Gefühlskalt. Das trifft es ziemlich gut. Wie sonst hätte ich das überleben sollen? Das Blut, den Tod, die Schreie? Falls Ella jemals spätere Hefte in die Hände bekäme, würde sie den Glauben verlieren. Nicht nur an mich. An alles. Die Hölle ist nichts, was sich die Religion ausgesponnen hat. Sie liegt irgendwo im Nirgendwo und hat mich zu dem geformt, was ich heute bin.

„Das war nicht für deine Augen bestimmt." Fest sehe ich ihr ins Gesicht.

Ellas Augen sind verschlossen und ich kann es nur zu gut verstehen. Was für eine brillante Begründung für das, was sie und Tanni gelesen haben.

„Nein, aber es lag trotzdem auf meinem Tisch", ruft sie und rutscht von ihrem Bett, geht auf mich zu.

Automatisch schiebe ich mich auf Distanz. Jetzt darf sie mich nicht berühren. Dann drehe ich durch. Alles in mir ist auf Abwehr geschaltet. Einfach weil jedes ihrer Worte, jede ihrer Gesten mich erinnern lässt. Und das ist für niemanden gut.

„Ich habe es dort nicht hingelegt", erwidere ich seelenruhig. „Du hast gesehen, dass mein Name darinstand. Du hättest es nicht lesen dürfen." Steif lehne ich mich leicht gegen die Wand, eine Hand hinter meinem Rücken positioniert. Bereit, mich abzustoßen und zu rennen. Meine zweite Fähigkeit zu nutzen, die Ella schon einmal überrascht hat und mir beizeiten den Arsch rettete.

„Es lag auf meinem Tisch!", schreit sie mich an und stürmt auf mich zu.

Ich stehe schneller an der Tür, als sie gucken kann. Wie auch beim ersten Mal reißt Ella die Augen auf. Abwehrend hebe ich die Hände. Keine Fragen. Nicht hier, nicht jetzt. Eigentlich, wenn ich es mir so recht überlege, nie. Im Fragenbeantworten war ich schon immer eine

Katastrophe. Blutvergießen ist mein Metier. Menschen zum Schreien bringen. „Ella!“ Ich weiß, dass in diesem Moment alles an mir eine einzige Drohung ist. Mein Tonfall, mein Gebaren. Doch sie ignoriert es einfach!

„Wie machst du das? Wie bist du in einem Moment hier und im nächsten dort?“, brüllt sie.

Wie lange es wohl dauert, bis das ganze Haus auf der Matte steht? Ich verschränke die Hände hinter dem Rücken und sehe sie nur an. Ohne ein Wort. Weil jede Bewegung, und sei sie noch so klein, meinen letzten Rest Selbstbeherrschung verfliegen lassen könnte. Das macht Ella nur noch wütender.

„Cathrin, ich befehle dir, mir zu sagen, wie du das gemacht hast!“

Sie befiehlt mir etwas? Sie befiehlt mir etwas?! Ich presse die Lippen zusammen. Nicht die Kontrolle verlieren. Nicht durchdrehen. Nicht hier, nicht jetzt. Nicht vor dem Weihnachtsfest. Ich will Ella nicht töten. Sie ist unvorsichtig, handelt nicht mit Vorsatz. Ella ist keine Gefahr.

„Ich wüsste nicht, woher du dir das Recht nehmen darfst, mich zu befehligen“, sage ich mit Grabesstimme, bereit, jederzeit aus dem Raum zu stürmen.

Ella stiefelt weiter auf mich zu. Sie ist zehn Zentimeter kleiner als ich. Beruhigend ist das trotzdem nicht. Es ist nicht Ella, die mir Angst macht. Ich bin es. Ich und diese Situation. Die Wand, gegen die Ella mich drängen will. Man hat mir beigebracht zu töten, wenn ich eingeengt werde. Es ist zu einem Instinkt geworden. Einem Reflex, gegen den ich kaum ankomme.

„Du bist in meinem Haus. Das Heft lag in meinem Zimmer. Ich werde das, was da drinstand, nie vergessen können. Ich habe jedes Recht, darüber etwas zu erfahren!“, zischt Ella.

Ich habe sie schon wütend gesehen, ja, sogar fuchsteufelswild. Aber das hier toppt alles. Das Mädchen ist außer sich, verliert sich nahezu. Es ist, als wäre sie gar nicht mehr Ella.

Und ich nicht mehr ich. Eine mörderische Situation. Gerade jetzt bin ich gefährlicher als jeder Scharfschütze.

„Du hättest das nicht lesen dürfen“, werfe ich ihr vor, nahezu gelangweilt.

Ella hebt die Hand und schlägt mich. Mitten ins Gesicht. Ich starre sie nur an. Meine Muskeln zucken. Adrenalin rauscht. Blutdurst. Sie hat die Hand gegen mich erhoben.

„Es lag in meinem Zimmer. Ich war mir sicher, du hättest es dorthin gelegt“, faucht sie.

Meine Wange pocht. Das Mädchen kann erstaunlich fest zuschlagen. Ich stemme meinen Fuß gegen die geschlossene Tür, lehne meinen Kopf an das dunkle Holz. Nicht die Kontrolle verlieren. Das ist der Streit nicht wert.

„Habe ich aber nicht. Und das hätte dir nach den ersten Seiten klar sein sollen.“

Sie kneift die Augen zusammen und macht sich bereit, mich noch einmal zu schlagen. Diesmal fange ich ihre Hand in der Luft ab und drücke sie unsanft nach unten, zurück dorthin, wo sie hingehört. Eine winzige Drehung und ihr Handgelenk splittert. Es braucht jede Faser meiner Selbstbeherrschung, um ruhig zu bleiben.

„Silent!“ Innerlich brülle ich nach ihm. „Hilfe!“

„Du wirst mich nicht schlagen“, lege ich fest. Meine Stimme ist eiskalt. Mein russischer Akzent stärker als je zuvor. Jetzt gerade, in diesem Moment, klinge ich exakt wie Madame. Grausam. Wie sie, wie Grotian.

Ella reißt die Augen auf und weicht reflexartig zurück. Gute Entscheidung. Denn ich weiß nicht, was ich täte, berührte sie mich noch einmal.

Ungläubig schüttelt sie den Kopf. „Was läuft nur schief bei dir?“ Tränen steigen ihr in die rehbraunen Augen.

Mein Mund verzieht sich zu einem zornigen Feixen. Winzige Fältchen graben sich in mein Gesicht. Was schief bei mir läuft? Das will sie nicht wissen.

„Genug, damit du meine Warnung ernst nehmen solltest. Rühr mich nicht an, Ella. Nie wieder. Sollte noch einmal so ein Heft bei dir auftauchen, lass es mich nicht wissen. Und verdammt noch mal, hör auf, mich anzuschreien oder mir etwas vorschreiben zu wollen.“ Meine Stimme ist ein liebliches Flüstern. Ich lasse das Mädchen los, als hätte ich mich verbrannt.

Angewidert verzieht Ella das Gesicht und setzt sich auf ihr Bett, umklammert die Kante des Gestells. „Du bist ein Monster, Cathrin, aber das weißt du, oder?“, wispert sie mit tränenerstickter Stimme.

Für eine Sekunde setzt mein Herz aus und ich kann kaum noch atmen. Mein Hals schnürt sich zu und heiße Tränen schießen mir in die Augen. Monster. Genau. Ebenso wie Madame und Grotian. Ich bin geworden wie sie. Die beiden haben es auf lange Sicht doch geschafft.

„Es tut mir leid“, sage ich förmlich und verlasse den Raum, kämpfe dagegen an, dass meine Beine einfach unter mir nachgeben. Ich schaffe es nicht bis ins Bad. Stattdessen breche ich mitten auf dem Flur zusammen, nach Luft ringend. Monster. Das trifft es. Ich verdammtes Monster!

Ich schreie in meinen Pullover hinein, beiße mir auf den Unterarm, um das Geräusch zu dämpfen. Monster, ebenso wie sie. Ich verursache Schmerzen.

Silent!

Atmen. Verdammt, atmen. Die Tränen fließen gegen meinen Willen. Ich müsste Timothy so viel über mich erzählen, damit ich nicht mehr das Gefühl habe, ihn zu betrügen. Dieses Gewicht lastet auf meiner Brust, unaufhaltsam, kalt. Und es wird dortbleiben, bis ich aufgehört habe zu atmen.

„Wie kommt es nur, dass ich dich immer weinend auf dem Boden finde?“, fragt Silent mich leise.

Ich zucke zusammen und wirble zu ihm herum, stehe augenblicklich auf den Beinen. Bis mir klar wird, dass keine Gefahr besteht, vergeht eine gefühlte Ewigkeit.

„Hab kein eigenes Zimmer“, murre ich und wische mir einmal über das Gesicht. Drei Kreuze, dass ich keine Schminke trage. Sonst sähe ich jetzt aus wie ein Streifenhörnchen, dem man Pfefferspray in die Augen gesprüht hat.

Seufzend vergräbt Silent die Hände in den Taschen. Warum kommt er erst jetzt? War er zu sehr mit Natasha beschäftigt?

„Du und meine Cousine, ihr habt euch schon wieder gestritten?“

Wie kommt er nur darauf? Ich beschließe, dass die Frage zu dumm ist, als dass sie eine Antwort verdient.

Neben mir lacht Silent leise. „Worüber?“

„Nichts Wichtiges“, schniefe ich und wische mir noch einmal über die Augen. Sie tun ein wenig weh von dem ganzen Weinen.

Kurz blickt Silent gen Decke, als bete er, dann nimmt er mich vorsichtig in den Arm. Weinend vergrabe ich das Gesicht an seiner Brust. Atme tief ein. Ich fühle mich hundsmiserabel.

„Findest du, dass ich ein Monster bin?“, schluchze ich schließlich. Meine Stimme wird von seinem Pullover gedämpft.

Silent schnaubt und zieht mich noch etwas enger an sich. „Und wie du das bist, ja. Aber wenigstens bist du ein halbwegs anständiges Monster.“ Er beginnt mir zögernd über den Rücken zu fahren. Anständiges

Monster? Silent ist katastrophal mit Worten. Genauso schlimm wie ich.

„Das heißt, ich bringe Leute nur aus gutem Grund um?", grummle ich und presse mein Gesicht gegen seinen Hals. Kurz stockt sein Atem. Das könnte mir kaum egaler sein. Timothy ist nicht da, um mir diesen Halt zu geben. Was hält mich davon ab, ihn bei Silent zu suchen?

„Genau. Nur aus gutem Grund", erwidert er knapp. So wie Silent selbst? An der Seite des Mafiosos? Aber ich weiß, was er sagen will.

Ich nicke nachdenklich. Er ist mein Seelenverwandter. Dann muss er das doch besser wissen als Ella. Sie ist nur ein objektiver Betrachter und … Sie ist ein objektiver Betrachter und die haben meistens recht. Ich sollte vielleicht keinen in mich verliebten Jungen fragen, ob er denkt, dass ich durch und durch böse bin. Vor allem, wenn der auch einen an der Schüssel hat.

Himmel, ich bin noch miserabler darin, mich zu beruhigen, als er.

„Vielleicht auch nicht", sage ich trocken und löse mich von ihm.

Silent sieht mich wachsam an, als wäre ich ein Tier auf dem Sprung. Wer könnte es ihm verübeln?

„Worüber denkst du nach?", fragt er. Sein Blick aus den grauen Augen wiegt schwer.

Ganz ehrlich? „Das willst du jetzt nicht wissen."

Sein Gesichtsausdruck verdüstert sich. „Oh, ich bin mir ziemlich sicher, dass ich es wissen will", erwidert er nach außen hin entspannt. Silent hat die Türen seiner undurchdringlichen Fassade wieder ein Stück geöffnet. Ich habe kein Problem damit, den Trubel in ihm zu spüren.

Ich lehne mich ein wenig vor zu ihm, sehe ihm direkt in die grauen Augen mit den kalten blauen Sprenkeln. Ich spüre seinen warmen Atem auf meinen Lippen, ignoriere jede Empfindung, die mich zu überwältigen droht.

„Lies doch meine Gedanken", sage ich.

Skeptisch zieht er eine Augenbraue nach oben. „Damit du es mir nachher vorwerfen kannst?" Silent muss auch immer alles durchschauen.

Ich rolle mit den Augen. Ist mir nicht einmal mehr diese Freude vergönnt?

Silent lacht auf. „Du musst gar nicht schmollen, Cathrin. Ich kenne dich inzwischen ziemlich gut", neckt er mich und nimmt meine rechte Hand in seine. Mein Herz beginnt zu rasen. Ich sollte seine Berührung nicht so sehr genießen.

„Dann solltest du auch wissen, dass ich gerade daran gedacht habe, wie viel ich Timothy verraten kann über mich, ohne dass er zu viel Schaden anrichten kann“, antworte ich ruhig.

Kurz zuckt ein Muskel in Silents Wange. Dann ringt er sich ein kleines Lächeln ab. „Gar nichts?“, schlägt er viel zu unschuldig vor.

Ich verdrehe die Augen. „Diese Möglichkeit wurde bereits ausgeschlossen“, sage ich und komme nicht umhin, Silent noch einmal in die Augen zu sehen.

Sein Lächeln erreicht sie nicht mehr.

„Dann nur das Wichtigste“, murmelt er. „Das, was es braucht, damit du dich nicht mehr schuldig fühlst.“ Silent hält meinen Blick fest. Viel zu intensiv. Ich weiß, was er als Nächstes tun wird. Und habe keine Kraft, mich dagegen zu wehren.

Also lasse ich den Kuss einfach zu, lasse zu, dass er mich näher an sich zieht und seine Stirn gegen meine legt, sobald er unseren Kuss beendet hat. Ein Teil von mir möchte mehr tun, als nur dazustehen. Will ihn festhalten und nie wieder loslassen.

Der dumme, kleine Teil, den es schon längst nicht mehr geben sollte. Das meiste von mir erinnert sich an meinen Fall – und daran, dass ich Silent nicht vertrauen kann.

Trotzdem finde ich nicht die Kraft, mich von ihm zu lösen. Wir stehen einfach so da, die Lippen nur Millimeter von denen des anderen entfernt, die Augen geschlossen und fühlen den Moment. Die seltsame Ruhe, die Emotionen des anderen. Sanft streicht er mir durch das Haar. Es macht mir nichts aus, dass unser Atem sich vermischt.

„Du solltest mich nicht so berühren“, wispere ich schließlich, kann mich aber noch immer nicht dazu durchringen, einen Schritt zurückzugehen und den notwendigen Abstand zwischen uns zu schaffen.

Silent verspannt sich leicht, bewegt sich jedoch keinen Millimeter. Wir klammern uns beide so verzweifelt an diesen Moment, man könnte meinen, wir sterben, wenn wir ihn loslassen. Fallen einfach auseinander und finden nie wieder zusammen.

„Du bist nicht so sehr in Timothy verliebt, wie du denkst“, flüstert er.

Ich muss schlucken. Wie kommt er darauf? Das bin ich, ganz sicher sogar. Vielleicht sogar noch haltloser, als ich mir eingestehen will. Vielmehr bin ich mir immer sicherer, dass der masochistische Teil meines Selbst einen Grund finden möchte, es Timothy leichter zu machen, mich loszulassen. Und was gäbe es da Besseres, als vorzugeben, ich liebte seinen Bruder?

„Was, wenn doch?“, erwidere ich leise, höre selbst, dass meine Stimme ein wenig bebt.

Wir stehen so nah beieinander, dass ich spüren kann, wie Silent tief einatmet. Seine Brust drückt sich für eine Sekunde fester gegen meine. Ich fühle seinen Puls durch mich hindurchwummern.

„Dann ständest du jetzt nicht so bei mir“, murmelt er.

Ich spüre, dass Silent auf der Hut ist. Das muss er nicht sein. Nicht jetzt. Ich kann ihn nicht fortstoßen. Stattdessen schniefe ich einmal und lege meinen Kopf auf seiner Schulter ab.

„Vielleicht doch“, nuschle ich so leise, dass Silent es nicht hört. Auf diese Diskussion habe ich keine Lust.

„Ich will mich jetzt nicht streiten“, wispert auch er und zwingt mich, ihm in die Augen zu sehen, als wolle er, dass ich die Aufrichtigkeit darin erkenne, die auch in seiner rauen Stimme mitschwingt.

Ich nicke, sollte mich von seinem Anblick lösen. Stattdessen verliere ich mich in Silents Augen. So oft sind sie ebenso kalt wie Madames und Grotians. Doch in Momenten wie diesem wirken sie sanft. Die blauen Sprenkel gleichen nicht länger Splittern, sondern Sternen.

Im Moment ist da nichts, was ich fürchten müsste, und die Möglichkeit, dass er mich hinters Licht führt, scheint immer unwahrscheinlicher. In dem winzigen Part meines Geistes, der noch nicht vollkommen von Silent eingenommen ist, schrillen die Alarmglocken. Sie erinnern mich an all das, was falsch und rätselhaft an ihm ist. An Timothy. Wie er sich fühlen würde, wüsste er, dass ich seinen Bruder gerade auf diese Art ansehe.

Mit Silent Weihnachten verbringen zu wollen, war eine schreckliche Idee. Ihn zu küssen, eine unvertretbare Tat. Das Schlimmste daran? Ich mag es, Silent so nah zu sein. Mehr als das.

Langsam löse ich mich aus seinen Armen und damit auch von dieser Versuchung. Unser Augenblick zerspringt.

„Wir sollten zum Abendbrot gehen“, sage ich ruhig, mein Tonfall unmöglich zu deuten, nicht einmal für mich. Der Duft von frischem Obst weht uns entgegen.

Silent spiegelt meinen Gesichtsausdruck perfekt. Dann nickt er. „Genau. Abendbrot.“ Es klingt hohl. Da ist keine Regung in ihm, nicht, als ich ihm ein Lächeln schenke. Nicht, als wir gemeinsam die Stufen hinabsteigen und ein weitläufiges, helles Esszimmer betreten, gekrönt von einem reich gedeckten Tisch. Nicht einmal, als ich mich etwas dichter neben ihn setze, als es sich gehört.

„Silent!“, quietscht Natasha auf und schenkt ihm von der anderen Seite des Tisches ein überschwängliches, unechtes Lächeln. Ich hasse dieses Mädchen.

Silent reagiert nicht auf sie. Auf jeden Fall nicht mit Worten. Vielmehr demonstriert er seine Gleichgültigkeit ihr gegenüber, indem er sich einen Apfel nimmt und ihn fein säuberlich aufschneidet. Zu meiner Überraschung bietet er mir ein Stück an, ebenfalls ohne Worte. Ich nehme es entgegen.

„Oh, habt ihr euch gestritten?“, fragt Calanthe und reißt die Augen weit auf.

Silent schüttelt vehement den Kopf, Natasha schnaubt nur abfällig. „Natürlich nicht. Sie tun so, als bestände die Möglichkeit, dass wir nicht wie füreinander geschaffen sind“, zwitschert Natasha mit perfekt einstudiertem Augenaufschlag.

Bei ihren Worten verschlucke nicht nur ich mich an meinem Apfel. Neben mir sitzt Silent ebenso keuchend da und versucht, die einzelnen Stückchen wieder aus seiner Luftröhre herauszuwürgen. Die anderen drei beobachten uns schweigend dabei, wie wir halb über dem Tisch, halb darunter hängen und versuchen, wieder Luft zu bekommen. Ich will ja nicht prahlen oder so, aber mein Apfelstück ist als Erstes auf dem Teller gelandet. Silents schafft es ein paar Sekunden später nur auf den Teppich.

„Getroffen“, murmle ich mit rauer Stimme.

Silent verdreht die Augen, bückt sich und legt sein Stück auf den Teller. Aus dem Augenwinkel sehe ich, wie Natasha angewidert das Gesicht verzieht. Es ist augenscheinlich, dass das Silent nicht weniger berühren könnte.

„Dir ist schon klar, dass es geschummelt ist, wenn man das Stück auf den Teller legt?“, frage ich herausfordernd.

Mit einem halben Grinsen sieht Silent mich an. Sagt noch immer kein Wort. Ich schweige und nehme mir ein exotisch aussehendes Obst. Irgendetwas zwischen Pflaume, madigem Apfel und übersäuerter Orange.

„Passionsfrucht“, sagt Calanthe durchaus freundlich, jedoch mit einem missbilligenden Blick auf meinen Teller.

Ich nicke, als würde mich das tatsächlich interessieren, und mache mich daran, die Obst- und Gemüseauswahl einmal durchzufuttern. Danach bin ich pappsatt.

Die haben hier ein Dienstmädchen, das sich um das Geschirr kümmert. Wir können also sitzen bleiben. Ellas Vater hat den Raum nicht mal für eine Minute betreten.

„Ich bin überrascht, dass du dein Versprechen einhältst", sagt Silent, als ich bettfertig vor seinem Zimmer auftauche.

Ich zucke die Achseln und schließe die Tür leise hinter mir. Die Wände sind glatt und weiß. Keine Bilder, keine Fehler. Alles perfekt. Schwarze Bettwäsche, makellos glatt gestrichen. Weiße, blütenweiße Vorhänge. Viel weniger belebt könnte sein Zimmer gar nicht wirken. Dann müssten hier schon Skelette hängen. Andererseits, das wäre wenigstens eine Hinterlassenschaft des Bewohners.

„Ella wird Fragen stellen und ich brauche Antworten", erwidere ich knapp und klettere ohne Umschweife in sein Bett.

Silent beobachtet mich dabei abwesend. Selbst trägt er einen dunkelgrauen Pyjama, der meinem erstaunlich ähnlich sieht. Nur dass an meinem Ärmel ein loser Faden hängt.

„Klar", sagt er ruhig. „Es tut mir leid, dass meine Cousine manchmal etwas ... aufdringlich ist."

Ich verdrehe die Augen und verkrieche mich unter der warmen Decke. Sie riecht nicht nach ihm, sondern nach Waschmittel. Für einen Moment frage ich mich, was mir lieber wäre. Als ich zu Silent sehe, lächelt er leicht. Mein Herz zieht sich zusammen.

„Ich kenne sie nicht anders", antworte ich und starre an die Decke. Allein der Gedanke, neben Silent zu schlafen, ist auf seine ganz eigene Art seltsam. Ich weiß, dass er nickt.

„Ihr wart ja eine Weile in einem Zimmer. Ich hatte es vergessen." Sein halbes Lächeln ist herzerweichend.

Ich klopfe einladend auf die Matratze. „Komm her. Ich bin müde", sage ich und sehe ihn abwartend und vielleicht auch ein wenig misstrauisch an.

Nach einer gefühlten Ewigkeit löst Silent sich von der Tür und krabbelt neben mich unter die Decke. Sein Fuß streift mein Schienbein. Ich glaube, durch die Berührung etwas in meinem Magen flattern zu fühlen. Zögernd schiebt Silent einen Arm unter meinen Nacken. Ich lasse es zu, rühre mich nicht. Neben ihm einzuschlafen, wird eine Katastrophe werden. Das Kranke daran? Der Gedanke reizt mich trotzdem.

„Danke, dass du das machst, Cathrin", flüstert Silent schließlich. Er ist mir nahe genug, damit sein Atem meinen Nacken streift.

Ich habe die Augen geschlossen. „Wie gesagt, ich brauche die Antworten“, weiche ich allen möglichen unangenehmen Situationen aus. Ich spüre, dass Silent nickt – widerwillig.

Wie ich prophezeit habe, bekomme ich kein Auge zu. Dafür schläft Silent tief und fest. Er hat beide Arme um mich geschlungen und das Gesicht in meinem Haar vergraben. Bewegungsfreiheit? Null Komma null. Vielleicht kann ich deswegen nicht einschlafen. Oder wegen des Herzrasens, das mir seine Körperwärme beschert. Das leise Seufzen im Schlaf, wenn er das Gesicht an meiner Schulter oder dem Hals vergräbt. Die zögernde Bewegung seiner Lippen im Schlaf an meiner Haut.

Silent bewegt sich einmal unruhig und zieht mich noch enger an sich. Ich verziehe das Gesicht und versuche, mich irgendwie so hinzulegen, dass er mich nicht mehr zerquetscht. Erfolglos. Jetzt kann ich nicht einmal mehr atmen.

„Silent“, nuschle ich gegen seinen Hals und bekomme irgendwie eine Hand frei, um ihn ein wenig von mir fortzudrücken. Sofort wird er unruhig. Wie ein kleines Kind. Seufzend kapituliere ich.

„Cathrin?“

Hat er gerade meinen Namen geflüstert? Skeptisch betrachte ich Silent, jetzt wo ich wieder halbwegs atmen und mich bewegen kann. Eine undefinierbare Angst durchfährt mich. Er wälzt sich auf die andere Seite, von mir weg. Lässt mich komplett los. Die Decke rutscht von seinem Körper, entblößt seine zusammengekrampften Hände.

„Cathrin?“, wispert er, jetzt noch unruhiger.

Gerade als mir bewusst wird, was los ist, beginnt er, zu schreien und um sich zu schlagen. Oh, verdammt. Ich greife seine Schultern und schüttle ihn einmal fest. Keine Reaktion. Nur noch mehr Schreie.

„Silent!“ Nichts. „Silent!“ Noch einmal, diesmal lauter.

Er reißt die Augen auf, sieht mich und wieder nicht. Im nächsten Moment werde ich in die Matratze gepresst, seine Hände umschließen meine Kehle. Japsend versuche ich, ihn von mir fortzudrücken. Sein Griff intensiviert sich. Fester und fester. Er reagiert nicht auf mein Strampeln. Auf meine Verzweiflung. Also greife ich in das Cathrin-Duty-Trickkästchen. Ich presse meinen Hals fester gegen seine Hände, hole damit Schwung und stoße ihm das Knie in die Seite. Keuchend fährt er zurück.

Ich taste nach dem Lichtschalter. Gerade als Silent sich wieder auf mich stürzen will, durchbricht das Licht die Dunkelheit. Mit erhobenen Händen kann ich halb liegend, halb sitzend kaum einen Atemzug nehmen. Tränen stehen mir in den Augen. Nicht nur, weil mein Hals so unglaublich wehtut. Vor allem, weil er wegen Silent so schmerzt.

Als er endlich begreift, was er getan hat, fährt er zurück. „Cathrin … ich …“ Irgendwas bringt ihn zum Schweigen. Die sich bildenden Blutergüsse auf meinem Hals?

Die Tränen laufen mir ungehindert über das Gesicht und ich verstehe nicht einmal wirklich, warum. Ich habe bereits so viel schlimmere Schmerzen durchgestanden, in jeglicher Hinsicht. Trotzdem weine ich, als gäbe es kein Morgen, gebe keinen Laut von mir.

Mit verschlossenem Blick steht er auf. „Es tut mir leid.“ Die Förmlichkeit in Silents Stimme erschreckt mich regelrecht. Es tut ihm leid. Ich spüre, dass er es ernst meint.

Ich kann nicht anders. Es ist ein Reflex. Ich stehe auf und ohrfeige ihn. Einfach weil er es verdient hat. Nicht einmal unbedingt, weil er mich gerade fast erwürgt hat. Sondern weil er es hin und wieder einfach braucht, dass ihm jemand eine runterhaut. Sein Erstaunen darüber hält sich in Grenzen.

„Was verdammt hast du geträumt?“, zische ich ihn an.

Er zuckt die Schultern. Gerade jetzt könnte ich ihn erwürgen. Wobei … was spricht dagegen?

Als hätte er meine Gedanken gelesen, umfasst er meine Handgelenke. „Dass ich dich töte“, erwidert er absolut sachlich.

Ich öffne den Mund, um etwas zu sagen. Irgendetwas. Am besten irgendwas Geistreiches. Stattdessen stehe ich einfach nur da und schließe und öffne den Mund wie ein Fisch auf dem Trockenen. „War es wenigstens ein netter Traum?“ Der spitze Satz liegt mir auf der Zunge. Ich kann ihn nicht aussprechen.

Ein bitteres Lachen entweicht seinen Lippen. „Damit hast du wohl nicht gerechnet“, spottet Silent. Ich spüre seinen unendlichen Schmerz über das, was er getan hat. Seine Angst vor meiner Reaktion. Ich will nicht, dass er so fühlt. Obwohl er es zweifelsohne verdient hätte.

Ich mache meine Hände frei, schlinge sanft meine Arme um ihn und lege das Gesicht auf seiner Brust ab. Silent zieht einmal scharf die Luft ein, ehe er die Umarmung erwidert.

„Du bist nicht böse auf mich?“, fragt er schließlich kleinlaut.

Ich schnaube abfällig. „Ich bin mehr als wütend, Silent. Und für diese Nummer schuldest du mir Antworten ohne Ende. Aber erst mal bin ich dafür, dass du noch einmal versuchst zu schlafen. Ohne mich zu erwürgen. Ich bin nämlich auch müde“, antworte ich leise.

Wieder dieser undefinierbare Ausdruck. Dann nickt er. „Natürlich. Das war wohl doch keine so gute Idee“, erwidert er ruhig. „Dich in mein Bett zu holen, meine ich.“

Beruhigend, dass ich nicht die einzige Hellseherin bin, die sich hin und wieder gravierend irrt.

Ich zucke die Schultern und lasse diesmal Silent den Vortritt. Wenn ich nicht an der Wand liege, komme ich schneller weg, sollte er noch einmal ausrasten. An seinen angespannten Muskeln erkenne ich unschwer, dass Silent den genauen Grund ahnt, warum ich meinen Platz gewechselt habe. Und dass dieser ihm nicht gefällt.

Silent verliert kein Wort darüber, legt sich hin und dreht mir sofort den Rücken zu. Zufrieden kuschle ich mich in die Matratze und an ihn, den Blick ins Zimmer gerichtet. Silents Atemzüge verlangsamen sich nicht. Er ist hellwach.

Dafür ist es mir jetzt endlich möglich einzuschlafen. Als müsste jemand von uns die Augen offen behalten, damit der andere tatsächlich Ruhe findet.

Diese Nacht sucht mich kein Albtraum heim, keine Vision. Sondern die Vergangenheit. Nicht meine. Silents.

Er steht neben Timothy. Die beiden sind keine vier Jahre alt. Sand kitzelt ihre nackten Fußsohlen, der Wind zerzaust ihnen das Haar. Wellen brechen sich wenige Meter vor ihnen. Ich kenne diesen Strand. Es ist der in der Nähe des Hauses in Costa Rica. Des Hauses, in dem ich zwei Wunder vollbracht habe: Erstens bin ich nicht gestorben. Zweitens ist es mir gelungen, den Nokiaknochen in die Brüche gehen zu lassen.

„Ich will trotzdem wieder nach Hause“, sagt der junge Silent, starrt fasziniert in das blaue Wasser.

Timothy neben ihm lässt sich mit der Sorglosigkeit, die er auch heute noch an den Tag legt, in den Sand fallen. „Warum? Es ist doch schön hier“, bemerkt er mit blitzenden braunen Augen.

Silent schüttelt leicht den Kopf. „Ich habe kein gutes Gefühl.“

Timothy verdreht nur die Augen. „Jack, das wird die schönste Zeit für uns beide!“ Aufgeregt und mit der Naivität eines kleinen Kindes springt Timothy wieder auf und beginnt, auf das Wasser zuzulaufen.

Silent beobachtet ihn dabei distanziert, dreht sich zögerlich um in Richtung des Hauses. Schwach kann er drei Silhouetten in der Ferne erkennen. Ein Mann, eine Frau und ein Kind. Er ist sich sicher, dass die Frau nicht seine Mutter sein kann und der Junge nicht Timothy ist. Der schwimmt gerade wie ein Fisch im Wasser.

Misstrauisch beobachtet er die drei. Die Frau wirkt selbst auf die Entfernung erbarmungslos und kalt. Der Junge ist ihr Ebenbild.

Keuchend fahre ich auf. Madame, Grotian. Die Erkenntnis trifft mich mit der Wucht einer Welle. Ich hatte recht! Wenn Grotian das Kind Madames und des Mafiosos ist, dann ist er ein weiterer Sohn. Der, der viel wahrscheinlicher eine feste Verbindung zu seinem Vater hat. Er ist in dieser blutigen Welt aufgewachsen. Silent und Timothy nicht.

Gab es einen bestimmten Grund dafür, dass meine Fähigkeiten mich ausgerechnet jetzt darauf aufmerksam gemacht haben? Soll es mich möglicherweise dazu bringen, Silent zu vertrauen?

Zögernd drehe ich mich zu ihm um. Silent liegt noch immer mit dem Gesicht zur Wand, nur dass er jetzt schläft. Ich erkenne es an seinen entspannten Schultern, daran, dass er den Kopf in die Kissen gepresst hat. Soll ich ihn wecken?

Je länger ich seine tiefe Ruhe spüre und ihn ansehe, desto schwerer fällt es mir, ihn aus seinen ruhigen Träumen zu reißen. Also sehe ich ihn einfach nur an. Beobachte ihn beim Schlafen und versuche, irgendetwas zu finden, das mir beweist, dass er noch immer der gleiche Junge sein kann wie in seiner Erinnerung. Dass er nicht nur Silent ist, sondern auch der kleine Jack. Der, der am Wasser stand und drei Silhouetten beobachtete, von denen zwei nicht zu seiner Familie gehörten.

„Hör auf, mich anzustarren."

Ich versuche, nicht zusammenzufahren, tue es aber trotzdem. „Ich habe gar nicht gemerkt, dass du aufgewacht bist", sage ich und versuche, die Röte, die mir in die Wangen steigt, zu bekämpfen. Ich habe ihn überhaupt nicht angestarrt. Nur beobachtet. Analysiert, verglichen, aber nicht angestarrt.

„Hätte ich an deiner Stelle auch nicht", murmelt er und streckt sich einmal, ehe er sich zu mir umdreht.

Mir brennen so viele Fragen auf der Zunge. Hat er die Frau später näher kennengelernt? Hat er mit Grotian gesprochen? Wie war seine Beziehung zu seiner Mutter, Rebecca Silencieux?

„Darf ich mich noch umziehen, ehe das Bombardement losgeht?", fragt Silent und sieht mich mit zusammengezogenen Augenbrauen an.

Bei seinem Anblick muss ich aus irgendeinem Grund lachen. Vielleicht weil es irgendwie eine unpassende Geste für ihn ist. Weil dann eine nahezu naive Falte auf seiner Stirn erscheint.

Stöhnend wälzt er sich auf den Rücken. „Es tut meiner Psyche nicht gut, bereits so früh am Morgen ausgelacht zu werden, Cathrin“, jammert er und starrt an die leere weiße Decke. Selbst die Lampe wirkt neutral.

„Und mir nicht, mitten in der Nacht gewürgt zu werden. Was hältst du davon, wenn wir uns beide bereit für den Tag machen und ich meine Inquisition starte?“

Gar nichts hält er davon. Damit das deutlich wird, muss er nicht einmal den Mund öffnen. Was mir jedoch egal genug ist, damit ich einfach aufstehe und gehe. Ich muss den Kopf frei bekommen und das ist schwer mit seinem Geruch in der Nase.

Kapitel 10

„Der Strand, an dem du mich gefunden hast, in Costa Rica, den kanntest du, oder?“, frage ich und schlürfe meinen Tee.

Silent hat seinerseits die Hände um eine Tasse gelegt. Auch er verzichtet auf Kaffee. Zu dieser Entscheidung kann ich ihn nur beglückwünschen. Das Zeug riecht vielleicht gut, schmeckt aber schrecklich.

„Ja“, antwortet Silent knapp.

Ich betrachte ihn nachdenklich. Seine schlanken Finger um die weiße Tasse haben sich ein wenig zusammengekrampft. Schon meine erste Frage ist zu viel für ihn. Es tut mir ja fast leid, aber darauf kann ich momentan keine Rücksicht nehmen. Die Zentrale würde nicht so freundlich mit ihm umspringen wie ich.

„Weil du und Timothy eine Zeit lang in dem Haus gewohnt habt, ungefähr zwei Minuten entfernt, am Ende der Straße.“

„Das war keine Frage“, sagt Silent scharf und starrt in seine Tasse. Ich würde darauf wetten, dass er sich fragt, warum er mir so ein dummes Angebot gemacht hat. Jetzt ist es zu spät für einen Rückzieher.

„Du hast damals aus der Entfernung eine Frau neben einem Jungen und deinem Vater gesehen. Bist du ihr jemals näher gekommen als hundert Meter?“

Ein Schatten zieht über sein bleiches Gesicht. Die Augen beginnen, dunkel zu funkeln. „Woher hast du diese Informationen?“ Silents Wut ist offensichtlich. Er kann sie kaum noch zügeln. Seine Stimme bebt vor Anspannung.

Ich zucke die Schultern und lehne mich ein wenig nach hinten. Wenigstens ist die Couch weich, wenn man schon das Gefühl hat, dass durch die Scheiben dieses Raums jeden Moment Kugeln sirren könnten. „Ich stelle die Fragen, Silent, du beantwortest sie“, erinnere ich ihn mit einem süßlichen Lächeln.

Er kneift die Augen zusammen. Eine Idee durchzuckt mich, die nicht zu mir gehört. Mir den heißen Tee über den Kopf schütten? Bevor Silent das in die Tat umsetzen kann, rücke ich von ihm ab. Ein frustrierter Silent ist nicht gut. Er verhält sich wohl genauso, wie wenn ich an seiner Stelle wäre. Katastrophe? Vorprogrammiert.

„Ja", presst Silent einsilbig zwischen zusammengebissenen Zähnen hervor. Mehr als das Nötigste sagt er nicht. Ich würde mich genauso verhalten.

„Wie würdest du die Frau und den Jungen so einschätzen?" Meine Stimme ist angespannt. Himmel, beim besten Willen, das darf sie auch sein! Wir unterhalten uns schließlich über Madame und Grotian. Da kann niemand erwarten, dass ich locker bleibe und die Zeit genieße.

Silent lehnt sich gegen die Couch und nimmt einen winzigen Schluck aus seiner dampfenden Tasse. „Die Frau war eiskalt und reserviert. Der Junge grausam und skrupellos. Warum?"

„Ich Fragen, du Antworten", erinnere ich Silent.

Er schnaubt nur, verschwendet seine Kraft aber nicht länger darauf, mich zum Reden zu bringen. Ein weiser Entschluss.

„Wie oft hast du sie gesehen?", arbeite ich meinen Katalog weiter ab.

„Um die zehn Mal. Bei unserer ersten Begegnung war ich bald vier, bei der letzten vierzehn."

Vierzehn? Das ist, wenn überhaupt, vier Jahre her. Eine erschreckend kurze Zeitspanne, wenn es um Madame geht.

„Das heißt, vor drei, vier Jahren warst du mit deinem Vater bei ihnen?" Mir wird schlecht. Vielleicht hat Silent doch eine bessere Beziehung zu dem Mafioso, als ich mir eingestehen will. Schließlich ist er sein Vater. Und wenn er auch nur eine Woche bei Madame verbracht hat, kann alles, was sein Vater ihm zeigte, nur ein Klacks dagegen sein. Ich versuche mich mit dem Gedanken zu beruhigen, dass Silent bestimmt niemals in Madames grell erleuchteten Räumen hat sitzen müssen. Nie lernte, was es bedeutet, in Blut zu baden. Erfolglos. Wenn sie nur eine flüchtige Beziehung hatten, warum ist dann Silents Lächeln zerbrochen?

„Nein. Sie hat mich gefunden. Sie wollte, dass ich sie unterstütze."

Sofort versteife ich mich. Mein größter Albtraum ist wahr geworden. Durch einen einzigen Satz.

Mit einem undefinierbaren Ausdruck in den Augen beugt er sich zu mir. „Cathrin, entspann dich. Ich würde für nichts in der Welt dieser Frau zur Seite stehen", sagt er leise.

Würde er nicht? Ist er sich da ganz sicher? Ich habe es getan. Ich habe für sie bestraft und getötet. Ich habe mich vor ihr verneigt und ihren Sohn begleitet. Schweigend starre ich aus dem Fenster und kämpfe die grausamen Erinnerungen nieder. Das bin ich nicht mehr. Das ist Vergangenheit.

Auch für Jack Follador?

„Wie findest du es, dass Timothy und du verwandt seid?“ Eine Frage, die vor allem mich selbst von dem abbringen soll, wozu Madame ihn hätte bringen können. Womöglich kämpft er nicht an ihrer Seite. Womöglich hat sie ihn nur dazu gezwungen, dem Mafioso Gehorsam zu zollen. Bis ans Ende seiner Tage.

Etwas Ähnliches wie ein Lächeln zuckt um Silents Mundwinkel. „Es gibt Schlimmeres“, erwidert er wegwerfend.

Herausfordernd sehe ich ihn an. „Zum Beispiel?“

Silent nimmt noch einen Schluck aus seiner Tasse und ich tue es ihm gleich. „Dich auf diese Art zu mögen?“, schlägt er leise vor, sieht mich an.

Ich muss schlucken. Diese Richtung ist ganz und gar nicht gut. Sie bringt uns nicht weiter. Ganz im Gegenteil. Durch diese Antwort werde ich wieder zurückgeschleudert. Wie soll ich jemanden an die Zentrale ausliefern, an dem ich emotional hänge?

„Silent! Mein Vater ist da! Er ist endlich da!“ Unsere Köpfe fahren herum. Ella. Ausnahmsweise einmal zur perfekten Zeit.

Silent runzelt kurz die Stirn, wirft mir dann ein entschuldigendes Lächeln zu und bewegt sich in Richtung Tür, die Tasse noch immer in den Händen. Beinahe stößt er mit seiner kleinen Cousine zusammen.

Freudestrahlend stürmt Ella auf ihn zu. „Komm, Silent, komm!“

Beinahe Hilfe suchend dreht sich Silent noch einmal zu mir um. Ich stelle extra meine Tasse ab, damit ich möglichst wirkungsvoll kapitulierend die Hände heben kann. Und dann streckt er mir die Zunge raus. Eine neckische, kindliche Geste. Er kann nicht mehr sehen, wie mir der Mund aufklappt.

Ellas Vater ist ein gepflegter Mann Mitte vierzig. Ein herber Geruch, den ich erstens nicht mag und zweitens nicht einordnen kann, umgibt ihn. Seiner Frau gegenüber ist er deutlich reserviert, die Tochter liebt er augenscheinlich von ganzem Herzen. Silent ignoriert er, mit Natasha lacht er und mich hat er immerhin für eine Begrüßung zur Kenntnis genommen.

Ich kann den Typen im Anzug nicht ausstehen.

Trotzdem sitzt er logischerweise mit uns vor dem prächtig geschmückten Weihnachtsbaum. Die teuren roten Glaskugeln erinnern mich ein wenig an die Äpfel, die wir in den guten Jahren an der Fichte hängen hatten. Ein viel zu protziger Engel krönt den Baum, an dem goldene, rote und weiße Kugeln hinablaufen wie ein Wasserfall. Echte

Kerzen bieten winzige Lichtblicke in dem übertünchten Grün. Silent lässt Natasha noch immer links liegen, was ihr deutlich missfällt, und sitzt zusammen mit Ella vor dem rustikalen Kamin. Geschenke über Geschenke liegen unter dem Baum. Von mir ist kein einziges. Ich bin es nicht gewohnt, Dinge zu verschenken oder geschenkt zu bekommen. Mein einziges Weihnachtspräsent war ein Fluch. In meiner Welt gibt man nichts an andere Menschen, so als kleine Aufmerksamkeit. Man nimmt ihnen nichts Lebenswichtiges. Das ist schon mehr, als sie sich erhoffen können.

„Ein wundervolles Ambiente", zwitschert Natasha, die Hände fein säuberlich auf dem Schoß gefaltet. Sie trägt ein weißes Kleid, das sie zugegeben wie einen Engel aussehen lässt. Aber jeder, der sie auch nur ansatzweise kennt, weiß, dass der blonde Teufel in ihr ruht.

„Finden Sie? Ich meine, das Hausmädchen hätte gründlichere Arbeit leisten können", näselt Ellas Vater. Calanthe verkrampft sich kaum merklich. Ihre Hände wirken schrecklich zart auf dem strahlenden gelben Stoff ihres neuen Festtagskleides.

„Ja, durchaus", lacht Natasha und zwirbelt eine perfekt gelockte Strähne. „Aber dennoch tut dies dem heutigen Tag keinen Abbruch."

Ellas Vater lacht kühl auf und legt sein Smartphone beiseite. „Mädchen, wir bezahlen jemanden für diesen Schund. Sie können doch nicht behaupten, dass das hier auch nur einen Penny Wert hat", schnaubt er.

Calanthe richtet sich auf und verlässt wortlos den Raum. Ich schnalze mit der Zunge gegen den Gaumen. Oh, du Selige.

„Dafür ist das alles tatsächlich sehr geschmacklos", sagt Natasha mit einem Lächeln, das ich beim besten Willen nur als teuflisch bezeichnen kann. „Und dann auch nur einen Baum! Wir haben in fast jedem Zimmer einen. Und sie sind geschmackvoll in Rot und Gold geschmückt."

Ellas Vater lehnt sich ein wenig zurück und betrachtet Barbies teuflische Stiefschwester interessiert. „Sie kommen aus gutem Hause?", fragt er und fährt sich durch das üppige blonde Haar.

Natasha nickt fein. „Selbstverständlich. Mein Vater ist der James Blaid, wenn Sie verstehen, was ich meine", erzählt sie mit vorgetäuschter Bescheidenheit.

Jetzt fallen Ellas Vater beinahe die Augen aus dem Kopf. „Die Freundin meines Neffen ist die Tochter von James Blaid?", fragt er und wirft Silent einen warnenden Blick zu. Jeder Idiot würde verstehen, was der bedeuten soll: „Wehe, du versaust das."

Silent ignoriert diese Geste ebenso elegant, wie ich es getan hätte. Er nimmt sich einfach einen Keks von einem der vielen Teller und steckt ihn sich in den Mund, während er seinen Onkel desinteressiert ansieht. Hinter dem Rücken von Ellas Vater gebe ich ihm zwei Daumen nach oben. Schon wieder schleicht sich ein Lächeln auf seine Lippen, das die Augen erreicht. Das Weihnachtsfest tut ihm gut.

„Und Ihre Eltern? Was machen die beruflich?“, wendet sich Ellas Vater an mich. Ich lasse meine Hände schnell sinken. Er sieht mich trotzdem missbilligend an.

„Sie sind nicht im höheren Dienst tätig.“

„Sie sind aus dem Proletariat“, wirft Natasha spitz ein.

Ich würdige sie keines Blickes. „Genau. Ich kann da leider gar nicht mitreden.“ Grinsend nehme ich mir auch einen Keks und ziehe die Beine an, genieße das warme Licht im Raum.

Ellas Vater wendet sich mit düsterem Blick an seine Tochter. „Was tut sie dann hier?“ Autsch. Das ist nun wirklich unhöflich. Hat er das auf der höheren Herrenschule denn nicht gelernt? So eine Sauerei!

„Sie ist eine gute Freundin von uns beiden“, erwidert Ella mit einem sonnigen Lächeln.

Ihr Vater öffnet schon wieder den Mund, als Silent aufsteht, ihm kurz eine Hand auf die Schulter legt und sich dann neben mich setzt. Mit nach oben gezogener Augenbraue sehe ich ihn an. Silent zuckt nur die Schultern und nimmt exakt die gleiche Haltung ein wie ich. Zwei kleine Kinder auf dem Sofa. Bei dem Gedanken muss ich grinsen.

„Was soll das bedeuten?“, faucht Ellas Vater und starrt uns beide fuchsteufelswild an. Seine gewöhnlich hübschen Züge sind entstellt. Ich rümpfe die Nase. Der Mann sollte sich nicht so aufregen. Schadet der Schönheit.

„Ich denke, dass Silent meine Worte einfach bekräftigen wollte. Frag doch Cathrin! Die beiden verstehen sich auch ohne Worte viel zu gut“, schnaubt Ella und sieht sich im Raum um. Auf der Suche nach der Mutter? Mein Gefühl bejaht das und setzt mich darüber in Kenntnis, dass sie in wenigen Minuten wieder hier sein wird. Zusammen mit einem starken Wein.

Widerwillig wendet sich Ellas Vater wieder an mich. „Also?“, blafft er.

Ich schenke ihm ein strahlendes Lächeln. „Beim besten Willen, Sir, das wollen Sie nicht wissen“, erwidere ich.

Seine Augen verengen sich. Ich muss kein Hellseher sein, um zu wissen, dass er mit dem Gedanken spielt, mich auf die Straße zu setzen.

Da ist er nicht der Erste. „Sie hat keine Ahnung", schnaubt Natasha und lässt sich zu meinem Leidwesen neben Silent nieder. Demonstrativ drückt sie ihm einen Kuss auf die Lippen. Direkt vor meinen Augen. Wirklich stören tut es mich nicht. Nur die Geräusche dabei sind sehr … nennen wir es feucht. Mit einem triumphierenden Grinsen löst sie sich wieder von Silent, der mir einen zögerlichen Blick zu wirft. Ich lächle ihn nur an, beruhigend, wie ich hoffe. Seine Augen verdüstern sich.

„Ich sollte wohl froh sein, dass du eine so liebe Freundin hast, Silent", speit Ellas Vater aus.

In diesem Moment kommt seine Frau wieder in den Raum, wie prophezeit mit dem Wein auf einem Silbertablett. Beim Anblick ihres Mannes will sie augenscheinlich sofort wieder umdrehen, setzt dann aber ein höfliches Lächeln auf und stellt das Tablett ab, füllt in jedes der sechs Gläser Wein ein. Es erinnert mich an Blut, trotzdem nehme ich höflich ein Glas entgegen, denke allerdings nicht einmal im Traum daran, einen Schluck zu nehmen. Blut habe ich in meinem Leben oft genug getrunken.

„Auf ein besinnliches Fest", sagt Calanthe, prostet uns zu und nimmt einen etwas zu großen Schluck.

Silent stellt sein Glas ebenfalls ab, als hätte er sich verbrannt. So wie jeder es täte, der Madame überlebt hat. Das nutzt Natasha, um sich in seine Arme zu werfen und ihn schmachtend anzusehen. Keine Ahnung, warum, aber ich muss gerade an das Cover des Buchs denken, das Ella einmal gelesen hat. Die beiden würden ein echt nettes Ein-Dollar-Paar abgeben.

„Auf unser erstes gemeinsames Weihnachtsfest, Schatz", säuselt Natasha.

Ich sehe weg, als sie Silent noch einen Kuss auf die Lippen drückt und, das Weinglas noch in der Hand, die Arme um seinen Hals schlingt. Sehr gewagt, wie ich finde, vor allem in Anbetracht der Tatsache, dass sie ein weißes Kleid und Silent ein weißes Hemd trägt.

Silent nickt abwehrend, sobald sie sich von ihm gelöst hat. Natasha ignoriert das gekonnt und legt ihren Kopf auf seiner Schulter ab. Ein Stich durchfährt mich. Das ist mein Platz, nicht ihrer.

„Gibt es jetzt Geschenke?", quengelt Ella wie eine Fünfjährige.

Calanthe lacht leise auf. Das Geräusch ist wie die zarteste Musik, die man sich erträumen kann, und ebenso einstudiert wie das Lächeln ihres Mannes. „Natürlich, Ella, natürlich", sagt sie und hebt das erste Geschenk auf, reicht es ihrer Tochter. „Hier, meine Süße."

Lachen und freudige Rufe erfüllen die Luft, zusammen mit dem Geruch des Weins. Ich sitze allein auf einer Couch und beobachte das Geschehen mit etwas Distanz. Silent ist vollends von Natasha eingenommen und Ella hängt an ihren Eltern wie eine überdimensionale Klette. Der Berg von Geschenken schrumpft und das Hausmädchen schafft in einer affenartigen Geschwindigkeit den Müll nach draußen.

In der Wärme und Ruhe werden meine Lider schwer. Neben mir senken sich die Polster ab. „Schon müde?“, wispert Silent.

Ich öffne ein Auge und sehe ihn fragend an. „Die Klette losgeworden?“, necke ich ihn.

Wieder dieses weiche Lächeln, das nur für mich bestimmt ist. „Eifersüchtig?“

Ich wiege leicht den Kopf. „Nicht direkt. Ich fühle mich eher benachteiligt“, murmle ich und nehme meinen Platz an seiner Schulter wieder ein. Einfach weil seine Schulter gerade bequem genug für meinen Kopf ist. Sofort legt er einen Arm um mich.

„Darf ich dir noch was zu Weihnachten schenken?“, fragt er schließlich leise.

Irritiert sehe ich ihn an. „Warum denn? Du hast mich doch schon hierher eingeladen!“ Außerdem ist ein Geschenk wohl nicht gerade das, was man in unserer streitsüchtigen Beziehung erwartet.

Silent seufzt tief und drückt mir ein kleines Kästchen in die Hand. „Bedank dich einfach und freu dich“, befiehlt er gedämpft mit diesem ruhigen Lächeln auf den Lippen, das mir unter die Haut geht.

Ich überspiele mein Unbehagen mit einem übertriebenen Augenrollen. „Gut. Ausnahmsweise. Ich habe aber nichts für dich.“

Silent zuckt die Achseln und deutet mit dem Kinn bekräftigend auf das kleine Päckchen. Mit einem leisen Seufzen löse ich das rote Papier von der schwarzen Schachtel.

„Schmuck? Ernsthaft?“, frage ich und sehe Silent schon beinahe empört an.

Grinsend schüttelt er den Kopf und deutet noch einmal auf das schwarze Samtkästchen. Ich öffne es und halte überrascht inne.

Tatsächlich, kein Schmuck. Ein Blatt Papier. Stirnrunzelnd falte ich es auseinander. Ein Bild von mir, wie ich mit meinem Zopf spiele. Ich kenne es. Als ich in Costa Rica mit Timothy telefonierte, hat er es sich angesehen. Ich dachte immer, der Zeichenblock gehört ihm. Augenscheinlich nicht.

„Zeichnen kann ich nicht“, stelle ich nüchtern fest.

Silent lacht leise, dann sieht er mich nervös an. „Gefällt es dir?“, fragt er. Schüchtern.

Ich beuge mich vor und gebe ihm einen vorsichtigen Kuss auf die Wange. „Danke, Silent. Es ist wirklich schön.“ Ich spüre seine Freude über meine Worte, seine Unsicherheit. Und eine Frustration, die ich gerade gar nicht einordnen kann.

„Ohne Wenn und Aber Timothy?“, ärgert er mich.

Ich verdrehe die Augen und schmiege mich noch enger an ihn. „Diesmal hast du angefangen.“ Vielleicht sollte ich mich schuldig fühlen, dass ich meinen Freund eine Zeit lang vollkommen vergessen habe, aber je mehr Zeit ich mit Silent verbringe, desto mehr Raum in meinen Gedanken nimmt er ein, bis es nicht mehr gesund ist. Es nur noch ihn gibt.

„Habe ich wohl“, murmelt er in meine Haare.

Ich falte das Blatt vorsichtig wieder zusammen und drehe mich in Richtung des Baumes, nur um zu sehen, wie Natasha uns aus zusammengekniffenen Augen mustert. Zu ihrem Pech ist Silent mir warm und nah genug, damit das vollkommen egal ist. Diese sanfte Nähe hier ist mein Luxus. Sie kann ihn mir nicht wegnehmen.

„Darf ich heute Nacht wieder bei dir schlafen?“, frage ich nach einer Weile, in der wir nur beieinandersaßen und auf das flackernde Kaminfeuer direkt neben dem Baum starrten.

Ich spüre, wie Silent sich vor Überraschung verspannt, dann aber hastig nickt. „Natürlich.“ Meine Mundwinkel zucken. Ja, was für eine Frage. Wer mit Albträumen würde das schon ablehnen? Ich für meinen Teil nicht. Und Silent genauso wenig.

In dieser Nacht werde ich nicht gewürgt und Silent nicht geschlagen. Tatsächlich schlafen wir beide wie ganz normale Menschen. Er allerdings an der Wand. Da bekommen mich keine zehn Pferde mehr hin. Keine blutigen Bilder schleichen sich in unsere Gedanken und drängen uns aus der Traumwelt. Dafür weckt uns etwas anderes. Ein empörter Aufschrei.

Ich fahre senkrecht nach oben, zeitgleich mit Silent. Nur dass er das Pech hat, noch halb unter einer Dachschräge zu liegen. Dem dumpfen Knall und Silents unterdrücktem Fluchen nach zu schließen, tat das ziemlich weh.

„Was ... was macht die in deinem Bett?“, kreischt Natasha.

Entnervt lasse ich mich nach hinten auf das Kissen fallen. So früh am Morgen ist diese Frau nicht erträglich. Vor allem nicht, wenn sie meinen inneren Wecker ersetzt.

„Schlafen. Auf jeden Fall hat sie das bis gerade eben getan", knurre ich und presse mein Gesicht in Silents Bettzeug. Da schläft man einmal gut und sofort steht Barbies teuflische Stiefschwester im Türrahmen wie ein aus dem Boden gestampfter Dämon.

„Wer hat dir gesagt, wo mein Zimmer ist?", fragt Silent, die Stimme noch schlafrau. Ich muss zugeben, mit halb geöffneten Augen sieht er nicht unbedingt besser aus als sonst.

„Wer ... du tust so, als wäre es eine Schande, wissen zu wollen, wo das Zimmer des eigenen Freundes ist", faucht sie.

„Ellas Vater hat es ihr verraten", grummle ich und stehe auf, zupfe meinen Schlafanzug zurecht und verlasse das Zimmer, ehe sie ihre Wut direkt gegen mich richtet. Ich spüre Silents Missbilligung darüber, aber so etwas wie ein Selbsterhaltungstrieb ist doch bestimmt noch erlaubt. Natashas Fingernägel in meinem Gesicht stelle ich mir ziemlich unangenehm vor. Und ich könnte es ihr nicht einmal mit gleicher Münze heimzahlen. Meine Fingernägel sind zu kurz, als dass man mit ihnen jemandem die Augen auskratzen könnte – oder sie sich abbrechen.

„Du hast bei Silent geschlafen, stimmt's?", fragt Ella. Sie vollendet gerade ihre Lockenpracht.

Ich zucke die Schultern. „Du hast Natasha kreischen gehört, oder?", erwidere ich trocken und schnappe mir meine Kleidung. Ehe ich ins Bad verschwinden kann, hält mich Ella auf.

„Du hast mir was zu meinem Geburtstag versprochen."

Habe ich das? Fragend sehe ich sie an.

Ella nickt bekräftigend. „Ja, du wolltest Cello für mich spielen."

Ich verziehe den Mund. Dann hat Silent dieses Thema nicht ohne Grund aufgefasst. Sondern weil er dieses Dilemma vorhergesehen hat. Und dieser Mistkerl hat nicht eine Sekunde daran gedacht, mir zu sagen, dass ich kaum drum herumkommen werde, so ein Cello in die Hand zu nehmen.

„Ich erinnere mich nicht." Um meine vermeintliche Irritation zu unterstreichen, runzle ich die Stirn.

Ella kneift die Augen zusammen. „Lügnerin. Ich weiß, dass du dich erinnerst", murrt sie.

Ein verräterischer Windhauch weht durch das Zimmer. Ich wende mich in Richtung des Fensters. Es ist offen. Ich hätte meinen Verstand darauf verwettet, dass es eben noch geschlossen war. Meine Nackenhärchen stellen sich auf. Ella ignorierend, durchquere ich das Zimmer und stelle mich vor das Fenster. Ein mulmiges Gefühl macht sich in mir breit. Bauchschmerzen beginnen zu drücken. Die Fähigkeiten erwachen und blinzeln mir durch die Trennscheibe zu. Feixend.

„Ella, hast du das Fenster offen gelassen?"

Das Mädchen runzelt die Stirn. „Das ist wirklich die schlechteste Ablenkung ..."

Uns läuft die Zeit davon. „Ich spiele für dich, okay? Hast du das Fenster geöffnet?", frage ich hastig und lehne mich nach draußen. Nichts. Nur bepuderter Boden, weiße Bäume. Und Fußabdrücke, frisch. Direkt unter ihrem Zimmer. Mein Blick huscht über die Fassade. Keine Regenrinne. Dafür leichte Vertiefungen in der Mauer. Stuck, der sich majestätisch nach oben zieht. Eine Leiter direkt an der Wand.

„Du spielst für mich? Echt?", quietscht Ella.

Ich will sie erwürgen. Einfach weil dieses Mädchen nie begreift, wann eine Situation wirklich ernst wird.

„Ella, ein letztes Mal, hast du das Fenster offen gelassen?", frage ich und höre selbst die leichte Panik in meiner Stimme. Die Bauchschmerzen werden schlimmer. Der Gärtner ist hier nicht entlanggelaufen. Das beweisen die schweren, tief in den Boden gepressten Abdrücke. Wie von mit Eisen verstärkten Stiefeln. Grotian. Wenn er hier ist ... automatisch atme ich tief ein. Schmecke die Luft ab und suche nach einer blutigen Note. Nichts. Für den Moment. Meine Muskeln spannen sich an.

Wie sollte er wissen, wo ich bin? Eine Frage, die letzten Endes egal ist. Grotian befindet sich auf diesem Gelände und er ist nicht meinetwegen gekommen. Meine Fähigkeiten kratzen an der Oberfläche, suchen nach ihm. Einem Mörder. Einem blutigen Strategen. Erst ist es nur ein vages Gefühl, ihm näher zu kommen, dann brutale Realität. Ich kann ihn sehen. Ella muss gar nicht mehr antworten.

Chert voz'mi! Verdammt noch mal.

„Nein, warum? Was ist los?" Sie stellt sich neben mich.

Angenommen, ich würde jetzt im Schlafanzug losrennen, würde mir das einen Vorteil verschaffen? Die Antwort liefert meine Fähigkeit prompt und ernüchternd. Ein klares Nein. Immerhin muss ich ihm dann nicht im Pyjama gegenübertreten.

„Ich ziehe mich um", nuschle ich und knalle die Tür hinter mir zu, ehe sie auch nur noch einen Ton sagen kann. Ich brauche zwei Minuten und einundvierzig Sekunden, um mich fertig zu machen. Meine Haare hängen mir feucht von der Katzendusche ins Gesicht und ich muss mir noch hastig mit dem Handrücken Zahnpasta aus dem Mundwinkel wischen.

Siebzehn Sekunden, dann habe ich meine Schuhe an und werfe die Jacke über.

„Himmel, Cathrin! Was ist denn los? Ich habe doch nur gesagt, dass ich das Fenster nicht offen gelassen habe“, ruft Ella mir hinterher, während ich die Treppe hinunterpoltere und den Butler beinahe umrenne.

Jetzt bleibt nicht einmal mehr die Zeit für eine gute Entschuldigung. Ich spüre, dass Grotian verschwindet. Mir durch die Lappen geht. Schon wieder ...

Ich muss mit ihm sprechen! Nicht, weil es mir weiterhelfen könnte. Einfach um etwas zu verhindern. Ich kann nur nicht sehen, was. Das lindert die Gewissheit nicht. Verschwindet Grotian jetzt, wird Blut fließen.

Der Wind ist beißend. Könnte mir kaum egaler sein. Diesmal renne ich nur so weit, bis ich ihn entdeckt habe. Diesen Jungen würde ich überall wiedererkennen. Er trägt seine obligatorische Lederjacke, obwohl sie viel zu dünn ist für diese Jahreszeit. Doch auch er hat die Schule seiner Mutter durchlaufen. Kälte ist ihm fremd. Warum ist er hier?

Meine Fähigkeiten haben nicht die Güte, mir das zu verraten. Stattdessen zeigen sie mir, dass er einen dunkelgrünen Pullover mit Zopfmuster trägt, handgefertigt aus Algerien. Genau das ist es, was meinen Fall retten wird. Woher meine verdammte Gabe das nur immer weiß?!

Ich drossle meine Schritte und mische mich unter die wenigen Menschen auf dem Gehweg, die am ersten Weihnachtsfeiertag auf den Straßen sind. Es dauert beinahe eine Minute, bis Grotian bemerkt, dass er verfolgt wird. Ich hätte sie dazu verwenden sollen, ihn zu töten. Oder zu verletzen.

Ich sehe, dass er sich umdrehen wird, bevor er es tut. „Grotian!“, rufe ich mit dem gleichen Überschwang, den wohl ein verliebtes Schulmädchen ihrem Angebeteten gegenüber an den Tag legen würde.

Er wirbelt herum. Zwischen uns befinden sich Fremde. Mich jetzt töten? Ungünstig. Ganz davon abgesehen, dass er das nicht könnte. Noch einmal gewinnt er nicht die Oberhand. Dieses Mal bewahre ich Ruhe. Das Überraschungsmoment ist nicht auf seiner Seite.

Mit einem strahlenden Lächeln, das für die Menschen um uns herum bestimmt ist, jogge ich auf ihn zu. Für sie ist es das Wiedersehen eines Paares oder von mir aus auch von guten Freunden. Für mich bedeutet es den bereits jetzt beginnenden Kampf zwischen Todfeinden.

Meine herzliche Umarmung ist nicht nur dem schönen Schein geschuldet. Ich entwende ihm das Messer, das er immer in seinem Gürtel trägt, direkt über der rechten Hosentasche. Ich lasse es in meinem Hosenbund verschwinden, ehe Grotian mich in gemessener Geschwindigkeit von sich schiebt.

„Cathlen, meine Liebe!" Er hat mich schon immer so genannt. Ihm war der Name, den ich mir in der Zentrale gab, geschuldet. Es war nie meiner, aber der erstbeste, der mir einfiel. Cathlen. Sie nannten mich so. Als ich vor den Toren der Zentrale stand, konnte ich an nichts anderes denken als an Grotian und das Blut an seinen Händen.

„Ich kann kaum glauben, dich hier zu sehen. Ich dachte, du wärst in Russland!", rufe ich. Meine Hand krampft sich um das Messer, während mein Mund so überzeugend lächelt, dass es meine Augen erreicht.

„Da bin ich gleich auch wieder", erwidert er ebenso nebensächlich und mit einem ähnlich entwaffnenden Lächeln im Gesicht. Was sind wir beide nur für Betrüger! Betrüger mit einem identischen Akzent.

„Warum bist du hier?", frage ich, schlinge ihm einen Arm um den Hals. Nach außen hin eine herzliche Begrüßung. Wir wissen es beide besser. Uns ist bekannt, wie man den Gegner aus dieser Position heraus töten kann. Ich habe Grotian in der Hand, wenn auch nur für ein paar Sekunden, und er kann nichts dagegen tun. Ich unterdrücke eine aufkeimende Zufriedenheit. So war es schon immer. Letzten Endes behielt ich die Oberhand.

„Um meinen Aufgaben nachzukommen", säuselt er, das Gesicht nah an meinem.

Meine Fähigkeiten schalten sich ein. Das erste Mal nach Wochen verschaffen sie mir einen echten Vorteil. In den nächsten zwanzig Sekunden wird uns niemand Beachtung schenken. Grotian hat sein eigenes Messer schneller am Hals, als ihm lieb sein sollte. Etwas wie Überraschung huscht über sein Gesicht. Dummer Junge, dass ihn so etwas aus dem Konzept bringen kann.

„Tu irgendetwas, das mir oder jemandem, den ich mag, schadet, und ich schneide dir die Kehle durch", fauche ich. Ein wohliges Kribbeln durchfährt mich, als ich mit der Klinge die Haut über seinem Adamsapfel anritze. Blut tropft ihm über den Hals. Dunkle Tränen, die er niemals weinen wird. Ich gebe den Passanten keine Gelegenheit, mich auf frischer Tat zu ertappen. Seelenruhig lasse ich das Messer wieder in meinem Gürtel verschwinden und gehe. Grotian weiß, wie die Dinge stehen. Manchmal sagen Sekundenbruchteile mehr als ewige Gespräche. Um den Schein zu wahren, drehe ich mich noch einmal zu ihm um und hauche ihm über meine Handfläche einen Kuss zu. Hasserfüllt kneift er die Augen zusammen, versucht aber trotzdem irgendwie, den Eindruck des Freundes aufrechtzuerhalten. Was dabei rauskommt, ist unbezahlbar.

Silent sitzt auf den Stufen vor der Eingangstür, sein Blick so rätselhaft wie lange nicht mehr. Der kalte Zug um seinen Mund ist wieder da, den ich eben auch bei Grotian sah. Ich erschaudere. Nicht wegen der eisigen Temperaturen.

„Hey!" Meine fröhliche Begrüßung kommt von Herzen. Hier ist niemand sonst, für den ich dieses Lächeln aufbringen würde. Eigentlich gibt es überhaupt niemanden, den ich so ansehe. Nicht einmal Timothy.

Umso mehr lässt mich sein misstrauischer, kalter Gesichtsausdruck, beinahe emotionslos, nach Luft schnappen. Wo ist der Silent hin, der mich gestern Abend im Arm hielt? Der mir im Spaß die Zunge rausgestreckt hat? Der mich im Schlaf so fest hielt, als verlöre er andernfalls den Verstand?

„Cathrin." Seine Stimme spiegelt perfekt seine Mimik wider. Kalt, distanziert, verloren.

Plötzlich ist mir nach Heulen zumute. Erst weckt Natasha mich kreischend. Dann taucht Grotian auf und jetzt Silent, der mich ansieht, als wäre ich das abscheulichste Wesen dieses Planeten. Und zwar, nachdem ich gerade wieder mal feststellen musste, wie ähnlich ich Grotian doch bin, egal, was ich dagegen tue. Ich wollte mich Silent in die Arme werfen und mir beteuern lassen, dass Grotian und ich nicht verschiedener sein könnten. Er sollte mir zuflüstern, wie wichtig ich ihm bin, um die Eiseskälte zu vertreiben. Jetzt starrt er mich allerdings an wie seinen persönlichen Albtraum.

„Was ist los?" Zögernd steige ich die fünf weißen Marmorstufen, gesäumt von Nymphen, zu ihm hinauf.

Silents Finger sind leicht bläulich, umklammern eine Papiersammlung. Ich muss schlucken. Bitte, lass es nicht das sein, was ich denke. Ich weiß, dass meine Gebete zu spät kommen. Warum sonst sollte Silent mich so ansehen?

„Was ist das?", frage ich, als er nicht reagiert.

Ein bitteres Lachen entweicht seinen Lippen. Nicht mein Lachen. Eines, das mich zusammenfahren lässt. Ich bin kurz davor, in Tränen auszubrechen. Silent streicht sich seine schwarzen, inzwischen etwas zu langen Haare aus der Stirn und sieht mich mit einem grausamen Lächeln auf den schönen Lippen an.

„Was das ist, Cathrin?“, säuselt er. Ebenso wie Grotian es getan hat. Ein Schauer durchläuft mich. Meine Zähne klappern aufeinander.

„Ja.“ Nie kam ich mir mutiger vor als in dem Moment, in dem ich mich neben ihn setze.

Augenblicklich weicht Silent zurück. Dabei fällt mir auf, dass er nicht einmal Schuhe trägt. Die Temperaturen kümmern ihn nicht annähernd. Sie prallen ab wie von Grotian und mir. Wie von jedem Überlebenden aus Madames Haus.

„Das, Cathrin, hast du über deinen Fall aufgeschrieben, von dem du mir nur bruchstückhaft erzählt hast.“ Beinahe sinnierend sieht er mich aus seinen grauen Augen an. Die blauen Sprenkel gleichen Eiszapfen, bereit, mein Herz gefrieren zu lassen. „Ich finde es interessant, dass du Ehrlichkeit von mir erwartest, während du mir nicht über den Weg traust.“ Nahezu sinnend nimmt er den Stapel in die linke Hand und wiegt ihn hin und her. Als helfe ihm das, über seine nächste Reaktion zu entscheiden.

„Ich kann dir das erklären“, bringe ich den schrecklichsten, klischeehaftesten, dümmsten Satz von allen über die Lippen. Hundert Punkte, Cathrin.

Die Quittung bekomme ich prompt. Meine Aufzeichnungen fliegen durch den Morgen, segeln durch den Garten, betten sich auf dem Schnee. Sind bläuliche Tupfen inmitten des Weißen. Ich mache keine Anstalten, sie aufzuheben, sitze nur da und fasse mein Haar zu einem Zopf zusammen. „Na dann, Cathrin, erklär“, spottet Silent und sieht mich aus zusammengekniffenen Augen an.

Ja, erklär mal. Kreativer Teil meines Selbst, arbeite bitte an einer guten Ausrede. Mir fällt keine ein. Ausgerechnet der hat sich heute freigenommen.

„Ich kann dich nicht sehen, Silent. Wie sollte ich dir dann vertrauen?“, versuche ich es mit der Wahrheit. In der nächsten Sekunde weiß ich, dass das ein Fehler war. Nicht gut. Gar nicht gut.

Silent springt auf, die Hände zu Fäusten geballt. „Du kannst mir nicht vertrauen, weil du mich nicht sehen kannst?“

„Ich kann dir nicht trauen, weil du der Sohn des Mafiosos bist und bis vor Kurzem vieles darauf hinwies, dass du der bist, der mir richtige Probleme bereiten könnte“, fauche ich und stehe ebenfalls auf.

Er sieht mich aus zusammengekniffenen Augen an. Dann wirbelt Silent herum und schlägt mit der Faust gegen eine der Statuen. Die Nymphe fällt von der Stufe und zerschellt am Boden. Erinnert mich auf ironische Weise an die Engel in der Gruft.

„Du denkst, ich hintergehe dich?“, schreit er und wirbelt zu mir herum. Seine Knöchel sind aufgeplatzt. Das Blut tropft auf den Schnee. Der metallische Geruch legt sich auf meine Geschmacksknospen und verklebt meine Nase. „Ich bin der Böse in der ganzen Gleichung?“

„Jein“, gestehe ich.

Diesmal wendet sich Silent nicht gegen die armen Statuen, diesmal bin ich dran. Er umfasst meine Schultern und schüttelt mich so heftig, dass die Zähne aufeinanderschlagen. Ich versuche mich von ihm loszumachen. Er lässt es nicht zu. Alles an Silents Haltung schreit: „Gefahr!“

„Warum?“, brüllt er mich an. Seine Wut sollte mich anstecken, zornig machen, bis ich rotsehe. Doch sie hat die entgegengesetzte Wirkung. Silent entzieht mir jegliche Wut. Denn eigentlich ist er nicht zornig. Sondern so verzweifelt, so tief verletzt, dass es mir mehr Angst macht als jede Knarre.

„Weil du wie ich bist“, wispere ich. „Und ich an deiner Stelle täte es. Ich wäre die Böse.“

Der Schmerz in seinen Augen ist unerträglich, als er zurückweicht. Der Verrat. Silent schüttelt einmal ruckartig den Kopf. Als könnte er so die letzten Sekunden einfach verschwinden lassen. Ein Ding der Unmöglichkeit.

„Weißt du, Cathrin, mein Bruder kann dich haben. Du bist selbst für mich zu krank. Vielleicht hattest du recht, als du sagtest, gemeinsam wären wir eine Katastrophe“, sagt er kalt.

Ich versteife mich. Er distanziert sich von mir? Obwohl ich einmal in meinem Leben ehrlich war? Oder gerade deswegen? Er geht einfach weg? Ich will nach ihm greifen, ihn festhalten. Meine Hände fassen ins Leere. Seine Verzweiflung? Meine?

„Silent …“, setze ich an, aber er lässt mich einfach auf der Stufe stehen, um mich herum die verstreuten Aufzeichnungen, neben mir die zerstörte Nymphe. Zu meinen Füßen vermischen sich Blut und heiße Tränen, die mir unaufhaltsam von den Wangen tropfen.

04.12.2007, Mikun?

Grotian ist mein neuer Tanzpartner, ein erstaunlich angenehmer. Er weiß, wie er sich bewegen muss, ist auf eine seltsame Art auf mich eingestimmt. Aber all das, jeder Sprung, jede Drehung enthält neben dieser tödlichen Faszination auch das Wissen, dass er nicht mein Partner ist, um mich zu unterstützen, sondern um mich zu kontrollieren. Ein falscher Schritt und ich werde bestraft werden, hart. Ein absoluter Ausfall kann mühelos meinen Tod bedeuten. Verscherze ich es mir mit ihm, dann auch mit Madame.
„Man munkelt, dass du dich mit den Probanden unterhältst", sagt er schließlich, als wir die Sachen zusammenpacken.
Ich halte den Blick gesenkt, so wie er es von mir erwartet. „Ich weise sie ein, nichts weiter, Sir", erwidere ich unbewegt.
Er nickt nachdenklich. „Kätzchen, du sollst wissen, dass dein Vorgänger auch dachte, dass er nun Handlungsfreiheit hätte. So ist es nicht. Dein Leben hängt noch immer am seidenen Faden. Das Damoklesschwert baumelt über dir", droht er leise.
Ich neige den Kopf leicht. „Sie müssen sich nicht sorgen, Sir. Meine Treue gehört ganz Ihnen."
„Das hoffe ich, Kätzchen. Ich habe Großes mit dir vor und dafür musst du mir Gehorsam zollen."
„Ja, Sir."
Er nickt und lässt mich allein – mit bebenden Knien – zurück.

Kapitel 11

Meine Aufzeichnungen über den Fall landen durchnässt und eiskalt im Mülleimer. Ein Haufen Papier, der mir so einen Ärger beschert hat. Das Schlimmste daran? Dieser Streit ist noch schmerzhafter als die Trennung von Timothy. „Cathrin? Hast du Ella gesehen?“, fragt Calanthe von hinten.

Erschrocken fahre ich zusammen und drehe mich um. „Ja, vorhin, in ihrem Zimmer.“

Eine tiefe Sorgenfalte zieht sich über Calanthes Stirn. „Sie ist seit einer halben Stunde wie vom Erdboden verschluckt. Die Hausmädchen haben nach ihr gesucht, die Butler. Sie ist unauffindbar“, fährt sie fort, die Stimme tränenerstickt, den freundlichen Gesichtsausdruck nur mit Mühe aufrechterhaltend. So sieht also eine Mutter aus, der etwas an ihrer Tochter liegt. Interessant.

„Vielleicht taucht sie gleich wieder auf?“, schlage ich vor, ohne selbst daran zu glauben. In meinem Unterbewusstsein zwickt es. Als würde ich etwas übersehen. Der Drang, dem auf den Grund zu gehen, ist übergroß – vor allem, da es mir wichtig erscheint.

Calanthe nickt unsicher. „Vielleicht. Aber ... meine Ella geht nie irgendwohin, ohne Bescheid zu sagen“, flüstert sie.

Ich nicke beruhigend. „Das wird schon.“ Meine Fähigkeiten verpassen mir eine innere Ohrfeige, die meinen Kopf zur Seite zucken lässt. Lüge. So offensichtlich. „Das wird schon“ impliziert nichts, außer dass Ella dieses Haus gesund wieder betritt. Wenn diese Aussage mich Lügen straft ...

Übelkeit steigt in mir auf. Die Drohung des Mafiosos. Erst die Krähe, dann das Reh, das ganz sicher auf meinem Bett lag, ganz egal, ob es noch jemand außer mir gesehen hat. Eine Krähe wie Tanni. Ein Reh wie Ella. Der Hase wie Timothy?

„Ja, sie wird sicher gleich wieder auftauchen“, murmelt Ellas Mutter.

Meine Fähigkeiten drängen sich dichter in mein Bewusstsein. Ich unterdrücke ein Japsen und setze stattdessen ein freundliches, liebenswürdiges Lächeln auf, für das ich Stunden vor dem Spiegel geübt habe. Es ist mir in Fleisch und Blut übergegangen.

„Genau. Wenn Sie mich bitte entschuldigen." Mein gesamter Körper beginnt zu beben. Die Gegenwehr wird porös. Silent. Warum ist er nie da, wenn ich ihn brauche? Ich verschwinde nicht in Ellas Zimmer, um mich einzuschließen. Angenommen, meine Fähigkeiten kämpfen sich frei, dann würde man mich durch das ganze Haus hören. Nein. Der Garten ist gigantisch und perfekt.

Ich haste an Silents Blut vorbei, biege dann nach links ab, lasse die zerschlagene Nymphe rechts liegen. Die vereisten Zweige der Bäume bilden einen glitzernden Baldachin über mir. Schnee beißt in meine Fußsohlen. Ich habe vergessen, Schuhe anzuziehen. Egal. Weiter. Der nächste innere Schlag meiner Fähigkeiten, während sie gegen die Barriere trommeln. Ich beschleunige meine Schritte, bin beinahe blind.

Noch ein Ruck. Das Glas splittert, die Wand wird eingerissen. Und das erste Bild sickert in mein Bewusstsein. Ich dränge es zurück und wende mich nach links, hinein in die überpuderten Büsche, lasse mich fallen und bereite mich darauf vor, meine Fähigkeiten zu entfesseln. Und das gezielt. Die Wahrscheinlichkeit, dass alles so funktioniert, wie ich es mir wünsche? Zwei Prozent. Maximal drei. Angst schießt mir durch die Adern, pur und zerreißend. Ich atme tief durch und schließe die Augen. Ein unkalkulierbares Risiko? Vielleicht. Aber mein Bauchgefühl lässt mir keine Wahl.

Ich suche Ella. Ella. Nur Ella. Die erste Szenerie schießt in mein Bewusstsein, einer Gewehrkugel gleich. Meine Gehirnwindungen beginnen heftig zu pochen. Der erste Tropfen Blut fällt heiß auf mein Kinn. Super. Und schon läuft es nicht nach Plan.

Ich krampfe meine Hände verzweifelt um meine Fähigkeiten und zwinge sie, mir das zu zeigen, was ich sehen muss. Kreischend geben sie nach. Ein Schatten ergreift Ella von hinten, in seinen Händen ein weißes Taschentuch aus Stoff. Er presst es ihr auf Mund und Nase. Zwei Sekunden, dann liegt sie schlaff in seinen Armen. Wird an Bewohnern und Angestellten vorbeigeschafft, raus aus der Tür. Als wäre er gar nicht da, lassen sie ihn passieren.

Ich sehe meine eigenen Fußspuren, fühle das kurze Zögern der Person. Dann verlässt sie gemessenen Schrittes den Garten, geht an den Nymphen vorbei über den weißen Kiesweg. Öffnet die Tür eines auffälligen roten Sportwagens und legt Ella auf die weichen Ledersitze. Der Schatten schlägt die Tür zu und setzt sich hinter das Steuer. Ich kneife die Augen zusammen. Ich muss sein Gesicht sehen. Der Schatten behält die Kapuze auf dem Kopf.

Ich schnaube verärgert. Ein zarter Blutnebel legt sich auf meine Jacke.

Mit einem leidgeprüften Seufzen scrolle ich durch die Vergangenheit des Schattens. Sie verläuft im Sand, verschwindet einfach. Ist nicht mehr greifbar. Irritiert runzle ich die Stirn. Es gibt nicht viele, die ich nicht sehen kann. Aber das ist dann ein anhaltender Effekt. Ihn konnte ich bis gerade eben noch greifen. Und jetzt? Verschwunden.

Ist es Zeitverschwendung, in die Zukunft zu sehen? Ich entscheide mich dagegen. Verdammt, ich habe keine Wahl. Mir klappt der Mund auf, als ich ihn erkenne. Der Mafioso mit Ella über der Schulter. Vor seinem Haus in Costa Rica. Er nimmt nicht die Tür, durch die ich gegangen bin, sondern verschwindet weiter in den Schatten.

Ich folge ihm. Beobachte, wie er eine unverschlossene Tür aufstößt und den Lichtschalter berührt. Ein Kronleuchter aus Kristall beleuchtet die edle Einrichtung. Außer ihm sind noch drei weitere Gestalten im Raum. Die erste ist Charles Georgia. Ich will meinen Augen nicht glauben. Der Typ, den Luca und ich der Zentrale ausgeliefert haben, sitzt hier? Sind die wirklich zu inkompetent, einen dummen, reichen Schnösel festzuhalten?

Die zweite Person ist Grotian. Ich sollte nicht so überrascht sein. Er trägt die gleiche Kleidung wie vorhin, ein selbstgefälliges Grinsen im Gesicht, während er einen Schluck Whiskey nimmt. Ein Kanonendonner wäre leiser als das winzige Klirren des Glases auf dem Mahagonitisch, als Grotian es zurückstellt.

Die dritte Person verursacht mir mörderische Bauchschmerzen. Tanni. Sie scheint, ebenso wie Ella, bewusstlos zu sein. Nur hat man ihre Gelenke bereits fein säuberlich an einen Stuhl gebunden.

„Mein Sohn, wärst du so gut?"

Grotian deutet eine Verbeugung an und nimmt Ella dem Mafioso ab. Die aufwendig gedrehten Locken fallen ihr in das blasse Gesicht. Sie wirkt noch zierlicher, als sie ohnehin schon ist, wie sie über Grotians Schulter hängt. Ihr wird ein Platz neben Tanni zugewiesen. Beide Mädchen an Stühle gefesselt und kreidebleich.

„Und was tun wir jetzt?", fragt dieser schmierige Kerl namens Charles Georgia. Der Mafioso lässt sich in einen weinroten Ohrensessel sinken und schenkt sich ein Glas Whiskey ein. Mit aller Ruhe der Welt schwenkt er die goldene Flüssigkeit herum. Probiert einen Schluck und stellt das Glas wieder ab. Charles Georgia verfolgt jede seiner Bewegungen akribisch, während Grotian mit dem gleichen Interesse seine Fingernägel betrachtet.

„Jetzt warten wir", erwidert der Mafioso gelassen und wischt sich eine braune Strähne aus dem Gesicht, als wäre es eine lästige Fliege.

Eine tiefe Falte gräbt sich in Charles Georgias Stirn. „Warten? Auf was?"

Grotian lacht leise auf und schüttelt leicht den Kopf. Ungeduld kennen er und ich nicht. Beziehungsweise ich kannte sie lange nicht.

„Darauf, dass jemand die beiden holen kommt, natürlich", sagt der Mafioso genüsslich.

Georgia sieht aufrichtig entsetzt aus. „Sie wollen, dass sie geholt werden?"

„Er will, dass sie von der richtigen Person getötet werden", schaltet sich Grotian ein, seine Stimme eine sanfte Melodie wie immer, wenn er sich nichts weiter wünscht, als ein Todesurteil zu verhängen.

Georgia zieht die Brauen zusammen. „Der richtigen Person?"

„Ja. Ich könnte darauf wetten, dass das Mädchen uns gerade jetzt sieht." Mit einem kalten Lächeln dreht der Mafioso sich um, genau in meine Richtung.

Ich fahre zusammen, ohne vor Ort zu sein. Wie kann er wissen, dass ich da bin? Dass meine Fähigkeiten mich das hier sehen lassen?

Zufrieden lässt der Mafioso sich wieder in seinen Sessel sinken.

„Das heißt, wir warten jetzt einfach?" Fassungslosigkeit schwingt ungeschützt in Georgias Stimme mit.

Grotian verdreht die Augen und nimmt wie sein Vater einen kräftigen Schluck Whiskey. Seine Hände sind gefährlich ruhig. Die Langeweile, die Grotian ausstrahlt, ist tödlich. Es ist nur eine Frage der Zeit, bis er Charles Georgia umbringt.

Der Mafioso wedelt wegwerfend mit der Hand. „Es ist dir jederzeit erlaubt zu gehen", sagt er ruhig zu Charles Georgia. Ich höre die Drohung dahinter, Georgia auch.

Grotian lächelt nur. Jetzt wo ich sie beide im gleichen Raum sehe, ist die Ähnlichkeit zwischen ihnen nicht mehr zu leugnen. Die gleiche Haarfarbe, die gleichen braunen, unnachgiebigen Augen. Ähnliche Gesichtszüge, auch wenn Grotian viel von seiner Mutter hat. Beide durchaus attraktiv. Und mindestens genauso entstellt durch ihre Grausamkeit.

„Wir hatten einen Deal", wirft Georgia ein.

Der Mafioso nickt nur gelangweilt und leert sein Glas. „Ich habe mit vielen Leuten einen Deal. Hin und wieder überlebt es einer."

„Sie tun, als würden Sie jedes Mal ungeschoren davonkommen!"

„Ich tue nicht so. Diesmal werde ich mir nicht einmal die Finger schmutzig machen müssen." Der Mafioso beugt sich vor und füllt die drei Gläser, eines bis jetzt noch unberührt, erneut mit Whiskey auf. Er greift sein Glas und prostet Charles Georgia mit einem nahezu spielerischen Lächeln zu. „Zum Wohl, mein Freund. Auf unsere geschäftliche Beziehung", sagt er.

Es ist peinlich, Georgias Überraschung zu sehen, nachdem er den ersten Schluck genommen hat. Er hätte nichts anderes erwarten dürfen als ein Gift an der Wand des Glases, das, erst nachdem es mit Flüssigkeit in Berührung kommt, reagiert. Speichel schäumt über seine Lippen. Seine Augäpfel treten so stark hervor, dass ich befürchte, sie fallen heraus. Dann sackt er in seinem Sessel zusammen.

„Dümmer geht es nicht, oder?", schnaubt Grotian und sieht abfällig auf Georgias zuckenden Körper.

„Habe ein wenig Respekt vor den Toten", rügt ihn sein Vater mit einem nachsichtigen Lächeln.

Grotian lacht kalt auf. „Der hat sich nie meinen Respekt verdient."

Nachdenklich nippt der Mafioso an seinem Glas. „Nein, hat er wohl nicht", murmelt er.

Ich sitze einige Sekunden starr da, das einzige Geräusch kommt von dem Blut, das unaufhaltsam aus meiner Nase tropft. Ein Wort, um die momentane Situation zu beschreiben? Katastrophe. Noch schlimmer als das. Es ist mein eigenes Pompeji! Am Ende des Tages werde ich begraben sein. Unter Blut oder Stein ist völlig egal.

Ich muss jemandem davon erzählen. Calanthe? Wie sollte ich da anfangen? „Hey, ich habe gerade in die Zukunft gesehen und bin ziemlich sicher, dass deine Tochter niemals wieder lebendig hier auftaucht." Schlecht, ganz schlecht. Vor allem gegenüber einer Frau mit mütterlichen Gefühlen.

Ihr Vater? Natasha? Beide keine Alternativen. Bleibt nur noch Silent. Es ist mir unsagbar egal, dass er momentan wütend auf mich ist.

Ich schnaube und stehe schwankend auf. Meine Füße sind stocktaub. Ich fühle mich wie ein halb erfrorener Seemann auf hoher See. Mein Pullover sieht schrecklich aus. Dunkle Tropfen beflecken den schwarzen Stoff. Verkleben die Fasern. Ich presse meine Lippen fest aufeinander. Leider hat man mir keinen eigenen Schrank zwischen den Büschen platziert, mir bleibt nichts anderes übrig, als durch das Fenster in Silents Zimmer zu klettern, damit niemand meine blutdurchtränkte Kleidung entdeckt. Ellas Zimmer hat Calanthe blockiert, darauf hoffend, dass sie auf wundersame Weise wiederauftaucht. Wirklich verübeln kann ich es Calanthe nicht. Am wenigsten in Anbetracht dessen, dass sie ihre Tochter aller Wahrscheinlichkeit nach niemals wieder sehen wird.

Mit einem Keuchen hangle ich mich durch das geöffnete Fenster und lasse mich in Silents Zimmer fallen. Er ist nicht da. Das ist gut. So kann ich mir schamlos einen Kapuzenpullover von ihm klauen und mir in seinem Bad die Haare über dem Waschbecken auswaschen.

„Was machst du da?“, fragt Silent, als ich mir gerade meinen Zopf flechte. Er erschreckt mich nicht einmal, trotz des mörderischen Tonfalls. Vielleicht weil ich seine Art sich anzuschleichen inzwischen so unglaublich gut kenne. Weiß, dass er immer von links kommt, es hasst, wenn ein leiser Lufthauch ihn ankündigt.

„Mich erholen“, antworte ich und drehe mich zu ihm um. Dieselbe Wut wie vorhin ist in seine Züge gemeißelt. Silent legt den Kopf in den Nacken und lacht. Es verursacht mir eine Gänsehaut der schlechten Art. So kalt, so verloren.

„Wovon willst du dich bitte erholen?“, fragt er und lehnt sich gegen den Türrahmen. Sonnenstrahlen stehlen sich an ihm vorbei, lassen Silent zu einem dunklen Schatten verschwimmen.

„Davon, dass ich gerade gesehen habe, wie dein Vater deine Cousine entführt hat. Und ich bezweifle stark, dass er vorhat, sie da lebendig wieder rauskommen zu lassen.“ Ein leiser Vorwurf schwingt mit. Er lässt Silent kalt.

Stattdessen löst er sich vom Türrahmen und schlendert auf mich zu. Ich versuche zu ignorieren, wie perfekt er in dem weißen Pullover aussieht, und fokussiere mich auf seine eisig kalten Augen.

„Du kennst meinen Vater nicht“, zischt er und kommt mir noch näher, bis wir Nase an Nase stehen.

Mir kommt die Galle hoch. Silent verteidigt diesen Mann? Wie kann er es wagen? Einen so grausamen, kalten Menschen in Schutz zu nehmen, der seine eigenen Verbündeten tötet, sobald sie nicht mehr von Nutzen sind. Das ist doch nicht Silent! „Sagst du das gerade wirklich? Nachdem er deine Cousine entführt hat?“ Ich höre den Unglauben in meiner Stimme, die unterdrückten Tränen. Spüre mit jeder Sekunde, wie ich Silent ein Stückchen mehr verliere.

„Er wird ihr nichts tun.“

„Er hat seinen eigenen Verbündeten kaltblütig ermordet!“

„Sie ist trotzdem seine Nichte und er ist kein böser Mensch.“

Die ersten Tränen beginnen, mir vom Kinn zu tropfen. „Er arbeitet mit Grotian Schostakowitsch zusammen!“, kreische ich. „Dem skrupellosesten Menschen, den ich kenne.“

„Du und ich sind auch skrupellos, willst du uns trotzdem gleich verurteilen?“, zischt er.

Ich zittere. Will ich das? „Wir spielen beide nicht in seiner Liga.“

„Was, wenn doch?“

Diese Gegenfrage lässt mich einen Schritt rückwärtstaumeln. Will er damit andeuten, dass ...

„Was?“, keuche ich.

Aber Silent sagt nichts mehr. Seine Hände zittern unkontrolliert, als er mein Gesicht umfasst und seine Lippen schmerzhaft intensiv auf meine presst. Hitze. Ich hebe die Hände, um mich loszumachen. Silent hält mich nur noch fester. Dieses Mal atmet er keine Ruhe in mich hinein, kein schwindelerregendes Kribbeln, sondern zerschmetternde Verzweiflung. Sie krampft sich in einer festen Faust um mein Herz und droht, es zu ersticken.

Ich erinnere mich vage daran, wie ich vor einiger Zeit einer höllisch unangenehmen Situation ausweichen wollte. Und den zahllosen Fragen. Damals habe ich Timothy geküsst so wie Silent jetzt mich. Ich erinnere mich an Timothys Wut und Frustration, daran, dass ich das bis gerade eben gar nicht nachvollziehen konnte. Jetzt begreife ich es. Tatsächlich gibt es nichts Grausameres, als wenn man sich aus jemandem etwas macht und der das gegen einen verwendet.

Das muss der Grund dafür sein, dass ich keinen Skrupel habe, meine Faust zu ballen und sie in perfekter Boxermanier unter Silents rechten Rippenbogen zu rammen. Nach Luft japsend taumelt er einige Schritte rückwärts. Meine Lippen pochen.

„Was zur Hölle war das gerade eben?“, fauche ich ihn an.

In seinen Augen kämpft Wut gegen bodenlose Hilflosigkeit, dann liegen seine Lippen wieder auf meinen. Silent drückt mich an sich, als würde er sich andernfalls verlieren. Als wäre ich alles, was ihn noch hier hielte. Sind es meine Tränen, die mir über die Wangen laufen? Seine?

Ich bin kurz davor, zu kapitulieren. Ich will zulassen, dass er mich küsst bis in alle Ewigkeit und mich jeden Kummer vergessen lässt. Mein Kopf wird nebelig. Mein Verstand verschwimmt. Wenn ich es jetzt nicht beende, dann bin ich verloren. Irgendwie rüttelt mich dieser Gedanke wach. Silent hat kein Recht zu dieser Reaktion. Mit Wucht trete ich ihm auf den Fuß und ohrfeige ihn.

Ein kaltes Lächeln umspielt Silents Lippen. Wo ist nur das hin, das mein Herz hat höherschlagen lassen?

„So schrecklich, mich zu küssen?", spottet er und drängt mich gegen die hellen Fliesen. Vorsichtshalber platziere ich meine Hände auf seiner Brust, damit ich ihn jederzeit wegschubsen kann.

„Ja. Also, ich meine ... nein. Also ... was ist das überhaupt für eine Frage?", fauche ich und funkle ihn an.

Silent legt den Kopf schief, eine unglaubliche Kälte in den Augen. Um genau zu sein, die gleiche wie bei Grotian. Was habe ich von Jungs mit dem gleichen Vater und einer unmöglichen Erziehung erwartet?

„Die, die klären soll ..." Silent unterbricht sich. Seine Miene verdüstert sich noch weiter. Mehr, als ich es für möglich gehalten hätte. Silent versucht nicht noch einmal, eine Erklärung zu finden, stattdessen sieht er mich nur eindringlich an, als hoffe er, dass ich ihm eine Antwort auf seine unausgesprochene Frage gebe. Das Problem ist nur, dass ich wirklich keine Ahnung habe, worauf er hinauswill.

„Silent, nur damit das klar ist, küss mich noch einmal auf diese Art und ich schlage härter zu." Innerlich sterbe ich tausend Tode. Meine Stimme bleibt ruhig. Grabesruhig. Die Warnung schwingt in jeder Silbe mit.

Silent hat nicht einmal den Anstand, betroffen auszusehen. Stattdessen feixt er. „Wie kommt es, dass du Boxen gelernt hast und ich nicht?"

Weil ich zu oft nichts anderes als meine Fäuste hatte, um mich zu verteidigen.

Kurz zaudere ich, dann lasse ich mich auf seine Ablenkung ein. „Du kannst nicht boxen?", frage ich und ziehe skeptisch eine Braue nach oben.

Silent schweigt. Dieser rätselhafte Blick aus seinen dunklen Augen bringt mich um.

„Ich mache dir einen Vorschlag", sage ich. „Du hilfst mir, Ella wiederzubekommen, und ich bringe dir bei, wie man richtig zuschlägt."

Noch immer kein Wort. Für einige Sekunden glaube ich, Tränen in Silents Augen zu sehen, spüre eine undefinierbare Verzweiflung. Silent blinzelt heftig, dann gibt er mir die Hand darauf.

Kapitel 12

Seine Muskeln treten stark hervor und ein Schweißtropfen bahnt sich den Weg über sein Schlüsselbein. Erschöpft fährt sich Silent durch das feuchte Haar. „Du hast das nur vorgeschlagen, damit du mir einmal richtig den Arsch versohlen kannst, gib es zu", stöhnt er und reibt sich die Brust. Ja, eine Prellung des Brustkorbs kann schon sehr unangenehm werden.

„Vielleicht." Seufzend hebe ich seinen Kapuzenpullover auf und ziehe ihn mir wieder an.

Nach unserem Training ist der Teppich Richtung Fenster verschoben, das ich nach den ersten dreißig Minuten aufgerissen habe. Die Tür des rechten Schrankes wurde von einem fahrigen Faustschlag getroffen und ist nun angebrochen.

„Wenn wir zurück an der Schule sind, dann wird alles so weitergehen wie zuvor, oder?", unterbricht Silent die Stille, als wir den Teppich gemeinsam wieder dorthin manövrieren, wo er hingehört.

Kurz verharre ich und starre auf die cremefarbenen Zotten unter meinen Fingern. Betrachte die Narbe auf meinem Zeigefinger. Ich weiß nicht einmal mehr, woher ich die habe.

„Vermutlich", erwidere ich, ohne ihn anzusehen.

„Weil du Timothy liebst", sagt er.

Ich weiß, dass Silent darauf hofft, dass ich widerspreche. Ich kann es nicht. „Genau."

„Weil ich nur ein Freund bin."

Ist er nur das? „Ja."

„Und es macht keinen Unterschied, wie sehr ich dich ... wie viel du mir bedeutest?"

„Macht es nicht, nein", bestätige ich ruhig und ziehe den Teppich in die richtige Position.

„Warum hast du mich dann geküsst?"

Mein Herz krampft sich zusammen. Weil ich es dringender wollte als alles andere. Das ist nicht gerade die Wahrheit, die für ihn bestimmt ist. „Ich war verwirrt." Eine schlechte Ausrede. Ich schüttle über mich selbst den Kopf. „Jetzt reicht es, okay? Das Thema ist abgehakt." Ich drücke die Beine durch und stelle mich wieder richtig hin. Silent auch. Anders als ich versucht er nicht, gute Miene zum bösen Spiel zu machen. Stattdessen sieht er mich mit diesem grüblerischen, für ihn üblichen Blick an.

„Warum warst du verwirrt?“, fragt er mich eindringlich.

Ich suche in seinen Zügen nach irgendetwas, das diesen Drang, ihm ehrlich zu antworten, verursacht haben könnte. Silent wirkt weder unsicher noch verletzt. Sondern einfach wie ein Junge, der diese Antwort gerne hätte, obwohl er vor wenigen Stunden erfahren hat, dass ich ihm nicht über den Weg traue. Obwohl es wichtigere Dinge gibt wie die Tatsache, dass seine kleine Cousine verschwunden ist.

„War halt so“, murmle ich und weiche seinem Blick aus.

Sofort umfassen seine schmalen Finger mein Handgelenk. Ich will mich von ihm losreißen, stattdessen umfasse ich seine andere Hand mit meiner. Wie wir wohl aussehen müssen gerade jetzt in diesem Moment? Beide erschöpft, ich mit verblassenden Blessuren, er mit deutlicher sichtbaren. Unsere verschränkten Finger. Ich bin einen halben Kopf kleiner als der muskulöse, schwarzhaarige Junge mit dem undurchdringlichen Blick. Die kalte Wintersonne, die uns bestrahlt.

Ich habe mich schneller, als ich denken kann, auf die Zehenspitzen gestellt und meine Lippen auf seine Wange gedrückt. Silent ist nicht enttäuscht über diese Berührung, vielmehr habe ich das Gefühl, dass er nimmt, was er bekommen kann, egal, ob ihm das nun gefällt oder nicht.

„Brauchst du mich?“, wispert Silent.

Ich löse mich ein wenig von ihm und sehe in seine grauen Augen, erkenne die Abwehr und Spannung darin. Ich gestatte mir, diese Frage ehrlich zu beantworten. Brauche ich ihn?

Zögernd nicke ich und winde vorsichtig mein Handgelenk aus seinem Griff. „Und vertrauen könnte ich dir auch, hätte ich nicht das Gefühl, dass du wusstest, Ella würde verschwinden. Und das nicht nur dank deiner Fähigkeiten.“

Timothy wartet vor meinem Internatszimmer auf mich. Dunkle Ringe haben sich in der halben Woche, die wir uns nicht gesehen haben, unter seinen schönen braunen Augen gebildet. Mit einem sanften Lächeln schlingt er beide Arme um mich und gibt mir einen Kuss, so herzerweichend, wie nur er es kann.

„Ich habe dich auch vermisst“, necke ich ihn und drücke ihm noch einen vorsichtigen Kuss auf die Lippen. Jetzt wo ich bei Timothy stehe, ist das schlechte Gewissen übermächtig. Deshalb, weil ich Silent geküsst habe, bei ihm im Bett geschlafen habe. Ich komme mir vor wie ein kolossales Miststück. Vor allem, als ich beschließe, dass Timothy davon nichts erfahren muss.

„Die Zeit ohne dich war die reinste Folter. Ich hätte dich nicht gehen lassen sollen", murmelt er gegen meinen Hals und zieht mich noch näher an sich. Entspannt lege ich meinen Kopf auf seiner Schulter ab. Wie sicher ich mich bei ihm fühle.

„Wie gesagt, du hast mir gefehlt", flüstere ich und sehe ihm in die Augen. Sein Lächeln erreicht sie mit Leichtigkeit. Die übliche Strähne fällt ihm in das markante, schöne Gesicht, das Silents auf mehr als eine Art ähnelt. Nachdem wir so lange getrennt waren, fühlt es sich beinahe an, als käme ich wieder heim. Der unausgeglichene Teil meines Selbst ist verschwunden, der von Silent so schnell und mühelos heraufbeschworen wird.

Sanft streiche ich ihm über die dunklen Schatten. Seine Wimpern kitzeln mich leicht, als er die Augen schließt. „Was hast du denn die ganze Zeit getrieben?", frage ich Timothy. Ohne mich von ihm zu lösen, greife ich nach der Klinke hinter ihm. Die Tür schwingt beinahe lautlos auf. Trotzdem hat er es bemerkt und betritt den Raum, mich noch immer in den Armen.

Nichts hat sich verändert. Lucas Bett ist leer und zerwühlt, der Schrank steht offen und vereinzelte Kleidungsstücke liegen über den Boden verteilt. Aber sonst ist alles wie immer.

„Deine Zimmergenossin ist ja richtig chaotisch", sagt er. Ich sehe das leichte Schmunzeln in seinen Augen.

„Tja, ich scheine eine Schwäche für unordentliche Menschen zu haben", erwidere ich leichthin und bette meinen Kopf auf seiner Brust.

Zufrieden seufzt er und beginnt, mir durch das Haar zu streichen. „Ich habe in den letzten Tagen nur herumtelefoniert, Familienbücher gewälzt und mich mit Margret unterhalten. Auch wenn sie mir nicht viel sagen konnte. Es hat einfach gutgetan, mal wieder mit ihr zu reden", murmelt er.

Die erste Strähne fällt mir ins Gesicht. Eine weitere folgt. Ich manövriere uns beide in Richtung Fenster und reiße es auf. Frische Luft verteilt sich im Raum, gemeinsam mit den allgegenwärtigen Schneeflocken.

„Und? Was hast du herausgefunden?" Ich lege den Kopf in den Nacken, um Timothy besser ansehen zu können. Ich verliere mich in seinen weichen braunen Augen. Seine Hand fällt aus meinem Haar, streift sanft meine Wange.

„Einiges." Er zwirbelt eine Strähne in meinem Nacken. „Es scheint, als hätte mein Vater meine Mutter auf dem Gewissen. Er hat Silent bei sich behalten, weil er ihn für nützlicher hielt oder so. Scheint, als wäre ich der Sohn gewesen, den er nie wollte. Meiner Mutter zu ähnlich." Timothy zuckt die Schultern, als wolle er all das abtun. Es wirkt verkrampft.

Eine neuerliche Welle von Zuneigung für diesen Jungen bringt mich dazu, ihn noch einmal zu küssen. Bei ihm fühlt es sich so richtig an. So perfekt.

„Und wie war dein Weihnachtsfest?", flüstert er an meinen Lippen.

In Erinnerung daran beginne ich, grimmig zu lächeln. „Nicht weniger anstrengend als deins. Ellas Eltern zusammen sind eine Katastrophe, Natasha hat mir auch noch das letzte bisschen meines Verstandes geraubt, das Silent verschont hat, und gestern ist Ella spurlos verschwunden", zähle ich angespannt auf. Während ich an meine und Silents Küsse denken muss. Egal, wie wenig sie im Ganzen bedeuten. Ich kann nicht vergessen, was meine Fähigkeiten mir offenbart haben. Ganz zu schweigen von meiner neuerlichen Begegnung mit Grotian.

„Ella ist weg?", fragt Timothy alarmiert.

Ich nicke und sehe ihn aus leicht zusammengekniffenen Augen an. Etwas weiß er. Warum scheint jeder über diesen Vorfall besser informiert zu sein als ich? „Was ist los?"

Er schüttelt den Kopf. Ich presse die Lippen fest aufeinander. Oh nein, nicht er auch noch. Liegt das irgendwie in der Familie? Wie treibt man Cathrin am besten in den Wahnsinn? Erst Grotian, wenn auch auf eine andere Art, dann Silent und jetzt auch noch er.

„Timothy, was ist los?", wiederhole ich eindringlicher.

Wieder ein Kopfschütteln. Gut. Er will es mir nicht erzählen? Dann kann er gehen. Stocksauer mache ich einen Schritt rückwärts und verschränke die Arme vor der Brust. Timothy versucht, mich wieder an sich zu ziehen, aber ich schlage nur seine Hände weg.

„Was weißt du?", frage ich, gebe ihm noch eine letzte Chance.

Hilflos wirft Timothy die Arme in die Luft. „Nichts, okay? Nur dass Tanni auch wie vom Erdboden verschluckt ist", ruft er schon fast und unternimmt noch einen Versuch, mich wieder an sich zu ziehen. Diesmal lasse ich es zu. Erleichterung zeichnet sich in Timothys Augen ab.

„Ist das alles?“, will ich etwas weniger aufgebracht wissen.

Irritiert zieht er die Augenbrauen zusammen und nickt. „Was sollte denn sonst noch sein?“

Keine Ahnung, vielleicht dass er, ähnlich wie sein Bruder, viel vor mir verheimlicht. Auch Timothys Stimmungen sind wechselhaft. Was, wenn sie mal gegen mich spielen?

„Nichts.“

Sein Blick verdüstert sich. „Was hast du erwartet zu hören, Cathrin?“

„Nichts, verdammt!“, sage ich und versuche, mich wieder von ihm loszumachen. Stattdessen hält Timothy mich fester, als er sollte. So fest, dass es wehtut. „Timothy, lass mich los“, befehle ich ihm.

Er schüttelt den Kopf. „Was hast du erwartet zu hören? Wir wollten ehrlich zueinander sein, du erinnerst dich?“, knurrt er. In diesem Augenblick ist er ebenso gefährlich, wie Silent und Grotian es sein können. Mir läuft ein Schauer über den Rücken. Blut ist dicker als der bloße Wille.

„Und ich belüge dich nicht, wenn ich dir sage, dass ich nichts Schlimmes zu hören erwartet habe!“, fauche ich. Wieder versuche ich mich loszumachen. Timothy hält mich fester und mir ist nach Heulen zumute. Wie konnte unsere ausgelassene, entspannte Stimmung so umschlagen? Warum hält er mich gewaltsam fest? Von jetzt auf gleich verschwindet der Druck auf meine Knochen und er weicht zurück, distanziert sich.

„Du dachtest, ich habe etwas damit zu tun“, wispert er.

Ich versuche, nicht ertappt zu gucken. Ja. Also, nein. Vielleicht. Aber das kann ich ihm schlecht sagen. Dann dreht er durch.

„Nein, natürlich nicht“, bestreite ich und reibe mir die Handgelenke. Rote Striemen ziehen sich um sie wie Fesseln.

Fassungslos streicht sich Timothy durch das blonde Haar und wendet mir den Rücken zu. „Lüg mich nicht an. Ich weiß, wann du lügst“, sagt er matt. Perplex starre ich auf seinen Rücken. Auf die Muskeln, die ganz offensichtlich angespannt sind. Er kann gar nicht spüren, wann ich von der Wahrheit abrücke!

„Ich lüge nicht“, antworte ich mit der felsenfesten Überzeugung eines ertappten Lügners in der Stimme.

Er schüttelt den Kopf und dreht sich wieder halb zu mir. „Doch. Was bringt es mir, wenn du sagst, du liebst mich, aber nicht ehrlich zu mir sein kannst?“, fragt er.

Ich weiß, was als Nächstes kommt.

Und ich könnte es nicht ertragen. Nicht schon wieder. „Tu das nicht", flehe ich leise.

Irritiert runzelt er die Stirn. „Was denn?"

Tränen steigen mir in die Augen. „Bitte, mach nicht wieder Schluss mit mir. Bitte", schluchze ich schon fast.

Timothy klappt der Mund auf. „Das hatte ich gar nicht vor", sagt er brüsk.

Hatte er nicht? Aber er hat doch ... und dann ...

Vor Erleichterung stolpere ich fast über meine eigenen Füße, als ich auf ihn zugehe, meine Arme um ihn schlinge und ihm einen Kuss auf den Nacken presse. Tränen laufen mir inzwischen ungehindert über die Wangen. Himmel, bin ich zu einer Heulsuse mutiert!

Sanft löst er meine Arme von seinem Körper, aber nur um sich umzudrehen und mich enger an sich zu ziehen. Timothy lässt mich weinen. Er hält mich fest und gibt mir die Sicherheit, die ich so verzweifelt benötige. Ich versuche wirklich zu verstehen, warum mich der alleinige Gedanke daran, ihn zu verlieren, so aus der Bahn wirft. Vielleicht weil er auf seine ganz eigene Art zu mir gehört. Und ich ihn wirklich liebe, mehr, als mir bis gerade eben klar war. Oder Silent verstehen könnte. Weil ich ihn auf eine andere Art liebe als Silent. Eine ruhigere, unvergessliche, ehrliche Art.

„Wie kommst du denn darauf, dass ich mich von dir trennen will, Cathrin?", flüstert er schließlich. „Darf sich ein Paar nicht streiten?"

Ich zucke die Schultern und drücke mich enger an ihn. „Unsere Streitereien sind noch nie glimpflich ausgegangen", schniefe ich.

Ich spüre Timothys Lachen in seiner Brust beben. „Dann ist das jetzt eine Premiere?", fragt er und hebt mein Gesicht an, um mich zu küssen.

Die behutsame Geste tilgt meine Verzweiflung, die ich mir selbst nicht ganz erklären kann, nicht. Zumindest wird es etwas besser. Und wendet die Katastrophe, die ich bereits gesehen habe, ab, obwohl es keine einzige Zukunft gab, in der wir so dastanden, uns einfach festhielten und kein Wort sagten. Nicht die Wut verbietet uns den Mund, sondern eine seltsame Einigkeit.

„Wie lange ist Tanni schon weg?", durchbreche ich schließlich die warme Stille.

Timothy seufzt leise, zieht den Haargummi aus meinen Haaren und legt ihn auf dem Fensterbrett ab. „Zwei Tage. Die Schulleitung macht sich nicht wirklich Gedanken. Soweit ich mitbekommen habe, soll sie nicht einmal gesucht werden."

Ich versteife mich in seinen Armen. Tanni soll einfach auf die Liste der nie Vermissten gesetzt werden? Irgendwann würde man dann ihre Leiche finden, vielleicht würden ein paar pflichtgemäße Tränen fließen, aber sonst nichts.

Ich schlucke schwer. Bis vor ein paar Monaten wäre das mein Schicksal gewesen. Irgendwer hätte mich bei einem Auftrag getötet. Die Zentrale hätte mich verscharren lassen. Ende. Inzwischen glaube ich zwar, dass es anders geworden ist, dass mein Tod Menschen schmerzen würde, trotzdem ist diese Überlegung ein Schlag in die Magengrube.

„Wir müssen sie irgendwie finden", flüstere ich und sehe ihn flehentlich an.

Timothy legt den Kopf in den Nacken und sieht gen Decke. So wie es Silent auch immer tut. „Und wie wollen wir das machen?"

„Ich kann sie sehen", erinnere ich ihn.

Timothy braucht einen Moment, um zu begreifen, worauf ich hinauswill, dann nickt er müde und vergräbt sein Gesicht an meinem Hals. „Gut, dann suchen wir Tanni und beten dafür, dass sie lebendiger ist, als es meine Großmutter war."

Bei seinen Worten fahre ich zusammen. Die Wahrscheinlichkeit dafür? Gering.

Ich wische mir mit dem Unterarm über die Nase und nicke. „Etwas anderes bleibt uns sowieso nicht übrig."

12.12.2007, Mikun?

Madame hat mich zu sich gerufen, die Hände hinter dem Rücken gefaltet, gerade stehend wie immer. Das letzte Sonnenlicht fällt durch das Fenster, verhöhnt mich, ist mir so unglaublich nah und doch so unerreichbar.
„Grotian ist mit deiner Arbeit sehr zufrieden“, sagt sie kalt.
Wüsste ich nicht, dass es hart bestraft wird, würde ich zusammenzucken, doch so stehe ich ruhig mit einem leeren Ausdruck auf dem Gesicht da, die Hände schlaff an den Seiten.
„Mir allerdings stellt sich die Frage, wie schwer es schon ist zu versagen, wenn man nur die anderen beaufsichtigen muss. An sich keine schwere Aufgabe, nicht wahr?“
Sie will keine Antwort, also schweige ich weiter, den Kopf leicht gesenkt, während die Sonne warm auf meine bleiche Haut scheint.
„Du sollst in der Bäckerei aushelfen, Mädchen. Du bist alt genug, um den Größeren zur Hand zu gehen. Mach mich stolz.“
Man kann sie nicht stolz machen, nicht einmal ihr eigener Sohn schafft das. Trotzdem versinke ich in einem tiefen Knicks, nehme ihre ausgestreckte Hand entgegen, küsse diese, obwohl ich viel lieber weinen würde.
„Ab dieser Nacht wirst du dort sein.“
Ich neige den Kopf noch etwas tiefer, ehe ich die obligatorischen zwei Schritte rückwärts mache, mich dann umdrehe und den Flur in gemessenem Tempo hinabmarschiere. Grotian hat mich nicht verpfiffen, das sagt mir mein Gefühl. Sie möchte nur nicht das gleiche Risiko eingehen wie zuvor.

Kapitel 13

Mitten in der Nacht ist es wirklich, wirklich arschkalt so Ende Dezember. Der gefrorene See nur wenige Meter von uns entfernt trägt nicht dazu bei, die Temperaturen in die Höhe zu treiben. Da hilft auch nicht Timothy, der dicht bei mir steht und mich fest in seinen Armen hält.

„Und du machst jetzt einfach die Augen zu und siehst Sachen?“, fragt er neugierig wie ein kleiner Junge.

„Genau“, schnaube ich und trete etwas zur Seite. So nah bei ihm kann ich mich nicht konzentrieren. „Und wenn ich lieb Bitte sage, sprühen Funken aus meinen Fingerspitzen.“

Timothy runzelt die Stirn. Ich will die leicht empörten Falten glätten, belasse sie für den Moment aber einfach da, wo sie sind. In der aktuellen Situation wäre es pure Zeitverschwendung, sich darum zu bemühen, dass er nicht irritiert aussieht. Spätestens wenn ich weggetreten bin, wird er nichts mehr mit der Situation anfangen können. Und dann sind die steilen Falten zwischen seinen Augenbrauen zurück.

„Wie machst du es dann?“ Schmollend schiebt er die Unterlippe vor. Wie ein kleines Kind.

Grinsend stelle ich mich auf die Zehenspitzen und gebe ihm einen federleichten Kuss auf die Wange. „Ich lasse mich überrollen. Am ehesten sind meine Fähigkeiten wohl mit einem Tsunami zu vergleichen und ich bin der Wolkenkratzer, der im Weg steht. An den guten Tagen kann ich mir aussuchen, wie viele Fenster platzen und wie viel Wasser in mich hineinströmt, an anderen ist der Beton porös und wird binnen Sekunden eingerissen“, erkläre ich ihm, noch immer mit einem Lächeln im Gesicht. Wie ist es nur möglich, einen Menschen so sehr zu lieben? Ich weiß nicht, was das mit Silent ist, aber es hat nichts mit dieser Ruhe, dieser unglaublichen Sicherheit zu tun. Fühlt sich zwar manchmal an wie Schicksal, aber anders als die Zeit mit Timothy. Nicht so unglaublich richtig. Hinter Silent und mir steht immer ein riesengroßes Wenn und Aber. Nicht zuletzt, weil Silent nicht nur Silent ist, sondern vor allem Jack Follador. Der Sohn des gnadenlosen Mafiosos.

„Du bist ein Hochhaus?", fragt Timothy skeptisch und zieht eine Augenbraue nach oben.

Ich gebe einen zustimmenden Laut von mir und streiche ihm eine der vielen Strähnen, die ihm ins Gesicht fallen, hinter die Ohren. Wenn er die Haare noch ein wenig weiterwachsen lässt, ist seine Kurzhaarfrisur nicht einmal mehr im Ansatz zu erkennen. Aber ich mag es.

„Genau", bestätige ich grinsend. „Manchmal in guter Form, manchmal in schlechter."

„Deine Metaphern sind wirklich seltsam, Cathrin", sagt er todernst.

Lachend löse ich seine Hände von meiner Taille, nur um meine Finger mit seinen zu verschränken. Händchenhalten im Mondschein? Noch vor einem Monat hätte ich jeden, der sagt, dass ich das einmal tun würde, ausgelacht und im Meer versenkt. Aber heute? Gerade jetzt fühlt es sich wie das Natürlichste auf der Welt an. Nicht einmal im Ansatz kitschig.

„Wie hättest du das denn umschrieben?"

Timothy geht etwas rückwärts, zieht mich mit sich. Über uns streckt eine Birke ihre dünnen Finger aus, malt hauchdünne Streifen auf unsere Wangen. Eisig kalt wie der Schnee um uns herum.

„Vielleicht mit ... keine Ahnung. Einem Blätterdach, durch das die Sonnenstrahlen fallen?", schlägt er vor.

Meine Mundwinkel zucken. Er ist um einiges poetischer als ich. Warum habe ich von ihm eigentlich noch kein Liebesgedicht erhalten? Wahrscheinlich weil niemand heute mehr Gedichte verfasst. Und er weiß, dass ich mich ohnehin zu Tode lachen würde.

„Ich bin der Baum, stimmt's?"

Ein zufriedenes Nicken.

Noch ein leises Lachen entflieht meinen Lippen, dann lasse ich seine Hände los. „Nimm es mir nicht übel, wenn ich die Augen offen lasse, okay?", sage ich.

Etwas wie Sorge flackert über Timothys Züge, ehe er mir noch einen Kuss auf die Lippen drückt. „Pass auf dich auf", flüstert er. „Ich habe dich schon viel zu oft blutend am Boden gesehen."

Ich verdrehe die Augen, obwohl mir ein dicker Kloß im Hals steckt. Eigentlich stand für heute Nacht nicht auf der Liste, dass ich die Kontrolle verliere. Stattdessen läge er jetzt in seinem Bett und schliefe, wenn er nicht so verdammt stur wäre und darauf bestanden hätte, mitzukommen. Als ob ich nicht auch ohne Babysitter in die Zukunft sehen könnte.

„Es wird mir nichts passieren", versichere ich ihm. Dann lasse ich meine Fähigkeit los, bevor ich es mir anders überlegen kann.

Sie fließt in mich und Bilder erfüllen meinen Geist. Die gleichen wie das letzte Mal. Grotian bei seinem Vater in dem Haus in Costa Rica. Der Mafioso, entspannt in seinem Sessel lehnend, ein Glas Whiskey in der Hand. Ella und Tanni an Stühle gebunden wie Vieh, kurz bevor es geschächtet wird.

Ich beiße die Zähne zusammen. Etwas fehlt, irgendeine elementare Information, die ich brauche, um nicht unwissend in die Höhle des Löwen zu laufen. Auch dieses Mal jagt meine Fähigkeit wie ein wilder Tiger durch meinen Geist. Wieder gibt sie mir nicht, was ich wissen muss. Ich sehe die bewusstlosen Mädchen, den toten Georgia. Und nach einer bestimmten Zeitspanne verschwinden sie einfach, als würden sie in ein schwarzes Tuch gewickelt und vor mir verborgen werden. Es fühlt sich an, als würde man mir bestimmte Szenen zeigen wollen. Alles andere wird unter der Decke gehalten. Frustrierend reicht als Beschreibung dieses Umstands gar nicht mehr aus.

Immerhin habe ich mich genug im Griff, damit meine Nase nicht zu bluten beginnt. Blut wäre das katastrophale i-Tüpfelchen. Ich will mir nicht vorstellen, was das mit Timothy anstellen würde.

Mühsam dränge ich meine Fähigkeiten zurück. Brüllend und kratzend, wütend und monströs versuchen sie sich irgendwohin zu flüchten, wo ich sie nicht mehr erreichen kann. In eine Tiefe meines Bewusstseins, in dem sie toben können, bis ich nichts weiter bin als ein ausgebranntes Häufchen Elend. Der angsterfüllte Gedanke an Timothy, wenn ich nicht zurückkomme, zwingt mich, die Fähigkeiten zurück hinter ihre Trennwand zu drängen. Sie gehören nicht in mein Unterbewusstsein. Sie sollen genau dortbleiben, wo ich sie immer im Blick habe. Dröhnend werfen sie sich gegen das Glas. Das Herz schlägt mir bis zum Hals, während ich darauf warte, dass die Wand zerbröselt. Sie hält.

Ich atme tief durch und fixiere mich wieder auf das Jetzt. Timothy sieht mich mit sorgenvoll verzogenem Gesicht an. Sobald er registriert, dass ich ihn wieder direkt ansehe, zieht er mich ohne jedes Wort an sich.

Die Trennwand zittert. Ich rufe das Monster dahinter zur Ruhe. Knurrend hebt es die Lefzen und rollt sich zusammen. Wartet auf den nächsten schwachen Moment.

Zufrieden lege ich meinen Kopf an Timothys Hals ab und suche nach der Information, die ich übersehen habe. Nach diesem winzigen Detail, das mein Schlüssel zu allen Bildern ist, die ich so dringend benötige. Aber beim besten Willen, ich kann keine verborgene Nachricht erkennen. Nur die Tatsachen. Der Mafioso kann mich sehen lassen, was er will. Genau das. Nicht mehr, nicht weniger. Auf diese Art und Weise hat er mich in der Hand. Wie ein Kind, das man aus den Träumen reißt, ihm einen Film zeigt und dann zurück in den Schlaf drängt. Wer auch immer die Szenen heraussucht, ob nun der Mafioso oder sein kranker Handlanger, ist ein brillanter Manipulator. Er lässt mich nach der Sonne greifen. Doch statt Erleuchtung zu erlangen, werde ich mir nur die Hände verbrennen. Sie lassen es mich wissen und mir bleibt dennoch keine Wahl. Wer mir die Bilder zeigt, weiß es.

Je länger ich darüber nachdenke, desto schmerzhafter verkrampft sich mein Bauch. Der Mafioso selbst hat meine Gabe nicht. Das ist sicher. Aber die Person, die in der Nacht am See bei ihm war, besitzt sie. Derjenige, der mir das Messer in den Magen gerammt hat.

Wenn ich denjenigen finde, denjenigen, der nicht Silent sein darf, habe ich den Mafioso voll und ganz in der Hand, dann sehe ich, was er als Nächstes tut. Dann ist er auch nur einer auf meiner Liste, den ich ebenso schnell streichen kann, wie ich ihn hinzugefügt habe.

„Timothy, hast du während deiner Recherchen irgendwas über jemanden herausgefunden, der übernatürliche Fähigkeiten hat?“, frage ich ihn langsam.

Ungläubig zieht er die Augenbrauen zusammen. „Was?“

Ich rolle mit den Augen. Und jetzt ist er wieder schwer von Begriff. Ist ja auch schon spät. „Du hast doch nach deinem Vater geforscht, oder?“

„Ja.“

„Hast du etwas über einen Verbündeten herausgefunden, der die Zukunft verschwimmen lassen kann?“

„Nein.“

Unwillkürlich verziehe ich den Mund. Das wäre ja auch zu einfach gewesen. Ich rümpfe die Nase und sehe an Timothy vorbei auf die spiegelglatte Fläche des Sees. Noch jemand, den ich nicht sehen kann. Und sollte derjenige sich zeigen, weiß ich, dass ich offenen Auges in die Hölle laufe.

Vielleicht sollte ich einfach auf Silent setzen und hoffen, dass ich damit richtig liege. Verdammt, wäre er mir so egal, wie er es sein sollte, Silent säße gefesselt in meinem Zimmer und ich würde ihn so was von zum Reden bringen. In diesem Fall aber ... Ich suche immer noch verzweifelt nach Möglichkeiten, ihn nicht als das Böse des Bösen betrachten zu müssen. Obwohl alles dafür spricht, dass Jack Follador meine Albträume wahr werden lassen kann.

„Warum?", fragt Timothy mich schließlich.

Ich zucke die Schultern und unterdrücke ein Gähnen. Meine Fähigkeiten gezielt zu verwenden, ist unglaublich kraftraubend. „Wäre schön einfach gewesen", murmle ich.

„Wann ist unser beider Leben schon einfach?", wispert er und küsst mich sanft auf die halb geschlossenen Lider.

Ich sehe ihn treuselig unter meinen Wimpern hervor an. „Kannst du mich reintragen? Ich bin todmüde."

Timothy lacht auf. Das Geräusch wird viel zu schnell davongetragen. Viel lieber hätte ich mich davon einlullen lassen.

„Natürlich, Prinzesschen", zieht er mich auf.

Ich knuffe ihn mit letzter Kraft in die Seite. Sein Lachen ist ein Wundermittel gegen jeden Zweifel. Meine Füße verlieren den Kontakt zum Boden. Entspannt lege ich meinen Kopf an seine Brust und lasse mich von seinen gleichmäßigen Bewegungen in den Schlaf wiegen.

Ich sitze mit Grotian in einem Raum. Er lächelt mich kühl an. „Nun, Kätzchen. Wie willst du das entschuldigen?", fragt er und betrachtet mich mit mäßigem Interesse.

Ich starre auf den Boden, auf das dunkle Holz, gespickt mit kleinen Blutspritzern. Er hat vor, meines hier ebenfalls fließen zu lassen.

„Gar nicht, Sir", erwidere ich mit fester Stimme.

Er lacht leise auf. „Wir sind hier, weil du Antworten suchst. Ich werde dir zwei geben." Langsam beugt er sich zu mir vor. Wie ein Raubtier auf der Pirsch. „Erstens, wenn du etwas willst, suche es bei den Toten. Zweitens, du würdest zu jeder Zeit freiwillig zu mir zurückkommen. Also tu nicht so, als versuchtest du einen Weg hier raus zu finden", knurrt Grotian mich an. Bebend erhebe ich mich. Etwas, das ich damals ganz bestimmt nicht getan habe. Grotians Gestalt wird erst durch die des Mafiosos und dann durch die Silents ersetzt. Nur dass Letzterer nicht flackernd verschwindet, sondern einfach bleibt. Ich starre auf den Silent, den ich mir herbeigeträumt habe. Kalte graue Augen, dieser unheimliche Zug um den Mund. Langsam, beinahe genüsslich kommt er auf mich zu. Automatisch weiche ich vor ihm zurück. Aber er ist schneller, presst seine Hand auf meinen Mund und die Nase.

„Hör mir zu, Kätzchen." Er spricht mit Grotians Stimme. „Ich warne dich nur einmal. Entweder du hältst die Füße still oder alles wird deine verdammte Schuld sein. Deine Schuld. So wie es schon immer war." Ein engelsgleiches Lächeln verzerrt sein Gesicht. Dann schlägt er meinen Kopf gegen die Wand.

Rötliche Flecken tanzen vor meinen Augen. Ein Wimmern entflieht meinen Lippen.

Eine Ohrfeige lässt meinen Kopf zurückzucken. Sofort bin ich hellwach und sehe in Lucas erschöpftes Gesicht, nur erhellt von dem diffusen Licht ihrer Nachttischlampe.

„Es ist kurz nach drei. Was denkst du, was du hier machst?", faucht sie mich an und reibt sich einmal über die Augen. Dunkle Streifen ihrer Wimperntusche verteilen sich auf Lucas ebenmäßigem Gesicht.

Ich zucke die Achseln. Mein Kopf dröhnt. „Aus dem Schlaf geprügelt werden?", schlage ich vor. Ich mache mir nicht die Mühe, meine Stimme zu dämpfen, schließlich sind wir allein. Der Verräter, der sich mein Freund schimpft, ist weit und breit nicht zu sehen. Ich glaube, das nächste Mal gebe ich es ihm schriftlich, dass er bei mir schlafen darf. Soll. Wie auch immer.

Luca wirft ihr wirres Haar über die Schulter. Sie bietet wirklich einen unheimlichen Anblick, so voll verschmierter Schminke. Wie ein Panda auf Crack. „Du hast im Schlaf geredet, Kind der Dummheit", knurrt Luca. „Frag die Toten und du wirst sowieso immer zurückkommen und so einen Mist."

Ich bemühe mich, sie nicht fassungslos anzusehen. Wow, mein Wahnsinn hat einen ganz neuen Grad erreicht. Jetzt quatsche ich auch noch mit den Bösen in meinen Träumen mit. Was kommt als Nächstes? Schlafwandeln?

„Jetzt weißt du, wie gestört ich in Wirklichkeit bin", erwidere ich erstaunlich entspannt und taste nach meiner eigenen Lampe. Es ist markerschütternd gruselig, wenn Luca nur von einem matten Spotlight beschienen wird und das restliche Zimmer in absoluter Dunkelheit liegt.

„Cathlen, beim besten Willen, das war mir auch schon klar, bevor wir beide in ein Zimmer gezogen sind und ich gesehen habe, dass du mehr Bücher als Klamotten hast. Und alles sauber hältst, als lebtest du in einem Kloster." Müde lässt sie sich auf mein Bett fallen, nur um kurz darauf geblendet die Augen zu schließen, weil meine Nachttischlampe flackernd zum Leben erwacht.

Sobald Luca mich wieder ansieht, zucke ich die Schultern. „Hat dich trotzdem nicht daran gehindert, oder?“

„Ja, aber auch nur, weil dein Silent mich quasi auf Knien angefleht hat“, sagt sie.

Ich verdrehe die Augen und lasse mich mit verschränkten Armen zurück aufs Kissen fallen. Selbst das scheint nach den blutigen Räumlichkeiten aus Madames Haus zu stinken.

„Er ist nicht mein Silent“, erkläre ich ruhig. „Nur ein Freund.“ Meine Lider werden schwer. Ich lasse zu, dass die Dunkelheit mich einschließt. Sollte ich versuchen, noch einmal einzuschlafen? Oder warten dann nur die nächsten Dämonen auf mich?

„Klar. Genauso wie Timothy. Nur ein Freund.“

Stirnrunzelnd schüttle ich den Kopf. „Timothy ist mein Freund. Oder hat er etwas getan, das einen Zweifel daran zulässt?“ Kaum habe ich diese Frage ausgesprochen, werde ich nervös. Was, wenn er wirklich etwas mit einem anderen Mädchen hat und deswegen nichts dagegen einzuwenden hatte, dass ich mit Silent Weihnachten verbringe und nicht mit ihm?

„Ihr beide habt da in mir Zweifel aufkommen lassen.“

Beide? Ich öffne gerade den Mund, um ihr zu widersprechen, da beginnt sie, wie eine Wahnsinnige vor mir herumzufuchteln. Ich schließe meine Lippen wieder, bevor Luca mir gegen den Gaumen schlagen kann.

„Du hast euer erstes gemeinsames Weihnachtsfest mit nicht-deinem Silent verbracht und Timothy am Telefon und Computer. Und bei einer Frau, die gut vierzig Jahre älter ist als er, wenn ich das richtig mitbekommen habe.“

Und ich dachte schon, er hätte etwas mit einem anderen Mädchen angefangen. Im nächsten Moment will ich mich für diesen Gedanken ohrfeigen. Wem kann ich schon mehr vertrauen als einem nüchternen Timothy? Mir nicht, daher auch Silent eher weniger. Luca? Nein, danke. Trotz unserer ... ja, sind wir inzwischen befreundet? Egal. Obwohl wir uns inzwischen besser verstehen, würde ich darauf wetten, dass sie mich immer noch auf dem Grund des Meeres versenken würde, wenn sie die Gelegenheit bekäme. Nicht, dass ich es mit ihr irgendwie anders handhaben würde.

Timothy bleibt mein einziges vertrauenswürdiges Ass im Ärmel. Wenn ich ihm nicht glauben will, bin ich auf mich allein gestellt. Für immer.

„Ich denke, das lag an den besonderen Gegebenheiten", antworte ich, nun wieder mit geschlossenen Augen.

Luca schnaubt abfällig. „Welche? Dass du in Timothys Bruder verknallt bist?"

Jetzt reiße ich die Augen auf und starre sie an. „Ich bin nicht in Silent verknallt! Woher weißt du überhaupt, dass die beiden Brüder sind?"

Luca verdreht leidgeprüft die Augen. „Dachtest du, ich bin taub? So was spricht sich rum. Vor allem, wenn dein Freund es seinem besten Freund erzählt. Ich habe niemals jemanden gesehen, der unzuverlässiger ist als dieser Adam. Gegen den ist jede Tratschtante verschwiegen."

Ich hasse es, ihr diesbezüglich zustimmen zu müssen.

„Wie viele wissen es?", frage ich und bin aus irgendeinem Grund nervös.

Luca beginnt, nachdenklich mit den Fingern ihre wirren Haare zu kämmen. „Lass mich überlegen. So ziemlich alle? Warum informierst du dich darüber nicht selbst genauer, Hellseherin?"

Weil ich dafür nicht meine Fähigkeiten verschwende. Das wäre Selbstmord. Sie wollen ja so schon nicht in ihrem Käfig bleiben.

„Erstens weiß ich nicht genau, ob Hellseherin der korrekte Begriff ist. Und warum um alles in der Welt sollte ich meine Fähigkeiten für so einen Mist verschwenden?", frage ich und tue so, als würde mich ihre Antwort wirklich interessieren.

Luca setzt sich in den Schneidersitz und beäugt mich misstrauisch. „Wozu hast du deine verdammte Gabe, wenn nicht für so was?"

Hat sie das Ding gerade Gabe genannt? Ich wünschte, ich könnte meine Fähigkeiten auch nur für zwei Stunden auf sie übertragen. Dann wüsste sie, wie verdammt mächtig und schmerzhaft diese so geschimpfte Gabe ist. Luca würde wimmernd und heulend aus diesen Stunden hervorkriechen. Vorausgesetzt, das Monster hat noch etwas von ihr übrig gelassen.

„Für Notfälle."

„Solltest du dann nicht gerade jetzt alles dafür tun, die beiden Mädchen aufzuspüren? Und bevor du fragst, ja, auch über Ella und Tanni reden die Leute."

Logisch. Es kommt nicht oft vor, dass zwei beste Freundinnen unbemerkt verschwinden. Keine Kamera sie aufzeichnet, keine Spur zu ihnen führt. Der Mafioso arbeitet gründlich. Und ist mir immer einen Schritt voraus.

„Was denkst du, woran ich arbeite?", knurre ich und setze mich nun doch wieder auf. Es ist einfach ätzend, wenn Luca einen guten Kopf größer ist als ich, obwohl sie sitzt.

Sie gibt es auf, sich die Haare mit den Fingern glätten zu wollen, und lässt ihre Hände in den Schoß fallen. „Warum kommst du dann nicht voran?"

Gute Frage. „Weil mich jemand blockiert. Ich kann nicht sehen, was genau passiert, sollte ich dorthin gehen, wo Ella und Tanni eingesperrt sind."

Jetzt habe ich Lucas ungeteilte Aufmerksamkeit. Sie starrt mich aus großen Augen an. „Du weißt, wo sie sind, und sitzt noch immer hier?"

„Sieht so aus, oder?"

Schneller, als ich es Luca zugetraut hätte, vor allem um drei Uhr morgens, steht sie auf den Beinen und zeigt anklagend auf mich. „Warum bist du dann noch nicht bei ihnen?", ruft sie.

Ich schnaube und stelle mich vor sie. Wenn sie nicht schummelt, bin ich vier Zentimeter größer als sie. Auf die bestehe ich noch mehr in diesen extremen Situationen.

„Weil ich nicht sehen kann, was dann geschieht. Mir wurde quasi gesagt, dass ich unfreiwillig den Mafioso unterstützen würde. Aber darauf habe ich absolut keine Lust", erkläre ich seelenruhig. Ella und Tanni sind toll. Klar. Aber nicht toll genug, damit ich für sie den Kopf hinhalten würde. Dafür habe ich zu wenig mit ihnen zu tun gehabt und beide haben mir zu viele Probleme bereitet. Lieber lasse ich sie sterben und erwische damit den Mafioso kalt, als dass ich ihm gebe, was er sich wünscht. Ich wurde zum Überlebenskünstler erzogen, nicht zum guten Samariter.

„Du setzt ihr Leben aufs Spiel, weil du zu feige bist, blind irgendwo hineinzuspazieren?", faucht sie mich an.

Das reicht. „Ich bin nicht zu feige. Ich habe gelernt, dass diese Aktionen fast immer nach hinten losgehen." Ich klinge ruhig. Entspannt. Was Luca auf die Palme bringt.

„Und weil du dir Sorgen machst, dass du ein Wehwehchen davonträgst, würdest du sie sterben lassen?"

Das ist eine ziemlich harte Formulierung und trifft den Kern nicht einmal annähernd. Aber im Großen und Ganzen, ja. So sieht es aus. Vorausgesetzt, man erweitert das Wehwehchen auf tödliche Wunden.

„Bis jetzt schweben sie noch nicht in dieser Gefahr und ich muss wissen, wer mich blockiert", erkläre ich ihr. „Denjenigen schalte ich aus und dann wird es ein Kinderspiel."

Luca lacht kühl auf und wirft sich die Haare in bester Natasha-Manier über die Schulter. „Und was, wenn du denjenigen nicht schnell genug findest? Was dann? Siehst du dann zu, wie die beiden umgebracht werden?“ Sie sollte nicht so vorwurfsvoll klingen.

„Luca, du bist ebenso wie ich Agentin. Du solltest wissen, dass unser Wohl offiziell immer an erster Stelle steht“, sage ich gefährlich ruhig.

Sie kneift die Augen zusammen und schüttelt langsam den Kopf. In dem Licht der beiden Lampen wirken ihre Augen noch dunkler, als sie es ohnehin schon sind. Wie zwei schwarze, undurchdringliche Löcher. „Das mag für dich gelten, Cathlen, aber nicht für mich. Wie kommst du überhaupt darauf, dass du über dem Fall stehst? Über unseren Befehlen?“

„Weil mich die Befehle nicht interessieren! Ich habe das Kind des Mafiosos ausfindig gemacht und weiß, dass es mit seinem Vater kaum etwas zu tun hat. Was also würde es mir nutzen, diese Person in die Zentrale zu zerren?“, schreie ich sie an.

„Antworten würde es uns bringen, verdammt!“

Antworten. Es geht immer nur um Antworten. Ganz ehrlich, am Anfang ging es mir auch darum. Aber dieser Fall hängt mit Grotian zusammen, mit Madame. Und diese beiden würden ungeschoren davonkommen, täte ich einfach, was von mir verlangt wird. Das kann ich nicht zulassen. Weil an den beiden viel mehr unschuldige Leben hängen. Angefangen mit den Kindern bis hin zu jenen, die von ebendiesen Kindern irgendwann auf Madames Befehl hin getötet werden.

„Nicht die, die ich brauche!“ Nur mit Mühe gelingt es mir, nicht zu kreischen. „Es würde einen Kriminellen ans Licht zerren. Aber denkst du allen Ernstes, das würde etwas ändern? Ich habe jemanden gesehen, der mit ihm zusammenarbeitet, ein weiterer Sohn von ihm. Ich kenne ihn von früher und kann dir versichern, dass er dir, ohne zu zögern, lachend die Finger abschneiden würde. Kuppe um Kuppe.“

Luca ballt die Hände zu Fäusten. „Dann soll der Mafioso uns zu ihm führen, sobald wir ihn gefasst haben. Ich will, dass du Ella und Tanni da rausholst oder mir die Gelegenheit gibst, das zu tun.“

Zwei Leben oder Tausende? Die Entscheidung ist erschreckend einfach.

„Nein.“

„Wie nein? Denkst du allen Ernstes, ich kann sie allein nicht finden?“

Meine Wut ist verschwunden und eine lähmende Gleichgültigkeit überkommt mich. Eine Gleichgültigkeit, die mich dazu bringt, mich zurück auf mein Bett zu setzen und mich einmal katzenartig zu strecken.

„Ich weiß, dass du sie nicht finden wirst, Luca. Ich habe es gesehen", setze ich sie in Kenntnis und beginne, meine zerzausten Haare zu flechten. Es ist komplizierter, als es sich anhört. Ein ungläubiger Laut entweicht ihren Lippen. Mit großen, unschuldigen Augen sehe ich sie an.

„Du würdest Tannis und Ellas Tod in Kauf nehmen?", vergewissert sie sich.

Würde ich das tun? Ich zupfe eine weitere Strähne zurecht und zwinge sie in ihre übliche Position. „Nein. Ich werde eine Lösung finden und sie dann rausholen. Aber ich werde weder Timothy noch Silent ausliefern. Timothy wusste bis vor einer Woche nicht einmal, dass sein Vater noch lebt, und Silent hat kein Interesse an ihm", erkläre ich ihr.

Unglaube flackert in ihren Augen auf. „Du denkst, du kannst Silent auch nur ein Wort glauben?"

Nein, eher nicht. Aber ich weiß, dass er Mr Flanell in den wortwörtlichen Wahnsinn treiben könnte. Wenn Luca auch nur eine Ahnung von dem hätte, was ich weiß, würde sie genauso wenig zögern, Opfer zu bringen, wie ich.

„Ich weiß, dass er lügt wie gedruckt", sage ich. „Und Silent weiß, dass ich es weiß. Er würde der Zentrale nichts bringen außer Problemen."

Sekundenlang sieht Luca mich an. Dann stampft sie mit dem Fuß auf und beginnt, durch den schattenverhangenen Raum zu tigern. Zum geschlossenen Fenster, zur Tür und wieder zurück. „Du willst den Fall behindern?"

„Nein. Ich will den Mafioso schnappen. Auf meine Art und Weise."

Sie hört auf zu tigern. „Egal, was es kostet?"

Das ist eine verdammt gute Frage. Wo würde ich stoppen? Bei Ellas und Tannis Leben? Würde ich sie opfern, damit Madame und Grotian das Handwerk gelegt werden kann? Bin ich bereit, es offiziell zu machen?

„Im Notfall, ja", sage ich, lasse meinen fertigen Zopf los und strecke mich nach dem Nachtlicht, um es wieder zu löschen.

Luca schlägt mir auf die Finger, ehe ich den Knopf erreichen kann. „Du bist widerwärtig", zischt sie mich an, das Gesicht viel zu nah an meinem. Ihr bitter riechender Atem schlägt mir ins Gesicht und ich halte die Luft an.

„Wie gesagt, im Notfall. Sonst will ich einfach sehen, was der Mafioso als Nächstes tut, oder wissen, wie ich am besten um seine Fallen herumkomme.“ Wütend stößt Luca mich nach hinten. Mein Kopf schlägt auf die Matratze. Adrenalin schießt durch meine Venen, die Muskeln beginnen zu beben. Wenn sie das noch einmal tut, wird sie es büßen.

„Na, die erste Antwort hast du dir doch im Schlaf schon gegeben. Nur die Toten können dir deine Fragen beantworten“, spottet Luca.

Ich will mich gerade auf sie stürzen, als mir ein winziger Hoffnungsschimmer entgegenfliegt. Nur die Toten. Vielleicht kann mir die gute Rebecca behilflich sein. Selbst wenn ich vom jetzigen Standpunkt aus keinen blassen Schimmer habe, wie. Sie wird wahrscheinlich nicht auferstehen und mit mir ein kleines Pläuschchen bei einer Tasse Tee halten. Ebenso wenig wird man mir einen Zettel zukommen lassen, damit ich dem Mafioso besser das Handwerk legen kann. Aber vielleicht findet sich an ihrem Grab irgendetwas Nützliches.

„Weißt du, Luca, das war das erste Sinnvolle, das du in den letzten Minuten von dir gegeben hast. Und jetzt lass meine Finger los, ich will das Licht ausmachen“, sage ich und sehe sie abwartend an.

Luca schüttelt nur langsam den Kopf. „Vergiss es.“

Schade. In dem Moment, als ich mich aufrichte, um sie auf den Boden zu stoßen, fliegt das Fenster auf. Wir fahren beide zusammen. Luca fixiert den leeren Rahmen, ich das, was auf den Boden gefallen ist. Lautlos schiebe ich mich von meinem Bett, aktiviere die Taschenlampenfunktion meines geliebten Smartphones und leuchte auf den Fleck. Kein totes Tier, wie ich überrascht feststelle. Sondern ein lebendes, blutendes. Der eine Flügel des Raben ist in einem ungesunden Winkel abgeknickt. Krächzend versucht er, von mir fortzuhopsen. Es gelingt ihm nicht. Er knickt immer wieder nach rechts weg. Blut verklebt sein Gefieder. Wie verzweifelt er sich fühlen muss. Wie ausgeliefert. Wir wissen beide, dass ich nur die Hände ausstrecken muss, und von ihm ist nichts mehr übrig. Ein geschlagener Feind, der auf den Gnadenstoß wartet.

Heute nicht.

„Luca. In meinem Nachttisch befindet sich ein kleines Döschen. Nimm das und komm ganz langsam her“, befehle ich und strecke die Hand nach dem Tier aus. Kraftlos hackt es nach meinen Fingern. Der Versuch einer Gegenwehr ohne Energiereserven. Auf dem Rücken des Raben ist ein blütenweißer Umschlag befestigt. Ich verziehe das Gesicht. Wie freundlich, wieder einmal Post für mich. Man sollte dem Mafioso erklären, dass es so etwas wie Briefkästen gibt.

Ein leiser Luftzug verrät mir, dass Luca sich soeben neben mir hat fallen lassen. Mit fragendem Gesichtsausdruck überreicht sie mir das Döschen. Ich nehme eine der Pillen heraus. Da waren es nur noch vier. Ehe das Tier reagieren kann, schieße ich nach vorne, schneller, als es einem Menschen möglich sein sollte, und halte es fest. Ein verzweifeltes Krächzen erfüllt den Raum. Ich nehme dem Raben den nun leicht zerknitterten Brief ab und stopfe die Pille in seinen Schnabel. Er ist rasiermesserscharf. Fluchend ziehe ich meine Hand zurück und starre auf die bereits zu heilen beginnende Wunde an meinem Finger. Ein wundervoller Abdruck des Schnabels. Ein einfaches „Danke" hätte mir auch gereicht.

Luca schnappt leise nach Luft, als sich vor unseren Augen der Flügel wieder richtet. Keine zwei Minuten voll fassungsloser Stille später flattert der Rabe aus dem Fenster, lässt Luca und mich allein. Zusammen mit dem Brief. Auf Nimmerwiedersehen. Sicherheitshalber beuge ich mich noch nach draußen, aber wie erwartet sind keine Fußspuren unter dem Fenster zu erkennen. Und auch keine Vergangenheit. Ich schnalze mit der Zunge gegen den Gaumen. Wie freundlich von dem, der mich blendet, mir ein Präsent zu schicken. Diesmal sogar lebendig. Mit einem Schnauben schließe ich das Fenster, lege den Riegel um und öffne den Briefumschlag. „Was ist das?", verlangt Luca zu wissen.

Ich sehe sie mit nach oben gezogenen Augenbrauen an. „Das, meine Liebe, ist ein Drohbrief meines neuen besten Freundes und ein weiterer Beweis dafür, dass er mich immer im Auge hat", sage ich mit einem bitteren Lächeln auf den Lippen.

Unter Lucas intensiven Blicken ziehe ich den Briefbogen heraus. Wie immer sind die Worte auf dem Computer getippt worden. Wie immer so wenige Zeilen, dass sie des Versendens nicht wert sind.

Mein kleines Giftmädchen, ich hoffe, du hast die Botschaft verstanden. Die Erste blutet.

Soll er mir doch einfach eine SMS schreiben.

„Was steht da drauf?"

„Das übliche Kauderwelsch. Ein Satz, der mich zum Handeln zwingt. Der Typ steht auf nervende Kleinpost." Ich schiebe ihr ohne Umschweife den Zettel hin.

Lucas Augen weiten sich, als sie begreift. „Cathlen, du musst sie suchen gehen!"

Ich nicke und beginne bereits, meine Sachen zusammenzukramen. Da hat wohl jemand gesehen, dass ich wirklich vorhatte, die Füße stillzuhalten. Und es hat ihm nicht gefallen. Gut zu wissen.

„Ich werde meine Lösung suchen gehen und hoffen, dass die beiden dann noch am Leben sind“, sage ich und stopfe einen Ersatzpullover in den Rucksack, zusammen mit Mullbinden, dem Döschen mit den verbliebenen Pillen, meiner Pistole, einem Messer, dem Smartphone und hundert Dollar.

„Du wirst zuerst die beiden Mädchen suchen, Cathlen!“

Das ist mir neu. Mit einem leicht genervten Lächeln im Gesicht drehe ich mich zu ihr um und deute auf den Blutfleck unter dem Fenster. „Du machst das sauber, ja? Ich suche den Bösen.“

Kapitel 14

Wenigstens kenne ich den Weg zum Grab von Rebecca Silencieux inzwischen in- und auswendig. Etwas Tröstliches hat das nicht. Es gibt erstrebenswertere Fähigkeiten als die, den Weg zu einer toten Frau zu finden. Vor allem, wenn man nicht weiß, was genau man bei ihr soll. Und wer dort auf einen lauert.

Wolken sind aufgezogen, als ich mich neben ihrem Grab niederlasse und ratlos auf die Fläche starre, unter der Rebecca Silencieux angeblich ihre ewige Ruhe gefunden hat. Meine Finger kribbeln vor Anspannung. Mir ist gefährlich bewusst, dass jede verschwendete Sekunde Ella und Tanni zum Schluss fehlen könnte. Dass man mich vielleicht nur hinhalten will.

Ihr Leben ist nicht meine oberste Priorität. Das muss ich mir wieder und wieder ins Gedächtnis rufen, um die Füße stillzuhalten. Meine Rache an Madame steht an erster Stelle. Koste es, was es wolle. Der einfachste und direkteste Weg zu ihr führt über den Mafioso. Möglicherweise auch über die kalten Leichen von Ella und Tanni. Sollten sie ihr Leben lassen, werden die beiden nicht umsonst gestorben sein.

„Also, Becci, so darf ich dich doch nennen, oder?“, beginne ich mit der dämlichsten Sache, die mir je in den Kopf gekommen ist. Was schon ein Statement für sich ist. Beinahe peinlich berührt fahre ich mir über den Zopf und zupfe ein wenig an meiner Jeans herum. „Sei mir nicht böse, wenn ich in deiner Vergangenheit schnüffle. Weil, na ja, du kanntest den Mafioso ziemlich gut und ich muss wissen, was er als Nächstes tun wird. Menschliche Verhaltensmuster wiederholen sich zumeist, wenn sie sich bewährt haben, und du ... du wärst nicht tot, wenn seine alten Methoden keinen Erfolg gehabt hätten“, versuche ich mich einer sehr toten Frau zu erklären. Die zufälligerweise auch noch die Mutter meines Freundes ist.

Ein Vogel stößt einen Warnruf aus. Ich zucke zusammen und vergrabe mich tiefer in meiner Jacke. Das nehme ich mal als Zustimmung. Mir bleibt eh keine andere Wahl.

Ich beginne, schamlos in Rebeccas Vergangenheit zu graben. Sehe sie als kleines Kind, als junge Frau. Meine Nase beginnt, wie verrückt zu bluten, der Schmerz zieht sich durch meinen Kopf wie ein Feuerring. Wenn Luca noch einmal sagt, dass ich nicht bereit bin, Opfer zu bringen, erwürge ich sie.

Mit einem Seufzen suche ich weiter und werde irgendwann zwischen Kontrollverlust und bitterer Verzweiflung fündig. Ihre erste Begegnung mit dem Mafioso, die bereits ihren Tod besiegeln sollte. Als ich die junge Frau an seiner Seite erkenne, entgleisen mir die Gesichtszüge. Elegant wie eh und je, das pechschwarze Haar zu diesem perfekten Knoten nach oben gesteckt, die gleiche Kälte in den Augen. Sie trägt ein Lächeln zur Schau, das falsch und verlassen wirkt. Madame. Rebecca bewegt sich mit einem strahlenden Lächeln zwischen den Tischen hindurch auf die beiden zu, auf dem Arm zwei Karten. Auch wenn sie versucht, Madame ebenfalls im Blick zu behalten, fixiert sie auffällig oft deren Begleiter. Das dunkle braune Haar fällt ihm in das feine Gesicht, das alle drei Söhne von ihm geerbt haben. Die braunen Augen sind ebenso eisig wie Grotians.

„Wissen Sie schon, was Sie trinken möchten?“, fragt Rebecca den Mafioso.

Er faltet die langen Finger und stützt das Kinn auf, schenkt ihr ein umwerfendes Lächeln. Das gleiche, mit dem Silent meine Knie weich werden lässt.

„Einen Kaffee für mich. Und für dich einen Tee, Alisha?“, wendet er sich an seine Begleiterin.

Alisha. Sie besitzt tatsächlich einen Namen.

Madame nickt. Ebenso erhaben und distanziert wie eh und je. „Pfefferminze, bitte, mit einem Schuss Zitrone und ohne Zucker“, sagt sie mit süßlicher Stimme, der russische Akzent erstaunlich ausgeprägt.

Rebecca nickt, noch immer dieses strahlende Lächeln im Gesicht, das Timothy perfektioniert hat. „Sofort.“

Madame sieht ihr mit leichtem Desinteresse nach, während der Mafioso kaum die Augen von ihr lassen kann.

Ich springe einige Monate weiter. Rebecca sitzt mit dem Mafioso an einem Tisch. Er hat sich vertrauensvoll zu ihr gebeugt. Das Licht der untergehenden Sonne bemalt sein umwerfendes Gesicht mit weichen Farben.

„Rebecca, meine Geliebte. Du bist mein Ein und Alles, meine Sonne, mein Mond. Ich bitte dich, mache mich zum glücklichsten Mann dieser Erde, werde meine Frau“, flüstert er, die Augen intensiv auf sie geheftet, beinahe etwas wie Zärtlichkeit darin.

Rebecca senkt den Blick, lässt einige blonde Strähnen in ihr hübsches Gesicht fallen. „Wie könnte ich da Nein sagen, Monte?", wispert sie breit lächelnd.

Er beugt sich vor, küsst sie. Rebeccas Liebe kann ich unschwer erkennen, seine scheint verschwunden. Der Mafioso betrachtet sie aus eisig kalten Augen, während sie sich verliebt an ihn schmiegt.

Vier Jahre später.

„Es sind auch deine Söhne!", schreit Rebecca den Mafioso an. Eine steile Falte hat die Zeit in ihre Stirn gegraben. Ich erkenne die Umgebung wieder. Die Küche, die ich mithilfe meiner Fähigkeiten in dem zerfallenen Haus rekonstruieren konnte. An dem offenen Fenster flattern die weißen Vorhänge.

Der Mafioso, Monte, verschränkt die Arme vor der Brust. „Einer ist nichtsnutziger als der andere. Sie sollten nicht den ganzen Tag lang versuchen, Schmetterlinge zu fangen!", brüllt er.

Rebecca verdreht die Augen. „Sie sind Kinder. Was zur Hölle hast du erwartet?"

„Dass sie mir etwas nutzen, aber das tun sie nicht!"

„Wolltest du sie deswegen? Hast du mich deswegen immer und immer wieder umworben und dann weggestoßen, hast du deswegen vorgegeben, mich aus tiefstem Herzen zu lieben? Damit du Menschen hast, die dir, ohne zu zögern, folgen?", schnaubt sie. Das Knallen der Ohrfeige hallt durch den ganzen Raum. Reflexartig presst die Frau ihre Hand an ihre Wange, den Tränen nahe. „Es reicht", wispert sie schließlich mit erstickter Stimme. „Ich habe ein für alle Mal genug von deinen kranken Spielchen. Von deinem ständigen Vor und Zurück. Von deinen Liebesbekundungen, nur um mich fester in der Hand zu haben. Vor Sonnenaufgang sind meine Söhne und ich verschwunden."

Er lacht nur über ihre vor Wut geröteten Wangen, die immer lauter werdende Stimme. „Du gehst, sie bleiben."

Rebecca schüttelt den Kopf mit einer Entschlossenheit, die eine Mutter an den Tag legen sollte. „Nein. Timo und Jack kommen mit mir."

Ein grausames Grinsen umspielt seine Lippen, eiskalt, Furcht einflößend. Das gleiche, das ich an Silent aus ganzem Herzen hasse. Wann immer ich etwas tue, das ihm nicht gefällt, trägt er es zur Schau. Jedes Mal. Bis ich das tue, was er für richtig hält.

„Gut. Verschwinde mit dem blonden Narren. Jack bleibt." Die Endgültigkeit in seiner Stimme lässt nicht nur Rebecca zusammenfahren.

„Nein. Ich lasse keinen von ihnen bei dir zurück", faucht sie wie eine wütende Katze. Ein leicht bläulicher Abdruck zieht sich über ihr Gesicht, dort, wo seine Hand ihre Wange berührt hat.

Der Mafioso nähert sich ihr, bis sie Schuhspitze an Schuhspitze stehen. Die beiden sehen einander in die Augen, mit der gleichen Intensität, die ich von Silent und mir kenne. Dann küsst er sie. Genauso wie Silent es immer mit mir getan hat. Mit einer ähnlich gespielten Verzweiflung, mit vorgegebener Hilflosigkeit. Und Rebecca wehrt sich. Genau wie ich.

Mir wird schlecht. Egal, was Silent sagt, wenn er behauptet, dass er keinen Kontakt zu seinem Vater hat ... wie kann das wahr sein, wenn er so viele seiner Verhaltensweisen übernommen hat?

Ich unterbreche die Verbindung abrupt und starre auf den Grabstein. Ich bin so entsetzt, dass nicht einmal meine Fähigkeiten ausbrechen wollen. Sie sind genauso erschlagen wie ich. Rebecca hat den Mafioso wirklich geliebt. Er hat es sich bis zum Schluss zunutze gemacht. Das Bild ihrer jahrealten Leiche drängt sich in mein Bewusstsein. Das hat er mit ihr angestellt. Das hat er von dieser lebensfrohen Frau übrig gelassen.

Silent ist mir wirklich wichtig. Und er weiß genau, wie er das zu seinem Vorteil nutzt. Dabei ist es ihm egal, ob er seinen Bruder damit verletzt. Silent ist wie sein Vater. Eine boshafte Kopie des Ungeheuers, das ich hinter Schloss und Riegel bringen soll.

Ich lache bitter auf. Was für ein wunderbares Gespräch wird das wohl werden, wenn ihm aufgeht, dass er mich nicht länger in der Hand hat? Wer von uns beiden wird da wohl lebendig wieder rauskommen? Er ganz bestimmt nicht.

„Cathrin?“

Für eine Sekunde setzt mein Herzschlag aus, dann kann ich die Stimme zuordnen. „Timothy? Wie hast du mich gefunden?“

Er gleicht einer Fata Morgana, wie er zwischen den Grabsteinen hindurch auf mich zukommt. Ein Lächeln erhellt sein Gesicht, das dem seiner Mutter zum Verwechseln ähnlich sieht. Ebenso herzensgut, ebenso bedingungslos offen. Silent hat mich einmal gefragt, was Timothy habe, das ihm fehle. Das ist es. Dieses Lächeln. Es hat mir nie eine Wahl gelassen. Und dafür danke ich Timothy nun mehr denn je. Sein Bruder hat sich einen Platz in meinem Herzen gestohlen, einen größeren, als ich ihm zugestehen will. Silent wird ihn, ohne zu zögern, zu seinem Vorteil nutzen. Aber Timothy? Er freut sich einfach, dass ich ihn liebe, und gibt mir so viel mehr zurück, als ich verdient habe.

„Habe meinen wiedergefundenen Bruder ausgequetscht“, erwidert er grinsend.

Das hat ihm Silent erzählt? Da staune ich. Ohne zu zögern, falle ich ihm in die Arme, obwohl ich mal wieder aussehen muss wie einem Massaker entflohen. Das Blut klebt warm an meinem Kinn.

„Du hast gar keine Ahnung, wie froh ich bin, dich zu sehen“, flüstere ich und gestatte es mir, mich für einige Sekunden in seinen warmen braunen Augen zu verlieren. Er zieht mich eng an sich, so wie immer. So wie ich es gerade jetzt dringend brauche, um nicht den Verstand zu verlieren.

„Kann es mir ungefähr vorstellen“, murmelt er in mein Haar, ehe er mir einen vorsichtigen Kuss gibt.

Entspannt schließe ich die Augen. Jetzt muss ich nicht mehr so achtsam sein, jetzt passt er auf mich auf.

„Das ist also das Grab meiner Mutter?“, wispert er schließlich an meinen Lippen.

Ich nicke leicht und kuschle mich enger an ihn. Was weiß ich, warum ich seine Nähe gerade mehr denn je benötige? Vielleicht weil ich wirklich in Betracht ziehen muss, dass Silent mich die ganze Zeit über manipuliert hat, mit jedem Schritt sein Netz enger um mich gesponnen hat. Mir gehen die Ausreden aus. Die Fakten liegen auf dem Tisch, unleugbar. Das Wenn und Aber hat sich verkrochen.

„Ja. Hier liegt deine Mutter begraben“, bestätige ich und kuschle mich noch etwas dichter an ihn, auch wenn das inzwischen schwerlich möglich ist.

Timothys Herz schlägt an meiner Wange. Beruhigend streichelt er mir über den Rücken. „Will ich wissen, was du gesehen hast?“, fragt er mich.

Blöde Frage. „Eher nicht.“

„Habe ich mir schon gedacht.“ Das entlockt mir ein kleines Lachen. Timothy zögert. „Hast du etwas dagegen, wenn ich … wenn ich ein wenig mit meiner Mutter, nun ja, spreche?“, stottert er.

Ich löse mich ein winziges bisschen von Timothy, aber nur so weit, dass ich ihm in die Augen sehen kann. Eigentlich müsste ich langsam los zu Ella und Tanni, auch wenn ich noch immer nicht viel mehr über den Mafioso weiß. Lediglich, dass sein verfluchter Jack Follador handelt wie er. Und damit so wie ich.

„Wie könnte ich? Euer letztes Gespräch ist Ewigkeiten her“, versuche ich zu scherzen, scheitere aber, wenn auch nicht kläglich.

Timothy schenkt mir ein halbes Lächeln. „Genau." Noch immer mit mir in den Armen hockt er sich hin und wendet sich dem Grabstein zu. Ein paarmal öffnet er den Mund, nur um ihn ebenso schnell wieder zu schließen. „Cathrin, mir fällt kein Thema ein", wispert er schließlich beschämt.

Leicht irritiert verrenke ich mir den Hals, um ihn ansehen zu können. Kummer steht in seinen Augen. Ich seufze leise auf und wische mir einmal über den Mund. Ein wenig Blut bleibt daran haften. Dass er mich trotzdem immer wieder küsst, muss wahre Liebe sein.

„Erzähl ihr von deinem letzten Training", schlage ich vor.

Nachdenklich legt er den Kopf schief. „Aber das ist so unwichtig."

Ein unfreiwilliges Lachen entflieht mir. „Dafür sind Eltern doch da. Damit man ihnen jeden unwichtigen Mist erzählen kann."

Ich sehe, wie Timothy meine Worte kurz überdenkt, dann wendet er sich wieder dem Grabstein und der darunter nicht wirklich vergrabenen Person zu.

„Hi ... Mom. Wir haben lange nicht mehr ... Also, du bist jetzt ja schon eine Weile tot ...", stottert er. Hilfe suchend sieht Timothy mich an. Ich nicke ihm ermutigend zu. Wie solch einfache Dinge doch zu einer enormen Herausforderung werden können. So viel Überwindung kosten können. Timothy bekommt noch einen kurzen Kuss, dann ist er am Zug. Er atmet tief durch. „Das Training gestern ist wirklich gut gelaufen", sagt er. „Heute war ich nicht da, weil ich meine Freundin erst einmal wiederfinden musste. Weil sie mir mal wieder nicht gesagt hat, wo sie hingeht."

Oh, Mist. Das habe ich vergessen.

„Jack und ich, wir leben in einem Zimmer. Vielleicht verhalten wir uns nicht wie Brüder, aber wir kommen miteinander aus, so wie du es immer wolltest." Ein schiefer Blick zu mir. „Gut, meistens kommen wir miteinander aus", berichtigt er sich.

Ich verdrehe die Augen. Wie sehr ich es doch liebe, das Mädchen zu sein, das Timothy liebt und Silent instrumentalisieren will.

„Das Mädchen, das gerade dein Grab vollgeblutet hat, ist übrigens meine Freundin. Du würdest sie lieben", flüstert er und starrt stur auf den Stein. Ich drücke sanft seine Schulter.

Ich spüre, wie Timothy tief einatmet, dann räuspert er sich und nickt dem Grabstein zu. „War toll, mal wieder mit dir zu reden. Wie gesagt, ist eine Weile her", murmelt Timothy, ehe er sich aufrappelt. Mit einem schiefen Lächeln bietet er mir seine Hand an. Ich drücke sie und begleite ihn schweigend auf dem Weg, der uns aus dem Friedhof hinausführt.

„Und wo will meine Freundin jetzt wieder hin?“, fragt Timothy schließlich bemüht unbeschwert, während wir durch die grauen Straßen wandern.

Ich lege einen Arm um ihn und drücke mein Gesicht gegen seine Schulter. Einmal tief durchatmen und mich fassen. „Ella und Tanni suchen. Ich weiß, wo sie sind“, antworte ich wahrheitsgemäß.

Timothy bleibt wie vom Blitz getroffen stehen. „Du weißt, wo sie sind?“

Ich nicke nur und ziehe leicht an seinem Arm. Wir müssen weiter. Ohne Flugzeug komme ich nie in Costa Rica an. Ich möchte die Kosten für einen Last-Minute-Flug dorthin gar nicht kennen. Dafür wird die Zentrale aufkommen müssen.

„Warum bist du dann nicht schon längst bei ihnen?“

Ja, die altbekannte Frage. „Ich hatte keine Lust, in einen Hinterhalt zu laufen, aber jetzt weiß ich so ungefähr, wie der Mafioso tickt.“ Weil ich genauso programmiert wurde.

Ich spüre Timothys ungläubigen Blick auf mir ruhen, ignoriere ihn aber gekonnt. Diesen Gesichtsausdruck habe ich seit heute Nacht so richtig satt.

„Aber jetzt bist du doch auf dem Weg zu ihnen.“ Es ist weniger eine Frage als eine Feststellung.

Ich zucke die Schultern. „Sieht so aus, oder? Auf zum Flughafen und dann ab.“

Aus dem Augenwinkel sehe ich, wie Timothy langsam nickt. „Ich komme mit.“

„Nein, kommst du nicht. Das wäre Wahnsinn!“ Auf was für blöde Ideen der Junge immer kommt. Als hätte er irgendwelche Selbstmordambitionen, dabei ist das mein Part in der Beziehung. Wenn er dabei auch noch mitmacht, ziehen wir wahrscheinlich bald so einen Romeo-und-Julia-Scheiß ab. Möglicherweise bereits in Costa Rica.

„Cathrin, ich bin erwachsen. Ich weiß sehr wohl, was ich mir zumuten kann und was nicht. Du allein in Gefahr ist auf jeden Fall keine Alternative“, erklärt er mir ruhig.

Ich bemühe mich, nicht die Augen zu verdrehen oder zu lachen. Ich in Gefahr? Himmel, mir wird quasi rund um die Uhr eine Pistole auf die Brust gesetzt. Inzwischen wäre es sogar möglich, dass ich in Costa Rica sicherer bin als im Internat. Denn Silent wird nicht in dem weißen

Herrenhaus des Mafiosos warten. Silent, der ist wie sein Vater. Er weiß, wie man mit Menschen spielt. Mit mir. Gott, ich kann nicht glauben, dass ich ihn freiwillig geküsst habe! Wie unglaublich überlegen er sich in dem Moment gefühlt haben muss.

„Also bist du bereit, im Notfall deinen eigenen Vater, ohne zu zögern, zu erschießen? Dieses Szenario ist nicht gerade unwahrscheinlich", lüge ich.

Timothys Hand krampft sich zusammen. „Dann tue ich das. Wenn es bedeutet, dass dir nichts geschieht, dann muss er sterben. Du würdest das Gleiche auch für mich tun", sagt er schließlich. Ich muss schlucken. Ich würde das Gleiche doch auch für ihn tun, oder? Timothy tot, das könnte ich nicht ertragen. Oder? Eine altbekannte Frage. Wie weit würde ich gehen für meine Rache? Zu weit.

„Ja, das täte ich wohl auch für dich", murmle ich. Es ist viel weniger ein Versprechen an ihn als an mich. Ich werde ihn nicht im Stich lassen, egal, was es kostet. Und wenn die Rache an Grotian und Madame näher ist als je zuvor, er geht vor. Ich werde ihn nicht sterben lassen.

„Guck, dann sind wir doch abgesichert!"

Das entlockt mir jetzt doch ein bitteres Lachen. „Nein, Timothy. Das ist eine Katastrophe. Wenn man für den anderen den Kopf hinhalten würde, dann wird das ausgenutzt", versuche ich zu erklären.

Er schnaubt abfällig. „Cathrin, wir sind in keinem Drama", spottet er.

Nein. Aber zwischen unseren Leben liegen Welten. Er wird meine nie begreifen. Ich seine noch weniger.

„Stimmt. Aber ich habe gesehen, dass genau das passiert, wenn man deutlich macht, dass man verletzbar ist. Dieser Punkt wird ausgenutzt, um einen selbst in die Knie zu zwingen, und du bist meine Schwäche, Timothy. Denkst du ernsthaft, man würde dich am Leben lassen?" Nur mit Mühe kann ich meine Stimme ruhig halten. Härter auftreten tue ich trotzdem. Wahrscheinlich wirke ich gerade wie eine verzogene Fünfjährige. Aber wen kümmert es? Diese Tatsache frustriert mich ungemein. Vor allem, weil ich von vornherein weiß, dass Timothy es nicht verstehen kann.

„Du überdramatisierst das, Cathrin", sagt er.

Ich überdramatisiere, genau! Weil ich ja sonst nichts zu tun habe!

„Meine Kindheit habe ich in der Hölle verbracht. Man hat mich dazu gebracht, meine beste Freundin zu erschießen. Mit einem einzigen, kalten Wort. Schuss. Weil sonst ich gestorben wäre. Man hat mir versprochen, mich unbesiegbar zu machen. Sie hatten jedoch vergessen zu erwähnen, dass mit Unbesiegbarkeit immer Zerstörung einhergeht."

Timothys Schritte stocken für einen winzigen Moment. „Stand das in diesem Heft, das Ella und Tanni angeschleppt haben?"

Zum Glück nicht! „Nein. Darin wurden nur Methoden geschildert, mit denen sie uns unsere Menschlichkeit genommen haben. Unsere Persönlichkeit, unsere Individualität", erkläre ich und starre stur nach vorne. Einfach weitergehen. Nicht daran denken. Ich fokussiere mich auf das flatternde Fähnchen an einer geschlossenen Eisbude.

„Niemand kann dir nehmen, was du bist", erwidert er im Brustton der Überzeugung.

Das Blut zieht an meinen Augen vorbei, die Schreie. Die Kinder, die ich selbst auf dem Gewissen habe.

„Du hast keine Ahnung." Und dafür sollte ich dankbar sein, ebenso wie er. Davon will man nichts wissen.

„Cathrin ...", setzt er an.

„Nein! Es reicht, okay? Du kommst nicht mit. Ich schwöre dir bei allem, was du willst, dass ich wiederkomme. Das ist kein Versuch zu verschwinden. Spätestens in drei Tagen bin ich wieder bei dir. Von mir aus kann ich dir jedes Detail erläutern, aber ich werde dich nicht mitnehmen, damit man mir wehtun kann, okay?"

„Ich werde nicht zulassen, dass du ..."

„Hör auf, dir Sorgen um verdammte körperliche Wunden zu machen!", schreie ich ihn an.

Timothy bleibt stehen, umfasst meine Handgelenke und zwingt mich dazu, ihn anzusehen. Mitten auf einer belebten Straße. Ich spüre die unverwandten Blicke der Passanten auf uns. Doch viel mehr noch seine durchdringende Frustration. „Warum? Die können dich umbringen."

Ich schüttle den Kopf. „Ich regeneriere sehr schnell. Sehr, sehr schnell. Möglicherweise kann ich mich auch zügiger bewegen, als ein Mensch es können dürfte. Und man hat mir beigebracht zu töten. Hör auf, dir Gedanken um meine Gesundheit zu machen."

Timothy lehnt sich näher zu mir. „Ich habe dich blutüberströmt gesehen. So oft. Und dass du nicht bei Bewusstsein warst", wispert er.

Ich löse vorsichtig eine Hand aus seiner Umklammerung, um ihm über das Gesicht zu streichen. Timothy schließt die Augen. Ich drücke ihm einen Kuss auf die Lippen. Diese Diskussion werde ich nicht weiterführen. Ich spüre, dass er das verstanden hat und definitiv nicht gutheißt. Aber kapituliert.

„Vielleicht solltest du dich umziehen, bevor du nach Costa Rica fährst", murmelt er an meinen Lippen.

„Keine Zeit. Das mache ich später, versprochen."

Ich spüre, dass er nickt, während ich noch für ein paar Sekunden die Augen geschlossen halte, mir einfach erlaube, den unerwarteten Moment zu genießen. Langsam nehme ich seine Kraft in mich auf. Ich werde diese ruhige Gelassenheit brauchen, die Timothy selbst dann noch umgibt, wenn er vor Verzweiflung stirbt.

„Gut. Aber du musst wirklich zu mir zurückkommen", fleht er mich an.

Ich nicke. „Natürlich."

Timothy schüttelt heftig den Kopf. „Ich meine das ernst, Cathrin."

„Ich auch", beteure ich. Er öffnet den Mund, um noch etwas zu sagen, aber ich versiegele seine Lippen einfach mit einem Kuss. „Wir sehen uns in spätestens drei Tagen."

Ich bin kaum einen Meter weit gekommen, da umfasst Timothy noch einmal mein Handgelenk. Ich drehe mich ein letztes Mal zu ihm um.

„Cathrin, denkst du, dass ich dich jemals belogen habe?", flüstert er.

Was ist das denn jetzt für eine blöde Frage?

„Nein, natürlich nicht. Das ist auch nicht der Grund, warum ich dich nicht mitnehmen möchte", erwidere ich.

Er schüttelt den Kopf. „Das meinte ich nicht. Es ist nur, ich habe dich belogen. Nicht oft, aber ich habe es getan."

Irritiert runzle ich die Stirn. Und das sagt er mir jetzt, weil?

Timothy atmet einmal tief durch. „Der Punkt ist, ich war schon immer ein guter Lügner, aber Silent tausendmal besser. Er manipuliert Menschen mit allem, was ihm in die Finger fällt. Wenn du meine Lügen schon nicht gesehen hast, dann hattest du gar keine Chance, seine zu erkennen."

Das weiß ich inzwischen auch. Eine Information, auf die ich hätte verzichten können. Vor allem unter dem Gesichtspunkt, was Timothy mir nicht gesagt hat.

„Was war deine größte Lüge mir gegenüber?", will ich wissen. Meine Nackenhaare stellen sich bei dieser Frage auf.

Vorsichtig streckt er die Hand aus und streicht gedankenverloren über meinen blonden Zopf mit den blutgetränkten Spitzen. „Ich wusste die ganze Zeit über, dass Silent und ich Brüder sind. Ich wusste, dass unser Vater der Mafioso ist. Ich wollte dich nicht verlieren."

Ebenso gut hätte er mich schlagen können. Ich taumle rückwärts. Flehend sieht Timothy mich an. Öffnet den Mund, aber ich hebe nur die Hand. Er hat genug gesagt. Alles in mir brüllt, ihn von mir fortzustoßen. Etwas, das ich einerseits will, andererseits aber nicht kann.

„Wir sehen uns in drei Tagen", ist alles, was ich über die Lippen bringe, ehe ich vor ihm fliehe.

01.01.2008, Mikun?

Daheim haben sie manchmal in der Nachbarschaft Raketen in die Luft geschickt. Wie Sterne fielen sie zu Boden. Madame hat seit jeher an diesem Tag etwas anderes vor. Ihre Säuberung. Die Betten sind überfüllt, zu viele zu nichts nutze. Ich verstehe ihre Misere, wirklich. Und beneide jeden, den es heute den Kopf kosten wird.

Alle aus meinem Zimmer, zusammen sind wir acht, stehen nebeneinander, einen Fuß etwas nach hinten versetzt, den Kopf gesenkt, die Hände hinter dem Rücken gefaltet. Ich spüre, dass wir zum Schluss kaum noch die Hälfte der Betten werden füllen können.

Schwere Schritte kündigen Madame und Grotian an. Niemand von uns wagt es aufzusehen, als die beiden die Tür durchschreiten, König und Königin der Hölle. Jeder von uns weiß, worum es geht, es gibt keine Erklärungen. Nur die beiden, die das hier abhaken wollen. Unnütze Zeitverschwendung, aber niemand außer ihnen ist kompetent genug, diese Entscheidung zu fällen, auch ich nicht.

Dem Mädchen, das der Tür am nächsten steht, entfährt ein Wimmern. Gewählt. Aber sie bettelt nicht, fleht nicht, erträgt das alles mit mehr Fassung, als ich letzten Endes erwartet hätte.

Diejenige direkt neben mir. Sie bekommt noch immer keine ordentliche Pirouette hin. Es ist ein Wunder, dass sie überhaupt bis zum heutigen Tag bleiben durfte.

Die Letzte wird ebenfalls von Madame ausgewählt. Sie geht gefährlich nah an Merida heran, wählt aber die Rothaarige mit den Sommersprossen neben ihr.

Diese sinkt in die Knie. „Ich flehe Sie an, bitte", wimmert sie, hat ebenso wie ich die Bäckerei gesehen. Ein sattes Klatschen. Mit einem leisen Aufschrei zuckt sie zurück. „Noch mehr Beschwerden?", fragt Grotian eisig.

Niemand rührt sich. Auf mir liegt sein Blick etwas länger als auf allen anderen, so wie es schon seit jeher war. Dann nickt er, stößt die Rothaarige vor sich her. Sie wird leiden, sehr leiden.

Sobald die Tür sich schließt, atme ich leise durch und wende mich an die anderen vier, die neben mir noch übrig geblieben sind. „Wir sollten uns fürs Training bereit machen", sage ich in genau dem gleichen Tonfall wie Madame.

Sie verneigen sich alle, gehen in gemessenem Tempo zu ihren Truhen, um die benötigte Kleidung hervorzuholen.

„Die Rothaarige, sie wird es ab jetzt schwerhaben, oder?", fragt Merida leise.
Ich zupfe an meiner schwarzen Bluse, nur um dann den Kopf zu schütteln. „Nur noch ein paar Stunden, dann wird sie wohl eher sättigend sein." Ein schwacher Versuch, einen Witz zu machen, den niemand würdigt. Zugegeben, er war ebenso kalt und grausam wie alles hier. Gut für mich. Dann bleiben mir Unannehmlichkeiten erspart.

Kapitel 15

Die Luft wirkt seltsam wertvoll, als ich einmal tief durchatme, ehe ich das Herrenhaus am Ende der Straße in Costa Rica betrete. So als wäre es das letzte Mal, dass ich Frischluft inhalieren kann. Das Haus, in dem ich schon einmal um ein Haar umgekommen wäre, hat seine düstere Faszination behalten. Ähnlich wie Madames Hallen. Der Wunsch, das Gebäude noch einmal zu betreten, ist verschwindend gering. Mein Wunsch, endlich die Möglichkeit zu bekommen, Madames Blut fließen zu sehen, lässt mich die unverschlossene Tür dennoch aufstoßen und die Eingangshalle betreten.

Der gleiche leicht zitronige Geruch nach Putzmitteln hängt in der Luft. Wie bei meinem letzten Besuch. Die kalten weißen Marmorplatten schimmern matt unter meinen Füßen. Der Wind pfeift kreischend durch den Spalt zwischen Tür und Rahmen. Ich mache kein Geheimnis daraus, hier zu sein. Lieber lasse ich sie zu mir kommen, als in eine ihrer Fallen zu tappen.

Mein Blick huscht durch den weiten, leeren Raum. Schatten verschlucken einen Großteil davon. Rechts von mir wartet die Tür, durch die ich das letzte Mal ging. Wirklich bedauern, dass ich durch die nicht noch einmal muss, tue ich nicht. Dahinter habe ich genug Energie verloren und bin ausreichend viele Tode gestorben. Unbewaffnet.

Ich krame nicht nur das Messer aus meinem Rucksack, ehe ich ihn wieder schließe. Die Knarre liegt beruhigend in meiner Jackentasche. Ich halte sie fest umklammert. Lieber zwölf Schuss als keinen. An guten Tagen bekomme ich damit achtzehn Feinde abgemurkst.

Das ratschende Geräusch des Reißverschlusses hallt ohrenbetäubend laut wider. Die Stille fällt tot zu Boden. Ich hebe das Messer. Meine Verteidigung für den jämmerlichen Notfall. Die Pistole ist mein Ass im Ärmel. Heute werde ich dem Mafioso beweisen, wie gut ich im Gewinnen bin.

Trotzig recke ich das Kinn in die Höhe und verschwinde im Schatten, genauso wie es der Mafioso in meiner Vision getan hat. Eine schwere Holztür steht einen Spalt offen, warmes Licht ergießt sich in den Vorraum, streckt sich mir entgegen und durchbricht die Dunkelheit. Nicht besonders beruhigend. Von der anderen Seite höre ich keinen Mucks. Kein Atmen, kein Wort. Ich entsichere die Pistole, umklammere mit der anderen Hand das Messer und schiebe die Tür auf. Bereit für den ersten Schuss. Mein Bauchgefühl schweigt, die Fähigkeiten sitzen aufmerksam an der Trennscheibe. Sie lauschen genauso konzentriert in jeden Winkel hinein, wie ich es tue.

Der Raum ist leer. Sessel und Couch sind unbesetzt, der tote Georgia hängt nicht länger über der Lehne, keiner der Stühle ist besetzt. Bin ich zu früh? Unmöglich. Tanni und Ella sind seit Tagen verschwunden, inzwischen müssten sie angekommen sein.

Ich lasse das Messer sinken, verstaue es in der Bauchtasche meines Kapuzenpullovers und nehme den Raum näher in Augenschein. Geschätzt vierzehn mal zwölf Quadratmeter. Zwei Fenster, verhangen mit schweren roten Gardinen zieren mir gegenüber die Wand, müssten in Richtung Meer zeigen. Der schwarze Teppich lässt den Raum kleiner wirken, als er tatsächlich ist, der Kronleuchter ist ein geschmackloses Auge in dem bedrückenden Zimmer. Kein Schreibtisch oder Ähnliches, nur das kleine Tischchen, das ich bereits sah, ein kleiner Glasschrank, in dem die hochprozentigen Sachen aufbewahrt werden. Ein ausgestopfter Jaguar im Sprung an der rechten Wand. Cremefarbene Tapeten.

Ich bewege mich vorsichtig auf die Stühle zu. Sie sehen nicht aus, als hätte man daran vor Kurzem jemanden festgemacht. Keine Kratzer, keine Abschleifungen. Seltsam, sehr seltsam.

Ein Rascheln von außerhalb lässt mich aufschrecken. Jemand nähert sich. Warum haben meine Fähigkeiten das nicht vorher registriert? Strafend beäuge ich sie. Wimmernd rollt sich meine sogenannte Gabe zusammen und lässt mich allein.

Hektisch sehe ich mich um. Wohin? Die Gardinen. Himmel, ein schlechteres Versteck gibt es nicht, aber welche Wahl bleibt mir schon? Nach hinten kann ich nicht mehr. Das Meer sollte unter den Fenstern spielen. Ich wette darauf, dass die Wellen gegen die Klippen schlagen, deren spitzes Gestein wie Zähne emporragt.

Etwas schlägt mir gegen den Hinterkopf. Betäubende Schwärze. Aber wenn ich mich nicht irre, habe ich meinem Angreifer noch einen ordentlichen Kinnhaken verpasst.

Gut, Bestandsaufnahme. Kopfschmerzen, das heißt, er ist noch dran. Kein frisches Blut. Hände fixiert, Füße stehen ordentlich nebeneinander auf dem Boden. Haare sind noch in meinem obligatorischen Zopf, wenn ich das leichte Ziepen richtig interpretiere. Um mich herum noch immer diese verräterische Stille, meine Augen sind verbunden. Immerhin, geknebelt haben sie mich nicht. Dann kann ich diese Idioten wenigstens noch beschimpfen, bis dass der Tod mich hole.

Die Tür wird aufgestoßen. Diesmal macht sich niemand die Mühe, leise zu sein. Mit anderen Worten, ich habe ein echtes Problem. Jemand streicht mir über die Wange. Ich drehe den Kopf und versuche zuzubeißen.

Ein vernichtendes Lachen dringt an mein Ohr. „Oh, Kätzchen. Was für eine herzliche Begrüßung", säuselt Grotian.

Ich zerre an den Fesseln. Erfolglos. Er hat so ein verdammtes Glück, dass man mich festgebunden hat. Sonst würde ich ihn hier und jetzt erwürgen. Bloß gut, dass man vergessen hat, mich zu knebeln. Meine Zähne sind scharf. Scharf genug, damit er eine wundervolle Narbe zurückbehält. Wenn Grotian sich mir noch einmal nähert ...

Ich schalte meine Fähigkeiten ein und konzentriere mich auf ihn. Grotian hebt noch einmal die Hand, um mich zu berühren. Ich beiße zu. Zufrieden registriere ich, dass er scharf die Luft durch die Zähne einzieht. Ich schmecke Blut. Getroffen. Das selbstgefällige Grinsen schlägt er mir Sekunden später wieder aus dem Gesicht. Oder versucht es zumindest. Der Geschmack seines Blutes hat meine Laune schlagartig gehoben.

„Wie ich sehe, ist die Augenbinde tatsächlich so nutzlos, wie du sagtest, mein Sohn."

Ich spitze die Ohren. Der Mafioso. Und wenn ich mich nicht irre, schwingt so etwas Widerliches wie Amüsement in seiner Stimme mit. Soll er doch zur Hölle fahren. Oder noch etwas mehr in meine Nähe kommen.

„Grotian, sei so gut und nimm ihr den nutzlosen Stofffetzen ab, ich möchte gerne ihr Gesicht sehen", befiehlt er.

Es ist das erste Mal, dass ich freiwillig brav dasitze und warte, während Grotian erstaunlich vorsichtig die Augenbinde löst. Das Ins-Licht-Blinzeln verkneife ich mir, starre stattdessen einige Sekunden auf den Jaguar, der mir gegenübersteht. Jeder tote Muskel ist bis in alle Ewigkeit gespannt. Ein blutiger Krieger, in der Sekunde gebannt, in der er versuchte, sein letztes Opfer zu erjagen.

Möglichst gelassen sehe ich mich um. Der gleiche Raum wie zuvor. Ella und Tanni sind noch immer weit und breit nicht zu sehen. Wenn sie nicht in meine Nähe gebracht werden, kann ich niemandem helfen. Adrenalin beginnt durch meinen Körper zu pumpen.

Entspannt lehne ich mich nach hinten. „Ich will ja jetzt nicht unhöflich wirken oder so“, zwitschere ich, „aber haben Sie Ihren Verbündeten Charles Georgia bereits umgebracht oder wollten Sie damit noch warten?“

Ein beinahe amüsiertes Lachen aus der Ecke des Mafiosos. Er ist weiter von mir entfernt als Grotian, deswegen gerade nicht oberste Priorität. Der einzige Grund, warum ich den Mafioso noch keines Blickes gewürdigt habe. Und vielleicht auch, weil ich es ihm übel nehme, dass er mich so einfach ausgeschaltet hat. So als hätte er ganz genau gewusst, wann er wo warten muss und wie er sich verhalten soll. Als hätte jemand mit meinen Fähigkeiten es ihm gesagt. Beispielsweise sein charmanter Jack.

„Er ist seit einigen Stunden tot, Liebes.“ Der Mafioso lacht leise und lehnt sich an seinen eingefrorenen Jäger. „Du hast mich tatsächlich im Auge behalten. Ganz genau, wie man es mir versichert hat.“

Nur einer kann meine Handlungsmuster so genau vorhersagen. Könnte Silent auf mich schießen? Mir ein Messer in den Magen rammen? Augenscheinlich schon. In diesem Augenblick beginne ich, ihn aufrichtig zu hassen, mindestens so sehr wie Grotian. Denn Grotian ... Grotian habe ich nie auch nur im Entferntesten geliebt. Für Silent habe ich etwas empfunden. Irgendetwas Bedeutendes. Das hat jetzt Geschichte zu sein.

„Oh, ich sehe, dass du langsam verstehst, wie ich dir all die Zeit ein Schnippchen schlagen konnte“, sagt der Mafioso gönnerhaft. „Ich hätte eigentlich erwartet, dass du es bereits in der Nacht am See begreifst, spätestens aber, als du ihn in meinem alten Haus gesehen hast. Während er dich beschattete.“

Mein Magen zieht sich gefährlich zusammen. Nicht übergeben und bloß nicht weinen. Die Kälte in meine Augen zu zwingen, ist schwieriger, als es sein sollte. Doch als ich meinen Kopf dem Mafioso zuwende, ist sie da wie eh und je, so intensiv, dass sogar er kurz das Gesicht verzieht.

„Ich habe eine ganz einfache Frage, Monte“, sage ich und klimpere mit den Wimpern, wohl wissend, dass der liebliche Effekt durch die Unnachgiebigkeit in meinen Augen zunichtegemacht wird. „Wo sind Ella und Tanni?“

Ein kaltes Lächeln spielt um seine Lippen, jenes, das auch Silent makellos beherrscht. Der Mafioso könnte durchaus attraktiv sein, im höchsten Maße, selbst in seinem fortgeschrittenen Alter. Aber ich könnte auch einfach ein freundliches, süßes, wehrloses Mädchen sein. Möglichkeiten gibt es viele, mit Sicherheit keine Realität. „Du wirst zu ihnen gebracht werden, keine Sorge. Bis dahin stehen mir einige Antworten zu." Die Nebensächlichkeit, mit der er spricht, verdeutlicht mir eindrucksvoll, was er vorhat. Ich soll Schmerzen erleiden. Höllenqualen, die meine Zunge lockern. Ist dieser Narr wirklich naiv genug zu denken, dass er so Antworten aus mir herausbekommt? Nachdem die Hölle mich aufgezogen hat? Meine Fähigkeiten mich in regelmäßigen Abständen in die Knie zwingen wollen?

„Ich auch. Damit wollen wir wohl beide Dinge, die wir nicht bekommen werden", sage ich trocken und puste mir diese eine verdammte Strähne aus dem Gesicht.

Der Mafioso lacht noch einmal. Wie sehr ich dieses Geräusch verabscheue. Am liebsten hätte ich es, stände er direkt neben mir. Er hätte schneller einen Finger verloren, als er gucken könnte.

„Cathrin, Cathrin. Du willst etwas, das du niemals bekommen wirst. Nicht ich. Meinen Willen bekomme ich immer."

Vielleicht verletzt er auch nicht mich, sondern Ella und Tanni. Ich beschließe, dass ich im Vorteil bin, wenn er glaubt, mich durch ihr Leben in der Hand zu haben. „Das heißt, sie wollen zwei kleine Mädchen verstümmeln, um eventuell ein paar klägliche Antworten zu bekommen? Sie sollten wissen, dass es mir ziemlich egal ist, ob Leute, die ich kenne, leiden müssen oder nicht."

„Das heißt, Cathrin, dass wir im Notfall auch deinen geliebten Timothy finden."

Ich dränge den eisigen Klumpen, der sich in meinen Magen legt, beiseite. „Wow, Sie würden tatsächlich Ihren eigenen Sohn töten, um Ihren Willen zu kriegen? So etwas wie Ehre und Gewissen kennen Sie nicht, oder?", frage ich trocken.

Der Mafioso schlendert auf mich zu. Er hat ein Whiskeyglas von seinem Tischchen gegriffen. Es ist fast leer. „Kennst du das denn, mein liebes Mädchen?"

Schwierige Frage. „Ein Gewissen? Hin und wieder. Und zwar wegen meines Heißwasserverbrauchs", verspotte ich ihn. „Es scheint, als würde ich davon in letzter Zeit übermäßig viel verschwenden."

Eine unangenehme Situation für den Mafioso. Er erwartet Angst. Ich verweigere sie ihm. Dieser Mann hat meine Furcht nicht verdient.

Er sollte mir bettelnd zu Füßen liegen. Denn ich töte ihn. Früher oder später schneide ich seinen Lebensfaden durch.

„Habe keine Sorge, mein liebes Mädchen. Ich werde dein Lächeln brechen.“ Neben mir lacht Grotian leise. „Ich habe eine Überraschung für dich, Cathrin. Er hatte eigentlich vor, pünktlich zu sein“, fährt der Mafioso fort, steht dicht vor mir, lässt mich keine Sekunde aus den Augen und nimmt noch einen Schluck aus seinem Glas.

Stur sehe ich auf den ausgestopften Jaguar. Ein stolzes Tier. Eine Schande, dass es ausgerechnet hier steht. Götter sollte man nicht in das Zuhause eines Verbrechers verfrachten.

„Tja, Pünktlichkeit ist eine Tugend, die nur gut erzogene Menschen erlernen können“, sage ich schlicht und versuche, unauffällig meine Handgelenke aus dem Seil zu winden. Wenn sie Timothy bringen, dann ... dann müsste ich das spüren, wenn nicht sogar sehen. Auf ihn bin ich eingeschossen. Niemand wird jemals Timothy vor mir verbergen können.

„Und er beherrscht sie auf die Sekunde“, ruft der Mafioso. „Jack, mein geliebter Sohn!“

Ich fahre nicht herum. Das muss ich nicht. Ich spüre, dass er tatsächlich hier ist. Silent. Wie nett. Mein Henker ist eingetroffen.

„Du wirst doch sicher verstehen, wenn er mir ein wenig zur Hand geht mit den beiden Mädchen. Natürlich nur, um dich zum Sprechen zu bewegen. So stoisch, wie du bist.“ Er nickt Jack Follador zu. Der hat seine Kapuze tief ins Gesicht gezogen. So wie am ersten Tag. Von Silent keine Spur. „Möchtest du einen Whiskey, Jack?“

„Nein, danke, Vater.“

Seine Stimme verursacht einen Schauer bei mir. Keinen angenehmen. Einen wegen des Verrats schmerzenden. Grotian bemerkt es mit einem spöttischen Lächeln. Zu seinem eigenen Glück sagt er nichts, sonst hätte ich einen Weg gefunden, ihm den Arsch zu vermöbeln.

„Jack Follador, was für eine Freude dich hier anzutreffen! Es ist so ewig lang her“, begrüße ich ihn mit einem strahlenden Lächeln, hinter dem sich ein Zähnefletschen verbirgt. Ich weiß, dass er meine Enttäuschung spürt. Und fühle, dass er meine Überraschung umsonst sucht. Silent hätte wissen sollen, dass ich es erfahre. Gut möglich, dass ich ungehorsam bin, aber Ungehorsam ist nicht mit Dummheit gleichzusetzen.

Etwas, das er jetzt langsam lernt.

Ein Schatten zieht über Jack Folladors Gesicht, ehe er sich nahezu spöttisch vor mir verbeugt. „Cathrin Duty, meine Liebe“, erwidert Silent ebenfalls strahlend.

Der Mafioso legt die Hände übers Herz, als fände er diese Szene irgendwie bewegend. „Wie wundervoll, die beiden Hellseher in einem Raum. Bei mir. Grotian, was sagst du dazu?“

„Außer dass es äußerst amüsant ist, wie gelassen Kätzchen reagiert?“

Jack Follador legt kurz den Kopf schief, als wundere er sich über Grotians Spitznamen für mich. Ich werde ihm das garantiert nicht erklären. Wie scharf meine Fingernägel sind und wie verdammt gut ich klettern kann, wird er früh genug lernen.

„Ja, abgesehen von dieser etwas ermüdenden Tatsache.“

„Unglaublich, dass sie sich beide so leicht in eine Falle haben locken lassen“, sagt Grotian mit diesem grausamen Lächeln, das neben ihm tatsächlich nur Madame beherrscht.

„Ja, auch für euch gibt es hin und wieder ein kleines Wunder!“, rufe ich viel erfreuter, als ich es im Moment bin. Tatsächlich suche ich noch immer einen Weg, von den verdammten Fesseln loszukommen. Bis jetzt erfolglos. Ich wette, Grotian hat mich angebunden. Diesen Knoten hat Madame uns eingeprügelt. Unmöglich zu öffnen, selbst wenn man weiß, wie man ihn bindet. Um das zu demonstrieren, hat sie Kinder gezwungen, sich selbst anzubinden, und in Flammen aufgehen lassen. Nicht eines konnte sich befreien. Man braucht zwei freie Hände und viel Wissen, um ihn zu lösen. Und ich kann meine Finger nicht einmal zwei Zentimeter von der Lehne lösen.

„Cathrin, halt einfach den Mund“, sagt Silent und kommt beinahe drohend auf mich zu. Hätte ich die Hände frei, würde ich ihn schlagen. Und er könnte mich problemlos abwehren. Warum habe ich ihm noch mal Boxen beigebracht? Ach ja, natürlich! Weil ich Närrin ihm vertraut habe!

„Normalerweise magst du es doch, wenn ich rede. Auf jeden Fall hast du das immer behauptet“, säusle ich. „Aber hey, mit der Ehrlichkeit hast du es ja nicht so.“

Sein Gesicht verdüstert sich, wenn möglich, noch mehr. „Cathrin“, sagt er drohend.

Oh, jetzt geht es los. Jetzt fliegen die Fetzen. Endlich.

„Jack“, sage ich im gleichen Tonfall und sehe ihn aus großen Augen an. Ich spüre etwas wie Unsicherheit in ihm aufwallen. Ein schrecklicher Moment, um die Gegenwehr sinken zu lassen. Mich soll es nicht stören.

„Jack, hervorragend. Augenscheinlich ist dir das Mädchen wirklich mit Haut und Haaren verfallen." Die Stimme des Mafiosos trieft vor Spott. In Silents Gesicht zuckt nicht einmal ein Muskel. Grotians wachsamer Gesichtsausdruck gefällt mir gar nicht. Er kennt mich zu gut. Ihm ist sehr wohl bewusst, dass ich mehr für Silent empfinde, als gut für mich ist. Sonst würde ich schweigen und keine zwei Worte mit einer unwichtigen Nebenfigur wechseln. Das ist eine wertvolle Information und seine Mutter hat uns gelehrt, solche für uns zu behalten, bis die Zeit gekommen ist. Augenscheinlich beabsichtigt er nicht, diese Devise zu vernachlässigen.

„Ich habe mein Bestes gegeben", sagt Silent mit einer Endgültigkeit in der Stimme, die mich erschrecken lässt, trotz dieser bizarren Situation. Er klingt nicht mehr wie ein lebender, fühlender Mensch. Er hört sich nicht einmal mehr im Ansatz an wie mein Silent. Weil es den nie gegeben hat?

„Dein Bestes war nicht genug." Alles an dem Mafioso ist trügerisch, vom Tonfall bis hin zu seiner Art der Gestik. Silent weiß das. Beinahe nachdenklich schwenkt der Mafioso den Whiskey in seinem Glas herum. Eine drohende Geste, wenn man Madame kennt. Sie kündigt an, dass man jetzt rennen sollte. Ein äußerst schwieriges Unterfangen, wenn man an einem Stuhl festgebunden ist. Oder die Pflichten einem befehlen, still zu verharren.

„Wir können jetzt ewig über Jack und mich diskutieren oder Sie können mir sagen, wo Ella und Tanni sind, wir bringen das alles hinter uns und kommen schneller nach Hause", unterbreche ich den aufkommenden Streit zwischen Vater und Sohn. Helfe damit Jack Follador, obwohl er es nicht im Ansatz verdient hat.

„Du scheinst es eilig zu haben, den Kopf zu verlieren", sagt der Mafioso schärfer, als es zu seiner aalglatten Art passt.

Grotian lacht kalt auf. „Das ist ihre Art, dich in die Irre zu führen. Sagen und tun, was am unpassendsten ist, bis man vergisst, wo vorne und hinten ist, und sie tut, was sie will. Mutter hat sie für diese Fähigkeit beizeiten bewundert. "

Ich strecke ihm die Zunge raus und versuche, die Strähne aus meinem Gesicht zu schütteln. Scheitere natürlich. Bockig sehe ich den toten Jaguar an. Ich werde wahrscheinlich irgendwo verscharrt werden, der darf wenigstens majestätisch hier rumstehen.

„Genau. Und du, Grotian, bist jedes Mal aufs Neue wunderbar einfach zu manipulieren", flöte ich.

Er geht darauf nicht ein. Grotian weiß, wann man schweigen sollte.

„Du magst es zu spielen, nicht wahr, Liebes?“, sagt der Mafioso und gesellt sich zu Grotian. „Schade, dass man dich nicht lehrte, wann du verspielt hast.“

Silent folgt dem Mafioso wie ein treuer Köter auf dem Fuß. Wie selbstverachtend kann man sich aufführen? Wie devot? Augenscheinlich sehr, sehr selbstverachtend. Beispiel A steht hier direkt vor mir.

„Weiß ich normalerweise auch“, erwidere ich mit erstaunlich gut gespielter Sorglosigkeit. Silent schüttelt kaum merklich den Kopf. Warnend? Das kann mir kaum gleichgültiger sein. Dieser verlogene Mistkerl. Er hat mir ein verdammtes Messer zwischen die Rippen gerammt, nur um kurz darauf besorgt zu tun und mich zu küssen, immer und immer wieder, ohne Rücksicht auf meine Gefühle. Oder Timothys. Wobei, den könnte ich gerade auch auf den Mars schießen. Welchen Lügner nehme ich? Den, der mir das Messer in den Magen rammt, oder den, der dabei zusieht?

„Sie hat von nichts eine Ahnung“, sagt Silent ruhig. „Sie ist nichts weiter als ein dummes, kleines Kind.“

Er hält meinem wütenden Blick die ganze Zeit über stand, selbst als Grotian ihm lachend auf die Schulter klopft. Ich wünschte, ich hätte etwas gegessen. Dann könnte ich ihm das jetzt auf die Füße kotzen. Stattdessen spiele ich mit dem Gedanken, die beiden anzuspucken. Verdient hätten sie es allemal.

„Jack, sie ist ebenso wie du ein Hellseher. Sie sieht unglaublich viel. So unwissend kann sie kaum sein“, widerspricht der Mafioso.

Silent schüttelt den Kopf. „Sie konnte dich nicht sehen, mich nicht. Sie weiß nicht richtig mit ihren Fähigkeiten umzugehen. Sie kann mich nicht blockieren oder Zukünfte entstellen. Hört sich das für dich nach erstrebenswerter Macht an?“, fragt Silent ruhig. Er lässt mich nicht aus den Augen, während ich mir ausmale, wie ich ihn windelweich prügle. Hoffentlich sieht er diese Fantasien in meinen Gedanken. Jack Follador hätte alles davon verdient, dieser Lügner und Betrüger, der vorgegeben hat, zu mir zu halten, mich bedingungslos zu lieben, während er für seinen Daddy die Drecksarbeit erledigt hat. Verrat tut weh, ja. Als Timothy mein Geheimnis Adam weitererzählt hat, das war niederschmetternd. Aber Silents Spielchen rauben mir den Atem und einen Teil meines Verstandes. Er ist ein Teil meiner selbst. Auf jeden Fall dachte ich das immer. Hoffte es. Und vielleicht stimmt es ja noch immer. Wenn ja, dann besitzt er keine Seite, die ich gerne zurückhätte.

„In ihr muss mehr stecken. Alisha hat immer mehr in ihr gesehen“, murmelt der Mafioso und durchbohrt mich mit Blicken. Die Infos über mich hatte er aus erster Hand? Wie absolut wundervoll! Noch jemand, der mich zu Madame führen kann, bevor ich ihm das Herz herausreiße und den Hals umdrehe. Ich kann es kaum erwarten, sein Blut durch meine Finger laufen zu spüren. Ich will die gequälten Schreie des Mafiosos hören, während ich an ihn das weitergebe, was man mir von Kindesbeinen an beigebracht hat. Er wird leiden. Durch meine Hand. Schon bald. Vielleicht werde ich dann endlich Ruhe finden.

„Meine Mutter ist wenig rational gewesen, sobald es um sie ging“, wirft Grotian ein.

Der Mafioso schüttelt den Kopf. „Nein, nein. Alisha ist davon überzeugt, dass ihre Fähigkeiten weitreichender sind als alles, was man sich ausmalen kann. Erstaunlich, dass nicht einmal ihre Tagebücher Aufschluss darüber gegeben haben.“

„Sie haben meine Tagebücher gelesen?“, entfährt es mir. Dieser miese kleine Messerschwinger.

„Natürlich. Denkst du, ich habe Jack beauftragt, sie zu stehlen, damit er sie in der Schule verteilen kann? Du hättest mit Sicherheit einen Weg gefunden, die Wahrheit effektvoll zu verdrehen.“ Der Mafioso nippt an seinem Glas. Was für ein trauriges Leben, wenn man es nur alkoholisiert erträgt. „Nein, ich wollte sie für mich.“

Wenn ich könnte, würde ich den Schrank des Mafiosos leeren und allen alkoholischen Inhalt in mich hineinschütten. Silent hat natürlich auch meine Tagebücher geklaut! Sollte ich jemals wieder die Hände frei bekommen, dann erwürge ich ihn. Kratze ihm die Augen aus, irgendetwas Schreckliches, das er zweifelsohne verdient hat, wird ihm widerfahren.

„Ich kann Sie verklagen. Auf Verletzung der Privatsphäre“, grummle ich.

Ein zartes Lächeln umspielt Silents Lippen. Es erreicht seine Augen. Mein Herz zieht sich zusammen. Für einen Moment sieht er tatsächlich aus wie mein Silent. Manipulation. Ich sollte mir seinen Tod wünschen. Jack Follador hat es nicht verdient, ansatzweise glücklich zu sein. Ich bin es schließlich auch nicht.

„Ach, Cathrin, mein kleines Giftmädchen. Du hättest es einfach gut sein lassen sollen. Hättest du Jack ausgeliefert, dann hätten mich die professionellen Agenten vielleicht irgendwann erwischt, aber so?“ Beinahe mitleidig schüttelt der Mafioso den Kopf.

„So werde ich Ella und Tanni dabei zusehen, wie sie sterben?", schlage ich vor.

Keiner der drei sagt etwas. Ich schnaube und sehe den Jaguar mit nach oben gezogener Augenbraue an. Manchmal ist keine Antwort durchaus ausreichend, oder?

„Gut, warum zögern wir das dann so lange hinaus? Erwarten Sie Madame noch?"

Grotian antwortet mir. „Nein, meine Mutter bleibt daheim. Und wir müssen darauf warten, dass die beiden Mädchen aus der Betäubung aufwachen."

Natürlich, wie dumm von mir! Sonst macht das Ganze ja überhaupt keinen Spaß.

„Tanni ist wach. Ella wird es in zwei Minuten sein", beantwortet Jack Follador die unausgesprochene Frage seines mörderischen Bruders.

Ich will Silent anbrüllen, ihn fragen, ob er denn gar kein Gewissen hat, dass er seine Cousine so leichtfertig dem Tode weiht. Stattdessen entscheide ich mich für das klassische Anspucken. Alle drei Mörder sehen mich mit einer Mischung aus Amüsement und Resignation an. Das ist mir egal. Die kurze Fassungslosigkeit, die ich in Silent fühlte, war völlig ausreichend. Und der unbezahlbare, leicht angewiderte Gesichtsausdruck, als er sich meine Spucke aus dem Gesicht wischt. Ich bin mir sicher, dass Silent den Kopf schütteln und lachen würde, wären Grotian und sein Vater nicht hier. Jack Follador bleibt ernst. Tödlich ernst.

„Und? Holt ihr die beiden?", frage ich schließlich.

Silent schüttelt den Kopf. „Ich bringe dich zu ihnen."

„Jack, nein!", sagt der Mafioso scharf, als Silent sich hinkniet, um die Seile um meine Handgelenke zu lösen. Seine Finger verharren mitten in der Bewegung, haben aber den Knoten um mein Handgelenk leicht gelockert, während die um den Stuhl ebenso fest sind wie zuvor.

Ein Fehler? Aus dieser Schlaufe könnte ich entfliehen.

Silent dreht sich nicht zu seinem Vater um. Stattdessen hält er mich mit seinen intensiven Blicken gefangen. Sie gehen mir unter die Haut. Mein Puls beschleunigt sich. Ich hasse es, dass seine Nähe diese Wirkung auf mich hat. Sie macht mich nicht kribblig wie Timothys, sie lässt nicht diese Geborgenheit aufkommen. Aber sie berührt mich im Herzen. Mehr als alles andere auf der Welt.

„Warum nicht? Ich dachte, wir wollen sie in die Küche bringen." Silent hebt die Stimme nicht, wirkt nicht annähernd bewegt. Rührt sich nicht einen Millimeter, schirmt mich von seinem Vater und Grotian ab.

Als ich über Silents Schulter in Grotians Augen sehe, wird offensichtlich, dass jener weiß, was sich zwischen Silent und mir abspielt. Welche Emotionen zwischen uns flackern und welche Ängste wir teilen. Dumm war er leider nie.

„Grotian wird sie dorthin bringen."

„Nein."

Der Mafioso presst die Zähne aufeinander. Silent hat kein Recht, ihm zu widersprechen. Beide wissen es. Silent ignoriert es. Er löst ungerührt weiter das Seil. Diesmal vom Stuhl. Er beugt sich etwas weiter vor, als er müsste. Seine Lippen streifen mein Ohr. Unwillkürlich erschaudere ich.

„Wenn ich es sage, dann lauf und sieh nicht zurück", haucht er.

Fast hätte ich bitter aufgelacht. Fast. Glaubt er allen Ernstes, dass ich jemals wieder auf ihn hören werde? Jack Follador setzt auf meinen Tod. Ich bin nicht wahnsinnig und verzweifelt genug, so jemandem mein Leben anzuvertrauen.

„Jack, das war keine Bitte", sagt der Mafioso, kurz davor, die Beherrschung zu verlieren.

Aber Silent bindet die beiden Seilenden bereits hinter meinem Rücken zusammen, windet sie um meine Handgelenke, bis ich meine Arme nicht mehr bewegen kann. Das Herz schlägt mir bis zum Hals. Bewegungsunfähig ist gleichzusetzen mit erledigt. Ich versuche mich loszureißen. Das Seil schneidet in meine Haut. Sosehr ich es hasse, das zuzugeben, aber Jack Follador hat hervorragende Arbeit geleistet. Besser hätte ich es auch nicht gekonnt.

„Gut, dann soll Grotian sie bringen", sagt Silent beinahe gelangweilt. Er wirft mir einen letzten warnenden Blick zu, ehe er sich aus der Hocke erhebt und ein wenig rückwärtsgeht.

Grotians Hände liegen viel schneller um meine Taille, als mir lieb ist. Besitzergreifend wie eh und je.

„Na dann, Kätzchen, gehen wir mal in die Küche", säuselt er.

Ich wehre mich schon allein pflichtgemäß kurz, ehe ich das Kinn nach oben recke und mich von ihm führen lasse. Der Teppich verschluckt jedes noch so kleine Geräusch. Der Mafioso und Silent gehen voraus, lassen mich mit ihm allein.

„Denk ja nicht, dass ich nicht mitbekommen habe, dass da etwas zwischen dir und dem lieben Jack läuft", zischt Grotian mir ins Ohr.

„Nur leider scheint er noch nicht begriffen zu haben, dass du für mich bestimmt bist.“

Ich schenke ihm ein süßliches Lächeln. „Du bist stets für eine Überraschung gut. Dabei dachte ich immer, man kann unmöglich für jemanden bestimmt sein“, sage ich leichthin.

Grotian lacht nur. So wie immer, eiskalt, mäßig amüsiert. Die Narbe, die er mir verpasst hat, bereits vor Jahren, beginnt zu pochen, als wolle sie mich daran erinnern, wie unglaublich unberechenbar er ist. Und dass ich mit zusammengebundenen Händen keine Chance gegen ihn habe.

Kapitel 16

Eine flüchtige Erleichterung überschwemmt mich. Weder Ella noch Tanni sind schwer verletzt, lediglich weggetreten. Dunkle Ringe liegen unter Tannis Augen. So tiefschwarz, dass ich aus der Entfernung sagen würde, sie hätte Theaterschminke verschmiert.

Man ist dazu übergegangen, die beiden Mädchen aneinanderzuketten und gemeinsam wiederum an dem schweren Tisch in der Mitte der Küche festzubinden. Über Tannis Gesicht ziehen sich zwei blutige Schnittwunden. Ich verbeiße mir ein stolzes Lächeln. Was für eine tapfere Kämpferin.

„Bis jetzt wart ihr ja ziemlich zimperlich", merke ich an.

Grotian lacht und zieht mich noch näher an seine Brust. Ginge es nach mir, würde ich ihm jetzt das Genick brechen, stattdessen muss ich zulassen, dass seine Finger vorsichtig über meine Hüfte gleiten. Eine Gänsehaut überzieht mich. Keine gute.

Silent durchbohrt Grotian mit Blicken. Der grinst nur und presst seine Lippen an meinen Hals. Ich bringe ihn um. Silent kneift leicht die Augen zusammen. Könnten Blicke töten, läge Grotian jetzt bewegungslos auf dem Boden. Aber Blicke töten nicht, also steht er neben mir und lässt die Finger über meine Taille wandern, während Silents und meine Mordgelüste sich hochschaukeln.

„Sabber mich noch mehr an und ich schwöre dir, dass du den Tag nicht überlebst", zische ich. Ich spüre, wie Grotians Brust bebt. Er lacht mich aus. Hätte ich nicht das Gefühl, dass es noch schlimmer wird, dann würde ich jetzt bereits schreien wie eine Geisteskranke. So beiße ich mir auf die Zunge und warte darauf, dass meine Frustration angemessener nicht sein könnte. Grotian wird mich heute noch schreien hören. Nur nicht vor Schmerzen, sondern aus Wut. Wut, die gegen ihn branden wird wie eine gigantische Welle und ihm keine andere Wahl lässt, als zu kapitulieren.

„Sie pflegt, ihre Drohungen wahrzumachen", sagt Silent ruhig und sieht seinen Vater scharf an. „Jetzt kann Grotian sie loslassen." Es ist ein indirekter Befehl an Grotian, was dem herzlich egal ist.

Mit dem Daumennagel fährt er über meine bloße Hüfte. Seine

Lippen streichen über meinen Nacken. Ich bringe ihn um. Langsam. Qualvoll. Wenn nicht heute, dann bald. Damit tröste ich mich.

Seufzend nehme ich die Küche in Augenschein und suche einen guten Fluchtweg. Weder die geschlossenen Fenster scheinen mir geeignet noch die Tür, durch die wir gerade kamen. Stühle stehen kreuz und quer auf dem rot gefliesten Boden verteilt. Schränke gibt es keine. Weder für Geschirr noch für Lebensmittel. Seltsam.

„Erst wenn ich habe, was ich von ihr will", legt der Mafioso fest. Tja, man muss Prioritäten setzen. Schade, dass er das auch schon gelernt hat.

„Du tust so, als könnte sie fliehen", schnaubt Silent. „Das Mädchen ist gefesselt. Ich selbst habe mich darum gekümmert."

Sein Vater schüttelt nur den Kopf. „Das kann sie problemlos. Vielleicht siehst du nicht, was ich sehe, aber lediglich ihre Hände sind zusammengebunden."

Das ist eine Tatsache, die mich auf eine grandiose Idee bringt. Wenn er einem der beiden Mädchen zu viel antut ... Ich kann so nicht gegen Grotian gewinnen, aber ich bin schneller als er. Ich könnte mir Zeit erkaufen und dann ... ja, was dann? Dann bräuchte ich jemanden, der mich unterstützt. Aber so jemand ist hier weit und breit nicht zu sehen. Nur Silent, der sich als Verräter erwiesen hat, sein Vater und Grotian.

Ich straffe die Schultern. Ich werde nicht kampflos untergehen und wozu habe ich meine Beinfreiheit, wenn nicht, um Probleme zu bereiten? Wenn ich Grotian die Kniescheiben zertrümmere, genügt mir das fürs Erste.

Dieser legt die Hand auf meine. Er schiebt einfach meinen Pullover zur Seite und berührt mich! Silents Augen funkeln. Gleißende Eifersucht und brodelnde Wut fluten mich. Beides gehört nicht zu mir.

„Jack, sorg dafür, dass wir die Aufmerksamkeit der beiden haben", befiehlt der Mafioso.

Silent zögert nicht eine Sekunde. Er geht an einem herumstehenden Stuhl vorbei, stößt ihn gegen die Wand, hockt sich vor die beiden Mädchen und schlägt ihnen gnadenlos ins Gesicht. Das laute Klatschen hallt nach. Tanni fährt wimmernd nach hinten, öffnet aber die Augen nicht. Ella reagiert nur mit einem leisen Grummeln. Ohne Umschweife kneift Silent sie in die Nasenscheidewand. Mit einem Kreischen ist sie wach und auch Tanni fährt auf. Es beinhaltet eine Art düstere Faszination zu beobachten, wie die Augen von Tanni erst zu glänzen beginnen und dann dumpf werden, sobald sie begreift, dass

Silent ihr nicht helfen wird. So weit ist Ella noch nicht. Sie sieht nur ihren Cousin und bricht in Tränen aus.

„Silent! Gott sei Dank, du bist hier. Du musst mir helfen. Man hat mich einfach hierhergebracht und ... ich spüre meine Hände nicht mehr, mach mich los“, bittet sie.

Soweit ich das beurteilen kann, zuckt nicht die kleinste Regung über Silents Gesicht. So kalt, wie seine Züge sind, so heiß brodelt es in ihm. Seine Frustration bringt mich beinahe um. Wenn ihm das alles so sehr gegen den Strich geht, warum ändert er dann nichts an der Situation? Er könnte es. Silent und ich gemeinsam, wir könnten die beiden ohne Probleme retten. Wir sind die Besten. Er müsste nur einmal Ungehorsam zeigen. Wenn er jetzt an meiner Seite stände, ich würde ihm alles vergeben. Das muss Silent spüren.

„Jack, sei so gut und nimm zuerst die kleine Satanistin“, weist sein Vater ihn an.

Ich halte den Atem an und warte auf Silents Entscheidung. Wenn er sich jetzt weigert ... ich kann Grotian abschütteln. Wenn Silent den ersten Schuss gut platziert, kann der Mafioso uns nichts mehr anhaben. Ich bräuchte zehn Sekunden für meine Fesseln. Danach kann ich ihm Zeit verschaffen, während er die beiden hier rausschafft. Er müsste jetzt nur das Überraschungsmoment nutzen und schnell handeln.

Mit flinken Fingern löst Silent Tanni von Tisch und Ella. Diese verfolgt seine Bewegungen mit großen Augen. Ich atme enttäuscht aus. Natürlich stellt er mich nicht über seinen Vater. In diesem Fall müsste er so etwas wie aufrichtige Gefühle für mich hegen. Was er trotz aller Gesten und Versprechungen nicht tut.

„Was machst du da?“, kreischt Ella. „Warum hörst du auf diesen Mann? Der hat mich weggeschleppt! Er ist böse, Silent, böse, verstehst du?“

„Er ist mein Vater“, erwidert Silent und schenkt seiner Cousine ein überhebliches, grausiges Lächeln. „Das macht ihn zu deinem Onkel. Du solltest freundlicher zu ihm sein.“

Ella klappt die Kinnlade nach unten. „Wie meinst du das?“

Silent zuckt unbeteiligt die Schultern und zerrt Tanni auf die Füße, bringt sie zu den Fenstern und befestigt ihre Handgelenke an der Gardinenstange. Sie wehrt sich halbherzig. Strampelt ein wenig, wimmert ein wenig, sonst nichts. Tanni weiß, wann es Zeit ist zu kapitulieren.

„Wie meint man so was für gewöhnlich, Ella?“, stellt er die Gegenfrage.

„Und so wurde aus Doktor Jekyll Mister Hyde“, kommentiere ich unbewegt.

Ellas Kopf fliegt herum. „Cathrin, was ... Himmel, du bist gefesselt! Silent, wie konntest du das zulassen?“, kreischt sie.

Tanni schüttelt traurig den Kopf. Tränen beginnen, über ihre Wunden zu laufen. Sie sollte überrascht sein. Doch sie ist es nicht. „Der dunkle Lord der absoluten Finsternis hat es gewusst“, wispert sie hohl und sieht mich mit einer Mischung aus grausiger Genugtuung und Emotionslosigkeit an, die mir einen Schauer über den Rücken jagt. Ich habe diesen Blick schon so oft in meinem Leben gesehen. Er bedeutet Ende. Akzeptanz. Tanni sagt es nicht, aber sie fleht um ihren Tod. Weil er unvermeidbar ist.

„Ella, das war auch für mich eine Riesenüberraschung, aber tatsächlich hat dein Cousin das alles mit eingefädelt“, sage ich. Ein dummer Teil von mir betet noch immer dafür, dass Silent das bestreitet. Er schweigt. Die letzte Hoffnung, die ich in ihn hatte, schwebt davon. Mit ihr lasse ich das Bild von Silent verschwinden, das ich für mich wahr werden lassen wollte. Leb wohl, mein treuer Freund. Willkommen, Ungeheuer.

„Hat er nicht!“, schreit Ella. Sie zerrt an ihren Fesseln, als hätte sie auch nur eine minimale Chance, sie zu lösen. Jemand sollte ihr erklären, dass die Knoten fester werden, je mehr sie daran zieht. „Das hast du nicht, Silent. Sag, dass du das nicht getan hast!“

Das Pokerface verschwindet langsam. Silent zieht ein Messer aus seinem Gürtel und wirbelt es einmal um seine eigene Achse. Kalte Freude spiegelt sich in seinen Augen. Madame wäre stolz auf ihn.

„Nenne mir einen Grund, warum ich es hätte verhindern sollen. Einen einzigen“, sagt er und schüttelt sich eine schwarze Strähne aus dem Gesicht.

Seine Cousine ist sprachlos. „Weil wir dir wichtig sind“, wispert sie. „Wenn Tanni schon nicht, dann aber doch Cathrin und ich.“

Ich stoße ein freudloses Lachen aus. Niemand ist Silent wichtig. Er ist wie sein Vater. Alles, was zählt, ist er selbst und das Blut, das am Ende des Tages fließt. Wenn er Herzen stiehlt, dann um Chaos zu stiften. Nur aus diesem Grund. Nicht, weil er Liebe bräuchte. Menschen wie er laben sich an Blut und Tränen. Jeder meiner Küsse war eine Genugtuung, aber kein Balsam für seine Seele.

„Ich verstehe dich nicht“, schluchzt Ella schließlich, als Silent keine Anstalten macht, etwas zu sagen.

„Himmel, jemand soll diese Heulsuse zum Schweigen bringen“, murrt Grotian. Seine Finger krampfen sich an meiner Taille zusammen. Die Muskeln treten stark an Hals und Armen hervor.

Ich schnalze abschätzig mit der Zunge. So ist das eben. Einmal Aggressionsprobleme, immer Aggressionsprobleme.

„Ella, meine liebe Nichte“, schaltet sich nun unglücklicherweise auch noch der Mafioso ein und bewegt sich auf sie zu, bleibt dann jedoch einen halben Meter von ihr entfernt stehen, direkt neben einem der vier Stühle. „Nimm das nicht so schwer. Du sitzt nicht wegen meines Sohnes hier, sondern weil mein süßes Giftmädchen mir Antworten verweigert. Nicht wahr, Cathrin?“

Ich rolle mit den Augen. Jetzt ist das auch noch alles meine Schuld? Langsam ist mir danach, mich unter meinem Bett zu verkriechen und niemals wieder hervorzukommen. Diese Spiele werden langweilig. Gemeinsam mit meiner Naivität gegenüber Silent. Hoffnung ist etwas für Träumer. Das sagte Madame immer. Und Träumer sterben bei den ersten Atemzügen der Realität.

Stur hebe ich den Kopf und funkle den Mafioso in Grund und Boden. „Tatsächlich haben Sie mir nie die richtigen Fragen gestellt“, zische ich. „Vielleicht wüssten Sie sonst schon alles.“

Ellas verzweifelte Blicke sind wie Nadelstiche in mein verkümmertes Gewissen.

Dieses Szenario hier habe ich seit Wochen in Betracht gezogen und trotzdem ist es jetzt eine Überraschung. Ich hätte mich besser vorbereiten müssen! Mich selbst ernster nehmen müssen! Mir selbst mehr vertrauen müssen, verdammt! Stattdessen habe ich jedes von Silents Worten für bare Münze genommen. Jetzt ersticke ich an der Realität. Gottverdammte Scheiße!

Der Mafioso wiegt den Kopf, als würde er meine Argumente durchdenken. Was er nicht tut. Er sollte sich die Kraft sparen. „Du bekommst deine Fragen und deine Freundin wird dabei zusehen dürfen. Wir wollen am Ende des Tages schließlich alle Lügen begraben haben, nicht wahr, Giftmädchen?“, säuselt er.

Mir kommt die Galle hoch. Grotian umfasst mich fester. Sein heißer Atem streift meine Wange. Noch einen Millimeter und er küsst mich.

„Cathrin, beginnen wir mit etwas sehr, sehr Einfachem“, sagt der Mafioso. „Was weißt du über mich?“

Ich weiß, dass er Tausende Leben auf dem Gewissen hat, darunter das seiner eigenen Frau. Er hatte eine Liebschaft mit Madame. Familie bedeutet ihm nichts. Korruption ist sein Lieblingsspiel und Identitätsbetrug sein zweiter Vorname.

„Nur dass Sie einen an der Klatsche haben", antworte ich.

Der Mafioso lacht trocken auf und schüttelt den Kopf. „Jack, wärst du so gut?"

Silent hebt das Messer und fährt einmal über Tannis Unterarm. Eine oberflächliche Wunde, die brennt wie Hölle. Ein erstickter Laut entweicht Tannis Lippen, aber sie schreit nicht, bleibt tapfer. Warum? Ich weiß es nicht.

„Noch einmal, Cathrin. Was weißt du über mich?"

„Nur das, was Sie mir gesagt haben."

„Jack!"

Ein Schnitt über den Augenbrauen. Blut beginnt Tanni in die Augen zu laufen, sie gibt noch immer keinen Mucks von sich. Im Stillen zolle ich ihr Beifall. So viel Stärke hätte ich dem Mädchen nicht zugetraut.

„Warum hast du deine Befehle nicht befolgt?"

„Was denken Sie eigentlich, was ich hier gerade tue?", spotte ich.

Ein Nicken in Richtung Silent und er schneidet ihr in die Kopfhaut. Jetzt schreit Tanni. Zufrieden beobachtet mich der Mafioso und ich höre ein dunkles Lachen direkt an meinem Ohr. Mental atme ich einmal tief durch. Wie oft habe ich nun schon Kinder schreien, Menschen betteln hören? Oft genug. Ich muss darauf nicht reagieren. Wer ist das schon? Tanni. Irgendein Mädchen, das sich in Timothy verliebt hat und glaubt, mich zur Freundin zu haben. Aber Silent hat das damals in der Rumpelkammer recht gut erkannt. Wer mich als Freundin hat, braucht keine Feinde mehr.

„Silent, stopp!", kreischt Ella.

Er ignoriert sie. Ich kann keine einzige Emotion mehr durch ihn schleichen fühlen. Silent hat abgeschaltet. Ich kann es ihm nicht verübeln. Ein guter Henker empfindet nichts. Das Tropfen von Tannis Blut dröhnt in der entstehenden Stille viel zu laut.

„Also, Cathrin, noch einmal, warum hast du die Befehle nicht befolgt?"

„Ich befolge sie", erwidere ich prompt und mit einem Lächeln, nach dem mir nicht annähernd zumute ist.

Der Mafioso seufzt genervt auf. „Jack, weiter."

Das saubere Durchstechen von Tannis Handfläche folgt. Ihr Schrei hallt durch den ganzen Raum und Ella fällt mit ein, strampelt wie verrückt, reißt an ihren Fesseln, die Finger bereits bläulich. Wie lange schnüren sie ihr das Blut schon ab? Der Tisch bewegt sich knirschend ein paar Millimeter vorwärts.

„Cathrin, mach, dass sie aufhören. Mach, dass sie aufhören!"

Meine Augen schließen sich für den Bruchteil einer Sekunde. Schuss.

„Gut, dann gehen wir zur nächsten Frage über", sagt der Mafioso im besten Plauderton.

Grotian verlagert leicht sein Gewicht und streicht mit den Lippen an meinem Hals vorbei. Vor Ekel verkrampfe ich mich. Ich hasse ihn. Ebenso wie Silent. Dafür, dass er mich genau wie sein Vater zum Handeln zwingen will, und noch viel mehr dafür, dass er Tanni wirklich wehtut. So wie es ein wahres Ungeheuer täte.

„Was weißt du über Charles Georgias Tod?"

„Warum ist das denn wichtig?", flöte ich. Noch ein durchdringender Schrei von Tanni. Ich traue mich nicht einmal mehr, sie anzusehen. Oder Ella.

„Wenn ihr weiter so zimperlich seid, wird sie nicht ein Wort sagen", unterbricht Grotian die Prozedur. Für den Bruchteil einer Sekunde versteife ich mich. Er fühlt es und ich sehe aus dem Augenwinkel sein selbstzufriedenes Lächeln. Er soll zur Hölle fahren. „Sie war Mutters beste Schülerin. Ein bisschen Blut wird sie zu gar nichts bewegen."

„Was schlägst du vor, Grotian?", fragt der Mafioso gelangweilt.

Grotian hakt seine Finger in mein Seil und zerrt mich zu Tanni. Ich hebe den Kopf und sehe ihr direkt in die Augen. Die geweinten Tränen vermischen sich mit dem Blut, das aus ihrer Stirnwunde läuft. Auf Zehenspitzen balanciert sie in einer kleinen roten Lache. Komm schon, Tanni, sing mir das Lied vom Tod.

„Fang mit etwas Schmerzhafterem an", sagt Grotian. „Schneide ihr die Finger ab."

Tanni hängt bewegungslos in den Seilen, Silents Augen weiten sich für einen Moment, ehe er äußerst zufrieden zu grinsen beginnt. Ich verabscheue diesen Jungen. Und seine Lippen habe ich freiwillig berührt. Neben ihm habe ich aus freien Stücken geschlafen. Ich muss den Verstand verloren haben.

„Gut, dann versuchen wir es damit."

„Was? Nein, das dürfen Sie nicht, nein!", stottert Ella mit schreckgeweiteten Augen. „Cathrin, lass das nicht zu. Du darfst das nicht zulassen!"

Was bleibt mir für eine Wahl? Ich werde mich ihnen nicht fügen. Jetzt nachzugeben ... damit würde ich mir selbst ins Gesicht lachen und mein eigenes Todesurteil unterschreiben. Ich gehe vor. Jeder, der das nicht versteht, hat niemals genug um das eigene Leben fürchten müssen. Was ist schon ein mickriger Finger gegen ein schlagendes Herz?

„Also, Cathrin, was weißt du über Charles Georgias Tod?“, fragt der Mafioso mit aufreizender Ruhe.

Wahrheit, Lüge? Der alte Konflikt.

„Sie haben ihm irgendein Gift in das Glas getan, das zusammen mit dem Ethanol des Whiskeys reagiert hat und ihn ziemlich schnell getötet hat“, knurre ich und zerre an meinem Seil.

Begütigend nickt der Mafioso. „Das Mädchen kann also doch sprechen, welch eine Überraschung!“, höhnt er.

Ich presse die Kiefer aufeinander. Nicht ausrasten, einfach die Klappe halten.

„Gut, dann kehren wir zu den brisanten Fakten zurück. Was, Mädchen, weißt du über mich?“

Etwas sagt mir, dass es eine Katastrophe wäre, würde ich das beantworten. Mein Bauchgefühl streikt. In diesem Moment würde die Wahrheit zu viel kosten. Schweigend sehe ich Silent an. Ich darf diese Frage nicht beantworten. Ich darf nicht! Und es liegt in seiner Hand, wie schwer die Konsequenzen wiegen.

„Cathrin, eine Antwort“, sagt der Mafioso trügerisch ruhig.

Mir steigen Tränen in die Augen. Ich blinzle sie fort. Keine Schwäche. Niemals. Der Sieger gewinnt durch Gnadenlosigkeit.

„Cathrin, beantworte ihm einfach die Scheißfrage!“, ruft Ella mindestens eine Oktave zu hoch.

Ich atme tief durch. So viele Menschen haben meinetwegen schon ihre Finger verloren. Einer mehr oder weniger macht da keinen Unterschied.

„Meine Schweigepflicht verbietet das.“ Kurze Stille. Ich hebe den Kopf und sehe zu Tanni. Sie scheint kurz davor, durchzudrehen.

Dann ein theatralisches Seufzen. „Wie schade. Jack.“

Silent setzt tatsächlich das Messer an. Spannt die Muskeln.

„Silent, nein, hör auf!“, rufe ich. Ein letzter Versuch, ihn zu erreichen. Das letzte Aufbäumen meiner Hoffnung in ihn. Jack Follador holt aus, die winzige Entfernung, die es braucht, um den Finger möglichst effektiv abzutrennen. „Bitte, Silent, ich flehe dich an! Wenn auch nur eines der Worte, die du an mich gerichtet hast, wahr gewesen ist, dann hör auf!“

Gnadenlosigkeit siegt. Gnadenlosigkeit siegt ... Tränen beginnen mir ungehalten über die Wangen zu laufen. Ich stemme mich gegen das Seil. Und verliere. Grotian reißt mich ruckartig zurück. Mein linkes Handgelenk bricht.

„Ist da jemand weich geworden, Kätzchen? Ich hätte nie gedacht, dass ich einmal die Gelegenheit haben würde, dich weinen zu sehen", verspottet Grotian meinen Zorn.

Ich schenke ihm keine Aufmerksamkeit, flehe nur Silent mit Blicken an, sein Vorhaben nicht in die Tat umzusetzen. Mir zu beweisen, dass seine Versprechungen nicht nur leere Worte waren. Ich lege ihm alles offen, lasse ihn in mich hineinsehen. Es gibt eine Sache, mit der ich Silent umstimmen könnte. Gefühle. Meine Gefühle für ihn. Und ich schenke sie ihm. Das warme Kribbeln, das durch meine Adern fließt, wenn er mich berührt. Die Frustration, wenn er sich wieder zurückzieht. Das atemlose Glück, das alle meine Sinne verdreht, wenn er mich küsst. Wie sicher ich mich an seiner Seite fühle. Wie vollständig.

Einige Sekunden zaudert Silent. Dann liegt Tannis Finger auf dem Boden. Ella kreischt, Tanni verliert das Bewusstsein. Meine Beine beben, aber ich bleibe stehen, sehe Silent nur mit einer Mischung aus Abscheu und Unglauben an. Da ist wirklich nichts Gutes in ihm. Gar nichts. Wir sind nicht gleich. Denn ich hätte das Messer jetzt gegen den Mafioso gerichtet, wenn Timothy mich auf die Art angefleht hätte. Oder Silent selbst. Hätte er Tränen in den Augen gehabt und mich darum gebeten. Wenn er mir all das gegeben hätte, was ich mir die ganze Zeit über von ihm wünschte.

Silent bückt sich, hebt den abgetrennten Finger auf und steckt ihn sich in die Hosentasche. Ich unterdrücke ein Würgen und versuche, Ellas anhaltendes Kreischen zu ignorieren. Der Geschmack von Blut legt sich auf meine Zunge. Die Geräuschkulisse treibt mich zurück in eine Zeit vor dem Jetzt. Zu Stunden, die mich fast so sehr geprägt haben wie Silents Nähe.

„Cathrin, noch einmal, was weißt du über mich?"

Ich lache kalt auf. Meine Asse sind ausgespielt. Ich habe verloren. Für den Moment. Der Endsieg bleibt meiner. Egal, was es kostet. Egal, ob ich Silent dafür eigenhändig werde töten müssen.

„Was ich über Sie weiß?", bringe ich zwischen zusammengebissenen Zähnen hervor. Langsam drehe ich mich so gut wie möglich zu dem Mafioso um. Mein heilendes Handgelenk streikt, es ist mir egal. „Ich weiß, dass Sie ein Monster sind, das seinen Sohn für sich die Drecksarbeit machen lässt, das weiß ich!", sage ich, aalglatt, durchaus freundlich, ein distanziertes Lächeln im Gesicht, während mein Blick die Sahara gefrieren lassen könnte. Ich schlage zurück. Auf lange Sicht wird niemand von ihnen überleben.

„Du kannst es also doch noch, Kätzchen", stellt Grotian nüchtern fest.

Langsam wende ich mich von seinem Vater ab und verrenke meinen Kopf, um Grotian zu fixieren. Mildes Erstaunen steht in seinem Gesicht geschrieben.

„Selbstverständlich, so etwas verlernt man nicht", wische ich seine Aussage vom Tisch, als wäre es das Lächerlichste, das man sich vorstellen kann.

„Das ist nicht die Antwort, die ich wollte, Cathrin", unterbricht der Mafioso unser Geplänkel.

„Aber alles, was Sie bekommen werden."

„Jack!"

Und Silent hebt tatsächlich wieder die Hand, schneidet den zweiten Finger ab, steckt ihn sich in die Hosentasche. Da waren es nur noch Daumen, Ring- und Zeigefinger.

„Bist du dir ganz sicher, dass deine Freundin ohne Finger wiedererwachen soll?", fragt der Mafioso gespielt freundlich.

„Cathrin, sag es ihm doch einfach, verdammt! Sag es ihm!", schluchzt Ella.

Wenn es denn so einfach wäre. Lägen die Karten auf dem Tisch, würde ich hier nicht mehr lebendig rauskommen. Und darum geht es doch. Dass ich hier durchkomme. Dass ich Timothy noch einmal richtig zusammenscheißen kann.

„Was nutzt es Ihnen, einem bewusstlosen Mädchen die Finger abzuschneiden? Es schreit nicht einmal mehr", versuche ich es. Ist das nur Einbildung oder schüttelt Silent kaum merklich den Kopf? Ich beschließe, ihn zu ignorieren. Wir beide sind fertig.

„Das ist wahr, ein guter Einwurf, Cathrin. Jack, sei so gut und tausch die beiden Mädchen aus", sagt der Mafioso unberührt. Er wedelt mit der Hand, als versuche er, eine lästige Fliege zu verscheuchen.

Silent gehorcht erneut. Peinlich, dass ich immer noch überrascht darüber bin. Gewohnheit wahrscheinlich. Tanni fällt Jack Follador schlaff und blutend in die Arme. Er trägt sie achtlos an den Stühlen vorbei und bindet sie wieder an den Tisch, für den unwahrscheinlichen Fall, dass sie demnächst aufwacht. Dann wendet er sich Ella zu. Sie sieht ihren Cousin aus verschleierten Augen an.

„Silent, bitte ... nicht. Lass das. Bitte“, schluchzt sie. Schweiß lässt ihr Haar an der Stirn kleben, Angstschweiß. Ein schreckliches Bild blitzt vor meinen Augen auf. Ein lang vergangener Traum. Ella, die tot zu Boden sinkt.

Jack Follador ignoriert ihr Flehen und macht sie los, ignoriert ihr Schreien und Treten und bindet sie an der Gardinenstange fest. Ella ist zwei Zentimeter größer als Tanni. Sie hat es nicht ganz so schwer, sich auszubalancieren. Angst lässt sie zittern.

„Silent, du kannst mir doch gar nichts tun, oder? Das kannst du doch gar nicht“, wispert sie.

Wir alle kennen die Antwort auf ihre Frage: und wie er das kann.

„Cathrin, gleiches Spiel, gleiche Frage.“

„Cathrin, bitte“, fleht Ella, Tränen in den Augen, Hoffnung. Sie hofft auf mich, zählt auf mich. Eine ganz schlechte Entscheidung. Jeder, der das jemals getan hat, ist tot. Aber so muss das doch nicht laufen, oder?

Ich presse die Lippen aufeinander. „Was passiert, wenn ich ehrlich antworte? Was dann?“, will ich wissen.

Nachdenklich legt der Mafioso den Kopf schief und stützt sich mit einer Hand an der grau gestrichenen Wand ab. „Dann behält sie vorerst ihre Finger.“

„Nein, das meinte ich nicht. Was geschieht mit mir?“

„Das kommt ganz darauf an“, sagt er sorglos, Grotian kichert leise.

„Komm, Kätzchen, dieses Spiel kennst du doch, es kommt immer auf die Schwere an“, flüstert er mir ins Ohr.

Ich lehne mich von ihm weg. Ein neues Feuer wütet in meinem Handgelenk. Ich nehme es billigend in Kauf. Grotian hat recht. Dieses Spiel kenne ich und beherrsche ich. Nur eine Sache ist anders: Ich kann etwas empfinden. Ich fühle Trauer und Scham, Frustration und Wut. Mitleid und Reue. Letzten Endes wird das niemanden retten. Der Tag endet immer gleich. Schuss.

„Ich gebe die Antwort auf diese eine Frage und die beiden gehen“, sage ich kalt.

Das erste Mal sehe ich den Mafioso aus ganzem Herzen lachen, dann schüttelt er den Kopf. „Cathrin, Liebes, du bist im Moment nicht in der Position, Bedingungen zu stellen.“

„Ich dachte, Sie brauchen Ihre Antworten?“

„Die bekomme ich so oder so.“

Da irrt er sich in mir. Mein Starrsinn mag viel kosten. Vielleicht musste ich erst einmal mehr bezahlen, nämlich an dem Tag, als ich

Katjuscha einen Pfeil durch das Auge jagte. Aber ich bin hohe Einsätze gewohnt. Damit bin ich aufgewachsen.

„Ich weiß nichts“, beharre ich.

Silent hebt das Messer in die richtige Position.

„Nein, Cathrin! Sag ihnen die Wahrheit, sag ihnen die Wahrheit!“, schreit Ella, schon wieder laufen die Tränen.

In meinem Traum habe ich ihre Hände nicht gesehen, aber da waren doch noch alle Finger dran? Ich versuche, in die Zukunft zu sehen, werde blockiert. Silent blendet mich.

Ich bitte Ella nicht um Verzeihung, trage die Konsequenzen, indem ich zusehe, wie ihr Finger zu Boden fällt, indem ich nicht versuche, mir bei ihrem markerschütternden Schrei die Ohren zuzuhalten.

„Oh, wie wundervoll. Wir hätten mit ihr beginnen sollen“, sagt der Mafioso zufrieden. Ich warte darauf, dass er verzückt in die Hände klatscht. Zu seinem eigenen Glück lässt er es bleiben.

Grotian entspannt sich sichtlich bei diesem Geräusch. Sadist durch und durch.

„Cathrin, deine Antwort.“

Um nichts in der Welt. Ich kenne diese Schreie. Sie berühren mich tatsächlich nicht, nicht einmal, wenn sie von Ella kommen.

Silent fängt meinen Blick auf und ich bilde mir ein, dass er mich stumm anfleht. Doch niemand hat mehr die Chance, das hier zu beenden als er. Und sei es, dass er nur die Blockade fallen lässt. Silent tut nichts. Ich halte mit ihm die Füße still und schüttle noch einmal den Kopf. Das ist ein Machtspiel, in dem ich mich nicht geschlagen geben werde.

„Silent! Nein, bitte, bitte! Ich flehe dich an, bitte! Bitte!“, schluchzt Ella. Sie ballt die verletzte Hand immer wieder, während sich ihr schönes Kleid mit Blut tränkt.

Silent ist kälter als der Fliesenboden zu unseren Füßen. Ich spüre eine überwältigende Endgültigkeit in uns, als der zweite Finger zu Boden fällt. Und Ella noch lauter schreit.

Ich stehe ebenso wie die anderen drei da und höre zu. Wie verabscheuungswürdig ich doch bin, wie sehr Madames Erziehung erlegen. Wie brav. Genauso wie Silent.

Aber ich bin nicht Silent.

Ehe der Mafioso noch einmal die gleiche Forderung stellen kann, springe ich ab und ramme meine Füße mit voller Wucht gegen Grotians Kniescheiben. Ich spüre, wie seine Bänder reißen. Er schnappt nach Luft, seine Beine knicken ein. Mit einem Ruck nutze ich seine Schrecksekunde, mache mich los und greife den Mafioso an. Ich habe ihn schon einmal bewusstlos geschlagen. Bevor ich auch nur einen Meter weit komme, löst sich ein Schuss von hinten, trifft meine Kniekehle. Ich komme kurz ins Straucheln, Grotian macht einen Satz nach vorne und zerrt mich mit sich zu Boden. Seine Hand ist ruhig, während er mir den Lauf der Waffe an die Schläfe hält. Hätte Silent mich nicht blockiert, dann hätte ich das kommen sehen. Hätte, hätte. Silent hat sich gegen mich und für seinen Vater entschieden.

„Ihre Hand, bitte, Jack", sagt der Mafioso beiläufig.

„Nein! Nein!"

Ich ignoriere Ellas hysterische Schreie, die in unendlichen Schmerz übergehen. Grotian ist wichtiger. Ich will ihn hier und jetzt ausschalten. Dafür brauche ich nur seine verdammte Pistole. Die aus meiner Jackentasche ist verschwunden.

„Cathrin, was weißt du über mich?"

Ich sehe Grotians gehässiges Lächeln und blecke die Zähne. „Nichts, sind Sie taub?", fauche ich, spüre, wie meine Wunde verheilt, versuche irgendwie, meine Hände zu lösen. Die Fesseln sind zu perfekt geknotet. Silent hat sie gerade genug gelöst, um Hoffnungen zu schüren. Übermenschliche Kraft fehlt mir noch.

„Gut. Dann erhöhen wir den Einsatz. Ihr Leben."

„Was haben Sie dann noch gegen mich in der Hand?", pokere ich weiter, zu hoch, wie ich im gleichen Moment spüre.

„Timothy", schlägt Grotian vor.

Meine Hände sind gefesselt. Sonst hätte ich ihm jetzt die Augen ausgekratzt. Stattdessen unterdrücke ich einen frustrierten Aufschrei und kneife die Augen zusammen. „Genau. Ich habe ihn nie sonderlich gemocht", sagt der Mafioso wegwerfend. „Also?"

„Nein."

„Cathrin, bitte", wimmert Ella. Wie oft wurde ich so schon angefleht? Irgendwann habe ich wohl aufgehört zu zählen. Sie sollte aufhören zu betteln und mit Würde sterben.

„Na dann. Nimm es ihr nicht übel, meine kleine Nichte. So wurde sie erzogen." Der Mafioso weicht vom Wortlaut ab! Vielleicht war es doch nur ein Traum, vielleicht verweigert Silent sich jetzt endlich. Er muss Nein sagen.

Ella macht sich nicht die Mühe, noch ein Wort zu verschwenden, stattdessen schluchzt sie leise auf, nur noch an einem Arm baumelnd.

Das eine Bein ist eingeknickt, damit sie nicht das Gleichgewicht verliert. Es ist der jämmerlichste Anblick, der sich mir je geboten hat. Ein Mädchen mit Tränen in den Augen in einem hellen, luftigen Festtagskleid, die ordentlich gelockten Haare zerzaust, die Schminke von Tränen verschmiert. Die Lippen aufgerissen von den unzähligen Schreien.

„Mein Sohn, du hast die Ehre“, wendet er sich an Silent. An meine letzte Hoffnung.

Ich bewege mich in eine sitzende Position und flehe ihn ein letztes Mal mit Blicken an. Wenn er jetzt auf die richtige Person schießt, dann kann es einen Weg zurück geben. Ich werde ihn decken. Wenn er sich nur endlich richtig entscheidet.

Silent erwidert meinen Blick unbewegt. Er zieht in einer einzigen fließenden Bewegung eine Pistole aus dem Hosenbund. Ebenso wie es der Mann tat, der mir das Messer in den Magen gerammt hat. Ich lache bitter auf. Warum hat Silent mich in jener Nacht nicht einfach getötet? Er hätte es gekonnt, all diese Probleme wären behoben. Ella würde nicht so dahängen, Tanni würde nicht bewusstlos und blutend mit nur noch acht Fingern am Tisch sitzen. Alles wäre so viel einfacher gewesen. Und unblutiger. Ist das der Grund, warum er mich am Leben gelassen hat? Um des Blutes willen?

„Danke, Vater“, sagt Silent ruhig und entsichert die Waffe.

Grotian hat seine noch immer auf meinen Hinterkopf gerichtet. Im Gegensatz zu Silent weiß ich allerdings, dass Grotian mich tatsächlich nicht erschießen könnte. Könnte er mich nämlich töten, säße ich nicht hier.

Ella macht sich nicht einmal mehr die Mühe, den Kopf zu schütteln. Sie hängt nur da, hält trotzig dem Blick ihres Cousins stand. Dann drückt er ab. Die Wucht des Schusses schleudert ihren Kopf zurück. Ein Blutregen legt sich über Silent. Wir starren alle vier auf Ellas leblose Gestalt. Schuss.

„Lauf!“

Dieses eine Wort geht mir durch Mark und Bein. Silent brüllt es auf allen Ebenen. Ich höre es, ich spüre es. Ich weiß nicht, warum, aber ich rapple mich auf und gehorche. Ich renne los. Lege mein Leben in Silents Hände. Niemand kreuzt meinen Weg, während ich nach draußen fliehe. Aus der Küche höre ich Schüsse, dumpfes Knallen. Sollen die drei sich doch gegenseitig umbringen. Es könnte mir kaum gleichgültiger sein.

Wie in Trance tragen meine Beine mich durch die grauen Straßen, bis das Rauschen des Meeres verklungen ist und nur noch der letzte Schuss nachhallt. Ein todbringendes Zischen in der Stille.

Am Rande nehme ich wahr, wie mir fassungslose Blicke zugeworfen werden. Es ist egal. Ich laufe und laufe, ziehe zu rasch die Luft ein, renne zu schnell. Schneller, als es einem Menschen möglich sein sollte. Laufe vorbei an geschlossenen Läden, registriere, dass es mitten in der Nacht ist. Stolpere über einen Bordstein, versuche, das Gleichgewicht wiederzuerlangen, bremse letzten Endes mit meinem Gesicht. Kribbelnd verheilt die Haut auf meiner Stirn und den Wangen, während ich nach Luft ringend daliege. Es dauert einige Sekunden, dann kriechen die Schmerzen in mein Bewusstsein. Stechend in meinem Oberschenkel, unerträglich in meinem Brustkorb. Keuchend richte ich mich halb auf und suche meinen Körper nach Wunden ab. Zwei Einschusslöcher im Brustbereich. Lunge und Magen. Zwei lebensbedrohliche Wunden. Ich wische mir über den Mund. Habe ich zu hoch gewettet? Ich versuche, das Positive an der Situation zu finden. So werde ich nie das Vergnügen haben, Ellas Tod wieder und wieder in meinen Träumen zu sehen. Wenn es jetzt vorbeigeht, dann bleiben die Albträume aus. Dann war es das einfach.

Sollte ich panisch sein? Vermutlich. Aber ich bin es nicht. Ich erlaube es mir, in Tränen und Schmerz zu versinken, mitten auf einem Gehsteig, weit weg von zu Hause. Nicht Russland, das ist nicht weiter schlimm. Weit weg von Timothy. Vielleicht ist es selbstsüchtig, aber jetzt gerade wünsche ich ihn herbei. Oder – egal, wie irrational es ist – Silent. Einen von beiden, der mich von diesen schrecklichen Schmerzen ablenkt, von dem Blut, das aus meinem Mund läuft und mir die Atemwege verklebt. Damit ich einfach nicht allein sein muss mit Ellas Schreien im Kopf.

01.02.2008, Mikun?

Es war ein Fehltritt bei meinem Tanz mit Grotian, tatsächlich nur eine nicht perfekt gestreckte Fußspitze. Jetzt hänge ich mit den Handgelenken an der Wand und erhalte von Grotian höchstpersönlich meine Bestrafung. Nach den ersten fünf Schlägen der Peitsche ist mein Rücken taub, nach zehn kribbelt er wie verrückt. Die Heilung hat eingesetzt, während Grotian noch hier ist, nach nur der Hälfte der Zeit.

„Interessant", säuselt er nach dem sechzehnten Schlag. „Dein Rücken müsste inzwischen blutüberströmt sein, aber nichts." Beinahe nachdenklich. Erstaunlich, dass er das auch kennt.

Still verlagere ich mein Gewicht weiter auf die Handgelenke, um mir den Unterarmknochen nicht zu brechen.

Nächster Schlag, jetzt bleiben nur noch drei.

„Wie kommt es, Kätzchen, dass die Striemen inzwischen so schnell verschwinden, wie ich sie dir zufüge?" Er will eine Antwort darauf haben.

„Die Thrombozyten arbeiten bei mir in einer unvorstellbaren Geschwindigkeit", erwidere ich in dem eisigen Tonfall seiner Mutter.

Er lacht kalt auf. „Oh, Thrombozyten. Du hast also tatsächlich nur Bücher gewälzt, bevor du zu uns kommen durftest." Durftest. Durftest! Ich neige leicht den Kopf nach unten, auch wenn dabei die Schrammen zu spannen beginnen. Aber es sind keine tiefen Wunden mehr, der Schmerz ist mehr als erträglich.

„Ich frage mich, was meine Mutter zu dieser Entdeckung sagen wird", murmelt er gedankenverloren und rollt die Peitsche auf. Das Seil um meine Handgelenke wird gelöst und er zieht mich so, dass er mir in die Augen sehen kann. „Dich kann man nicht mit Schmerzen bestrafen, nicht wahr? Der abgeschnittene Finger machte dir weniger als nichts aus. Und er ist ja auch wieder an Ort und Stelle."

Beinahe sanft berührt er meine rechte Hand, ehe er sie ergreift und umdreht. Ich unterdrücke einen entsetzten Aufschrei, als mein Gelenk splittert.

Er spürt es, nickt leicht. „Es tut dir weh, nicht wahr, Kätzchen? Aber du hast keine Nachwirkungen zu befürchten." Er reißt mein Handgelenk wieder zurück, sodass meine Hand nicht mehr falsch herum am Arm hängt. Dicke Blutergüsse beginnen sich an meinem Unterarm zu bilden, sinnierend betrachtet er sie. „Ein Wunder, Kätzchen, das bist du. Aber nicht so, wie Mutter dachte."

Ich zügle meine Neugier, neige stattdessen nur noch einmal den Kopf.

„Eines Tages, Kätzchen, wirst du mir gehören, wenn du alt genug bist. Du musst den Tod nur im Falle eines unverzeihlichen Fehltritts fürchten.“

Kapitel 17

Diesmal habe ich aufrichtig gehofft, nicht mehr aufzuwachen. Noch weniger, in das grelle Licht eines Krankenhauses zu blicken. Am allerwenigsten, Silent neben mir zu spüren und seine Finger auf meiner Haut zu fühlen.

„Verschwinde", flüstere ich. Die Lampen bereiten mir höllische Kopfschmerzen. Ich lasse sie trotzdem nicht los. Lieber verbrenne ich mir die Netzhäute, als Silent ansehen zu müssen. Ich weiß, dass er den Kopf schüttelt, spüre es intensiver denn je. Als hätte er die Tore zu seiner Festung geöffnet und mich eingelassen. Gerade jetzt, wo ich nichts weniger gebrauchen kann.

„Nein." Hätte er dieses Wort doch nur ein einziges verdammtes Mal über die Lippen gebracht, während er Tanni und Ella gefoltert hat.

Ich werfe ihm das nicht an den Kopf. Ich bin es so leid, mit ihm zu streiten, um nichts und wieder nichts als neue Lügen. Also tue ich das, was ich am besten kann, was ich am härtesten erlernt habe: Ich schweige stoisch, wie nur ich es kann.

„Cathrin, ich wollte das nicht", flüstert er.

Innerlich breche ich in Tränen aus. Trotzdem hat er es getan und sah dabei nicht unglücklich aus. Er hat seine eigene Cousine umgebracht, gottverdammt!

„Du solltest es doch verstehen", flüstert Silent. Er klammert sich an meiner Hand fest, als könnte ich ihn retten. Vor was auch immer. „Mich verstehen. Du hast auch deine beste Freundin erschossen. Ella wäre nicht mehr glücklich geworden. Ich habe es gesehen."

Silent hat ihr die Hand abgeschnitten. Es lag alles in seinen Händen und er hatte keine Probleme damit, ihr diese teuflischen Schmerzen zu bereiten.

„Warum sagst du denn nichts? Bitte, ich schwöre dir, ich wollte das nicht, bitte!"

So hat er es immer geschafft. Hat mich dazu gebracht, ihm zu vertrauen. Vielleicht auch, dass ich mich ein wenig in ihn verliebte. Mit seinen Bitten und seiner unverwechselbaren, undurchsichtigen Art hat all das begonnen. Sonst hätte ich auf Luca gehört. Sie wusste von Anfang an, dass er das Böse ist. Ich wollte es nicht wahrhaben. Jetzt ist Ella tot. Tanni werden sie foltern, bis sie sich wünscht, an der Stelle ihrer Freundin zu sein.

„Cathrin, ich habe gerettet, was zu retten war. Tanni liegt in einem Zimmer unter uns. Sie haben ihr die Finger wieder angenäht. Bitte, sieh mich an."

Er will, dass ich ihn ansehe? Wirklich? Ist er auf diesen Hass, den ich empfinde, gefasst? Wahrscheinlich nicht. Grund genug, seiner Bitte nachzukommen. Ich wende ihm mein unbewegtes, hilflos zorniges Gesicht zu. Silent zuckt zusammen, als hätte ich ihn geschlagen, bleibt aber auf der Bettkante sitzen, noch immer mit Blut auf der Haut, der Kleidung. Blut, das er vergossen hat, um seinem Vater zu imponieren. Himmel, ich verabscheue ihn wirklich. Mehr als jeden anderen auf dieser Welt.

Zögernd beugt Silent sich zu mir. „Das meinst du alles nicht so, Cathrin", wispert er. Aber ich sehe den Zweifel.

Schweigend wende ich mich wieder ab. Kann er wirklich daran glauben, dass ich ihm diesmal wieder vergebe? Zu vertrauen beginne? Hält er mich für so dumm? Wenn er nicht aufpasst, fängt er sich eine.

„Cathrin? Und wenn du nur sagst, wie sehr du mich hasst. Sag etwas. Bitte."

Unbewegt beobachte ich das Licht beim Flackern. Alles ist interessanter als ein bettelnder Junge. Das habe ich einfach schon zu oft erlebt. Zögerlich berührt Silent meine Schulter. Ich bewege mich schneller, als es mir möglich sein sollte, und schlage ihm mit der flachen Hand ins Gesicht. Klare Botschaft, ohne auch nur ein Wort zu sagen. Mit einem perfekten Pokerface drehe ich mich zurück auf den Rücken. Silent bleibt bewegungslos sitzen. Meine Hand lässt er nicht los.

„Ich musste das tun. Du solltest das verstehen", wiederholt er.

Das tue ich aber nicht. Sein Leben hing nicht von diesem Mord ab. Er hätte jederzeit gehen können, diese Möglichkeit wurde mir nie gegeben. Vielleicht war der Mann, der ihn dazu zwang, diese Dinge zu tun, sein Vater, aber wie sehr entspricht der diesem Bild, wenn er die Mutter tötet? Die eigene Ehefrau?

„Cathrin, ich flehe dich an." Und jetzt zwingt er Tränen in seine Augen. Immer die gleiche alte Masche. Zeigen wir uns schwach, dann wiegen sich alle anderen in Sicherheit, und wenn die Zeit gekommen ist, dann schlägt man zu. Er hat Madames Lektionen verinnerlicht.

Eine Krankenschwester erlöst mich von diesem Jammer. Tiefe Falten haben sich in ihr junges Gesicht gegraben, die Mundwinkel hängen nach unten. Als sie bemerkt, dass ich sie beobachte, reißt sie die Augen auf. „Eigentlich hatte ich vor, Sie jetzt in die Pathologie zu bringen“, entfährt es ihr.

Ich setze mich auf und schenke ihr ein halbes Lächeln. „Das scheinen die Menschen ständig tun zu wollen.“

Die arme Frau muss sich erst einmal am Türrahmen abstützen. Offenbar ist es für sie das erste Mal, dass sich ein Patient in dieser Geschwindigkeit von tödlichen Wunden erholt. Die Krankenschwester sieht mich noch einige Sekunden lang misstrauisch an, dann wendet sie sich an Silent. Seine blutbefleckte Erscheinung lässt sie vollkommen kalt.

„Dem anderen Mädchen wurden die Finger wieder angenäht. Sie haben Glück, dass der Schnitt sauber genug war, in beiden Fällen.“ Sie hat ihre Fassung zurückerlangt. Erstaunlich entspannt setzt sie Silent darüber mit ihrer rauchgeschwängerten Stimme in Kenntnis.

Ich weiß, dass er nickt. „Wann wird sie entlassen werden?“, fragt er ruhig.

„Sobald es ihr entsprechend gut geht oder die Kosten nicht länger getragen werden“, antwortet die Frau kühl.

„Was ist mit den anderen Schnitten? Werden die problemlos verheilen?“, wende ich mich an die Schwester.

Sie runzelt die Stirn und wirft Silent einen skeptischen Blick zu. „Werden sie. Allein der Stich durch die Handfläche könnte Probleme bereiten, aber keine wichtigen Gefäße oder Nerven wurden verletzt.“ Noch ein missbilligender Blick auf Silent. „Sie sollten Ihre Freundin nicht bereits jetzt in diesem Maße beunruhigen“, wirft sie ihm vor.

Silent sieht mich an, ich ignoriere es gekonnt. „Vermutlich. Sie wollte es nur unbedingt wissen“, antwortet er mit belegter Stimme.

Wie kann er es wagen, mir weiterhin unter die Haut zu gehen? Er hat kein Recht dazu. Gar keines.

„Außerdem bin ich nicht seine Freundin, sondern seine Cousine“, werfe ich ein.

Silent fährt zusammen. Ich sehe ihn unbewegt an. In der restlichen Zeit, die ich gezwungen bin, in seiner Gegenwart zu verbringen, werde ich ihn dazu bringen, das Ganze zu bereuen. Oder wenigstens als das Verbrechen wahrzunehmen, das es tatsächlich ist.

Die Krankenschwester zuckt unbeteiligt die Schultern. „Ich werde jemanden zur Nachuntersuchung herschicken.“

„Tun Sie das", erwidere ich gleichgültig. Wenn der betreffende Arzt eintrifft, bin ich sowieso weg. Die Krankenschwester nickt und flieht beinahe aus dem Raum.

Silent und ich versinken in Schweigen, bis ich mich dazu aufraffe, die Decke beiseitezulegen und aufzustehen. Es gibt einfach nichts zu sagen. Nicht mehr ihm gegenüber. Ich habe ihm in den letzten Momenten vor Ellas Tod alles gegeben, alles, was er wollte. Silent hat mein gesamtes Herz gesehen, jeden Winkel, den ich so mühsam vor ihm und mir verborgen habe. Womit hat er es mir gedankt? Mit Ellas Blutregen.

„Moment, Cathrin. Was tust du da?"

Bin ich ihm jetzt Rechenschaft schuldig, wenn ich aufstehen will? Schweigend gehe ich an ihm vorbei zum Waschbecken. Mein Rucksack ist verschwunden und damit auch meine Wechselsachen. Jede Habseligkeit ist verloren. Wegen dieses Idioten, der mich mit großen Augen ansieht.

Leise treffen Silents Füße auf dem Linoleumboden auf und er kommt auf mich zu. „Du solltest noch nicht aufstehen. Deine Wunden waren gefährlicher, als ich es je zuvor gesehen habe."

Ellas waren schlimmer. Sie waren wirklich tödlich, nicht heilbar. Mit diesen Wunden wäre auch ich gestorben. Einen fortgesprengten Kopf überlebt niemand.

Das kalte Wasser fließt über meine blutigen Hände und lässt ein braunes Bächlein Richtung Abfluss verschwinden. Silent stellt sich neben mich und beobachtet zusammen mit mir, wie sich das schuppige Blut von meinen Fingern löst. Irgendwie fühlt es sich an, als wolle er mir den Rücken freihalten. Etwas zu spät, oder?

„Du kannst mir nicht verzeihen, oder?", flüstert Silent schließlich und dreht den Hahn zu. Er streift wie versehentlich meine Haut. Meine Hand landet schneller, als er reagieren kann, mit einem satten Klatschen in seinem schönen Gesicht. Zufrieden stelle ich fest, dass ein dunkler Abdruck zurückbleibt. Alles, was er verdient.

Angewidert drehe ich mich wieder zum Waschbecken. Leise plätschert das Wasser, nachdem ich den Hahn wieder geöffnet habe. Ich spüle mir das Haar aus und wasche mir das Blut vom Gesicht. So wie schon tausendmal zuvor. Es ist mühsam, vor allem mit den schmerzenden Rippen. Mehrmals spiele ich mit dem Gedanken, mir von Silent helfen zu lassen.

Doch ich weise mich zurecht. Silent wird mich nie wieder anfassen. Ich wurde schon von genug Mördern und Verrätern berührt. Lieber breche ich mir alle Knochen und reiße jede Wunde einzeln wieder auf.

„Du hast mir wehgetan, ohne zu zögern, Jack. Du hast Ella getötet, deine eigene Cousine, die dir ebenso vertraut hat wie ich. Du hast Tanni gefoltert“, zähle ich nüchtern auf. Das hier ist nichts weiter als eine Bestandsaufnahme. Damit er endlich begreift. „Sag mir, Jack, wie sollte ich dir jemals verzeihen?“

Er fährt zusammen. „Nenn mich nicht Jack, Cathrin. Das tut nur mein Vater, bitte nenn mich nicht so“, fleht er.

Ich drehe den Hahn zu, wringe meine Haare ein letztes Mal aus und sehe ihn an. Die Kälte in meinen Augen lässt ihn tatsächlich einen Schritt zurückweichen. Ich wünsche mir nichts mehr, als ihn genauso schmerzhaft leiden zu lassen, wie er es bei mir getan hat. Vielleicht gelingt es mir. Vielleicht auch nicht. Hauptsache, er lernt seine Lektion. Oder tut zumindest so.

„Du magst es doch, Jack zu sein“, sage ich ruhig. „Auf jeden Fall habe ich nichts Gegensätzliches mitbekommen.“

Silent schüttelt den Kopf und streckt Hilfe suchend die Hände nach mir aus. Ich weiche zum Waschbecken zurück, er lässt sie fallen. Steht verloren im Raum. Es gelingt mir nicht, Mitleid zu empfinden. Wie viel davon ist echt? Welche Emotionen, die er mir schamlos offenlegt, sind gespielt?

„Ich hasse es, dieser Mensch zu sein. Denkst du wirklich, dass es mir Spaß gemacht hat, den beiden wehzutun? Dir wehzutun?“

„Ja.“

Silent presst die Lippen fest aufeinander. Angestrengt blinzelt er und atmet tief durch. Man könnte fast meinen, er kämpft gegen Tränen an. Ich schiebe jedes schmerzhafte Ziehen in meinem Herzen beiseite. Silent hat nichts verdient als Kälte. Silent, der sich selbst bemitleidet, um mich noch tiefer in sein Netz zu ziehen. Jämmerlich.

„Du solltest wissen, dass es das Letzte ist, was ich will. Ich will dich nicht verletzen, Cathrin. Wirklich nicht. Ich ...“ Silent bricht ab und sieht mir hilflos in die Augen. Seine Trauer, Verzweiflung, Fassungslosigkeit lasse ich einfach durch mich hindurchfließen, ignoriere sie. Dieser Junge ist kein Teil von mir. Er ist mein ganz persönlicher Fluch.

„Du hast mich nicht verletzt, keine Sorge, Jack. Du hast es mir wahnsinnig einfach gemacht, dich zu vergessen. Ich sollte mich bedanken“, sage ich mit einem süßlichen Lächeln auf den zu bleichen Lippen. Panik schießt durch mich hindurch. Sie gehört nicht zu mir.

„Du wirst nicht gehen“, befiehlt Silent.

Ich kann nicht anders, als zu lachen. Er glaubt, darüber entscheiden zu können, was ich tue? Dieser Junge ist lachhaft verblendet. „Ich werde gehen, und zwar genau jetzt."

„Was wird Timothy dazu sagen?"

„Er wird sich freuen. Ich gehe zu ihm und werde genau dort bleiben."

Kurz hält Silent inne. „Aber da bin ich auch."

Ach, ist er das? Er muss verdammt viel Vertrauen in meine Naivität haben, um mir nicht zuzutrauen, dass ich ihn ausliefere.

„Nein, du sitzt in irgendeinem Staatsgefängnis, wo du hingehörst", setze ich ihn in Kenntnis.

Ein fassungsloses Lächeln zuckt um Silents Lippen, bis ihm aufgeht, dass ich jedes einzelne gottverdammte Wort so meine, wie ich es sage. „Du ... du willst mich ins Gefängnis bringen?", fragt er.

Ich zucke die Schultern, als wäre das eine Nichtigkeit. Letzten Endes ist es das auch. Silent ist der Verbrecher in meinem Fall. Ich sollte ihn an die Zentrale übergeben. Sie wird ihn lehren, was Hilflosigkeit bedeutet. Vom jetzigen Standpunkt aus betrachtet, würde ich dabei liebend gern zusehen.

„Nicht so, wie du denkst. Ich werde dich in die Zentrale bringen, du wirst alle Fragen beantworten und dann deine verdiente Strafe bekommen."

Stille.

Silent schüttelt langsam den Kopf. „Das wirst du nicht", legt er fest.

Ich schnaube abfällig. Diese Selbstverblendung. „Jack, ich stelle dir ein Ultimatum. Entweder du tust, was ich sage, oder ich werde dich jagen. Flieh, wohin du willst, aber ich werde dich finden. Du wirst mich niemals in deinem verdammten Leben vergessen können, niemals Frieden kennen, weil ich dein persönlicher Albtraum werde. Dein zerstörerischer D'yavol." Dämon. Ich versuche nicht, mein Gebaren der Drohung anzupassen. Diese Mühe ist er nicht wert.

Silent kneift die Augen zusammen, dann dreht er sich ruckartig von mir weg und beginnt, durch den kleinen, sterilen Raum zu tigern. Hin zu dem geschlossenen Fenster, vorbei an meinem Bett, hinüber zur Tür, zurück ans Fenster. Gefühlt alle zwei Sekunden fährt er sich ruppig durch das dichte, wirre Haar, versenkt die Hände in den Hosentaschen, nur um sie gleich darauf zu Fäusten geballt an den Seiten hinabhängen zu lassen. Die Muskeln in seinen Armen treten stärker hervor, als ich es je gesehen habe.

Einige Momente lasse ich mich dazu hinreißen, ihn zu beobachten, dann flechte ich mir meinen Zopf und ziehe mir die Kapuze über den Kopf.

„Ich nehme an, du findest die Zentrale?“, frage ich ihn kalt, bevor ich das Krankenhaus verlasse.

Silent wirbelt zu mir herum, Panik in den Augen. „Du darfst nicht gehen!“ Wieder dieser ätzende Befehlston.

Ich schenke ihm ein Lächeln, das vielmehr einem Zähnefletschen gleicht. „Weißt du, Jack, es gab eine Zeit, da hätte ich deine Bitte noch einmal überdacht. Aber es ist doch erstaunlich, wie schnell sich die Dinge ändern. Scheinbar läuft nicht nur das Leben wie Sand durch deine Finger, sondern auch der Glaube. Und irgendwann ist nichts mehr da.“

Sein Gesichtsausdruck ist herzerweichend. Als würde er am liebsten in Tränen ausbrechen, hielte sie aber in dem verzweifelten Versuch, das letzte bisschen Würde zu behalten, zurück. Manipulativ bis zum bitteren Ende. Ich drehe ihm den Rücken zu, bevor Silent mein Herz ein weiteres Mal berührt.

„Du ... willst du mich wirklich allein lassen? Für immer?“, flüstert er.

Himmel, dieser Junge ist krank.

Mit einem engelsgleichen Lächeln auf den Lippen sehe ich ihn durch das verspiegelte Glas der Tür an. Um ein Haar wäre es mir gefroren. Tränen laufen Silent ungehindert über die Wangen. Seine Unterlippe bebt. Mein erster Impuls ist, ihn in den Arm zu nehmen und ihm zu schwören, dass alles wieder gut werde. Dass ich ihm weiterhin den Rücken decke. Mein erster Impuls. Dann erinnere ich mich daran, dass auch ich auf Knopfdruck weinen kann. Das hilft mir, die Fassung wiederzuerlangen.

„Ja, für immer, stell dir vor. Und ich bereue jede Sekunde meines Lebens, die ich an dich verschwendet habe.“

Silent schüttelt noch einmal ungläubig den Kopf. Mit aufgerissenen Augen starrt er in die hellen Neonröhren. Als könnten sie seine Krokodilstränen trocknen. „Du wirst mich nicht einmal mehr ausliefern?“

„Du wirst dich stellen“, setze ich ihn in Kenntnis und drücke die Klinke nach unten, um diesen Jungen endlich hinter mir zu lassen. Ich werde zu Timothy gehen, mich ein wenig bei ihm ausheulen. Dann wird Mr Flanell mich anfordern. Noch fünf Monate, dann habe ich einen Abschluss in der Tasche. Und dann ... mal sehen, wohin es mich verschlägt. Ich könnte ein echtes Leben beginnen, fernab von der Zentrale. Vielleicht gemeinsam mit Timothy. Silent wird in meiner

Zukunft nichts weiter sein als ein Schatten in meinen Erinnerungen, ebenso wie Grotian jahrelang. Nur dass Silent weggesperrt sein wird. Ich muss ihn nach dieser Nacht nie wiedersehen, da bin ich mir sicher.

„Cathrin, geh nicht", wispert er zum gefühlt tausendsten Mal.

Ich ignoriere es. Die Wände des Flures sind in einem ekligen Olivgrün und Weiß gehalten. Ein steril wirkender, grünlicher Boden perfektioniert den erdrückenden Eindruck. Ich lasse die Türen links liegen, verharre ein Stockwerk tiefer kurz vor Tannis Zimmer und spähe durch das Fenster. Das Mädchen liegt mit ausgebreiteten Haaren im Bett. Die Wunden sind verbunden, dünne Nähte ziehen sich um zwei ihrer Finger. Ich zähle sie. Zehn an der Zahl. Die Ärzte haben ihre Arbeit gemacht.

Hinter mir höre ich Schritte die Treppe hinunterpoltern. Ich weiß, dass es Silent ist. Rasch gehe ich weiter, vorbei an der Rezeption und den Wartenden, hinaus in den anbrechenden Morgen. Bald bin ich zurück bei Timothy. Dann wird alles besser. Dann hört es auf wehzutun.

Nach Luft ringend recke ich das Gesicht gen Himmel und lasse eine kühle Brise darübergleiten. Ich inhaliere den freien Sauerstoff. Irgendwie fühlt es sich bedeutend an. Als würde ich eine Last hinter mir lassen, von der ich bis vor Kurzem nicht einmal wusste, dass es sie gibt. Ich sollte schnellstmöglich verschwinden, ehe der Mafioso oder Grotian mich finden. Im Moment bin ich nicht in der Verfassung für einen Kampf. Sollten die beiden mich hier sehen, wäre es meine Hinrichtung.

Ich bin kaum zweihundert Meter weit gekommen, da höre ich Silent meinen Namen rufen. Erwartet er wirklich eine Reaktion? Nach allem, was geschehen ist? Ich beschleunige meine Schritte.

„Bleib stehen, bitte."

Nein. Nicht mehr in diesem Leben.

„Cathrin, hätte ich das beenden können, ohne dass dir etwas passiert, dann hätte ich das getan!"

Ach, hätte er das? Hätte er das? Jetzt fahre ich doch herum und stapfe wutentbrannt auf ihn zu. Aus einem dummen Impuls heraus schlage ich ihm gegen die Brust.

„Lügner", zische ich, „du hättest aufhören können, mich zu blockieren, ohne dass es jemand bemerkt!"

„Sie hätten es an deinen Handlungen gesehen. Du hättest dich entspannt. Du wärst ruhiger geworden. Sie hätten gewusst, warum."

Ich schüttle mit zusammengekniffenen Augen den Kopf. „Nein, Silent, das hätten sie ganz sicher nicht. Weil sie nicht unsere Fähigkeiten besitzen."

„Mein Vater hat mich gezwungen, ihm alles darüber zu erzählen", sagt er.

Ich lache harsch auf. „Oh, ich kann mir vorstellen, wie das gelaufen ist. Er bietet dir Kekse und Tee an und dann plaudert ihr ein wenig", fauche ich und hebe noch einmal die Hand, um ihn zu schlagen. Silent lässt es zu. Und es tut so gut. Fuchsteufelswild boxe ich ihm gegen die Rippen. Er keucht leise auf, wehrt sich aber nicht. Also mache ich weiter, schlage zu, bis eine Rippe knackt. Das wird eine Weile wehtun. Als Adam damals auf ihn eingetreten hat, hätte ich einfach mitmachen sollen. Ich hätte ihm keine der Pillen geben sollen. Ich hätte Silent beweisen sollen, dass er nicht der Einzige von uns beiden ist, der grausam sein kann.

Nach Ewigkeiten hebt Silent kapitulierend die Hände. „Er hat mich erpresst, Cathrin. Denkst du ernsthaft, du bist die einzige Person, die man verwanzt hat?", presst er schließlich hervor. Ich kann fühlen, dass Silents Nerven zum Zerreißen gespannt sind. Ich will seinen Geduldsfaden in die Luft sprengen. Er soll mich angreifen und mir einen verdammten Grund geben, ihm das Genick zu brechen.

„Wenn dein Daddy dich erpresst, warum gehst du dann immer wieder zu ihm zurück, hm, Silent? Warum bettelst du ihn immer wieder an, dich zurückzunehmen?", spotte ich und schlage ihn noch einmal.

Jetzt ist es um seine Ruhe geschehen. Endlich!

„Ich habe ihn nie darum gebeten, mich zu seinem treuen Killer zu machen, ich habe es nie gewollt!"

„Aber du hast dich genauso wenig gewehrt!"

„Ich habe mich so lange gewehrt, mein ganzes beschissenes Leben lang, aber dann hatte er etwas gegen mich in der Hand!", brüllt Silent.

Das tut mir jetzt aber leid. Ich verschränke die Arme vor der Brust und lege den Kopf schief, die Augen gespielt weit aufgerissen wie ein überraschtes Kind.

„Und das war? Wollte er dir Handyverbot erteilen?"

Silent macht einen aufgebrachten Schritt zur Seite und schlägt gegen die Wand des nächstbesten Hauses. Mit einem dumpfen Geräusch platzt die Haut über seinen Knöcheln auf. Blut fließt. Ich kann es schmecken.

„Er hat gesagt, er wolle dir etwas antun", sagt Silent kühl.

Ich habe mir schon fast gedacht, dass er mit so einer Nummer kommt. Kichernd verdrehe ich die Augen. Silent versucht tatsächlich schon wieder, an den emotionaleren Teil in mir zu appellieren. Dabei sollte er doch spüren, dass der betäubt ist. Nicht nur das, tot. Silent hat diese Facette von mir mit Ella und meiner Hoffnung in ihn kaltblütig ermordet.

„Gut, Silent, und jetzt die Wahrheit", sage ich, nachdem ich mich wieder gefangen habe.

Er schüttelt den Kopf und sieht zu Boden. „Ich habe einige Zukünfte gesehen, in denen Timothy mit dir kommt. Du hast es nicht zugelassen, weil du ihn genug liebst, um für ihn den Kopf hinzuhalten, oder?"

Unsere sehr ähnliche Denkweise ist nicht zu bestreiten. Gleichgültig zucke ich die Schultern. Dieses Gespräch soll endlich zu Ende gehen. Ich will hier weg und würde darauf wetten, dass Silent nur auf Zeit spielt für seine Leute.

„Du bist es für mich, Cathrin, ich würde den Kopf für dich hinhalten", sagt er ernst, lässt meinen Blick nicht für eine Sekunde los, als würde er mich so dazu bringen, ihm zu glauben.

Aus irgendeinem Grund steigen mir die Tränen in die Augen. Vielleicht weil ich ihm einfach glauben will. Ich möchte fühlen, was es bedeutet, wenn jemand für einen sterben würde. Ich möchte jemand sein, dessen Leben den Tod eines anderen wert ist. Aber das bin ich nicht. Und werde es niemals sein.

„Warum hast du es dann nicht getan?" Ich bringe nicht mehr als ein Flüstern über die Lippen. Wenn er mich so sehr liebt, warum hat er nicht alles für mich gegeben?

Hilflos zuckt Silent die Schultern und löst sich von der Häuserwand, kommt auf mich zu. Ich sollte zurückweichen oder zum Angriff übergehen. Ein erdrückendes Gefühl in meinem Magen bindet mir die Hände.

„Ich konnte nicht."

Natürlich, die einfachste Ausrede. Ich kannte sie, bevor Silent sie ausgesprochen hat. Trotzdem ist seine Antwort niederschmetternd. Die Tränen sind kurz davor, überzulaufen. Noch balancieren sie. Genau wie ich. Alles steht auf Messers Schneide.

„Du wolltest nicht", berichtige ich Silent matt. Endlich wende ich mich von ihm ab und setze meinen Weg fort, den Kopf gesenkt, die Kapuze tief ins Gesicht gezogen. Silent ist keinen Atemzug wert. Ich weiß es. Warum kann ich nicht einfach verschwinden?

„Das hatte nichts mit wollen zu tun, Cathrin, verdammt! Du bist das starrköpfigste Mädchen, das mir jemals über den Weg gelaufen ist!“

Ich schnaube und schüttle unwillig den Kopf. Das liegt wohl in meiner Natur, Silent. Tragisch, dass er das noch immer nicht begriffen hat. Er beginnt, mir hinterherzulaufen. Ich könnte ihn erwürgen. Silent weiß einfach nicht, wann es reicht, wann es genug ist. Wenn er weiter darum bettelt, werde ich es ihm beibringen. Auf eine Art, die er mit Sicherheit versteht.

„Jede Entscheidung hat etwas mit Bereitschaft zu tun“, stelle ich nüchtern fest. Jetzt ist er gleichauf mit mir.

„Nicht jede“, wagt er es zu bestreiten.

Soll ich ihm noch eine runterhauen? Vielleicht rüttelt das ja wieder ein paar moralische Instanzen an die Stellen, wo sie hingehören. Ohne zu zögern, boxe ich ihm ins Gesicht. Silent zuckt zurück. Seine Lippe ist aufgeplatzt. Sehr gut.

„Du wirst dich jetzt auf den Weg in die Zentrale machen, Silent“, sage ich. „Sie haben großes Interesse an dem Sohn des Mafiosos.“

„Warum hast du mich nicht ausgeliefert, so wie es dein Auftrag war?“

„Keine Lust.“

Er holt tief Luft. „Oder hast du dich in mich verliebt?“

Ich bleibe wie vom Blitz getroffen stehen.

Ganz langsam drehe ich den Kopf in seine Richtung. Das hat er gerade nicht gesagt! Er hat nicht gewagt, das mit einzubringen. Nicht, nachdem er jede Emotion, die ich ihm gezeigt habe, eiskalt ignoriert hat. Unsicherheit strahlt von Silent ab wie Hitze. Langsam verenge ich die Augen zu Schlitzen.

„Habe ich wohl.“ Keinen Sinn, es zu leugnen. „Ein Fehler, der sich schneller revidieren ließ, als ich dachte.“

Ein Ausdruck absoluten Unglaubens breitet sich über Silents Gesicht aus. Er öffnet leicht den Mund. „Aber Timothy ...“

„Liebe ich mehr, ja“, erwidere ich kalt.

Silent schüttelt leicht den Kopf, kommt langsam auf mich zu, als wäre ich hier der gefährliche, unberechenbare Teil der Gleichung. „Du liebst mich?“, flüstert er.

Ein Staunen steht in seinen Augen, das mich tatsächlich irritiert. Was ist denn jetzt passiert?

„Ja, ich habe dich wohl mal ganz gerne gehabt.“

Für einen Moment schließt Silent die Augen und atmet tief durch. So sehe ich aus, wenn ich mich auf meine größten Ängste einstelle. Meine verbotensten Wünsche.

„Hätte ich das letzte Nacht nicht gemacht … hättest du dich dann vielleicht jemals für mich entschieden?“

„Vermutlich. Irgendwann.“ Ich weiß nicht, ob diese Aussage der Wahrheit entspricht, aber ich weiß, dass ich Silent im Moment mit nichts anderem so sehr verletzen kann. Niemals zuvor war er so verwundbar.

Silent nickt langsam, den Blick zum Horizont gerichtet. Vereinzelte Strahlen stehlen sich über die Kante. „Ich wurde geliebt“, sagt er schließlich. Seine Stimme klingt hohl. Seine Worte fahren mir direkt ins Herz. Am liebsten würde ich in Tränen ausbrechen.

Ich wurde geliebt. Mit ähnlichem Unglauben habe ich Timothys Gefühle mir gegenüber angenommen. In meiner Welt gibt es keine Liebe. Sie ist rarer als Hoffnung. Genauso wie in Silents. Ich kann darauf nicht reagieren. Steif setze ich meinen Weg fort. Diesmal folgt Silent mir nicht.

„Cathrin!“, ruft er mir schließlich noch einmal nach. Ich drehe mich nicht um, verweigere mich der Macht, die er über mich hat. „Ich liebe dich!“

Er beteuert es nicht, unterstreicht es nicht mit schönen Worten. Für einen Moment will ich ihm glauben. Dann erinnere ich mich an das, was ich in Rebeccas Vergangenheit sah. Der Mafioso hat ihr sogar einen Antrag gemacht und sie letzten Endes nicht nur ihres Lebens, sondern auch ihrer Söhne beraubt.

„Tätest du das wirklich, dann würdest du dich stellen“, rufe ich ihm über meine Schulter hinweg zu.

Beinahe erwarte ich eine Antwort, aber die kommt nicht. Gut so. Wäre es die richtige gewesen, ich weiß, dass ich dann noch einmal zu ihm gegangen wäre, ihm noch einmal die Chance gegeben hätte, sich zu erklären. Und das wäre für niemanden gut gewesen.

Kapitel 18

Als ich im Internat ankomme, läuft für jeden normalen Schüler noch der immer gleiche Schulalltag. Die Gänge sind leer und doch tröstlich. Alles auf eine bizarre Art und Weise vertraut. Hinter den Türen kann ich einen Lehrer referieren hören oder die Schüler toben. Normalität. Um derentwillen hatte ich den Auftrag doch angenommen. Wegen einer gewöhnlichen Geräuschkulisse, einem langweiligen Leben. Dummen Freundschaften und überzogenen Hausaufgaben. Bekommen habe ich nichts davon.

Eigentlich sollte alles laufen wie in meinen Hollywoodserien. Ich sollte die beliebte Neue sein, der Mittelpunkt der Welt. Ein wenig Liebesdrama, etwas Chaos, zum Schluss aber bedingungslos verliebt in den Mann, der mich glücklich machen wird. Ginge es nach meiner Serie, würde ich danach ans College gehen und studieren. Den schlimmsten Herzschmerz hätte ich erlebt wegen eines Missverständnisses. Dem Tod hätte ich niemals ins Auge sehen müssen.

Und hier stehe ich und weine wegen eines Jungen, aber nicht, weil er sich mit einer anderen Tussi eingelassen hat, sondern weil ich seinetwegen die ganze Zeit an meinem Agentenleben festhalten musste. Keiner dieser ahnungslosen Schüler auf der anderen Seite der Tür sein durfte. Weil er mir gezeigt hat, dass Normalität ein unerreichbarer Traum bleiben wird. Einmal Killer, immer Killer. Wer etwas anderes behauptet, ist ein Lügner und will mir etwas verkaufen.

Ich gehe allen aus dem Weg. Luca, Timothy, sogar Ellas Mitbewohnerinnen. Die beiden würden mich nur an sie erinnern. Nachdem das Footballtraining begonnen hat, schleiche ich mich mit übergezogener Kapuze in einen der hinteren Ränge, während vor mir die Mädchen kichern. Ganz normale, dämliche Highschool-Mädchen. Ich sehe Timothy dabei zu, wie er Runden läuft. Eine tiefe Sorgenfalte hat sich in seine Stirn gegraben. Meinetwegen. Menschen wie ich greifen um sich wie ein Virus. Die, die ihnen am nächsten stehen, werden am brutalsten verletzt.

„Nicht einschlafen, Timothy. Lauf, lauf, lauf!“, brüllt der Trainer.

Timothy beachtet ihn kaum. Was darauf hindeutet, dass er seinen

Coach gehört hat, ist lediglich die Tatsache, dass er seine Schritte beschleunigt.

Zwei Stunden lang sehe ich den Jungs dabei zu, wie sie sich einen Ball zuwerfen und gegenseitig zu Boden stoßen. Das Training geht zu Ende und ich laufe nach draußen, um auf Timothy zu warten. Eine Traube Jungs verlässt kurz darauf die Halle, alle verschwitzt und ausgepowert. Sobald ich Timothy entdeckt habe, steigen mir die Tränen in die Augen. Zu Hause.

„Cathrin, um Himmels willen!“, ruft er.

Einige der Idioten lachen, aber wir ignorieren es beide. Mit ausgestreckten Armen gehe ich wie ein kleines Kind auf ihn zu und falle ihm um den Hals. Timothy stellt keine Fragen, hält mich nur fest. Eine Ewigkeit. Doch nicht lang genug.

„Was ist denn passiert?“, fragt er schließlich. „Bist du verletzt?“

Hektisch schüttle ich den Kopf und schniefe einmal. Klammere mich fester an ihn. Wenn er mich jetzt loslässt, dann verliere ich den Verstand. Fröstelnd drücke ich mein Gesicht an seinen Hals. Seufzend streichelt er mir über den Kopf. „Wir sollten reingehen, oder?“

Ich nicke, mache aber keine Anstalten, mich von ihm zu lösen. Ohne Umschweife hebt er mich hoch. Der Träger seiner Sporttasche ist rau an meiner Haut. Tränen laufen mir still über die Wangen, die ganze Zeit über. Wegen Ella, Tanni, mir. Und Silent. Oder der Person, für die ich Silent hielt. Weil er gesagt hat, dass er mich liebt, so am Boden zerstört war, als ich ihm eröffnete, dass ich nie wieder etwas für ihn empfinden könnte. Wegen seiner verzweifelten Einsicht, als ihm bewusst wurde, dass sein größter Traum in greifbarer Nähe war und er ihn wieder entfliehen ließ.

Ich bemerke die schiefen Blicke, die uns zugeworfen werden. Sollten sie inzwischen nicht wissen, dass es mit mir nur Chaos gibt?

Timothy öffnet die Tür zu seinem Zimmer – und Silents. Der minzige Geruch, der beide immer gleichermaßen umgibt, schlägt mir entgegen, gemeinsam mit einem Schwall schneegeschwängerter Luft. Das Fenster steht sperrangelweit offen. Ich weiß, dass Silents Sachen verschwunden sind. Ich will daran glauben, dass er sich tatsächlich der Zentrale gestellt hat, aber das kann ich nicht. Wahrscheinlich sitzt er gerade jetzt bei seinem Vater und die beiden beglückwünschen sich zu Ellas Tod.

Ella. Bei dem Gedanken an sie beginne ich, noch heftiger zu schluchzen.

„Hey, alles gut“, flüstert Timothy und legt mich vorsichtig auf seinem Bett ab.

Sofort strecke ich meine Arme nach ihm aus. Er zieht sich nur die Schuhe aus, dann liegt er bereits neben mir und sieht mich an. Der Anblick seiner warmen braunen Augen beruhigt mich ein wenig. Unter mir wird die Decke weggezogen und kurz darauf über mir ausgebreitet. Auf einen Ellbogen gestützt, sieht Timothy auf mich herab und streichelt mir über die Wange, als wäre ich aus zerbrechlichstem Porzellan. Beugt sich immer wieder zu mir, um mich zu küssen. Nichts, gar nichts hilft gegen meine Tränen. Nicht einmal er.

„Was ist denn passiert?“, fragt er noch einmal.

Ja, was ist passiert? Obwohl er mir gestanden hat, dass er mich belogen hat, vertraue ich Timothy und spüre, dass das kein Fehler ist. Dieser Junge wird mich nicht in Teufels Küche bringen. Er ist alles, was mich am Leben hält.

„Silent ...“ Mein eigenes Schluchzen unterbricht mich. „Silent hat Ella getötet.“

Seine Hand verharrt auf meiner Wange. „Was?“

Ja, was? Einmal Killer, immer Killer.

„Er hat Ella umgebracht. Er hat die ganze Zeit über mit eurem Vater zusammengearbeitet. Silent hat Ella gefoltert. Er ... er hat gesagt, dass er mich liebt, obwohl er sie meinetwegen verletzt hat, damit ich eurem Vater Antworten gebe“, schluchze ich und verberge mein Gesicht an seiner Brust. Die Fassungslosigkeit, den Unglauben in seinem Blick muss ich nicht sehen. Dass sein Puls nach oben schnellt, reicht völlig.

„Silent hat jemanden umgebracht?“ Es klingt hohl. Meine Antwort ist ein Schluchzen.

Verzweifelt rolle ich mich zusammen. Irgendwie müssen die Schmerzen doch wieder verschwinden. Warum zur Hölle quält sich mein Herz so? Was soll das? Warum fühlt es sich an, als wäre es gebrochen, obwohl ich es Silent doch nie überlassen habe?

„Er war nicht mehr Silent. Er war Jack“, murmle ich über den Kloß in meinem Hals hinweg.

Timothys Hand fährt vorsichtig meinen Rücken auf und ab. „Aber auch Jack hat nie so einen Mist angestellt“, sagt Timothy schließlich leise.

Trostlos schüttle ich den Kopf. „Menschen ändern sich“, flüstere ich in sein weiches T-Shirt.

Er schlingt beide Arme um mich. „Nicht so. Er war schon immer etwas schwieriger, erwachsener, aber solche Gräueltaten ... Weder Jack noch Silent hätte der eigenen Familie so etwas angetan."

Aber Silent hat es getan! Ich habe Ellas Blut gerochen und geschmeckt. Ich habe es miterlebt und mit verursacht. Ellas Tod ist unser beider Schuld.

„Wenn das wirklich so ist, warum hat er Ella dann den halben Kopf weggepustet?", frage ich hysterisch. „Warum hing sie zum Schluss nur noch mit einer Hand an der Gardinenstange? Warum liefen Teile ihres Gehirns ihre verdammte Wange hinab?"

Timothy zuckt zusammen. „Er hat Ella eine Hand abgeschnitten?"

„Und vorher die Finger. Tanni auch. Sie haben beide geschrien und gebettelt. Sie haben mich angefleht, die Antworten zu geben, aber ich durfte nicht. Ich konnte nicht, Timothy, du musst verstehen, dass ich das nicht konnte!", fahre ich fort, panisch. Was, wenn er es nicht nachvollziehen kann? Wenn er mich wegstößt, wie ich es mit Silent getan habe? Wenn er mich jetzt allein lässt? Das darf er nicht. Das geht nicht.

Timothy verlagert sein Gewicht. Sofort sitze ich und umfasse seine Handgelenke. „Du darfst mich jetzt nicht allein lassen", flehe ich und spüre, wie mir die Tränen wieder heftiger über die Wangen laufen. Sie hinterlassen heiß brennende Spuren. Wie vergossenes Blut.

Überrascht reißt Timothy die Augen auf, schüttelt dann aber den blonden Schopf. „Ich bleibe. Ich schwöre dir, dass ich bleibe, bis du mich nicht mehr willst", flüstert er.

Ein Stich durchfährt mein sowieso schon geschundenes Herz. „Warum habe ich dann das Gefühl, dich zu verlieren?", platze ich heraus. Zitternd stehe ich auf. Alles fühlt sich so intensiv an, so unwiderruflich. Ich spüre, dass mir etwas entgleitet, ich weiß nur nicht, was. Ist er es?

„Auch dein Gefühl kann trügen, oder? Du dachtest doch auch, dass Silent vertrauenswürdig sei."

Glaubte ich das wirklich oder waren das meine Gefühle für ihn, die ich mit aller Macht unterdrückt habe? Hatten die da ihre Finger im Spiel? Ich nicke, obwohl ich mir vorkomme wie eine unsagbare Lügnerin. Schwer atmend schlinge ich die Arme um meine Beine und bette mein Kinn auf den Knien. Zögernd setzt sich Timothy neben mich auf den Teppich und hält mich fest.

„Alles wird gut, das verspreche ich dir", flüstert er.

Ich nicke, schließe die Augen und schmiege mich an ihn. Alles wird gut. Was würde ich dafür geben, dass es einmal keine Lüge ist. Mehr als mein Leben. Alles, was mir lieb und teuer ist.

„Du bleibst bei mir?“, vergewissere ich mich noch einmal und linse durch meine Wimpern zu Timothy hinauf.

Er fängt meinen Blick mit einem gebrochenen Lächeln auf. „Immer.“

Das ist gut, nicht beruhigend, aber sich das erst einmal vorzunehmen, ist ein Anfang. Ein guter.

„Verletzt wurdest du aber nicht. Körperlich, meine ich“, sagt Timothy.

Ich schüttle den Kopf. „Wurde angeschossen. Ein Treffer in der Lunge, einer im Magen. Mindestens zwei in den Beinen und sonst leichte Abschürfungen an den Handgelenken“, zähle ich stockend auf.

Er versteift sich, hält mich noch fester. „Hat man sich deine Verletzungen angesehen?“, fragt er eindringlich.

Gegen jede Vernunft muss ich die Augen verdrehen. Diese Fragen immer. „Ja, Silent hat mich in das nächstbeste Krankenhaus geschleppt“, murre ich in meine Knie.

Timothys Arm fällt von meiner Schulter und er rückt etwas beiseite. „Ich dachte, er hätte das alles zu verantworten. Warum bringt er dich ins Krankenhaus, wenn er Ella umgebracht hat?“

Ein unwilliges Lachen entflieht meinen Lippen. Beinahe schmerzhaft ziehen meine Finger an den Haaren. Genau da liegt das Problem. Silent hat mir all diese Probleme bereitet, keine Reue verspürt, aber diese Aufrichtigkeit, als er mir nachgerufen hat, dass er mich liebt, hat mich restlos aus der Bahn geworfen. Es war, als wäre es eine dieser unumstößlichen Wahrheiten, wie dass Wasser nass ist und die Sonne hell scheint. So als wäre nichts realer als seine verkorkste Liebe zu mir.

„Genau. Er hat das alles zu verantworten, und als ich aufgewacht bin, hat er um Vergebung gefleht.“ Meine Stimme klingt seltsam, komisch. Etwas zu hoch, etwas zu schief, etwas zu fassungslos.

Kraftlos hebe ich den Kopf und sehe in Timothys Gesicht. Diese eine Falte auf der Stirn tritt stark hervor.

„Das ist krank, selbst für ihn“, murmelt Timothy schließlich.

Ich nicke nicht einmal mehr. Er hat recht. Das ist krank, sogar für Silent, und es wird lange dauern, bis ich das alles mit Abstand betrachten kann. Für den Moment hat mich jedenfalls nie etwas tiefer berührt als Silents Anblick, ehe ich ihm für immer den Rücken zugedreht habe.

Keine Ahnung, wie Timothy es geschafft hat, aber letzten Endes gehen wir Seite an Seite hinab in den Speisesaal, beide umgezogen. Es tut gut, Kleidung zu tragen, an der nicht der Gestank der letzten Stunden hängt. Massen an Make-up kaschieren meine geröteten Wangen und geschwollenen Augen. Er hat einen Arm um mich gelegt. Niemand beachtet uns, während wir auf das Buffet zugehen. Unsere beiden Portionen sind lachhaft. Ihm ist der Appetit im Laufe unseres weiteren Gespräches vergangen. Meiner wird erst zurückkommen, wenn sich der Geschmack des Blutes langsam aus meinem Mund löst.

An unserem Tisch sitzen weder Tanni noch Ella. Beinahe hätte ich erwartet, Silent zu sehen, aber auch er ist nicht da. Lediglich Luca rührt in einer Tasse Tee, das kastanienbraune Haar offen. Sie bemerkt uns erst, als wir beinahe neben ihr stehen. Sie sieht uns erstaunlich kalt an. Was genau habe ich denn jetzt schon wieder angestellt?

„Glückwunsch, Cathrin. Sieht so aus, als hättest du dir zu lange Zeit gelassen", knurrt sie und knallt einen Zettel vor mich hin. Eine ausgedruckte Mail von Mr Flanell, in der sie über den Tod Ellas und die Verletzungen Tannis informiert wird. Woher weiß er den Mist denn schon wieder? Ich habe ihm noch nicht einmal Bericht erstattet.

„Als ich kam, ging es ihnen beiden gut", sage ich und setze mich ihr gegenüber hin, Timothy stets an meiner Seite.

„Genau, deswegen ist eine tot und die andere liegt im Krankenhaus!"

Ellas Flehen. Niemand hat jemals so um sein Leben gebettelt. Nie wollte jemand so dringend weitermachen, komme, was wolle.

„Luca, es reicht", sagt Timothy matt.

Ich greife nach einer Mohrrübe, beginne, ein wenig an ihr herumzukratzen. Die bekomme ich nie im Leben runter, ohne mich zu übergeben.

„Aber es stimmt doch!"

Irgendwie ja. Es stimmt. Hätte ich schneller reagiert, bessere Antworten gegeben oder mich mehr auf Silent konzentriert. Wenn es wirklich die Wahrheit ist, dass er mich liebt, dann hätte ich ihn umstimmen können. Andererseits, wie groß kann diese Liebe schon sein, wenn er mir an einem Tag ein Messer in den Magen rammt und am nächsten meine Freunde zum Schreien bringt?

„Nein, es stimmt nicht", knurrt Timothy. Er kann also auch anderen gegenüber unfreundlich sein, nicht nur mir und Silent. Beruhigend.

„Natürlich. Sie …"

„Luca!", unterbricht er sie einige Dezibel zu laut.

Ich höre, wie ein Stuhl über den Boden scharrt und Geschirr klappernd gegeneinanderstößt. Ich löse den Blick nicht von meiner blöden Mohrrübe und zeichne weiter Muster in sie hinein, Strich um Strich.

Eigentlich ist diese Karotte auch nicht mehr als ein Finger. Beißt man etwas ab, dann fehlt es, nur sieht man hier keine Knochen, sondern das Leitbündel. Durch das das Leben fließt wie durch Knochenmark.

Neben mir seufzt Timothy leise auf. „Tut mir leid, ich werde mit ihr reden", verspricht er.

Ich schüttle den Kopf und lasse die Mohrrübe auf den weißen Teller fallen, als hätte ich mich verbrannt. Es braucht nicht meine Fähigkeiten, um zu wissen, dass das Gespräch zwischen mir und Luca stattfinden muss. Sie ist so starrköpfig und bescheuert, dass sie mich sonst die nächsten Monate in den Wahnsinn treibt. Und von meinem Verstand ist nach Silent ohnehin kaum noch etwas übrig. Also Konfrontation. Viel schlimmer kann der Tag eigentlich gar nicht mehr werden.

„Spar dir die Mühe. Sie wird erst Ruhe geben, wenn ich sie auf Knien um Vergebung angebettelt habe", grummle ich, die Hände fest auf die Tischplatte gepresst. Unter einigen Fingernägeln ist rötlicher Schmutz zurückgeblieben. Ich muss mit Luca allein schon deshalb Frieden schließen, damit ich ihre Nagelfeile bekomme.

„Das musst du nicht, du hast nichts falsch gemacht."

„Doch. Ich habe Silent vertraut", sage ich und sehe Timothy fest in die gequälten Augen.

Seufzend fährt er sich mit beiden Händen durch die Haare, bis sie zu Berge stehen. Kopfschüttelnd glättet er sie wieder, nur um sich in dem lauten, überfüllten Saal umzusehen. Beinahe, als hielte er nach Silent Ausschau. Seitdem wir den Raum betreten haben, widerstehe ich genau diesem Impuls, bis jetzt erfolgreich.

„Wir sollten das Ganze positiv sehen", meint Timothy schließlich. Er lehnt sich gelassen in seinem Stuhl zurück.

Positiv? Wenn er jetzt tatsächlich einen guten Punkt findet, dann ist er der größte Optimist, der mir jemals über den Weg gelaufen ist.

„Na, dann schieß mal los. Dass du jetzt ein Einzelzimmer hast, ist kein Argument", sage ich ruhig und durchaus bereit, mich ablenken zu lassen. Soll mein liebenswürdiger Freund doch mal wieder ein Wunder bewirken.

„Du hättest natürlich etwas davon. Wir müssten uns keine Sorgen mehr machen, dass ein übellauniger Silent uns morgens weckt."

Wenn er nur wüsste, wie viel ich dafür geben würde, dass Silent derjenige wäre, den ich mir so sehr gewünscht habe. Einfach nur ein Junge, der unglücklich in mich verliebt ist.

„Zählt trotzdem nicht. Noch ein Punkt?"

„Ja, mein eigentlicher. Wir sind Natasha los“, sagt er grinsend.

Für einen Moment gestatte ich mir, darüber ernsthaft nachzudenken. Tatsächlich, das ist ein gigantischer Vorteil. Kein Vanillegestank zum Frühstück, kein gekünsteltes Lachen. Und am wichtigsten: kein Rumgeknutsche mit Silent. Das war die Hölle.

„Diese Runde geht an dich“, gebe ich schließlich widerwillig zu. Damit ist Timothy tatsächlich der widerlichste Optimist, der mir jemals über den Weg gelaufen ist. Und so was schimpft sich meine bessere Hälfte.

„Darf ich dafür auch was einfordern?“, fragt er mit einem hinterhältigen Grinsen.

Ich verdrehe die Augen und drücke ihm einen Kuss auf die Lippen. Zufrieden stützt er sich auf die Ellbogen. Sein Lächeln lässt mein schmerzendes Herz höherschlagen.

„Das war eigentlich nicht das, was ich wollte.“

Ich verziehe das Gesicht ein wenig und ahme seine Haltung nach. „Und was willst du dann?“

„Dass du etwas isst. Nur ein wenig.“

Lange sehe ich Timothy unbewegt in die dunklen Augen. Wie kann er nur immer um mich besorgt sein? Wieso wirkt es so natürlich, dass ich sein Mittelpunkt bin? Silent hatte dieses Gefühl nie, dass jemand alles für ihn tun würde. Nur für ihn. Ist er deswegen so geworden? Die Antwort ist einfach: ja. Genau das lässt einen Menschen verkümmern.

Für Timothy nicke ich und greife nach einem halben Apfel. Nachdem ich die Karotte mit Ellas Fingern verglichen habe, bekomme ich die nie im Leben herunter.

„Danke“, flüstert er, nachdem ich die Apfelhälfte verschlungen habe.

Ich nicke und starre auf das Stück in meiner Hand. Essen habe ich nie verschmäht, aber jetzt gerade rebelliert mein Magen wie wild. Timothy bemerkt es. Natürlich. Er ist viel aufmerksamer, als man auf den ersten Blick meinen sollte. Vielleicht auch mehr, als gut ist.

„Satt?“ Ein halbes Lächeln, das ich ihm schenke. Seufzend streckt er die Arme aus und ich lasse mich ohne Umschweife hineinfallen.

Nach einigen Minuten ist der Apfel Geschichte. Zufrieden hält er mich noch etwas länger fest. Um uns herum wird das Essen beendet, die Schüler gehen, manche, deren Blicke sich in unsere Richtung verirren, wirken verwirrt. Aber im Großen und Ganzen sind wir unbeobachtet. Eine Wohltat.

„Ich freue mich auf den Frühling", platze ich heraus, nachdem auch der letzte Mitschüler durch die Tür verschwunden ist.

„Wie kommst du jetzt darauf?"

„Auf dem Dach war es immer so schön ruhig. Keine Massen an Mitschülern. Apropos Mitschüler, schreiben wir demnächst irgendwas?"

Timothy rückt etwas von mir ab. Am liebsten würde ich mich auf seinen Schoß setzen. Er soll mich nur nicht loslassen. „Sag nicht, du willst jetzt am Schulalltag teilhaben!", ruft Timothy aus.

Das erste Mal, seitdem ich wieder hier bin, wirkt sein Lächeln ehrlich.

„Mein Fall ist erledigt und mit Abschluss habe ich später einfach mehr Chancen. Ich habe keine Lust mehr auf den Agentenscheiß", erwidere ich lapidar.

Grinsend sieht er auf mich herab, ehe er die Schultern zuckt. „In Mathe eine Arbeit und in Englisch. Aber das sollte ein Kinderspiel für dich werden. Im Notfall kannst du ja immer noch die Lösungen spicken."

Ernsthaft entrüstet boxe ich ihm gegen die Schulter. Lösungen spicken, pff. Höchstens in Musik, und das auch nur, weil niemand diese ganzen Begriffe braucht. Oder Notennamen! Ich verstehe noch immer nicht, warum Mr Flanell mich in dem Musikkurs einschreiben musste.

„Denkst du wirklich, ich habe es nötig zu spicken?", frage ich.

Mit einem zufriedenen Lächeln nickt er. „In Chemie auf jeden Fall. Mit den ganzen Aminosäuren kommt doch keiner mehr mit", zieht er mich auf. Seine Augen blitzen amüsiert.

Empört stelle ich mich auf den Stuhl und stemme die Hände in die Hüften. „Ich bin ein Naturwissenschaftsgenie! Und du könntest mich einfach mal um Hilfe fragen, ehe du dir das nächste E einfängst!"

Lachend stellt Timothy sich auf seinen Stuhl. Jetzt bin ich nicht mehr größer als er. Blöd. Dass die Mitglieder dieser Familie einem auch jeden Spaß rauben müssen.

„Ich besuche wenigstens den Unterricht", kontert er.

„Und? Die Lehrerin ist eine Schlaftablette. Ich glaube, zwei Stunden war ich bei ihr anwesend. In der einen davon habe ich eine Leistungskontrolle geschrieben, die zum Totlachen war."

Kopfschüttelnd zieht Timothy mich so ruckartig an sich, dass mir ein Quietschen entfährt und der Stuhl polternd zu Boden fällt. Nicht lustig, gar nicht lustig.

„Wenn ich mich nicht irre, war das die, in der die meisten nur ein D hatten", sagt er nüchtern.

Vorsichtig versuche ich, wenigstens auf den Zehenspitzen zum Stehen zu kommen. Timothy lässt mich nicht los. Grinsend lege ich die Wange an seine Brust. Jetzt ist der Teddymodus wieder aktiviert. Das erste Mal stört es mich nicht.

„Ihr seid ja auch alle unfähig. Du solltest vor der Prüfung dringend zu mir kommen. Ich bring dir den Mist bei."

„Oder verrätst mir die Lösungen?", schlägt er schon fast unschuldig vor.

Spielerisch gebe ich ihm einen Schlag auf den Hinterkopf. „Du sollst lernen!"

„Machst du doch auch nicht", klagt er und stellt mich endlich ab. Auf den Boden. Jetzt dürfte er fast einen Meter größer sein als ich.

Genervt verschränke ich die Arme vor der Brust und puste mir diese ätzende Strähne aus der Stirn. „Ich bin auch ein Genie, du nicht." Für einen Moment wirkt es, als wolle er widersprechen. Doch er lässt es. Wahrscheinlich fallen nicht einmal ihm stichhaltige Argumente ein.

Timothy springt zu mir auf den Boden und schnappt sich unsere beinahe unangetasteten Teller. „Willst du heute Nacht bei mir schlafen?", bietet er mir auf dem Weg zur Geschirrrückgabe an.

Schlafen? Du liebe Güte. Ich schüttle den Kopf. „Das mit Luca muss geklärt werden, sonst schneidet sie mir Löcher in meine Kapuzenpullis." Tatsächlich eine mögliche Zukunft. Das Mädchen kennt einfach keine Grenzen.

Nachdenklich nickt er. Klirrend gesellen sich die Teller zu den anderen.

„Du hast nicht vor, auch nur ein Auge zu schließen, oder?"

Ich vermeide es, ihn anzusehen, trete dafür extra fest auf die Rillen zwischen den Marmorplatten. „Könntest du es denn an meiner Stelle?", stelle ich die ultimative Frage.

Nach einigen Augenblicken schüttelt er den Kopf. „Vermutlich nicht", sagt er ruhig. Timothy sieht mir fest in die Augen. „Aber, Cathrin, du musst weitermachen, das ist dir klar, oder? Such dir irgendetwas, wofür es sich lohnt."

Weitermachen. Ella ist tot. Silent hat mich verraten und trinkt gerade wahrscheinlich mit seinem Vater und vielleicht auch Grotian Whiskey.

Zögernd ergreife ich Timothys Hand. „Gefunden", flüstere ich. Und das ist die Wahrheit. Mehr habe ich nicht.

05.02.2008, Mikun?

Wache in der Bäckerei zu schieben, ist die Hölle. Man tötet Kinder aus Mitgefühl, hängt sie zu den anderen oder lässt diese Arbeit verrichten. Nirgends sonst stinkt es so sehr nach Blut und Tod. Nirgendwo sonst ist eine ähnliche Gleichgültigkeit zu finden.

Vielleicht bestehe ich Madames Prüfungen, indem ich abdrücke, wenn jemand weint und Schwäche zeigt, aber ich verliere so viel. Bereits nach dem vierten Tag in dieser Position spüre ich kaum noch etwas. Richtig und Falsch verschwimmen. Was ist nun moralisch verwerflich? Keine Ahnung. Madames Wort zählt. Punkt.

Kapitel 19

Luca sitzt im Schneidersitz auf ihrem Bett, eine Schere und einen meiner Kapuzenpullover in der Hand. Ich zupfe ihn ihr aus den Fingern, ehe sie irgendeinen Schaden anrichten kann.

„Was soll das?“, faucht sie und springt auf die Füße, noch immer so wütend wie vorhin. In ihren Augen bin ich schuld. Immer ich. Weil ich ja auch darum gebeten habe, die beiden schreien zu hören. Zu sehen, wie sie gefoltert werden. Weil es mir ja so einen gottverdammten Spaß macht!

„Das Gleiche könnte ich dich fragen“, sage ich mit einem Anflug meiner alten Ruhe in der Stimme. Ich werde meine gewollte Ausgeglichenheit wahrscheinlich schneller wiederfinden als einen ruhigen Schlaf.

„Was ... hast du mich gerade echt gefragt, warum ich das mache?“, kreischt sie.

Mit erhobener Hand stürmt Luca auf mich zu. Blitzschnell fange ich ihren Arm in der Luft ab und biege ihn ihr auf den Rücken. In dieser Stimmung bin ich beim besten Willen nicht. Momentan sollte sie mich nicht provozieren. Sonst lernt sie, wie ich Blut vergieße. Luca zerrt an ihrem Arm, nur um mir dann gegen das Knie zu treten. Habe ich diesen Trick nicht auch bei Grotian verwendet? Im Gegensatz zu ihr beherrsche ich den. Sie verfehlt meine Kniescheiben und erreicht nur meine Oberschenkel. Zu meinem Glück, sonst läge ich jetzt am Boden. Genau wie Grotian. Eine unwillkommene Ähnlichkeit. Aber Luca hat den Trick nur bei mir gesehen und nie erlernt. Mein Glück. Mir tut nur der Knochen ein wenig weh.

„Du musst noch runterhebeln“, sage ich nüchtern und lasse ihren Arm los.

Luca lacht auf. „Du solltest vielleicht Leben retten wollen!“

Das wollte ich. So sehr. Die Wahrheit wäre ein zu hoher Preis gewesen. Mir waren die Hände gebunden. Das wäre mein Tod gewesen, hätte der Zentrale Probleme bereitet. Manchmal hat das Leben der Probanden nicht oberste Priorität.

„Ich habe getan, was ich tun konnte. Ich war rechtzeitig da.“

„Offensichtlich nicht, sonst wäre sie noch am Leben", schießt Luca zurück, die Hände zu Fäusten geballt. Im Gegensatz zu Silent kann sie hervorragend zuschlagen, weswegen mein Wunsch, dass sie jetzt durchdreht, eher gering ist.

„Man hat mich k. o. geschlagen, ehe ich mich wehren konnte, Luca. Ich wurde blockiert", verteidige ich mich beinahe verzweifelt, während schon wieder diese Erinnerungen aufbranden. Ella, der der halbe Schädel fehlt. Silent, von ihrem Blut besprüht, bewegungslos, aber nicht erstarrt.

„Als könnte dich jemand überrumpeln", schnaubt sie.

Das dachte ich auch. Wäre es nicht Silent gewesen, wäre das auch nicht passiert. Hätte er mich nicht genug geblendet, damit ich kurz vor dem Ende erst in Erwägung gezogen habe, dass er die größte Bedrohung sein könnte, trotz all der schönen Worte.

„Silent konnte es", bringe ich über die Lippen. Und dann kommen wieder die Tränen.

Luca öffnet den Mund, nur um ihn gleich darauf wieder zu schließen. Fassungslos starrt sie mich an. Weit aufgerissene Augen. Silents verlorenes Flüstern im Wind. „Ich wurde geliebt."

Mir wird schlecht. Ich reiße die Badtür auf und stürze zur Toilette, um meinen halben Apfel wieder heraufzuwürgen. Die Salzsäure kratzt in meinem Hals und lässt mich nach etwas keuchen, wo nichts mehr ist. Der Zopf fällt mir ins Gesicht, aber meine Hände zittern zu sehr, um ihn beiseiteschieben zu können. Und dann ist er nicht mehr da. Wird festgehalten. Schluchzend verätze ich mir die Speiseröhre, dann ist es vorbei und ich bleibe zitternd, heulend und vor der Toilette hockend zurück.

„Du solltest duschen", sagt Luca schließlich erstaunlich sachlich. Ihre kühle Professionalität beruhigt mich. So sollen wir uns Opfern gegenüber verhalten. Natürlich vorausgesetzt, dass sie noch leben und bei Bewusstsein sind. Vielleicht sollte ich dankbar sein, dass Tanni bewusstlos war und Ella tot. Bei diesem Part meines Jobs hätte ich kläglich versagt.

Luca legt mir ein Handtuch raus, ehe sie das Bad verlässt und ich allein bin. Fahrig streife ich mir den sauer riechenden Pullover ab, dann das mit kaltem Schweiß getränkte Shirt. Mein Blick fällt auf mein eigenes Spiegelbild. Kreidebleich, die Lippe aufgebissen. Rote Augen. So sah ich damals auch aus, nachdem ich losgelassen habe, meinen Job erledigte. So sah ich bei Madame aus. Blass, ein wenig nervös. Jede Emotion wurde durch eine unsägliche Kälte kaschiert, die in meinem

Herzen wuchs. Ebenso gut könnte ich in einem ihrer Bäder stehen. Zurück in Madames Haus sein.

Dieser Gedanke lässt mich durchdrehen. Ich schreie nicht, verbeiße mir weitere Tränen, schlage meinem Spiegelbild in bester Cathrin-Duty-Manier auf die Nase. Klirrend bricht der Spiegel. Die Glassplitter graben sich tief in meine Haut und werden in Sekundenschnelle herausgeblutet. Das hat Silent mir angetan. Er hat mich zurück zu Madame gebracht in nur einer Nacht. Er hat mir alles gestohlen, was ich mir über die vergangenen Jahre so mühsam aufgebaut habe. Alles!

Einige zähe Minuten starre ich noch auf das geborstene Glas, auf die spinnwebenartigen Risse in den Resten des Spiegels, dann lasse ich auch die restliche Kleidung fallen und stelle das Wasser an. Eiskalt. Ich drehe die Temperatur auf und lege den Kopf mit geschlossenen Augen in den Nacken. Das Wasser perlt durch meine geflochtenen Haare, über die flatternden Lider, den Hals hinab. Tropft über Mund und Nase. Alles wird gut werden. Es gibt immer einen Weg zurück. Ich muss ihn nur finden. Timothy wird mir dabei zur Seite stehen.

Als das Wasser kalt wird, schalte ich den Hahn aus und trockne mich ab, bis die Haut rosig ist. Stumm starre ich auf den Pyjama, den Luca zwischendurch bereitgelegt haben muss. Grau, mit einem losen Faden an einem Ärmel. Silents sah genauso aus, nur ohne Faden. Silent. Überall ist er. Vielleicht hätte ich ihn tatsächlich in die Zentrale bringen sollen.

Auf dem Weg dorthin hätte er vermutlich sein halbes Gebiss verloren, aber dann wäre diese ganze Sache etwas abgeschlossener gewesen. Und er mit Sicherheit dort, wo er hingehört.

„Ich hab mich schon gefragt, ob du noch lebst“, empfängt mich Luca nüchtern, auf dem Bauch im Bett liegend.

Das helle Deckenlicht leuchtet. Ich bedeute ihr, die Nachttischlampe anzuschalten, und knipse das Licht aus. So matt beschienen wirkt das Zimmer größer, beinahe befreiend. Ich verkrieche mich im Bett, nicht, um zu schlafen, sondern um aus dem Fenster zu starren, bis die Sonne aufgeht.

„Du wolltest nicht, dass sie sterben, oder?“, fragt Luca schließlich.

Ich zucke die Schultern. „War nicht der Plan, nein.“

Stille. Zweige wiegen sich im Wind. Ständen die Bäume etwas näher am Haus, würden sie wie flehende Finger an meinem Fenster kratzen.

„Das mit Silent, das tut mir leid. Auch wenn ich dir tausendmal gesagt habe, dass man ihm nicht trauen kann“, versucht sie noch einmal, ein Gespräch zu beginnen, aber ich bin nicht in der Stimmung dafür. Ich will die Zeit zurückdrehen zu diesem ersten Tag und Silent eine runterhauen, so wie er es verdient hätte.

„Ist nicht zu ändern“, murmle ich.

„Du hast den Spiegel zerstört, oder?“

„Hat es nicht anders verdient gehabt. Das blöde Ding hat mir Sachen gezeigt, die ich nicht sehen wollte.“

„Oh, so wie bei der bösen Königin? Der Spiegel, der ihr sagte, dass Schneewittchen tausendmal schöner sei als sie?“

Ein dummer Vergleich. „Wer bin ich in der Gleichung? Die böse Königin oder Schneewittchen?“, frage ich mäßig interessiert und versuche, das Märchen irgendwie wieder zusammenzubringen. Das einzige, das ich wirklich kenne, ist die kleine Seejungfrau. Dann noch ein bisschen Rotkäppchen und im Groben Hänsel und Gretel. Aber ich könnte schwören, dass Timothy irgendwas von Schneewittchen erzählt hat. Das war doch die mit den Liliputanern, oder? Die sich von einem Korsett fast hat umbringen lassen. Falls die das war, ziehe ich die böse Königin vor.

„Na, die Königin. Die stand vor dem Spiegel, nicht Schneewittchen. Schneewittchen hatte immer ihre perfekte Frisur und ihr makelloses Make-up. Deswegen hatten sich die beiden ja ständig in den Haaren“, sagt Luca.

Widerlich. Diese Föhnfrisurmodels.

„Ist Schneewittchen zum Schluss gestorben?“, frage ich. Aus irgendeinem Grund beruhigt mich dieses Märchengetratsche. Vielleicht weil ich es ausschließlich mit Timothy verknüpfen kann.

„Natürlich nicht. Die hat den Prinzen geheiratet“, schnaubt Luca. Klar, den Typen auf dem Pferd.

„Und die Königin?“

„Musste in glühenden Pantoffeln tanzen bis zum Tode.“

Ich schüttle den Kopf. Und so ein Mist ist für Kinder gedacht? Wahrscheinlich hat der Schmerz ihr sehr schnell die Besinnung geraubt. Keine allzu schreckliche Bestrafung.

„Warum weißt du so viel über Märchen?“, frage ich Luca ruhig und kuschle mich in meine Decke. Sie duftet ein wenig nach Silent. Hoffentlich bilde ich mir das nur ein. So oft lag er nicht hier.

„Im Gegensatz zu deinen haben meine Eltern mich geliebt“, sagt Luca. „Ihr Problem war nur ein Baum zur falschen Zeit am falschen Ort.“ Ich spüre Lucas Blick auf mir ruhen, erwidere ihn aber nicht. Das muss auch die Hölle sein. Von jetzt auf gleich von einer verzogenen Vorstadtgöre zum Waisenkind.

„Die Märchen sind in Amerika doch gar nicht zugelassen."

„Wen interessiert das schon?", spottet sie.

Ja, wen interessieren schon die Regeln. Hätte ich mich mehr an sie gehalten, dann wäre Silent weg vom Fenster gewesen. Ella wäre noch am Leben.

„Wie viele wissen hier eigentlich, dass du aus Russland kommst?", fragt Luca nach einer Weile.

Ein von der Decke verschleiertes Schulterzucken. „Silent wusste es und Timothy auch. Ende", stelle ich ihr meine sehr kurze Liste vor.

Nachdenklich schnalzt Luca mit der Zunge. „Geheimnisse kannst du gut für dich behalten, oder?"

Muss ich ja. Mein Job ist es, die Klappe zu halten. Wieder nur ein Schulterzucken meinerseits.

„Noch eine Frage zu der Situation, als ... na ja, als sie gestorben ist", beginnt Luca.

Für einen Moment überlege ich ernsthaft, sie zu unterbrechen. Ich kann darüber nicht mehr reden. Ella ist tot. Tote sollte man ruhen lassen. So war es schon immer. Sobald das Herz aufgehört hat zu schlagen, ist ein Mensch nichts weiter als Abfall. Luca sollte mir endlich die Chance geben, Ella so zu sehen. Ich ziehe mir die Decke über den Kopf, höre aber trotzdem zu.

„Silent hat sie hingerichtet, wie ich mir das jetzt mal zusammenreimen würde aus deinem Geheule und Gestammel. War der Mafioso auch im Raum?"

„Ja." Sein leises Lachen wird mich bis in alle Ewigkeit verfolgen. Der charmante Tonfall, der den Tod herbeilockt.

„Warum hast du ihn nicht gefasst?"

„Ich war gefesselt und erst hing Tannis Leben am seidenen Faden, dann Ellas", antworte ich unbewegt, während meine Augen wieder anfangen zu brennen. Dieses Mal bleiben die Tränen fort. Ausgeweint. Endlich.

„Und warum lebt die eine noch und die andere nicht?"

Weil besser einer überlebt als keiner. „Tanni wurde bewusstlos. Ich meinte, sie sollten doch Ella aufhängen, nur um den Mafioso zu provozieren. Silent hat leicht den Kopf geschüttelt, sie letzten Endes trotzdem, ohne zu zögern, umgebracht", sage ich.

„Und Tanni?", fragt Luca.

Ich presse mein Gesicht so fest in die Matratze, dass es schmerzt. Ja, Tanni. Das mit ihr begreife ich nicht. „Silent hat sie da raus- und ins Krankenhaus gebracht, zusammen mit mir. Ich war schon dort in der Nähe, ehe ich zusammengebrochen bin. Sie hat er den ganzen Weg getragen“, murmle ich. „Tanni war die ganze Zeit nicht überrascht. Es war, als hätte jemand ihr die Karten gelegt und sie wüsste genau, dass früher oder später die Hölle auf sie wartet.“ Sie hat nicht geweint, zum Schluss nur geschrien. Hat Silent das so sehr beeindruckt, dass er sie damit quasi belohnen wollte? Verwirrend genug, um so etwas zu tun, wäre er durchaus.

„Vielleicht ist an Tanni ja mehr dran als eine kleine Schizophrene“, schlägt Luca vor.

Das habe ich auch schon in Betracht gezogen, aber es fühlt sich falsch an. Ich schüttle den Kopf, ehe mir auffällt, dass das niemand sehen kann. So unter der Decke. „Eher nicht“, erwidere ich daher.

„Aber blöd ist Tanni nicht.“

„Habe ich auch nie behauptet“, murre ich.

Lucas Lachen wird von der Decke gedämpft. „Wo ist sie jetzt?“

„In einem Krankenhaus in Costa Rica, bis es ihr gut geht oder das Geld aufgebraucht ist.“

„Also, wenn sie darauf warten wollen, dass der Geldhahn zugedreht wird, dann müssen sie eine Weile warten.“ Luca lacht leise.

Ich habe die Pointe nicht begriffen. „Ich hab nämlich auf eigene Faust noch ein bisschen nachgeforscht und eine interessante Kleinigkeit herausgefunden. Tanni ist Natashas Halbschwester und die Mutter ist durchaus gewillt, ihrer zweiten Tochter jegliche Unterstützung zukommen zu lassen.“

Diese Information lockt mich tatsächlich unter der Decke hervor. „Tanni ist was?“, entfährt es mir. Warum habe ich das nicht gesehen? Und weshalb war das nirgends im Schulnetzwerk vermerkt?

„Ich sehe, wie die Rädchen bei dir rattern, Cathrin. Traurig, dass du so was übersehen hast?“

Traurig ist das falsche Wort dafür. „Ich kann es nur nicht ganz glauben“, verbessere ich Luca.

Sie nickt mit einem selbstzufriedenen Lächeln. „Das wollte ich schon immer einmal. Das Juwel der Zentrale überraschen. Und jetzt ist es mir gelungen“, sagt sie grinsend und lehnt sich ein wenig nach hinten, als sonne sie sich in ihrem Erfolg. So ein unmögliches Mädchen.

„Dann musst du deinem Leben jetzt wohl einen neuen Sinn geben“, erwidere ich gelangweilt. So kann man sich seine Ziele auch stecken. Es ist weitaus weniger blutig.

„Habe ich soeben“, sagt Luca genüsslich, die Augen leicht zusammengekniffen. Wann immer sie mich so ansieht, ist klar, dass nichts Gutes zu erwarten ist. Eher geprellte Knochen und Kopfschmerzen und Ärger. Riesiger Ärger.

„Na, dann schieß los“, grummle ich demotiviert.

„Dieses Schuljahr werde ich besser abschließen als du.“

Das ist lächerlich. „Du denkst, du bekommst die Examina besser hin? Im Ernst?“, frage ich mit dem Anflug eines Lächelns im Gesicht.

Sie nickt zufrieden. Seufzend kuschle ich mich in mein Kissen. Dieses Grinsen wird ihr bereits nach der ersten Arbeit vergehen, die ich mit einem A+ abschließen werde. Und das sage ich nicht aus irgendeiner weit hergeholten Selbstüberzeugung heraus, sondern weil ich es sehen kann. Und soweit ich weiß, ist ein A+ besser als ein jämmerliches A.

„Na, dann solltest du anfangen zu lernen“, schlage ich vor, den Blick an die Decke geheftet, wo Licht flackernd gegen Schatten kämpft.

„Was denkst du, womit ich mich beschäftigt habe, während du deinen Egotrip durchgezogen hast?“, schnaubt sie.

Ich übergehe ihren stummen Vorwurf ohne ein schlechtes Gewissen. Wäre Luca mitgekommen, wäre sie Nummer drei gewesen nach Ella. Und auch Silent kann nur eine Person aus der Gefahrenzone bringen, wenn es nicht von seinem Vater abgesegnet wurde. Eine Leiche absolviert keine besseren Examina als ich.

Sobald Luca selig schnarcht, streife ich mir meine Jacke über, ziehe die Schuhe an und klettere aus dem Fenster. Während ich darauf gewartet habe, dass sie einschläft, kam mir ein dämlicher Gedanke, der mir keine Ruhe mehr gelassen hat. Ich will zu diesem Haus, in dem Silent mich überrascht hat. Aus dem ich die Fotos habe. Es fühlt sich an, als könnte ich nur so einen Schlussstrich ziehen.

Unordentlich in meine Jackentasche gestopft ist das Bild, das Silent mir zu Weihnachten geschenkt hat. Das von mir selbst. Die Straßen sind um halb zwölf in der Nacht ausgestorben. Der Wind pfeift laut genug, damit man keinen meiner Schritte hören kann. Schnee fliegt mir in die Augen. Im Großen und Ganzen eine widerliche, kalte Nacht wie jede. Man könnte sich ihr entspannt hingeben, würde mir mein eigener Plan nicht Bauchschmerzen bereiten.

Der Vorgarten hat sich kein bisschen verändert. Die gleichen eingegangenen Sträucher, die gleichen gesprungenen Marmorplatten. Lediglich die Eingangstür steht offen. Diesmal trage ich keine Waffen bei mir. Die Wahrscheinlichkeit, dass heute jemand hier auftaucht, ist eher gering. Der Mafioso weiß, dass ich keine Skrupel mehr hätte, ihn zu töten, im Dunkeln zu warten, ist nicht Grotians Art und Silent würde ich fertigmachen. Das weiß er. Wäre Silent an meiner Stelle würde er ganz genauso handeln. Er sollte clever genug sein, nicht hier aufzutauchen, sondern bei seinem geliebten Daddy zu bleiben.

Leise knirschen die Scherben unter meinen Füßen, als ich den Flur betrete und die Eingangstür hinter mir schließe. Schuhabdrücke, direkt vor meinen Augen, frisch im Schnee. Das glaube ich nicht. Wer um Himmels willen kommt hierher, wenn nicht einer der drei? Für alle Fälle hebe ich eine größere Scherbe auf und lasse meine Fähigkeiten ein wenig die Umgebung abscannen. Sie finden den Störenfried im gleichen Moment, wie er vor mir steht.

„Timothy?", zische ich fassungslos und lasse die Scherbe sinken. Durch das halb eingestürzte Dach scheint der Mond hinter einer Wolke hervor.

Er kneift die Augen ein wenig zusammen, tastet nach etwas in seiner Jackentasche und blendet mich eine Sekunde später. „Cathrin? Warum hast du deinen Schlafanzug an?", flüstert er und nimmt freundlicherweise den Lichtstrahl aus meinem Gesicht.

„Die bessere Frage ist, was du hier tust!", rufe ich aus, die Scherbe für den unwahrscheinlichsten aller Fälle noch in der Hand.

„Ich wollte ein letztes Mal das Haus meiner Kindheit besuchen", erwidert er gedämpft und kommt auf mich zu. Er legt dabei eine Scherbe, die er seinerseits umklammert hat, auf dem Treppenabsatz ab. Seine Worte lassen mich zaudern.

„Warum gehst du davon aus, dass es das letzte Mal ist?" Bitte, lass ihn nicht auch in die Zukunft sehen können, sonst drehe ich durch!

Timothy zuckt die Schultern, den Blick misstrauisch auf die Scherbe in meinen Fingern gerichtet. Sagen tut er nichts. Sein momentanes Glück.

„Weil ... okay, jetzt dreh bitte nicht durch", fleht er mich mit erhobenen Händen an.

Mir steigen die Tränen in die Augen. Bitte nicht. Wenn auch er falsche Spielchen treibt, dann breche ich hier an Ort und Stelle zusammen. „Gib mir keinen Grund dazu." Eigentlich sollte es wie eine Drohung klingen, stattdessen wirkt es erbärmlich.

Timothy nickt leicht und kommt noch einen Schritt auf mich zu.

Automatisch mache ich einen rückwärts. Wie vom Blitz getroffen bleibt er stehen. Atmet tief durch. „Silent hat mir geschrieben, dass ich, wenn ich noch einmal in den guten alten Zeiten schwelgen will, das heute erledigen sollte", sagt Timothy.

Ich blicke in seine Vergangenheit. Diese Geschichte wirkt zusammengesponnen. Ich sehe, wie sein Handy vibriert und Timothy diese Nachricht aus dem Nichts erhält. Niemand sendet sie ab. Ich kann sie nicht zurückverfolgen.

„Wenn Silent herkommt, dann bringe ich ihn um", sage ich hohl und lasse die Scherbe zu Boden fallen. Gelogen hat Timothy nicht. Das ist gut. Das ist sehr gut. Ich kann ihm vertrauen. Ich muss es tun.

„Das wird er nicht, da bin ich mir sicher", erwidert er leise und versucht noch einmal, mir näher zu kommen. Diesmal lasse ich es zu, lasse zu, dass er meine Hand ergreift und mir, so gut es bei diesen Lichtverhältnissen geht, nur erhellt vom Spotlight seiner Handytaschenlampe, in die Augen sieht.

„Wie kannst du dir da so sicher sein?" Meine Stimme klingt ganz dünn. Ein Fähnchen im Wind.

„Ich kenne ihn", erinnert mich Timothy sanft.

Ich schüttle den Kopf und krampfe meine Finger um seine. Mache beinahe taumelnd einen Schritt zur Seite. „Du kanntest ihn", berichtige ich ihn.

Stille.

„Nein, ich kenne ihn, Cathrin. Besser, als ich sollte. Vielleicht haben wir nicht diese intensive Verbindung wie ihr, aber er ist mein Zwillingsbruder."

Ich beginne zu zittern. „Hättest du an seiner Stelle das Gleiche getan?", frage ich ihn eindringlich. Nie hatte ich größere Angst vor einer Antwort. Denn hier in dieser Ruine, inmitten von zerschellten Dachziegeln und düsteren Erinnerungen, hier werde ich jetzt wohl erfahren, ob ich ihm wirklich so vertrauen kann, wie ich glaube. Bejaht er diese Frage ... keine Ahnung, was ich dann tue.

„Himmel, nein! Du vergisst, dass ich trotzdem ein eigenständiger Mensch bin und im Gegensatz zu ihm den Luxus einer halbwegs anständigen Erziehung hatte", ruft Timothy empört aus.

Mein Gefühl seufzt auf und nickt mir zu. Erleichtert lege ich den Kopf in den Nacken und suche nach den Sternen. Die meisten haben sich hinter dicken Wolken verschanzt. Aber es sind genug da, damit ich Timothy recht gut erkennen kann.

„Denkst du, Silent wäre mehr wie du, wäre er nicht bei eurem Vater geblieben?“, wispere ich.

Nachdenklich beginnt Timothy, mit meinen Fingern zu spielen. „Vermutlich. Wir waren zwar immer unterschiedlich, aber er war nie ein Monster, auch wenn ihm zu keinem Zeitpunkt eine Wahl blieb.“

Etwas Ähnliches hat Silent auch gesagt. Ich stimme dem trotzdem nicht zu. Diese Erklärung ist Unsinn. Jeder Mensch hat die Wahl. Silent hat es nur verpasst, sie zu treffen.

„Gut, du weißt jetzt, warum ich hier bin“, unterbricht Timothy schließlich das unbehagliche Schweigen. „Und was machst du hier?“

Beinahe gleichgültig zucke ich die Schultern. „Deine Mutter hat ein Grab, wurde aber nie bestattet. Ich dachte, es wäre keine zu große Katastrophe, würde dieses Haus brennen.“

Timothy hebt die Taschenlampe und mir bleibt nichts anderes übrig, als geblendet die Augen zu schließen. Will ich wissen, was das jetzt schon wieder soll? Vermutlich nicht.

„Du wolltest dieses Haus abbrennen? Ohne mir etwas davon zu sagen?“

„Die Idee kam mir erst vor einer Stunde oder so“, rechtfertige ich mich. Außerdem sollte es ihm nach all den Jahren nichts mehr bedeuten.

Seufzend schüttelt Timothy den Kopf und senkt die Taschenlampe. Zufrieden blinzle ich in die Finsternis, die jetzt von kleinen schwarzen, flackernden Punkten durchsetzt ist.

„Natürlich. Und da konntest du mich auch nicht mehr fragen, ob das in Ordnung für mich ist“, sagt Timothy hart.

Oh, oh. „Na ja, hieran hängen nicht gerade die besten Erinnerungen.“ Ich versuche, seine Wut zu verstehen. Was ist das hier schon? Eine Ruine, an der blutige Erinnerungen hängen. Manches sollte man nicht im Kopf behalten. Einiges wird erst besser, wenn es brennt. Wenn Asche davonfliegt und sich in der Welt verteilt. Genauso wie die letzten Bilder, die sich an die Gemäuer und Leichen klammern.

„Tun sie nicht, das stimmt wohl“, murmelt Timothy nachdenklich.

Er lässt meine Hand los und dreht sich um. Sein Taschenlampenstrahl deutet auf eine Tür, die ich das letzte Mal tatsächlich übersehen habe. Eine hinter der Treppe. Wie hypnotisiert geht Timothy darauf zu und wirft mir einen Blick über die Schulter zu. Das nehme ich als Aufforderung, ihm zu folgen. In diesem Haus werde ich ihn nirgendwohin allein gehen lassen. Der Tod hat sich hier eingerichtet. Es wäre ein

Leichtes, ihn aus seinem Schlaf zu locken und nach Timothys Hals greifen zu lassen.

Als wäre es das Natürlichste und Einfachste der Welt, drückt Timothy die Klinke nach unten und offenbart eine weitere Treppe. Der Keller also. Beinahe zögernd bietet er mir seine Hand an. Ich ergreife sie. Gemeinsam steigen wir die kalten Stufen hinab in eine alles verschlingende Finsternis. Allein hätte ich das nur mit erhobener Waffe getan und aktivierten Fähigkeiten. Aber Timothy wirkt so ruhig und sicher, dass ich mich zusammenreiße und ihm folge. Ihm vertraue. Der Abstieg scheint ewig zu dauern, obwohl wir lediglich vierzehn Stufen bewältigen müssen. Unten angekommen tastet er an der Wand herum, als suche er einen Lichtschalter.

„Ich bezweifle, dass auch nur eine Sicherung im ganzen Haus drin ist", werfe ich geistesgegenwärtig ein.

Timothy schnaubt nur und drückt auf etwas. Nichts passiert.

„Der Strom wird einfach gekappt, wenn zu lange nicht mehr bezahlt wurde oder ein Grundstück unbenutzt ist", sage ich.

Er lacht freudlos. „Silent hat sich als kleines Kind hingesetzt, seinen eigenen Generator gebaut und hier unten angeschlossen. Das dauert nur kurz."

Ein Knacken, als begänne Strom zu fließen, dann ein Flackern. Das glaube ich jetzt nicht. Sollte ich aber lieber. Sekunden später beginnen vier im Raum verteilte Lampen zu flackern. Sie geben den Blick frei auf zwei Jungenbetten und Massen an Spielzeug.

„Silent hat als Vierjähriger einen Generator gebaut?", frage ich zweifelnd. Nie im Leben. Dann wäre er genialer als ich.

Aus dem Augenwinkel sehe ich, wie Timothy den Kopf schüttelt. „Drei war er. Ab dem Moment hatte mein Vater unglaubliches Interesse an ihm." Das kann ich mir vorstellen.

„Und ich dachte immer, ich wäre clever gewesen", murmle ich und drehe mich einmal langsam um meine eigene Achse. Schmale Fenster zeigen auf den Garten hinaus, um einiges breiter als hoch. Sie erinnern mich an die Augen eines Kindes, das aus einem Loch herausschielt. Deaktivierte Lampen hängen zwischen Silents Konstruktionen an der Decke. Zerknüllte Blätter liegen zusammen mit Spielzeugautos auf dem Boden.

Ich weiß sofort, welche Zimmerhälfte Timothy gehört hat: die, in der weder das Bett gemacht, noch die Kleidung beiseitegelegt ist. Es ist wie ein Einblick in eine Zeit, als Silent nichts war als ein kleiner, verträumter Junge, voll mit schwachsinnigen, genialen Ideen. „Willst du deswegen nicht, dass ich das Haus abbrenne?“, frage ich schließlich leise. Wegen dieses angehaltenen Moments einer fast vergessenen Kindheit? Keine Antwort.

Panisch sehe ich mich um und rechne beinahe damit, dass jemand Timothy niedergestochen hat. Stattdessen kramt er ein Feuerzeug aus einem kleinen Schrank und reicht es mir. Spiderman ist darauf abgebildet. Mit einem widerwilligen Lächeln betrachte ich es. Das hat Timothy gehört, gemeinsam mit den kreuz und quer verstreuten Comicheften auf seiner Seite.

„Nein. Das hier ist der Grund, warum ich will, dass wir es gemeinsam abbrennen. Das ist niemand mehr von uns, Cathrin“, sagt er leise. „Ich singe nicht mehr lautstark die Star-Wars-Titelmelodie mit oder spiele mit Autos und Silent bastelt nicht mehr unschuldig an irgendwelchen Kabeln rum. Dieses Zimmer hier kommt mir vor wie die größte Lüge von allen.“

„Auch weil es unangetastet geblieben ist?“ Ich muss an all die Zerstörung im restlichen Haus denken. Der Keller hingegen wirkt, als hätte man die Zeit angehalten. Ohne den Staub würde ich meinen, dass jeden Moment die Kinder zurückkommen und dort weitermachen, wo sie aufgehört haben.

Timothy schüttelt leicht den Kopf und zieht mich weiter hinein in den Raum, vorbei an dem Spielzeug bis hin zu einem großen Schrank. Vermutlich ist er voller Kleidung. Als er ihn aufreißt, muss ich beim Anblick der leeren, einfarbigen T-Shirts und jener mit Superheldenaufdruck grinsen, bis Timothy die ordentlichen Stapel auf den Boden schiebt. Ein Haufen brauner Verbandsmull kommt zum Vorschein. Die damit verknüpften Erinnerungen sind so intensiv, dass meine Fähigkeiten sich gegen meinen Willen einschalten. Sie huschen durch eine Lücke, von der ich nicht wusste, dass sie existiert, und füllen meinen Kopf mit Bildern.

Ich sehe die beiden Brüder zusammen bei ihrer toten Mutter, beobachte sie, wie sie versuchen, die letzten Blutungen zu stillen. Silent geht zuerst tränenüberströmt einen Schritt rückwärts.

„Warum hilfst du nicht?“, schreit der kleine Timothy ihn an.

Silent schüttelt nur den Kopf. „Mama ist tot. Siehst du nicht, dass das Blut aufgehört hat zu laufen?“

Und da sitzen die beiden Jungen mit blutigen Händen und Bergen an Verbandszeug, schluchzend, bis Silent schließlich den schmutzigen

Stoff zusammenrafft, mit der anderen Hand Timothy am Pullover zupft und mit ihm gemeinsam ins Zimmer verschwindet. Vorsichtig schiebt er mit dem Unterarm die Stapel nach vorn, stopft das dreckige Zeug dahinter und schließt die Türen.

„Papa würde toben", erklärt er Timothy leise. Der nickt nur und wischt sich mit dem Unterarm über die laufende Nase.

Ich zucke zusammen und mache einen Schritt rückwärts.

„Du hast es gerade gesehen, oder?", fragt Timothy leise.

Ich nicke und versuche mein Grauen gegenüber dem Haufen zu verbergen. Verblutete Hoffnung. Prägend für ein Kind.

„Das Haus wird für dich immer ein Ort des Verbrechens bleiben", sage ich nüchtern.

Timothy nickt, dann ergreift er meine Hand und deutet auf den Stapel. „Müsste doch eigentlich brennen, oder? Sonst steht oben garantiert irgendwo noch etwas von dem Whiskey meines Vaters herum."

Darauf würde ich wetten. „Lass uns den Whiskey holen."

Seite an Seite verlassen wir das Zimmer, beide in unsere eigenen Gedanken versunken. Es ist erstaunlich, wie zielsicher Timothy den richtigen umgestoßenen Schrank ausfindig macht und wie wir zwischen den Scherben vier unversehrte Flaschen hervorzaubern. Zwei für ihn, zwei für mich. Jeweils eine ganze für das Erdgeschoss, dann jeweils eine halbe für den Dachboden oder das, was davon noch übrig ist. Als wir zurück in den Keller gehen, jeder noch eine halb volle Flasche in der Hand, lasse ich wie zufällig die Zeichnung fallen. Sie soll mit diesem Haus brennen. Ich will nichts bei mir tragen, was Silent mir geschenkt hat.

Timothy verteilt den restlichen Alkohol über die Betten, ich über den Generator hinten in der Ecke und den Verbandsmull. Dann biete ich ihm sein Feuerzeug an.

„Ich hab selbst eins dabei", erkläre ich bei seinem überraschten Blick.

Ein beinahe unwilliges Lachen entflieht Timothys Lippen. „Wie konnte ich etwas anderes erwarten?"

Grinsend sehe ich ihn an und suche nach seinem Einverständnis. Er nickt, gibt es mir. Bevor ich das Feuerzeug anzünde, drücke ich meine Lippen auf seine. Einige unendliche Sekunden stehen wir einfach nur in den Kuss versunken da, dann löst er sich von mir und knipst das Spiderman-Feuerzeug an. Zu meiner Überraschung funktioniert es.

„Na dann, auf das Heute", flüstert er.

„Auf das Heute“, bestätige ich und halte mein Feuerzeug an den Verbandsmull. Er fängt beinahe augenblicklich Feuer. Timothy macht einige Schritte auf sein Bett zu, setzt auch dort den Alkohol in Brand, ich tue das Gleiche auf Silents Seite. Zusammen flüchten wir vor den Flammen und dem Funken sprühenden Generator nach oben. Um die anderen Geschosse müssen wir uns nicht mehr kümmern. Wenn Silents Bastelarbeit in die Luft geht, will ich nicht mehr in diesem Gebäude sein. Timothy denkt wohl etwas ganz Ähnliches, denn er greift nur wortlos meine Hand und zieht mich durch den zugeschneiten Flur, vorbei am Schlafzimmer seiner Mutter, zur Tür hinaus, die zerbrochenen Stufen hinab und durch den vertrockneten Vorgarten. Ungefähr auf halber Höhe der Straße stemme ich meine Füße in den Asphalt und zwinge uns damit, stehen zu bleiben. Fragend sieht er mich an. Ich deute auf das Haus am Ende der Straße oder das, was davon noch übrig ist. Durch die schmalen Fenster im Keller malt das Feuer einen weichen Schein um die Grundmauern, ehe die erste Scheibe mit einem lauten Krachen nachgibt.

Nervös sieht Timothy sich um. „Wir sollten hier verschwinden, Cathrin“, zischt er mir zu. Ich schüttle leicht den Kopf, zähle gemeinsam mit meinen Fähigkeiten runter. „Was tust du da?“

Noch ein Kopfschütteln von mir, ein Deuten auf das Haus. „Drei, zwei, eins“, wispere ich. Bei null geht der Generator in die Luft und ein gigantischer Feuerball steigt in den Sternenhimmel. Die Hitze ist so unglaublich, dass sie uns die Augenbrauen zu versengen scheint. Der Schnee auf den benachbarten Grundstücken taut. Hinter belebten Fenstern werden Lichter angeschaltet. In unseren Augen spiegelt sich der Feuerschein.

Dann greife ich nach seiner Hand und ziehe ihn mit mir auf die Straße. Jetzt sollten wir rennen, sonst wird es ungemütlich. Sehr ungemütlich. Brandstifter findet niemand lustig, nicht einmal, wenn sie sich nur mit einem verfallenen Haus voll grausiger Erinnerungen befassen.

Kapitel 20

„Du hast da Ruß im Gesicht.“ Ich wische Timothy mit den Knöcheln über die Wange. Die Flecken verschmieren zu Schlieren. Sie lassen ihn ein wenig verwegen aussehen.

„Ja, du bist auch nicht mehr so blond, wie du mal warst“, sagt er grinsend und stützt sich keuchend am nächstbesten Laternenpfahl ab.

Ungläubig lache ich auf. Das soll mal einer glauben. Er schimpft sich Footballspieler, aber zwei, drei Kilometer sprinten ist zu viel verlangt. Dann hängt er da wie die Wäsche über der Leine.

„Ich dachte immer, du hättest eine bessere Kondition“, bemerke ich spitz.

Er hält nach Luft japsend eine Hand nach oben. Einen Moment. Augenrollend lehne ich mich neben ihn. Gut, dann warte ich halt. Bis er wieder bei Atem ist, kann es sich nur um Stunden handeln. Footballer eben.

„Cathrin, bitte, halte deine gehässigen Gedanken im Zaum, bis ich wieder Luft bekomme“, presst er mit einem halben Grinsen hervor.

Ich schnaube abfällig und lasse mich mit verschränkten Armen neben ihm auf den Boden plumpsen. „Die waren gar nicht so unglaublich gehässig. Ich habe nur festgestellt, dass jeder Vollidiot eine bessere Kondition hat als du.“

Das bringt Timothy immerhin dazu, sich wieder hinzustellen. Empört und mit geröteten Wangen sieht er mich an. „Also, hör mal, die meisten aus meiner Gruppe sind schlechter“, verteidigt er sich.

Ich verdrehe die Augen und sehe einmal rasch die Straße auf und ab. Keine Polizei weit und breit. Ich glaube, Probleme werden wir mit den werten Gesetzeshütern wegen des brennenden Hauses nicht mehr bekommen.

„Das muss wirklich schwer sein“, bemerke ich grinsend.

Timothy runzelt die Stirn, nur um Sekunden später teuflisch zu grinsen. „Ich bin also schrecklich untrainiert?“

Kann man das darauf ausweiten? Ja, oder? Ich nicke fröhlich und beginne, mit der Ferse gegen den Laternenpfahl zu tippen. Nachdenklich wendet er sich ab.

Als Timothy mich wieder ansieht, bekomme ich Angst. Dieses Grinsen kann nichts Gutes bedeuten.

„Nein, Timothy, lass es", drohe ich ihm. „Ich verbiete es dir."

Eine Sekunde später baumle ich über seiner Schulter wie ein alter Sack Kartoffeln. Timothy hat tierisches Glück, dass ich mein Abendessen bereits erbrochen habe. Sonst hätte jetzt seine spitze Schulter in meinem Magen dafür Sorge getragen. Ob er das gewollt hätte? Eher nicht. „Komm schon. Du willst doch bestimmt sehen, wie dein unfitter Freund durch dich zusammenbricht", zieht er mich auf. Vielleicht sollte ich ihm die Zunge rausstrecken. Aber er sähe das nicht, also wäre es Kraftverschwendung. Ein ordentlicher Tritt gegen den Brustkorb? Nein, das hat er nach seinem heutigen Beistand nicht verdient. Ich habe ihn eigentlich ganz gerne ohne gebrochene Knochen.

„Ich bin so leicht, mich könnte sogar Natasha stemmen."

Lachend schlingt Timothy einen Arm um meine Beine und beginnt loszulaufen. Das ist wohl die Höhe!

„Lass mich runter, Timothy, Himmel!"

Den Ignoranten interessiert das nicht. Ganz so, als wäre es das Gewöhnlichste der Welt, seine Freundin wie einen Kartoffelsack durch die Straßen zu schleppen. Ich beginne, auf Timothys Rücken einzuschlagen. Nichts. Nur noch ein Lachen, das seine Schulter unsanft in meinen Magen drückt.

Nach einigen Minuten gebe ich meine erfolglose Gegenwehr auf und finde mich damit ab, dass ich meine Umgebung die nächsten Minuten nur falsch herum sehen werde. Keine besonders prickelnde Vorstellung. Wäre mir auch nur ein bisschen danach, Schläge auszuteilen, würde er sich bereits den Rücken halten. Nach dem Blut der letzten Stunden gibt es jedoch nichts weniger Reizvolles.

Als ich an ihm vorbeispähe und das Tor des Internats ausmache, würde ich am liebsten Freudensprünge machen. Was kompliziert ist mit umklammerten Beinen.

„Lässt du mich jetzt wieder runter?", grummle ich in seine Jacke.

Ich werde leicht hochgehoben, nur um wieder genauso zu liegen wie am Anfang. Vielen Dank auch.

„Noch nicht. Erst wenn ich dich abgeliefert habe."

Super.

„Darf ich dir wenigstens sagen, wenn gleich ein Lehrer um die Ecke kommt? Ich glaube, die mögen es nicht, wenn rußbedeckte Schüler gegen zwei Uhr durch die Gänge spazieren."

Er nickt. „Wäre nett."

Finde ich auch. Viel netter, als er verdient hat.

Timothys rhythmische Schritte bereiten mir Übelkeit. Stets die spitze Schulter in meinem Magen. Ich stelle mich auf weitere einhundertzwanzig Stöße ein, als er einfach den falschen Weg einschlägt. Timothy geht an meinem Zimmer vorbei, den Jungstrakt betritt er gar nicht erst. Er trägt mich in einen Teil des Internats, den ich noch nie betreten habe. Bei jedem anderen würde ich Angst empfinden. Panik. In Timothys Nähe reicht es gerade für eine leichte Irritation.

Sobald ich wieder festen Boden unter den Füßen habe, boxe ich ihm gegen die Brust. „Das war nicht cool", fauche ich und werfe mir meinen Zopf über die Schulter.

Er nickt todernst. „Deine Kommentare zu meiner Kondition auch nicht."

Ich strecke ihm die Zunge raus. Was ist mein Freund nur für ein Mädchen? Hat das etwa an dem großen Footballerego gekratzt? Seine Mundwinkel kräuseln sich leicht nach oben, fast, als kämpfe er gegen dieses Lächeln an. Schließlich verliert er. Lachend streckt Timothy die Arme nach mir aus und gibt mir einen kurzen Kuss.

„Wo hast du mich hingebracht?", frage ich, nachdem er unseren Kuss beendet hat. Angestrengt versuche ich, die Finsternis zu durchdringen und irgendetwas in den Schatten zu erahnen. Erfolglos. Ich atme tief ein und lasse die verschiedensten Gerüche über meine Rezeptoren wandern. Irgendwie riecht es erdig. Nach Pflanzen. Ein Gewächshaus? Unterirdische Beete?

„Dein nächster ungestörter Platz", sagt Timothy leise, legt einen Arm um meine Schulter und schaltet mit dem anderen seine Handytaschenlampe an. Das grelle Licht durchbricht die trägen Schatten und erleuchtet Reihen von Gemüse. Ein grünes Paradies. Winzige Pflänzchen recken das Köpfchen zum Himmel. Grüne Blätter wiegen sich im Schlaf über die satte Erde. Wunderschön.

Ich greife nach Timothys Hand, in der er das Handy hält, und ziehe sie etwas nach oben, damit der Lichtstrahl an die Decke zeigt. Dünne Schläuche verlaufen dort. Kleine Tropfen fallen in die Beete, grellweiß funkelnd im Schein der Lampe. Wie Sternschnuppen.

Weiter hinten stehen zwei Bananensträucher. In dem Prospekt über das Internat stand etwas von regionalen Produkten. Meine Mundwinkel zucken. So kann man den Begriff natürlich auch interpretieren.

„Es ist wunderschön", wispere ich schließlich ehrfürchtig und lasse seine Hand los. Jetzt leuchtet Timothy einfach wieder in die ungefähre Mitte des Raumes.

„Ich dachte, vor allem nach den gestrigen Vorfällen könntest du so einen Rückzugsort gebrauchen. Du musst natürlich aufpassen, dass dich keiner erwischt, aber das sollte für dich ja kein Problem sein."

Ich nicke leicht, während mein Kopf das alles noch verarbeitet, die Schönheit der grazilen grünen Pflanzen. Bei mir gelingt es keiner Pflanze, länger als zwei Wochen zu überleben, obwohl ich ein Naturwissenschaftsgenie bin. Sogar ein Kaktus ist bei mir eingegangen. Erst zu viel gegossen, dann gar nicht mehr. Das fand der nicht so lustig. Aber das hier? Das ist das pure Leben. Perfektion. Unsagbare Schönheit.

„Danke, Timothy", hauche ich. „Dieser Ort ist perfekt." Vorsichtig strecke ich eine Hand aus, um diese zarten grünen Blätter zu berühren. Ich fürchte fast, dass sie zerbrechen, wenn ich sie anfasse. Nahezu zärtlich schmiegen sich die Pflanzen an meine Fingerspitzen. Obst, Gemüse habe ich bei Madame nie zu Gesicht bekommen. Und auch danach nur selten. Auf jeden Fall nicht im Wachstum.

Vorsichtig löse ich Timothys Arm von meiner Schulter und beginne im schwachen Lichtschein seiner Taschenlampe, die Reihen zu erkunden. Mohrrüben, Radieschen. Wenn ich mich nicht irre, sogar winzige Kürbisse. Die dünnen Blätter sind weich wie Seide. Unglaublich faszinierend. Silent würde es lieben.

Als ich mich zu Timothy umdrehe, um zu sehen, warum er sich nicht einen Millimeter gerührt hat, beobachtet er mich mit einem traurigen Lächeln im Gesicht.

Stirnrunzelnd flüstere ich: „Was ist denn?" Er schüttelt nur den Kopf und schenkt mir ein perfektes Timothy-Lächeln. Das er, wie ich jetzt weiß, bis ins letzte Detail von seiner Mutter geerbt hat. Ich klopfe die Erde von meinen Händen und schlängle mich zu ihm zurück, stelle mich auf die Zehenspitzen und sehe ihm fest in die Augen. „Was ist los?"

Wieder ein Kopfschütteln. „Nichts, wirklich", flüstert er.

Ich verdrehe die Augen. „Natürlich ist was los. Warum bist du plötzlich so traurig?" Beinahe hätte ich ihn gefragt, ob es ihm leidtue, dass wir seine alte Heimat dem Erdboden gleichgemacht hätten, kann mich aber noch rechtzeitig stoppen. Ausflüchte werde ich ihm bestimmt nicht liefern. Mein Bauchgefühl versichert mir, dass seine Stimmung nichts mit dem Feuer, mit den verbrannten Erinnerungen zu tun hat.

„Silent hat damals genauso reagiert, als ich ihm diesen Ort hier gezeigt habe“, wispert Timothy. Ich schlucke. „Als hätte er noch nie etwas so Kostbares gesehen.“

Ich öffne den Mund in der Hoffnung, dass mir irgendwas Geistesgegenwärtiges einfällt. Der Geistesblitz bleibt aus. Was soll man dazu auch sagen? „Das kann ich mir gut vorstellen ...“ Ich bezweifle, dass es das ist, was er sich zu hören wünscht. Aber es wäre wahr. Es kommt mir wie das Natürlichste der Welt vor, dass Silent von einem Gewächshaus ebenso fasziniert ist wie ich. Von diesem bloßen, unschuldigen Leben.

„Ich kann nicht glauben, dass er so was getan hat, Cathrin. So war er nie“, sagt Timothy hilflos. Jegliche Sorglosigkeit ist von ihm abgefallen.

Ich hasse es zu wissen, wovon er spricht. Ohne darüber nachzudenken, mache ich einen Schritt nach vorne und nehme ihn in den Arm. Sofort hält er sich an mir fest und vergräbt das Gesicht in meinem Haar. Weder sein unterdrücktes Schluchzen noch das Beben seines Brustkorbs kommentiere ich. Eigentlich habe ich weinende Menschen immer verachtet. Die Zeiten haben sich verändert. Die Situation ist inzwischen etwas anders. Mir hat Silent schon verdammt viele Tränen abgerungen. Es fühlt sich nur natürlich an, dass dieser Junge nicht bloß mich bis ins Mark erschüttert hat.

„Manchmal ändern sich Menschen wohl einfach“, murmle ich an seinem Hals.

Er nickt leicht. „Aber so sehr?“

Ja, so sehr. Vom kleinen Tüftler zum Henker. Ein ganz schöner Sprung. Hätte ich das Gleiche getan, um meinen Eltern zu gefallen? Um endlich anerkannt zu werden? Ohne zu zögern.

„Unser Vater muss etwas gegen ihn in der Hand gehabt haben, Cathrin. Sonst hätte er so was doch schon viel eher getan.“

„Ich habe mich so lange gewehrt, aber dann hatte er endlich etwas gegen mich in der Hand ...“

„Vielleicht“, erwidere ich mit belegter Stimme. Mühsam versuche ich, Silents hilflose Wut zu vergessen. Sein Flehen. Wenn ich ihn darum gebeten hätte, dessen bin ich mir inzwischen sicher, wäre er vor mir in die Knie gegangen. Hätte gebettelt. „Cathrin, ich liebe dich.“ Ein Teil von mir will das glauben. Muss es glauben. Aber hätte er das wirklich, dann wäre es doch nicht so gekommen, oder? Dann hätte er sich gegen seinen Vater gestellt.

„Ich weiß nur beim besten Willen nicht, was“, fährt Timothy fort.

Wahrscheinlich hältst du es gerade in den Armen. „Wie habt ihr eigentlich herausgefunden, dass ihr Brüder seid?“, wechsle ich das Thema und will mich von ihm lösen. An Silent denken und mich gleichzeitig in Timothys Umarmung flüchten? Das kann ich nicht.

Timothy spannt die Muskeln an und hält mich weiter fest. Da kann ich mich, so lange ich will, über seine Ausdauer lustig machen, stärker als ich ist er wirklich. Ich bringe es nicht übers Herz, mich zu wehren. Seufzend lasse ich mich gegen ihn sinken und schließe die Augen. Timothys Herz pocht leise gegen meine Haut.

„Silent hat mich bei Margret gefunden", sagt Timothy, nachdem ich meine Gegenwehr habe fallen lassen. „Er hat mich mitgenommen an dieses Internat. Vater hat es ausgewählt."

„Das heißt, all dein Schrecken war gespielt? Deine Überraschung?" Ein Nicken. Niederschmetternd. „Was hast du dann zu Weihnachten gemacht?" Wenn er keine Recherchen betreiben musste, wird es langweilig geworden sein. Was soll man schon machen in den Ferien? Allein, ohne die Freundin.

„Die Zeit totgeschlagen. Silent hat mich darum gebeten, dass ich dich mit ihm gehen lasse. Du kannst dir vorstellen, wie frustriert ich darüber war", sagt Timothy. „Schließlich wäre das unser erstes gemeinsames Weihnachtsfest gewesen, aber du kennst Silent. Manchmal kann er unglaublich überzeugend sein."

Ja, ich kenne ihn. Ziemlich gut sogar. Silent hat darum gebeten, um mich an Weihnachten endgültig um den Finger zu wickeln. Er wusste ganz genau, wie kurz davor ich war, ihm zu verfallen. Beinahe wäre sein Plan aufgegangen. Beinahe. Silents einziger Fehler war, seine Rechnung ohne Timothy zu machen. Ohne die Aufrichtigkeit meiner Gefühle für ihn.

„Warum hast du mir nie was über deinen Vater erzählt?", frage ich Timothy. Das ist ein Punkt, der mir keine Ruhe lässt. Warum hat er mir seine Hilfe in diesem Punkt verweigert? Warum hat er mir die ganze Zeit über dreist ins Gesicht gelogen, wenn er doch nicht im Netz des Mafiosos gefangen ist? Jetzt ist es Timothy, der sich von mir löst, um mir in die Augen sehen zu können. „Ich habe ihn seit meinem fünften Lebensjahr nicht mehr gesehen! Das letzte Mal hat er mich einfach auf einem Rastplatz ausgesetzt mitten in der Nacht. Wir hatten keinen Kontakt mehr." Mein Bauchgefühl nickt das ab.

„Warum hast du mich nicht vor Silent gewarnt?"

„Ich war mir ziemlich sicher, dass du selbst merkst, dass er ein Schauspieler ist", schnaubt Timothy. „Da müsste man schon verdammt verknallt sein, um das zu übersehen."

Der inzwischen bekannte Druck legt sich auf meinen Brustkorb und schnürt mir den Hals zu. Tränen treten mir in die Augen. Ja, das müsste man wohl. Egal, ob man es sich nun eingesteht oder nicht. Egal, ob es wahr ist. Man müsste ihn lieben, seine kleinen Berührungen, die falschen Küsse müssten die Welt bedeuten. Aber das haben sie doch nie. Oder?

„Nein!“, entfährt es Timothy, als er mein ausdrucksloses Gesicht sieht.

Ich öffne kurz den Mund, um mich zu erklären, und schließe ihn, ohne ein Wort gesagt zu haben. Für meine dummen Hoffnungen gibt es keine Entschuldigung.

Timothy taumelt rückwärts, als hätte ich ihn geschlagen. „Sag, dass das nicht wahr ist, Cathrin.“

Genau das möchte ich. Ich täte es, ohne zu zögern, wenn ich mir nicht geschworen hätte, Timothy nicht zu belügen. „Was erwartest du jetzt von mir zu hören?“, fauche ich.

Er lacht ungläubig auf und fuchtelt in der Luft herum. „Keine Ahnung. Zum Beispiel, dass ich Unsinn rede, dass du nie etwas für Silent empfunden hast“, zählt er auf.

Mein Magen verkrampft sich. Warum nur immer, wenn es gerade friedlich ist, wenn man gar nicht weniger mit so etwas rechnen könnte? Warum streiten wir uns dann über so wichtige Themen?

„Ich dachte, wir wollen einander nicht belügen“, erwidere ich schließlich matt. Mehr bringe ich nicht über die Lippen. Ich werde nicht sagen, dass ich Silent liebe. Das wäre eine Lüge. Irgendwie.

Panik huscht über Timothys Gesicht, dann unbändige Wut, Hilflosigkeit. Er weicht bis an die Tür zurück. „Und was bitte sollte das dann mit uns? Was für Spielchen treibst du eigentlich, Cathrin?“

„Ich liebe dich, das soll das mit uns“, sage ich heftig und gehe ein Stück auf ihn zu. Zu meiner Erleichterung weicht er nicht zurück. Dafür spannen sich seine Muskeln stärker an.

„Du hast angedeutet, dass du ihn liebst“, zischt Timothy.

Habe ich wohl. Ich legte Silent diese Gefühle offen in der Hoffnung, dass es Ellas Leben retten könnte. Einen feuchten Dreck hat es geholfen.

„Er war mir wichtig“, erwidere ich lahm und sehe in Timothys dunkle Augen. Sie wirken wie schwarze Löcher. Wenn ich mich in ihnen verliere, wird mich erstmals keine Ruhe empfangen, sondern bodenlose Enttäuschung.

„Und ich?“, fragt er. „Was ist mit mir?“

„Du warst mir wichtiger, die ganze Zeit.“ Ich verschränke die Arme vor der Brust. Er soll nicht sehen, wie heftig meine Hände zittern. „Es gab eine Zeit, da hätte ich niemanden von euch beiden vorgezogen, aber nach unserer Trennung, da hat sich das erledigt. Ich mochte Silent sehr gerne und dich habe ich geliebt.“

Ich komme mir wie eine schreckliche Lügnerin vor, sobald ich an das Weihnachtsfest denke. Jeder Idiot hat bemerkt, dass Silent und ich jeden Tag ein wenig mehr zusammengewachsen sind. Der eine Kuss, den ich Silent freiwillig gegeben habe ... All das sollte ich hier und jetzt vielleicht nicht erwähnen, sondern etwas später, wenn die Gemüter abgekühlt sind. Dass ich die Nächte mit Silent in einem Bett verbracht habe, wäre zu viel für Timothy.

„Hast du ihn noch einmal geküsst? Oder er dich?“, fragt Timothy erstaunlich ruhig und sachlich.

Ich zucke die Schultern. „Er mich, ja. Aber es war nie wie mit dir“, sage ich nüchtern.

Timothy nickt und sieht mich weiter unverwandt an. „Vielleicht hättest du dich für ihn entscheiden sollen, Cathrin, wenn die ganze Sache sowieso so lange in der Schwebe hing. Er mochte dich wirklich.“

„Mehr als du?“

Stille, dann zuckt Timothy die Achseln. „Keine Ahnung. Aber ich habe jedes Mal Gott gedankt, wenn er im Schlaf wieder nach dir gerufen hat und du nicht im Zimmer warst.“ Seine Worte sind wie ein Schlag ins Gesicht und mir ist durchaus bewusst, dass das seine volle Absicht war. Mir wehzutun. Das macht das Ganze nicht besser.

Silent hat nach mir gerufen? Im Schlaf? Ohne dass ich anwesend war? Mehr Tränen fließen. Das ist keine Manipulation mehr. Das ist die mühsam verborgene Wahrheit. „Ich wurde geliebt.“ Sein fassungsloser, verzweifelt glückseliger Tonfall jagt mich.

„Wir sollten ins Bett gehen. Es ist spät“, sage ich schließlich mit der Ruhe einer kompetenten Ärztin, die einem Patienten sein baldiges Ableben darlegt.

Timothy schnaubt und öffnet die Tür. „Natürlich. Morgen sehen wir das bestimmt ganz anders“, spottet er.

Bei seinem harschen Tonfall schlucke ich krampfhaft gegen ein hysterisches Schluchzen an. Das hilft mir nicht weiter.

„Darf ich heute Nacht bei dir bleiben?“ Ich traue mich erst, die Frage zu stellen, als wir fast an Timothys Zimmer angekommen sind.

Er wirft mir einen ungläubigen Blick zu. „Ist das dein Ernst?"

Ja. Vermutlich sollte es das nicht sein. Zögernd hebe ich die Schultern. Timothy atmet einmal tief ein und bleibt vor seiner Tür stehen. Mit dem Unterarm streicht er sich über die Augen. Seine Muskeln zittern.

„Lass uns … lass uns morgen über alles reden, Cathrin. Für die restliche Nacht brauche ich meine Ruhe", flüstert er. Timothy klingt erschlagen. Ich kann es ihm nicht verübeln.

„Aber morgen sehen wir uns?" Wenn er das verneint, dann drehe ich durch. Dann verliere ich mich. Ich kann sie nicht beide aufgeben. Nicht in so kurzer Zeit.

Lange sieht Timothy mich schweigend an, nur beschienen von den kläglichen Resten des Mondes, die hinter den Wolken hervorlugen, und dem Notausgangsschild. Dann nickt er endlich. „Ich verspreche es dir."

Vor Erleichterung wären mir beinahe die Beine weggeknickt. Es ist mir so egal, dass es unpassend ist und alles in Timothy nach Abstand schreit. Ich gebe ihm einen Kuss. Nur für den Fall, dass sich mir nie wieder eine Gelegenheit dazu bietet.

Timothy sitzt wie versprochen am Tisch, aber nicht allein. Mir wäre beinahe der Teller aus der Hand gefallen, als ich seine Gesellschaft erkenne. Tanni. Und neben den beiden hocken Katrina und Susi, die Tanni mit Fragen löchern. Sie schweigt stoisch.

„Bist du hier festgewachsen oder schaffen wir es noch bis zum Tisch?", murrt Luca und nippt an ihrer weißen Tasse.

Ich gebe mir einen Ruck und lege den restlichen Weg über den polierten Boden zurück. Unverwandt sehe ich Tanni an, als könne sie sich jeden Moment auf mich stürzen. Von Nahem sieht sie schrecklich aus. Ein Verband um die Hand, Pflasterstreifen über der Stirnwunde. Ein weiterer Verband um die Unterarme, auf den Schnitten im Gesicht schimmert im warmen Licht des Raumes leicht eine Salbe. Augenringe, so tiefschwarz, wie ich sie noch nie gesehen habe. An ihrer freien Hand sind bereits die Nagelbetten frei geknabbert. Aufgebissene Lippen.

„Hallo Tanni", sage ich vorsichtig, sobald mein Teller sicher steht und mir nicht mehr aus den Fingern gleiten kann.

Das Mädchen zuckt zusammen und schlägt aus Versehen die Tasse vom Tisch. Tee verteilt sich auf dem schönen Parkettboden. Seufzend steht Susi auf und holt Servietten, Katrina beißt sich auf die Unterlippe.

„Das ... das wollte ich nicht, wirklich nicht", wimmert Tanni. „Die Tasse ist einfach runtergefallen, ich wollte das nicht." Sie springt fahrig auf. Dieses Verhalten kenne ich. Von mir. Und ich fürchte es. Tanni beginnt panisch, in die Scherben zu greifen.

Ich hocke mich neben sie und berühre vorsichtig ihre Fingerspitzen. „Tanni, sieh mich an", sage ich sachlich, fordernd, ohne jegliches Einfühlungsvermögen. Der perfekte Befehlston. Und sie gehorcht, starrt mich aus aufgerissenen schwarzen Augen an. Sie sind so leer wie die eines Toten. Ich kann darin nicht länger lesen. „Das alles ist nicht deine Schuld."

Sie schüttelt den Kopf und stößt sich beinahe an dem Stuhl neben sich. „Ich habe die Tasse runtergeworfen, ich muss die ganz machen. Sie ist kaputt. Ich wollte das nicht", schluchzt sie. Ihre Hände zucken, als sie sich durch das ungekämmte Haar fährt. Panik, einfach nur nackte Panik steht in ihren Augen. Und Schuld. Ich weiß, wofür sie sich die Schuld gibt.

„Das mit Ella ist nicht deinetwegen passiert", flüstere ich.

Sie schüttelt den Kopf. Ihr gesamter Körper zittert. Dann beginnt Tanni zu schreien, zieht sich an den Haaren wie eine Wahnsinnige. Überraschtes Gemurmel um uns herum. Scharrende Stuhlbeine. Ich muss Tanni zum Schweigen bringen, sonst gibt es hier einen Volksauflauf.

„Beruhige dich, Tanni", befehle ich und suche nach Timothys Blick. Stumm gebe ich ihm zu verstehen, dass ich hier Hilfe brauche. Kaum eine Sekunde später hockt er neben mir.

„Alles wird gut", murmelt er. Ein gut gemeinter Satz, aber ich könnte ihm gerade jetzt dafür eine runterhauen. Man sieht es mir an. Ratlos und entschuldigend zuckt Timothy die Schultern. Ich unterdrücke ein leidgeprüftes Seufzen. Jetzt geht es gleich richtig los. Dieser Satz war der Anfang vom Ende.

„Sie ist tot!", kreischt Tanni wie auf Kommando und reißt sich an den Haaren.

Timothy ergreift ihre Hände, die bandagierte etwas vorsichtiger als die andere, und hält sie fest. Er beginnt, beruhigend auf sie einzureden. Während er ihr in die Augen sieht, beruhigt sich Tanni tatsächlich. Unglaublich.

„Das war nicht deine Schuld", flüstert Timothy ihr leise zu und streicht ihr über den bebenden Rücken.

Tanni schüttelt den Kopf, hat sich aber relativ gut unter Kontrolle, besser, als ich erwartet hätte. „Sie ist trotzdem tot", wimmert sie und drückt sich an Timothy wie ein Hilfe suchendes Kind an seine Mutter. „Und ich konnte nicht helfen. Der dunkle Lord der absoluten Finsternis hat mich gewarnt, aber ich habe einfach nicht richtig zugehört. Nie zugehört."

Ich sperre den eifersüchtigen Teil meiner selbst in den dunklen Winkel meines Herzens und sitze nur daneben, werfe dem ratlosen Timothy beruhigende Blicke zu, der Tanni monoton hin und her wiegt.

„Warum bist du hier, Tanni?", frage ich schließlich. Sie hat sich wieder halbwegs beruhigt. Genug zumindest, um niemandem mehr in ihrer Raserei die Augen auszukratzen.

„Ich gehe hier zur Schule", sagt sie, als wäre es das Natürlichste auf der Welt. Auch Timothy sieht mich verständnislos an.

Seufzend setze ich mich in den Schneidersitz, weit genug weg von der Teelache, und führe das Ganze noch einmal für die Dummen aus. „Warum erholst du dich nicht erst einmal daheim?"

Tanni schüttelt den Kopf, vergräbt ihn an Timothys Hals. Wenigstens scheint er sich bei ihrer liebevollen Berührung genauso unwohl zu fühlen wie ich.

„Ella müsste hier sein. Sie kann nicht tot sein. Sie darf nicht", nuschelt Tanni vor sich hin. „Wir wollten das doch zusammen durchstehen. Warum hast du nie geantwortet?" Sie schüttelt immer wieder den Kopf, die Hände an Timothys Brust gelegt.

Ich atme einige Male tief durch, um die Eifersucht zu vergessen. Für gewöhnlich darf nur ich Timothy auf diese Weise berühren. Zu sehen, wie ein anderes Mädchen ihn anfasst, macht mich rasend.

„Ich habe zum Schluss geantwortet, aber nie das gesagt, was er hören wollte", wispere ich und ringe mich dazu durch, Tanni vorsichtig den Rücken zu tätscheln. Wahrscheinlich mache ich das genauso falsch wie alles andere. Solche Aktionen überlasse ich für gewöhnlich denen, die Empathie kennen und Interesse am Wohlergehen ihrer Mitmenschen haben.

„Warum hat Silent das gemacht?", schluchzt sie. „Warum?"

Ich entknote meine Beine und stehe auf. Von meinem Platz aus beobachte ich das unruhige Getuschel im Saal. Anders weiß ich dieser verfluchten Frage nicht auszuweichen. Warum hat Silent das getan? Das wüsste ich selbst zu gern. Er sagte, er wurde erpresst. Eine Wahrheit, die ich ihm nicht abnehmen kann. Warum hat er die Blockade gegen mich nicht einfach fallen lassen? Hätte er mich wirklich auf die

Art geliebt, wie er und Timothy es behaupten, hätte diese ganze Nacht dann nicht anders verlaufen müssen? Hätte er Ella nicht über das fließende Blut stellen sollen?

Tannis Kopf taucht hinter dem Tisch auf und danach Timothys. Sie sieht ihn aus großen, bewundernden Augen an.

Katrina betrachtet sie befremdet. „Was genau sollte das denn, Tanni? Wenn du so was öfter machst, fühle ich mich wirklich verpflichtet, die netten Männer in den weißen Anzügen zu holen", faucht sie.

Ehe ich Tanni in Schutz nehmen kann, tut es Luca, die Kaffeetasse an die Lippen gehoben und den Teller ordentlich geleert. Damit hat sie den Job übernommen, jedem anderen zu signalisieren, dass hier alles in Ordnung ist. Ich werde ihr danken müssen. Ich habe eine der wichtigsten Regeln vergessen: Egal, was geschieht, mach einfach weiter. Was soll's? Vorbildlich war ich in meinem Job ohnehin noch nie. Deswegen brauche ich dringend einen Highschool-Abschluss.

„Katrina, so heißt du doch, oder?", zwitschert Luca in einem Natasha sehr ähnlichen Tonfall.

Katrina zieht eine schwarz gefärbte Augenbraue nach oben. „Peinlich, dass du das noch nicht sicher weißt", schnaubt sie, den Mund abfällig verzogen, wodurch sich ihre Spinnentattoos auf unheimliche Art dehnen. Als tasteten die schmalen Beinchen nach ihrer Beute.

Luca übergeht Katrinas Einwurf mit einem kleinen, absolut herablassend eingenommenen Schluck Kaffee. Das kann ich nicht annähernd so gut.

„Also, Katrina", setzt sie noch einmal an und krempelt den Ärmel ihres orangen Strickpullovers nach oben, „wenn Tanni noch einmal Probleme bekommt, dann kommst du zuerst zu mir."

Wie erwartet schnaubt Katrina abfällig. Mal sehen, ob Luca wirklich unser Ass ausspielt oder ob es die Situation nicht wert ist. Meine Mundwinkel zucken unwillig. Sie kramt etwas aus ihrer Hosentasche hervor.

„Das hier ist meine Visitenkarte, Schätzchen, und unter dieser Nummer", sie deutet mit ihren manikürten Fingernägeln auf die Rückseite, „kannst du jederzeit meinen Chef erreichen. Er mag keine unangebrachten Störungen, also nur, wenn es wirklich wichtig ist", säuselt Luca und schiebt der fassungslosen Katrina mit einem koketten Lächeln die Karte hin, ehe sie mit einem filmreifen Augenaufschlag ihr Geschirr zusammenrafft und den Tisch mit perfektem Hüftschwung verlässt.

Für einige Momente schweigen wir alle, dann greife ich nach meinem Wasser und stürze es hinunter, als wäre es reinster Alkohol. Ich brauche Ferien. „Genau deswegen mochte ich Luca nie“, bemerke ich in das allgemeine Schweigen hinein.

Alle Blicke richten sich auf mich. Niemand sagt etwas. Ich presse die Lippen aufeinander und weigere mich, unter der erdrückenden Stille zusammenzubrechen. Mein Hunger rettet mich. Mit einem entschuldigenden Lächeln beiße ich von meinem wunderbaren veganen Frühstück ab, hergestellt aus bestem regionalen Gemüse. Beim Essen ist Stille ohnehin von Vorteil.

Als ich wieder aufsehe, fängt Timothy meinen Blick auf und nickt in Richtung Tür. Das war keine Bitte. Nicht wirklich. Wie gerne würde ich mit ihm mental kommunizieren können. Aber das kann ich nicht. Das Seelenband knüpft mich an Silent. An einen blutdurstigen Verräter. So wie ich es verdient habe?

Seufzend greife ich mein Geschirr, werfe den drei Mädchen noch ein unverbindliches Lächeln zu und folge Timothy.

„Irgendwas Schlimmes?“, frage ich vorsichtig, sobald wir vor der Tür stehen.

Ohne ein Wort zerrt er mich in unsere Ecke. Nicht gut, gar nicht gut.

„Wegen heute Nacht, falls du noch irgendwas wissen willst, dann ...“, setze ich an, aber er schüttelt einfach nur den Kopf und zieht mich an sich. Mein Herz setzt für einen Schlag aus, dann entspanne ich mich. Das hier ist gut, oder?

Timothy vergräbt das Gesicht in meinem Haar. Sein warmer Atem lässt mich erschaudern. „Verlange niemals wieder von mir, dass ich ein wahnsinniges, in mich verknalltes Mädchen tröste“, flüstert Timothy heiser.

Ich entspanne mich. Darum geht es also. „Hatte gerade keine Alternativen.“

„Luca?“, schlägt er vor.

„Eher nicht. Sie ist vielleicht professioneller als ich, aber nicht wirklich beruhigend.“ Versteht er mich überhaupt? Ich habe mein Gesicht fest an seine Brust gepresst. Er ist nicht der Einzige, der Trost und Gewissheit sucht. Sanft lockert Timothy seinen Griff ein wenig. Ich kann wieder besser atmen.

„Selbst wenn es sein musste, war es die Hölle“, murmelt er.

Ich lache freudlos und lasse meine Hände über seine Brust wandern. Timothys Muskeln spannen sich kaum merklich unter meinen Fingern an. „Für mich auch. Es ist nicht lustig, wenn sie sich so an dich kuschelt, wie eigentlich nur ich es darf."

Timothy schiebt mich von sich, um mir in die Augen zu sehen. Dann beginnt er zu lächeln. „Du meinst das wirklich ernst, oder?"

Bescheuerte Frage. „Natürlich. Zweifelst du wirklich so sehr an mir?"

Er zieht mich wieder fester an sich. „Nein, ich glaube nicht. Es ist schön zu wissen, dass du dich für mich entschieden hast."

Ich verdrehe die Augen, spüre aber zeitgleich, dass mir das Blut in die Wangen schießt. „Du hast mir nie eine echte Wahl gelassen, das ist dir bewusst, oder?", frage ich ihn schließlich.

Eine steile Falte erscheint auf Timothys Stirn. Ich strecke die Hand aus, um sie zu glätten. Seufzend schließt er die Augen. Die Falte bleibt.

„Wie meinst du das, Cathrin?", murmelt er.

Will er das wirklich näher ausgeführt haben? Die Wahrheit bis ins letzte Detail kennen? Meine grausige Kindheit, die dafür gesorgt hat, dass ich mich zu fröhlichen Menschen hingezogen fühle wie eine Motte zum Licht? Ich entscheide mich dagegen.

„Ich fand dich einfach toll, vom ersten Tag an, als du mich vor dem Schlafen genervt hast, und bin jedes Mal aufs Neue dankbar dafür."

Er nimmt meine Hand in seine und fährt mit den Lippen über meine Fingerspitzen. „Und ich dafür, dass du damals genauso rätselhaft warst wie heute."

Zögernd entziehe ich ihm meine Hand. Fragend hebt er eine Augenbraue. Ich vergrabe die Hände in den Taschen meines Kapuzenpullovers. Bei der nächsten Frage kann ich ihn nicht ruhigen Gewissens berühren.

„Nimmst du mir noch übel, dass es eine Zeit gab, in der du nicht unumstritten der Einzige für mich warst?", frage ich kleinlaut.

Timothy macht einen Schritt nach hinten. Schatten beginnen, sein schönes Gesicht zu umfließen. Aber sein Lächeln sehe ich sogar so. Und das leichte Kopfschütteln. „Ich glaube, damit ich dir wirklich lange böse sein kann, müsstest du schon ganz schön viel anstellen", flüstert er. Erleichtert lache ich auf, obwohl da in meinem Hinterkopf diese ganzen Punkte schlummern, von denen ich weiß, dass sie ein Trennungsgrund für ihn wären. Nicht, dass ich Silent geküsst habe. Sondern dass mir mein Gewissen viel zu oft entflieht. Dass ich kein Problem damit habe, Hunderte zu töten. Dass es sein könnte, dass ich mich jetzt, wo Silent verschwunden ist, immer mehr in diesen zu verlieben beginne, ohne es zu verstehen oder gar zu wollen.

29.02.2008, Mikun?

Merida steht vor dem kleinen Mädchen und schüttelt energisch den Kopf. „Du kannst sie nicht verpfeifen", zischt sie, nur um sich daraufhin hektisch umzusehen. Merida hat den Weg, schnellstmöglich bei etwas Verbotenem erwischt zu werden, tatsächlich perfektioniert.
„Es ist meine Pflicht", sage ich ruhig und nicke in Richtung des Kindes. „Verbrechen ist Verbrechen."
Ungläubig schüttelt Merida den Kopf. „Zu was haben sie dich gemacht?"
Die Frage ist, warum ich nicht schon früher die Wahrheit erkannt habe: Diese Kinder, die es wagen, die Ressourcen hier zu nutzen, ohne etwas dafür zu geben, sind Parasiten. Und Parasiten löscht man aus.
Ich schenke Merida ein verbindliches Lächeln. „Das Kind. Sonst stehst du mit am Pranger."
Die Vierjährige wimmert leise, sieht mich aus flehenden blauen Augen an.
„Cathrin, wenn du das tust, dann gibt es für dich kein Zurück mehr", sagt sie eindringlich.
Ich verziehe spöttisch den Mund. Kein Zurück mehr? Wohin? Will sie tatsächlich, dass ich wieder so schwächlich werde, wie sie es ist?
„Ein letztes Mal, Merida."
Der Abscheu in ihren Augen könnte mir kaum gleichgültiger sein. Ohne ein Wort umfasse ich das Handgelenk des Kindes, ignoriere sein Betteln und bringe es zu Madame, damit ihm seine gerechte Strafe widerfährt.

Kapitel 21

Langsam sickert die Nachricht von Ellas Tod bis in den letzten Winkel des Internats durch. Als ich an ihrem alten Zimmer vorbeigehe, muss ich zuerst ein Feld aus Sträußen durchqueren. Tausende bunte Blüten bedecken das grüne Linoleum. Ein gigantisches Totenbett. Alle Blumen zusammen, vielleicht erfassen sie einen Bruchteil dessen, was Ella durchmachen musste, und wiegen das Geschehene auf. Mädchen und Jungen, die nie etwas mit Ella zu tun hatten, weinen um sie, füllen das Blumenmeer, bis es auf den Flur hinausschwappt und das gesamte Gebäude mit seinem süßlichen Duft füllt.

„Wer tut denn so was?“, wispert ein dürres, brünettes Mädchen und schüttelt traurig den Kopf.

Niemand kann ihr darauf eine Antwort geben. Niemand außer mir, aber ich schweige, gehe mit gesenktem Kopf an all den Pflanzen vorbei und versuche zu ignorieren, dass kaum jemand Silents Verschwinden bemerkt hat. Natasha und ihre Freundinnen natürlich. Ein paar Leute, die viel mit Timothy zu tun haben und sich wundern, warum die eine Hälfte des Zimmers nun noch unbelebter ist als ohnehin schon. Aber selbst diese wenigen interessiert es kaum, schließlich war Silent fast nie im Unterricht anwesend, hat keinen seiner Kurse je gewissenhaft besucht. So wie ich. Ein bedeutungsloser Punkt am Horizont.

„Hey, du bist doch das Suppenmädchen!“ Jack Cresas aufgeregter Ruf lässt mich scharf die Luft durch die Zähne ziehen. Ich kämpfe gegen den Impuls an, frustriert aufzuschreien.

Ich bin gemeinsam mit meiner dummen Trauer in der Menge untergetaucht, habe mir die Kapuze über den Kopf gezogen, niemandem ins Gesicht gesehen. Das ist keine Garantie, um von Nervensägen verschont zu bleiben. Ich beschließe, ihn zu ignorieren. Einfach weitergehen, bis das Blumenmeer endlich hinter mir verschwindet. Es sind Blüten, um die Eingangshalle des Hauses in Costa Rica zu füllen. Ihr süßlicher Geruch jagt mich. Er ist niederschmetternder als der Gestank von Blut. Lieber bade ich in einem Blutsee, als durch Blumensträuße zu waten, die Trauer ausdrücken sollen. Ohne dass auch nur einer versteht, worum genau er weint.

„Suppenmädchen, tu nicht so, als würdest du mich nicht hören", brüllt Jack Cresa. Als er meine Verfolgung aufnimmt, zertritt er die Blumen.

Das leise Rascheln und Knacken lässt mich zusammenfahren. Er zertrampelt das letzte Geschenk an Ella. Ich bleibe stehen. Jack Cresa hat schon allein Minuspunkte bei mir, weil er den gleichen Vornamen hat wie Silent. Er sollte es nicht darauf anlegen.

„Was willst du?", schnauze ich ihn an. „Die meisten sind hier, um zu trauern."

„Und ich, um etwas zu fragen. Wurde Silent auch umgebracht oder warum ist er nicht hier? Der sollte doch auch um seine Cousine trauern."

Er hat sie getötet.

„Ja, Silent ist tot", sage ich kühl. Viel mehr, als Ella es je sein wird. Sein Tod geht tiefer. Weil niemand sich freiwillig an ihn erinnern wird.

Fassungslos schüttelt Jack Cresa den Kopf. „Krass, das muss ja ein echter Schlag für Natasha sein. Der hat eiskalt mit ihr Schluss gemacht, scheißegal wie. Sie ist Single. Alter, das sind die News des Jahres!"

Ich rümpfe die Nase. Deswegen wollte er wissen, ob Silent gestorben ist? Um sich in aller Ruhe an Barbies teuflische Stiefschwester ranmachen zu können? Meine Faust ist schneller in seinem Gesicht, als ich selbst reagieren kann.

Keuchend weicht Jack Cresa zurück. „Was ist denn jetzt los?", faucht er.

Ich funkle ihn unter meiner Kapuze hervor an. „So was ist nicht krass, Cresa. So was ist schrecklich. Ella ist tot und alles, was du tust, ist über Natasha zu reden!"

Er zuckt die Achseln, eine Hand notgedrungen auf die blutende Nase gepresst. „Und? Ella ist tot, der kann man nicht mehr helfen." Er zuckt die Achseln. „Die war eh seltsam. Ist mir doch egal, was mit der ist."

Für diese Aussage kassiert er einen Kinnhaken, ein überhebliches Lächeln und meinen eleganten Abgang. Alles in mir schreit danach, ihn windelweich zu prügeln. Soll die Schule doch auch für ihn in Blumen investieren.

Ich hasse es, unter Schülern zu sein. Ich hasse es, beobachtet zu werden. So ein oberflächliches Monstrum! Es wäre Zeit, ihm den Hals umzudrehen. Er hätte es verdient. Ella ist tot und damit uninteressant. Verdammt, würde sein Blut nicht über Ellas Blumen fließen, ich würde umdrehen und ihn kaltmachen.

„Du rauchst aus den Ohren“, sagt Luca, sobald ich ins Zimmer stürme und die Tür hinter mir zuknalle.

„Ich bin gerade Jack Cresa über den Weg gelaufen. Der hat mir erklärt, dass Ella uninteressant ist, weil sie tot ist, und freut sich stattdessen, dass Natasha mehr oder weniger von Silent abserviert wurde.“ Vielleicht sollte ich Jack Cresa doch hinterherlaufen und mit ihm das Gleiche machen wie einst mit Leonie. Er trägt mit Sicherheit Deo bei sich, das ich ihm in die Augen sprühen kann.

„Ihr Glück, dass die Leute so denken“, murmelt Luca über ihre Klatschzeitschrift hinweg. „Ich bezweifle, dass es ihr viele Pluspunkte verschaffen würde, mit einem Verbrecher liiert zu sein.“

Mir klappt die Kinnlade runter. Das ist an Taktlosigkeit nicht mehr zu überbieten. „Wie kannst du so was sagen?“, entfährt es mir.

Luca zuckt die Schultern und blickt noch immer nicht von ihrem Heft auf. Die Trauer und Enttäuschung lassen mich irrational werden. Man hat mir beigebracht, auf jede negative Emotion mit Gewalt zu reagieren. Ich musste mich nie mehr zügeln als in diesem Augenblick. Ich muss Blut fließen sehen. Ich muss. Danach wird es mir besser gehen.

Man würde mich vom Internat verweisen. Ich dürfte meinen Abschluss nicht machen. Bis ans Ende meiner Tage wäre ich an die Zentrale gekettet. Das wiederhole ich wie ein Gebet. Wenn ich jetzt die Kontrolle verliere, kann es jede Zukunft zerstören, die ich mir gewünscht habe.

„Ist doch wahr. Silent bringt die Leute nur zum Heulen. Sogar dich! Ich laste ihm übrigens auch an, dass unser Badspiegel kaputt ist. Deswegen muss ich mir die Haare mit der Displaykamera des Smartphones machen.“

Soll Luca Silent anlasten, was sie will. Er wird sowieso mit seinem Vater und Grotian Morde verüben, Blut fließen lassen und sich dabei pudelwohl fühlen oder ... was weiß ich. Auf jeden Fall wird er es nicht bedauern.

„Können wir das Thema Silent bitte abhaken? Für mich ist er tot und begraben“, sage ich fest und greife nach meinem Mathematikbuch – um Hausaufgaben zu machen. Das erste Mal seit Ewigkeiten. Es ist ein seltsames Gefühl, sich mit Aufgaben zu befassen, die einen gnadenlos unterfordern. E-Funktionen, wie kann Timothy mit so etwas Probleme haben? Meine Hausaufgaben sind so schnell erledigt, dass ich mich tatsächlich frage, warum ich mich so lange um sie gedrückt habe.

„Du musst die Aufgaben auch lösen, das ist dir klar, oder?", sagt Luca trocken und linst wieder über ihr dämliches Magazin.

Ich schenke ihr ein schmales Lächeln und halte ihr wortlos das beschriebene Blatt entgegen. Sie stöhnt leise auf. Theatralisch legt sie sich das Heft über die Augen.

„Dich in Mathe zu schlagen, wird echt schwer werden", grummelt sie.

Achtlos werfe ich das Buch zu Boden. Besser eine späte Erkenntnis als gar keine. Gelangweilt stehe ich auf und sehe mich im Zimmer um. Was kann ich jetzt machen? Hausaufgaben erledigt. Vorbereitungen für die Arbeiten? Keine Lust. Der Volleyballkurs? Ich war da noch nicht einmal anwesend. Wäre schon seltsam, wenn ich jetzt plötzlich mitmachen würde. Vermutlich hat man mich längst ausgetragen. Ich könnte Timothy wieder beim Training zusehen. Was Interessanteres gibt es heute kaum.

Oder ich versuche mich mit Tanni auseinanderzusetzen. Nachdenklich auf der Unterlippe kauend, sehe ich aus dem Fenster, registriere die über den verschneiten Campus wandernden Schüler kaum. Bin ich denn überhaupt schon bereit für eine Konfrontation dieser Art? Die Schuld, die sie vielleicht auf mich schieben wird? Und die ich werde annehmen müssen. Noch während die frischen Blumen auf dem Flur liegen und Ellas Tod beweint wird. Egal, ob aus einer gefühlten Pflicht heraus oder aufgrund aufrichtiger Trauer. Pflicht. Trauer. Eines von beiden zwingt einen immer auf den Weg, vor dem man sich am meisten fürchtet.

„Ich bin kurz weg, ja? Gleich wieder da", nuschle ich in Lucas Richtung und verlasse den Raum. Meine Beine zittern kaum merklich auf meiner endlosen Wanderung durch die Duftwolke und die toten Blumen, die verzweifelt in strahlenden Farben verblühen.

Noch ehe ich um die erste Ecke gebogen bin, sehe ich, dass Tanni nicht mehr in ihrem Zimmer wartet. Neben mir schluchzt ein Mädchen hysterisch. Ihre Finger halten einen Teddybären umklammert. Tanni wird jede Träne hinter der dünnen Tür zu ihrem Zimmer hören können.

Mein Magen beginnt zu brüllen. Oh, scheiße. Ohne Rücksicht auf die in den Blumen knienden, weinenden Schüler renne ich durch den Gang, murmle nicht einmal eine Entschuldigung, aktiviere meine Fähigkeiten. Nicht das Dach ... der See. Verdammt!

„Pass doch auf!", ruft irgendwer.

Aufpassen, immer aufpassen. Ich versuche gerade, das wertlose Leben eines Mädchens zu retten. Da kann ich nicht um Entschuldigung bittend durch die Blumen tanzen.

Hektisch stoße ich die Türen nach draußen auf und beschleunige meine Schritte. Die Magenschmerzen nehmen zu. Ich schalte zu Tanni. Meine Fähigkeiten strömen genüsslich durch den Spalt, den ich ihnen gelassen habe, um in mein Bewusstsein zu wandern. Die Bilder, die sie mir grinsend zeigen, lassen das Adrenalin durch meine Adern pumpen. Tanni kniet auf der gefrorenen Oberfläche des Sees, einen Stein in der Hand. Unermüdlich drischt sie auf das Eis ein. Was tut sie denn?

Schneller, schneller. Das Eis bricht. Ich werde nicht rechtzeitig da sein. Angenommen, sie bekommt keinen Kälteschock, dann kann ich sie rausziehen. Aber wenn ... Himmel, ich habe beim Erste-Hilfe-Kurs nicht aufgepasst! Irgendwas mit Luft in jemanden reinatmen und links neben das Brustbein drücken.

Tanni umfasst den Stein und bindet ihn sich um den Bauch. Nicht ihr verdammter Ernst! Den muss ich gleich auch noch rausziehen? Ich hasse Eiswasser, es gibt nichts Grausameres. Wie es an den Knochen zerrt und die Luft aus den Lungen presst. Wie schnell es einen unter schrecklichen Schmerzen umbringt. Man entflieht Feuer eher als unnachgiebigen Eisspeeren.

Der See kommt in mein Blickfeld, während Tanni einen Schritt in Richtung des aufgebrochenen, viel zu kleinen Loches tut. Da bekomme ich sie nie raus!

Panisch versuche ich, noch schneller zu rennen. Es ist egal, dass ich schneller bin, als ein Mensch es sein sollte, manchmal ist es schlichtweg zu langsam. Noch ein Schritt, Tanni taucht ihre Beine ein, schaudert.

„Tanni!“, brülle ich in der Hoffnung, dass sie mich hört. Nichts. Wie konnte ich das nicht vorhersehen? Ella war die Einzige, die sich für sie eingesetzt hat. Katrina mag sie ebenso wenig wie die meisten anderen, Susi hält sich raus. Natürlich dreht das Mädchen da irgendwann durch! Vor allem nach dem Blutbad, das sie miterleben musste. Was habe ich denn erwartet? Dass sie das auf die leichte Schulter nimmt, während ich noch immer versuche, die Teile zu ordnen? Ich, die ich mehr Tod gesehen, mehr Leid verursacht habe als irgendwer sonst in diesem Gebäude?

Tanni stützt sich an dem zerklüfteten Rand ab und beginnt zu weinen. Das Mädchen ist ganz und gar nicht glücklich mit dieser eisigen und aussichtslosen Situation. Warum sieht sie keinen anderen Ausweg?

Um sie von so was abzubringen, hat sie doch den dunklen Lord der absoluten Finsternis. Hat der keinen Selbsterhaltungstrieb? Oder er ist im Urlaub.

Ihr Kopf versinkt in dem kalten Wasser. Jetzt wird es knapp.

Ich streife meinen Kapuzenpullover während des Laufens ab, damit nachher wenigstens noch etwas Warmes und vor allem Trockenes da ist. Dann tue ich das, von dem ich mir geschworen habe, dass es nie wieder geschehen wird: Ich stürze mich freiwillig kopfüber ins Eiswasser.

Diesmal bringen mich nicht meine Fähigkeiten aus dem Gleichgewicht, sondern Erinnerungen. Erinnerungen an tote blaue, aufgequollene Hände und Gesichter, um ihr Leben strampelnde Kinder, die sich unter eine Eisscholle verirrt hatten oder von einem Krampf halb gelähmt waren.

Ich schüttle den Anflug von Schwäche ab. Hier ist nichts dergleichen. Nur ein Mädchen, das unter mir mit friedlich geschlossenen Augen wie ein Stein gen Boden sinkt. Was logisch ist, schließlich hat das dumme Ding sich den halben Mount Everest um den Bauch gekettet!

Fluchend registriere ich, dass mein Brustkorb sich zusammenkrampft und die Luft aus meinen Lungen gepresst zu werden droht. Ich spanne die Muskeln an und tauche tiefer. Wer hätte gedacht, dass dieser See so schrecklich tief ist?

Es dauert eine endlose Minute, dann kann ich meine Arme um Tanni legen und beginnen, sie nach oben zu zerren. Mir ist bewusst, dass ich das Loch nicht ohne meine Fähigkeiten finden werde. Und dass ich diese wiederum in dieser Situation kaum werde zügeln können. Doch diese Aktion bin ich Tanni schuldig. Und Ella. Oder?

Nach einer weiteren Ewigkeit stoße ich mit dem Kopf gegen die solide Eisdecke. Ich wappne mich für den kompromisslosesten Part des Ganzen. Meine Fähigkeiten lachen sich ins Fäustchen. „Komm“, scheinen sie zu wispern. „Komm und lass uns rein.“

Ohne Luft in den Lungen und kurz vor einer Panikattacke stehend, lasse ich meine Fähigkeiten fließen, stelle ihnen nur eine einzige Frage: „Wo komme ich hier wieder raus?“

Sie geben sich gnädig und strecken sich katzenartig an der Trennwand. Vier Meter nach links. Kraftlos zerre ich Stein und Tanni weiter. Das Licht der Nachmittagssonne schimmert durch das Loch. Ich meine, die tröstliche Wärme zu spüren. Sie dringt unter meine bläuliche Haut. Ich stemme Tanni nach oben, umfasse die Kante, ziehe mich selbst in Richtung Atemluft. Mein Kopf stößt gegen Tannis Bein, das noch im Wasser hängt. Ich komme nicht vorbei! Verzweifelt schiebe ich sie weiter, während mein Körper nach Luft zu brüllen beginnt in diesem grauen, kalten Wasser. Ein Krampf durchzuckt meinen linken Arm. Chert voz'mi! Ich muss hier raus. Jetzt! Tanni muss zur Seite. Ich stemme mich gegen eine undurchdringbare Wand. Der Stein muss sich festgefräst haben. Ich weigere mich, das zu glauben. Weiterkämpfen, immer weiterkämpfen. Nur wer aufgibt, fällt dem Tod in die Arme. Ich habe es doch fast geschafft! Da ist die Sonne, ich berühre mit den Fingern die Oberfläche des Eises. Ein verzweifeltes Wimmern entweicht meinen Lippen. Die letzte Luft blubbert über mir gegen das Eis und verschwindet. Ich trommle gegen die Oberfläche. Sie rührt sich keinen Millimeter. Ein eisiges Grab.

So ging es ihnen also allen, an denen ich vorbeigeschwommen bin. Luft, zum Greifen nah. Manchmal sogar, ohne dass eine Eisdecke zwischen Kopf und Himmel schwebte. Nur der Körper hat in den entscheidenden Sekunden versagt. Ist das jetzt die Strafe dafür, dass ich Madames Regeln befolgt habe?

Die Sonne entgleitet mir, verschwindet an der Oberfläche. Nicht nach Luft japsen, dann habe ich endgültig verloren. Aber ist es nicht längst so weit? Meine gesamte linke Seite ist taub, die Gedanken sind wirr. Mein Wille ist bei null, schließlich verschwinden da oben die Sonne und die Luft. Die Fähigkeiten brechen sich ihren Weg frei, brutaler denn je. Aber die meisten Bilder kann ich kaum noch fassen. Sie schweben vorbei wie Rauchschwaden. Das Wasser schlingt sich um mich. Die letzte Umarmung. Ein Ruck geht durch mich hindurch. Ende.

Jemand knutscht mich ab. Und drückt auf mir rum. Trotzdem keine Luft. Nur Wasser und … ich brauche Luft, verdammt! Röchelnd drehe ich mich auf die Seite und versuche, das Wasser aus meinen Atemwegen zu verbannen. Ein wenig blubbert meinen Hals hinauf. Luftholen geht noch immer nicht. Im nächsten Augenblick liege ich wieder auf dem Rücken und jemand presst mir Sauerstoff in die Lungen, ehe mir ein heftiger Schlag auf die Brustkante versetzt wird und ich keuchend das Wasser loswerde. Zittrig atme ich ein. Kratzig bahnt sich die Luft ihren Weg in meine geschundenen Lungen. Die intensiven Schmerzen treiben mir die Tränen in die Augen. Die Kälte greift mit Eisfingern durch meine durchweichte Kleidung. Blinzelnd versuche ich, die Finsternis zu bannen.

Wie bin ich aus dem Wasser gekommen? Ich war erledigt. Das war mein offizieller Todesstoß. Tanni ... nein, eher nicht. Es würde mich wundern, wenn sie schon wieder bei Bewusstsein wäre. Timothy? Beim Training.

Bitte nicht!

Ich reiße die Augen auf und finde einen tropfnassen Silent vor mir. Beziehungsweise über mir. Seine grauen Augen wirken dumpf und die Lippen sind bläulich. Das erste Mal macht er einen unsicheren Eindruck auf mich. Heiser lachend lasse ich den Kopf wieder auf den Boden sinken. Gut, das ist der Beweis, ich bin tot. Ein verunsicherter Silent ist nicht existent. Der Begriff gehört nicht in seinen Wortschatz. Genauso wenig wie in meinen.

„Ich dachte immer, das Leben soll an einem vorbeiziehen. Haben sie niemanden gefunden, der mich spielen will?“, murre ich und schlinge die Arme um meinen tropfnassen, unterkühlten Körper.

Keine Regung in diesem Gesicht, das ich aus irgendeinem Grund unglaublich vermisst habe. Stattdessen lässt Silent sich auf die Seite fallen und rauft sich die Haare. Er trägt keine Jacke, keinen Pullover. Das dünne T-Shirt klebt an ihm wie eine zweite Haut. Und so sieht man Ellas Mörder und Tannis Folterknecht wieder.

Tanni! Ich stütze mich erschöpft auf den Armen ab und beginne mich umzusehen. Mein Blick bleibt an einem Haufen Kleidung in der Nähe hängen. Die Teile sind lieblos über einem bleichen, schmalen Körper verteilt. Ich rümpfe die Nase. Ich weigere mich zu glauben, dass Tanni und ich beide tot sind.

„Du bist keine Einbildung“, stelle ich fest. „Du bist wirklich hier.“ Ein neuerlicher Krampf schießt durch meinen Körper, diesmal die rechte Seite. Ich schnappe nach Luft und atme gegen die brennenden Schmerzen an. Wie ein Fisch auf dem Trockenen.

„Wir müssen dich ins Warme bringen, sonst erfrierst du“, sagt Silent, ohne auf meinen Einwurf einzugehen.

Wir werden mich ins Warme bringen? Wohl kaum. Er wird mich nicht mehr anfassen. Nie wieder. Aus „wir“ wird hier gar nichts werden.

„Du trägst Tanni, ich kann laufen“, zische ich und komme irgendwie auf meine steifen, tauben Beine.

Sein Blick ruht auf mir, besorgt. „Du kannst dich kaum auf den Beinen halten.“

„Tanni, jetzt“, befehle ich und beginne mir über den Brustkorb zu reiben, damit mein Blut zu zirkulieren beginnt. Sonst wird er wohl oder übel recht behalten und ich komme auf eigene Faust nirgends hin. Mich bewusstlos in Silents Obhut begeben? Lieber nicht.

„Cathrin ..."

„Cathrin kann laufen, Tanni nicht", knurre ich und beginne, in Richtung des Schulgebäudes zu gehen. Beziehungsweise zu wanken. „Aber wir müssen beide ins Warme. Das bist du ihr schuldig." Ausdruckslos sehe ich den Weg entlang, der spärlich von Bäumen gesäumt ist. Ein Dreiviertelstunden-Marsch liegt vor mir. Ich kann mich kaum aufrecht halten. Das wird kein Spaß.

Ich spüre, dass Silent zu Tanni hinübergeht, sie und die Jacken zusammenrafft und mir folgt, ähnlich angeschlagen wie ich. Silent ist gemeinsam mit mir auf den Grund des zugefrorenen Sees getaucht. Das fordert seinen Tribut.

„Nimmst du wenigstens eine Jacke?", fragt er schließlich ruhig. Er hat erstaunlich problemlos zu mir aufgeschlossen. Ohne ein Wort reiße ich ihm eine aus der Hand und wickle sie um mich. Nicht meine, sondern Silents Winterjacke. Wenigstens ist sie warm. Im ersten Moment will ich ihm sagen, dass er sich gefälligst etwas überziehen soll. Dann erinnere ich mich daran, dass dieser Junge meine Sorge nicht wert ist.

Noch nie war ein Weg so lang und schmerzhaft. Bei jedem Schritt schießt mir unwillig das Blut in die Beine, hinterlässt ein Stechen, das mir die Tränen in die Augen treibt. Wie soll ich das bloß durchhalten? Schmerzen bin ich gewohnt, ja. Mein Körper heizt sich selbst wieder auf, und das schneller als Silents und Tannis zusammen. Trotzdem bleibt es ein verdammter Spaziergang durch die Hölle. Sogar der Teufel leistet mir Gesellschaft.

Alle zwei Minuten werfe ich Silent einen vernichtenden Blick zu, er ist dazu übergegangen, das zu ignorieren. Als ich meiner Stimme zutraue, nicht mehr zu brechen, beginne ich zu sprechen.

„Und wie lebt es sich so mit dem Wissen, dass man die eigene Cousine auf dem Gewissen hat?", beginne ich in meinem besten Sonntagsplauderton.

Er fährt zusammen, als hätte ich ihn geschlagen. Silent strauchelt leicht, sagt jedoch kein Wort.

„Stelle ich mir eigentlich ganz entspannt vor. Jetzt ist man keinen lästigen Blicken mehr ausgesetzt und man kann seinem Daddy zur Seite stehen, so wie es ein vorbildlicher Sohn tun sollte", fahre ich fort und hauche mir in die Finger. Sie sind gefährlich blau angelaufen.

„Bitte hör auf", murmelt Silent.

Ich denke nicht einmal daran. Meine Befürchtung, dass er sich nicht der Zentrale ausgeliefert hat, bestätigt sich mit dem heutigen Tag. Er macht weiter wie zuvor, gibt vor zu trauern, doch eigentlich plant er nur seinen nächsten Schritt.

„Es muss wahnsinnig unterhaltsam sein, einfach mal tun zu können, was man will. So ohne Verpflichtungen."

„Cathrin, es ist mein Ernst. Halt die Klappe!"

Ich schnaube abfällig und gehe wieder dazu über, mir die Brust zu reiben. Langsam zeigt es Wirkung. Das Herz stolpert nicht mehr ganz so unbeständig, die Eisschicht um meine Lungenflügel verschwindet.

„Es war auch mein Ernst, dass du dich der Zentrale stellen sollst, aber jetzt stehst du hier, wieder bei mir, und fühlst dich ungerecht behandelt." Das ist nicht nur ein aus der Luft gegriffenes Argument. Ich spüre, dass er der Meinung ist, ich wäre nicht gerecht. Dafür habe ich nur ein müdes Lächeln übrig. Was hat er erwartet? Dass ich ihm in die Arme falle und vorschlage, alles zu vergessen? Wenn er sich das auch nur für den Bruchteil einer unbedachten Sekunde gewünscht hat, dann ist er tatsächlich dümmer, als ich angenommen habe.

„Hätte ich es getan, dann wärst du jetzt tot", knurrt er durch zusammengebissene Zähne.

Und? Wen würde das schon kümmern? „Silent, ich gäbe mein Leben dafür, dass Verbrecher wie du ihre gerechte Strafe bekommen."

Stille.

„Was meinst du damit?"

Ich drehe mich um und schenke ihm ein engelsgleiches Lächeln. „Ich meine damit, dass ich lieber tot bin, als dich noch einmal sehen zu müssen." Noch fünf Minuten, dann bin ich in dem schönen, warmen Haus und in zwei weiteren unter der lauwarmen Dusche, bereit, wieder eine normale Hautfarbe anzunehmen und die Kleidung zu wechseln. Noch fünf Minuten. Ich überstehe sie, egal, ob an Silents Seite oder nicht.

„Auch wenn ich ernst gemeint habe, was ich gesagt habe?"

Mein Herz setzt für einen Schlag aus. Dass er mich liebt? Meint er das? Ich beiße mir auf die Zunge und dränge diese lächerliche Hoffnung auf einen menschlichen Silent zurück. Würde er mich lieben, stände er nicht hier. Dann würde er Mr Flanell Frage und Antwort stehen. „Dass es dir gar nicht so viel Spaß macht, wie ich annehme, Leuten die Finger abzuschneiden?", frage ich spitz und bewege meinen gefrorenen Zopf etwas von meinem Hals fort.

„Du weißt genau, was ich meine!“, zischt Silent.

Ich verdrehe die Augen und trete etwas fester auf. Die gefegten Wege des Campus haben wir erreicht. Gleich komme ich ins Warme. Da kann er mir Tanni in die Hand drücken, die ich dann an die Krankenstation übergebe, und wir haben diese Nummer hinter uns. Ella wäre stolz auf mich.

„Ja“, räume ich ein. „Aber es interessiert mich nicht im Geringsten.“

Ein unfassbarer, atemberaubender Schmerz durchfährt meine Brust, intensiver, als ich es mir je hätte vorstellen können. Ich unterdrücke ein Keuchen und die aufsteigenden Tränen. Dieses Gefühl hat ganz bestimmt nicht zu mir gehört.

„Das ist nicht wahr“, sagt Silent mit bebender Stimme.

Stimmt, ist es nicht. Aber das braucht er nicht zu wissen.

„Wahr ist auf jeden Fall, dass du mich und Tanni jetzt allein lässt. Und würdest du mich wirklich lieben, so wie du es behauptest, dann wärst du inzwischen in der Zentrale und würdest zu dem stehen, was du getan hast.“ Fordernd strecke ich die Hände nach Tanni aus. Stumm überreicht er mir das Mädchen und meine Jacke. Seine ziehe ich aus und werfe sie ihm zu.

Tanni hinter mir her zerrend, mache ich mich daran, die erste Stufe zu erklimmen. Silents Hand schießt vor und umfasst mein Handgelenk. Er zwingt mich dazu, ihn noch einmal anzusehen. Ein letztes Mal, wie ich mir schwöre.

„Wenn ich in die Zentrale gehe und mich stelle, glaubst du mir dann?“, fragt er.

Irre ich mich oder zieht Silent erstmals in Betracht, sich tatsächlich auf den Weg zur Zentrale zu machen?

„Vielleicht. Ich weiß es nicht. Uns ist beiden klar, dass du dort niemals auftauchen wirst.“

Mit verschlossenem Gesichtsausdruck nickt Silent und lässt mich endlich los. Für einen schrecklichen Moment fürchte ich, dass er mich küsst, stattdessen dreht Silent sich einfach um, zieht seine beiden Jacken an und stiefelt davon. Vier kostbare Sekunden blicke ich ihm nach. Muss daran denken, dass Timothy sagte, Silent hätte im Schlaf nach mir gerufen. Wenn er das wirklich tut, weil ich ihm so viel bedeute, dann habe ich ihn jetzt so weit. Dann wird er in wenigen Stunden vor Mr Flanell stehen. Ich hoffe es so sehr.

„Was ist denn mit euch beiden geschehen?“, keucht eine Krankenschwester.

Ich winke nur ab und übergebe Tanni ihren fachkundigen Händen. „Sie ist in den See eingebrochen. Ich habe sie rausgeholt."

Entsetzt schlägt sich die Frau eine Hand vor den Mund. Wirklich skurril, vor allem, wenn man bedenkt, dass wir beide mehr oder weniger lebendig vor ihr stehen und nicht mehr halb tiefgekühlt im See liegen. Oder – in meinem Fall – von Fischen aufgefressen werden.

„Aber wie habt ihr es denn hierhergeschafft?", fragt sie und beginnt hektisch, nach einer dieser Decken zu graben, die auf der einen Seite golden, auf der anderen silbern sind. Sie nimmt mir Tanni aus dem Arm, bettet sie auf einer der harten, unbequemen Krankenhausmatratzen und wickelt sie in das leise knisternde Material ein. Der Stein um Tannis Hüfte ist verschwunden. Silent muss ihn gelöst haben.

„Komm her", weist sie mich an und deutet auf ein weiteres Bett.

Ich schüttle den Kopf. „Ich stelle mich unter eine lauwarme Dusche. Ist nicht das erste Mal, dass ich im Eiswasser schwimmen musste", sage ich ruhig.

Die Krankenschwester schnappt empört nach Luft. „Auf keinen Fall. Wir werden dich jetzt erst einmal angemessen versorgen."

Wird sie nicht und auch niemand sonst. „Ich komme nachher, um nach Tanni zu sehen, dann können Sie noch ein wenig um mich herumwuseln." Noch ein unverbindliches Lächeln, dann flüchte ich in mein Zimmer. Ich muss Silents letzte Berührung von meinen Handgelenken waschen.

Kapitel 22

Luca sitzt am Schreibtisch, als ich ins Zimmer stürze, um endlich die gefrorene Kleidung und das Eis in meinem Blut loszuwerden. Sie wirbelt herum, sobald die Tür krachend ins Schloss fällt. „Oh Gott."

Ich ignoriere ihre geweiteten Augen und den leicht geöffneten Mund. Stattdessen greife ich in den Schrank und zerre meine Sachen hervor, ohne irgendwas in den Fingerspitzen zu fühlen. Mein Puls ist gefährlich niedrig. Die Hose fällt zu Boden. Wankend hocke ich mich hin, um sie aufzuheben, und kippe um. So fühlen sich also Menschen über siebzig.

Luca springt von ihrem Stuhl auf, um mir zu helfen. Am liebsten würde ich ihre Hände fortschlagen. Es gibt nichts Schlimmeres, als zuzugeben, dass es mir allein kaum gelungen wäre, wieder auf meinen Füßen zu landen. Wortlos stützt Luca mich auf dem Weg ins Bad, hilft mir dabei, die Kapuzenjacke und das steif gefrorene, an meiner Haut klebende Shirt abzustreifen. Die knisternde Hose. Meine Beine sind ungesund blau, von den Zehen ganz zu schweigen. Tausend Fragen stehen in Lucas Augen, aber für den Moment schweigt sie. In Unterwäsche und zitternd taumle ich unter die Dusche, stütze mich an der Wand ab und versuche, den Hahn aufzudrehen. Meine tauben Finger rutschen ab. Ich habe kein Gefühl dafür, wie viel Kraft ich aufwende.

„Setz dich hin, ich mach das", murmelt sie.

Es geht mir zwar gehörig gegen den Strich, aber ich lasse mich tatsächlich in die kleine Wanne fallen, ziehe die Beine an und lege das Gesicht auf den Knien ab. Hoffentlich ist das nur meine Erschöpfung und nicht zusätzlich noch Silents. Erste dicke, warme Tropfen fallen auf meine unterkühlte Haut. Ich rühre mich nicht, kämpfe nur gegen die schweren Lider an. Jetzt bloß nicht einschlafen. Das Damoklesschwert baumelt noch immer über mir.

„Wach bleiben", befiehlt Luca, als hätte sie meine Gedanken gelesen.

Ich nicke leicht, um ihr zu signalisieren, dass ich verstanden habe. Der Regen, der auf mich niederprasselt, wird wärmer. Als würde man mich brandmarken. Still warte ich darauf, dass sich das Ziehen gibt. Rote Flecken breiten sich auf meiner bläulichen Haut aus. Wie von glühenden Münzen, die man mit einer Zange auf meinen Körper drückt.

Wieder etwas wärmer. Neuer Schmerz. Kurz bereue ich es, dass ich nicht im Krankenzimmer geblieben bin. Nichts kann qualvoller sein, als sich so wieder auf Normaltemperatur zu bringen.

Fluchend presse ich mir die Unterarme auf die Ohren und atme tief durch. Nicht die Nerven verlieren. Nicht einknicken.

Noch wärmer. Zu schnell. Die Haut an meiner Schulter platzt auf. Ein hellroter Streifen wandert über mein Schlüsselbein. Blut. Schon wieder.

Luca zieht scharf die Luft durch die Zähne ein. „'tschuldigung."

Das hilft mir nicht weiter. Trotzdem nicke ich leicht und warte. Nach Ewigkeiten beginne ich, meine linke Seite wieder zu spüren, Stunden später die Finger. Meine Zehen werden wieder leicht rosig. Mit einem erleichterten Seufzen wackle ich mit den Händen und fühle dabei, wie das Wasser an mir herabperlt. Die Taubheit ist Geschichte. Endlich.

„Wie kommt es nur, dass du zu Tanni wolltest und tiefgefroren wiederkommst?", fragt Luca schließlich.

Ich seufze noch einmal und richte mich gerade genug auf, um ihr in die braunen Augen sehen zu können. Die heißen Tropfen lullen mich ein wie eine Wolldecke. Nicht einschlafen.

„Tanni war der Meinung, sie müsste sich ersäufen", murre ich. Das Wasser über mir schlenkert leicht. Ich folge der Bewegung. Ohne das warme Nass ist es zu kalt.

„Warum zur Hölle?", entfährt es Luca.

Ich zucke die Achseln. Ob Luca die Frage auch stellen würde, wenn sie dabei gewesen wäre? In der Nacht, als Ella starb.

„Sie scheint keinen echten Sinn mehr im Leben zu finden, jetzt wo Ella weg ist und sie nicht mehr in Schutz nimmt. Wahrscheinlich tun die Erinnerungen das Übrige. Leider hatte ich noch nicht die Gelegenheit, mich mit ihr zu unterhalten." Was vermutlich eher in einem gebrüllten Monolog meinerseits enden würde. Angefangen mit der Frage, wie dumm man sein könne, und beendet mit der Drohung, dass ich sie umbringen werde. Nachdem ich bei ihrer Rettung mein eigenes Leben beinahe verloren habe.

„Aber ... ich versteh nicht, wie man sich ertränken kann. Im Winter!"

„Ist schnell vorbei." Aus dem Augenwinkel sehe ich, wie Luca heftig den Kopf schüttelt.

„Wie hat sie überhaupt die Eisschicht aufbekommen?"

„Stein. Den hat sie sich dann auch um den Bauch gebunden", antworte ich knapp.

Noch ein fassungsloses Kopfschütteln von Lucas Seite. „Das glaube ich einfach nicht", murmelt sie noch einmal.

Meine Lippen kräuseln sich zu einem bitteren Lächeln. Daran erkennt man, dass Luca trotz allem nie ein schlechtes Leben hatte. Andererseits wüsste sie, wie man sich selbst effektiv aus dem Weg räumen kann. Ohne Spuren zu hinterlassen. Für Luca scheint es nicht nur ein Schock zu sein, sondern schlicht unbegreiflich. Zugegeben, auch mich hat diese Aktion überrascht. Tanni wirkte labil, aber nicht zerschmettert. Sonst hätte ich meine wahnsinnige Rettungsaktion noch einmal durchdacht. Oder war mir von Anfang an bewusst, dass das für mich gut ausgehen wird? Wusste ich, dass Silent da sein würde wie ein blutdurstiger Schutzengel? Immer an meiner Seite. So wie ich es täte.

Ich horche in mich hinein, in meine Fähigkeiten. Sie waren kurz vor meinem Sprung ins Eiswasser aktiviert. Konzentriert habe ich mich auf Tanni, trotzdem häuften sich die Szenarien, die durch mein Unterbewusstsein rasten. Habe ich gesehen, dass Silent mich retten wird? Gerade jetzt kann ich diese Frage nicht beantworten. Und will es noch weniger.

Ich greife nach hinten und drehe das Wasser aus. Noch etwas mehr Wärme und ich ergebe mich ihr. Ob das Pferdehaar dann reißt, das mein Damoklesschwert berührt? Ich werde es nicht darauf ankommen lassen.

„Geht es Tanni gut?", fragt Luca. Besorgt?

„Ja, glänzend. Sie wurde in so eine Decke gewickelt."

„Du hast sie noch in der Krankenstation abgeliefert?", keucht Luca. Fassungslos?

Ich zucke nur die Schultern und stehe auf, muss dabei höllisch aufpassen, dass ich mich nicht auf die Nase lege. Der Boden ist rutschig und mein Gleichgewicht in einem kritischen Zustand. „Hätte ich sie erfrieren lassen sollen? Du hast mir doch den Vortrag gehalten, dass unser Leben nie an erster Stelle steht", sage ich und stelle mich auf die schön kühlen Fliesen. Ein Blick in den zerbrochenen Spiegel bestätigt: Meine Lippen sind wieder rosig. Die Katastrophe ist abgewendet. Obwohl ich schon am Grund des Sees lag. Ich kämpfe dagegen an. Die Dankbarkeit gegenüber Silent bleibt trotzdem. Ohne ihn stände ich nicht hier. Ich habe ihm … Silent hat mich gerettet. So als hätte er nicht eine einzige Lüge verdient.

„Ja, aber von dir hätte ich es trotzdem nicht erwartet“, sagt Luca.

Ich rolle mit den Augen und wickle mich in ein Handtuch. Der Stoff ist flauschig weich auf meiner Haut. Eine Decke, die ich lieber annehme als die des eisigen Schlafes. „Sieh es einfach als dein verfrühtes Geburtstagsgeschenk an.“

Ein unwilliges Lachen entweicht Luca. „Umsonst machst du nichts?“

„Du hast dich gerade beschwert, dass ich mich untypisch verhalten habe“, sage ich wegwerfend. „Das muss ich doch wieder geraderücken.“

„Das war eigentlich eine erfreute Feststellung, keine Kritik“, erwidert sie pikiert.

„Dann mach das das nächste Mal deutlicher!“

Kurz sehen wir einander in die Augen, dann beginnen wir, hysterisch zu kichern. Das war einfach alles zu viel für mich. Eiswasser, Tannis Beinahetod und Silent. So nah bei mir, obwohl er nicht hier sein dürfte. Weit weg müsste Silent sein, irgendwo, wo er hingehört. Wo er mich auf keine Weise berühren kann. Stattdessen hat Silent mich gerettet, Tanni gerettet. Er hat sich selbst in tödliche Gefahr gebracht, nur um mich durch dieses kleine Loch nach draußen zu schieben. Er hat mir Luft gegeben, als er selbst danach gerungen hat. Und trotzdem bleibt er ein Mörder.

Ellas Mörder.

Wann wird sie beerdigt werden? Sonntagmittag, übermorgen.

Sollte ich hingehen? Diese Frage muss noch nicht beantwortet werden. Himmel, ich kann sie nicht beantworten.

„Mädchen, du hältst einen vielleicht auf Trab“, kichert Luca und wischt sich die Lachtränen aus den Augenwinkeln.

Keuchend und noch immer hysterisch glucksend, stütze ich mich an der Wand ab. Ja, das tue ich. Immer wieder. Nicht, dass die Gefahr mir übermäßig viel Spaß machen würde. Es ist halt einfach so. Sie fährt ihre Krallen aus und ich stehe im Weg. Das scheint mein Schicksal zu sein, seitdem ich das erste Mal Luft geholt habe.

„Bist du böse, wenn ich dich jetzt rausschicke?“, unterbreche ich unser erschlagenes Lachen. „Ich muss mich umziehen.“

Luca nickt, die Mundwinkel noch immer verkrampft zuckend. Sobald die Tür hinter ihr ins Schloss gefallen ist, lasse ich mich erschöpft an der Wand hinabgleiten. Das wäre es heute fast gewesen. Eigentlich habe ich nicht angenommen, dass ich sterbe, weil ich mich vor jemanden werfe. Man hat mir beigebracht, Menschen beim Sterben zuzusehen. Ein erlöschendes Licht hat mich nie berührt. Zeiten ändern sich. Genug, um mir Angst zu machen. Vorsichtig berühre ich mit den Fingerspitzen meine Lippen. Beinahe hätte Silent mich geküsst. Vermutlich hätte ich es zugelassen. Schon wieder. Weil mich etwas an ihn bindet, um das ich nie gebeten habe.

Mit bebenden Händen ziehe ich mich um und schaffe es für ein paar wenige Sekunden, Silents erschöpften Anblick zu vergessen. Und wie sich seine Lippen auf meinen angefühlt haben, selbst wenn diese Wiederbelebungssituation gar nichts Romantisches an sich hatte. Der Moment hat sich trotzdem in meinen Kopf eingebrannt, dieses unverwechselbare Prickeln in seiner Nähe. Intensiver als jeder andere Augenblick meines Lebens. Als wäre er irgendwie ... bedeutend.

Tanni sitzt kreidebleich in ihrem Bett, die weiße, steril wirkende Bettdecke der Krankenstation bis zum Kinn hochgezogen, wirkt hilflos und winzig. Ich hebe eine Hand und deute ein Winken an. Sie richtet ihre großen, beinahe schwarzen Augen auf mich. Sie scheinen düsterer und unerreichbarer denn je zu sein. Ihre Hände zittern, die beiden Finger sind frisch verbunden, die restlichen Wunden gut versorgt.

„Ich sollte nicht mehr hier sein", sagt sie dumpf. Irgendwie sieht sie mich an und irgendwie auch wieder nicht. Wie man einen Geist betrachten würde, der im Sonnenlicht flackert.

Langsam gehe ich auf sie zu, als wäre Tanni ein verwundetes Tier. „Hast du deswegen versucht, dich umzubringen?", frage ich sie sanft und setze mich an ihre Seite.

Tanni rutscht von mir fort. Autsch. Wirklich verübeln kann ich es ihr jedoch nicht. An ihrer Stelle würde ich vermutlich genauso handeln. Wenn nicht sogar radikaler. Ich strecke die Hand aus und streiche ihr vorsichtig über das wirre Haar. Zärtlichkeit, Nähe. Ein Wundermittel? In den Serien, die ich früher so gern gesehen habe, haben das die Mütter bei ihren Kindern getan. Im Gegensatz zu mir scheint Tanni diese Berührung zu kennen. Sie entspannt sich merklich. Das ist doch schon ein Anfang. Sie gibt sich der Sanftheit hin und saugt sie in sich ein wie Luft.

„Ich hätte Ella beschützen müssen", sagt sie schließlich mit fester Stimme und starrt ins Nichts.

„Das konntest du nicht", erwidere ich leise, streichle ihr immer weiter über den Kopf. Sie lehnt sich gegen meine Hand. Wie eine Katze. „Hör auf, dir Vorwürfe zu machen."

„Aber du konntest sie nicht beschützen und Silent auch nicht. Jemand hätte es tun sollen!" Diese Hilflosigkeit ... ich kenne sie zu gut.

„Siehst du, da liegt dein Fehler. Silent hätte sie beschützen können, er wollte nur nicht.“

Tanni schüttelt traurig den Kopf und sieht mich durchdringend an. „Hätte er sie beschützt, dann hätten sie begonnen, dir wehzutun. Das wollte er nicht.“

Warum kommen nur alle mit dieser jämmerlichen Erklärung? Warum verteidigt sogar sie, ausgerechnet Tanni, Silent? Kann nicht ein Einziger mich mit meiner einfachen Schwarz-Weiß-Lüge leben lassen?

„Glaub mir, er hätte einen Mittelweg finden können“, murmle ich. Irgendwie. Tanni schüttelt noch einmal den Kopf, ehe sie wieder auf die kalte weiße Wand starrt. Ihre Finger umklammern weiterhin krampfhaft die Decke. Das arme, kleine, labile Mädchen. Wie konnte das alles nur so enden? So wie ich es niemals wollte.

„Sie hatte Schmerzen, oder? Das hat mir der dunkle Lord der absoluten Finsternis gesagt“, schluchzt Tanni.

Wahrheit? Lüge? Die altbekannte Frage. „Ja, hatte sie. Aber es ist nicht deine Schuld, Tanni.“

Sie vergräbt das Gesicht in den Händen, schluchzt so untröstlich, dass es mir mein taubes Herz bricht. Hilflos versuche ich, sie zu beruhigen, rede sanft auf sie ein. Nichts hilft. Sie weint hemmungslos. Und weint immer weiter. Nach einer Weile ziehe ich sie in meine Arme.

„Warum sie? Ella war nicht böse.“

Nein, war sie nicht. Aber ihr Cousin und ihr Onkel. Ella wurde einfach nur in die falsche reiche Familie hineingeboren. Hatte die falschen Bekanntschaften. Wenn ich mich damals nicht zu ihr und Silent an den Tisch geflüchtet hätte, wäre sie dann noch am Leben?

„Viele gute Menschen sterben, Tanni. Das hat nichts mit verdienen zu tun, sondern nur mit den Karten, die man ihnen austeilt“, murmle ich in ihr noch immer kaltes Haar.

Noch ein Schluchzen. „Aber sie hat mir immer geholfen. Hat sie den Tod deswegen verdient?“

„Oh nein, Tanni, das ist Schwachsinn. Warum solltest du denn der Grund dafür sein?“

„Weil ich verrückt bin und sie trotzdem meine beste Freundin war“, klagt sie. Der Blick aus ihren mit schwarzer Schminke verschmierten Augen macht mir Angst.

„Das tut doch nichts zur Sache. Ella hatte einfach nur unglaubliches Pech“, sage ich fest und verbiete Tanni mit meinem Tonfall, etwas anderes zu denken.

Wieder schüttelt sie den Kopf, schluchzt nur leise. Wenn man all ihre Tränen sammeln und aufwiegen würde, könnten sie einen Teil von Ellas Schmerz greifen?

„Hast du mich gerettet?“, fragt sie schließlich leise.

Heute? Ich nicke widerstrebend. „Ja. Und ... Silent ist aufgetaucht und hat dich bis zum Gebäude getragen.“

Tanni versteift sich nicht. Sie sieht nicht einmal wütend aus. „Dann durfte er etwas Gutes tun, so wie er es sich immer gewünscht hat.“

Befremdet sehe ich Tanni an. Woher will sie wissen, was er wollte? Die beiden verbindet nichts. Nicht einmal eine oberflächliche Freundschaft.

„Der dunkle Lord der absoluten Finsternis – was sagt er dir für gewöhnlich?“, frage ich vorsichtig.

Tanni zuckt gleichgültig die Schultern. Ihre Nagelbetten sind schneeweiß, der Stoff der Bettdecke ächzt leise. „Er flüstert mir etwas über die tiefsten Wünsche der Seele ein. Du wünschst dir, frei zu sein von allen Gedanken, allem Schmerz, allen Erinnerungen. Ella wollte eine stabile Familie. Meine Halbschwester wünscht sich die grenzenlose Anerkennung ihres Vaters“, zählt sie auf.

Jedes Wort lässt mehr Farbe aus meinem Gesicht entweichen. Was zur Hölle? Dieses Mädchen ist so verrückt, dass sie schon wieder genial ist.

„Deine Halbschwester? Also, Natasha?“

Tanni nickt zufrieden. „Natasha“, bestätigt sie und beginnt, am Saum ihrer Decke zu zupfen.

Für einige Momente bekämpfe ich meine unbändige Neugierde, dann gewinnt sie doch wieder. „Was ist Silents größter Wunsch?“, wispere ich beinahe. Nie habe ich mich mehr vor einer Antwort gefürchtet. Wissen ist Macht – oder der brutalste Dolchstoß von allen.

„Das, was er am schwersten bekommen wird. Jemanden, der ihn ohne Vorbehalte liebt“, murmelt Tanni und sieht mich traurig an. „Ich glaube, er dachte wirklich lange, dass du das sein könntest. Deswegen hat er meine Finger geopfert und Ella. Du stehst immer an erster Stelle.“

Die Tränen kriechen mir den Hals nach oben. Das darf alles nicht wahr sein! Dolchstoß.

„So wie Timothy für mich?“ Bitte sag Ja. Bitte!

„Vorbehaltloser“, murmelt Tanni. Nervös kaut sie auf ihrer Unterlippe.

Eine Träne fällt mir auf die Wange. Das darf alles nicht wahr sein. Wenn es so wäre, warum ist er meiner Bitte nicht gefolgt? Warum geht er immer wieder zu seinem Vater zurück? Wenn das, was Tanni sagt, wahr ist, warum stehen Silent und ich auf verschiedenen Seiten?

„Das glaube ich nicht", erwidere ich mit rauer Stimme. Ich höre auf, Tanni über den Kopf zu streichen, und rücke etwas von ihr ab, bemühe mich, sie nicht wie meinen persönlichen Albtraum anzusehen. Ich kann sie nicht mehr berühren. Sie sollte mir meine Ängste nehmen und sie nicht vervielfachen.

„Kannst du aber. Wie gesagt, er hat im Schlaf nach dir gerufen."

Ich falle vor Entsetzen beinahe von Tannis Bett. Nein, nein, bitte nicht! Nicht jetzt.

Zögernd und mit dem Anflug eines schlechten Gewissens drehe ich mich zu Timothy um. Überraschenderweise sieht er nicht böse aus, nicht enttäuscht, nicht urteilend. Nur unglaublich müde.

Rasch komme ich auf die Beine und gehe mit einem wackligen Lächeln auf den Lippen langsam auf ihn zu. Das Quietschen meiner Fußsohlen auf dem grünlichen Linoleumboden jagt mich.

„Was tust du hier?", frage ich ihn matt.

Timothy zuckt die Schultern. Jede meiner Bewegungen beobachtet er aufmerksam. So habe ich Tanni vorhin angesehen. Wie ein wildes Tier, über das man die Kontrolle verloren hat.

„Ein Vögelchen hat mir gezwitschert, meine Freundin wäre heute mehr tot als lebendig in ihr Zimmer gestolpert", sagt er mit einem schiefen Lächeln, das, wie so oft in letzter Zeit, seine Augen nicht erreicht.

„Lass mich raten, Luca?" Noch so ein halbes Lächeln. Zögernd überbrücke ich die letzten Zentimeter zwischen uns und schlinge meine Arme um ihn. Er erwidert die Umarmung und vergräbt sein Gesicht an meinem Hals. Das vertraute Gefühl seines warmen Atems auf meiner Haut lässt mich entspannen.

„Muss ich wirklich vierundzwanzig Stunden am Tag bei dir sein, um sichergehen zu können, dass ich dich lebendig wiedersehe?", flüstert er rau.

Ich nicke und will ihm für einen Moment einen Kuss geben. Dann fällt mir Tanni wieder ein und ich beschränke mich darauf, meine Wange an seine zu legen. Eine seiner blonden Strähnen kitzelt mich. Vorsichtig streiche ich sie beiseite.

„Du musst zum Friseur", murmle ich leise.

Ein unwilliges Lachen lässt seine Brust beben. „Mach ich am Wochenende, versprochen."

Zufrieden nicke ich. Träge löse ich mich von Timothy. Jede Faser meines Körpers scheint sich dagegen zu wehren. Ich brauche ihn. Das spüre ich in diesen Momenten nur umso deutlicher.

Tanni beobachtet uns mit einem gesunden Maß an Desinteresse. Sie hat die Decke ein wenig sinken lassen, bis knapp unter die Brust, um uns besser im Blick behalten zu können. Ihre schwarzen Augen funkeln. Welche Emotionen sich dahinter verbergen? Keine Ahnung. Sie lächelt Timothy schwach an. Der gibt sich Mühe, es ehrlich zu erwidern. Aber ein Bemühen gleicht bereits im Arbeitszeugnis einer Katastrophe. Ich versetze ihm einen unsanften Stoß in die Rippen. Sofort lässt er das sogenannte Lächeln fallen und legt einen Arm um meine Schulter.

„Ich weiß, dass du Angst hast", sagt Tanni ruhig und sieht ihn aus ihren großen Augen an, ohne Bedauern, ohne Wut. So wie ein unendlich alter Mensch, der sich bereits vor langer, langer Zeit mit seinem Schicksal abgefunden hat.

„Angst ist nicht so ganz das, womit ich meine Gefühlslage ..."

„Er findet dich absolut gruselig", unterbreche ich Timothy trocken.

Er wirft mir einen Blick zu, der töten könnte. Tanni nickt. Sie lächelt sogar leicht. Der eine Schnitt auf ihrer Stirn dehnt sich dabei kaum merklich. Ich warte darauf, dass die Haut aufreißt und Blut fließt. Nichts passiert. Nichts erinnert uns daran, dass hinter jedem scheinbar harmlosen Moment ein zähnefletschendes Monster auf seinen Angriff wartet.

„Nicht wirklich, eher ein wenig ...", versucht Timothy sich verzweifelt zu erklären. Er stockt. Weil er nicht weiß, wie er die Lüge am besten aufrollen soll?

Tanni kichert. Ja, sie kichert! Wie ein kleines Mädchen. Wie Ella. „Du hast Angst vor mir, das versteht auch der dunkle Lord der absoluten Finsternis." Irgendwie finde ich diese Aussage weniger lächerlich, seitdem ich glaube, dass dieser Teil von ihr nicht annähernd so wahnsinnig ist, wie ich es mir wünsche.

Kapitulierend hebt Timothy die Hände und ringt sich ein Lächeln ab. Skeptisch sehe ich ihn an. Das hier könnte man mit Ach und Krach durchgehen lassen. Immerhin spannen die Lippen nicht mehr so sehr, dass jede Farbe aus ihnen weicht.

„Tanni, nimmst du es mir sehr übel, wenn ich dir deinen Besuch entführe?"

Sie zieht die Augenbrauen zusammen. Neue Schatten, die ich nicht begreife, huschen über ihr Gesicht. Tanni schüttelt langsam den Kopf. Ganz so als würde eine hastige Bewegung ihrer Geste den Ausdruck rauben.

„Fühlst du dich gut genug, um wieder in dein Zimmer zu gehen?“, frage ich sie ruhig.

Panik zuckt über Tannis Gesicht und sie zieht die Decke bis zu ihrer Nasenspitze. Fort ist der Anflug von Sorglosigkeit. Wie kommt es nur, dass positive Emotionen schneller verfliegen als der Wind selbst?

Beschwichtigend lächle ich Tanni an. „Du kannst hierbleiben. Und wenn du entlassen wirst, bist du bei Luca und mir immer willkommen.“ Sie sollte nicht überrascht sein über mein Angebot. Ist es aber.

„Ich bin nicht allein?“, flüstert sie.

Mit diesem Satz trifft sie mich bis ins Mark. Ich taumle rückwärts. Ein Schlag ins Gesicht. „Niemals, ich verspreche es.“ Gebrochene Versprechen verfolgen einen am erbarmungslosesten.

Beide sehen mich irritiert an, aber es ist egal, so egal. Da ist nur die Erinnerung an das letzte Mädchen, das ich bei Madame erschoss. Sie hat das Gleiche gesagt, zwei Tage zuvor, als ich ihr versprach, dass ich für sie da sein würde, sie mir vertrauen könne. Sie hat es getan. Zwei Tage später ist sie durch meine Hand gestorben. Weil am Ende nur das Blut zählt, das durch die Straßen fließt. Keine Loyalität, keine Emotionen, keine Ehre. Nur der schwere Geruch von Blut, der klebrig alle Sine betäubt.

„Natürlich nicht“, sagt Timothy statt meiner.

Ich weiß nicht, ob ich ihm dankbar sein soll. Auf diese Frage hätte es für mich niemals eine wahre Antwort gegeben. Nicht einmal ein Nicken bringe ich über mich, nur ein gequältes Lächeln, ehe ich aus der Krankenstation stürze. Ich bin nicht allein. Doch. Bis ans Ende aller Tage.

Auf dem Weg nach draußen holt Timothy mich ein und dreht mich ruckartig zu sich um. Meine Muskeln zucken. Reflexartig will ich zuschlagen. Ich atme tief durch. Das hier ist Timothy. Er wird mir niemals etwas antun.

„Was ist los? Hast du etwas gesehen?“ Die Sorge in seinen Augen habe ich nicht verdient, seine Umarmung. Trotzdem bin ich selbstsüchtig genug, beides anzunehmen.

„Erinnerung, nichts weiter“, murmle ich und starre auf den Boden anstatt in sein Gesicht. Seinen verständnisvollen Blick kann ich nicht ertragen. Wüsste er, was mich aus dem Konzept gebracht hat, würde er mich fortschicken. Weil man das niemals entschuldigen kann.

„An Ella?“

An Merida. An eine Freundin, der ich, ohne zu zögern, einen Pfeil durch das Auge gejagt habe. Weil Zögern mir nie erlaubt war.

„Es ist nicht wichtig, wirklich.“

Timothy hebt mein Kinn an und zwingt mich, ihm in die Augen zu sehen. Das erste Mal bringt mich das warme Braun seiner Iriden um. Die Sanftheit darin und dieser unerschütterliche Glaube in mich. Hätte er nur einen Funken Verstand, würde er mich töten. Weil ich irgendwann wieder nicht zögern werde dürfen. Und wer weiß? Vielleicht ist er dann an der Reihe.

Madame verfolgt mich. Nutzlos, es zu leugnen. Seitdem Ellas Blut auf uns herabgeregnet ist, ist es offensichtlich. Jedes ihrer Worte ist mir in Mark und Bein übergegangen. Eines Tages wird sie wieder hinter mir stehen und den Tribut fordern. Ich bin nicht bereit, ihn zu zahlen.

„Es hat dich in Sekundenschnelle aus der Bahn geworfen“, gibt Timothy zu bedenken.

Ich setze mein schönstes Lächeln auf. Nicht das, was ich mir von Luca abgeschaut habe. Das, was Madame uns beibrachte. „Das tun in letzter Zeit viele Dinge. Ich war einfach auf nichts wirklich vorbereitet.“ Eine bittere Wahrheit.

„Wohin bei Gott ist die unbeschwerte, schlagfertige Cathrin verschwunden?“, fragt er mich viel zu ernst.

„Dahin, wo Fantasiefiguren hingehören.“ Mein heftiger Tonfall lässt nicht nur Timothy zusammenzucken. Das hat er nicht verdient. Aber die Erinnerung an all das, was ich mir versprochen habe, all die Hoffnung, die ich in diesen Auftrag gelegt habe, sie sind unerträglich. Ich will verdammt sein, mich freiwillig daran zu erinnern, an diese dämlichen Streitereien mit Natasha, an den letzten Rest Kindlichkeit, der Madame überlebt hat. Wenn ich so zurückdenke, lief an diesem Internat alles ziemlich gut. Dann drückte Silent ab. Schuss.

„Hol sie wieder zurück, Cathrin. Lachen steht dir so viel besser als weinen.“

Ist zumeist so, oder? Aber das sage ich nicht, sage gar nichts mehr, vergrabe nur mein Gesicht an seiner Brust und versuche, das Selbstmitleid abzuschalten.

„Denkst du, Tanni geht es jetzt wieder besser?“ Behutsam streichelt er mir durch das Haar. Es ist offen. Ich habe es bis gerade eben nicht einmal bemerkt. Unaufmerksam bin ich geworden. Verletzbar. Madame würde mich in Teufels Küche schicken.

„Sie ist nicht mehr halb tiefgekühlt", sagt Timothy. „Also denke ich schon, ja."

Ich schüttle den Kopf. „Das meine ich nicht. Sie hat sich die Schuld dafür gegeben, dass Ella gestorben ist. Sie war sich so sicher, dass sie das hätte kommen sehen müssen, dass sie ihre beste Freundin hätte beschützen müssen." Ich räuspere mich und grabe meine Finger in den weichen Stoff seiner Collegejacke. „Tanni hat heute versucht sich umzubringen." Ich hasse mich selbst dafür, wie leicht es mir fällt, das alles zu erörtern wie die Wetterlage. Aber Tode sind halt Tode. Nichts Außergewöhnliches. Ende.

Timothy nickt nachdenklich. „Hat dich das wirklich überrascht?", fragt er schließlich leise.

„Ja. Ich habe es nicht kommen sehen", gestehe ich.

Er nickt. Timothy wirkt nicht vorwurfsvoll, lediglich traurig. „Weil du zu sehr mit Silent beschäftigt warst."

Ich zucke zusammen. Nicht unbedingt wegen seiner Feststellung, vielmehr, weil nicht einmal ein Vorwurf darin mitschwingt. Timothy klingt sachlich-nüchtern. Wie bei einem geschäftlichen Gespräch.

„Du gibst mich langsam auf, oder?" Meine Stimme zittert nicht. Ich bin bar jeder Emotion, obwohl ich am liebsten heulen würde.

„Nein, nicht wirklich. Mir wird nur immer mehr bewusst, dass du nie zu mir gehören wirst, nie ganz." Seine Fingerspitzen wandern federzart über meine Wange. Ich schlucke die Tränen hinunter. Selbstmitleid hat noch niemandem gutgetan. „Ich weiß, dass du mich liebst", wispert Timothy. Er fährt mit dem Daumen über meine Unterlippe. „Es ist trotzdem befremdlich mit dir geworden. Irgendwie." Jedes seiner Worte ist ein Stich in mein Herz und betäubt es gemeinsam mit den Ereignissen der letzten Tage. Zu viel, einfach zu viel.

„Du denkst, dass Silent recht hat? Dass ich nicht richtig lieben kann?" Ich versuche, die Hysterie herunterzuschlucken, und scheitere kläglich. Meine Hände beginnen, unkontrolliert zu zittern. Verzweifelt klammere ich mich an Timothy. Entgleitet er mir jede Sekunde etwas mehr?

„Nein, ich denke, dass du mich nicht richtig lieben kannst." Ein Schlag ins Gesicht.

„Das ist Schwachsinn, das solltest du wissen. Ich würde für dich durch die Hölle gehen", verteidige ich mich matt. Das ist die Wahrheit. Das würde ich. Er ist der Grund, warum ich nicht irgendwelche

Dummheiten mache. Außer nach einer Wahnsinnigen ins Eiswasser zu springen. Und Silent davonkommen zu lassen.

„Würde ich nie bestreiten. Aber für Silent würdest du sterben“, sagt er leise und sieht mir tief in die Augen.

Ich beiße die Zähne zusammen. „Das würde ich nicht“, fauche ich und verbiete mir, etwas anderes zu denken.

Timothy schüttelt kaum merklich den Kopf. Alles an mir steht auf Abwehr. Er bemerkt es.

„Keine Sorge, ich habe nicht vor, dich aufzugeben. Du darfst mir trotzdem nicht verbieten, mich darauf vorzubereiten, dass du irgendwann einfach verschwindest, möglicherweise sogar durch meinen Fehler.“

Wenn er so denkt, hat er mich dann nicht schon lange aufgegeben? Bebend wende ich den Kopf ab und suche nach einer guten Antwort. Sie will mir nicht in den Sinn kommen.

Ich halte Timothy weiter krampfhaft fest. Wenn meine Finger sich jetzt von seiner Jacke lösen, dann habe ich ihn verloren.

„Ich will dich nicht verlassen“, murmle ich und schmiege mich dichter an ihn. Ich fürchte, dass Timothy mich jeden Moment wegschiebt. Er tut es nicht. Natürlich.

„Dann mach es nicht.“

Meine Fähigkeiten zwicken leicht mein Unterbewusstsein. Ich stoße sie zurück, will nicht wissen, ob Timothy mit seiner Befürchtung richtig liegen wird. Es gibt jetzt gerade Interessanteres. Zum Beispiel diesen Moment. Oder das Examen am Montag.

„Hast du eigentlich schon für Mathe gelernt?“, lenke ich von unserem trübseligen, nicht wirklich die gute Laune fördernden Thema ab.

Mit einem genervten Seufzen lässt er den Kopf auf meine Schulter sinken. „Lass mich damit in Ruhe. Niemand braucht den Mist“, murrt er.

Grinsend zupfe ich an einer seiner zu langen blonden Strähnen. „Also, ich bin gut in Mathe. Ich könnte dir helfen“, biete ich scheinheilig an.

„Du könntest mir die Lösungen geben. Das lerne ich in diesem Leben nicht mehr.“

Ja. Das bestätigen mir meine Fähigkeiten voll und ganz. Für Mathe ist er einfach zu doof. Dabei gibt es kaum etwas Einfacheres als diese Welt aus Formeln und Logik.

„Gut, du bekommst die Lösungen morgen, ich schreibe sie dir auf. Und eine Erklärung zur Integralrechnung, das könntest du tatsächlich noch hinbekommen." Blind schlägt er nach mir. „Ach, lass mich doch in Ruhe, du nichtsnutziges Mathegenie." Wurde schon schlimmer beschimpft.

„Das mit den Lösungen meinte ich ernst!"

Er seufzt gegen meinen Hals. „Ich weiß. Aber der große Schummler war ich noch nie. Also lass mich doch einfach ganz entspannt durch die Prüfung rasseln."

Wow, zu faul, um die Lösungen auswendig zu lernen. Ich lache fassungslos auf. „Ohne Schulabschluss kann dein weiterer Berufsweg schwierig werden", gebe ich zu bedenken.

Jetzt sieht er mich doch an. Eingeschnappt. Ein wenig wie damals, als ich ihn küssen wollte, um meinen Willen zu bekommen, und er natashalike verschwunden ist.

„Mathe ist ein Problem, vielleicht noch Französisch. Sonst bin ich wirklich gut!" Seine Wangen werden rot, mein Grinsen breiter. Ist ihm das peinlich? Süß.

„Nein, jetzt im Ernst, was willst du später werden?"

Timothy verdreht die Augen, ergreift meine Hand und beginnt mich durch die Gänge zu zerren. So wie es ein ganz normaler Schüler mit seiner stinklangweiligen Freundin täte.

„Es ist dämlich, einer dieser Träume, die man ab dem dritten Lebensjahr hat und nie wirklich durchsetzen wird."

„Und der wäre?"

Seine Wangen werden noch ein paar Nuancen röter. „Pilot. Das war einfach … Mein Vater hat mich einmal mitgenommen und es war der Wahnsinn", sagt er vorsichtig. Das ist gar nicht so unvernünftig. Wenn auch kein Beruf, der mich als seine Freundin ruhig schlafen lassen würde.

„Und? Ich habe jetzt schon mit so was wie Feuerwehrmann gerechnet. Oder Prinz!"

Bei Letzterem muss er lachen. Ehrlich. „Genau, Prinz. Aber nur, wenn du meine Prinzessin wirst."

Grinsend stoße ich ihm gegen die Brust. „Ans Krönchentragen bin ich nicht ausreichend herangeführt worden."

Er verdreht die Augen. „Und ich wüsste mit dem ganzen Besteck nichts anzufangen. Und diese Verantwortung."

Guter Punkt. Meine Gedanken springen wieder zu der Nacht zurück, als Ella gestorben ist. „Ja, Verantwortung ist ätzend", stimme ich ihm aus ganzem Herzen zu.

06.04.2008, Mikun?

Neben Grotian zu reiten, ist unheimlich. Er ist still, ich bin still. Die Hufe der Pferde lassen die letzten Blätter rascheln.
„Es hat viel zu lange gedauert, bis wir einmal Zeit gefunden haben für diesen kleinen Ausritt", sagt er ruhig. Ich nicke knapp. „Du reitest erstaunlich gut." Darauf will er eine Antwort.
„Sie gaben mir jede Möglichkeit, es zu erlernen."
Er nickt nachdenklich, treibt sein Pferd etwas an. Es wechselt in den Trab. Ich folge nach.
„Wir wollen das Beste aus jedem hervorholen. Das wird benötigt. Niemand braucht Eintagsfliegen." Wie recht er damit doch hat.
„Deswegen richte ich die Eintagsfliegen hin." Die Ruhe und Kälte, die seit Neuestem in meinem Herzen wohnen, sind angenehm. Und erfreuen Madame.
„Ja, du bist so viel zuverlässiger, als ich erwartet habe, Kätzchen. Du bist alles, was wir brauchen", erwidert er.
Ich nicke noch einmal, treibe die Stute an dem nächstbesten Baum vorbei. „Das will ich sein. Ich will sein, was Sie brauchen", sage ich. Aus dem Augenwinkel sehe ich Grotians zufriedenes Nicken.
„Dann ist alles gut." Damit muss er recht haben, denn in meinem Herzen ist kein Zweifel mehr und selbst mein Gefühl schweigt.

Kapitel 23

Calanthe trägt ein langes schwarzes Kleid, ein dünner schwarzer Schleier verhüllt ihr verquollenes Gesicht. Neben ihr steht Ellas Vater mit verschränkten Händen. Seinen Namen kenne ich noch immer nicht. Für ihn ist Ellas Beerdigung lediglich eine Pflichtveranstaltung. Es regnet, die meisten stehen mit gespannten Regenschirmen auf dem stillen Friedhof. Calanthe nicht, ebenso wenig wie Tanni, die einige Meter abseits auf einer Bank unter einer Fichte sitzt, das blasse Gesicht gesenkt, und an den Nähten um ihre Finger spielt.

Ich für meinen Teil lasse mich von den Bäumen verschlucken. Solange ich nicht aus ganzem Herzen hier sein möchte, es nur als Pflicht empfinde, muss auch niemand wissen, dass ich mit ihnen den trauernden Worten lausche und auf meine ganz eigene Art um Ella weine.

Ihr Sarg wirkt unsagbar klein, dabei war das Mädchen bereits fünfzehn Jahre alt. Die Zeremonie in der Kirche habe ich mir entgehen lassen. Es gibt erstrebenswertere Dinge, als einem Priester beim Halluzinieren zuzuhören. Auf Ellas Kosten.

„Bist du dir sicher, dass dies das Beste für dich ist?“, murmelt Luca neben mir.

Ich schüttle den Kopf und beobachte, wie die Kiste, in der die leblose Ella mit dem halben Schädel liegt, ins Erdreich hinabgelassen wird. Leb wohl. Für immer.

„Warum sind wir eigentlich hier?“

Weil ich es brauche, um mit diesem versiebten Fall abzuschließen. Statt einer Antwort zucke ich die Schultern und beobachte eine untröstliche Calanthe. Die einzige Tochter tot. Der Neffe verschollen. Wenn sie wüsste, dass er ihre Tochter auf dem Gewissen hat, ginge es ihr dann für eine gewisse Zeit besser? Möglicherweise könnte sie allen Hass, der sich schmerzhaft mit dem Unverständnis mischt, gegen ihn richten und so die Trauer ein wenig vergessen. Verlockend.

Ich halte die Klappe, lehne mich an einen der Bäume und höre den Priester letzte, höchstwahrscheinlich heilige Worte sprechen, ehe er den Kopf mit all den anderen Anwesenden neigt, bereit, sich mit ihnen an die Trauertafel zu setzen. Tropfen fallen dick von den dürren Zweigen der Nadelbäume. Lautstark prasseln sie auf die glasige Schneedecke. Der Winter verabschiedet sich. Blutige Fingerabdrücke nimmt er mit sich.

„Beerdigungen entspannen mich“, lüge ich und beobachte, wie in einer einzigen schwarzen Flut die Trauergäste den Friedhof verlassen.

Zurück bleibt Calanthe. Sie kniet nieder vor dem noch geöffneten Grab ihrer Tochter. Es ist ein erbärmlicher Anblick. Das Kleid klebt ihr an den Knochen wie eine zweite Haut, die sorgsam drapierte Frisur wurde fortgeschwemmt und das Make-up läuft ihr in Schlieren über das edle Gesicht. Wind lässt Kiefern und Fichten, Zedern und Tannen rascheln. Mit jedem Tropfen verschwinden hundert weitere Flocken vom Antlitz der Erde und lassen sich in die hungrigen Gräber sinken.

„Sie wird sich erkälten“, wirft Luca besorgt ein.

Ertrinken ist wahrscheinlicher. Hier hat es mitten im Januar angefangen zu tauen und jetzt prasselt der Regen vom Himmel, als gäbe es kein Morgen. Scheint, als stände die zweite Sintflut an.

„Die Frau ist erwachsen.“

„Und trauert um ihre Tochter“, hält Luca dagegen.

Ich schnaube abfällig und warte darauf, dass sie ebenso wie der Rest verschwindet und sich mit Kuchen vollstopft. Genauso wie es sich für diese reichen, mächtigen Menschen gehört.

Fünf Minuten später kniet sie noch immer vor Ellas Grab. Salzige Tränen mischen sich mit süßem Regen. Werden weggetragen von den Resten des harten Winters.

„Genau das ist das Problem. Sie trauert und erinnert sich nicht“, sage ich nüchtern und wringe meinen klitschnassen Zopf aus. Binnen Sekunden hat er sich mit Waser vollgesaugt. Den Winter habe ich bevorzugt. Weil er meine Träume in seinen eisigen Händen aufbewahrte?

„Das weißt du doch gar nicht.“

„Doch. Menschen, die sich erinnern, hören zwischenzeitlich auf zu heulen.“

„Cathrin!“

„Was? Ist doch wahr“, murre ich, noch immer den bebenden Rücken von Ellas Mutter fixierend. Vielleicht hätte ich wirklich mehr für Ella tun müssen. Aber das war so viel schwieriger, als es sich jetzt anhört. In jenem Augenblick gar schier unmöglich. Egal, wie ich die Situation drehe und wende, egal, mit welchen Emotionen ich sie belege, letzten Endes waren mir die Hände gebunden und Silent drückte ab. Nicht ich. Silent.

„Du bist wirklich taktlos“, wirft Luca mir vor.

Ich verdrehe die Augen. Wie taktlos es wohl wäre, wenn ich jetzt zu Calanthe ginge und ihr verriete, wie Ella tatsächlich gestorben ist? Wäre sie dankbar? Diesmal bin ich feige genug, um nachzusehen, wie sie reagieren würde. Ich erkenne ihre Tränen, ihren Unglauben, spüre ihre Ohrfeige, als hätte sie mich tatsächlich durch die Zeitbarriere hindurch geschlagen. Gewalt ist eine gute Möglichkeit, um überbordende Gefühle abzulassen. Bin ich das Calanthe schuldig? Oder Ella?

Ich atme tief durch und trete einen wahnsinnigen, dummen Schritt vor. Hinaus aus meiner strömenden Deckung, die mich hinter den dürren Nadelbäumen verbarg.

„Was machst du da?“, zischt Luca und greift nach meinem Unterarm.

Ich schüttle ihre Hand ab. Sie ist keine Antwort wert. Nicht jetzt. Der Regen durchnässt mich auf meinem Weg zwischen den Grabsteinen hindurch bis auf die Knochen. Meine Schuhe schmatzen leise. Die Kälte sticht mit tausend Nadeln in meine Haut. „Cathrin, was hast du vor?“

Letzte Schneereste machen die Wege rutschig, ermöglichen es mir aber auch, mich lautlos zu bewegen. Calanthe bemerkt mich erst, als ich direkt hinter ihr stehe und der Regen in schwappenden Strömen aus meinem Kapuzenpullover auf ihre zarten Schultern fällt, die Ellas so ähnlich sind.

Ich räuspere mich.

Mit aufgerissenen Augen wirbelt sie herum. Es dauert eine Weile, bis sie mich durch den dichten Regenschleier erkennt. Dann aber zieht sie mich in ihre Arme. Genauso wie ich es gesehen habe. Ich wappne mich für die nächste Stufe.

„Ich wusste gar nicht, dass du hier bist“, sagt sie. Das Lächeln, das sie auf ihre vollen Lippen zwingt, ist erbärmlich.

Vorsichtig mache ich einen Schritt rückwärts. „Ja, ich war auch weniger hier, um mir das rührselige ... um mir die Trauerrede anzuhören“, bekomme ich im letzten Moment noch die Kurve. Vor einer Frau, die soeben ihre Tochter verloren hat, ist es vielleicht nicht so clever zu erwähnen, dass die Trauerrede scheiße war, ohne sie gehört zu haben. Aber so was habe ich im Gefühl. Sobald ein Priester den Bauchumfang von hundert Zentimetern überschritten hat, ist klar, warum er den Job macht – und was er am Ende am meisten lobt.

„Wenn du nicht hier bist, um dich von Ella zu verabschieden, was tust du dann hier? Bei diesem Wetter?“ Sie klingt noch immer gefasst.

Ich rechne ihr das hoch an. Wie viele Lektionen im Hauptfach Etikette sie wohl hatte? Und wie viele im Schauspiel?

„Ich bin hier, um Ihnen zu erklären, wie Ella wirklich gestorben ist", sage ich ruhig. Nie schmeckte die Wahrheit zäher und unwiderruflicher. „Kein Wahnsinniger hat sie via Internet verführt und zu sich gelockt, um sie nach einem tapferen Kampf zu erschießen."

Ungläubig sieht Calanthe mich an. „Woher willst du das wissen?"

Im Großen und Ganzen eine gute Frage. Außer man kennt die Antwort. Ich straffe die Schultern und versuche mich auf ihr durch den heftigen Regen verschwommenes Gesicht zu konzentrieren. Ein äußerst schwieriges Unterfangen. Beinahe so kompliziert, wie ihr zu gestehen, dass ich ihre Tochter quasi auf dem Gewissen habe. Weil die Wahrheit kostbarer war als Ellas Leben. Meine spindeldürre Chance auf meine längst überfällige Rache.

„Ich war dort", erwidere ich knapp, lasse meine Information kurz wirken, ehe ich fortfahre. „In dieser Nacht bin ich dort aufgetaucht, um ihr zu helfen. Man hat mich niedergeschlagen und gefesselt wie Ella. Man wollte Antworten von mir aus verschiedensten Gründen, die jetzt jedoch kaum von Belang sind. Ich konnte sie nicht geben, obwohl Ella das Druckmittel war. Letztlich endete es mit einem Schuss, der ihr ... na ja ... der sie so zugerichtet hat."

Stille. Noch immer bewahrt Calanthe die Fassung. Sie ist wie ein brodelnder Vulkan kurz vor dem Ausbruch. Und ich? Ich bin Pompeji.

„Und ihre Hand?"

„Wurde abgetrennt."

„Um dich zum Antworten zu bringen?"

„Ja." Sie glaubt jedes Wort, das über meine Lippen kommt. Es sollte mich nicht überraschen. Calanthe kannte ihre Tochter am besten. Für sie gibt es nichts Abwegigeres als die offizielle polizeiliche Erklärung.

„Warum hast du es nicht getan? Warum hast du nicht einfach geantwortet?", flüstert Calanthe so leise, dass ich es über den Regen hinweg kaum verstehe.

Der Wind peitscht lauter und treibt die Tropfen wie Dolche aus dem wogenden Geäst. Sie scheinen mir die gleichen Fragen zu stellen. Und still brülle ich ihnen die Antwort entgegen, die für Calanthe niemals bestimmt sein wird: „Weil ich den Mund nicht öffnen durfte. Weil es mein eigenes Leben gekostet hätte. Weil ich nie gedacht hätte, dass Silent seine eigene Cousine töten kann. Weil ich an ihn geglaubt habe, selbst zu diesem Zeitpunkt noch. Weil ich ihn geliebt habe und blind war.“ Die Tränen steigen mir in die Augen, laufen zusammen mit dem kalten Regen mein Gesicht hinab. Die Wahrheit gibt nie demjenigen Kraft, der sie in den Mund nimmt, sondern nur demjenigen, der sie zu instrumentalisieren weiß.

„Es war mir verboten.“

Jetzt kommt die Ohrfeige, ebenso schmerzhaft, wie ich erwartet habe. Nicht so schmerzhaft, wie ich es verdient hätte.

„Du hättest das Verbot missachten können! Du hättest sie retten müssen!“ Jetzt schreit Calanthe, ist völlig außer sich.

Schützend hebe ich die Arme und weigere mich, auch nur einen Schritt zurückzuweichen. Es ist egal, dass es angebracht wäre, mich ihrer Wut zu beugen und Reue zu zeigen. In letzter Zeit habe ich zu oft klein beigegeben.

„Konnte ich nicht.“ Das ist die Wahrheit. „Er hätte mich töten lassen.“

„Wer? Wer hätte dich töten lassen? Wer hat meine Tochter auf dem Gewissen?“, kreischt sie schrill.

Silent. Doch ich wähle eine andere Wahrheit. „Ellas Onkel, Monte Follador. Ob Sie mir glauben oder nicht, er lebt und hat Ellas Tod veranlasst“, sage ich sachlich-nüchtern, wie man es mich gelehrt hat.

Einige Sekunden lang starrt Calanthe mich nur blinzelnd an. Dann schlägt sie mich noch einmal. Das Brennen verwandelt sich in meinen Adern zu glühendem Zorn. Ich schlucke ihn hinunter. Calanthes Tod würde nichts besser machen. Sie hat jedes Recht zu toben. Ich muss nicht über sie richten.

„Wie kannst du es wagen, mich jetzt zu belügen?“

Meine Fähigkeiten lachen sich ins Fäustchen. Sie schlagen ein neues Kapitel auf. Blaulicht, schrillende Sirenen. So ein verdammter Mist!

„Ich lüge nicht.“

„Du hast sie getötet! Gib es zu!“, schreit sie, ergreift meine Schultern und schüttelt mich erstaunlich kräftig.

Einige Sekunden lasse ich es zu, dann löse ich mich unsanft von ihr. „Ich wurde selbst verletzt!“, schieße ich zurück und bedaure das erste Mal in meinem Leben, dass ich so unglaublich schnell regeneriere. Alle meine Wunden sind verschwunden. Nur von dem Schuss in die Lunge ist eine zarte Narbe zurückgeblieben, die von Stunde zu Stunde mehr verblasst. Direkt über dem Messerstich, den Silent mir verpasst hat.

„Davon sehe ich nichts!“ Wäre ich nie drauf gekommen.

„Ich habe getan, was ich konnte.“

„Dann hättest du den Mund aufbekommen und sie gerettet. Wenn du da warst, warum hast du ihr nicht geholfen? Warum hast du nur zugesehen?“

„Weil ich es nicht anders gelernt habe“, sage ich mit einer eisigen Endgültigkeit in der Stimme.

Ein letztes Mal versucht sie mich zu schlagen, doch ich gehe einfach einen Schritt zurück. Es hört sich vielleicht verrückt an, aber ich bin froh, dass ich wenigstens versucht habe, ihr die Wahrheit beizubringen. Damit habe ich den Fall für mich abgeschlossen – und wiederholt versiebt. So wie Luca es mir prophezeit hat und ich es selbst in meinem tiefsten Herzen von Anfang an wusste. Ich bin keine Agentin. Ich bin keine Schülerin. Ich kann nichts Gutes tun. Jemand, der die Hölle überlebt, kann nur ihre Lehren in die Welt hinaustragen. Ich bin ein Fluch.

„Dann sollte ich vielleicht ein Wörtchen mit deinen Eltern wechseln“, faucht sie.

Ich zucke achtlos die Schultern. „Tun Sie das. Viel Spaß.“ Ich will gehen. Mein Stolz hält mich zurück. „Ich verstehe nicht, wie Sie mir vorwerfen können, dass ich Ella getötet habe. Sie war eine Freundin und Sie sollten wissen, dass ich alles getan habe, das in meiner Macht stand, um sie zu retten. Zu schützen. Aber auch ich bin nicht allmächtig. Nicht einmal Gott ist das.“ Sonst hätte er nicht zugelassen, dass ich Madames Haus verlasse. Er hätte mich dort eingesperrt, bis mir das gleiche blutige Schicksal widerfahren wäre wie jedem innerhalb jener Mauern.

Calanthe lacht noch einmal kalt auf. „Das hat nichts mit Allmacht zu tun, Cathrin, sondern mit Opferbereitschaft. Warum warst du nicht bereit, alles für meine Tochter zu tun?“

Weil ich so nicht erzogen wurde. Loyalität ist unnütz, Macht ist alles, was zählt. Ein Menschenleben ist nichts verglichen mit dem großen Ganzen.

„Ich habe alles getan, was in meiner Macht liegt“, sage ich ein letztes Mal, ehe ich mich endgültig umdrehe und zwischen den Grabsteinen hindurch davonspaziere. Etwas, das ich in letzter Zeit viel zu oft tue. Der Tod verfolgt mich. Oder ich ihn?

„Muss eine sehr rührselige Veranstaltung gewesen sein“, begrüßt mich Timothy mit einem leichten Lächeln.

Ich verdrehe die Augen. „Keine Ahnung, hab kein Wort verstanden. Kannst du mir vielleicht mal sagen, warum es ausgerechnet heute anfangen musste zu regnen? Noch mehr Schnee hätte es doch auch getan“, sage ich empört und wringe mir zum gefühlt tausendsten Mal den Zopf aus.

Luca neben mir schnaubt nur. „Cathrin hat Ellas Mutter dazu gebracht, auszuticken. Also so richtig. Mit schreien, schlagen und verfluchen.“

„Dafür kennt sie jetzt die Wahrheit“, halte ich dagegen. Zumindest einen Teil davon.

Timothys Gesicht verdüstert sich. „Du hast ihr gesagt, dass Silent Ella getötet hat?“

Ich schüttle den Kopf, zögernd. „Nein, ich habe ihr nur ungefähr geschildert, wie es gelaufen ist. Euren Vater erwähnt, aber sie hat mir kein Wort geglaubt. Zum Schluss war ich die Böse“, fasse ich das von mir freiwillig heraufbeschworene Desaster knapp zusammen.

Ungläubiges Schweigen von beiden Seiten. Was genau ich Calanthe erzählt habe, das wusste Luca bis eben noch nicht. Sie unterstreicht das mit der dritten Ohrfeige, die ich heute kassiere. Weil ich einmal in meinem Leben ehrlich war, als es gezählt hat?

„Wie konntest du einer Mutter, die gerade ihr Kind verloren hat, das antun?“, faucht sie.

„Alle bitten um die Wahrheit und ich denke, sie hat sie verdient!“

„Aber du hast Silent außen vor gelassen. Hör endlich auf, diesen Psychopathen zu schützen!“

„Dieser Psychopath ist mein Bruder, Luca. Also zügle deine Zunge“, zischt Timothy und zieht mich an sich. Eine Geste, für die ich ihm höllisch dankbar bin. Sonst wären Luca und ich wieder in die entspannten Zentralentage zurückversetzt worden. Ihre Knochen wären gebrochen, meine Akte gewälzt worden. Das Gleiche wie immer.

„Er hat seine eigene Cousine umgebracht“, faucht sie. „Wie kannst du so was in Schutz nehmen?“

Timothy reckt das Kinn und hält mir mit der Hand den Mund zu, als ich gerade dazu übergehen will, Luca nach allen Regeln der russischen Kunst mit vier Wodkas intus zu beschimpfen.

„Weil er für seine Taten selbst einstehen wird, sobald er so weit ist“, sagt Timothy mit mehr Überzeugung, als ich ihm in diesem Fall zugetraut hätte.

„Und wenn er es nie ist? Oder wenn er bis dahin noch ein paar Menschen auf dem Gewissen hat?“

Mühsam befreie ich mich aus Timothys Griff – der Junge hat erstaunlich viel Kraft im Arm – und werfe meinen Zopf über die Schulter, wie nur Natasha es schöner könnte. „Dann, Luca, bringe ich ihn eigenhändig um", sage ich mit der Seelenruhe einer Sterbenden. Oder bereits Toten. „Darum musst du dir keine Gedanken machen."

„Das brächtest du wohl kaum übers Herz", schnaubt sie abfällig.

Ich straffe die Schultern. Doch, ich könnte es. Ich könnte es wirklich. Das ist kein Problem, nur ein gezielter Schuss, alles, was ich immer gelernt habe. Einfach. So was kann ich gut. Auch bei Silent. Weil Madames Hand mich führen würde.

„Du kennst mich nicht." Ich mache einen Schritt auf Luca zu. Ich habe mein Limit erreicht. Der Zorn beginnt, zu brennen und mich von innen heraus zu töten. Das beste Ventil, das ich kenne? Gewalt. Luca hat meine Wut verdient. Sie wird mich verstehen. Und wenn ich ihr dafür tausend Brüche zufügen muss, sie wird mich verstehen und sie wird lernen, es gutzuheißen. Sie wird ...

Sofort hält Timothy mich fest, umfasst mich mit beiden Armen und zieht mich zurück an seine Brust. Es erfordert jede Faser meiner Selbstbeherrschung, um ihm keinen Kinnhaken zu verpassen.

„Natürlich nicht, nein!", ruft Luca. Ihre bloße Stimme schürt das weiß glühende Feuer. „Ich war ja nur vier Jahre gezwungen, mit dir klarzukommen!"

Vielleicht ist Timothy stark, aber mein Wille ist es auch. In Sekundenschnelle habe ich seine Arme von mir gelöst und stürze auf Luca zu. Ich weiß nicht einmal genau, warum. Im Moment fühlt es sich nur so verdammt richtig an.

Aber sie kennt mich wirklich. Luca weiß ganz genau, dass ich nicht grob und derb auf jemanden einschlage, weiß, dass mein erster Schlag nicht gezielt von unten kommt. Im Gegensatz zu ihr kann ich allerdings sagen, was sie als Nächstes tut. Luca hebt schützend die Arme vor den Brustkorb, tatsächlich einer meiner bevorzugten Trefferpunkte, nicht zuletzt, weil der Solarplexus nur einen gezielten Schlag von den Rippen entfernt ist. Doch nach meinen üblichen Vorgehensweisen ist mir heute nicht zumute. Ich will spüren, wie die Haut aufplatzt und nachgibt. Ich muss Blut sehen. Das ist das Einzige, das diesen Zorn ertränken kann, der mich langsam, aber sicher ausbrennt.

Als Silent und ich uns zu Weihnachten im gegenseitigen Einverständnis verprügelt haben, da habe ich ihm einen ganz bestimmten Schlag beigebracht. Er setzt den Gegner nicht außer Gefecht, verursacht nur unglaubliche Schmerzen. Man muss genau das Schultergelenk treffen.

Hart und mit dem Handballen. Ist man gemein, geht man höher und nimmt den höchsten Kraftaufwand, um das Blut fließen zu lassen. Wenn man clever ist, tritt man gleich noch gegen das Schienbein, damit die Attacke hundertprozentig wirksam ist.

Der Gedanke daran, dass es wirklich eine Zeit gab, in der ich Silent genug vertraut habe, um ihm zu zeigen, wie man sich verteidigt, liefert mir endlich einen Grund zuzuschlagen. Meine flache Hand kollidiert mit ihrem Schultergelenk, nicht so, dass die Schulter herausspringt, aber schmerzhaft genug. Der Tritt gegen Lucas Schienbein ist ein Kinderspiel. Aus dem Gleichgewicht gebracht taumelt sie rückwärts und sieht mich aus aufgerissenen Augen an. Ich fahre ihr mit den Fingernägeln über die Wange. Blut. Ich atme tief durch und warte darauf, dass ich mich besser fühle.

Nichts. Mein Brustkorb krampft sich schmerzhaft zusammen. Der Hals schnürt sich zu und es treibt mir die Tränen in die Augen. Luca hat die Wut, die sich ganz allein gegen mich selbst und Silent richtet, nicht verdient. Kein verursachter Schmerz der Welt, nicht tausend Liter Blut können darüber hinwegtäuschen.

„Weißt du, Cathlen, vielleicht kenne ich dich wirklich nicht", sagt sie nach einigen fassungslosen Sekunden kühl. Ihre Finger betasten die aufgerissene Wange. Ich warte darauf, dass sie noch etwas hinzufügt. Das erste Mal sind unsere Rollen vertauscht. Heute bin ich ihr keinen weiteren Atemzug wert. Sie dreht sich um und geht. Die Absätze ihrer schwarzen Stiefel klackern unheilvoll auf dem Boden.

Erst als sie um die nächste Ecke verschwunden ist, entspanne ich mich ein wenig. Bis ich mich an Timothy erinnere. Unendliche Feigheit zwingt mich, Luca nachzusehen und mich nicht zu ihm umzudrehen. Jetzt nachdem sich wenigstens ein kleines bisschen meiner Frustration aufgelöst hat, empfinde ich nichts als Scham. Und erneute Frustration. Zorn. Er will nicht verschwinden, klebt wie mein eigener verdammter Schatten an mir.

„Cathlen?" Mit einem einzigen emotionslos ausgesprochenen Wort zwingt er mich dazu, ihn anzusehen. Seine braunen Augen wirken fast schwarz, was bestimmt nicht dem hellen Licht in der menschenleeren Eingangshalle geschuldet ist. Der gleiche kalte Zug, mit dem mir Silent stets Unwohlsein bereitet hat, umspielt nun seine Lippen. Die kleinen Fältchen um seine Mundwinkel, die eigentlich süß wirken, gleichen diesen Narben. Endlich verstehe ich, was dieser Gesichtsausdruck bedeutet. Abscheu. Es hat lange genug gebraucht, um es herauszufinden.

„Hör auf, mich so anzusehen“, flehe ich leise. Nie habe ich etwas mehr gefürchtet als ihn in ebendiesem Moment. Mein wunderbarer, unverwechselbar liebevoller Freund sieht mich an, wie es sonst nur sein verfluchter Bruder beherrscht. Und versucht, diesen Gesichtsausdruck noch nicht mal auf meine Bitte hin zu bannen.

„Wie lustig, ich dachte immer, du hießest in Wirklichkeit Cathrin.“ Er klingt nicht im Entferntesten amüsiert.

Ich beiße mir auf die Unterlippe. Wie komme ich da wieder raus? „Ich hatte dir gesagt, dass der Name, den ich hier trage, nicht der ist, unter dem mich die meisten kennen.“

Er schnaubt nur, fährt sich mit einer ruppigen Bewegung, die Silents so ähnlich ist, durch das blonde Haar. „Und trotzdem hast du ihn mir nie genannt.“

„Weil es keinen Unterschied macht! Tatsächlich habe ich die Zentrale damals mehr belogen als dich heute!“, rufe ich außer mir.

Erst Calanthes Reaktion, dann Lucas, jetzt Timothys, die mit Abstand die schlimmste ist. Ist heute der internationale Alle-haben-die-offizielle-Erlaubnis-auf-Cathrin-rumzuhacken-Tag? Wenn, dann plädiere ich dafür, dass er aus dem Kalender gestrichen wird.

„Oh, die Zentrale. Noch etwas, wovon du mir nie erzählt hast.“

Ich insistiere. „Das sind lediglich die Leute, die mir meine Befehle geben.“

„Deine Befehle, stimmt, du bist ja Agentin. Ebenso wie Luca. Sollten Agenten nicht zusammenarbeiten?“

„Theoretisch schon. Genauso wie sich ein Paar nicht täglich streiten sollte“, halte ich dagegen und gehe ein winziges Stück auf ihn zu, obwohl mich nicht einmal Silent mehr geängstigt hat als Timothy in diesem Moment. Vielleicht weil ich ganz genau wusste, was in Silent vor sich ging. Bei Timothy ist es mir ein Rätsel.

„Ich streite mich nicht mit dir“, legt er kategorisch fest.

Ich muss schlucken und hebe zögernd die Hand. Ich will ihm diese Narben aus dem Gesicht wischen. Für einen schrecklichen Moment fürchte ich, Timothy hindert mich daran. Dann aber legt er seine Hand auf meine und hält sie auf seiner Wange fest. Langsam sickert seine vertraute Wärme durch meinen Körper. Sie bekämpft die brodelnde, unbeherrschbare Wut. Er schließt die Augen. Die Narben verschwinden so schnell, wie sie gekommen sind, lassen nichts zurück als meinen Timothy. Den, in den ich mich verliebt habe.

„Was tust du dann gerade jetzt?“, frage ich vorsichtig.

Er seufzt leise. „Keine Ahnung. Ich weiß es wirklich nicht, Cathrin. Bei dir weiß ich sowieso nichts mehr.“

Das ist kein Kompliment, so viel ist klar. Aber ich habe nach dem in diesem Maße anstrengenden Tag keine Lust mehr, noch etwas dazu zu sagen. Mir fehlt die Kraft. Timothy geht es scheinbar ähnlich. Wir schweigen einfach nur, ignorieren die Schüler, die an uns vorbeilaufen und uns ansehen, als hätten wir den Verstand verloren. Auf jeden Fall ignoriere ich sie. Was genau Timothy tut, weiß ich nicht. Damit werde ich lernen, klarzukommen. Mir bleibt keine Wahl. Denn gerade jetzt wird wieder deutlich, dass mein Verstand sich ohne ihn längst verflüchtigt hätte.

Dieser Fall, nein, er war in keiner Sekunde Glück. Vielmehr ein Fluch, der mich an Madame erinnert. Hätte ich mich getraut, in die Zukunft zu sehen, hätte ich ihn trotzdem angenommen?

Die Antwort ist einfach, nahezu banal. Hätte ich. Denn das hätte bedeutet, dass ich Timothy kennenlerne. Und er ist das Beste, was meinem inneren Gleichgewicht passieren konnte.

Das Deprimierende daran? Ich weiß, dass nie jemand kommen wird, der meine innere Mitte besser in der Waage hält und ausbalanciert. Nicht einmal Silent wäre dazu fähig, obwohl sich ein Teil von mir genau das wünscht.

Kapitel 24

Es ist tatsächlich zu viel verlangt, die Zimmertür ohne irgendein Tamtam öffnen zu dürfen. Hätte Luca mich angebrüllt, okay. Hätte sie sich besoffen auf dem Boden gewälzt, ich käme damit klar. Aber nicht damit, dass mir ein verdammtes Handy entgegengeschleudert wird. Und dann auch noch mein eigenes. Perplex fange ich es auf. Hat der Tag mich nicht schon genug gestraft? Muss sie meinen erschwinglichsten Wunsch unbedingt in seine Einzelteile zerlegen? Offenbar schon.

„Was soll das?" Die trügerische Ruhe in meiner Stimme überrascht mich selbst. Zu schreien wäre angemessener. Die ganze Wut hinauszubrüllen, die sie bereits zu spüren bekommen hat. Die Striemen meiner Fingernägel wirken leuchtend rot auf ihrer leicht gebräunten Haut.

Luca geht nicht auf mich ein. Nicht wirklich. Sie dreht mir demonstrativ den Rücken zu und beginnt, in ihrer Handtasche zu kramen. Es ist unmöglich, ihren Hintern in der knallengen Hose nicht anzustarren. Nicht, weil ich ihn begehrenswert fände, sondern eher aufgrund der Befremdlichkeit einer solchen Geste mir gegenüber.

„Unser Boss hat dich angerufen und war wenig erfreut, dich nicht zu erreichen", sagt sie spitz. Es sollte mich nicht überraschen, dass sie die Dreistigkeit besitzt, an mein Handy zu gehen. Noch weniger, dass Mr Flanell meine neue Nummer herausgefunden hat, die ich mir nach dem tragischen Tod des Nokiaknochens zugelegt habe.

„Was wollte er?"

„Keine Ahnung. Ich nehme an, ein Gespräch mit dir."

Ich rolle mit den Augen und schließe die Tür hinter mir, immer damit rechnend, in der nächsten Sekunde ein Wurfmesser in der Hüfte stecken zu haben.

Ja, das könnte man wohl vermuten. Warum sonst sollte er mich anrufen? Bestimmt nicht, um seine Telefonrechnung ins Unermessliche zu treiben. Mr Flanell ist sparsam. Es grenzt an ein kleines Wunder, dass er überhaupt ein Handy anruft, das nicht Teil des Netzes ist – und damit teuer.

„Was genau wollte er von mir?", frage ich und löse langsam meine Zähne voneinander. Diese unterdrückten Aggressionen, es ist beinahe, als gehörten sie gar nicht zu mir. In dieser Intensität habe ich sie seit Jahren nicht mehr verspürt.

„Wollte Flanell mir nicht sagen. Ich schätze, du wirst anrufen müssen“, erwidert sie schnippisch.

Endlich dreht sie sich zu mir um. Mit zwei Fläschchen Nagellack in den Händen. Grün und orange. Es wird sich wunderbar beißen. Eine Folter für meine Augen. „Dann rufe ich ihn jetzt an.“

„Ja, tu das.“ Genüsslich öffnet sie eine Flasche von dem stinkenden Zeug, genau wissend, wie sehr ich das hasse.

„Könntest du woanders deine Nägel anmalen?“, bitte ich.

„Nein. Genauso wenig, wie du eine arme Frau einfach trauern lässt.“

„Luca.“

„Es steht dir jederzeit frei zu gehen.“

Noch so ein Streit und ich drehe durch. Wirklich. Noch eine Frage, warum ich ausgerechnet jetzt hier aufgetaucht bin ... warum ich ihn unterstützt habe ... Ich schüttle ruckartig den Kopf und vertreibe den seltsamen Nebel, der sich auf meine Gehirnwindungen gelegt hat. Luca hat mir keine Frage gestellt. Woher kam dieser Gedanke? Die Wut in meinem Inneren steigt. Sie ist so beißend, so unersättlich. Mir fremd. Als stände ein anderer Teil meines Selbst unter unglaublichem Druck. Silent? Aber ... ich verstehe nicht.

Ohne Luca zu widersprechen, drehe ich mich um und schlage die Badezimmertür hinter mir zu. Draußen schnappt Luca ungläubig nach Luft. Ich ignoriere es und werfe einen vorwurfsvollen Blick in Richtung meiner Fähigkeiten. Sie sind still. Gähnend und blinzelnd öffnen sie die Augen und sehen mich durch die Trennscheibe an. Wenn sie mich nicht mit diesen Emotionen bombardieren, wer dann? Silent? Silent, der in der Zentrale sitzt? Die Hoffnung, dass es mehr ist als nur ein dummer Wunsch, lässt mich am gesamten Körper zittern.

Bereits nach dem zweiten Klingeln hebt Mr Flanell ab. Er hat auf meinen Rückruf gewartet. Weil Silent endlich bei ihm ist?

„Warum erreiche ich dich nicht, Cathlen?“, blafft Mr Flanell.

Ich übergehe seinen Tonfall. „Woher haben Sie meine Nummer? Ich habe Sie Ihnen nie gegeben.“

„Ich wüsste nicht, welche Rolle das spielt.“

Ich atme tief durch und versuche mich für eine Frage zu wappnen, die mir wirklich Angst macht. Die Antwort darauf, wie er an meine Nummer kam, ist ohnehin offensichtlich. Mr Flanell hat mir in seinem unendlichen Vertrauen mal wieder nachspioniert und dabei all seine

Verbindungen spielen lassen. Ich verabscheue Autoritätspersönlichkeiten wirklich aus ganzem Herzen. Sie tun nur das, was für sie am besten ist. Und was die Privatsphäre angeht, da zählt nur ihre eigene.

„Gut, mir ist sowieso klar, woher Sie die haben", wische ich das Thema vom Tisch. Und stelle mich meiner größten Angst. „Weshalb haben Sie mich angerufen?" Mein Herz schlägt zehnmal so schnell, wie es gesund ist. Fleht stumm darum, dass ich nicht umsonst hoffe. Dass ich nicht wieder sinnlos auf Silent setze.

„Ich wollte dir gratulieren, Cathlen. Dazu, dass du mir den Sohn des Mafiosos ausgeliefert hast."

Mein Puls stoppt, mir steigen Tränen in die Augen. Nicht vor Verzweiflung, vor Freude. Ich schlage die freie Hand vors Gesicht und versuche irgendwie, die Fassung zu bewahren. Er hat es getan! Er ... Silent hat sich gestellt. Er hat das Richtige gemacht.

„Es freut mich, dass er bei Ihnen angekommen ist", sage ich schließlich. Es gelingt mir, ruhig und rational zu klingen, obwohl ich am liebsten sofort in die Zentrale fahren würde, um Silent in die Arme zu schließen. Oder ihn zu verprügeln. Vollkommen egal. Es geht nur darum, dass er es wirklich getan hat. Für mich. Dass ich mich nicht restlos in ihm getäuscht habe. Da ist etwas Gutes in Silent. Etwas Ehrenvolles. Der Junge, den ich in ihm gesehen habe, er war nicht nur bloße Einbildung. Er war alles, was Silent je sein wollte.

„Ich war überrascht", sagt Mr Flanell. „Besonders gesprächig ist er zwar nicht, aber immerhin. Um ihn zum Reden zu bewegen, finden wir Mittel und Wege."

„Sie werden ihn nicht verletzen!", zische ich schärfer als beabsichtigt.

Kurze Stille.

„Bis jetzt spricht er noch. Sobald das endet, kann ich für nichts mehr garantieren."

Ich beiße die Zähne zusammen und versuche, den brodelnden Zorn zu neutralisieren. Dieses Mal gehört er zu mir, ganz eindeutig. Und richtet sich gegen Mr Flanell. Vielleicht hätte ich Silent doch nicht darum bitten sollen, in die Zentrale zu gehen. Früher oder später wird er verletzt werden. Ich bin nicht die Einzige mit Befehlen. Aber hat er die Schmerzen nicht verdient? Silent hat dieses Spiel begonnen. Und hat es tausendmal grausamer mit Tanni, Ella und mir gespielt.

„Ich werde zu Ihnen kommen und alles aus ihm rausholen", sage ich kühl und marschiere zur Tür. Mr Flanell hat kein Recht dazu, Silent zu verletzen. Ich hingegen schon.

„Das wird nicht notwendig sein."

„Wird es", widerspreche ich. „Dann können wir alles klären, was es sonst noch zu sagen gibt." Und ehe er noch etwas einwenden kann, beende ich das Gespräch, wohl wissend, dass das Konsequenzen nach sich ziehen wird. Und es mir gleichgültiger nicht sein könnte. Ich stolziere aus dem Bad zu Luca. Der gehirnzellenvernichtende Gestank des Nagellacks raubt mir beinahe die Sinne. Das Einzige, das mich vom Schreien abhält, ist die Tatsache, dass ich jetzt schnellstmöglich in die Zentrale will. Egal, was es kostet.

„Und bekommen, was du wolltest?"

„Sie brauchen jemanden, der Silent zum Reden bringt", lüge ich halb und schnappe mir mein Portemonnaie, meinen Rucksack unglaublich vermissend. Dass der in jener Nacht verloren gegangen ist, wiegt schwerer als Tannis jetzt wieder angenähte Finger. In meinem Rucksack lag ein Messer, für das ich teuer bezahlt habe, Kleidung. Er hat mich daran erinnert, was ich alles überstanden habe. Wie eine kranke Trophäe. Jetzt wurde er mir gestohlen.

„Silent?"

„Ja, Silent. Er ist bei ihnen."

Um Lucas verblüfften Gesichtsausdruck noch einmal sehen zu dürfen – ich würde alles dafür geben. Sie sieht so wunderschön dämlich aus mit ihrem weit aufgerissenen Mund und einer halb über ihrer Hose ausgekippten Nagellackflasche in der Hand.

„Ist er nicht. Du bluffst."

Rein in die Schuhe. „Fiele mir nie ein", sage ich nüchtern, bevor mich eine neue Welle kältester, grausamster Wut überkommt. Ich bin immer überzeugter, dass sie nicht mir entspringt. Angenommen, sie versuchen, Silent zu befragen, dann sind das seine Emotionen. Und ich muss sie zum Schweigen bringen, ehe sie übermächtig werden und ihn verschlingen.

„Ich hatte dir nicht erlaubt zu kommen", empfängt mich Mr Flanell so unfreundlich, wie nur er es kann, die Mundwinkel beinahe am Boden. Er trägt eine seiner affigen karierten Stoffhosen und stinkt nach seinem typischen Aftershave. Wenn ich es mir genau überlege, habe ich ihn nicht das winzigste bisschen vermisst.

„Sie benötigen jemanden, der ihn zum Reden bringt." Ich klatsche in die Hände und sehe mich um. „Also, wo ist Silent?"

Mr Flanell knirscht mit den Zähnen. „In meinem Büro."

Ganz bestimmt ... Ich nicke kühl, stolziere an seinem Büro vorbei und folge meinem Gefühl. Es sind nicht meine Fähigkeiten, die mich zu Silent führen, sondern vielmehr die tiefe Verbundenheit zwischen uns, die ich so sehr fürchte.

„Ich sagte, in meinem Büro“, brüllt Mr Flanell.

„Sie lügen.“ Für einen Moment zaudere ich, dann betätige ich die Klinke zu dem Raum, in dem man Silent gefangen hält, Mr Flanell im Nacken.

Der Anblick, der sich mir bietet, lässt mich ungläubig mit der Zunge schnalzen. Man hat Silent an einen Stuhl binden lassen. Wie ironisch. Es ist der gleiche Knoten, der auch mich in dem Haus des Mafiosos fixiert hat. Dieser Moment dreht den Spieß um. Jetzt sitzt Silent hier, angebunden, und ich betrete den Raum. Jetzt ist es an Silent, die Fragen zu beantworten, auf die er keine Antwort geben darf.

Sein Blick heftet sich auf mich, kaum dass ich den Raum betreten habe, ein bitteres Lächeln umspielt seine Lippen. „Cathrin! Was für eine Freude!“ Seine Stimme trieft vor Spott.

Für einen Augenblick spüre ich den Anflug eines schlechten Gewissens. Dann ist es verschwunden. „Silent! Man hat mich wissen lassen, dass du Probleme damit hast, auf die einfachsten Fragen zu antworten“, bemerke ich süßlich und genieße seinen verdrießlichen Gesichtsausdruck. Das hier ist meine kleine Rache an ihm. Letzten Endes wird er mir dankbar dafür sein.

„Scheint, als hätten wir beide die gleichen Schwächen“, murmelt Silent und verfolgt jede meiner Bewegungen mit unglaublicher Genauigkeit.

Beinahe desinteressiert drehe ich mich um. Fixiere den Mann, der außer mir und Silent noch im Raum ist. Mr Flanell ist vor der Tür stehen geblieben und mir nicht gefolgt. „Stephen. Man traut dir inzwischen also tatsächlich eine erfolgreiche Befragung der Probanden zu?“

Er zuckt die Schultern, das sommersprossenübersäte Gesicht bewegungslos. Niemand kann meinen überheblichen Spott besser an sich abperlen lassen als er. Clever, ausgerechnet Stephen bei der Befragung meines Seelenverwandten einzusetzen.

„Wir brauchen ihn hiernach nicht mehr“, schnaubt Stephen.

Ich hebe eine Augenbraue. Er vielleicht nicht, aber ich. Ich werde Silent vermutlich irgendwie brauchen. Bis in alle Ewigkeit. Und sei es nur als wandelnden Boxsack. „Ich lege mein Veto ein und sage, dass ich ihn hinter Gittern sehen will.“

Langsam gehe ich zu Silent. Auf Stephen muss ich mich nicht konzentrieren. Er ist vorhersehbar wie eine Biene, die man in den Händen hält. Irgendwann sticht sie zu.

„Das wirst du wohl mit Mr Flanell besprechen müssen."

Ich nicke bedächtig und nehme ein Messer vom Tisch. Meine Lippen verziehen sich zu einem engelsgleichen Lächeln. „Das werde ich, Stephen, keine Sorge. Wenn du mich jetzt allein lassen könntest, wir haben eine kleine Rechnung zu begleichen."

Kurz blitzt Panik in Silents Augen auf, für den Bruchteil einer Sekunde, nur um dann bleierner Gleichgültigkeit Platz zu machen.

„Das ist mein Job!", beschwert sich Stephen. Wie ein kleines Kind.

Spöttisch lache ich auf und überbrücke die letzten Meter zwischen Silent und mir. Allein, dass Mr Flanell mir nicht in den Raum gefolgt ist, werte ich als Zustimmung. Silent gehört mir. Vorerst.

„Ich wusste schon immer, dass du ein Henker sein willst." Schwungvoll drehe ich mich zu Stephen um, gerade rechtzeitig, um sein zu einer Grimasse verzogenes Gesicht erkennen zu können.

„Cathlen, das ist mein Job", sagt er noch einmal ganz langsam, ruhig, trügerisch. Der Tonfall, den man uns hier in der Zentrale lehrte, als ich ihn schon längst beherrschte. Ebenso wie ich strahlender lächeln kann als Stephen, egal, ob mir nun danach ist oder nicht. Ich bin die beste Schülerin. Eine Tatsache, die ihn seit jeher zur Weißglut treibt.

„Man hat mich hierhergeschickt, weil man davon überzeugt ist, dass ich diese Aufgabe besser erfüllen kann als du."

Wie gesagt, Stephen ist berechenbar wie eine Biene, die man in den geschlossenen Händen hält. Irgendwann sticht sie. Stephen regelt das mit den Fäusten. Oder versucht es zumindest. Mich zu treffen, war noch nie seine Stärke. Einfach weil ich schneller bin, eine kompromisslosere Ausbildung hatte als er und nebenbei sehen kann, was er tut, bevor er es tut.

Stephen wollte mir einen Kinnhaken verpassen. Dafür liegt er jetzt mit Tränen in den Augen auf dem Boden und hält sich das Schienbein. Vielleicht habe ich ihm das gerade angebrochen und vielleicht ist das auch nicht die feine englische Art. Aber ich bin noch immer Russin. Ich darf das. Nein, falsch. Ich soll das sogar.

„Wie gesagt, man hat mir diese Aufgabe übertragen", sage ich nüchtern und biete Stephen meine Hand an. Er schlägt sie aus und kommt allein auf die Beine, wirft mir noch einen vernichtenden Blick zu, ehe er ohne weitere Gegenwehr den Raum verlässt, um mich bei Mr Flanell zu verpetzen, der garantiert schon mit all den anderen hinter der verspiegelten Scheibe Platz genommen hat und sich die Schläfen massiert.

Dieses Wissen ignoriere ich, ebenso wie Silents Schweigen. Kurz wappne ich mich dafür, ihm in diese unglaublich ausdrucksstarken grauen Augen zu sehen, dann drehe ich mich zu ihm um.

„Genau das ist dein Problem, Cathrin, du schaltest deine eigenen Leute aus", wispert Silent. Bei seinen Worten fliegt mein Blick zu seinen Handgelenken. Sie sind weiterhin fixiert.

„Bist du denn gefährlich für mich, Silent?", frage ich ihn ruhig. Wir wissen beide, dass ich damit so viel mehr meine als diese eine lächerliche Situation, in der wir uns gerade befinden.

Langsam schüttelt er den Kopf und lehnt sich etwas in seinem Stuhl zurück. Dieser Zorn, der mich bereits seit Tagen unaufhaltsam jagt, ebbt etwas ab. Unwillkürlich entspanne ich mich. Genauso wie Silent.

„Warum glaubst du, dass ich dir ehrlichere Antworten gebe als diesem rothaarigen Idioten?"

„Ich täte es an deiner Stelle." Weil ich einem Teil von Silent vertrauen kann. Hätte er mich allein befragt, mir Perspektiven gelassen, niemanden verletzt, vermutlich hätte ich ihm jede Wahrheit auf dem Silbertablett serviert. Nicht dem Mafioso, sondern Silent. Weil er meine Antworten verdient hätte. Weil wir einander auf eine absurde Art vertrauen. Nicht wahr?

Nachdenklich sieht Silent mich aus halb geschlossenen Augen an, ehe er tief aufseufzt. „Na dann, Cathrin, los, frag." Motiviert wie ein besiegter Krieger. Viel erschlagener kann Silent nicht klingen. Wieder habe ich ein schlechtes Gewissen. Es verschwindet jedoch schneller, als ich mir den Kopf darüber zerbrechen kann.

„Seit wann befolgst du die Befehle von Monte Follador?" Frage Nummer eins.

Silent versteift sich. Ich spüre, wie er seine Festung luftdicht verriegeln will. Dann hebt er den Blick, sieht mich bloß an. Keine Ahnung, was er in meinem Gesicht findet. Das stumme Flehen um eine ehrliche Antwort? Nicht für die Zentrale, für mich. Ich will einmal in meinem Leben die Wahrheit von ihm hören, ohne Wenn und Aber. Ohne dass er ein Schlupfloch findet. Ich will einen Grund haben, ihm zu vertrauen. „Er ist mein Vater. Seitdem er meine Mutter auf dem Gewissen hat, schätze ich."

Wahrheit, ich spüre es. Mühsam schlucke ich die Tränen hinunter. Ich bin nicht traurig. Trotz der niederschmetternden Information empfinde ich ... Glück. Irrationales, übermächtiges Glück.

„Wie viele Menschen hast du getötet?“

Stille.

„Bei zweihundert habe ich aufgehört zu zählen“, erwidert Silent schließlich mit belegter Stimme, den Blick gesenkt. Er bereut keinen der Morde. Sie sind ihm eher peinlich. Weil er dieser Mensch nicht sein möchte?

Ich widerstehe dem Impuls, ihm über die dunklen Haare zu streichen. Mir geht es ähnlich wie Silent. Ich bereue nicht einen einzigen Mord. Bei allen war es in jenem Moment das Richtige.

„Und dein Vater? Welche Tode gehen auf seine Kappe? Ich bin mir sicher, Stephen hat dir bereits die Liste vorgetragen.“

Silent öffnet den Mund, schließt ihn. Ich spüre den Kampf in seinem Inneren, so heftig, dass er mein eigenes Blut zum Kribbeln bringt. Man hat ihm ebenso wie mir nie Loyalität beigebracht, nicht gegenüber anderen Menschen. Nur gegenüber einer einzigen Person. Seinem Vater. Ich weiß, dass ich nicht die Kraft gehabt hätte, ihm auf diese Frage zu antworten. Nicht wenige Wochen nachdem ich vor Madame fliehen konnte. Denn trotz allem habe ich sie respektiert und auf eine kranke, verdrehte Art geliebt. Sie war meine Mutter. Und diese Loyalität, diese blinde Treue wiegt schwerer als jede Vernunft und jeder herzerweichende Wunsch.

„Alle bis auf den in Tschechien. Das war er nicht.“ Die Überwindung, die ihn diese paar Worte kosten, kann man nicht nur an seinen zum Zerreißen gespannten Muskeln ablesen.

Ich atme leise aus. Silent ist die stärkste Person, die mir je begegnet ist. Ich habe normalerweise Probleme damit, Respekt aufzubringen. Doch nie habe ich solchen tiefer empfunden als in diesen Sekunden.

„Weißt du, wer für Tschechien zuständig war?“

„Charles Georgia. Es war eine Abmachung“, murmelt Silent.

Charles Georgia ist inzwischen tot. Warum? Kostbare Handlanger behält man. „Steht das im direkten Zusammenhang mit der Ermordung von Charles Georgia?“

Silent verspannt sich noch mehr. Seine Knöchel färben sich kreideweiß. Krampfhaft umklammert er die Lehnen. Ich lege das Messer fort und stelle mich direkt neben ihn. Ich müsste nur die Hand ausstrecken, um ihm über die Wange streicheln zu können. Als hätte er keine Wahl, hebt Silent den Kopf und sieht mir dabei zu, wie ich einen Fuß vor den anderen setze. Wie hypnotisiert.

„Scheint so. Aber mein Vater ...“ Kurz unterbricht sich Silent selbst, der Gesichtsausdruck düster wie nie. „Er hat mich nicht in alles eingeweiht. Ich war sein Bauernopfer, vielleicht eines der wertvolleren, aber das war es."

Ich glaube, die Blicke all der Menschen, die sich auf der anderen Seite des Einwegespiegels versammelt haben, als Stiche in meinem Rücken zu spüren, während ich mir den zweiten Stuhl im Raum heranziehe und mich Silent so dicht gegenübersetze, dass sich unsere Knie beinahe berühren. Wer diese körperliche Nähe dringender braucht? Ich kann es nicht sagen.

„Warum ... warum hast du ihn dann trotz allem unterstützt?", wispere ich und suche seinen Blick. Das ist die Frage, die mich beschäftigt.

Und Silent weiß es, senkt den Kopf. „Weil er alles war, was ich hatte. Timothy und ich haben nichts gemeinsam." Ein flüchtiger Blick zu mir. „Gut, fast nichts."

Zu nett von ihm, dass er mich daran erinnert, dass sie mich beide lieber mögen, als es gut für ihre Beziehung zueinander ist.

„Wirst du vor Gericht auch ehrlich antworten?"

„Warum sollte ich das tun?" Ja, warum sollte er?

„Weil ich dich darum bitte, Silent."

„Ihr könntet mich brauchen, um ihn zu finden. Es gibt keinen festen Ort, an den er sich zurückzieht." Ein halbherziges Angebot, das ich selbst dann nicht annehmen würde, wäre unser Verhältnis zueinander besser und hätte ich in der Zentrale mehr Privilegien. Nicht einmal der Teufel weiß, wie Silent reagieren würde, müsste er seinen eigenen Vater in den Tod schicken. In allen Zukünften bieten sich zu viele Möglichkeiten, als dass ich sie alle abspielen könnte.

„Nein, du wirst den Prozess durchstehen und dann tun, was man von dir erwartet", lege ich ruhig fest und stehe auf. Knarzend schiebe ich den Stuhl über den Boden. Jeder Zentimeter, den ich mich von ihm entferne, kommt einer körperlichen Qual gleich. Silent scheint mich zu sich zurückzuziehen, stumm um einen Kuss zu bitten. Um eine behutsame Berührung, die er speichern und für immer festhalten kann. Aber wenn ich ihn jetzt berühre, Schwäche zeige, wird die Zentrale es mich spüren lassen.

Ich nicke einmal gen Trennscheibe, damit jemand kommt, der Silent mitnimmt. Von mir wegschafft. Ist das meine Verzweiflung oder seine eigene? Der Gedanke, dass gleich zwei Männer versuchen werden, Silent in die Knie zu zwingen, hat einen lächerlichen Beigeschmack. Vielleicht kann er nicht wirklich gut zuschlagen. Dafür hat er unendlich viele Tricks auf Lager und weiß, was geschieht, ehe es geschieht. Zwanzig Mann wären angemessener. Oder zweihundert, um ganz sicherzugehen.

Ein allerletztes Mal nähere ich mich Silent mehr, als ich sollte. Ich spüre seinen forschenden Blick. Meine Fingerspitzen wandern über seine nackten Unterarme. Er erschaudert kaum merklich. Würde man uns nicht beobachten, wäre mein Dank an ihn ein Kuss. So löse ich das Seil von seinen Handgelenken. Die Zentrale hat Silent genauso straff und schmerzhaft anbinden lassen wie der Mafioso mich. Mir stellt sich immer mehr die Frage, ob die Organisationen wirklich so verschieden sind. Der Mafioso tötet aus egoistischen Ambitionen, die Zentrale beschafft sich aus vermeintlich weltrettenden Gründen geheime Informationen ohne Rücksicht auf Verluste.

„Stehen wir denn im Dienst von so grundverschiedenen Menschen?", fragt Silent leise, als ich auch seinen linken Arm befreie.

Ich blicke rasch auf. Er findet die Antwort in meinen Augen. Auszusprechen wage ich sie nicht. Nicht, während die beiden Männer den Raum betreten und auf uns zustapfen. Mit katzenartiger Eleganz erhebt sich Silent und bietet ihnen seine Hände dar. Der seelische Schmerz, den dieser Anblick auslöst, ist so real, dass ich ein Aufkeuchen unterdrücken muss. Ein letztes Nicken von seiner Seite. Silent wirkt nicht wütend, nicht geschlagen. Vielmehr gleichgültig.

Für einige Sekunden schaffe ich es, mir einzureden, dass es ab jetzt besser für ihn wird, jetzt wird das Gesetz über ihn entscheiden. Für einige Sekunden. Dann wird mir bewusst, dass auch dieses von Menschen vollzogen wird.

„Sie haben sich soeben meinen Befehlen widersetzt!"

Und da wären wir wieder beim Sie und haben das Du abgehakt. Diesen Mann könnte ich jetzt gerade nicht nur wegen seiner Speicheldusche kaltstellen.

„Ich habe Ihnen all die Informationen beschafft, die Sie wollten!", verteidige ich mich und lege meine Schuhe auf seiner Schreibtischplatte ab. Auch wenn ich zugeben muss, dass meine Boots hier viel besser wirken würden als die dämlichen Sketchers, die ich heute trage.

„Füße von meinem Tisch!" Noch mehr von seiner Spucke in meinem Gesicht. Ich glaube, so etwas wie Pfefferminze herauszuriechen, während ich mir vorwurfsvoll das Gesicht mit dem Ärmel meines schwarzen Kapuzenpullovers abwische. „Ich habe Ihren blöden Fall gelöst, Ihnen den Sohn des Mafiosos geliefert und dazu noch Antworten. Meiner Meinung nach darf ich meine Füße hinlegen, wo ich will!", schieße ich gereizt zurück.

Wutentbrannt schlägt er mit beiden Handflächen gleichzeitig auf die Tischplatte. Ich wette jetzt einfach mal darauf, dass ihm das um einiges mehr wehtat, als es mich stört.

„Sie zwingen mich dazu, mein Angebot noch einmal ernsthaft zu überdenken."

Skeptisch ziehe ich eine Augenbraue nach oben. „Welches Angebot?"

Berechnend sieht Mr Flanell mich aus seinen kalten braunen Augen an und bettet sein Kinn auf den knochigen Fingern. Seine Ruhe ist ebenso übelkeiterregend wie die Skrupellosigkeit des Mafiosos. „Das, dich zu meiner Stellvertreterin zu machen. Du hast jedermanns Erwartungen übertroffen, besitzt Fähigkeiten, die uns ungeahnte Welten eröffnen werden. Der Beschluss ist einstimmig. Man würde Sie in dieser Position zweifelsohne akzeptieren."

Ich reiße die Augen auf. Nicht vor Überraschung, wie Mr Flanell jetzt vielleicht erwartet, sondern bis ins Mark schockiert. Für einen Moment scheinen die Uhren stillzustehen. Ich bekomme keine Luft mehr. Ich war schon einmal jemandes rechte Hand. Und es hat mich so viel gekostet.

„Wie wird es entlohnt werden?", frage ich und tue so, als würde mich das tatsächlich interessieren, während meine Gedanken in unglaublicher Geschwindigkeit dahinrasen.

„Sehr gut. Knapp fünftausend Dollar pro Monat. In dieser Position werden einem nicht nur Privilegien zuteil, Cathlen", sagt er ruhig. Sein halbes Lächeln lässt mich schaudern. Ich erwidere es, wohl wissend, warum er mir diese Stelle anbietet. Seine Feinde soll man in der Nähe behalten. Ich bin eine unkalkulierbare Gefahr für ihn. Dieser Fall hat es bewiesen.

„Soll ich mich jetzt sofort entscheiden oder gewähren Sie mir ein wenig Bedenkzeit?"

Kaum merklich verdüstern sich Mr Flanells Züge. Energisch schiebt er sich die dicke Hornbrille auf der Nase nach oben und kneift die Augen zusammen. Langsam lehnt er sich in seinem Stuhl zurück, ehe er den Kopf schüttelt. „Natürlich nicht. Sie sollten wissen, dass dieses Angebot einmalig ist. Schlagen Sie es aus, sehe ich das als Kündigung an."

Das war mir schon fast klar. Ebenso wie ich weiß, dass es keinen Sinn hat zu widersprechen. Wir sind an diesem Punkt angekommen: Entweder ich tanze ein für alle Mal nach seinen Regeln oder ich behalte den letzten Rest Würde. Es ist nicht schwer, sich für Letzteres zu entscheiden. Ich werde keinen Posten annehmen, dessen Grundlage Silents Auslieferung ist. Sein Schicksal soll mir keinen Vorteil verschaffen.

Ich nehme meine Schuhe von der Tischplatte, lächle noch einmal und schiebe den Stuhl ordentlich an Mr Flanells überladenen Schreibtisch. „Ich werde Sie binnen der nächsten zwei Tage über meine Entscheidung in Kenntnis setzen", sage ich förmlich, ehe ich den Raum verlasse, um aus diesem Gebäude zu verschwinden.

Für einige unbedachte Momente ziehe ich es tatsächlich in Betracht, Silent noch einmal zu besuchen, ein allerallerletztes Mal. Die Vernunft siegt. Ich wende mich in die andere Richtung, hin zum Ausgang, weg von Silent, bereit, dieses Gebäude niemals wieder zu betreten.

21.04.2008, Mikun?

Ich sitze mit Madame und Grotian an einem Tisch, esse zu Mittag. Auf ihren Tellern liegt Fleisch, auf meinem Gemüse. Um nichts in der Welt werde ich dazu übergehen, die Toten zu essen.
„Fleisch würde dich stärken", flüstert mir Grotian zu. Seine Mutter wirft ihm einen strafenden Blick zu. Er ignoriert es, während ich betroffen auf meinen Teller sehe.
„Bin ich zu schwach, Sir?"
Er schüttelt ruckartig und kalt den Kopf. „Nein. Aber es wäre ein weiterer Beweis."
„Wofür?"
„Deine bedingungslose Treue. Dass ich dir vertrauen kann, Kätzchen. Wirklich vertrauen kann, nicht wie deinem Vorgänger."
Früher hätte ich gefragt, was der vor mir getan hat, heute schweige ich nur und nicke knapp, wage es trotzdem nicht, nach dem Fleisch zu greifen.
„Ihnen und Ihrer Mutter werde ich immer treu ergeben sein, Sir", erwidere ich.
Er nickt mir noch einmal zu, ehe er sich erhebt und den Raum verlässt. Es könnte mir kaum egaler sein, wohin er geht.

Kapitel 25

Timothy hat die Vorhänge zugezogen, lediglich die Nachttischlampe erhellt das Zimmer. Gespenstisch huschen Schatten über die Wände. Luca hat das Gesicht in den Händen vergraben.

„Wie kannst du auch nur für eine Sekunde mit dem Gedanken spielen, dieses Angebot auszuschlagen?“, nuschelt sie zum gefühlt tausendsten Mal.

Weil ich dann nicht besser wäre als Silent. Weil ich dann ebenso wie er hinter Gitter gehören würde. Und mich nicht mehr im Spiegel betrachten könnte. „Weil ich keine Lust auf so viel Papierkram habe. Ich bin siebzehn, Luca! Ich will leben, einen Schulabschluss und einen Job, den ich wirklich lieben kann.“

Bestärkend legt Timothy mir einen Arm um die Schulter. Wortlos lehne ich mich an ihn. Die gehässige Stimme in meinem Kopf erinnert mich daran, dass ich gerade jetzt lieber in den Armen eines anderen Jungen läge. Aber nicht einmal sie kann bestreiten, dass ich Timothy im Gegensatz zu Silent rational liebe. Etwas, womit ich weit besser umgehen kann.

„Es ist die Chance deines Lebens!“ Luca springt auf die Beine und beginnt mal wieder, im Raum hin und her zu tigern. Sie hat das heute schon so oft getan, dass ich mir einbilde, die Spur zu sehen, die sie in den Teppich gelaufen hat.

„Ich habe einfach das Gefühl, dass es ein gigantischer Fehler wäre.“

„Abzulehnen wäre ein Fehler! Cathrin, wirklich, so ein Angebot bekommt man einmal und nie wieder, versteh das doch!“

Das habe ich längst.

„Wenn Cathrin sich wohler fühlt mit der Vorstellung, normal zu sein, dann musst du das akzeptieren“, mischt sich Timothy ruhig ein.

Wütend stampft Luca auf. Wie ein kleines Kind. „Super, dass ihr euch beide gegen mich verschworen habt. Geht es darum, dass ihr euch nie wiedersehen würdet? Ist es das? Weigert ihr euch deswegen?“

„Auch“, antworte ich wahrheitsgemäß. Timothys überraschter Blick schmerzt mich. Er sollte wissen, dass ich ihm inzwischen nichts und niemanden mehr vorziehen würde. Sonst wäre ich nicht hier.

„Das ist wirklich ... Cathrin, dümmer geht es gar nicht mehr!", schreit Luca. Gleich rauft sie sich die perfekt gestylten Haare. Gleich ... Da fährt sie sich wütend mit allen zehn Fingern durch die Haare, sodass ihre Frisur ruiniert ist. Das einzig Erfreuliche in dieser Nacht.

„Es ist das Richtige", beharre ich.

Sie schüttelt noch einmal den Kopf. „Also wirst du morgen Mr Flanell anrufen und ablehnen? Kündigen?"

Ich nicke bedächtig. „Und dich als Ersatz vorschlagen. Ich werde hierbleiben und die Zentrale nie wieder betreten."

Kurz ist Luca still. Wirklich still. Sie atmet nicht einmal mehr.

Dann beginnt sie, hysterisch zu lachen. „Du willst, dass ich diesen Platz einnehme? Ist das dein Ernst?"

„Ja." Keine Ahnung, was sie erwartet hat, von mir zu hören.

Ihr fallen fast die Augen aus dem Kopf. „Du willst wirklich ..."

Ich verdrehe die Augen und schmiege mich noch etwas enger an meinen Freund. „Ich gehöre da nicht hin", sage ich ruhig. Das weiß ich mit Sicherheit. Endlich ist es so klar, wie der Himmel blau und das Wasser nass ist. Egal, welcher Organisation man sich beugt, keine wird einem ein unversehrtes Gewissen lassen. Ich möchte das bisschen davon behüten, das Madame verschont hat.

„Aber es ist dein Zuhause", erwidert Luca schwach. Wie erwartet stört sie sich nun nicht mehr annähernd so sehr an meiner Absage in spe wie zuvor.

„Nein." Die Zentrale ist nie mein Zuhause gewesen. Diese Schule ist es auch nicht. Timothy. Timothy ist zu meiner Heimat geworden und ich gedenke nicht, jemals wieder fortzugehen.

„Du bist dort aufgewachsen."

„Nein." Madame hat mich großgezogen.

„Aber du gehörst in die Zentrale. Du bist unser Ass im Ärmel."

Vorher gehörte ich Madame. Gut möglich, dass ich eine wertvolle Karte bin, aber jede wird irgendwann gespielt. Und dann muss man mit dem leben, was einem gegeben ist. „Jetzt bin ich niemandes Ass mehr", sage ich erschöpft. Diese Diskussion ist ermüdender als alles, was ich je durchgemacht habe.

„Also wirst du jetzt deinen Abschluss machen. Und was dann?" Luca sieht mich skeptisch an.

Ich zucke nur die Schultern. „Keine Ahnung, mal sehen, wohin es mich verschlägt."

„Uns", verbessert mich Timothy zu leise, als dass Luca es hören könnte. Ich setze ein sanftes Lächeln auf und fahre ihm einmal über das Gesicht. Die Hitze seiner Haut beruhigt mich. Er ist real. Und er wird für eine lange, lange Zeit an meiner Seite bleiben. „Uns", bestätige ich leise.

„Du sagst also deinem ganzen Leben morgen ab? Du wirfst alles über den Haufen? Nach allem, was du dafür gegeben hast?"

„Ja." Ich glaube kaum, dass ich von diesem Fall irgendwie anders loskommen kann. Von Silent. Und Madame. Die wie ein blutiger Schatten über mir hängt und mich immer dazu verführen wird, Schmerzen zuzufügen. Timothy ist das einzige Mittel gegen sie.

„Das sollte man nicht über Nacht entscheiden", sagt Timothy, auch wenn ich spüren kann, wie es ihm widerstrebt.

Ich straffe die Schultern und starre auf die zugezogenen Vorhänge. „Ich weiß. Und deswegen tue ich es."

Nicht eine Flocke bedeckt mehr den kahlen Boden, die Minusgrade sind verschwunden, mitten im Januar. Die Eisfläche auf dem See ist beinahe geschmolzen. Bei diesem grauen, ganz und gar nicht winterähnlichen Wetter stehe ich hier mutterseelenallein. Die Mathematikarbeit war lächerlich einfach, so wie erwartet, und hat damit meinen Entschluss gefestigt. Ich kann ohne Probleme meinen Abschluss absolvieren. Und genau das werde ich tun. Mit diesem Zettel in der Hand werde ich so etwas wie frei sein.

Nicht ein Vogel zwitschert bei meinem Spaziergang rund um den See. Die immer gleiche Strecke. Das immer gleiche abgestorbene Schilf, dessen Spitzen noch vom Eis umklammert werden. Die immer gleichen unter den Schuhen knirschenden Kiesel.

Wo Tanni ein Loch schlug, gluckert das erste Wasser nach oben, schwimmt über dem schmelzenden Eis und lässt tote Algen treiben.

Bin ich an diesen See gegangen, um mich zu erinnern? Keine Ahnung, wirklich. Bewusst wollte ich nur meine Ruhe haben und darüber nachdenken, wie ich Mr Flanell am besten beibringe, dass ich sein Angebot ausschlage, mein Leben leben möchte, ohne dass ich mit Argusaugen beobachtet werde. Das war es eigentlich, was ich mir gewünscht habe, als ich damals vor Madame floh. Trotzdem mussten weitere vier Jahre verstreichen und Herzen brechen, damit ich einen Schlussstrich ziehe. Blutregen und Tränen endgültig den Rücken zukehre und mir keinen Weg zurück erlaube.

Noch immer mit mir ringend, wähle ich Mr Flanells Handynummer, die er mir nie gegeben hat. Erst beim letzten Tuten hebt er ab.

„Cathlen! Ich nehme an, du willst zusagen?" Interessanter psychologischer Spielzug. Hätte ich nur ein wenig gewankt, dann hätte dieser Satz mich dazu bewegt, den Job anzunehmen. Mit Ellas Tod im Hinterkopf, Silents Gewissen, Madames Grausamkeit ändert es nichts.

„Ich rufe an, um abzulehnen. Ich bin nicht bereit für diese Verantwortung." Für ewige Fesseln, die ich seit Jahren zu lösen versuche. Timothy wird mir dabei helfen, sie restlos abzustreifen. Ich glaube daran.

Lange schweigt Mr Flanell. „Du weißt, was das bedeutet?"

„Ja. Trotzdem wollte ich einen letzten Vorschlag machen. Wir wissen beide, dass Ihre frühere Stellvertreterin an einer Lebensmittelvergiftung gestorben ist, Sie benötigen also tatsächlich eine neue. Wie wäre es mit Luca? Sie hat beim Lösen des Falls eine große Rolle gespielt." Was nicht ganz die Wahrheit ist, aber das muss Flanell nicht interessieren.

„Hat sie?" Klingt er überrascht?

„Ja, sie ist äußerst kompetent." Und bringt einen in kürzester Zeit auf die Palme. An sich hat sie also alle Voraussetzungen, die eine Führungspersönlichkeit braucht.

„Dann werde ich ihr dieses Angebot unterbreiten und dir die Kündigung zukommen lassen."

Ich lächle schmal, obwohl er es nicht sehen kann, und rücke mit dem Satz raus, den ich schon immer mal sagen wollte: „Machen Sie sich diese Mühe nicht, Sir. Ich kündige." Als jemand, der sowieso nichts mehr zu verlieren hat, lege ich auf, ohne auf seine Antwort zu warten.

In den letzten vier Monaten habe ich meine Examina abgelegt, keines schlechter als A. Stufenbeste. Silent hätte meine einzige Konkurrenz sein können, doch so sitzt er dem Richter gegenüber, das Kinn noch immer trotzig erhoben und die Augen funkelnd. Heute wird nicht mehr viel geschehen. Das Urteil wird gesprochen, das war's.

Den vorherigen Verlauf habe ich angespannt verfolgt. Silent hielt sein Versprechen. Alle Karten liegen auf dem Tisch. Er hat den Richtern nichts Geringeres als die Wahrheit geschenkt, nie geschwiegen. Den Familien der Toten gegenüber hat er Rechenschaft abgelegt, allerdings ohne den Anflug von Reue. Er weiß, dass es nicht richtig war, was er getan hat. Aber gleichgültiger könnte es ihm kaum sein. Es zählt nur das Blut, das am Ende des Tages fließt. Ein Leben ist weniger wert als nichts. Sein eigenes eingeschlossen.

Silents Prozess hat enorme Aufmerksamkeit auf sich gezogen. Ich habe gerade noch einen Platz in der letzten Reihe gefunden an diesem letzten Prozesstag. Jedes Gemurmel verstummt, als die Geschworenen den Saal betreten. Jeder von ihnen musste mit der eigenen Sorglosigkeit für die Wahrheit bezahlen. Silent hätte die begangenen Grausamkeiten kaum gleichgültiger schildern können, inklusive der Nacht, in der er Ella tötete.

Diesen Tag des Prozesses habe ich mir in Echtzeit, ungeschnitten, auf meinem Bett angesehen. Es war kein Problem, jetzt wo ich wieder ein Einzelzimmer habe und Luca ein hohes Tier in der Zentrale ist. Calanthe saß im Saal, kreidebleich. Obwohl ich ihr die Nacht des Todes ihrer Tochter bereits umrissen hatte, schien sie beinahe die Besinnung zu verlieren, als Silent gewissenlos die Ereignisse schilderte. Auf jede Frage hat er die wahre Antwort gegeben.

„Warum haben Sie ihr die Hand abgeschnitten?“

„Es wurde mir befohlen.“

„Hatten Sie kein schlechtes Gewissen dabei?“

„Nein.“

„Wir sprechen von Ihrer Cousine.“

„Und ihre Henker waren Cousin und Onkel. Was bedeuten Familienbande schon? Sie selbst sind mit der fünften Frau verheiratet.“ Nach diesem Satz schwieg der Richter erst einmal perplex. Die Frage, wie ein Angeklagter an solch brisante Informationen gelangte, stand ihm deutlich ins Gesicht geschrieben. Nach dem ersten Schock tobte Calanthe. Sie beschimpfte Silent, appellierte an sein Mitgefühl. Musste erkennen, dass es ihn kaum weniger kümmern könnte.

„Warum haben Sie so getan, als wären Sie stumm?“, fragte der Richter weiter.

„Gibt es ein Gesetz, das es mir verbietet?“

„Ja.“

„Denken Sie, dass mich das interessiert?“

„Wie kann es sein, dass man bei der Untersuchung Ihrer Stimmbänder feststellte, dass sie durchtrennt sind?“

„Damals waren sie es.“

„Warum sind sie es heute nicht mehr?“

„Glück.“

Es ist eindeutig, dass niemand etwas mit Silent anfangen kann. Weder die Reporter, die die tollsten Theorien spinnen, noch die Richter und Geschworenen, ganz zu schweigen von Calanthe. Irgendwann stürmte sie mit wehendem blutroten Rock aus dem Saal. Silent hat es registriert, bedauert und weiter kühl nach vorne gestarrt, nicht eine Sekunde auf Mitgefühl gesetzt. Dafür hat er meine Achtung. Ich hätte mich genauso verhalten. Nichts kostet mehr Kraft als bloße Rechenschaft ohne Wenn und Aber.

„Besitzen Sie denn gar kein Ehrgefühl?"

„Was tun moralische Aspekte hier zur Sache?"

„Wir sprechen von zahlreichen Morden!"

„Gerade die sollten doch objektiv bewertet werden. Sobald ein Mensch zu fühlen beginnt, verfälscht sich das Ergebnis."

„Was sind Sie, Philosoph?"

„Ich dachte, wir hätten bereits klargestellt, dass ich ein eiskalter Killer bin." Und wieder hatte Silent den Gerichtssaal betreten schweigen lassen.

Dieser Tag war zugegeben sehr unterhaltsam gewesen. Ich bezweifle, dass der heutige auch nur annähernd so lustig wird.

Der Richter glättet seine Robe. „Erheben Sie sich."

Silent gehorcht, die Hände auf dem Rücken mit Handschellen fixiert. Seine Haare sind zu lang, reichen ihm jetzt bis zu den Schultern. Niemand hat sie ihm in den letzten Monaten geschnitten, weil sein Schicksal eigentlich niemanden kümmert.

Alles, was er bedeutet, ist Papierkram, zugegeben, sehr interessanter Papierkram, aber letzten Endes schert sich doch keiner darum.

Man hat sowohl Timothy als auch mich in den Zeugenstand geladen. Ich weigerte mich zu erscheinen und machte eine einwöchige Reise nach Russland, Timothy ging hin. Er sollte gegen seinen eigenen Bruder aussagen, den Prozess verkürzen. Diese Rechnung ging nicht auf.

„Sie haben das Recht zu schweigen."

Timothy strich sich einmal durch das blonde Haar und warf seinem Bruder einen undurchdringlichen Blick zu, der diesen regungslos erwiderte. „Wollen wir uns wirklich mit solchen Floskeln aufhalten?"

„Sie sind vorgeschrieben."

„Dann sagen wir einfach, dass Sie mir alles vorgelesen haben, was wichtig ist."

„Wir haben das bereits hinter uns gebracht."

„Welche Erleichterung!"

Missbilligendes Geflüster im Zuschauerraum, hier und dort das Knipsen einer Kamera. Zugegeben, aus so einem Prozess, in dem ein Bruder gegen den anderen aussagt, kann man schon eine nette Schlagzeile machen.

„Sie haben mit ihm ein Zimmer geteilt. Was für verdächtige Angewohnheiten hatte Jack Follador?"

„Er hat sich jeden Morgen die Zähne geputzt."

Der Richter machte sich Notizen. „Beharren Sie darauf, dass es sich hierbei um eine relevante Aussage handelt?"

Timothy verdrehte die Augen. „Ihre Frage ist lächerlich. Wenn Jack so dumm ist, wie Sie denken, warum sitzt er dann jetzt erst hier?"

„Von welchen Gräueltaten wissen Sie?"

„Von der Ermordung unserer Cousine."

„Hat er es Ihnen persönlich gesagt?"

„Meine Freundin."

„Warum hat er Sie nicht selbst darüber in Kenntnis gesetzt?"

„Ich nehme an, weil er nicht ignorant genug war, zurück in die Schule zu kommen."

So ging es lange, sehr lange. Timothy wählte eine konfuse Mischung aus Verteidigung und Beschuldigung seines Bruders, mit der niemand so recht umzugehen wusste.

„Werden Sie noch etwas sagen, das uns weiterhilft?"

„Ich habe gesagt, was ich weiß." Timothy war wohl eine der größten Enttäuschungen des Anklägers.

Nun verliest der Richter, der nur mühsam ein gehässiges Grinsen unterdrücken kann: „Jack Follador, geboren 1996 in den Vereinigten Staaten von Amerika ..."

Ich blende den ewig langen Monolog aus, konzentriere mich stattdessen mit allen Sinnen auf Silent. Er hat mich nicht kommen sehen, spüren tut er mich trotzdem. Sein unbändiger Wunsch, den Kopf zu wenden und die Reihen nach mir abzusuchen, fühlt sich an wie mein eigener. Sein Stolz, der bei keinem der Worte, die der Richter herunterrasselt schwindet, ist bewundernswert. Er ist hier wegen des Urteils, ebenso wie ich. Wir wissen beide, dass er lange hinter Gittern sein wird. Aber obwohl wir es wissen, wagen wir es beide nicht, in die Zukunft zu sehen, um eine genaue Antwort zu erhalten. Silents Gründe, auf den Richtspruch zu warten, kenne ich nicht. Ihm ist das alles hier unglaublich egal. Zumindest gibt er es vor.

Meine sind mir dafür umso bewusster. Werde ich Silent noch einmal sehen? Denn ein Gefängnis werde ich niemals freiwillig betreten.

„Daher wurde der Beschluss gefasst, dass Sie eine untragbare Gefahr für die amerikanische Bevölkerung darstellen."

Ich unterdrücke ein spöttisches Schnauben, löse meinen Blick nicht eine Sekunde von Silents vollkommen entspanntem Rücken.

„In dreien der zur Anklage gebrachten Fälle wurde Ihre Schuld zweifelsfrei nachgewiesen. Somit verkünde ich das Urteil von dreimal lebenslänglich, für das sich die Geschworenen zu unser aller Wohl entschieden haben."

Silent regt sich nicht, sagt nichts, während meinen Lungen alle Luft auf einmal entweicht. Wozu habe ich ihn verdammt? Hat er das wirklich verdient?

Nichts Gutes, was er getan hat, kann ihn entlasten, nichts. Dreimal lebenslänglich. Ich presse mir die Hand auf den Mund und kann ein leises Schluchzen nicht unterdrücken. Das erste Mal in meinem Leben fühle ich mich wirklich und aus ganzem Herzen schuldig. Ein Gefühl, grausamer als kälteste Angst. Weil ich ihn hierher gezwungen habe.

Silent erhebt sich mit zwei Männern an der Seite, die er problemlos kaltstellen könnte. Für einen Moment frage ich mich, warum er das nicht einfach tut. Ich täte das, ehe ich flöhe. Ich könnte es ihm nicht verübeln. Niemals würde ich diese Strafe antreten. Für nichts und niemanden auf der Welt.

Genauer, als Silent sollte, erfasst er die Reihen, ignoriert das blendende Blitzen der Kameras. Dann entdeckt er mich. Ich habe weder den Mut noch die Kraft, mich zu erheben. Er beugt sich leicht in meine Richtung, obwohl uns noch immer vier Meter voneinander trennen. Sucht meinen Blick.

„Bist du stolz auf mich?", fragt er ruhig.

Ein Schlag in den Magen. Ich öffne den Mund, um irgendetwas, irgendetwas zu sagen. Etwas, das meine Gedanken nur ansatzweise ausdrücken könnte. Silent kassiert einen heftigen Schlag ins Gesicht. Seine Quittung ist nicht Gewalt, lediglich ein grimmiges Lächeln, ehe er mir den Rücken zudreht. Mich kraftlos in der letzten Reihe eines überfüllten Gerichtssaals zurücklässt mit meiner ganz eigenen Strafe, die seiner in nichts nachsteht.

Kapitel 26

„Wow, gar kein Kapuzenpullover?“, spottet Natasha.

Das ist keine Antwort wert. Ich verdrehe die Augen und gehe an ihrem Tisch vorbei, um mich zu Timothy und damit zum Footballteam zu setzen. Heute habe ich erstaunlich wenig gegen ihre öden Themen und das überspitzte Lachen. Nach diesem schmerzlichen Abschied von Silent gibt es kein besseres Thema als Natashas Arsch. Oder ihre Körbchengröße. Oder den letzten Typen, der ihr Bett besuchen durfte.

Timothy empfängt mich mit einem strahlenden Lächeln. Spürt er, wie viel mir diese kleine Geste bedeutet? Was sie mit mir anstellt? Ich erwidere sein Lächeln überzeugender, als ich erwartet hätte, und lasse mich neben ihm nieder. Sofort legt Timothy einen Arm um mich. Ich schließe für einen flüchtigen Moment die Augen und genieße die Wärme seines Körpers. Den bekannten Geruch. Die Sicherheit, die er mir mit nur einer einzigen kleinen Berührung schenkt.

„Gar kein Kapuzenpulli?“, fragt er mich mit einem halben Grinsen im Gesicht.

Schnaubend öffne ich die Augen und setze mich aufrecht hin. Dass mich jeder auf dieses Detail hinweisen muss! Ich warte nur darauf, dass die Lehrer mich fragen, ob mir die Kapuzenpullover ausgegangen sind.

„Stell dir vor, ich habe auch noch andere Kleidung im Schrank“, antworte ich schnippisch.

Timothy lacht leise und drückt mir einen Kuss auf die Lippen. Ich genieße seine Zuneigung. Seine Liebe, die ich hoffentlich irgendwann verdiene. Es dauert lange, bis Timothy sich wieder seinem Gespräch mit Adam zuwendet, der wie immer Natasha mit seinen Blicken auszieht. Gaffen – die Untertreibung des Jahres für seinen Blick, ohne Witz. Seitdem Silent verschwunden ist, macht Adam sich wieder Hoffnungen. Ich habe beschlossen, ihn nicht darüber in Kenntnis zu setzen, dass Natasha lieber mit Jack Cresa eine Beziehung einginge als mit ihm. Obwohl Cresa einen wirklich, wirklich großen Pickel auf der Nase hat.

Am Rande nehme ich wahr, dass heute nicht Natashas Hintern das Hauptthema ist, sondern Camilles. Einige Schüler munkeln, dass sie sich Implantate hat einsetzen lassen.

Nein, ich habe nicht nachgesehen, ob es stimmt. Es gibt so viel interessantere Themen im Leben.

Noch eine Hölle am Footballertisch: Sie scheinen alle ausgewachsene Fleischfresser zu sein mit einer Vorliebe für Weißbrot. Ich liebe Timothy umso mehr dafür, dass er auf Weißbrot verzichtet, seitdem er von Madame weiß. Von ihrer Hölle. Auf Fleisch verzichtet er auch häufig. Für mich.

Timothy ist nicht der Einzige, der seine Ernährung umgestellt hat. Er hatte seine liebe Not damit, mich davon zu überzeugen, wieder Milchprodukte zu mir zu nehmen. Letzten Endes erfolgreich. Er hat immer die gleiche Begründung angeführt: Calcium sei wichtig für meine Knochen. Und vielleicht könne zu wenig davon sogar meine Regenerationsfähigkeiten negativ beeinflussen. Letzteres hat mich dazu bewegt, wieder Käse zu essen. Täglich hundert Gramm. Das ist der Deal. Dafür greift er nach dem Schwarzbrot.

„Habt ihr schon gehört, dass unser Schulpsychopath bis an sein jämmerliches Lebensende im Knast sitzt?", ruft Adam laut genug, damit es der gesamte Saal hören kann. Stille breitet sich wie ein Tuch über dem Raum aus. Äußerst zufrieden mit sich selbst legt er einen Arm über seine Stuhllehne.

Ich bin kurz davor, mich auf ihn zu stürzen. Sanft umfasst Timothy meine Hand. Wahrscheinlich weniger, um mich zu trösten. Er zwingt mich dazu, das Messer wieder auf den Tisch zu legen.

„Echt? Wie lange?" Cresas widerwärtige, unangebrachte Neugier.

Timothy legt seine Hand über meine und biegt die Finger auseinander. Ich werfe ihm einen vernichtenden Blick zu und lasse das Messer fallen. Meine Belohnung ist ein jämmerlicher Kuss auf den Hals.

„Dreimal lebenslänglich. Stell dir mal vor, die hätten den hiergelassen und ihm wäre langweilig geworden. Der hätte uns doch alle abgeschlachtet!"

Adams Begeisterung lässt mich rasend werden. In kürzester Zeit stehe ich auf den Füßen, aber anstatt auf ihn loszugehen, durchquere ich mit schnellen, gezielten Schritten den Speisesaal, ignoriere die überraschten Blicke, recke mein Kinn nach oben und schaffe es so, Adam nicht mit bloßen Händen die Kehle herauszureißen. Nie habe ich meine Selbstbeherrschung mehr bewundert. Aber Silent ... Silent hätte sich unter Kontrolle gehabt. Es ist nur fair, dass auch ich mich am Riemen reiße.

Ich strecke die Hand aus, um die Tür aufzureißen und fluchtartig in die langen Korridore zu verschwinden. Timothy kommt mir zuvor. Ich habe nicht bemerkt, dass er mir gefolgt ist. Eine Schande. Mit einem vorsichtigen Lächeln lässt er mir den Vortritt. Sobald die Tür hinter uns ins Schloss gefallen ist, explodiere ich.

„Woher nimmt dieser Scheißkerl sich das Recht, so was über Silent zu sagen?“ Wütend trete ich gegen die Wand. Vielleicht etwas zu fest. Mein Fuß beginnt, wie wild zu pochen. Egal.

Beruhigend kommt Timothy auf mich zu, legt mir seine Hände auf die Schultern. Niemand außer ihm würde es wagen, mich in diesem Zustand anzufassen. Nicht einmal Silent. Niemand außer ihm würde es überleben.

„Er hat keine Ahnung. Das weißt du.“

„Dann soll er auch seine verdammte Klappe halten!“, fauche ich, mache mich von Timothy los und stapfe weiter. Wenn ich hier nicht gleich verschwinde, drehe ich doch noch um und mache Adam kalt. Dieser hat keine Vorstellung davon, wie nah er mich an die Grenze getrieben hat. Und was ich tue, wenn ich in den Abgrund starre.

Seufzend folgt Timothy mir. „Was hast du erwartet? Dass niemand etwas davon mitbekommt?“

Nein.

„Ich dachte wohl einfach, Camilles Arsch sei das interessantere Thema.“ Frustriert schlage ich mit der flachen Hand gegen die Wand. Aber auch dieses Brennen beruhigt mich nicht. Ich hätte Adam einfach ein paar dämliche Rippen brechen sollen. Bis die verheilt sind, dauert es und die Schmerzen sind beißend. Das Atmen fällt schwer, jeder Herzschlag rast durch den ganzen Körper. Vielleicht hätte Adam Pech gehabt und einer seiner Lungenflügel wäre zerfetzt worden. Wen hätte das schon gekümmert? Niemanden. Nicht, wenn er so gelassen, beinahe euphorisch über diese ungerechte Strafe für Silent spricht.

„Cathrin, du kennst Adam.“

„Ja, ich kenne ihn und freue mich höllisch auf die Zeugnisvergabe. Danach muss ich diesen Idioten nämlich niemals wiedersehen.“ Bevor ich sie aufreißen kann, öffnet Timothy bereits die nächste Tür. Die nach draußen. Lieber hätte ich etwas von meiner Wut dort hineingepumpt. Liebend gern hätte ich sie aus den Angeln getreten. Der Lärm wäre beruhigend gewesen.

Als hätte er meine Gedanken gelesen, murrt Timothy: „So einen Mist machst du bitte nur, wenn ich nicht in der Nähe bin.“

Schnaubend wie ein Walross lasse ich mich auf die oberste Stufe fallen und starre bockig auf die Bäume vor uns in ihrem schönsten Frühlingskleid. Die Blütenblätter der Kirschen haben begonnen, zu Boden zu regnen, und bilden einen harmonischen, zauberhaften Teppich.

„Kannst du dir nicht einfach neue Freunde suchen?“, frage ich schließlich, ohne Timothy anzusehen.

„Nach der Schule fangen wir sowieso wieder alle bei null an.“

Ich verdrehe theatralisch die Augen und schiebe die Unterlippe vor. „Ob du es glaubst oder nicht, ich kann es kaum erwarten.“

Als er sanft mein Kinn umfasst und mein Gesicht zu sich dreht, umspielt ein warmes Lächeln seine Lippen. „Weiß mein Mädchen denn schon, wo es nach dem Abschluss hingehen soll?“

Nein, definitiv nicht. „Darüber sollte ich langsam anfangen mir Gedanken zu machen, oder?“, seufze ich und lasse zu, dass ich mich in seinen Augen verliere. Immer seltener sind es die Iriden, die ich zu sehen wünsche. Immer mehr fühle ich mich, als hinterginge ich Timothy, spätestens in meinen Träumen, in denen nicht er die Hauptrolle spielt, sondern Silent.

„Ja, solltest du. Noch einen Monat, dann war es das.“

„Ich wette, du freust dich um einiges mehr darüber als ich.“ Mit einem Grinsen sehe ich durch meine Wimpern zu Timothy auf.

Er lacht leise und nimmt mich in die Arme. Eine sanfte Geste, die mein Gemüt wieder abkühlt. Timothy hat mein Herz in der Hand. Trotz allem. Nutzlos, es zu leugnen. „Ja, mich hat man mit der Schule gute zehn Jahre mehr gequält.“ Gequält!

„Eigentlich ist es aber doch lustig. Jeden Tag die gleichen nutzlosen Menschen, die gleichen geistlosen Gespräche.“

„Ich dachte immer, dass dich das am meisten nervt“, zieht er mich auf.

Tut es ja auch. Trotzdem wird es mir fehlen. Dieses Internat war mein ruhiger, normaler Hafen, nachdem Silent verschwunden ist. Vielleicht hängt er noch immer wie ein Schatten über allem, aber in diesen vier Wänden, an Timothys Seite, sind die Erinnerungen an ihn selten übermächtig geworden. Nur an den Verhandlungstagen, wenn ich Silents nach außen hin nicht existente Nervosität gespürt habe, stärker als meine eigenen Emotionen, ohne im gleichen Raum zu sein wie er.

„Absolut. In diesem Gebäude musste ich mir nie Gedanken um die Zukunft machen. Irgendwie fühlt es sich an, als würde die Welt stillstehen.“ Als würde nichts von dem zählen, was sich außerhalb der Mauern abspielt.

„Jetzt ist es aber so weit.“

Ja, das ist es wohl. Meine Gnadenfrist geht zu Ende.

„Wie wäre es mit dem Ballett?" Timothy lacht über seinen eigenen Witz. Ich sollte einfallen. Doch es gelingt mir nicht. Ja, wie wäre es damit, aus der Zeit bei Madame Profit zu schlagen? Ich war eine verdammt gute Tänzerin. Vielleicht habe ich es lange nicht mehr so intensiv praktiziert wie bei Madame, aber ich weiß mit Sicherheit, dass ich es noch immer besser kann als die meisten anderen. Einfach weil es mir in Fleisch und Blut übergegangen ist auf eine ganz und gar unnatürliche Weise. Der Tanz und ich sind eins, die Musik und meine Muskeln verschmolzen. Zu jeder Zeit.

„Weißt du, das ist gar keine so schlechte Idee", sage ich langsam.

Sein verblüffter Gesichtsausdruck ist zum Niederknien. Grinsend ziehe ich eine Augenbraue nach oben und knuffe Timothy in die Seite.

„Nicht erwartet?"

Er schüttelt den Kopf. Nachdenklich?

„Nein, eher nicht nach dem, was du erzählt hast."

Nach der Wahrheit. Ich habe ihm alles offengelegt, wirklich alles. Über meine Eltern, unsere ärmlichen Verhältnisse bis hin zu der Zeit bei Madame. Timothy hat von meinem schier unmöglichen Ausbruch erfahren und von meinem Weg zur Zentrale. Ich glaube, so viel geheult wie in diesen paar Stunden der Wahrheit habe ich noch nie.

„Aber es ist logisch. Ich habe keine Lust auf eine ewig lange Ausbildung."

„Denkst du denn, dass du vortanzen darfst?"

Ich werde es einfach machen. Fragen war noch nie eine meiner Stärken. Meine Fähigkeit wird mir sagen, wann sich der perfekte Moment mit hundertprozentiger Erfolgsgarantie bietet, und dann geht es los.

„Ja", bestätige ich. „Und du? Immer noch Pilot?"

Mit geröteten Wangen verdreht Timothy die Augen, eine Geste, die er sich definitiv von mir abgeguckt hat. Sie steht ihm. „Nach dieser ganzen Sache mit Silent verschlägt es mich wohl doch eher in die psychologische Richtung." Das hätte ich nicht erwartet.

„Also College?"

Er nickt. Ich schlucke. Unterschiedlichere Wege kann man kaum einschlagen.

„Aber egal, was passiert, ich werde dich bestimmt niemals fallen lassen", sagt er hastig. „Ganz egal, was sich verändert."

Mein Lächeln ist ehrlich, vielleicht ein bisschen traurig, aber aufrichtig. Mir ist klar, dass Timothy es sich nicht eingestehen kann und will.

Bei mir ist es gewissermaßen ähnlich. Er hat bereits damit begonnen, sich von mir zu entfernen. In den heftigen Monaten vor den Prüfungen lernte er allein, er verbringt mehr Zeit mit seinen Freunden als mit mir. Er plant für sich ein Leben, in dem ich kaum Platz haben werde. Ich kann es ihm nicht verübeln. Woher nähme ich das Recht, wünsche ich mich doch immer öfter zu Silent als zu ihm?

„Ich weiß, dass du das tun wirst, ich weiß", erwidere ich lächelnd und drücke ihm einen Kuss auf den Mund, bevor Timothy noch etwas sagen kann. Ich will nicht darüber nachdenken, dass wir beide nicht für die Ewigkeit gemacht wurden. „Und hast du schon Bewerbungen rausgeschickt?" Sein schuldbewusster Blick gen Boden beantwortet mir diese Frage. „Wurdest du schon irgendwo angenommen?"

Timothy atmet einmal tief durch, ehe er nickt. „Ein Stipendium in Kalifornien. Sie nehmen mich echt an. Die Noten sind gut genug und die Prüfung habe ich problemlos absolviert", erzählt er um einiges fröhlicher, als ihm zumute ist. Nervös sieht Timothy weiter auf seine Schuhe, während ich den Kopf in den Nacken lege und einmal tief durchatme.

„Dann sollte ich wohl versuchen, dort an einer Akademie aufgenommen zu werden."

Er nickt, sucht zögernd meinen Blick. „Cathrin, ich hätte nie gedacht, dass das mit dem College funktioniert, sonst hätte ich dir davon erzählt. Das schwöre ich dir", flüstert er und nimmt meine Hände in seine.

Ich schenke ihm mein schönstes Lächeln und lege den Kopf leicht schief. „Ich weiß, dass du das getan hättest", sage ich ruhig.

Kurz sieht Timothy mich noch forschend an, dann breitet sich die Erleichterung über sein schönes Gesicht aus. „Du solltest auch langsam Bewerbungen rausschicken. Wenn du zeitnah nichts findest, kein Problem. Du kannst mit in meinem Wohnheim leben."

Wohnheim. Heim. Wie Kinderheim, nur ohne Aufseher.

„Das ist lieb von dir."

Wieder dieses umwerfende Timothy-Lächeln. Lachend hebe ich die Hand und streiche ihm eine kleine Strähne aus der Stirn. Seine Haare sind weich. Wie immer.

„Ich bin die Freundlichkeit in Person."

Ja, das ist er wirklich. Wenn auch nicht unbedingt in diesem Kontext.

Ich hatte mir den Abschluss größer vorgestellt, unvergesslicher. Aber es ist nur ein ganz gewöhnlicher Tag. Einer wie jeder andere auch. Vielleicht tragen die Mädchen lange Kleider und die Jungen Anzüge mit Fliegen oder Krawatten. Vielleicht befinden sich mehr Menschen als je zuvor auf dem Schulgelände. Trotzdem fehlt der Trommelwirbel, dieses Gefühl, dass man einen Schlusspunkt erreicht hat. Meine Mitschüler und ich halten uns an einen Dresscode. Na und? Das macht ein Ereignis nicht unvergesslich.

Nie fühlte ich mich verletzlicher als in meinem bodenlangen schwarzen Kleid auf der Bühne, den Rücken Hunderten Menschen zugewandt, von denen nicht einer für mich erschienen ist. Nicht einmal Luca lässt sich blicken. Ich bin allein, während ich meinen Weg zur Bühne beschreite, um das Zeugnis entgegenzunehmen, das meine Ketten lösen soll.

Margret habe ich kurz gesehen, bevor die Zeremonie begann. Sie hat Timothy so herzlich umarmt wie eh und je. Mich auch. Aber mir roch sie schon immer ein wenig zu sehr nach Kernseife, als dass ich diese Umarmung wirklich hätte genießen können.

Sobald ich die erste Stufe erklimme, bereue ich es aufrichtig, dass ich ein rückenfreies Kleid gewählt habe. Jeder Blick ist ein Stich in meine Haut – und mich starren verdammt viele Menschen an. Nicht lustig, nicht im Entferntesten.

Ich bin die erste Schülerin dieses Abends, die die Bühne betritt und sich in grelles gelbes Licht tauchen lässt. Mit einem strahlenden Lächeln begrüßt mich der Direktor. Der, den ich so schändlich mit dem Katholikentrick habe reinlegen können. Der Applaus hallt in meinen Ohren nach, obwohl er bereits geendet hat. Neben dem Rektor zückt eine junge, hübsche Lehrerin eine orange Rose. Aus irgendeinem Grund muss ich daran denken, dass Natasha einen ihrer Freunde wegen einer orangen Rose in den Wind geschossen hat. Wie sie jetzt wohl auf die ungeliebte Farbe reagiert? Wenn sie den Schulleiter hier und jetzt deswegen zum Teufel wünscht, dann wäre das mein Highlight des Tages.

„Cathrin Duty, eine Schülerin, die – ob Sie es nun glauben oder nicht – jede einzelne Arbeit mit einem A absolviert hat!“, ruft der Direktor und bedeutet mir, noch näher zu ihm zu kommen. In die Mitte. Auf den Präsentierteller.

Alle meine Sinne sind auf Abwehr geschaltet. Trotzdem folge ich dem stummen Befehl des Schulleiters und stelle mich neben ihn, bekomme mein Freiheitspapier überreicht, eine orangefarbene Rose und Applaus, der den Boden beben lässt, mir jegliche Orientierung nimmt.

Das Lächeln weicht nicht eine Sekunde von meinen Lippen, während ich mich überschwänglich beim Direktor und der Lehrerin – keine Ahnung, wie sie heißt, die hat mich nur in Musik unterrichtet – bedanke.

Ich habe wirklich, wirklich gehofft, dass irgendwer noch besser ist als ich, weniger Fehltage hat. Irgendwie so was. Denn so darf ich beim Verebben des donnernden Applauses nicht wieder auf meinen Platz verschwinden, nein, ich muss zu ihnen sprechen. Zu all den Menschen, die mich erwartungsvoll ansehen. Ich sollte in der Menge verschwimmen. Stattdessen stehe ich hier. Und sobald ich den Mund aufmache, kommt da nur Mist raus. Ich Experte habe es natürlich nicht für notwendig erachtet, meine Rede auch nur zu skizzieren. Ich bin nicht die Beste. Ende.

Und jetzt stehe ich hier und die Stille legt sich erstickend auf mich. Damit das Pult vor mir nicht so leer und bedrohlich wirkt, lege ich mein Zeugnis und die Rose darauf, ehe ich mich räuspere. Hunderte Augenpaare richten sich auf mich, warten auf meine Worte. Ich finde keine. Panisch suche ich die Reihen nach einem Lächeln ab. Nach einem ganz bestimmten. Erst als ich Timothy entdecke, entspanne ich mich etwas. Er nickt mir ermutigend zu.

Ich räuspere mich noch einmal. Ich habe schon Schlimmeres überstanden. Was ist das hier schon? Nur eine jämmerliche Rede.

„Meine Damen und Herren, Mitschüler und Mitschülerinnen ... und eben alle anderen, die noch hier sind, fühlt euch angesprochen und begrüßt.“ Oh, das war gerade viel zu flapsig. Aber jetzt ist es raus. Ich habe gehofft, dass jemand über meinen Patzer lacht. Was selbstverständlich nicht passiert. Jeder hängt mir an den Lippen, als würde ich nur sinnvolle, vernünftige Sätze hervorbringen können.

„Sind wir mal ganz ehrlich, ich habe einfach keine Rede vorbereitet, frei nach dem Motto: Irgendwer wird bestimmt besser sein als ich und darf diesen Part der Veranstaltung übernehmen. Tja, scheint, als hätte ich mich blamabel verrechnet.“

War das ein Lachen, das jemand versucht hat, mit einem Husten zu kaschieren? Meine Fähigkeiten arbeiten, ehe ich es verhindern kann. Ja. Ich sehe wieder zu Timothy. Er nickt mir ermutigend zu. Seine Augen glitzern. Stolz?

Mit neuem Mut spreche ich weiter. „So, also, wir sind fertig. Jetzt fängt das Leben an! Ab jetzt schlagen wir uns um die Arbeits- oder wahlweise auch Studienplätze. Denn es wird wohl kaum noch jemand von uns Prinz oder Prinzessin werden. Da muss man nach Belgien reisen und das ist einfach so weit weg." Das wird die schrecklichste Abschlussrede, die an dieser dämlichen Elite-Institution jemals gehalten wurde. Eine Schande.

„Vermutlich werden wir das alles hier schon nach kürzester Zeit vermissen, obwohl wir uns doch geschworen haben, die Schule aufrichtig zu hassen. Mein Freund meinte, ab der dritten Klasse ginge sowieso niemand mehr freiwillig zum Unterricht. Überlegt mal, wie es wäre, ginge das so weiter. Dann hätten wir in drei Jahren keine Lust mehr auf unser Studium oder den Job. Hoffen wir, dass jeder seinen eigenen Weg findet, um das zu verhindern. Mit diesen knappen Worten wünsche ich euch viel Spaß dabei, eure Zeugnisse entgegenzunehmen, und haltet sie in Ehren. Sie sind nicht nur der Beweis dafür, dass ihr zwölf Jahre lang die Schulbank gedrückt habt, sondern auch ein Zeichen der Freiheit. Danke."

Selbst nach dieser versiebten Rede klatschen und jubeln die Anwesenden. Ich wusste gar nicht, dass schon im Vorhinein Alkohol geflossen ist, um die Stimmung zu heben.

„Ich danke Ihnen aus ganzem Herzen, Miss Duty", ruft der Rektor über den allgemeinen Tumult hinweg.

Ich will mich gerade möglichst unauffällig von der Bühne stehlen, da packt mich die Lehrerin am Handgelenk und zieht mich in die linke Ecke. Darf ich hier jetzt stehen bleiben, bis alle siebzig Absolventen ihr Zeugnis haben? Wirklich? Augenscheinlich.

Sie werden alle nacheinander aufgerufen, alphabetisch. Zugegeben, ich muss Natashas Kleid bewundern, als sie auf die Bühne stolziert mit dem Selbstbewusstsein einer Diva. Der weiße Stoff wabert bei jedem Schritt um ihre Beine und betont jeden noch so winzigen körperlichen Vorzug. Sie strahlt wie eine erhabene Königin. Wie ein teuflischer Engel. Kaum zu glauben.

Timothy betritt die Bühne mit der ihm eigenen Leichtigkeit, die ganze Zeit über strahlend. Ein Mädchen, dessen Namen ich nicht kenne, stolpert über den Saum seines langen Kleides. Meine Mundwinkel zucken. Das war zuvor eine meiner größten Ängste. Sie schafft es trotz allem, ein warmes Lächeln beizubehalten und sogar kokett an der Blume zu riechen.

Es dauert Ewigkeiten, bis alle auf dem glänzenden Parkett stehen, stolz mit den Abschlusszeugnissen in der Hand. Die, die beweisen, dass man jetzt fliegen lernen muss.

Unendlichkeiten verstreichen, bis wir alle fotografiert wurden bei unserem Abgang. Tatsächlich ertrinkt die Sonne gerade im See, als wir die Turnhalle verlassen, wobei mir noch immer schleierhaft ist, warum nicht der Speisesaal als Veranstaltungsraum hergehalten hat. Da stinkt es weniger nach Football.

„Du warst fantastisch“, begrüßt mich Timothy und drückt mir einen Kuss auf die Lippen.

Ich verdrehe die Augen. „Diese Rede war eine Katastrophe.“

Sorglos zuckt er die Achseln. Ich muss lachen. Es sieht so lächerlich aus, wenn er mich währenddessen an sich drückt.

„Sie war ehrlich.“ Wow, ehrlich. Das neue Interessant.

„Timothy, mein Junge!“, unterbricht mich Margret, bevor auch nur ein einziger bissiger Kommentar in meinem Kopf Gestalt annehmen kann. Noch einmal umarmt sie Timothy ungestüm und zerdrückt dabei beinahe die Rose und mich, die wir von ihm gehalten werden. „Cathrin. So eine schöne Rede hast du gehalten. Und so ehrlich!“

Ich ringe mir noch ein Lächeln ab. Ja, ehrlich ist definitiv das neue Interessant. Margret presst mir mit ihrer Umarmung, die eigentlich nur Timothy gelten sollte, fast alle Luft aus den Lungen.

Tapfer halte ich die Mundwinkel starr nach oben gezogen. Ob das Grinsen noch meine Augen erreicht?

„Danke, das ist sehr freundlich von Ihnen.“

Sie nickt zufrieden und löst Timothy von mir, um ihn noch einmal in den Arm zu nehmen. „Du bist auch heute wieder so wunderschön. Und das liegt bestimmt nicht nur an der Schminke“, neckt sie mich.

Lachend werfe ich mir meinen obligatorischen Zopf über die Schulter. „Sie können doch gar nicht wissen, ob wirklich nur die schwarzen Wimpern mein Gesicht so hübsch machen“, spotte ich und fädle meine Finger wieder zwischen Timothys hindurch. In dieser familiären Situation brauche ich seine Sicherheit. Ich habe keinerlei Erfahrungen mit diesen Momenten. Sie fühlen sich noch immer an wie in einer falschen Dimension.

Margret stemmt empört die Hände in die Hüften. „Hübsch! Hübsch! Timothy, mein Junge, machst du deiner Freundin denn so selten Komplimente, dass sie denkt, sie sei nur hübsch?“

„Ihr kann man zehnmal täglich sagen, sie sei das schönste, zierlichste Mädchen auf Erden, sie glaubt es einem trotzdem nicht“, neckt er mich und zupft sanft an meinem Zopf. Gespielt entrüstet schlage ich nach seinen Händen und lasse zu, dass er mich wieder in seine Arme zieht.

„Dann solltest du dir mehr Selbstbewusstsein zulegen.“

„Glauben Sie mir, Margret, noch ein bisschen mehr davon und ich platze", kichere ich, überrascht davon, wie unglaublich glücklich ich in diesem fremden, gestohlenen Moment bin. Für einen Augenblick stelle ich mir vor, dass Silent sich durch die Menge schlängelt, dann verdränge ich den Gedanken wieder. Es ist gut, dass er heute nicht hier ist. Er ist kein Teil dieser Familie mehr. Seine Anwesenheit würde lediglich Chaos verursachen.

„Das hoffe ich aber auch", schnaubt Margret und sieht sich um. „Na dann, man hat mir gesagt, hier solle es irgendwo ein Buffet geben. Das kann ich mir doch nicht entgehen lassen." Sie reibt sich die Hände wie ein kleines Kind, das irgendetwas Verrücktes ausheckt. Ich mag diesen Gesichtsausdruck, liebe es aber mehr, wie Timothy einen Arm um meine Schulter legt und in Richtung des Schulhauses nickt.

„Im Speisesaal, dort, wo es immer das gute Essen gibt."

Deswegen wurde die Zeremonie in die Turnhalle umquartiert! Ja, lieber lässt man sich in der notdürftig gelüfteten Turnhalle fotografieren, als dort zu essen.

„Dann sollten wir los, immer der Nase nach", scherzt Margret.

Ich kann ein Kichern nicht unterdrücken. Immer der Nase nach zum Abendbrot. Diese Frau ist toll. Sorglos für diesen Moment hake ich mich bei Timothy unter und sehe ihn an. „Dann sollten wir los, immer der Nase nach", wiederhole ich. Lachend beugt er sich vor, küsst mich noch einmal, ehe wir uns zusammen mit der Meute im Sonnenuntergang auf den Weg zum Essen machen. Warme Orangetöne werden auf unsere Körper gemalt. Orange wie die Rosen. Ein gutes Zeichen?

„Deine Rede war aber wirklich gut, auch wenn du es nicht glaubst", sagt Timothy irgendwann.

Ich schüttle leicht den Kopf. Das Lächeln klebt noch immer in meinem Gesicht und es fühlt sich gut an. Auf eine skurrile Art befreiend. „Die, die Natasha vorbereitet hat, wäre besser gewesen. Klischeehafter."

„Sind es denn die Klischees, die etwas in der Erinnerung haften lassen?" Vermutlich nicht.

Ich knuffe ihn in die Seite. „Hör sofort auf damit, philosophisch zu sein, das darfst du erst nach deinem Studium", weise ich ihn zurecht.

Timothy heftet mit gekräuselten Lippen den Blick auf Margrets leicht gebeugten Rücken. Beim besten Willen, ich kann mir nicht vorstellen, dass Madame jemals in dieser Haltung gesichtet wird.

„Erst nach meinem Studium? Ich will mich mit Psychologie beschäftigen."

„Alles das Gleiche“, wische ich diese Diskussion vom Tisch, bevor ich sie noch verliere. Dabei bin ich längst ins Fettnäpfchen getreten.

„Dachtest du wirklich, Philosophie ist Psychologie?“

„Beides lange, unschöne Wörter. Stammen bestimmt auch beide aus dem Griechischen. Also, warum nicht?“, jammere ich.

Timothy zwickt mich sanft in die Seite, während wir ein letztes Mal durch diese Tür des potthässlichen Kubus gehen. „Und so was ist Jahrgangsbeste.“

„Ach, halt doch die Klappe.“

Er lacht nur, lacht für mich, so herzhaft, dass Margret sich kurz umdreht und uns liebevoll mustert. Leider verpasst sie den richtigen Augenblick, um wieder wegzusehen. Timothy zieht mich an sich und küsst mich. Margret seufzt tief und guckt nicht einen Moment zur Seite.

30.04.2008, Mikun?

Die Auswahl. Heute wird die Anzahl der Kinder halbiert. Nach langem Studium dieser ist es mir erlaubt, mit auszuwählen. Ich berühre die Kinder, die man hier nicht gebrauchen kann. Sie gehen in die Knie, bleiben in dieser Haltung, schweigend. Manche beginnen zu zittern. Erstaunlich, wie sehr mich diese Schwäche anwidert.
Wir alle sind hier, um Beherrschung zu lernen, und selbst wenn ihr Weg hier heute zu Ende geht, sollten sie doch nicht jede schmerzhaft erlernte Lektion vergessen haben.
Ich gehe an Merida vorbei, ignoriere ihre wütenden, strafenden Blicke. Vielleicht sollte ich sie bei Madame und Grotian melden. Ich hätte es längst getan, wäre da nicht das Gefühl, ich spräche ihr Todesurteil aus. So lege ich ihr nicht die Hand auf den Kopf, gehe nur mit erhobenem Kinn an ihr vorbei und berühre den Jungen neben ihr, der wohlweislich ohne Widerstand zu Boden sinkt, ebenso wie alle anderen bereit zu sterben.

Kapitel 27

Timothy hat mich zum Vortanzen begleitet. Ich bezweifle, dass ich es ohne ihn überstanden hätte. Die Frau, die mich prüft, ist nicht Madame, nein. Sie hat nicht diese makellose Haltung und die scharfen und doch elfenhaften Gesichtszüge. Diese Kälte haftet nicht an ihr wie ein Schatten und ihre Lippen umspielt ein warmes Lächeln. Sie ist blond, hält ein Klemmbrett in den Händen und nickt mir aufmunternd zu. Ebenso wie Timothy. Sie ist ein Mensch mit gutem Herz, der mich tanzen sehen will.

„Sagen Sie mir, welche Figuren ich vortanzen soll, oder ist Improvisation okay?“, frage ich sie ruhig und zupfe angespannt am rechten Ärmel der schwarzen Bluse.

„Improvisation wird erwartet“, erwidert sie freundlich, setzt sich auf einen der Stühle und schaltet das Radio ein. Musik durchflutet den Raum, schwer, melancholisch.

Ich muss schlucken und ringe um Konzentration. Madames Lieblingslied, aus dem Film „Schindlers Liste“. In diesem Moment will ich schreien. Mein Wunsch, all das Leid, das mich zu einer makellosen Tänzerin geformt hat, in etwas Sinnvolles zu verwandeln, lässt mich den Blick abwenden und die Muskeln lockern. Nie hätte ich es gewagt, Madame den Rücken zuzudrehen. Dieser Frau gegenüber fühlt es sich richtig an.

Ich sehe mich hundertfach in den Spiegeln. Die Ballettstange ist der einzige Anhaltspunkt. Alles erinnert mich an Madame. Nur die Scherben fehlen. Die Violine löst das Orchester ab. Ich begebe mich in die Grundposition, bereite mich darauf vor, noch ein letztes Mal zu diesem Lied zu tanzen. Ich hebe langsam das rechte Bein, strecke es im rechten Winkel von mir und drehe mich einmal langsam und beherrscht perfekt auf der Spitze, ohne die Spitzenschuhe zu tragen, die man mir zurechtgelegt hat. Das vertraute Stechen schießt durch meinen Fuß, während ich das Bein hebe, noch eine Drehung absolviere, ehe ich wieder auf den Spitzen beider Füße stehe.

Das Stück wird dramatischer, ich bewege mich schneller, schließe die Augen, um meine wirbelnde Gestalt nicht mehr beobachten zu müssen. Fünfte Lage. Ich kehre zu einer langsamen Pirouette zurück, ein kleiner Sprung, so perfekt ausgeführt, dass er weit entfernt von lächerlich ist. Schwerelosigkeit

Sechste Lage. Winzig kleine Schritte, Drehungen, die sich dem Boden zuneigen, mein Oberkörper, der nach vorne kippt. Kunst.

Letzter Ton. Perfektion. Mein Atem geht schwer. Die Stille ist vernichtend. Es ist mir nach all den Jahren noch einmal gelungen. Ich habe jemandem den Atem geraubt in weniger als fünf Minuten.

Ich öffne die Augen und wage es, mich in den zahlreichen Spiegeln anzusehen. Meine Pupillen wirken winzig klein. Panisch klein. Langsam entspanne ich die Muskeln und drehe mich zu der blonden Frau um, die mich ungläubig mustert. Ihr sind alle Gesichtszüge entglitten. Mühsam ordnet sie sich.

„Wer hat Sie unterrichtet?“, fragt sie schließlich, den Stift an die Lippen gehoben.

Ich zucke die Schultern und beginne, meinen Zopf zu lösen, damit ich etwas anderes zu tun habe, als bebend hier in diesem verspiegelten Raum zu stehen. Mich daran zu erinnern, wie Madame in genau der gleichen Bewegung mit dem Kugelschreiber gegen ihre Lippen tippte. Für einen flüchtigen Moment verschwimmt der helle Tanzsaal. Das Sonnenlicht wird grellweiß, die Temperaturen fallen rapide. Der Geruch von Blut liegt in der Luft. Man betrachtet mich nicht aus freundlichen braunen Augen, sondern aus eiskalten blauen, immer abwägend, ob ich meine Fähigkeiten noch werde steigern können. Oder nicht.

„Madame Schostakowitsch.“ Ich räuspere mich.

Nachdenklich schüttelt die Prüferin den Kopf. „Nie gehört. Sie sind Russin?“

Mein Fall ist vorüber, in diesem Punkt darf ich ehrlich sein. „Ja.“ Einige Locken streicheln beruhigend meine Wange. Der Knoten hat sich gelöst. Die letzte Dreifachdrehung hat ihm den Rest gegeben. Madame wäre wütend. Sie würde es mich büßen lassen. Diese Frau hier lächelt lediglich, als ich mir mit zittrigen Fingern die Haare aus dem Gesicht streiche.

„Immer wieder faszinierend, was die russischen Schüler für Leistungen abliefern. Das, was Sie mir hier gerade dargeboten haben, solch eine unheimliche Perfektion habe ich noch nie sehen dürfen. Jede düstere Rolle könnten Sie problemlos übernehmen“, sinniert sie, tippt weiter mit dem Stift gegen die Lippen.

Ich wage erstmals, Timothy einen Blick zuzuwerfen. Er sieht aus, als wäre er fertig mit der Welt. Super. Seine Augen sind weit aufgerissen, der Mund steht ihm noch immer offen. Noch etwas länger und er fängt an zu sabbern.

„Wir werden uns schnellstmöglich bei Ihnen melden. Ihre Darbietung dieses Stückes war tatsächlich einzigartig."

Das glaubt sie nur so lange, wie sie nie einen Fuß in Madames Haus gesetzt hat.

Lächelnd streckt die Prüferin mir die Hand entgegen und ich schüttle sie. Diese Frau wirkt nahbar, nicht wie eine ernst zu nehmende Gefahr. Sondern wie ein ganz gewöhnlicher, langweiliger Mensch. Wäre sie auch nur eine Stunde bei Madame gewesen, hätte sie gar keine andere Interpretation mehr zulassen können. Es waren Hunderte Schüler, die über die Jahre genau diese Bewegungsabläufe gelernt haben.

„Vielen Dank", flöte ich. Mühsam unterdrücke ich noch immer das Zittern in meinen Muskeln. Nicht aus Nervosität oder Erleichterung, sondern irrationaler Wut. Weil diese Frau dieses Lied angespielt hat – und weil ich nicht um ein anderes gebeten habe.

Immer noch etwas neben sich stehend, schenkt Timothy der Prüferin ein Lächeln, ehe er mich bei meiner Flucht aus diesem Gebäude begleitet.

„Das war der Wahnsinn, Cathrin", bringt er schließlich hervor.

Ich ringe mir ein Lächeln ab, bringe es aber nicht übers Herz, ihn anzusehen. Ich komme mir vor wie eine gigantische Betrügerin. Die Hölle dazu genutzt, um vielleicht in den Himmel zu kommen. Widerwärtig.

„Zu diesem Lied musste ich Tausende Male tanzen." Ich klinge gehetzt. Als wäre der Teufel hinter mir her. Und das ist er. Irgendwie. Wenn auch nur in meinen Erinnerungen, er ist realer als alles andere. Realer als Timothy.

Sobald wir das Gebäude verlassen haben, umfasst er meine Handgelenke und zerrt mich in eine unbelebtere Gasse. „Was ist los?", fragt er eindringlich.

Ich zucke die Schultern. Was soll schon los sein? Ich habe gerade zu Madames Lied getanzt, das ist alles. Ich habe mir angehört, was für eine göttliche Lehrerin sie war, erinnere mich daran, wie ich bei diesem Lied Hunderte Kinder getötet habe. Blut wird fließen. Das erste Mal hat sich diese Prophezeiung nicht bewahrheitet.

„Nichts, wirklich." Die Tränen, die mir über die Wangen zu laufen beginnen, strafen mich Lügen. Toll, jetzt heule ich schon wieder wegen dieser Frau, dabei ist sie nicht einmal eine halbe Träne wert. Seufzend zieht Timothy mich an sich, bettet sein Kinn auf meinem Kopf und beginnt, mir beruhigend über den Rücken zu fahren. Anders als zumeist hilft es nicht. Ich fühle mich nur noch hinterhältiger. Wird der Tag kommen, an dem sich das ändert? Ich bezweifle es von Woche zu Woche, Monat zu Monat mehr. Ich werde gejagt. Jede Stunde. Es ist nur eine Frage der Zeit, bis ich Timothy mit mir in den Abgrund reiße, den ich selbst aushebe.Widerstrebend löse ich mich von ihm und wische mir die Tränen von den Wangen, obwohl stetig neue nachkommen. Ratlos sehen wir einander an.

„Ich hätte das niemals vorschlagen sollen“, sagt er schließlich leise. Seine Stimme ist so rau, dass ich mich frage, wie weit er noch von den Tränen entfernt ist. Kein besonders erfreulicher Gedanke.

„Nein, der Vorschlag war gut, wirklich. Und sobald ich zu anderen Stücken tanzen darf, ist auch alles in Ordnung. Es war nur ... bei diesem Stück ist so viel Blut geflossen, auch durch meine Hand.“ Meine Stimme bricht und ich starre angestrengt auf die graue Wand hinter ihm, um nicht wieder in Tränen auszubrechen. Das Brennen beruhigt sich ein wenig. Genug, um mich meine Fassung wiedererlangen zu lassen.

„Aber es tut dir weh.“ Die Hilflosigkeit in seiner Stimme schmerzt mich viel mehr.

Wir müssen das Thema wechseln, dringend. Meine Fähigkeiten huschen zwei Ecken weiter. „Wie wäre es mit einem Eis? In der Nähe soll es ein wirkliches gutes Lokal geben.“

Er zieht eine Augenbraue nach oben. „Eis?“, fragt er pikiert.

„Ja, die Sonne scheint, es ist warm. Ich finde, das alles spricht für ein Eis“, sage ich fest und zupfe ungeduldig am Saum seines blauen T-Shirts.

Timothy verdreht die Augen. „Also, Eis, warum nicht?“, geht er auf meine Ablenkung ein. So wie fast immer. Timothy würde für mich die Welt einreißen, bäte ich ihn darum.

Und andersherum? Wie weit wäre ich bereit für ihn zu gehen?

Ich ziehe Timothy an mich, bevor ich mich zu sehr in dieser bitteren Angst verliere. Ich presse meine Lippen auf seine, um wieder atmen zu können. Lächelnd erwidert Timothy meinen Kuss und mein Puls beruhigt sich endlich ein bisschen. Er ist für mich da. Er wird mich unterstützen. Bis ich auf eigenen Beinen stehen kann.

Grinsend führt Timothy mich aus der dunklen Gasse und folgt meinen Anweisungen, die uns zu der Eisdiele führen. In diesem Moment müssen wir wirken wie ein ganz normales, sorgloses Paar. Er neckt mich, ich pikse ihn in die Seite, bekomme dafür noch einen Kuss. Und wie ich mir das Ganze so vor Augen halte, muss ich zugeben, es steht uns verdammt gut.

„Gibt es für dich eigentlich auch noch etwas anderes als deine dämlichen Bücher?", jammere ich und sehe ihn aus großen grauen Augen an, das Kinn auf die Hände gestützt.

Mit einem erschöpften Lächeln dreht er sich zu mir um. „Dich." Tiefe Augenringe ziehen sich unter seinen sonst immer sorglosen braunen Augen entlang, nehmen ihm das, was meinen Timothy immer ausmachte. Die bedingungslose Sorglosigkeit.

„Angst vor der nächsten Prüfung?", frage ich ruhig und suche seinen Blick. Er nickt und dreht mir den Rücken zu. Warum lässt mich das Gefühl nicht los, dass nicht sein zweites Examen der Grund für die anhaltende schlechte Stimmung ist. „Timothy, ist alles in Ordnung?", hake ich nach, als er schweigt. Noch ein Nicken.

Timothy umfasst den Stift fester, so fest, dass seine Knöchel weiß hervortreten. Zögernd stehe ich von seinem Bett auf und geselle mich zu ihm. Berühre sanft seine Schulter. Er zieht sie unter meiner Hand weg.

Mein Herz krampft sich zusammen. „Was ist los, verdammt?"

Nur ein Schulterzucken, während er energisch umblättert. Die Seite reißt ein. Bei dem ratschenden Geräusch fahren wir beide zusammen.

„Gibt es Ärger mit deinen Professoren?"

„Nein."

„Was dann?"

Für einen Moment glaube ich, dass er noch einmal die Schultern zucken will, doch dann dreht er sich zu mir um, die Augen unheilvoll funkelnd. So habe ich ihn erst zweimal gesehen. Beide Male war er verdammt sauer auf mich. Nur weiß ich gerade beim besten Willen nicht, was ich verbrochen haben soll. Den gesamten Tag habe ich beim Training verbracht. Timothy hat mich lediglich zum Frühstück gesehen. Hätte er mich nicht vermissen sollen?

„Du rufst nach ihm, wusstest du das?", flüstert Timothy. Er ist ganz ruhig. Geschlagen ruhig.

Mein Bauch rebelliert. „Nach wem?"

Ein bitteres Lächeln umspielt seine schönen Lippen. Lippen, die ich so oft geküsst habe und die mich so oft jede Sorge haben vergessen lassen. Wie eine zuverlässige Droge. „Silent, jede verdammte Nacht. Manchmal flehst du ihn an zurückzukommen, manchmal schreist du einfach nur seinen Namen. Aber ich habe nicht gehört, dass du meinen auch nur ein einziges Mal geflüstert hättest. Nicht ein einziges Mal, Cathrin. Als hätte ich keinen Platz in deinem Herzen."

Das Blut gefriert mir in den Adern. Ich weiche zurück und schüttle den Kopf. „Das ist Schwachsinn!" Ich wusste, dass es eine Katastrophe werden würde, wenn wir jede Nacht zusammen in einem Bett schlafen. Ich wusste es. Ich habe es gefühlt. Warum bloß habe ich nicht das Zimmerangebot der Akademie angenommen? Wie naiv! Es ist für mich kein Geheimnis, dass ich jede Nacht von Silent träume, allerdings ist es mir neu, dass ich dabei so gesprächig bin.

„Ach, ist es das? Dann sag mir hier und jetzt, dass du nichts für ihn empfindest, dass du nach zwei verdammten Jahren endlich über ihn hinweg bist. Sag es mir hier und jetzt!", fordert Timothy.

Wie groß wäre der Verrat an Silent, täte ich das? Gering, entscheide ich. Denn ihn werde ich niemals erreichen können. Aber Timothy brauche ich. Es ist mir egal, wie kompromisslos und egoistisch das klingt, aber ich brauche Timothy. Ohne ihn würde ich jeden Halt verlieren. Ich würde durchdrehen.

„Ich empfinde nichts für ihn", lüge ich Timothy ins Gesicht und lege die perfekte Ruhe in meine Stimme für dieses Statement, die perfekte Lautstärke. Zu perfekt.

Ein wehmütiges Lächeln umspielt Timothys Lippen. „Kannst du dich noch an die Zeit erinnern, in der wir einander nicht belogen haben?"

Der Kloß in meinem Hals wächst. Ich fühle mich so nutzlos, so dumm. Bündle es zu Wut und springe auf. „Denkst du, ich will das? Denkst du, ich will nicht von ihm loskommen?", fauche ich.

Timothy dreht mir wieder den Rücken zu und stützt sich auf die Unterarme. Sieht mich nicht länger an, antwortet nicht sofort. Diese Augenblicke, in denen er schweigt, sind die Hölle. Sie vernichten mich. Jede stille Sekunde ist ein Dolchstoß in mein Herz, tausendmal schmerzhafter als der Hieb, den Silent mir vor Jahren in dieser Nacht am See verpasst hat. Wie ich mich in diesen scheinbar ewig währenden Sekunden auf den Beinen halte? Ich kann es nicht sagen.

„Nein", bricht Timothy schließlich das quälende Schweigen. „Aber ich weiß auch nicht, warum wir uns dann weiterhin diese Mühe machen und so tun sollten, als könnten wir in einer ganz normalen Beziehung leben."

Die Ruhe, diese Endgültigkeit in seiner Stimme ist alles, was ich jemals fürchtete. Es ist das, von dem ich wusste, dass es kommen wird. Vom ersten Tag an war mir klar, dass wir irgendwann an diesem Punkt stehen würden. An dem er bereit ist, mich loszulassen und mich hinter sich zu lassen. Für immer.

Panik schnürt mir die Kehle zu. Ich kämpfe gegen das Zucken an, das mir durch den Körper schießt. Das kann Timothy nicht tun. Er darf mich nicht wegschicken. Oder gehen. Das geht einfach nicht! Es ist zu früh. Ich bin noch nicht so weit. Ich kann noch nicht auf eigenen Beinen stehen. Timothy ist alles, was mir Kraft gibt. Er sollte es wissen. Genau das sollte ich ihm erklären.

Ich öffne den Mund, um etwas zu sagen, das ihn umstimmen könnte. Aber ich finde nichts, meine Fähigkeiten versinken in zerstörerischer Stille. Ein Wir wird es nicht mehr geben. Meine Wut explodiert in dem, was sie von Anfang an war. Stumme Tränen laufen mir über die Wangen, während ich auf seinen leicht gebeugten Rücken starre.

„Heißt das, du willst mich nie wiedersehen?“ Nicht einmal ein Schluchzen erschüttert meine Stimme.

Nachdenklich, nahezu traurig senkt er den Kopf noch tiefer. Atmet einmal tief durch. „Das habe ich nie gesagt. Nur dass ich keine Kraft mehr für all das habe. Du weißt gar nicht, was für ein Gefühl es ist, in der Nacht von dem Mädchen, das man liebt, geweckt zu werden, weil es nach einem anderen Typen ruft.“

Nein, das weiß ich tatsächlich nicht, außer ich sehe in unsere Vergangenheit, in seine Vergangenheit, betrachte diese Nächte. Zugegeben, ich bin zu feige dafür. Ich will nicht empfinden, was Timothy in diesen Sekunden, Minuten fühlt.

„Das heißt, ich soll gehen?“

Er stützt sich auf und wiegt leicht den Kopf hin und her, als verlöre er langsam den Verstand. „Nein. Also, ja, irgendwie schon.“ Timothy seufzt schwer und fährt sich durch die frisch geschnittenen Haare. „Aber nicht für immer. Nur für heute Nacht. Vielleicht auch erst morgen. Je nachdem, wann du dir eine Unterkunft organisieren kannst“, stottert er. Selbst jetzt ist er noch darauf bedacht, mich nicht in eine ausweglose oder auch nur unangenehme Situation zu bringen.

„Ich kann auch heute gehen. Die Akademie hat mir ein Zimmer bereitgestellt“, wispere ich.

Dass das Angebot seit Monaten ausgelaufen ist, verschweige ich ihm. Diese Information würde alles nur unnötig verkomplizieren. Ich finde schon einen Ort für die Nacht. Die Blusen landen rasch unten im Rucksack.

„Cathrin, was tust du da?“ Leichte Panik schwingt in Timothys Stimme mit.

Verwirrt drehe ich mich zu ihm um und sehe in seine aufgerissenen, warmen braunen Augen. Wie oft werde ich mich noch in ihnen verlieren dürfen? Kann ich die Chancen bereits an einer Hand abzählen?

„Packen? Du wolltest, dass ich gehe.“

„Aber nur für ein, zwei Nächte. Tagsüber bist du hier immer willkommen.“

„Du hast Schluss mit mir gemacht.“

„Ich habe dir gesagt, dass ich dich nicht loswerden will“, berichtigt er mich. Endlich steht er von seinem blöden Stuhl auf. Hockt sich neben mich auf den Boden. Seine Nähe hat etwas Tröstliches, selbst jetzt, wo er nie weiter entfernt war. „Cathrin, ich werde dich nie ganz allein lassen“, schwört er mir. „Du wirst immer einen Platz in meinem Herzen haben und auch in meinem Wohnheim. Oder später Haus.“

Wirklich niemand kann beruhigender auf einen einreden als er. Niemand auf der ganzen Welt. Allein aus Gewohnheit will ich ihn küssen. Erst als Timothy zurückweicht, wird mir klar, wie unglaublich falsch das wäre.

Verlegen räuspere ich mich. „Gut, dann lasse ich dich heute Nacht in Ruhe.“ Irritiert stehe ich auf. Soll den Jungen mal jemand verstehen. Erst wütend, dann bittend. Und zwar nicht darum, dass ich für immer verschwinde. Dabei hätte er jedes Recht, mich hochkant auf die Straße zu befördern. Weil er weiß, wie sehr ich ihn brauche? Ich ergreife Portemonnaie und Smartphone.

„Du hast wirklich eine Übernachtungsmöglichkeit?“, fragt Timothy noch einmal besorgt.

Gegen meinen Willen muss ich bei seinem süßen Tonfall lächeln. „Ja. Und ich weiß, dass es unangebracht ist, aber kommst du morgen trotzdem zur Vorstellung?“, nuschle ich.

Der Schatten des alten Timothy-Lächelns erhellt sein erschöpftes Gesicht. „Natürlich komme ich. Wie könnte ich mir deinen Auftritt entgehen lassen?“ Ich ringe mir ein Lächeln ab, ehe ich mich vorbeuge, um ihn zu umarmen. In seinen Armen zu liegen, ist so vertraut. Trotzdem weiß ich, spüre ich, wie er mir entgleitet. Mein Bauch rebelliert mehr denn je, schmerzhaft. Doch keine Furcht ist größer als die nachzusehen, wann ich ihn endgültig verlieren werde. Oder gar warum.

Kapitel 28

Es fühlt sich an, als käme ich nach Hause. Der kratzige Tüllrock behindert mich nicht mehr, die beengenden Schuhe reiben nicht länger an meinen Zehen. Selbst das schlechte Timing meines Tanzpartners, der sich zuverlässig eine Millisekunde neben dem Takt bewegt, kann ich tolerieren. Ich bin in einem Rausch. In einem zerrenden und fordernden Liebeslied an den Tanz, während die letzten Takte verklingen und donnernder Applaus meine Arbeit belohnt.

„Du warst großartig", brüllt mir mein Tanzpartner über den Lärm hinweg ins Ohr. Keine Ahnung, wie er heißt.

Ich schenke ihm ein knappes Lächeln, ehe ich wie von selbst nach Timothy zu suchen beginne. Dieses Kompliment werde ich Mr Zuverlässig-zu-spät nicht zurückgeben.

Hunderte Menschen sehen begeistert zu mir auf. Hunderte, Tausende. Den, den ich zu sehen wünsche, finde ich nicht. Für einen dummen Augenblick mache ich mir ernsthaft Sorgen darüber, dass er nicht gekommen ist. Timothy hätte jedes Recht dazu, nicht aufzutauchen. Ich weise mich zurecht und taste die Reihen noch einmal mit Blicken ab. Irgendwo dort muss er sitzen. Timothy hält seine Versprechen.

Nach einer Ewigkeit gebe ich auf. Sein Gesicht muss zwischen den zahllosen Zuschauern untergegangen sein. Mit meinem Tanzpartner zur Linken und dem eigentlichen Star des Abends zur Rechten verbeuge ich mich, wir fassen uns an den Händen und baden in der Begeisterung. Dieser Abend ist in gewisser Weise ein Wunder. Dass ich hier stehe und diesen Tanz absolviert habe, ohne dass meine Gabe dazwischengefunkt hat. Wirklich der Wahnsinn. Ein Traum, der von donnerndem Applaus gekrönt wird. Ich fühle mich schwerelos wie bei einem irrealen Flug. In diesen Sekunden ist es mir egal, dass der Zustand nicht lange anhalten wird. Alles, was zählt, ist diese Begeisterung, die mich davonträgt.

Viel zu früh senkt sich der Vorhang und schneidet uns von der jubelnden Menge ab. Etwas enttäuscht starre ich auf den roten Stoff. „Spaß gönnen die uns auch nicht, oder?"

Mit einem kecken Grinsen sieht mich mein Tanzpartner an. „Verbieten können sie uns in diesem Moment gar nichts." Damit zieht er mich vor den Vorhang und das andere Mädchen folgt uns, vermutlich auch der Rest des Ensembles, doch wirklich zählen tut nur der Applaus.

Und seine Augen.

Wie erstarrt fixiere ich den Block zu unserer Linken, kann den Blick nicht von diesen grauen Augen wenden. Von jetzt auf gleich bin ich allein, höre das Donnern nicht mehr, spüre nicht die weiche Hand meines Tanzpartners, die meine umfasst. Da ist nur er. Der Schuss, der mich zurück auf den Boden holt. Fassungslos blinzle ich. Aber das Bild bleibt. Silent, im Block links von mir. Er trägt ein schwarzes Hemd, die Haare sind um einiges kürzer als bei unserer letzten Begegnung und doch länger, als ich sie in Erinnerung habe. Er ist wie mein persönlicher Dämon, in den Minuten meines absoluten Triumphes heraufbeschworen.

Vorsichtig lächelt Silent mich an, freundlich. Trotzdem gefriert mir das Blut in den Adern. Er kann nicht hier sein, nicht heute, nicht jetzt. Nicht nach meinem gestrigen Streit mit Timothy.

Unwillkürlich weiche ich einen Schritt zurück, trete gegen den Vorhang.

„Cathrin? Alles in Ordnung?" Mein Tanzpartner berührt mit den Lippen meine Ohrmuschel.

Silents Gesichtsausdruck wechselt von vorsichtig zu resigniert. Wegen ... deswegen? Eifersucht flutet durch meine Adern. Sie gehört definitiv nicht zu mir.

Als wir dieses Mal die Bühne verlassen, bin ich dankbar dafür. Kopflos renne ich zu den Umkleideräumen. Fast, als könnte ich so vor dem Dämon fliehen, der jede meiner Bewegungen akribisch genau verfolgt hat.

Das Herz schlägt mir bis zum Hals. Ich muss zu Timothy. Ich muss ihm sagen, dass Silent hier ist, versuchen, das größte Desaster zu verhindern.

Mein Umkleideraum ist menschenleer, natürlich. Wie soll Timothy auch binnen dreißig Sekunden hinter die Bühne und hierherkommen? Verzweifelt lasse ich mich auf den Stuhl fallen, durchgeschwitzt und erschöpft. Jede Faser meines Körpers wurde beansprucht und pocht unangenehm. Aber stillhalten kann ich nicht. Nicht mit Silents Gesicht vor Augen. Er kann nicht hier sein. Das ist unmöglich!

Kaum fünf Sekunden später renne ich ins Bad und reiße mir das Kostüm vom Leib, dusche in Rekordzeit, ziehe mir die schwarze Bluse an und meine obligatorischen Jeans. Zwei Minuten später ist Timothy noch immer nicht da.

Keuchend drehe ich mich um meine eigene Achse. Suche ich nach Silent? Vielleicht bin ich auch nur vollkommen durchgedreht und er war es gar nicht. Sondern nur ein Junge mit schwarzen Haaren und seinem Lächeln. Mit diesen durchdringenden grauen Augen, deren hellblaue Splitter man selbst aus mehreren Metern Entfernung strahlen sehen kann. Ich atme tief durch und stütze mich auf dem kleinen Tisch ab. Es ist gut möglich, dass Silent nicht hier ist, und wenn doch, mich nicht sucht. Es kann ein Zufall gewesen sein.

Verzweifelt raufe ich mir die Haare. So ein Schwachsinn. Er war es. Ihn würde ich überall wiedererkennen, und sei es nur an dieser leicht angespannten, wachsamen Haltung. Silent ist hier. Das darf nicht sein! Silent sollte im nächstbesten Staatsgefängnis sitzen. Überall darf er sich aufhalten, überall, nur nicht hier!

Als sich die Tür endlich öffnet, bin ich so fertig mit der Welt, dass ich am liebsten wegrennen würde. In den ersten Sekunden wage ich es nicht, mich umzudrehen. Was, wenn Silent hier ist? Im gleichen Raum wie ich. Nach all den Jahren.

Ich straffe die Schultern und sammle meinen Mut. Entgegen meiner Befürchtungen taucht ein blonder Lockenkopf im Türrahmen auf. Vor Erleichterung treten mir Tränen in die Augen. Wie eine Geisteskranke werfe ich mich in Timothys Arme, halte mich an ihm fest.

„Cathrin, Himmel! Was ist denn los?“

Was los ist? Was los ist?

„Ich ...“ Silent saß im Publikum! „Also ...“ Wie erkläre ich ihm das?

„Hey, ganz ruhig. Du bist ja völlig durch den Wind.“ Hektisch nicke ich. „Du hast da Shampoo in den Haaren.“

Was? Nie im Leben. Fahrig streiche ich mir über die klammen blonden Haare. Weiße Bläschen bleiben an meinen Fingern haften. Tatsächlich.

„Wo ... wo warst du so lange?“, beginne ich mit den elementaren Dingen.

Irritiert runzelt Timothy die Stirn. „Du bist seit vier Minuten von der Bühne runter. Vielleicht auch fünf.“ Es kam mir vor wie eine Ewigkeit.

„Timothy, da ... also, im Publikum ...“ Ich kann das nicht aussprechen. Wenn ich es sage, wird es wahr. Vielleicht war es bis jetzt nur ein schlechter Traum? Danach ist es mehr. Mit Sicherheit.

Irritiert runzelt Timothy die Stirn. „Was war im Publikum?“

Meine Gedanken kreisen wie Geier, warten darauf, sich auf meinen Verstand zu stürzen. Hilflos sehe ich Timothy an. Gut möglich, dass ich mich irre. Gut möglich, dass Silent nie hier war. Und dann?

„Also, im Publikum ...“, setze ich noch einmal an.

Diesmal unterbricht mich nicht Timothy, sondern der Teufel höchstpersönlich. Meine letzte Hoffnung stirbt. Als wäre es das Selbstverständlichste der Welt stolziert er durch meine Tür. Die Tür zu meinem gottverdammten Umkleideraum.

Ich schnappe panisch nach Luft und verstecke mich hinter Timothy. Ich kann Silent nicht gegenübertreten. Nie wieder. Nicht, solange ich keine Antwort auf seine Frage gefunden habe. „Bist du stolz auf mich?“

Timothy zuckt zusammen und ich bin mir sicher, dass das nicht damit zusammenhängt, dass sich meine Fingernägel Halt suchend in seine Hüfte graben. Oder nur ein bisschen deswegen. Vielmehr aufgrund des Jungen vor uns.

Silents Augen sind dunkler denn je, dennoch kann ich nicht sagen, ob sie kalt wirken oder doch nur stumpf. Tatsache ist, dass Silent mir Angst macht. Höllische Angst, die mir die Luft zum Atmen nimmt. Nicht nur, weil er plötzlich hier aufgetaucht ist, auch wegen seiner letzten Worte an mich.

„Bist du stolz auf mich?“ Die Antwort darauf will ich ihm schuldig bleiben bis in alle Ewigkeit. Denn darauf gibt es keine befriedigende Reaktion. Nicht für ihn. Niemals für diesen Jungen. Einen Verdammten.

„Silent.“ Timothy klingt so viel ruhiger, als er sollte. Als ich es könnte.

Mein ganzer Körper bebt. Wahrscheinlich würde ich schreien oder weinen, sobald ich die Zähne voneinander löse. In den letzten Jahren ist so viel geschehen, ich habe so oft von ihm geträumt. Aber Silent jetzt hier vor mir, real und in Farbe, wirft mich mehr aus dem Gleichgewicht, als es jemand können sollte. Als es Grotian getan hat. Als es Silents Verrat getan hat. Denn in jeder anderen Situation hatte ich Grund, wütend zu sein. Aber jetzt?

„Lange nicht gesehen“, erwidert Silent lahm und schließt die Tür hinter sich.

Er sperrt uns zusammen in einen Raum. Meine Finger graben sich noch tiefer in Timothys Haut. Das wird nicht gut gehen, nie im Leben. Er zuckt zusammen. Diesmal meinetwegen. Vorsichtig löst Timothy meine Nägel aus seinem Fleisch und hält meine Hände fest.

Beinahe desinteressiert nickt Silent in unsere Richtung. „Scheint so, als sei unser Highschool-Traumpaar noch immer zusammen."

Na ja, eigentlich seit gestern nicht mehr. Diesen Kommentar verkneife ich mir wohlweislich.

„Was tust du hier?", stellt Timothy die einzige Frage, die wirklich zählt.

Silent zuckt die Schultern und zupft eine meiner Trauben ab, die jemand liebevoll auf dem kleinen Tischchen angerichtet hat. „Meinem Bruder und seiner Geliebten einen Besuch abstatten, was sonst?"

Lüge. Was die beängstigende Frage aufwirft, weshalb Silent hier aufgetaucht ist. Um mir meinen winzigen Triumph zu nehmen?

„Geh." Ich war Timothy noch nie so dankbar dafür, dass er für mich spricht. Mir scheinen in diesem Moment alle geistreichen Worte oder auch nur Fragen aus dem Kopf geflohen zu sein. Ich fühle mich schrecklich leer. Ratlos. Orientierungslos.

Nachdenklich schüttelt Silent den Kopf. „Ich wollte nur mit ihr sprechen." Silent sucht meinen Blick, ich weiche ihm aus, starre stattdessen auf meine Hände in Timothys. Das ist auf seltsame Art und Weise beruhigend.

Mein Freund wirft mir einen prüfenden Blick zu. Die unterdrückte Panik in meinen Augen ist ihm Antwort genug. „Sie will dich nicht sehen."

„Das soll sie mir selbst sagen."

Wie dreist kann man eigentlich sein? Wie verdammt unverschämt und gemein und ... und ... wie sehr er kann man sein?

„Geh", presse ich hervor, klinge wie ein Kind, das sich nicht die Fingernägel gefeilt hat, sondern die Stimmbänder. Unsicherheit und Angst sprechen aus jedem Ton.

Milde überrascht zieht Silent die Augenbrauen nach oben. „Meinst du das wirklich so? Selbst wenn diese Entscheidung für immer wäre?"

Wenn er für immer verschwände? Bis in alle Ewigkeit? Ich sollte nicken. Es ist unmöglich. Weil ich das nicht will. Silent soll bei mir bleiben, an meiner Seite. Er sollte einfach nur hier sein wie ein schützender Engel. Nur nicht jetzt. Ich muss mich darauf vorbereiten, das zu sagen. Ihm zu erklären, was sich verworren in meinem Inneren abspielt.

„Silent, lass sie in Ruhe", sagt Timothy ruhig.

Beinahe spöttisch verzieht Silent den Mund. Er weiß, wie es in mir aussieht, er weiß, warum ich nichts sage. Natürlich tut er das.

„Wie gesagt, nur ihr Wort zählt. So wie es schon immer war."

Warum habe ich das Gefühl, dass er damit mehr meint als nur diesen Augenblick? Als die Befragung durch seinen Vater, als mein Wort über Leben und Tod entschieden hat? Warum berührt Silent mich genug, damit mir die Tränen kommen wollen und ich nicht mehr atmen kann? Warum kämpfen in mir Wut gegen Frustration, Angst gegen Sehnsucht? Sehnsucht nach ihm. Ich kann nicht sagen, wem zuerst der Kopf eingeschlagen wird, Angst oder Wut. Aber schließlich sind sie beide verschwunden und die Frustration nimmt die Sehnsucht in den Schwitzkasten.

Mit geballten Fäusten trete ich halb hinter Timothy hervor. „Du solltest nicht hier sein!", zische ich giftiger, als ich es mir jemals zugetraut hätte.

Silent verdreht die Augen. „Ich wollte Hallo sagen, ist das denn verboten?"

„Juristisch gesehen, ja", erwidert Timothy erstaunlich knapp und berechnend. Langsam entwickelt er sich tatsächlich zum Psychologiestudenten. Spielt mit dem, was sein Gegenüber ihm an Schwächen offenbart.

„Die Anwaltsrichtung eingeschlagen? Ich dachte immer, der Traum vom Fliegen ist dein Ding."

Ich hasse Silent dafür, dass er so herablassend klingt. Ich hasse ihn genug, damit ich endgültig hinter Timothy hervortrete und ihn in Grund und Boden funkle, auch wenn mir der Mut fehlt, die Finger meines Freundes nur für einen flüchtigen Augenblick loszulassen.

„Wärst du wirklich unseretwegen hier, dann hättest du dich besser informiert", sage ich mit einer perfekten Mischung aus Arroganz und Spott. So perfekt, dass ich es mir eigentlich patentieren lassen sollte.

„Ich habe mich über alles informiert, das mich interessiert."

Interessante Fakten für Silent? Wie breche ich aus einem Hochsicherheitstrakt aus, wann und wo tanzt das Mädchen, das ich in den Wahnsinn treiben will, wie komme ich in ihre Umkleide?

Timothy zieht mich besitzergreifend an sich und legt das Kinn auf meinem Kopf ab. Für einen Moment fühlt es sich so an, als wären Timothy und ich nicht seit 25 Stunden offiziell getrennt. Das ist beruhigend, das brauche ich.

„Du solltest es deinen Interessen hinzufügen, einen Weg nach draußen zu finden und zu verschwinden. Sowohl Cathrin als auch ich können den Notruf wählen", sagt Timothy kalt.

Silent lacht ungläubig auf und kommt etwas auf uns zu. Alles in mir will zurückweichen. Etwas, das mein Stolz nicht zulässt. Ich recke das Kinn in die Höhe und versuche mich weiter darin, ihn mit Blicken zu töten. Das scheint alles zu sein, wozu ich jetzt noch fähig bin.

„Das werdet ihr aber nicht tun", sagt Silent mit widerwärtiger Selbstsicherheit. „Weil es euch beide interessiert, was ich zu sagen habe."

Nein, eigentlich überhaupt nicht. Im Moment frage ich mich nur, warum ich diese Katastrophe nicht vorhergesehen habe. Möglicherweise weil ich meine Fähigkeiten kaum noch nutze. Sie wandeln nahe genug am Minimum, sodass ich ihnen keinen freien Lauf lassen musste. Für das Wetter gibt es eine App, für die meisten anderen Dinge Karten oder das Internet. Meine Fähigkeiten sind in den letzten zwei Jahren eingeschlafen. Bereut habe ich es nie. Bis jetzt.

„Nein", sagt Timothy so nüchtern, dass ich ihm im Stillen Beifall zolle. „Weder Cathrin noch ich hören Verbrechern zu."

Ganz genau. Es interessiert mich nicht die Bohne, warum Silent hier ist. Oder wie er aus dem Hochsicherheitstrakt des Gefängnisses ausbrechen konnte.

„Doch", insistiert er.

Ich beiße die Zähne zusammen. Er sollte wissen, dass es genug ist. „Silent, ich bitte dich, uns nicht dazu zu zwingen, die Polizei zu rufen", bringe ich hervor.

Silent sieht mir in die Augen, sucht nach etwas. Wüsste ich doch nur, was es ist ... dann könnte ich es verstecken. So muss ich dafür beten, dass er nicht fündig wird.

„Du willst wirklich, dass ich gehe, oder?" Für einen Augenblick wirkt Silent orientierungslos, blind. Dann fängt er sich wieder, so schnell, dass ich mich unwillkürlich frage, wie viel davon gespielt war. Wut blitzt in seinen Augen auf. Genauso kalt und unerbittlich, wie sie mich oft genug überfallen hat. „Gut, dann verschwinde ich, Cathrin. Ich verschwinde. Aber du solltest niemals, niemals vergessen, dass du dann an allem, was jetzt folgt, schuld bist", droht er leise. Silent kommt auf mich zu. Jeder Schritt nimmt mir Sauerstoff. Wenn er mich berührt, dann überlebe ich es nicht.

Normalerweise verschanzt Silent sich hinter den undurchdringbaren Mauern seiner Festung. Heute bin ich es. Eine Zugbrücke aus eisigem Zorn wird nach oben gezogen und brodelnde Frustration in die Abwehranlagen gefüllt. Niemand kann mich mehr erreichen. Am wenigsten Silent. Er hat zu hoch gepokert.

Stocksauer mache ich mich von Timothy los und stapfe auf Silent zu, so nah, dass sich unsere Fußspitzen berühren. Meine Abwehr lässt mich empfindungslos gegenüber seiner Wirkung werden. Trotz der verfluchten fünfzehn Zentimeter Größenunterschied funkle ich ihn sehr eindrucksvoll an.

„Ich bin für nichts, gar nichts, was du in der Zukunft anstellst, verantwortlich", knurre ich.

Nachdenklich wiegt Silent den Kopf hin und her. Meine Wut perlt einfach an ihm ab. Ich bin nicht die einzige Person, die alles versteckt, was sie noch hat.

„Doch, eigentlich schon", sagt er gefährlich leise. „Hätte Madame damals keinen Gefallen an dir gefunden, dann wäre ich ihre rechte Hand geblieben. Dann hätte mir ihr Scheißsohn, der sich damals mein Bruder geschimpft hat, nicht in den Rücken geschossen." Von einem Flüstern steigert sich seine Stimme zu einem Brüllen. Silent spricht ohrenbetäubend laut.

Ich verstehe nicht ein Wort. Skeptisch ziehe ich eine Augenbraue nach oben und versuche mich hinter meinen Mauern zu ordnen. „Was ist los?"

Silent beugt sich noch weiter zu mir vor. Sein Atem streichelt meine Lippen. Für den Bruchteil einer dämlichen Sekunde will ich ihn küssen, dann fokussiere ich mich wieder auf seine eisigen Augen. Oder sind sie verzweifelt?

Was er mir hier sagt, macht mir unheimliche Angst. Genug, um mir gedanklich die Ohren zuzuhalten und jeden Spalt zu verstopfen.

„Du wurdest Madames rechte Hand", fährt Silent fort. Ein Krieger ohne Gnade, der jede Burg zum Einsturz bringen will. „2007, wenn ich mich recht entsinne. Ich war es vor dir. Für eine Sekunde hast du mich angesehen, als ich dort angeschossen lag. Du hast mich angesehen und mir irgendwie etwas deiner Kraft gegeben, keine Ahnung, wie oder warum. Die Wunden taten weh, waren aber nicht länger tödlich. Wärst du nicht so brillant gewesen, dann hätte Madame dich niemals in dieser Position gewollt. Dann wäre ich niemals mit deinem Fluch aufgewacht und dieses Seelenband hätte es nie gegeben."

Was er sagt, ergibt keinen Sinn. Ich erinnere mich an diesen Tag, ja. An diesen Jungen, der zu meinen Füßen lag und mir all meine Energie zu rauben schien, während ich meinen Blick nicht von ihm lösen konnte. Ein Junge, der nicht Silent gewesen sein kann. Denn Silent war nie bei Madame.

Der Junge von damals mag ähnlich blass gewesen ein, mag ähnliche

Augen, das gleiche schöne Haar, ähnliche wunderschöne Züge gehabt haben. Aber das war bei Madame. Und Silent stand immer und zu jeder Zeit in Diensten des Mafiosos. Madames Haus ist ihm unbekannt. Genauso wie meine Vergangenheit.

„Mit anderen Worten, du hast mich meiner vollen Fähigkeiten beraubt?", frage ich lieblich, während meine Gedanken in Lichtgeschwindigkeit kreisen. Das kann nicht wahr sein. Egal, ob es einiges erklären könnte. Es darf nicht wahr sein. Angefangen bei seiner Begabung bis hin zu unserer Seelenverwandtschaft, dass ich ihn spüren kann und er mich, all das darf nicht darauf zurückgehen. Ein teuflischer Zufall soll dem zugrunde liegen? Sonst nichts? Ich kann meine Fähigkeiten nicht übertragen, genauso wenig meine Kraft. Silent muss unrecht haben.

Seine Behauptungen zeigen Wirkung. Die Festung beginnt zu bröckeln.

„Du weißt, dass es die Wahrheit ist", wispert Silent.

Noch ein Zentimeter und er küsst mich. Ein verdammter Zentimeter. Es würde nur einen Wimpernschlag brauchen, um ihm nach all der Zeit wieder nahe zu sein. Mich daran zu erinnern, wie es ist, ihn zu berühren. Und von ihm vernichtet zu werden.

Timothy steht im Raum. Das darf ich nicht tun. Auch wenn Schluss ist, wie wäre es für ihn, wenn Silent und ich uns unter diesen Umständen wiedersähen – und uns küssten? Das würde all seine Befürchtungen bestätigen. Die, dass ich Silent immer geliebt habe, dass ich nie von ihm loskam. Dass ich einfach zu schwach bin, um über dieses verfluchte Seelenband hinwegzusehen.

„Ich weiß, dass du lügst wie gedruckt", zische ich.

Timothys Schweigen ist alarmierend laut. Ich muss Abstand zwischen Silent und mich bringen. Jetzt. Jetzt oder ich schaffe es nicht mehr.

Silent umfasst mit beiden Händen meine Taille. Die Hitze seiner Finger durchdringt zu schnell den dünnen Stoff meiner Bluse. Winzige Küsse auf meiner Haut. Nicht gut, gar nicht gut.

„Aber du spürst, dass ich dieses Mal die Wahrheit sage", wispert Silent. Er ist mir viel zu nah. Sein Atem streicht mir über die Wange. Ich kämpfe gegen den Impuls an, die Augen zu schließen. Es fühlt sich an wie der trügerischste Himmel. „Selbst damals habe ich dir schon genug bedeutet, damit du mich rettest."

„Und jetzt fantasierst du!" Meine Stimme ist zu schrill, er zu nah. Das muss aufhören. Jetzt. Ich lehne mich nach hinten und versuche mich loszumachen. Wenn ich jetzt nicht wegkomme, hat er gewonnen.

Wir wissen es beide.

„Silent, lass sie los!" Timothy ist hier. Ich darf ihn nicht verletzen. Das hat er nicht verdient.

„Wenn sie es mir sagt."

Ich öffne den Mund, um Silent genau das zu sagen. Dann hebe ich das Bein, um ihn zu treten. Aber ich hänge an Fäden, die er in den Händen hält. Ich habe keine Wahl. Widerwillig lasse ich die Gegenwehr fallen und lehne mich gegen seine Hände. Die eisblauen Splitter in seinen Iriden scheinen heller zu strahlen.

„Komm, Cathrin. Sag ihm einfach, dass er dich loslassen soll." Ich kann Timothys Tonfall nicht entschlüsseln.

Protestierend hebe ich die Hand und presse sie auf Silents Brust. Doch anstatt ihn wegzuschieben, lasse ich meine Finger dort ruhen, spüre seinen Puls stetig und beruhigend. Für einen Moment ist es, als stände ich genau dort, wo ich sein sollte.

„Geh weg", murmle ich schwach.

Silent beugt sich noch weiter vor, ist zu nah. Der Duft nach Pfefferminze haftet an ihm und zieht mich in seinen Bann. Diese leicht holzige Note an ihm, die ich wahrscheinlich nie werde zuordnen können.

„Sag es noch einmal", wispert Silent an meinen Lippen.

Noch nie war ich so hilflos. Ich gebe einen zustimmenden Laut von mir. Natürlich lässt er das nicht gelten. Verräter. Genau das wird er immer bleiben.

„Lass sie los!", höre ich Timothy aus dem Hintergrund noch einmal rufen. Aber mehr ist er nicht mehr. Nur noch eine Gestalt im Hintergrund.

Alles, was zählt, ist Silent, so wie es schon immer war. Nicht er küsst mich, nein, ich küsse ihn, und sobald sich unsere Lippen berühren, macht alles Sinn. Mit dieser einen Bewegung habe ich Timothy verloren, aber es ist mir so egal. Ich weiß, dass es das nicht mehr sein wird, sobald Silent mich loslässt oder ich ihn, doch jetzt gerade verschwimmt die Welt zu einem unbedeutenden Nichts. Alles, was zählt, sind seine Lippen auf meinen. Ein gefährliches Glück.

Silent hält mich so verzweifelt umklammert, dass es mir Angst macht, küsst mich so intensiv, dass nichts mehr einen Sinn ergibt. Nach einigen … ja, waren es Sekunden, Minuten? Auf jeden Fall löse ich mich von ihm. Silents Hände umklammern noch immer meine Taille. Als würde er sterben, ließe er mich jetzt los. Beinahe verloren sieht er mich an. Silent weiß, was jetzt kommt. Er spürt die Endgültigkeit, die dieser

Kuss in mir ausgelöst hat. Nie fiel mir eine Entscheidung leichter. Nie wusste ich genauer, dass ich sie bereuen werde. Nie war sie notwendiger.

„Ich will dich nie wiedersehen", befehle ich ihm in dem einzigen Tonfall, der ihn dazu bewegen kann, zu gehorchen, vorausgesetzt, Silent hat mich nicht belogen. Als Madames rechte Hand lernt man viel. Hunderte Arten zu töten, die Kunst des Folterns. Man wird zum perfekten Manipulator mit dem falschesten Lächeln, das man sich vorstellen kann. Und, am wertvollsten, man perfektioniert den Klang der eigenen Stimme, wenn man Befehle erteilt. Jeder, den sie großzog, ist auf einen ganz bestimmten Tonfall getrimmt. So kalt und ätzend, dass er einen automatisch den Kopf senken lässt und jedermann bereit ist zu betteln. Egal, um was.

Dieser eine Satz war nicht nur dazu gedacht, Silent fortzuschicken. Er zeigt mir auch, ob er wirklich die Wahrheit gesagt hat, ob er tatsächlich unter Madames Obhut stand.

Silent senkt automatisch den Kopf, als hinge er an Fäden, seine Beine zucken kurz, als wolle er in die Knie gehen. Mein Blut gefriert. Er verschränkt die Hände hinter dem Rücken. Genau die Haltung, die Madame erwartet hätte. Möglicherweise auch noch ein Niederknien, je nach Schwere des Verbrechens.

Als Silent so vor mir steht, steigen mir Tränen in die Augen. Keine Lüge, Wahrheit. Die bitterste von allen.

Zögernd, beinahe ängstlich berühre ich seine Wange, eine Geste, die Madame verwendete, damit man ihr in die Augen sah. Als hätte ich einen Knopf gedrückt, hebt er den Kopf. In ihm kämpfen besseres Wissen und Instinkt gegeneinander. Nach einer Ewigkeit entspannen sich seine Muskeln. Keine Gefahr. Zumindest nicht die, die ihn den Kopf kostet.

„Madame muss wirklich verdammt stolz auf dich gewesen sein." Seine Stimme klingt so hohl, dass es mir einen Schauer über den Rücken jagt.

„Sie hätte mich irgendwann genauso getötet wie jeden anderen."

Er schüttelt nachdenklich den Kopf. „Du warst Grotians Trophäe. Dir wäre gar nichts zugestoßen." Ich weiß, dass Silent die Wahrheit sagt, ganz egal, ob es mir passt oder nicht.

„Du solltest gehen", wiederhole ich. Endlich gelingt es mir rückwärtszugehen.

Silents Züge verdüstern sich, er presst die Lippen fest aufeinander, ballt die Fäuste so fest, dass er zu zittern beginnt. „Dann wirst du mich niemals wiedersehen und alles, was ich ab jetzt tun werde, ist deine Schuld." Bettelt Silent?

Ausdruckslos sehe ich ihn an. Etwas flackert über sein Gesicht, das als Angst zu identifizieren ich versucht bin. Wie verzweifelt muss er sein, um mich auf diese Weise an sich binden zu wollen? Indem er mich erpresst.

Langsam hebe ich die Mundwinkel. Kein Lächeln, das auch nur im Entferntesten meine Augen erreichen könnte. „Willst du wirklich, dass so viel Blut an meinen Händen klebt? Willst du mich zu so einem Menschen machen?", verwende ich das Einzige, was ich möglicherweise in der Hand habe, gegen ihn.

Langsam schüttelt er den Kopf. „Du willst doch nicht wirklich, dass ich verschwinde, oder?" Seine Frage bricht mir das Herz, diese unverhohlene Verzweiflung, auch wenn nur Gott weiß, wie viel davon echt ist – und wie viel seiner Show geschuldet. Denn über unsere Seelenverbindung spüre ich nichts mehr, als hätte er sie verschlossen. Als wäre sein Herz erfroren und danach verbrannt. Ganz so als hätten diese zwei Jahre nichts von ihm übrig gelassen.

Ich beantworte seine Frage nicht. Würde er die Lüge spüren? Keine Ahnung. Ich bin nicht bereit, das Risiko einzugehen. Vielleicht wäre es einen Versuch wert, Silent bleiben zu lassen, vielleicht. Doch um das zu entscheiden, bräuchte ich Vertrauen zu ihm, und sei es nur ein unbedeutendes bisschen. Die bittere Tatsache, die mich dazu treibt, Kurs zu halten? Niemand kann Silent vertrauen. Am wenigsten ich.

„Cathrin?" Ein Hauch von Panik schießt durch mich hindurch wie ein glühender Pfeil. Sie gehört nicht zu mir. Silent kommt mit ausgestreckten Händen auf mich zu, flehend. Er legt alles offen, jede Karte auf den Tisch. So wie ich in der Nacht von Ellas Tod, Sekunden bevor Silent sie erschoss.

Und endlich bin ich bereit zurückzuweichen. Ich mache zwei Schritte weg von ihm. Silent lässt die Arme sinken. Seine Brust hebt sich viel zu schnell, wie nach einem anstrengenden Lauf. Nach einem Marathon, in dem er seinem größten Wunsch hinterherjagte. Aber, Silent, weißt du denn nicht, dass Wünsche Flüche sind, die der Mensch selbst auf sich legt? Hat Madame dir das nie erklärt?

„Du willst nicht wirklich, dass ich verschwinde. Ich weiß, dass du es nicht wirklich willst. Du liebst mich."

Ich bleibe stumm. Liebe ich ihn? Ist Liebe so schrecklich schmerzhaft?

Nackte Angst tritt in seine gequälten grauen Augen. „Ich weiß, dass du mich liebst, Cathrin. Ich weiß es."

Wenn er sich so sicher ist, warum spricht er es aus wie eine Frage? Warum taumelt er dann rückwärts, als ich wieder nicht antworte, nur dieses Lächeln, das meine Augen nicht erreicht, beibehalte? Warum treten ihm dann Tränen in die Augen?

Alles in mir schreit danach, diese vier Schritte auf ihn zuzugehen und ihn in meine Arme zu ziehen. Ihm zu versprechen, dass alles gut wird. Das abgedroschenste Märchen von allen zu erzählen. Aber ich habe Madame zugehört. Ich habe selbst erlebt, was Wünsche mit einem anstellen, sobald sie verfliegen.

„Geh." Ein Wort, dieses eine Wort braucht es, damit der marode Wall in unserer Seelenverbindung fällt und sein Schmerz mir den Atem raubt. Was Silent mir jetzt offenbart, ist rein und ungefiltert. Noch zerstörerischer, als ich befürchtet habe.

„Das willst du nicht", wiederholt er noch einmal mit tränenerstickter Stimme.

Stimmt, ich will es nicht. Doch Silent wäre die Garantie dafür, dass ich alles, wofür ich die letzten Jahre gekämpft habe, verliere. Er würde mir diese Normalität nehmen, allein, weil er neben mir steht und ich ihn fühlen kann. Weil er mich dazu brächte, wieder in die Zukunft zu sehen, nicht mehr von Tag zu Tag zu leben. Weil er der Teil meiner selbst ist, den ich immer vergessen wollte.

„Geh!"

Für einen Augenblick tritt etwas furchtbar Besitzergreifendes in seine Augen, dann vergräbt er beide Hände in seinen Haaren und reißt den Mund zu einem stummen Schrei auf. Noch nie zuvor wollte ich jemanden so dringend beruhigen, trösten, dafür sorgen, dass die Welt wieder in Ordnung kommt. Nur fehlt mir die Kraft dazu. Während Silent auf die Knie fällt, weiche ich zurück. Es sind die Jahre bei Madame, die mich davon abhalten, mit ihm zu weinen, die Selbstbeherrschung, die man mich dort lehrte und die ich wohl nie ganz verloren habe. Sie steht zwischen uns.

Hektisch schüttelt er den Kopf, als könne er nicht begreifen. „Du kannst mich nicht wegschicken", fleht er, kniet vor mir. Hat diese absolut unterwürfige Haltung eingenommen, die jeder von uns mindestens einmal Madame gegenüber zeigen musste. Was bedeutet, dass er mich notfalls auch mit ihr gleichsetzt, solange ich ihn nur bei mir behalte. Ihn akzeptiere. Ihm die Liebe gebe, um die er so verzweifelt fleht.

Was Silent nicht begreift: Ich habe keine Wahl.

„Ich bitte dich zu gehen“, erwidere ich sanfter, als ich von mir selbst erwartet hätte. Mein Tonfall zieht einen Schlussstrich. Jeder weitere Satz würde sich in Bedeutungslosigkeit verlieren.

Silent senkt noch einmal den Kopf, dann steht er auf und weicht zur Tür zurück. Das schwarze Haar fällt ihm ins Gesicht und verdeckt seine wunderschönen Augen.

Ich versuche mir jedes Detail seiner Iriden einzuprägen, jede Winzigkeit. Damit ich mich zumindest in meinen Träumen an ihn erinnern darf und mich nicht davor fürchten muss, meinen Kopf an seine Schulter zu lehnen. Beinahe entschlossen zupft er an dem nach oben gekrempelten Ärmel seines schwarzen Hemdes.

„Dann geh ich. Wenn es dir dadurch besser geht.“ Die schwache Hoffnung in seinen Augen bringt mich um.

„Ja, dadurch ginge es mir viel besser.“

Ein knappes, kaltes Nicken. „Ich hoffe, du wirst glücklich.“

Die Tür schließt sich hinter ihm und es zieht mir die Beine unter dem Körper weg. Mit einem dumpfen Geräusch pralle ich auf dem dunklen Holzboden auf. Der stechende Schmerz in meiner Schulter ist mir unglaublich egal. Die Gefahr ist verschwunden, jetzt folgt die nächste Hölle.

Das erste Mal muss ich allein weinen, während Timothy im Raum ist, muss allein schreien und mir die Haare raufen. Ich verstehe ihn, natürlich verstehe ich ihn. Trotzdem tut es weh. Alles. Dass ich Timothys Befürchtungen bestätigt, aber gleichzeitig zu viel Angst habe, um mir Silent einfach zu nehmen. Zuzulassen, was ich für ihn empfinde. Befürchtete ich nicht, dass es mich wirklich endgültig zerstören würde, hätte er diesen Raum nicht verlassen. Aber mir fehlt die Kraft, Silent aufrecht zu halten – und ihm die, mich zu retten. Zu retten vor mir selbst.

Irgendwann bin ich heiser und die Tränen sind mir ausgegangen. Irgendwann kann ich mich aufsetzen, die Haare verknotet und trocken, der Haargummi unter dem Tisch mit den Trauben. Irgendwann finde ich den Mut, Timothy anzusehen. Er hat auf einem der Stühle Platz genommen und sieht mich ausdruckslos an. Seine braunen Augen wirken das erste Mal stumpf. Leer und ausgehöhlt. Ich bin dafür verantwortlich.

„Warum hast du ihm nicht einfach gesagt, er solle bleiben?“

Diese ausdruckslose Frage lässt mich in hysterisches Gelächter ausbrechen. Wankend stehe ich auf und habe in diesem Moment selbst Angst vor mir. Ich erhasche einen Blick in den Spiegel. Meine grauen Augen wirken beinahe schwarz, der Kopf ist in den Nacken geworfen, die Wangen tränengerötet. Ich sehe aus, als hätte ich den Verstand verloren. Seinetwegen, immer seinetwegen.

„Ich hatte keine Wahl. Ich hatte keine verdammte Wahl!“, kichere ich. Kurz spiele ich mit dem Gedanken, die Schüssel mit den Trauben gegen den Spiegel zu schleudern. Stattdessen atme ich ein paarmal tief durch.

„Warum nicht? Natürlich hattest du eine Wahl.“ Der stille Vorwurf in Timothys Stimme bringt mich schon wieder aus dem Gleichgewicht.

Mein eigenes Kichern zerreißt mir das Trommelfell und lässt Säure durch meine Adern kochen. „Ob ich es wollte? Natürlich wollte ich. Aber mancher will auch fliegen. Das geht nicht, weißt du? Leute können nicht fliegen, der Mensch ist dafür nicht angelegt, aber sie wollen es trotzdem.“ Orientierungslos fuchtle ich mit den Händen in der Luft herum.

Timothy fährt sich mit der Hand über das Gesicht. „Du liebst ihn, oder? Du liebst ihn wirklich so sehr, dass es dir den Verstand raubt.“

Ja. Sonst liefe ich nicht so herum. Dann hätte ich Silent gespürt, bevor ich ihn gesehen habe. Ich hätte diesen Kuss nicht riskiert. Dann würde ich jetzt meinen Auftritt feiern. Stattdessen stehe ich hier, heiser, und verliere alles, was mir lieb und teuer ist.

„Ja, tue ich. Vielleicht länger, als ich mir eingestehen will. Ginge es nach mir, dann würde ich dich auf diese Art lieben!“ Mit leeren Augen sieht Timothy mich an und steht auf. „Wo gehst du hin?“ Meine Stimme ist schrill, trotzdem ich weiß, was er tun wird. Ich wusste es immer, seit dem ersten Tag. Für uns gibt es kein „Für immer“. Nur eine Weile.

„Ich ... ich brauche einfach ein bisschen Zeit, Cathrin.“

Ich versuche, meine Schultern zu straffen. Das ist er also, unser Abschied.

„Du wirst nicht wiederkommen?“

Verzweifelt schüttelt Timothy den Kopf und legt die Hand auf die Klinke. Sein Daumen kreist über das kühle Metall. „Ein bisschen Zeit habe ich gesagt, oder? Nicht für immer.“

Mein Bauch krampft sich zusammen, gerade weil ich weiß, dass ich ihn jetzt gehen lassen muss. Diesen wundervollen Jungen, den ich wirklich geliebt habe, noch immer liebe, wenn auch ganz anders, so viel weniger zerstörerisch als Silent.

„Okay“, wispere ich.

Er nickt. „Bis bald.“ Leise schließt er die Tür hinter sich, lässt mich allein.

Timothy wird zwei wundervolle Kinder bekommen, Anne und Tobias. Mit zweiundachtzig wird er des Nachts einschlafen, seine Frau wird ihm am frühen Morgen nachfolgen.

Ich werde ihn, meine erste große Liebe, trotz aller Versprechungen nie wiedersehen.

05.05.2008, Mikun?

Die Leichen des Winters schwimmen in dem Schwimmbecken, das auch ich schon durchquerte. Wasserleichen sind eklig. Sie zersetzen sich und ihr Fleisch löst sich irgendwann von den Knochen, nachdem es lang genug aufquoll, damit die Haut platzte.
Ich weiß, dass es einer von Madames Tests ist, mich hier hinzustellen, um aufzupassen, dass die Kinder ihre toten Genossen wirklich ordnungsgemäß aus dem Wasser angeln. Meine Hand liegt auf dem Griff der Waffe, während die Sonne uns beleuchtet.
Zwei weitere stehen hier, Kinder, die mindestens zwei Jahre älter sind als ich. Ich kann das Grauen in ihren Augen sehen. So erbärmlich. Ein Junge wimmert auf, als er plötzlich nur noch die Hand des einen Toten in den Fingern hält. Er taumelt rückwärts, während der aufgequollene, zerstörte Körper über die Wasseroberfläche davontreibt.
Panisch, Hilfe suchend sieht er sich um. Meine Begleiter heben gleichzeitig die Waffe und drücken ab. Er wird von zwei Kugeln zerfetzt. Ich richte meine Waffe lieber auf das Mädchen, das stumm weinend seine Arbeit verrichtet. Es weint. Zu schwach. Ohne zu zögern, schieße ich ihm ins linke Auge. Es sollte mir danken. Der Junge hat länger mit den Schmerzen zu kämpfen, weil keine Kugel sein Herz traf, sondern nur eine die Aorta anriss.

Kapitel 29

Ich atme tief durch und verlasse den Flughafen. Es ist Anfang Juni, der Wind bläst wunderbar kühl, so wie ich es kenne. Kyrillische Schrift schmückt die Häuser. Es ist ein Bild, das ich beinahe vergessen habe.

Meine Fähigkeiten führen mich zurück in die Hölle. Als ich damals floh, habe ich nicht auf den Weg geachtet, nur bemerkt, dass die Häuser und Bäume schattengleich an mir vorbeiflogen. Damals rannte ich den gesamten Weg, heute fahre ich Bus. Die Menschen unterhalten sich in der Sprache, die ich seit jeher kenne. Russisch. Der Himmel ist von Wolken bedeckt.

Nach sieben Stationen steige ich aus. Sieben, die Zahl des Todes. Mein Fußmarsch dauert weitere zwanzig Minuten durch große Straßen und leere Gassen, dann breitet die mir so bekannte Akazie die Äste über mir aus.

Madames Haus wirkt von außen harmlos wie eh und je, wie ein gnädiges Kinderheim. Kein Fenster ist geöffnet. Ich spähe durch eines der Fenster und sehe in einen Speisesaal, den niemand jemals betritt. Der einzige Raum im vorderen Teil des Hauses, den ich jemals aufsuchen durfte, war ihr Arbeitszimmer.

Ich kann mich nur zu gut an die vielen Ordner und Papiere erinnern. An die Bescheinigungen, Rechnungen. Hätte Madame gewusst, dass ich in ihren Unterlagen rumschnüffle, sie hätte mir den Kopf wegpusten lassen.

Es erfordert zu viel Überwindung, die Klingel zu betätigen. In den Minuten, in denen niemand öffnet, will der gesunde, vernünftige Teil von mir rennen. Aber der verzweifelte ist größer. Damals haben sie uns ein Versprechen gemacht und ich will, dass sie es jetzt einlösen, egal, was es kostet. Zu verlieren habe ich nichts mehr.

Auf der anderen Seite der Tür erklingen Schritte. Unwillkürlich weiche ich zurück, dann falte ich die Hände auf dem Rücken und neige den Kopf, atme noch einmal tief durch, das letzte Mal in Freiheit für eine lange Zeit. Ich lege mir die Ketten selbst wieder an. Ohne sie kann ich nicht leben.

Die Tür wird geöffnet, ich wage es nicht aufzusehen.

„Darf ich erfahren, wer Sie sind?", fragt Madame kühl.

Beinahe hätte ich gelacht, dann erinnere ich mich daran, dass wir einander sechs Jahre lang nicht mehr gesehen haben. Ich weiß, es ist ein Fehler, trotzdem hebe ich stolz den Kopf und sehe in ihre dunklen Augen. Einige silbrige Strähnen durchziehen das schwarze Haar, die Lippen sind fest zusammengepresst wie stets. Nahezu spöttisch knickse ich vor dieser Frau. Vor dem Dämon, der mich endlich aus der Hölle heben muss.

„Madame Schostakowitsch, vielleicht erinnern Sie sich an mich. Mein Name ist Cathrin Dolga und ich bin gekommen, damit Sie Ihr Versprechen einlösen können." Dieses, dass sie uns unbesiegbar macht. Und unverwundbar. In jeglicher Hinsicht.

Danksagung

Ich möchte mich bei jedem einzelnen Leser dafür bedanken, dass er bis hierher gekommen ist und mit Cathrin und Silent mitgefiebert hat.

Ich danke meiner Mutter für ihre Mühe, jede meiner Überarbeitungen noch einmal durchzusehen, und all den Buchläden, die mich bis hierher unterstützt haben.

Nicht zu vergessen Jette, die bereit war, mir bei der Verbreitung des ersten Buches tatkräftig Unterstützung zu leisten.

Den größten Dank möchte ich allerdings meiner besten Freundin Annika aussprechen, die Cathrins Leben mühevoll mitverfolgt hat, nach Fehlern suchte, als jeder andere betriebsblind geworden war, und mich mit ganzem Herzen unterstützt, seitdem Cathrin nach Annikas Geburtstagsfeier das Licht der Welt entdeckt hat.

Ihr seid die Besten.

Die Autorin

Celina Weithaas wurde 1999 in Berlin geboren und 2004 in Teltow eingeschult. Seit 2017 studiert sie Germanistik und Geschichte auf Lehramt.

Unser Buchtipp

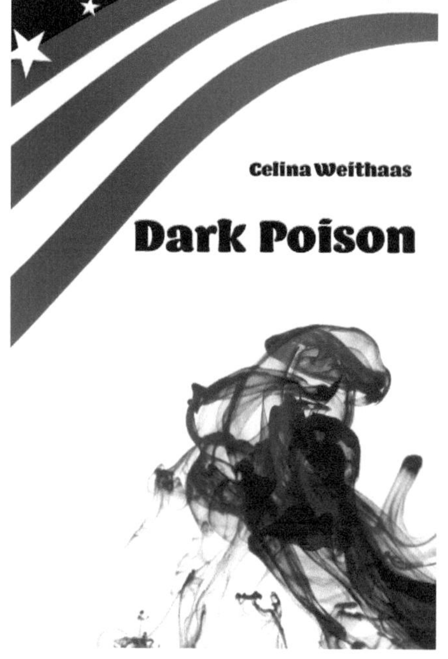

Celina Weithaas
Dark Poison
Wer bist du, wenn du alles weißt?

Taschenbuch, 378 Seiten
ISBN: 978-3-86196-713-2

Glaubst du an das Übernatürliche? Die junge Agentin Cathrin tut das gezwungenermaßen. In jungen Jahren entdeckte sie, dass es ihr allein möglich ist, in die Zukunft eines jeden Menschen zu sehen. Und schon bald muss sie im Rahmen ihres Auftrages feststellen, dass nicht nur diese Fähigkeit sie zu etwas Besonderem macht. Durch unglückliche Umstände lernt sie den stummen Silent kennen, mit dem sie ein undefinierbares Seelenband verbindet. Äußerst unpassend in Anbetracht der Tatsache, dass sie sich kurz zuvor Hals über Kopf in den von Grund auf freundlichen Timothy verliebt hat.

Schon bald entsteht eine Hetzjagd zwischen ihrem Wunsch, sich selbst zu verstehen, und der Pflicht, ihren Auftrag ordnungsgemäß zu erfüllen.

www.ingramcontent.com/pod-product-compliance
Ingram Content Group UK Ltd.
Pitfield, Milton Keynes, MK11 3LW, UK
UKHW041843190726
13854UKWH00002B/698

9 783861 967385